La muñeca dormida

books4pocket

La muñeca dormida

Traducción de Victoria Eugenia Horrillo Ledesma

EDICIONES URANO
Argentina - Chile - Colombia - España
Estados Unidos - México - Perú - Uruguay - Venezuela

Título original: *The Sleeping Doll*
Editor original: Hodder & Stoughton Ltd., Londres, UK
Traducción: Victoria Eugenia Horrillo Ledesma

Copyright © 2007 by Jeffery Deaver
All Rights Reserved
© de la traducción 2012 *by* Victoria E. Horrillo Ledesma
© 2012 *by* Ediciones Urano, S.A.U.
        Aribau, 142, pral. – 08036 Barcelona
        www.umbrieleditores.com
        www.books4pocket.com

1ª edición en **books4pocket** septiembre 2015

Impreso por Novoprint, S.A.
Energía 53
Sant Andreu de la Barca (Barcelona)

Fotocomposición: Ediciones Urano, S.A.U.

ISBN: 978-84-15870-75-3
E-ISBN: 978-84-9944-416-1
Depósito legal: B-14.324-2015

Código Bic: FH
Código Bisac: FIC031000

Impreso en España – *Printed in Spain*

Para el Hombre G

Después de un cambio tras otro,
somos más o menos los mismos.
Después de cambiar, somos más o menos
los mismos.

Paul Simon, «The boxer»

13 de septiembre de 1999

El Hijo de Manson, hallado culpable del asesinato de la familia Croyton

Salinas, California.— Tras apenas cinco horas de deliberaciones, un jurado del condado de Monterrey ha dictado veredicto de culpabilidad contra Daniel Raymond Pell, de treinta y cinco años, por cuatro cargos de asesinato en primer grado y uno de homicidio.

«Se ha hecho justicia», declaró ante la prensa el fiscal jefe James J. Reynolds tras hacerse público el veredicto. «Se trata de un individuo extremadamente peligroso que cometió crímenes horrendos.»

Pell recibió el sobrenombre del Hijo de Manson debido a los paralelismos existentes entre su vida y la del asesino convicto Charles Manson, responsable en 1969 del asesinato ritual de la actriz Sharon Tate y de varias personas más en el sur de California. Tras su detención, la policía halló en su domicilio numerosos libros y artículos relativos a Manson.

Pell ha sido condenado por los asesinatos de William Croyton, su esposa y dos de sus tres hijos, acaecidos el 7 de mayo de este año en Carmel, California, doscientos kilómetros al sur de San Francisco, así como por el homicidio de James Newberg, un joven de veinticuatro años con el que convivía y que le acompañó a casa de los Croyton la noche de autos. Según el Ministerio Fiscal, Newberg tenía en principio intención de ayudar en la comisión de los asesinatos pero cambió de idea, de ahí que Pell acabara con su vida.

Croyton, un acaudalado ingeniero electrotécnico de cincuenta y seis años, había revolucionado la informática. La empresa que fundó, con sede en Cupertino, California, en pleno corazón de Silicon Valley, se dedica a la creación de programas de última generación presentes en buena parte del *software* de consumo masivo en todo el mundo.

Debido al interés de Pell por Manson, se especuló con la posibilidad de que las muertes tuvieran connotaciones ideológicas, como en el caso de los asesinatos por los que fue sentenciado Manson. Para la fiscalía, sin embargo, el móvil más probable es el robo. Pell cuenta con un largo historial de detenciones por hurto, robo y allanamiento de morada que se remonta a sus años de adolescencia.

A la matanza de la familia Croyton sólo sobrevivió una de las hijas, Theresa, de nueve años. La pequeña estaba durmiendo en su cama, tapada por sus juguetes, y Pell no la vio. De ahí que haya recibido el sobrenombre de la Muñeca Dormida.

Como en el caso de Charles Manson, el asesino al que admiraba, Pell poseía un turbio carisma que le permitió atraer a un grupo de seguidores fanatizados a los que llamaba su «Familia» (término éste que tomó del clan Manson) y sobre los que ejercía un control absoluto. En el momento de los asesinatos, el grupo residía en una destartalada casa de Seaside, al norte de Monterrey, California, y estaba formado por Newberg y tres mujeres: Rebecca Sheffield, de veintiséis años; Samantha McCoy, de diecinueve, y Linda Whitfield, de veinte. Esta última es hija de Lyman Whitfield, presidente y consejero delegado del Santa Clara Bank and Trust, el cuarto banco más importante del estado, también con sede en Cupertino.

Las tres mujeres, que no han sido procesadas por las muertes de Newberg y la familia Croyton, fueron condenadas por múltiples cargos de robo, allanamiento de morada, fraude y receptación de bienes robados. Whitfield fue asimismo acusada de obstrucción a la justicia, perjurio y destrucción de pruebas. Tras llegar a un acuerdo de colaboración con la fiscalía, Sheffield y McCoy fueron sentenciadas a tres años de prisión, y Whitfield a cuatro y medio.

La conducta de Pell durante el juicio guarda asimismo parecido con la de Charles Manson. Permanecía inmóvil, sentado ante la mesa de la defensa, y miraba fijamente a los jurados y a los testigos con intención manifiesta de amedrentarlos. El acusado (que, según algunas informaciones, cree tener poderes psíquicos) fue desalojado en una ocasión de la sala después de que un testigo sufriera una crisis nerviosa al sentirse observado por él.

El jurado comienza mañana sus deliberaciones para dictar sentencia. Pell podría ser condenado a muerte.

LUNES

1

El interrogatorio comenzó como cualquier otro.

Al entrar en la sala, Kathryn Dance encontró al hombre de cuarenta y tres años esposado y sentado a una mesa metálica. La miraba atentamente, como la miraban siempre los sujetos sometidos a interrogatorio. Aquél tenía, sin embargo, unos ojos sorprendentes: de un color azul que no se parecía al del cielo, ni al del mar, ni al de ninguna gema de nombre conocido.

—Buenos días —saludó al sentarse frente a él.

—Buenos días —contestó Daniel Pell, el hombre que ocho años antes había asesinado a cuchilladas a cuatro miembros de una misma familia por razones que nunca había dado a conocer. Tenía una voz suave.

Menudo y fibroso, se recostó relajadamente en la silla con una leve sonrisa en la cara barbuda y ladeó la cabeza, poblada por una melena larga y canosa. Los interrogatorios que tenían lugar en los calabozos de los juzgados solían ir acompañados, como si de una banda sonora se tratase, por el tintineo de las cadenas de las esposas cuando los reos intentaban demostrar su inocencia haciendo previsibles aspavientos. Daniel Pell, sin embargo, se mantenía perfectamente inmóvil.

Para Kathryn, experta en interrogatorios y kinesia (análisis del lenguaje corporal), su actitud y su postura denotaban cautela, pero también confianza en sí mismo y, curiosamente, regocijo. Su mono naranja, en cuya pechera se leía «Peniten-ciaría de Capitola», lucía como innecesario adorno en la espal-da la palabra «recluso».

Pero no estaban en Capitola, sino en una sala de interro-gatorios de los juzgados del condado en Salinas, a sesenta y cinco kilómetros del penal.

Pell seguía observándola. Miró primero sus ojos (de un tono verde complementario al azul de los suyos), enmar-cados por gafas rectangulares de montura negra. Contem-pló luego su cabello rubio oscuro, recogido en una trenza, su chaqueta negra y, bajo ella, la blusa blanca gruesa. Se fijó también en la funda vacía que llevaba a la cadera. Era meticuloso y no tenía prisa; interrogados e interrogadores compartían una curiosidad mutua. («Te estudian con la misma atención con que tú los estudias a ellos», solía decir Dance a los alumnos de sus seminarios. «Con más aten-ción incluso, normalmente, porque tienen más que per-der.»)

Kathryn buscó su documentación en el bolso azul de Coach y no mostró reacción alguna al ver en su interior un pequeño murciélago de juguete de la fiesta de Halloween del año anterior, que alguno de sus hijos (Wes, de doce años, o Maggie, la pequeña), o posiblemente los dos, había intro-ducido allí a hurtadillas esa mañana para gastarle una bro-ma. *Esto sí que es una vida de contrastes*, se dijo. Una hora antes estaba desayunando con sus hijos en la cocina de su acogedora casa victoriana en el idílico pueblecito de Pacific Grove, con dos perros eufóricos a sus pies suplicando un trozo de beicon. Ahora, en cambio, se hallaba sentada fren-te a un asesino convicto del que la separaba una mesa muy diferente.

Encontró su acreditación y se la mostró. Pell se quedó mirándola un rato, echándose hacia delante.

—Dance. Un apellido interesante. Me pregunto de dónde proviene. Y el CBI*... ¿Qué es eso?

—Son las siglas del California Bureau of Investigation. Como el FBI, pero del estado. Bueno, señor Pell, ¿sabe usted que esta conversación está siendo grabada?

Miró el espejo detrás del cual zumbaba una cámara de vídeo.

—¿De verdad piensan que nos creemos que eso está ahí para que nos atusemos el pelo?

Los espejos no se colocaban en las salas de interrogatorios para ocultar cámaras o testigos (para eso hay medios tecnológicos mucho más avanzados), sino porque la gente se siente menos inclinada a mentir cuando puede verse la cara.

Kathryn esbozó una sonrisa.

—¿Y entiende usted que puede poner fin a esta entrevista en el momento que quiera y que tiene derecho a un abogado?

—Sé más de derecho criminal que todos los alumnos del último curso de la Facultad de Hastings juntos. Lo cual no deja de ser irónico, si se piensa.

Era más elocuente de lo que Dance esperaba. Y también más listo.

La semana anterior, Daniel Raymond Pell, que cumplía cadena perpetua por el asesinato en 1999 de William Croyton, su esposa y dos de sus hijos, había intentado sobornar a otro recluso de Capitola que estaba a punto de salir en libertad para que hiciera un recado en su nombre una vez que estuviera libre. Le habló de ciertas pruebas de las que se había deshecho en un pozo de Salinas hacía años, y de su preocupación por que aquellos objetos pudieran incriminarle en

---

* Departamento de Investigación Criminal de California. *(N. de la T.)*

el asesinato sin resolver de un adinerado propietario de tierras de cultivo. Había leído hacía poco que Salinas estaba modernizando su sistema de distribución de agua y, al acordarse, había empezado a preocuparse por si las pruebas salían a la luz. Quería que el otro preso fuera a buscarlas y se deshiciera de ellas.

Pero se equivocó de hombre. El recluso, que cumplía una condena corta, fue con el cuento a la directora, que a su vez avisó a la Oficina del Sheriff del condado de Monterrey. Los investigadores se preguntaban si Pell se refería al asesinato sin resolver de Robert Herron, un dueño de explotaciones agrícolas, muerto a golpes una década antes. El arma del delito, posiblemente un martillo de carpintero, nunca había aparecido. La Oficina del Sheriff mandó a un equipo a registrar todos los pozos de esa parte de la ciudad. Y, en efecto, hallaron una camiseta hecha jirones, un martillo de carpintero y una cartera vacía que llevaba grabadas las iniciales «R. H.». Dos huellas dactilares encontradas en el martillo se correspondían con las de Daniel Pell.

El fiscal del condado de Monterrey había decidido elevar el caso al gran jurado de Salinas, por lo que le había pedido a la agente Kathryn Dance, del CBI, que interrogara a Pell con la esperanza de obtener una confesión.

Dance comenzó el interrogatorio preguntando:

—¿Cuánto tiempo vivió en la zona de Monterrey?

Pell pareció sorprendido por que no tratara de intimidarle inmediatamente.

—Un par de años.

—¿Dónde?

—En Seaside. —Una localidad de unos treinta mil habitantes, al norte de Monterrey por la carretera 1, poblada principalmente por familias jóvenes de clase trabajadora y jubilados—. Cuesta ganar dinero, y allí da más de sí —explicó—.

Mucho más que en un sitio tan fino como Carmel. —Posó sus ojos en la cara de Kathryn.

Ella ignoró su intento de conseguir información acerca de dónde vivía y advirtió que hablaba bien, sin errores sintácticos ni gramaticales.

Siguió preguntándole por su vida en Seaside y en prisión, y entre tanto no dejó de observarle, atenta a sus reacciones cuando le hacía preguntas y cuando respondía. No lo hacía para obtener información: había hecho sus deberes, conocía la respuesta a todas sus preguntas. Intentaba, en cambio, establecer su línea base de conducta.

A la hora de dilucidar si un sospechoso miente, los interrogadores tienen en cuenta tres factores: la conducta no verbal (lenguaje corporal o kinesia), las pautas discursivas (tono de voz y pausas antes de contestar a una pregunta) y el contenido (lo que se dice). Los dos primeros factores son mucho más fiables a la hora de detectar el engaño: a fin de cuentas, es más fácil controlar lo que decimos que cómo lo decimos y la reacción natural de nuestro cuerpo al decirlo.

La línea base es el catálogo de los comportamientos que manifiesta el sujeto al decir la verdad. Es la plantilla con la que, más adelante, cotejará el interrogador la conducta del sujeto cuando éste tiene motivos para mentir. Cualquier divergencia entre una y otra denota engaño.

Cuando tuvo un buen perfil del Daniel Pell que no mentía, abordó el asunto que la había llevado a aquel juzgado moderno y aséptico una brumosa mañana de junio.

—Me gustaría hacerle unas preguntas acerca de Robert Herron.

Los ojos de Pell la recorrieron de nuevo, más meticulosamente esta vez. Se fijó en el collar de nácar hecho por su madre que llevaba en la garganta. Observó sus uñas cortas, pintadas de rosa. Y, por último, miró dos veces la sortija con una perla gris que lucía en el dedo anular, donde podría haber llevado la alianza de casada.

—¿Cómo conoció a Herron?

—Está dando por sentado que le conocía. Pero no, no le vi nunca. Lo juro.

Esa última frase era señal segura de engaño, a pesar de que su cuerpo no mostrara indicio alguno de que estuviera mintiendo.

—Pero le dijo a un interno de Capitola que quería que fuera al pozo y buscara el martillo y la cartera.

—No, eso fue lo que él le dijo a la directora. —Pell le dedicó otra sonrisa divertida—. ¿Por qué no habla con él? Tiene usted una mirada inteligente, agente Dance. He visto cómo me observa intentando decidir si estoy siendo sincero o no. Apuesto a que se daría cuenta en un abrir y cerrar de ojos de que lo que ha contado ese chico es mentira.

Kathryn no reaccionó, pese a que le extrañó que un sospechoso se diera cuenta de que estaba siendo sometido a un análisis kinésico.

—Pero, entonces, ¿cómo sabía que había pruebas en ese pozo?

—Bueno, eso puedo imaginármelo. Alguien me robó un martillo, lo usó para matar a Herron y lo dejó allí para incriminarme. Llevaba guantes, de esos de látex que llevan todos en *CSI*.

Seguía relajado. Su lenguaje corporal no se apartaba de la línea base. Sólo mostraba emblemas, gestos corrientes que solían utilizarse en lugar de palabras: se encogía de hombros, por ejemplo, o señalaba con el dedo. Ni un gesto que indicara tensión, ni hacía demostraciones afectivas, signos de que estuviera experimentando emoción alguna.

—Pero, si así fuera —señaló la agente—, ¿no habría llamado el asesino a la policía en su momento para decirles dónde estaba el martillo? ¿Por qué esperar más de diez años?

—Por precaución, supongo. Le convenía esperar el momento oportuno. Y luego accionar la trampa.

—Pero ¿por qué llamó el asesino a ese recluso de Capitola? ¿Por qué no avisó directamente a la policía?

Un momento de duda. Luego, una risa. Sus ojos azules brillaron con un júbilo que parecía sincero.

—Porque ellos también están implicados. La policía. Claro... La pasma sabía que el caso Herron estaba sin resolver y necesitaba culpar a alguien. ¿Por qué no a mí? Ya estaba en prisión. Apuesto a que fueron ellos los que pusieron allí el martillo.

—Detengámonos un momento en esa idea. Está usted diciendo dos cosas distintas. Primero, que alguien le robó el martillo antes de que Herron fuera asesinado, que le mató con él y que ahora, después de todo este tiempo, está intentando incriminarle. En cambio, según su segunda versión, la policía se apropió de su martillo después de que Herron fuera asesinado por un tercero y posteriormente lo dejó en el pozo para culparle del asesinato. Son versiones contradictorias. O es una cosa o la otra. ¿Cuál cree que es la acertada?

—Mmm. —Pell se quedó pensando unos segundos—. De acuerdo, me quedo con la segunda. La policía. Es un montaje. Estoy seguro de que eso es lo que pasó.

Dance le miró a los ojos, verde sobre azul. Asintió con la cabeza, complaciente.

—Pensemos en ello. En primer lugar, ¿de dónde habría sacado la policía ese martillo?

Pell reflexionó de nuevo.

—De cuando me detuvieron por lo de Carmel.

—¿El asesinato de la familia Croyton, en 1999?

—Exacto. De las pruebas que se llevaron de mi casa de Seaside.

Kathryn frunció el ceño.

—Lo dudo. Las pruebas se registran cuidadosamente. No, yo me decantaría por un escenario más verosímil: que el martillo fue sustraído hace poco tiempo. ¿En qué otro lugar podría encontrarse un martillo que le perteneciera? ¿Tiene alguna otra casa en el estado?

—No.

—¿Algún pariente o amigo que pudiera tener alguna herramienta suya?

—Qué va.

Lo cual no era una respuesta clara a una pregunta que podía contestarse con un sí o un no; era aún más escurridiza que un «no lo recuerdo». Dance notó también que, al oír la palabra «pariente», Pell había puesto sobre la mesa sus manos de uñas largas y limpias. Una desviación de su línea base de conducta. No significaba que estuviera mintiendo, pero sí que estaba experimentando cierto estrés. Sus preguntas empezaban a inquietarle.

—¿Tiene algún familiar en California, Daniel?

Titubeó, pareció llegar a la conclusión de que Kathryn era de las que verificaban cada comentario (y era cierto) y contestó:

—La única que queda es mi tía. Vive en Bakersfield.

—¿Se apellida Pell?

Otra pausa.

—Sí... Eso está bien pensado, agente Dance. Apuesto a que los ayudantes del *sheriff* que la pifiaron en el caso de Herron robaron ese martillo en casa de mi tía y lo pusieron allí. Son ellos los que están detrás de todo esto. ¿Por qué no habla con ellos?

—Muy bien. Pensemos ahora en la cartera. ¿De dónde podía proceder? Se me ocurre una idea. ¿Y si no fuera la cartera de Robert Herron? ¿Y si esos policías corruptos de los que habla compraron una cartera, hicieron que la grabaran con las iniciales «R. H.» y luego la pusieron en el pozo junto con el martillo? Podría haber sido el mes pasado. O la semana pasada, incluso. ¿Qué opina, Daniel?

Pell bajó la cabeza (Kathryn no pudo verle los ojos) y no contestó.

El interrogatorio se estaba desarrollando tal y como esperaba la agente.

Había forzado a Pell a escoger la explicación más verosímil para respaldar su inocencia y a continuación había procedido a demostrar que carecía por completo de credibilidad. Ningún jurado en su sano juicio creería que la policía había fabricado pruebas y robado herramientas de una casa situada a cientos de kilómetros de la escena del crimen. Pell se había percatado de su error. La trampa estaba a punto de cerrarse sobre él.

Jaque mate...

Se le aceleró un poco el corazón y pensó que Pell estaba a punto de ofrecerle un trato.

Pero se equivocaba.

El reo abrió los ojos y clavó en ella una mirada de pura malevolencia. Se abalanzó hacia ella. Sólo los grilletes, sujetos a la silla metálica atornillada al suelo de baldosas, impidieron que la mordiera.

Dance se echó hacia atrás sofocando un grito.

—¡Maldita zorra! Ya lo entiendo. Claro, usted también está metida en esto. Sí, sí, échenle la culpa a Daniel. ¡Siempre es culpa mía! Soy un blanco fácil. Y entra aquí como si fuera una amiga, para hacerme unas preguntas. Dios mío, es igual que todos los demás.

Estaba asustada. Le latía con violencia el corazón, pero enseguida comprobó que las cadenas eran seguras y que Pell no podía alcanzarla. Se volvió hacia el espejo, detrás del cual el agente que manejaba la cámara de vídeo sin duda se habría puesto en pie para correr en su ayuda. Kathryn le hizo un gesto negativo con la cabeza. Tenía que ver adónde llevaba todo aquello.

La furia de Pell se aplacó de pronto y una fría calma ocupó su lugar. Se recostó en la silla, contuvo la respiración y volvió a mirarla.

—Tiene usted menos de cuarenta años, agente Dance. Es bastante guapa. Parece heterosexual, así que imagino que hay un hombre en su vida. O que lo ha habido. —Otra mirada al anillo con la perla.

—Si no le gusta mi teoría, Daniel, podemos buscar otra. Sobre lo que le sucedió realmente a Robert Herron.

—Y tiene hijos, ¿verdad? —preguntó como si Kathryn no hubiera dicho nada—. Sí, claro que los tiene. Lo noto. Hábleme de ellos. Hábleme de sus pequeñuelos. Se llevan poco tiempo y no son muy mayores, me apuesto lo que sea.

Alterada, Dance pensó al instante en Maggie y Wes, pero procuró no reaccionar. *Él no sabe que tengo hijos, desde luego. Es imposible que lo sepa. Sin embargo, actúa como si estuviera seguro. ¿Ha notado algo en mi comportamiento? ¿Algo que le haya sugerido que soy madre?*

Te estudian con la misma atención que tú los estudias a ellos...

—Escúcheme, Daniel —dijo serenamente—. Con un arrebato de furia no va a conseguir nada.

—Tengo amigos fuera, ¿sabe? Amigos que me deben favores. Seguro que les encantaría hacerle una visita. O salir con su marido y sus hijos. Sí, es muy dura la vida del policía. Los pequeñuelos pasan mucho tiempo solos, ¿verdad? Seguro que les encantaría tener amiguitos con los que jugar.

Kathryn le sostuvo la mirada sin pestañear. Preguntó:

—¿Podría hablarme de su relación con ese recluso de Capitola?

—Sí, podría. Pero no voy a hacerlo. —Su inexpresiva respuesta parecía mofarse de ella, como dando a entender que, para ser una interrogadora profesional, había formulado su pregunta chapuceramente. Con voz suave, añadió—: Creo que es hora de que regrese a mi celda.

2

Alonso *Sandy* Sandoval, el fiscal del condado de Monterrey, era un hombre guapo y rotundo, de espesa mata de pelo negro y ancho bigote. Se hallaba en su despacho, dos pisos por encima de los calabozos del juzgado, sentado detrás de una mesa cubierta de carpetas.

—Hola, Kathryn. ¿Qué? ¿Nuestro chico se ha golpeado el pecho y ha entonado el *mea culpa*?

—No exactamente. —Dance se sentó y echó una ojeada a la taza de café que había dejado sobre la mesa tres cuartos de hora antes. Una turbia capa de leche en polvo cubría la superficie—. Creo que ha sido uno de los interrogatorios menos productivos de todos los tiempos.

—Pareces impresionada, jefa —comentó TJ, un joven bajo y delgado, con pecas y cabello rojo y rizado. Vestía pantalones vaqueros, camiseta y americana de cuadros, un atuendo poco convencional para un agente del CBI, el cuerpo de seguridad menos liberal del estado de la Osa Mayor. Pero en TJ Scanlon nada era convencional. De unos treinta años, soltero y sin pareja, su desvencijada casa en las colinas del valle de Carmel parecía una instalación sacada de un museo dedicado a la contracultura californiana de la década de 1960.

Trabajaba casi siempre solo en labores de vigilancia e infiltración, pese a que lo normal en el CBI era que los agentes actuaran en parejas. Pero el compañero habitual de Kathryn estaba en México, trabajando en un caso de extradición, y TJ había aprovechado la ocasión para echar una mano y ver, de paso, al Hijo de Manson.

—Impresionada no. Es simple curiosidad. —Les explicó que la entrevista parecía ir bien hasta que, de pronto, Pell se había revuelto contra ella—. De acuerdo —reconoció bajo la mirada escéptica de TJ—, estoy un poco impresionada. No es la primera vez que recibo amenazas, pero las de ese hombre son de la peor especie.

—¿De la peor especie? —preguntó Juan Millar, un joven detective alto y de tez morena, perteneciente a la División de Investigaciones de la Oficina del Sheriff del condado de Monterrey, que tenía su sede no muy lejos de los juzgados.

—Amenazas hechas con calma —aclaró Dance.

—Alegres amenazas —comentó TJ—. Uno sabe que está en apuros cuando dejan de gritar y empiezan con los susurros.

Los pequeñuelos pasan mucho tiempo solos...

—¿Qué ha pasado? —preguntó Sandoval, aparentemente más preocupado por los progresos de la investigación que por las amenazas contra Dance.

—Al negar que conociera a Herron no mostró ninguna reacción de estrés. Sólo empezó a mostrar indicios de hostilidad y rechazo cuando le hice hablar de una presunta conspiración policial. El movimiento de sus extremidades también se desviaba un poco de su línea base.

A Kathryn Dance la llamaban a menudo la «polígrafa humana». Pero no era una descripción precisa. En realidad era, como cualquier analista o experto en kinesia, una especie de sensor de estrés. Ésa era la clave del engaño; en cuanto detectaba algún síntoma de estrés, abundaba en la cuestión que lo había causado y seguía hurgando en ella hasta que el sujeto se derrumbaba.

Los expertos en kinesia distinguen entre distintos tipos de estrés. Algunos se dan principalmente cuando el sujeto no dice toda la verdad. Dance les daba el nombre de «estrés de simulación». Pero las personas experimentan también un estrés genérico, que se manifiesta cuando están simplemente nerviosas o intranquilas, y que nada tiene que ver con el acto de mentir. Es el que sentimos todos cuando, por ejemplo, llegamos tarde al trabajo, nos vemos obligados a hablar en público o tememos sufrir algún daño físico. Kathryn había descubierto que ambos tipos de estrés se manifestaban kinésicamente de manera distinta.

Tras explicárselo a sus compañeros, añadió:

—Tuve la impresión de que Pell había perdido las riendas del interrogatorio y no podía recuperarlas. De ahí que se pusiera violento.

—¿A pesar de que lo que decías apoyaba su coartada? —El alto y desgarbado Juan Millar se rascó distraídamente la mano izquierda. En la carnosa unión entre el índice y el pulgar tenía una cicatriz, único vestigio de un tatuaje callejero extirpado en algún momento.

—Exacto.

Entonces la mente de Dance dio uno de sus extraños saltos. De A a B, y de B a X. No sabía explicar de dónde surgían, pero siempre los tenía en cuenta.

—¿Dónde fue asesinado Robert Herron? —Se acercó a un plano del condado de Monterrey que Sandoval tenía colgado en la pared.

—Aquí. —El fiscal tocó una zona dentro del trapecio de color amarillo.

—¿Y el pozo donde encontraron el martillo y la cartera?

—Por aquí, más o menos.

Estaba aproximadamente a medio kilómetro de la escena del crimen, en una zona residencial.

La agente miraba fijamente el plano. Sentía los ojos de TJ fijos en ella.

—¿Qué ocurre, jefa?

—¿Tenéis alguna foto del pozo? —preguntó.

Sandoval rebuscó en el expediente.

—El equipo forense de Juan hizo un montón de fotografías.

—A los técnicos de laboratorio les chiflan sus accesorios —canturreó Millar, y la rima sonó extraña en boca de un joven tan formal. Esbozó una sonrisa tímida—. Lo he oído no sé dónde.

El fiscal sacó un fajo de fotografías en color y rebuscó entre ellas hasta dar con las que buscaba.

Mientras las miraba, Dance preguntó a TJ:

—Investigamos un caso allí hace seis u ocho meses, ¿te acuerdas?

—Sí, claro, el incendio provocado. En esa urbanización nueva.

La agente señaló en el plano el lugar donde se hallaba el pozo y añadió:

—La urbanización todavía está en construcción. Y eso —indicó la fotografía con la cabeza— es un pozo excavado en la roca.

En aquella parte de California (cualquiera que fuera de por allí lo sabía), el agua era un bien escaso, y los pozos excavados en roca viva, por su bajo rendimiento y la poca fiabilidad de su suministro, sólo se usaban para consumo doméstico, nunca para regadío.

—Mierda. —Sandoval cerró los ojos un momento—. Hace diez años, cuando asesinaron a Herron, toda esa zona eran campos de labor. El pozo no podía estar ahí.

—No estaba ahí hace un año —masculló Dance—. Por eso estaba tan inquieto Pell. Me estaba acercando a la verdad: alguien robó el martillo de casa de su tía en Bakersfield, mandó grabar la cartera y luego lo puso todo en el pozo hace unos días. Sólo que no fue para inculpar a Pell.

—Oh, no —murmuró TJ.

—¿Qué? —preguntó Millar, mirando a uno y otro.

—Fue Pell quien tramó todo esto —respondió Kathryn.

—Pero ¿por qué? —preguntó Sandoval.

—Porque de Capitola no podía escapar. —La de Capitola, al igual que la de Pelican Bay, en el norte del estado, era una prisión de máxima seguridad—. Pero de aquí, sí.

Kathryn Dance se lanzó hacia el teléfono.

3

En una celda de detención, apartado del resto de los prisioneros, Daniel Pell observaba por la reja el pasillo que conducía a los juzgados. Aparentaba tranquilidad, pero su corazón era un torbellino. La policía que le había interrogado le había puesto los pelos de punta con aquellos ojos verdes tan serenos detrás de las gafas de montura negras y aquella voz monocorde. No esperaba que alguien se introdujera en su mente tan rápida, ni tan profundamente. Era como si le hubiera leído el pensamiento.

Kathryn Dance...

Pell se volvió hacia Baxter, el guardia que esperaba más allá de la reja. Era un tipo decente, no como el que le había escoltado desde Capitola, un negro grandullón y duro como el ébano que ahora permanecía sentado en silencio junto a la puerta del fondo, observándolo todo.

—Como le iba diciendo —dijo Pell, retomando su conversación con Baxter—, madre mía, yo llegué a fumar tres paquetes diarios. Y Jesús hizo un hueco en su apretada agenda para echarme una mano. Lo dejé casi de golpe.

—A mí no me vendría mal un poco de ayuda —contestó el policía.

—Si le digo la verdad —confesó Pell—, me costó más dejar el tabaco que la bebida.

—Yo he probado los parches esos que te pones en el brazo. Y no me sirvieron de nada. A lo mejor mañana pruebo lo de rezar. Mi mujer y yo rezamos todas las mañanas.

A Pell no le sorprendió. Había visto el alfiler que llevaba en la solapa. Tenía forma de pez.

—Eso está muy bien.

—La semana pasada perdí las llaves del coche y estuvimos rezando una hora. Jesucristo me dijo dónde estaban. Oiga, Daniel, se me ocurre una idea: los días del juicio estará usted aquí. Si quiere, podemos rezar juntos.

—Se lo agradecería.

Sonó el teléfono de Baxter.

Un instante después saltó una alarma, tan aguda que hacía daño a los oídos.

—¿Qué demonios está pasando?

El guardia de Capitola se levantó de un salto.

En ese preciso instante una enorme bola de fuego inundó el aparcamiento. Por la ventana del fondo, enrejada pero abierta, entró una llamarada. Un humo negro y grasiento llenó la habitación. Pell se tiró al suelo y se acurrucó.

—Dios mío...

Baxter miraba paralizado las llamas que devoraban el aparcamiento de detrás del juzgado. Agarró el teléfono, pero al parecer se había quedado sin línea. Cogió el transmisor que llevaba en el cinturón para informar del incendio.

Daniel Pell bajó la cabeza y comenzó a rezar entre dientes el padre nuestro.

—¡Tú, Pell!

Abrió los ojos.

El fornido guardia de Capitola se había acercado. Empuñaba una pistola eléctrica Taser. Le arrojó los grilletes para los pies.

—Póntelos. Vamos a recorrer el pasillo, a salir por la puerta delantera y a meternos en el furgón. Estás... —Otro chorro de fuego entró en la celda. Se encogieron los tres. Había estallado el depósito de gasolina de otro coche—. No vas a moverte de mi lado, ¿entendido?

—Sí, claro. ¡Vamos! ¡Por favor! —Se puso los grilletes a toda prisa.

—¿Qué crees que habrá sido? —preguntó Baxter, sudoroso y con voz ronca—. ¿Un atentado terrorista?

El guardia de Capitola no hizo caso. Seguía con los ojos fijos en Pell.

—Si no haces exactamente lo que te diga, te meto cincuenta mil voltios por el culo. —Le apuntó con la Taser—. Y si no me apetece llevarte, dejaré que te ases vivo. ¿Entendido?

—Sí, señor. Vámonos. Por favor. No quiero que usted o el señor Baxter salgan heridos por mi culpa. Haré lo que me digan.

—Abre —le espetó el guardia a Baxter, que apretó un botón.

La puerta se abrió hacia fuera con un zumbido y los tres hombres echaron a andar por el pasillo, cruzaron otra puerta de seguridad y avanzaron por un corredor en penumbra que empezaba a llenarse de humo. Seguía sonando la alarma.

Pero espera, pensó Pell. Era otra alarma. La primera había sonado antes de las explosiones del aparcamiento. ¿Habría descubierto alguien lo que se proponía?

Kathryn Dance...

Al pasar junto a una puerta de emergencia, miró hacia atrás. A su alrededor, el pasillo iba llenándose de un humo negro.

—¡No, ya es demasiado tarde! ¡Va a arder todo el edificio! ¡Salgamos por aquí!

—Tiene razón. —Baxter echó mano de la barra de la puerta.

—No —dijo con firmeza el guardia de Capitola, sin perder la calma—. Por la puerta principal, al furgón de la prisión.

—¡Está loco! —exclamó Pell—. ¡Por el amor de Dios! ¡Vamos a morir! —De un empujón abrió la puerta de emergencia.

Una oleada de calor, humo y chispas cayó sobre ellos. Fuera, una cortina de fuego devoraba coches, cubos de basura y arbustos. Pell cayó de rodillas, cubriéndose la cara.

—¡Mis ojos! —gritó—. ¡Dios! ¡Me duele!

—¡Maldita sea, Pell! —El guardia dio un paso adelante levantando la Taser.

—¡Baje eso! No va a ir a ninguna parte —dijo Baxter, furioso—. Está herido.

—¡No veo! —gemía Pell—. ¡Que alguien me ayude!

Baxter se volvió hacia él y se agachó.

—¡No! —gritó el guardia.

Baxter se tambaleó hacia atrás con una expresión de perplejidad mientras Pell le hundía una y otra vez un cuchillo de carnicero en el vientre y el pecho. Sangrando a raudales, cayó de rodillas y buscó a tientas el aerosol de pimienta. Pell le agarró de los hombros y le hizo volverse en el instante en que el otro guardia disparaba la Taser. El arma soltó una descarga, pero los dardos no dieron en el blanco.

Pell apartó a Baxter de un empujón y saltó hacia el guardia, que se quedó paralizado, con los ojos fijos en el cuchillo y la pistola inservible colgando de la mano. Los ojos azules de Pell observaban su cara negra y sudorosa.

—No lo hagas, Daniel.

Pell se arrimó.

El guardia levantó los puños.

No tenía sentido hablar. Quien llevaba la voz cantante no necesitaba humillar a los demás, ni amenazarlos, ni burlarse de ellos. Se lanzó hacia delante, esquivó los golpes del guardia y le asestó una docena de cuchilladas, empuñando el cuchillo hacia abajo con la mano derecha y el filo hacia fuera.

El modo más eficaz de utilizar un cuchillo para defenderse de un rival fuerte y dispuesto a contraatacar era el golpe seco y repetido.

El guardia cayó de lado, pataleando con el rostro crispado. Se agarró el pecho y la garganta. Un momento después, dejó de moverse. Pell cogió las llaves y se quitó las esposas.

Baxter se arrastraba por el suelo intentando aún sacar el aerosol de su funda con los dedos manchados de sangre. Sus ojos se agrandaron cuando vio acercarse a Pell.

—Por favor. No me haga daño. Sólo estaba haciendo mi trabajo. ¡Los dos somos buenos cristianos! Le he tratado bien. Yo...

Pell le cogió del pelo. Le dieron ganas de decir: *Hiciste perder el tiempo a Dios rezando por las llaves de tu coche.*

Pero no se humillaba a los demás, no se les amenazaba, ni se reía uno de ellos. Se agachó y le degolló limpiamente.

Cuando estuvo muerto, se acercó de nuevo a la puerta. Se tapó los ojos y agarró la bolsa ignífuga de la que había sacado el cuchillo al salir.

Estaba hurgando en ella cuando sintió el cañón de un arma pegado a su cuello.

—No se mueva.

Se quedó inmóvil.

—Tire el cuchillo.

Un momento de vacilación. La pistola se mantenía firme. Pell sintió que quien la empuñaba estaba dispuesto a apretar el gatillo. Dejó escapar un suspiro. El cuchillo tintineó al caer al suelo. Miró al hombre, un joven policía hispano vestido de paisano. Sostenía una radio y no le quitaba ojo.

—Aquí Juan Millar. Kathryn, ¿estás ahí?

—Adelante —contestó ella.

Kathryn...

—Código once, nueve, nueve, necesito asistencia inmediata en la salida de incendios de la planta baja, al lado de los calabozos. Hay dos guardias heridos de gravedad. Nueve, cuatro, cinco, solicito una ambulancia. Repito, once, nueve...

De pronto estalló el depósito del coche más cercano. Un fogonazo anaranjado atravesó la puerta.

El agente se agachó.

Pell, no. Su barba empezó a arder, las llamas lamieron sus mejillas, pero se mantuvo firme.

Aguanta...

4

Kathryn Dance llamaba desde una radio Motorola:

—Juan, ¿dónde está Pell? ¡Responde, Juan! ¿Qué está pasando?

No hubo respuesta.

El 1199 era un código propio de la Patrulla de Caminos, pero todos los agentes de policía de California lo conocían. Significaba que un agente necesitaba ayuda inmediata.

Y sin embargo no hubo respuesta después de su transmisión.

El jefe de seguridad del juzgado, un policía jubilado con el pelo canoso cortado a cepillo, se asomó al despacho.

—¿Quién dirige el registro? ¿Quién está al mando?

Sandoval miró a Dance.

—La oficial de mayor graduación eres tú.

Kathryn nunca se había encontrado con una situación semejante: una bomba incendiaria había hecho explosión y Daniel Pell, un asesino, había escapado. Claro que, que ella supiera, aquélla era una situación inaudita en la península de Monterrey. Podía coordinar esfuerzos hasta que alguien de la Oficina del Sheriff o de la Patrulla de Caminos tomara el mando. Era de vital importancia actuar deprisa y con contundencia.

—Está bien —dijo, y ordenó al jefe de seguridad que enviara más guardias al piso inferior y que se apostaran en las puertas por las que se estaba evacuando el edificio.

Fuera se oían gritos. Había gente corriendo por el pasillo. Los mensajes de radio volaban de un lado a otro.

—¡Mira! —dijo TJ señalando hacia la ventana, más allá de la cual un humo negro lo tapaba todo—. ¡Ay, Dios!

A pesar de que el fuego podía haberse extendido al interior del edificio, Kathryn Dance decidió quedarse en el despacho de Alonso Sandoval. No iba a perder el tiempo yéndose a otra parte o abandonando el edificio. Si las llamas llegaban hasta allí, podían saltar por las ventanas, hasta los techos de los coches aparcados en la explanada delantera, a tres metros de distancia. Intentó de nuevo contactar con Juan Millar (no contestaba al móvil, ni a la radio); luego dijo al jefe de seguridad:

—Hay que registrar el edificio habitación por habitación.

—Sí, señora. —Se marchó a toda prisa.

—Y quiero controles en las carreteras, por si consigue escapar —añadió Dance dirigiéndose a TJ. Se quitó la chaqueta y la arrojó a una silla. Empezaba a tener manchas de sudor bajo las axilas—. Aquí, aquí, aquí... —Sus uñas cortas golpeaban el plano plastificado de Salinas.

Sin apartar la vista de los puntos que señalaba, TJ llamó a la Patrulla de Caminos, la policía del estado de California, y a la Oficina del Sheriff del condado de Monterrey.

Sandoval, el fiscal, miraba el aparcamiento cubierto de humo con una expresión entre adusta y perpleja. En la ventana se reflejaban luces intermitentes. Guardaba silencio. Llegaron nuevos informes. No había rastro de Pell, ni dentro ni fuera del edificio.

Tampoco de Juan Millar.

El jefe de seguridad del juzgado regresó unos minutos después con la cara ennegrecida. Tosía con fuerza.

—El fuego está controlado. Sólo ha afectado al exterior. Pero Sandy... —añadió, tembloroso—. Jim Baxter está muerto. Y también el guardia de Capitola. Los ha apuñalado. Por lo visto tenía un cuchillo.

—Ay, no —murmuró Sandoval—. No...

—¿Y Millar? —preguntó Dance.

—No le encontramos. Puede que lo haya tomado como rehén. Hemos encontrado una radio. Suponemos que es suya, pero no sabemos dónde ha ido Pell. Alguien abrió la puerta de emergencia trasera, pero hasta hace unos minutos había fuego por todas partes. No ha podido salir por ahí. Sólo podía salir atravesando el edificio, y con el mono de la prisión le habríamos visto enseguida.

—A no ser que se haya puesto el traje de Millar —dijo Kathryn.

TJ la miró, inquieto. Los dos sabían lo que implicaba esa posibilidad.

—Avise a todo el mundo de que puede que lleve traje oscuro y camisa blanca. —Millar era mucho más alto que Pell. Dance añadió—: Llevará remangadas las perneras de los pantalones.

El jefe de seguridad transmitió el mensaje por radio.

—Los coches de la Oficina del Sheriff están ocupando sus puestos —dijo TJ apartando la vista de su móvil. Señaló el plano—. La Patrulla de Caminos va a mandar media docena de motos y coches patrulla. Dentro de quince minutos tendrán cortadas las carreteras principales.

Salinas, por suerte, no era una gran urbe: tenía unos 150.000 habitantes y era un importante centro agrícola al que se apodaba «la ensaladera nacional». Sus alrededores estaban cubiertos de campos de lechugas, arándanos, coles de Bruselas, espinacas y alcachofas, lo que significaba que había pocos caminos y carreteras por los que Pell pudiera escapar. Y a pie sería muy visible entre los sembrados.

Dance ordenó a TJ distribuir la fotografía de Pell a todos los agentes encargados de los controles de carretera.

¿Qué más debía hacer? Tocó su trenza, rematada por la goma roja con que Maggie, su hija menor, se la había atado esa mañana. Era una tradición entre ellas: cada mañana, la niña elegía el color de la goma, el lazo o la cinta elástica que se ponía su madre. Recordó cómo brillaban los ojos castaños de su hija tras las gafas de montura metálica cuando esa mañana le había hablado del campamento musical y de la merienda que tendrían que preparar para la fiesta de cumpleaños de su abuelo, la tarde siguiente. (De pronto cayó en la cuenta de que seguramente había sido en ese momento cuando Wes había metido en su bolso el murciélago de peluche.)

Recordó también que aquella mañana estaba deseando interrogar a un criminal legendario.

El Hijo de Manson...

Se oyó el chisporroteo eléctrico de la radio del jefe de seguridad.

—¡Tenemos un herido! —exclamó alguien ansiosamente—. ¡Está muy grave! ¡Es ese detective! Parece que Pell le ha lanzado directamente al fuego. Los del servicio de emergencias han pedido su evacuación. Hay un helicóptero de camino.

No, no... TJ y ella se miraron. El semblante siempre impasible del joven agente tenía una expresión de desaliento. Kathryn sabía que Millar estaría sufriendo horribles dolores, pero necesitaba averiguar si tenía idea de cómo había huido Pell. Señaló la radio. El jefe de seguridad se la pasó.

—Aquí la agente Dance. ¿El detective Millar está consciente?

—No, señora. Está... está muy malherido. —Un silencio.

—¿Va vestido?

—¿Que si...? ¿Cómo ha dicho?

—¿Pell le ha quitado la ropa?

—Ah, no, no. Cambio.

—¿Y el arma?

—No hay arma.

Mierda.

—Avise a todo el mundo de que Pell va armado.

—Recibido.

De pronto se le ocurrió otra idea.

—Quiero un agente en el helicóptero de evacuación en cuanto aterrice. Puede que Pell esté planeando subir de polizón.

—Recibido.

Devolvió la radio, sacó su teléfono y pulsó una tecla de marcado rápido.

—Unidad de Cardiología —respondió la voz baja y plácida de Edie Dance.

—Mamá, soy yo.

—¿Qué pasa, Katie? ¿Los niños...?

Dance imaginó la preocupación pintada en el rostro intemporal de su madre, una mujer robusta, de cabello corto y canoso y grandes gafas redondas de montura gris. Edie se habría inclinado hacia delante, como hacía automáticamente en momentos de tensión.

—No, estamos bien, pero uno de los detectives de Michael ha sufrido quemaduras graves. Ha habido un incendio provocado en los juzgados, un intento de fuga de un preso. Lo verás en las noticias. Han muerto dos guardias.

—Dios mío, cuánto lo siento —murmuró Edie.

—El detective... Juan Millar, se llama. Le has visto un par de veces.

—No me acuerdo. ¿Viene para acá?

—Irá dentro de poco. Va a evacuarle un helicóptero.

—¿Tan grave está?

—¿Tenéis unidad de quemados?

—Una pequeña, en la UCI. Si va para largo, habrá que trasladarle al Alta Bates, al U.C. Davis o al Santa Clara en cuanto sea posible. O quizás incluso al Grossman.

—¿Podrías ir a echarle un vistazo de vez en cuando y decirme cómo evoluciona?

—Claro, Katie.

—Si es posible, me gustaría hablar con él. Cualquier cosa que haya visto podría servirnos de ayuda.

—Claro.

—Voy a estar liada todo el día, aunque atrapemos enseguida a ese tipo. ¿Puedes decirle a papá que vaya a recoger a los niños?

Stuart Dance era biólogo marino. Estaba jubilado, y aunque todavía trabajaba de vez en cuando en el famoso acuario de Monterrey, siempre estaba disponible para llevar y traer a los niños, si hacía falta.

—Enseguida le llamo.

—Gracias, mamá.

Colgó y al levantar la mirada descubrió al fiscal Alonso Sandoval mirando el plano con expresión aturdida.

—¿Quién le ha ayudado? —mascullaba—. ¿Y dónde cojones está Pell?

Por la cabeza de Dance desfilaban variaciones de esas mismas preguntas a velocidad de vértigo.

Pero a ellas se añadían otras dos: *¿Qué podría haber hecho para adivinar lo que se proponía Pell? ¿Cómo podría haber impedido esta tragedia?*

5

El helicóptero que llevaba a Juan Millar al hospital despegó del aparcamiento arrojando volutas de humo de elegante filigrana, acompañado por el chirrido de sus aspas.

Vaya con Dios...

Sonó el teléfono de Dance. Al mirar la pantalla, le sorprendió que Overby hubiera tardado tanto en devolverle la llamada.

—Charles —le dijo a su jefe, el director de la delegación centro-oeste del CBI.

—Voy para allá. ¿Qué se sabe, Kathryn?

La agente le puso al corriente de la situación y le informó de la muerte de los agentes y del estado de Millar.

—Qué mala noticia... ¿Alguna pista? ¿Algo que podamos decirles?

—¿Decirles? ¿A quiénes?

—A los periodistas.

—No sé, Charles. No tenemos mucha información. Podría estar en cualquier parte. He pedido controles de carretera y estamos registrando el edificio palmo a palmo.

—¿Nada concreto? ¿Ni un indicio?

—No.

Overby suspiró.

—Está bien. Por cierto, la operación la diriges tú.

—¿Qué?

—Te quiero al mando de la búsqueda.

—¿A mí? —preguntó, sorprendida.

El CBI tenía autoridad para encargarse del caso, indudablemente: era el cuerpo policial de mayor rango del estado, y Kathryn Dance era una agente veterana, tan competente como el que más para supervisar la operación. Pero el CBI era una brigada de investigación y contaba con escaso personal. Los efectivos necesarios para la busca y captura de Pell tendrían que proporcionarlos la Patrulla de Caminos de California y la Oficina del Sheriff.

—¿Por qué no se encarga alguien de la Patrulla o de la Oficina del Sheriff?

—En mi opinión necesitamos una coordinación centralizada. Es lo más lógico. Además, ya está hecho. He hablado con todo el mundo.

¿Ya? Dance se preguntó si por eso Overby no le había devuelto la llamada inmediatamente: primero había querido asegurarse el control de un caso de gran impacto mediático.

La decisión de Overby le convenía, en todo caso. Capturar a Pell se había convertido en algo personal.

Seguía viéndole enseñar los dientes, oía aún su voz espeluznante diciendo: *Sí, es una vida dura la del policía. Los pequeñuelos pasan mucho tiempo solos, ¿verdad? Seguro que les encantaría tener amiguitos con los que jugar...*

—De acuerdo, Charles. Acepto el caso. Pero quiero a Michael a bordo.

Michael O'Neil era el detective de la Oficina del Sheriff de Monterrey con el que trabajaba más a menudo. O'Neil, un hombre de voz suave, vecino de Monterrey de toda la vida, colaboraba con ella desde hacía años. De hecho, había sido su mentor cuando Kathryn ingresó en el CBI.

—Por mí no hay problema.

Bien, pensó ella. Porque ya había llamado a O'Neil.

—Llegaré enseguida. Quiero otro informe antes de la rueda de prensa. —Overby colgó.

Kathryn se dirigía a la parte de atrás de los juzgados cuando una luz intermitente llamó su atención. Reconoció uno de los Ford Taurus del CBI, cuya sirena latía roja y azul.

Rey Carraneo, un agente recién incorporado a la oficina, aparcó allí cerca y se reunió con ella. Carraneo, un hombre delgado, de cejas pobladas y ojos negros y hundidos, llevaba apenas dos meses en el cuerpo, pero no era ni tan ingenuo ni tan novato como parecía. Hacía poco que se había mudado a la península junto con su esposa para hacerse cargo de su madre enferma, pero antes había trabajado tres años en Reno, un destino difícil. Necesitaba pulirse un poco y ganar experiencia, pero era un policía en quien se podía confiar. Y eso contaba mucho.

Era sólo seis o siete años más joven que Dance, pero en la vida de un policía seis o siete años pesaban mucho, y Carraneo aún no se atrevía a tutearla a pesar de que ella se lo pedía con frecuencia. La saludó como solía: inclinando respetuosamente la cabeza.

—Ven conmigo —dijo ella, y, acordándose de las pruebas del caso Herron y de la bomba incendiaria, añadió—: Es probable que tenga un cómplice, y sabemos que va armado. Así que mantén los ojos bien abiertos.

Siguieron hacia la parte de atrás de los juzgados, donde los investigadores del cuerpo de bomberos y los técnicos forenses de la Oficina de Operaciones Policiales del condado de Monterrey estaban inspeccionando los restos del incendio. El panorama recordaba a una zona de guerra. Cuatro coches habían ardido hasta el chasis y otros dos estaban medio calcinados. La parte trasera del edificio estaba ennegrecida por el humo, los cubos de basura se habían derretido y una neblina azul grisácea pendía sobre la explanada.

Apestaba a goma quemada... y a otra cosa mucho más repulsiva.

Dance observó el aparcamiento. Luego desvió los ojos hacia la puerta abierta.

—Imposible que saliera por ahí —comentó Carraneo, repitiendo como un eco lo que estaba pensando su jefa.

Por los coches destruidos y las marcas que el incendio había dejado en el suelo, estaba claro que las llamas habían rodeado por completo la puerta. El incendio había sido una maniobra de distracción. Pero ¿dónde estaba Pell?

—¿Se sabe de quién son todos estos coches? —preguntó a un bombero.

—Sí. Son todos de empleados de los juzgados.

—Eh, Kathryn, tenemos el artefacto —le dijo un hombre uniformado. Era el jefe de bomberos del condado.

Ella le saludó con una inclinación de cabeza.

—¿Qué era?

—Una maleta con ruedas, bastante grande, repleta de botellas de leche llenas de gasolina. La colocaron ahí, debajo de ese Saab. Llevaba una mecha de combustión lenta.

—¿Trabajo de un profesional?

—Seguramente no. Hemos encontrado residuos de la mecha. Se puede fabricar con cuerda de tender y algunos productos químicos. Yo diría que quien haya sido encontró las instrucciones en Internet. Es el tipo de artefacto que utilizan los chavales para hacer voladuras. Y para saltar por los aires ellos mismos, muchas veces.

—¿Podéis rastrear algún componente?

—Quizá sí. Vamos a mandarlo todo al laboratorio y luego ya veremos.

—¿Sabes cuándo lo dejaron?

El jefe de bomberos señaló el coche bajo el cual se había colocado el artefacto.

—El dueño llegó a eso de las nueve y cuarto, así que tuvo que ser después.

—¿Hay alguna posibilidad de que encontremos huellas?

—Lo dudo.

Dance inspeccionó el campo de batalla con los brazos en jarras. Había algo que no encajaba.

El pasillo en penumbra, sangre en el cemento.

La puerta abierta.

Girándose lentamente para estudiar la zona, advirtió que detrás del edificio, en medio de un bosquecillo de pinos y cipreses, había un árbol del que colgaba una cinta naranja de las que se usaban para marcar los matorrales y los árboles destinados a la poda. Al acercarse, se fijó en que el montón de pinochas que rodeaba el pie del tronco era mayor que el de los árboles vecinos. Se puso de rodillas y comenzó a escarbar. Desenterró una bolsa grande y quemada, hecha de tela metálica.

—Rey, necesito unos guantes. —El humo la hizo toser.

El joven agente pidió unos guantes a un ayudante del *sheriff* y se los llevó. Dentro de la bolsa, además del uniforme naranja de Pell, había un mono gris con capucha que resultó ser un traje ignífugo. Según decía la etiqueta, estaba hecho de kevlar y fibras de PBI y tenía una tasa SFI del 3.2A/5. Dance ignoraba qué significaba aquello, aparte de que el material era, evidentemente, lo bastante resistente como para que Daniel Pell hubiera atravesado el aparcamiento de detrás de los juzgados sin riesgo de abrasarse en el incendio.

Dejó caer los hombros, desalentada. *¿Un traje ignífugo? Pero ¿a qué nos estamos enfrentando?*

—No lo entiendo —dijo Rey Carraneo.

Dance le explicó que posiblemente el cómplice de Pell había dejado la bolsa ignífuga junto a la puerta después de colocar la bomba. Dentro de ella iban el traje ignífugo y un cuchillo. Y quizá también una llave universal para esposas o grilletes. Tras desarmar a Juan Millar, Pell se había puesto el traje y había atravesado corriendo las llamas, hasta el árbol marcado con la cinta naranja al pie del cual su cómplice había escondido ropa de paisano. Luego se había cambiado y había huido a pie.

Levantó la radio e informó de su hallazgo. Después hizo una seña a un técnico forense de la Oficina del Sheriff y le entregó las pruebas.

Carraneo le pidió que fuera a echar un vistazo a un trozo de tierra, no muy lejos de allí.

—Pisadas.

Había varias marcas separadas por algo más de un metro. Las de alguien que corría. Estaba claro que eran de Pell; las pisadas que había dejado junto a la salida de emergencias de los juzgados eran muy reconocibles.

Dance y Carraneo echaron a correr en la dirección que llevaban las huellas. Acababan en San Benito Way, una calle cercana bordeada por varios descampados, una licorería, una taquería destartalada, una empresa de mensajería y fotocopias, una oficina de empeño y un bar.

—Así que aquí fue donde le recogió su cómplice —comentó Carraneo, mirando a un lado y a otro de la calle.

—Pero hay otra calle al otro lado de los juzgados. Y está casi cien metros más cerca que ésta. ¿Por qué aquí?

—¿Porque en la otra hay más tráfico?

—Podría ser. —Kathryn escudriñó la zona con los ojos entornados, tosiendo de nuevo. Por fin contuvo la respiración y fijó los ojos en la acera de enfrente—. Vamos, ¡deprisa!

El chico de veintitantos años, vestido con pantalones cortos y la camisa del uniforme de Wordlwide Express, conducía su furgoneta verde por las calles del centro de Salinas, atento al cañón de la pistola que descansaba sobre su hombro. Iba llorando.

—Mire, señor, no sé de qué va todo esto, de verdad, pero nosotros no transportamos dinero. Creo que llevo encima unos cincuenta dólares, dinero mío, y si quiere puede...

—Dame tu cartera.

El secuestrador llevaba también pantalones cortos, cortavientos y una gorra de los Athletics de Oakland. Tenía la cara tiznada y quemada parte de la barba. Era de mediana edad, pero delgado y fuerte. Sus ojos eran de un extraño color azul claro.

—Lo que usted quiera, señor. Pero no me haga daño. Tengo familia.

—La cartera.

Billy, un chico fornido, tardó unos segundos en sacar la billetera de sus estrechos pantalones cortos.

—Aquí la tiene.

El secuestrador echó un vistazo a su contenido.

—Muy bien. William Gilmore, residente en Rio Grande Avenue, trescientos cuarenta y tres, Marina, California y padre de estos dos preciosos niños, si la galería fotográfica está actualizada...

El miedo se apoderó de Billy.

—Y marido de esta encantadora joven. Mira qué rizos. Me jugaría algo a que son naturales. Oye, mira la carretera. Acabas de dar un bandazo. Y sigue hacia donde te he dicho. —Luego añadió—: Pásame tu móvil.

Hablaba con calma. Y eso era bueno. Significaba que no iba a hacer ningún movimiento brusco, ninguna tontería.

Billy le oyó marcar un número.

—Hola, soy yo. Anota esto. —Repitió la dirección de Billy—. Tiene mujer y dos hijos. La mujer es muy guapa. Seguro que te gusta su pelo.

—¿A quién está llamando? —susurró Billy—. Por favor, señor, por favor... Llévese la furgoneta, llévese lo que quiera. Le daré todo el tiempo que quiera para escapar. Una hora. Dos horas. Pero no...

—Shhh. —El desconocido siguió hablando por teléfono—. Si no aparezco, será porque no he pasado los controles de carretera, y la culpa será de mi amigo William, que no habrá estado lo bastante convincente. Ve a visitar a su familia. Son todos tuyos.

—¡No! —Billy se giró de repente y se lanzó hacia el teléfono.

El cañón de la pistola rozó su cara.

—Sigue conduciendo, hijo. No es buen momento para salirse de la carretera. —Cerró el teléfono y se lo guardó en el bolsillo—. William... ¿Te llaman Bill?

—Billy, más bien, señor.

—Bueno, Billy, voy a explicarte la situación. Me he escapado de la cárcel.

—Sí, señor. Por mí, estupendo.

Se echó a reír.

—Vaya, gracias. Pero ya me has oído hablar por teléfono. Ya sabes lo que quiero que hagas. Si consigues que pase los controles, te dejaré marchar y a tu familia no le pasará nada.

Billy se pasó la mano por las mejillas redondeadas. Le ardía la cara y el miedo le retorcía las tripas.

—No eres ninguna amenaza para mí. Todo el mundo sabe cómo me llamo y qué aspecto tengo. Soy Daniel Pell y mi foto saldrá en las noticias del mediodía. Así que no tengo motivos para hacerte daño, siempre y cuando hagas lo que te digo. Ahora, procura calmarte. Tienes que concentrarte. Si la policía te para, quiero que te comportes como un mensajero simpático y curioso, que frunzas el ceño y preguntes qué ha pasado en la ciudad. Todo ese humo y ese jaleo. Caray... ¿Captas la idea?

—Por favor, haré cualquier cosa...

—Billy, sé que me estabas escuchando. No necesito que hagas cualquier cosa. Necesito que hagas lo que te he pedido. Eso es todo. ¿Qué podría haber más sencillo?

6

Kathryn Dance y Carraneo estaban en la oficina de la mensajería You Mail de San Benito Way, donde acababan de enterarse de que la furgoneta de Worldwide Express, una empresa de paquetería, había pasado por allí para hacer el reparto diario momentos después de la fuga de Pell.

De A a B, y de B a X...

Deduciendo que Pell podía apoderarse de la furgoneta para pasar con ella los controles de carretera, la agente llamó al director de operaciones de la empresa en Salinas, quien le confirmó que el conductor de esa ruta no había hecho el resto de las entregas previstas para ese mañana. Dance anotó el número de matrícula de la furgoneta y se lo pasó a la Oficina del Sheriff.

Regresaron al despacho de Sandy Sandoval para coordinar desde allí la búsqueda del vehículo. Por desgracia, había veinticinco furgonetas de Worldwide en la zona, así que Dance le dijo al director que ordenara a los demás conductores detenerse en la primera gasolinera que encontraran. La furgoneta que siguiera circulando sería la de Daniel Pell.

Pero el trámite llevó algún tiempo. El director tuvo que llamar a cada conductor a su móvil; de haber transmitido la orden por radio, habrían alertado a Pell de que la policía sabía ya cómo había escapado.

Alguien cruzó lentamente la puerta. Al darse la vuelta, Dance vio a Michael O'Neil, el ayudante jefe de la Oficina del Sheriff al que había llamado poco antes. Le saludó inclinando la cabeza con una sonrisa, inmensamente aliviada de que estuviera allí. Para ella, no había un policía mejor para compartir aquella pesada carga.

O'Neil llevaba muchos años en la Oficina del Sheriff de Monterrey. Había pasado de ser un ayudante novato, escalando posiciones con esfuerzo, a convertirse en un investigador metódico y solvente, con un impresionante historial de detenciones (y, lo que era más importante, también de condenas). Ahora era ayudante jefe y detective de la Oficina de Operaciones, una sección encuadrada en la División de Investigaciones.

Había rechazado lucrativas ofertas para trabajar en el sector de la seguridad privada y también había rehusado ingresar en cuerpos policiales de mayor jurisdicción, como el CBI o el FBI. No quería aceptar un trabajo que le obligara a mudarse o a hacer largos viajes. La península de Monterrey era su hogar, y no tenía deseo alguno de irse a otra parte. Sus padres todavía vivían allí, en la casa con vistas al mar donde habían crecido sus hermanos y él. (Su padre sufría demencia senil y, como su madre estaba pensando en vender la casa y trasladar a su marido a una residencia, O'Neil tenía intención de comprarla sólo para que siguiera perteneciendo a la familia.)

Con su querencia por la bahía y por su barco y su afición a la pesca, Michael O'Neil podría haber sido el protagonista, firme y discreto, de una novela de John Steinbeck, como el Doc de *Los Arrabales de Cannery*. De hecho, el detective, ávido coleccionista de libros, tenía primeras ediciones de todas las obras de Steinbeck. (Su preferida era *Viajes con Charley*, un ensayo sobre el viaje que el escritor hizo por Estados Unidos en compañía de su caniche gigante, viaje que O'Neil pensaba emular en algún momento de su vida.)

El viernes anterior, Dance y él habían detenido a un hombre de treinta años conocido como Ese, jefe de una banda de chicanos particularmente violenta que operaba desde Salinas. Lo habían celebrado compartiendo una botella de espumoso marca Piper Sonoma en la terraza de un restaurante de Fisherman's Wharf atestado de turistas.

Ahora parecía que de eso hacía décadas. Si es que había sucedido.

El uniforme de la Oficina del Sheriff de Monterrey era el típico de color caqui, pero O'Neil solía vestir de paisano. Esa mañana llevaba traje azul marino y camisa gris oscura sin corbata, a juego con la mitad del pelo de su cabeza. Bajo los párpados caídos, sus ojos marrones y escrutadores se deslizaron lentamente sobre el plano de la zona. Sus genes (y el tiempo que pasaba luchando a brazo partido con formidables ejemplares marinos en la bahía de Monterrey, cuando el trabajo y la climatología le permitían sacar su barco) le habían dotado de un físico compacto con robustas extremidades.

Saludó a TJ y a Sandoval inclinando la cabeza.

—¿Se sabe algo de Juan? —preguntó Dance.

—De momento está aguantando. —Un suspiro. O'Neil y Millar trabajaban juntos con frecuencia y salían a pescar una vez al mes, más o menos. Kathryn sabía que, camino de allí, había estado en contacto constante con los médicos y la familia de Millar.

El CBI carecía de unidad central de comunicaciones desde la que pudiera contactarse por radio con coches patrulla, embarcaciones o vehículos de emergencia, de modo que O'Neil ordenó que la central de comunicaciones de la Oficina del Sheriff transmitiera la información acerca de la furgoneta de Worldwide Express a sus ayudantes y a los agentes de la Patrulla de Carreteras, y les informó de que, unos minutos después, la furgoneta sospechosa sería la única que no se habría detenido en una gasolinera.

Recibió una llamada y asintió con la cabeza mientras se acercaba al plano. Sosteniendo el móvil entre la oreja y el hombro, cogió un paquete de notas autoadhesivas decoradas con mariposas y fue pegándolas sobre el papel.

Dance comprendió que eran nuevos controles de carretera.

O'Neil colgó.

—Hay en la sesenta y ocho, la ciento ochenta y tres, la ciento uno... Tenemos cubiertas las carreteras secundarias que van a Hollister, y también las de Soledad y Greenfield. Pero si se mete en las Praderas del Cielo, será difícil localizar la furgoneta incluso con un helicóptero. Y, además, está el problema de la niebla.

Las «Praderas del Cielo» era el nombre que había dado John Steinbeck a un rico valle repleto de huertos que discurría junto a la carretera 68, en un libro del mismo título. Salinas estaba rodeada casi por completo por tierras de labor llanas y bajas, pero no había que ir muy lejos para internarse entre los árboles. No muy lejos de allí estaba, además, Castle Rock, una zona escarpada cuyos barrancos, riscos y bosques constituían un excelente escondite.

—Si el cómplice de Pell conducía el vehículo en el que escapó —dijo Sandoval—, ¿dónde está?

—¿Habrán quedado en encontrarse en alguna parte? —sugirió TJ.

—O puede que ronde por aquí —repuso Dance, señalando hacia la ventana.

—¿Cómo? —dijo el fiscal—. ¿Para qué?

—Para averiguar cómo estamos llevando el caso, lo que sabemos. Y lo que no sabemos.

—Eso suena un poco... retorcido, ¿no te parece?

TJ se rió, señalando los coches que todavía humeaban en el aparcamiento.

—Yo diría que eso es justamente todo este tinglado: retorcido.

—O puede que quiera retrasarnos —sugirió O'Neil.

—Eso también tiene sentido —dijo Kathryn—. Pell y su cómplice no saben que andamos tras la pista de la furgoneta. Que ellos sepan, todavía creemos que está en esta zona. Puede que el cómplice vaya a encargarse de hacernos creer que Pell sigue por aquí cerca. Disparando a alguien en la calle, quizá, o incluso haciendo estallar otro artefacto.

Sandoval hizo una mueca.

—Mierda. ¿Otra bomba incendiaria?

Dance llamó al jefe de seguridad y le dijo que cabía la posibilidad de que el cómplice rondara por allí y pudiera suponer una amenaza.

Pero no tuvieron tiempo de especular acerca de esa posibilidad. El plan para localizar la furgoneta dio resultado. El centro de comunicaciones de la Oficina del Sheriff llamó por radio para informar a O'Neil de que dos agentes de la policía local habían encontrado a Daniel Pell e iban tras él.

La furgoneta verde de reparto iba levantando una polvareda por el camino.

El agente uniformado que conducía el coche patrulla de la policía de Salinas, un ex marine retornado de la guerra, agarraba el volante del todoterreno como si se aferrara al timón de una chalupa de tres metros de eslora navegando con mar gruesa.

Su compañero, un hispano musculoso, se agarraba al salpicadero con una mano y sujetaba el micrófono con la otra.

—Aquí patrulla siete de la policía de Salinas. Seguimos tras él. Tomó un camino de tierra a las afueras de Natividad, a un kilómetro y medio al sur de Old Stage, aproximadamente.

—Recibido. Central a patrulla siete, atención, el sujeto es peligroso y es probable que vaya armado.

—Claro que es peligroso si va armado —dijo el conductor, y perdió las gafas de sol cuando el coche dio un salto tras pasar por un bache de buen tamaño.

Apenas veían la carretera que tenían delante. La furgoneta levantaba una tormenta de polvo.

—Central a patrulla siete, todas las unidades disponibles van de camino.

—Recibido.

No era mala idea tener refuerzos. Se rumoreaba que Daniel Pell, aquel loco jefe de una secta, un Charles Manson actualizado, se había cargado a una docena de personas en los juzgados, había prendido fuego a un autobús lleno de colegiales y se había abierto paso a cuchilladas entre un gentío formado por posibles candidatos a jurado, de los que había matado a cuatro. O a dos. O a ocho. Fuera cual fuese la verdad, los agentes preferían contar con toda la ayuda posible.

—¿Adónde va? —masculló el ex marine—. Ahí no hay nada.

Aquel camino sólo se usaba para el paso de maquinaria agrícola y de autobuses cargados de trabajadores inmigrantes que iban y venían de los campos de labor. No llevaba a ninguna calle, ni desembocaba en carretera alguna. Aunque no era época de cosecha, su estado decrépito, los tanques de agua potable y los retretes portátiles que había en la cuneta, montados sobre remolques, hacían fácil deducir su uso y llegar a la conclusión de que lo más probable era que no fuera a dar a ninguna carretera principal.

Era posible, sin embargo, que Daniel Pell no lo supiera y que diera por sentado que aquel camino era como cualquier otro, en vez de acabar bruscamente, como era el caso, en medio de un campo de alcachofas. Delante de ellos, a unos treinta metros, Pell frenó bruscamente y la furgoneta comenzó a derrapar. Pero no había forma de parar a tiempo. Las ruedas delanteras se hundieron en una zanja de riego poco profunda y la parte de atrás se levantó del suelo y volvió a caer con estruendo.

El coche patrulla se detuvo de un frenazo allí cerca.

—Aquí patrulla siete —dijo el policía hispano—. Pell se ha salido del camino.

—Recibido, ¿está...?

Los agentes salieron del coche con las pistolas en alto.

—¡Va a salir! ¡Va a salir!

Pero nadie salió de la furgoneta.

Se acercaron. El portón de atrás se había abierto con el golpe, pero dentro sólo se veían montones de paquetes y sobres tirados por el suelo.

—Mira, ahí está.

Pell yacía boca abajo, inconsciente, sobre el suelo del vehículo.

—Puede que esté herido.

—¿Y qué si lo está? —Se acercaron corriendo, le esposaron y le sacaron a rastras del hueco en el que estaba metido.

Le dejaron caer, boca arriba.

—Buen intento, colega, pero...

—Joder, no es él.

—¿Qué? —preguntó su compañero.

—Perdona, pero ¿a ti te parece que este tío es blanco y tiene cuarenta y tres años?

El ex marine se agachó junto al adolescente. Estaba aturdido y tenía tatuada una lágrima en la mejilla.

—¿Tú quién eres? —dijo en español, un idioma que hablaban todos los policías de Salinas y sus alrededores.

El chico esquivaba su mirada.

—No pienso decir nada —masculló en inglés—. Váyanse a la mierda. Cabrones.

—Ah, Dios. —El policía hispano echó un vistazo a la cabina, de cuyo salpicadero colgaban aún las llaves de la furgoneta. Podía imaginarse lo ocurrido: Pell había dejado la furgoneta en la calle, con el motor en marcha, sabiendo que la robarían (en un minuto, aproximadamente), para que la policía la siguiera. De ese modo podría escapar por otros medios.

De pronto se le ocurrió otra idea. Una idea aterradora. Se volvió hacia el marine.

—¿Crees que cuando les dijimos que teníamos a Pell y llamaron a todas las unidades para mandarnos refuerzos...? No pensarás que han desmontado los controles, ¿verdad?

—No, cómo van hacer eso. Joder, sería una idiotez.

Se miraron.

—Oh, Dios. —El hispano corrió al coche patrulla y agarró el micrófono.

7

—Un Honda Civic —informó TJ tras hablar con el Departamento de Vehículos—. Rojo, de hace cinco años. Tengo la matrícula. —Sabían que Pell iba ahora en el coche privado del conductor de la furgoneta, que había desaparecido del aparcamiento de la empresa en Salinas—. Avisaré a los controles de carretera —añadió.

—Cuando vuelvan a montarlos —masculló Dance.

Para desaliento de O'Neil y los demás agentes, algún funcionario de la policía local había ordenado desmantelar los controles cercanos y enviado a todos los efectivos en persecución de la furgoneta. O'Neil, cuyo plácido rostro reflejaba cierta indignación, sólo visible en la tensión de los labios, había enviado de nuevo a los coches a ocupar sus puestos inmediatamente.

Estaban en la sala de juntas que había al fondo del pasillo, cerca del despacho de Sandoval. Ahora que sabían que Pell no estaba por allí, Dance quería regresar al cuartel general del CBI, pero Charles Overby les había dicho que se quedaran en los juzgados hasta que llegara él.

—No querrá que se le escape también la rueda de prensa, supongo —comentó TJ, y Kathryn y O'Neil se rieron con cierta amargura—. Hablando del rey de Roma... —susurró el joven agente—. ¡Ahí viene! ¡Todo el mundo a sus puestos!

Charles Overby, un policía de carrera de cincuenta y cinco años, entró airosamente en la sala y, sin detenerse a saludar, preguntó a Dance:

—¿No estaba en la furgoneta?

—No. Era un pandillero de la ciudad. Pell dejó la furgoneta en marcha. Sabía que la robarían y que nos centraríamos en su búsqueda. Se fue en el coche particular del conductor.

—¿Y el conductor?

—No hay ni rastro de él.

—Uf. —Overby, un hombre atlético aunque algo fondón, aficionado al golf y al tenis, de cabello castaño y rostro atezado, había sido nombrado recientemente jefe de la sección centro-oeste del CBI. Stan Fishburne, su predecesor en el cargo, se había prejubilado por motivos de salud, lo cual había hecho cundir la preocupación entre el personal del CBI, no sólo por el grave infarto que había sufrido Fishburne, sino también por el talante de su sucesor.

O'Neil respondió a una llamada mientras Dance ponía al corriente a Overby, sin omitir los datos del vehículo en el que había huido Pell, ni su temor a que el cómplice del asesino fugado siguiera rondando por allí.

—¿Creéis que ha colocado otro artefacto?

—Es poco probable. Pero es lógico que todavía ronde por aquí.

O'Neil colgó.

—Los controles de carretera vuelven a estar en su sitio.

—¿Quién ha mandado desmontarlos? —preguntó Overby.

—No lo sabemos.

—Estoy seguro de que no hemos sido nosotros, ni tú, ¿verdad, Michael? —preguntó Overby, intranquilo.

Un tenso silencio. Luego O'Neil respondió:

—No, Charles.

—¿Quién ha sido?

—No estamos seguros.

—Deberíamos averiguarlo.

Los reproches eran tan inútiles... Pasado un momento, O'Neil dijo que haría averiguaciones. Dance sabía, sin embargo, que no haría nada, pero su comentario bastó para zanjar las acusaciones veladas de Overby.

—Nadie ha visto el Civic —prosiguió el detective—. Claro que el momento era el más inoportuno. Puede que haya pasado por la sesenta y ocho, o por la ciento uno. Aunque yo descartaría la sesenta y ocho.

—Sí —convino Overby.

La carretera 68, más pequeña, llevaría a Pell de vuelta a la populosa Monterrey. En cambio, la 101, ancha como una carretera interestatal, podía conducirle a todas las grandes autopistas del estado.

—Están montando nuevos puestos de control en Gilroy. Y a unos cincuenta kilómetros al sur. —O'Neil pegó notas en los lugares indicados.

—¿Las terminales de autobuses y el aeropuerto están controlados? —preguntó Overby.

—Sí, así es —contestó Dance.

—¿Y se ha alertado a la policía de San José y a la de Oakland?

—Sí. Y a la de Santa Cruz, San Benito, Merced, Santa Clara, Stanislaus y San Mateo. —Los condados cercanos.

Overby tomó algunas notas.

—Bien. —Levantó la vista y dijo—: Ah, acabo de hablar con Amy.

—¿Con Amy Grabe?

—Sí.

Amy Grabe era la agente especial al mando de la delegación del FBI en San Francisco. Kathryn conocía bien a aquella policía inteligente, aguda y reconcentrada. La región centro-oeste del CBI se extendía por el norte hasta la zona de la bahía, y tanto su difunto marido, agente de la oficina local del FBI, como ella habían tenido ocasión de trabajar con Grabe.

—Si no cogemos pronto a Pell —continuó Overby—, tienen a un experto al que quiero a bordo.

—¿Un qué?

—Un tipo del FBI que se ocupa de situaciones como ésta.

Aquello era una fuga, pensó Dance. ¿De qué clase de experto se trataba? Pensó en el Tommy Lee Jones de *El fugitivo*.

O'Neil también tenía curiosidad.

—¿Un negociador?

—No —contestó Overby—, un experto en sectas. Trata mucho con gente como Pell.

La agente se encogió de hombros: un gesto ilustrador, de los que reforzaban el contenido verbal; en este caso, sus dudas.

—Bueno, no sé si sería muy útil.

Había trabajado numerosas veces en fuerzas conjuntas. No se oponía a compartir jurisdicción con los federales, ni con ningún otro cuerpo policial, pero involucrar a otras agencias ralentizaba inevitablemente el tiempo de reacción. Además, no entendía qué distinguía la fuga del líder de una secta de la de un asesino o un ladrón de bancos.

Pero Overby ya había tomado una decisión; eso dedujo Dance de su tono de voz y su lenguaje corporal.

—Es un tipo brillante, especialista en perfiles psicológicos. Se mete de verdad en sus mentes. La mentalidad sectaria es muy distinta a la de un delincuente común.

¿De veras?

Overby le entregó un trozo de papel con un nombre y un número de teléfono.

—Está en Chicago, acabando un caso, pero puede estar aquí esta noche o mañana a primera hora.

—¿Estás seguro, Charles?

—Con Pell ninguna ayuda nos vendrá mal. Absolutamente ninguna. Y, además, un pez gordo del FBI de Washington... Allí están más especializados, tienen más personal.

Y así habría más gente entre la que repartir responsabilidades, pensó Kathryn cínicamente. De pronto se daba cuenta de lo que había ocurrido. Grabe había preguntado si el FBI podía echar una mano en la búsqueda de Pell, y Overby se habría apresurado a aceptar el ofrecimiento pensando que, si había más heridos o la fuga se prolongaba, no estaría solo en el estrado de las ruedas de prensa; habría otra persona con él.

Dance, sin embargo, mantuvo la sonrisa.

—Muy bien. Espero que llegue pronto y que no tengamos que molestar a nadie más.

—Y, Kathryn..., sólo para que lo sepas. Amy me preguntó cómo había ocurrido la fuga y le dije que tu interrogatorio no había tenido nada que ver.

—¿Mi...? ¿Qué?

—Eso no va a ser un problema. Le dije que no habías hecho nada que hubiera ayudado a Pell a escapar.

Sintió que le ardía la cara. Se estaba poniendo colorada, no había duda. Las emociones surtían ese efecto. Muchas veces, a lo largo de los años, había detectado una mentira gracias a que la mala conciencia y la vergüenza disparaban el flujo sanguíneo.

Al igual que la ira.

Probablemente, Amy Grabe ni siquiera sabía que había interrogado a Pell; no podía sospechar, por tanto, que una imprudencia suya le hubiera facilitado la huida. Ahora, en cambio, lo sabían tanto Grabe como la delegación del FBI en San Francisco. Quizás incluso lo supieran ya en Sacramento, en la sede central del CBI.

—Escapó de los calabozos, no de la sala de interrogatorios —dijo, crispada.

—Me refería a que Pell pudo sonsacarte información que le sirviera para escapar.

Dance sintió tensarse a O'Neil. El detective sentía un fuerte afán de protección hacia quienes no llevaban tanto tiempo como él en aquel oficio. Pero, consciente de que Kathryn sabía valerse sola, guardó silencio.

La agente estaba furiosa por que Overby se lo hubiera dicho a Grabe. Ahora lo entendía: por eso quería que el CBI se encargara del caso; si cualquier otro cuerpo policial tomaba el mando, sería como admitir que eran de algún modo responsables de la fuga.

Y Overby no había acabado aún.

—Ahora, respecto a la seguridad... No me cabe duda de que las precauciones especiales que se tomaron con Pell eran las adecuadas. Le dije a Amy que te habías cerciorado de ello.

Dado que su superior no le había formulado una pregunta, Dance se limitó a sostenerle la mirada con frialdad, sin ofrecerle la más mínima explicación.

Overby pareció comprender que había ido demasiado lejos. Apartando la mirada, dijo:

—Estoy seguro de que todo se hizo como es debido.

Silencio, de nuevo.

—Está bien, tengo una rueda de prensa. Tengo que estar al pie del cañón. —Hizo una mueca—. Avisadme, si hay novedades. Dentro de unos diez minutos estaré en el aire. —Overby se marchó.

TJ miró a Kathryn y dijo con su denso acento sureño:

—Vaya, así que fuiste tú la que olvidó cerrar la puerta del establo cuando acabaste de interrogar a las vacas. Así es como se escaparon. Ya me parecía a mí.

O'Neil sofocó una sonrisa.

—No me tires de la lengua —masculló Dance.

Se acercó a la ventana y miró a la gente evacuada de los juzgados que seguía deambulando delante del edificio.

—Me preocupa ese cómplice. ¿Dónde está? ¿Qué se trae entre manos?

—¿Quién ayudaría a fugarse a un sujeto como Daniel Pell? —preguntó TJ.

La agente recordó las reacciones kinésicas de Pell cuando en el curso del interrogatorio se había mencionado a su tía de Bakersfield.

—Creo que quien le está ayudando consiguió el martillo gracias a su tía. Se llama Pell de apellido. Encontradla. —De pronto se le ocurrió otra idea—. Ah, y ese amigo tuyo de administración, el de Chico...

—¿Sí?

—Es discreto, ¿verdad?

—Bueno, cuando quedamos vamos de copas y nos dedicamos a mirar a las chicas. ¿Te parece suficientemente discreto?

—¿Podría averiguar algo sobre este tipo? —Dance levantó el trozo de papel con el nombre del experto en sectas del FBI.

—Seguro que sí. Dice que los cotilleos del FBI son mejores que los del barrio. —TJ anotó el nombre.

O'Neil recibió una llamada y mantuvo una breve conversación.

—Era la directora de la cárcel de Capitola —explicó al colgar—. Cree que conviene que hablemos con el supervisor del bloque de celdas donde estaba internado Pell, por si puede decirnos algo. También va a traer lo que había en su celda.

—Muy bien.

—Hay también un recluso que asegura tener información sobre Pell. La directora va a hablar con él y luego nos llamará.

Sonó el teléfono de Dance, una rana croando.

O'Neil levantó una ceja.

—Wes o Maggie se han empleado a fondo.

Era una broma entre ellos, como meterle peluches en el bolso. Los niños siempre cambiaban la sintonía de su teléfono cuando Kathryn no los veía (valía cualquier politono; las únicas normas eran no dejarlo jamás sin sonido, ni usar canciones de bandas juveniles).

Pulsó el botón de respuesta.

—¿Diga?

—Soy yo, agente Dance.

Se oía ruido de fondo y aquel «yo» era muy ambiguo, pero dedujo por el modo de dirigirse a ella que era Rey Carraneo.

—¿Qué hay?

—Ni rastro del cómplice, ni de otros artefactos explosivos. Los de seguridad quieren saber si pueden dejar entrar a la gente. El jefe de bomberos ha dado el visto bueno.

Kathryn lo consultó con O'Neil. Decidieron esperar un poco más.

—TJ, sal a ayudarlos a buscar. Me preocupa no saber nada de ese cómplice.

Recordó lo que le había dicho su padre después de estar a punto de tener un encontronazo con un gran tiburón blanco en aguas del norte de Australia: «El tiburón que no se ve es siempre el más peligroso».

8

En las inmediaciones de los juzgados, un hombre fornido y avejentado, de unos cincuenta años, con barba y pelo escaso, observaba atentamente aquel caos. Sus ojos penetrantes lo escudriñaban todo: a la policía, a los guardias, a los civiles.

—Oiga, agente, ¿cómo le va? ¿Tiene un minuto? Sólo quería hacerle unas preguntas... ¿Le importa decir unas palabras para la grabadora?... Ah, claro, entendido. Luego nos vemos. Claro. Buena suerte.

Morton Nagle había visto el lento descenso y el aterrizaje del helicóptero que había evacuado al policía herido.

Había visto a los hombres y mujeres que llevaban a cabo la búsqueda, se había fijado en su estrategia y en sus caras, y había llegado a la conclusión de que nunca se habían enfrentado a una fuga.

Había observado a la multitud inquieta, convencida primero de que se trataba de un incendio accidental y luego de un atentado terrorista, y que al descubrir la verdad parecía más asustada que si la propia Al Qaeda estuviera tras la explosión.

Y era lógico, se dijo Nagle.

—Perdone, ¿podemos hablar un momento?... Ah, claro. No hay problema. Siento haberle molestado, agente.

Nagle deambulaba entre el gentío. Se alisaba el cabello fino y ralo y se tiraba hacia arriba de los anchos pantalones marrones, y entre tanto no dejaba de observar la zona sin perder detalle: los camiones de bomberos, los coches patrulla, las sirenas cuya enorme aureola atravesaba velozmente la neblina. Levantó su cámara digital para hacer algunas fotos más.

Una mujer de mediana edad echó un vistazo a su chaleco astroso (un chaleco de pescador con una veintena de bolsillos) y a la vieja funda de su cámara.

—Ustedes los periodistas son como buitres. ¿Por qué no dejan hacer su trabajo a la policía?

Nagle soltó una risa.

—No sabía que se lo estuviera impidiendo.

—Son todos iguales. —La mujer se volvió y siguió mirando con enfado el edificio envuelto en humo.

Un guardia se le acercó para preguntarle si había visto algo sospechoso.

Qué pregunta tan extraña, pensó Nagle. *Parece sacada de una serie antigua de televisión.* «*Cíñase a los hechos, señora.*»

—No, nada —contestó.

Y añadió para sus adentros: *Nada que me haya sorprendido a mí. Pero quizá no sea a mí a quien deba hacerle esa pregunta.*

Sintió una ráfaga de un olor repulsivo (olor a carne y a pelo quemados) y sin venir a cuento volvió a reírse.

Pensándolo bien (era Daniel Pell quien le había sugerido aquella idea), se daba cuenta de que a veces se reía en situaciones en las que su risa sonaba chocante, inapropiada. Situaciones como aquélla, contemplando el escenario de una masacre. A lo largo de su vida había visto muchas muertes violentas, imágenes que repelían a la mayoría de las personas.

Imágenes que con frecuencia hacían reír a Morton Nagle.

Era, posiblemente, un mecanismo de defensa. Un subterfugio para que la violencia, que conocía de manera tan íntima, no devorara su alma, aunque a veces se preguntara si la risa no sería un indicio de que la había devorado ya.

Luego un policía anunció que pronto se abriría de nuevo el acceso a los juzgados.

Nagle se tiró de los pantalones, se subió la funda de la cámara hombro arriba y observó al gentío. Vio a un joven alto y trajeado, de origen hispano. Saltaba a la vista que era un detective de la policía. Estaba hablando con una señora mayor, miembro de un jurado, a juzgar por la tarjeta de identificación que llevaba. Estaban a un lado, rodeados por poca gente.

Bien.

Nagle calibró al agente. Justo lo que quería: joven, crédulo, confiado. Echó a andar hacia él sin prisa.

Acortando la distancia.

El policía se alejó sin fijarse en él, en busca de más personas a las que interrogar.

Cuando estaba a tres metros de él, Nagle se pasó la cinta de la cámara por el cuello, abrió la cremallera de la bolsa y metió la mano dentro.

Metro y medio.

Se acercó más aún.

Y sintió que una mano le agarraba con fuerza del brazo. El corazón le dio un vuelco, y dejó escapar un gemido.

—Mantenga esas manos donde pueda verlas, ¿entendido? —Era un hombre bajo y nervioso, un agente de la Oficina de Investigación de California. Nagle leyó la identificación que colgaba de su cuello.

—Oiga, ¿qué...?

—Shhhh —siseó el agente, pelirrojo y con el pelo rizado—. ¿Y esas manos? ¿Recuerda lo que le he dicho? Bien visibles... Eh, Rey.

El hispano se acercó a ellos. También llevaba una identificación del CBI. Miró a Nagle de arriba abajo. Le condujeron a un lado del edificio, entre las miradas curiosas de los presentes.

—Miren, no sé...

—Shhh —respondió otra vez el más flaco de los dos.

El hispano le cacheó cuidadosamente e hizo un gesto afirmativo con la cabeza. Luego levantó el pase de prensa que Nagle llevaba colgado y se lo enseñó a su compañero.

—Mmm... —dijo—. Está un poco desfasado, ¿no cree?

—Técnicamente, sí, pero...

—Señor, hace cuatro años que expiró —señaló el hispano.

—Técnicamente, una barbaridad —añadió su compañero.

—Lo habré cogido sin darme cuenta. Soy periodista desde hace...

—Entonces, si llamamos a este periódico, ¿nos dirán que es un periodista acreditado?

Si llamaban al periódico, descubrirían que aquel número no existía.

—Miren, puedo explicárselo.

El más bajo de los dos arrugó el ceño.

—Me encantaría que nos lo explicara, ¿sabe? Verá, acabo de hablar con un jardinero, y me ha dicho que esta mañana, a eso de las ocho y media, vio rondando por aquí a un individuo que encaja con su descripción. Y en ese momento no había más periodistas. ¿Por qué iba a haberlos? A esa hora no se había fugado nadie... Llegar antes de que estalle la noticia. Eso sí que es... ¿Cómo se dice, Rey?

—¿Una primicia?

—Sí, eso sí que es una primicia. Así que, antes de que nos explique nada, dé media vuelta y ponga las manos en la espalda.

En la sala de juntas de la segunda planta de los juzgados, TJ entregó a Dance lo que le había encontrado encima a Morton Nagle.

Ningún arma, ningún detonador, ningún plano de los juzgados o de posibles vías de escape.

Sólo dinero, una cartera, la cámara de fotos, una grabadora y un grueso cuaderno. Además de tres libros sobre casos criminales reales con su nombre en la portada y una fotografía suya en el dorso, de cuando era mucho más joven y tenía más pelo.

—Es un escritor de libros en rústica —dijo TJ, y se puso a canturrear *Paperback writer*, la canción de los Beatles, sin hacerle justicia.

En la biografía del autor, se decía que Nagle había sido corresponsal de guerra y periodista especializado en temas policiales, que ahora escribía libros sobre crímenes, que vivía en Scottsdale, Arizona, que era autor de trece ensayos y que, según afirmaba el propio Nagle, tenía por otras profesiones las de «paseante, nómada y cuentista».

—Esto no le libra de sospechas —comentó Dance—. ¿Qué hacía usted aquí? ¿Y por qué visitó los juzgados antes del incendio?

—No estoy cubriendo la fuga. Llegué temprano para hacer unas entrevistas.

—¿Pensaba hablar con Pell? —preguntó O'Neil—. No concede entrevistas.

—No, no, con Pell, no. Con la familia de Robert Herron. Oí que iban a venir a declarar ante el gran jurado.

—¿Qué me dice del pase de prensa falso?

—De acuerdo, hace cuatro años que no tengo acreditación de ningún periódico, ni ninguna revista. Ahora me dedico a escribir a tiempo completo. Pero sin pase de prensa no se llega a ningún lado. Y nadie mira nunca la fecha.

—Casi nunca —puntualizó TJ con una sonrisa.

Dance hojeó uno de los libros. Trataba sobre el caso Peterson, un asesinato sucedido en California unos años antes. Parecía bien escrito.

TJ levantó la mirada de su ordenador portátil.

—Está limpio, jefa. Por lo menos no tiene antecedentes. Y en Tráfico tampoco tienen nada sobre él.

—Estoy escribiendo un libro. Es todo legal. Pueden comprobarlo.

Les dio el nombre de su editora en Manhattan. Kathryn llamó a la editorial, una empresa importante, y habló con ella. Y aunque era evidente que se estaba preguntando en qué demonios se había metido Nagle ahora, la editora les confirmó que el sospechoso había firmado un contrato para escribir un nuevo libro sobre Pell.

—Quítale las esposas —ordenó Dance a TJ.

O'Neil se volvió hacia el escritor y preguntó:

—¿De qué va el libro?

—No es un libro sobre crímenes al uso. No trata de los asesinatos. Eso ya está muy visto. Trata de las víctimas de Daniel Pell. Cómo eran sus vidas antes de los asesinatos y cómo son ahora, en el caso de los que sobrevivieron. Verá, la mayoría de los programas de televisión y de los libros dedicados a crímenes reales se centran en el crimen mismo, en los aspectos más atroces y sangrientos. En el morbo. Yo eso lo odio. Mi libro trata sobre Theresa Croyton, la niña que sobrevivió, y los parientes y amigos de la familia. Va a llamarse *La muñeca dormida*. Así llamaron a Theresa. También voy a incluir a las mujeres que formaban parte de la presunta Familia de Pell, esas a las que lavó el cerebro. Y también al resto de sus víctimas. En realidad, hay cientos de ellas, si se piensa bien. Para mí, un crimen violento es como una piedra que cae en un estanque. Las ondas de sus repercusiones pueden extenderse casi infinitamente.

Hablaba con vehemencia. Como un predicador.

—Hay tanta violencia en el mundo... Nos inundan con ella, y al final perdemos sensibilidad. Dios mío, la guerra en Irak, Gaza, Afganistán... ¿Cuántas imágenes de coches bomba, cuántas madres rotas de dolor pueden verse sin perder el interés?

»Cuando era corresponsal de guerra y trabajaba en Oriente Medio, en África, en Bosnia, me emboté. Y no hace falta estar allí en persona para que te ocurra. También te puede pasar en el cuarto de estar de tu casa, viendo informativos y películas de terror, en las que la violencia no tiene verdaderas consecuencias. Pero si queremos paz, si queremos atajar la violencia y los conflictos, eso es lo que la gente tiene que conocer: las consecuencias. Y eso no se hace regodeándose en la contemplación de cuerpos ensangrentados, sino centrándose en las vidas que el mal cambió para siempre.

»Al principio, el libro iba a tratar solamente sobre el caso Croyton. Pero luego me enteré de que Pell había matado a otra persona, a ese tal Robert Herron. Quiero incluir a todas las personas a las que afectó su muerte: a sus amigos, a su familia... Y tengo entendido que hoy ha matado a dos guardias.

—Su sonrisa seguía allí, pero era una sonrisa triste.

Kathryn Dance comprendió que ella también podía solidarizarse con la causa por la que abogaba Nagle. A fin de cuentas, era madre e investigadora de crímenes violentos. Había visto multitud de casos de violación, asalto y homicidio.

—Esto ha venido a rizar el rizo. —Nagle señaló a su alrededor—. Es mucho más difícil encontrar a víctimas y familiares de un caso cerrado hace tiempo. Herron fue asesinado hace cerca de diez años. Pensé que... —Se interrumpió y frunció el ceño, pero sus ojos brillaron de nuevo, inopinadamente—. Esperen, esperen. Dios mío, Pell no tuvo nada que ver con la muerte de Herron, ¿verdad? Confesó para salir de Capitola y poder fugarse desde aquí.

—Eso no lo sabemos —contestó Dance juiciosamente—. Todavía estamos investigando.

Nagle no la creyó.

—¿Ha falsificado pruebas? ¿O ha convencido a alguien para que mintiera? Apuesto a que sí.

Michael O'Neil contestó con voz baja y firme:

—No queremos que haya rumores que interfieran en la investigación. —Cuando el ayudante jefe hacía una sugerencia en aquel tono de voz, la gente le hacía caso invariablemente.

—Está bien. No diré nada.

—Se lo agradeceríamos —dijo la agente, y a continuación preguntó—: Señor Nagle, ¿tiene usted alguna información que pueda sernos de ayuda? ¿Adónde podría dirigirse Daniel Pell, o qué podría tener entre manos? ¿Quién es su cómplice?

Con su barriga, su pelo algodonoso y su risa campechana, Nagle parecía un duende de mediana edad. Se tiró hacia arriba de los pantalones.

—Ni idea, lo siento. La verdad es que empecé este proyecto hará cosa de un mes. He estado haciendo la investigación preliminar.

—Ha dicho que también pensaba escribir sobre las mujeres de la Familia de Pell. ¿Se ha puesto en contacto con ellas?

—Con dos, sí. Les pregunté si estarían dispuestas a que las entrevistara.

—¿No están en prisión? —preguntó O'Neil.

—No, nada de eso. No estuvieron involucradas en el asesinato de la familia Croyton. Cumplieron condenas cortas, principalmente por delitos asociados con robo.

—¿Cabe la posibilidad de que una de ellas, o ambas, imagino, sean sus cómplices? —preguntó O'Neil, adelantándose a Dance.

Nagle se quedó pensando.

—No creo. Están convencidas de que conocer a Pell fue lo peor que pudo pasarles en la vida.

—¿Quiénes son? —preguntó O'Neil.

—Rebecca Sheffield, que vive en San Diego, y Linda Whitfield, de Portland.

—¿Han tenido problemas con la ley desde entonces?

—Creo que no. En los archivos de la policía no he encontrado nada sobre ellas. Linda vive con su hermano y su cuñada y trabaja para una parroquia. Y Rebecca regenta una consultoría para pequeñas empresas. Tengo la impresión de que las dos cerraron ese capítulo de su vida.

—¿Tiene sus números de teléfono?

El escritor hojeó un grueso cuaderno. Sus notas, escritas con una letra grande y descuidada, ocupaban mucho espacio.

—Había otra mujer en la Familia —comentó Kathryn, recordando las indagaciones que había hecho antes de la entrevista.

—Samantha McCoy. Desapareció hace años. Rebecca me dijo que cambió de nombre y se fue a vivir a otra parte. Por lo visto, estaba harta de que la conocieran como una de las «chicas de Daniel». He hecho algunas averiguaciones, pero todavía no he dado con ella.

—¿Alguna pista?

—Rebecca sólo sabía que estaba en algún lugar de la Costa Oeste.

—Averigua dónde está Samantha McCoy —ordenó Dance a TJ.

El agente de cabello rizado se fue a un rincón de la sala. Él también parecía un duende, se dijo ella.

Nagle encontró los números de las dos mujeres y Kathryn los anotó. Llamó primero a Rebecca Sheffield, a San Diego.

—Mujeres Emprendedoras —dijo la recepcionista con leve acento hispano—, ¿en qué puedo ayudarle?

Un momento después, Dance se hallaba hablando con la directora de la empresa, una mujer seria y de voz baja y rasposa. La agente le explicó que Pell se había fugado. Rebecca Sheffield se llevó una fuerte impresión.

Y también se enfureció.

—Creía que estaba en una especie de superprisión.

—No es de allí de donde se ha fugado, sino del calabozo de los juzgados.

Dance le preguntó si tenía alguna idea de adónde podía dirigirse Pell, quién podía ser su cómplice o si conocía a algún amigo con el que pudiera contactar.

Pero Rebecca no podía ayudarla. Le dijo que se había unido a la Familia un par de meses antes del asesinato de los Croyton, y añadió que hacía cosa de un mes había recibido la llamada de un presunto escritor.

—Me pareció que no había nada raro, pero puede que tenga algo que ver con la fuga. Se apellidaba Murray, o Morton. Creo que tengo su número en alguna parte.

—No importa. Está aquí, con nosotros. Ya hemos hecho averiguaciones.

Rebecca no pudo decirle nada más acerca del paradero de Samantha McCoy, ni de su nueva identidad. Luego añadió, inquieta:

—En aquel momento, hace ocho años, no delaté a Pell, pero sí colaboré con la policía. ¿Cree que corro peligro?

—No sabría decirle. Pero hasta que le detengamos, convendría que se pusiera en contacto con la policía de San Diego. —Dance le dio sus números de teléfono, el del CBI y el de su móvil, y Rebecca le dijo que seguiría pensando, por si se acordaba de alguien que pudiera ayudar a Pell o saber adónde había ido.

La agente apretó el botón del teléfono y lo soltó. Marcó luego el segundo número, que resultó ser el de la Iglesia de la Santa Hermandad de Portland. La pusieron con Linda Whitfield, que tampoco se había enterado de la noticia. Su reacción fue completamente distinta: se quedó callada, y sólo rompió su silencio para murmurar algo con voz casi inaudible.

—Dios mío —fue lo único que entendió Dance.

Parecía estar rezando. La voz se apagó, o cortaron la comunicación.

—¿Hola? —preguntó Kathryn.

—Sí, estoy aquí —respondió Linda.

La agente le hizo las mismas preguntas que a Rebecca Sheffield.

Linda no sabía nada de Pell desde hacía años, aunque se habían mantenido en contacto durante un año y medio, más o menos, después del asesinato de los Croyton. Finalmente había dejado de escribirle y desde entonces no había tenido noticias suyas. Tampoco sabía nada del paradero de Samantha McCoy, aunque le mencionó a Dance la llamada que había recibido de Morton Nagle el mes anterior. La agente le explicó que conocían a Morton y que estaban convencidos de que no había ayudado a Pell.

Linda no pudo ofrecerle ninguna pista acerca de dónde podía estar Pell, ni sabía quién podía ser su cómplice.

—Ignoramos lo que planea —le dijo Kathryn—. No tenemos motivos para creer que esté usted en peligro, pero...

—A mí Daniel no me haría daño —se apresuró a contestar.

—Aun así, quizá convenga que avise a la policía local.

—Bueno, me lo pensaré. —Después añadió—: ¿Hay algún número de emergencia al que pueda llamar para averiguar qué está pasando?

—No, no tenemos nada parecido. Pero la prensa está pendiente del caso. En las noticias podrá enterarse de los progresos de la investigación casi tan pronto como nosotros.

—Bueno, mi hermano no tiene televisión.

¿No tenía televisión?

—Bien, si hay alguna novedad significativa, la avisaré. Y si se le ocurre alguna otra cosa, llámeme, por favor. —Dance le dio sus números de teléfono y colgó.

Un momento después entró en la sala Charles Overby, el director del CBI.

—La rueda de prensa ha ido bien, creo. Me han hecho algunas preguntas comprometidas. Como siempre. Pero tengo que reconocer que me he defendido bien. He estado siempre un paso por delante. ¿Lo has visto? —señaló con la cabeza el televisor que había en el rincón. Nadie se había molestado en subir el volumen para oír su comparecencia.

—Nos lo hemos perdido, Charles. Estaba al teléfono.

—¿Quién es? —preguntó Overby, mirando a Nagle como si tuviera que conocerle.

Dance los presentó, y el escritor desapareció al instante de la pantalla del radar del oficial al mando de la investigación.

—¿Ninguna novedad? —Overby echó un vistazo a los mapas.

—No, ninguna —contestó Kathryn. Luego le explicó que había hablado con las dos mujeres que habían formado parte del grupo de Pell—. Una es de San Diego y otra de Portland, y estamos buscando a la tercera. Por lo menos sabemos que las dos primeras no han tenido nada que ver.

—¿Porque les has creído? —preguntó Overby—. ¿Es que lo has deducido de su tono de voz?

Ninguno de los presentes en la sala dijo nada. Así pues, fue Dance quien hizo notar a su jefe que había pasado por alto un dato evidente.

—No creo que hayan podido colocar la bomba y estar ya de vuelta en sus casas.

Un breve silencio.

—Ah —dijo Overby—. Has llamado a sus domicilios. No me lo has dicho.

Kathryn Dance, ex periodista y consultora jurídica, sabía bien cómo funcionaban las cosas. Eludió la mirada de TJ y dijo:

—Tienes razón, Charles, no lo he dicho. Perdona.

El jefe del CBI se volvió hacia O'Neil.

—Un caso peliagudo, Michael. Con muchas aristas. Me alegro mucho de que nos estés echando una mano.

—Será un placer hacer lo que pueda.

Charles Overby estaba luciendo sus mejores artes: había empleado la expresión «echarnos una mano» para dejar claro quién llevaba la voz cantante, dando a entender, de paso, que O'Neil y la Oficina del Sheriff del condado también estaban en la línea de fuego.

Repartiendo culpas...

Overby anunció que volvía a la oficina del CBI y salió de la sala de juntas.

Dance se volvió hacia Morton Nagle.

—¿Podría ver sus notas acerca de Pell?

—Bueno, supongo que sí. Pero ¿para qué?

—Quizá nos den alguna idea de adónde ha podido ir —respondió O'Neil.

—Copias —dijo el escritor—, no los originales.

—De acuerdo —replicó Kathryn—. Uno de nosotros irá a verle más tarde para recogerlas. ¿Dónde está su despacho?

Nagle trabajaba en una casa que tenía alquilada en Monterrey. Le dio las señas y el número de teléfono y comenzó a guardar sus cosas en la bolsa de la cámara.

Dance la miró.

—Espere.

Nagle vio que estaba observando el contenido de la bolsa. Sonrió.

—Será un placer.

—¿Perdón?

Nagle tomó un ejemplar de uno de sus libros, *Confianza ciega*, y se lo dedicó, firmado.

—Gracias. —La agente dejó el libro y señaló lo que estaba mirando en realidad—. Su cámara. ¿Hizo alguna foto esta mañana? ¿Antes del incendio?

—Ah. —El malentendido le arrancó una sonrisa irónica—. Sí, claro.

—¿Es digital?

—Sí.

—¿Podemos verlas?

Nagle sacó la Canon y empezó a apretar botones. Dance y O'Neil se encorvaron para mirar la pantalla de la cámara. Kathryn sintió el olor de la nueva loción de afeitar de O'Neil. Su cercanía la reconfortaba.

El escritor fue pasando fotografías. Eran en su mayoría de personas entrando en los juzgados, aparte de alguna instantánea artística de la fachada del edificio en medio de la niebla.

Luego el detective y la agente dijeron al mismo tiempo:

—¡Espere! —La imagen que estaban mirando era del camino que llevaba al lugar donde se había producido el incendio. Distinguieron a alguien detrás de un coche. Sólo se veían la cabeza y los hombros, pero llevaba una chaqueta azul, gorra de béisbol y gafas de sol.

—Fíjate en el brazo.

Dance asintió con un gesto. El hombre de la fotografía llevaba el brazo hacia atrás, como si tirara de una maleta con ruedas.

—¿Aparece la hora?

Nagle hizo aparecer los datos de la fotografía.

—Las nueve y veintidós.

—Encajaría perfectamente —comentó ella, recordando la hora a la que el jefe de bomberos calculaba que se había colocado el artefacto incendiario.

—¿Puede agrandar la imagen? —preguntó.

—En la cámara, no.

TJ dijo que no había problema, que él podía agrandarla en su ordenador. Nagle le pasó la tarjeta de memoria y Dance mandó a TJ de vuelta a la sede del CBI.

—Y Samantha McCoy —le recordó—. Encuéntrala. Y también a la tía de Pell, la de Bakersfield.

—Claro, jefa.

Rey Carraneo seguía fuera, buscando testigos. Kathryn creía, sin embargo, que el cómplice también había huido: era probable que Pell hubiera eludido los controles de carretera; no había, por tanto, razón para que siguiera allí. Ordenó a Carraneo regresar a la oficina.

—Voy a empezar a hacer las copias —dijo Nagle—. Tenga, no se lo olvide. —Le pasó el libro que le había dedicado—. Sé que le gustará.

Cuando se hubo marchado, Dance levantó el libro.

—Ni que me sobrara el tiempo. —Y le dio el libro a O'Neil para su colección.

9

A la hora de la comida, una mujer de unos veinticinco años estaba sentada en la terraza del supermercado Whole Foods, en el centro comercial Del Monte de Monterrey.

El desvaído disco del sol iba surgiendo lentamente, a medida que la capa de niebla se disipaba.

Oía una sirena a lo lejos, el zureo de una paloma, un claxon, el llanto de un niño, y luego su risa. *Cantos de ángeles, cantos de ángeles*, pensó Jennie Marston.

El aire fresco estaba cargado de olor a pinos. Había una luz mate y nada de brisa. Era un día típico en la costa de California, pero todo en él parecía más intenso.

Es lo que ocurre cuando estás enamorada y estás a punto de ver a tu novio.

Expectación...

Como el título de esa antigua canción pop, pensó Jennie. Su madre la cantaba de vez en cuando, farfullando con su voz de fumadora rasposa y desafinada.

Jennie, una auténtica rubia californiana, bebía a sorbos su café. Era caro, pero bueno. No solía comprar en tiendas como aquélla; trabajaba de cocinera a tiempo parcial en un servicio de *catering*, tenía veinticuatro años, y era más bien de Albertsons o de Safeway. Pero Whole Foods era un buen sitio para quedar.

Vestía vaqueros ceñidos, camisa rosa clara y, debajo, bragas y sujetador rojos de Victoria's Secret. Al igual que el café, la lencería era un lujo que no podía permitirse. Pero de vez en cuando había que darse un capricho. (Además, se decía Jennie, la ropa interior era en cierto modo un regalo para su novio.) Lo cual la hizo pensar en ciertos placeres.

Se frotó el puente de la nariz.

Para, se dijo.

Pero no paró. Se tocó la nariz otras dos veces.

Cantos de ángeles...

¿Por qué no le habría conocido un año después? Para entonces ya se habría operado y estaría guapísima. Por lo menos lo de la nariz y las tetas podía arreglarse. Ojalá pudiera operarse también de los hombros de palillo y de las caderas de niño. Pero los talentos del doctor Ginsberg no llegaban a tanto.

Flaca, flaca, flaca... ¡Y con lo que comes! El doble que yo, y mírame. Dios me dio una hija como tú para ponerme a prueba.

Viendo a las mujeres que empujaban sin sonreír sus carros de la compra hacia monovólumenes familiares, Jennie se preguntó si querrían a sus maridos. Era imposible que estuvieran tan enamoradas como lo estaba ella. De pronto le dieron pena.

Acabó su café y regresó a la tienda, donde se puso a mirar piñas enormes, lechugas de formas caprichosas y filas perfectamente alineadas de filetes y chuletas. Pasó el rato mirando los dulces y la comida preparada, como examinaría un pintor el lienzo de otro. *Bueno... No tan bueno.* No tenía hambre, ni quería comprar nada: era demasiado caro. Pero era demasiado inquieta para permanecer en un solo lugar.

Debería haberte llamado: Jennie Estatequieta. Joder, hija, siéntate de una vez.

Miraba las verduras, miraba los expositores de carne.

Miraba a las mujeres con maridos aburridos.

Y se preguntaba si el amor que sentía por su novio se debía únicamente a lo nuevo que era todo. ¿Se difuminaría al cabo de un tiempo? Una cosa que tenían a su favor era la edad: aquello no era una absurda pasión adolescente. Eran dos personas adultas. Y lo más importante era su conexión espiritual, que se daba tan raras veces. Los dos sabían exactamente lo que sentía el otro.

—Tu color preferido es el verde —le había dicho él la primera vez que hablaron—. Me apuesto algo a que duermes con un edredón verde. Te tranquiliza por las noches.

Dios mío, cuánta razón tenía. Era una manta, no un edredón. Pero era verde como la hierba. ¿Qué clase de hombre tenía intuiciones así?

De pronto se quedó parada al oír cerca de allí una conversación. Dos amas de casa aburridas parecían animadas de repente.

—Ha muerto gente. En Salinas. Acaba de pasar.

¿En Salinas?, pensó Jennie.

—Ah, sí, ¿la fuga de la prisión o algo así? Sí, acabo de enterarme.

—Un tal David Pell. No, Daniel Pell. Eso es.

—¿No es el hijo de Charles Manson o algo por el estilo?

—No sé. Pero he oído que ha muerto gente.

—No es el hijo de Manson. No, sólo se hacía llamar así.

—¿Quién es Charles Manson?

—¿Me tomas el pelo? ¿No te acuerdas de Sharon Tate?

—¿De quién?

—Pero ¿tú en qué año naciste?

Jennie se acercó a ellas.

—Perdonen, ¿de qué estaban hablando? ¿De una fuga o algo así?

—Sí, de la cárcel de Salinas. ¿No te has enterado? —le preguntó la mujer de pelo corto, mirando su nariz.

A Jennie no le importó.

—¿Y dicen que ha muerto alguien?

—Unos guardias, y después alguien a quien habían secuestrado, creo.

No parecían saber nada más.

Jennie dio media vuelta y se alejó. Tenía las palmas de las manos húmedas y el corazón acelerado. Miró su teléfono. Su novio había llamado hacía un rato, pero desde entonces, nada. Ningún mensaje. Probó a llamarle. No contestó.

Regresó al Thunderbird azul turquesa. Sintonizó las noticias en la radio y giró el espejo retrovisor para verse la cara. Sacó del bolso el maquillaje y un cepillo.

Ha muerto gente...

No te preocupes, se dijo. Comenzó a retocarse el maquillaje, concentrándose como le había enseñado su madre. Era una de las pocas cosas buenas que había hecho por ella. *Ponte el claro aquí, el oscuro ahí. Hay que hacer algo con esa nariz. Suavizarla, camuflarla. Bien.*

Aunque, tratándose de su madre, los momentos agradables podían hacerse añicos en un instante.

Bueno, estaba bien hasta que lo has estropeado. La verdad, no sé qué te pasa. Vuelve a empezar. Pareces una puta.

Daniel Pell salió del pequeño aparcamiento techado, pegado a un edificio de oficinas de Monterrey y echó a andar tranquilamente por la acera.

Había tenido que dejar el Honda Civic de Billy antes de lo previsto. Se había enterado por las noticias de que la policía había encontrado la furgoneta de Worldwide Express, lo que significaba que probablemente deducirían que iba en el Honda. Al parecer, había escapado de los controles de carretera por los pelos.

¿Qué te parece, Kathryn?

Siguió andando por la acera con la cabeza gacha. Aún no le preocupaba dejarse ver en público. Nadie esperaría que estuviera allí. Además, estaba distinto. Se había vestido de paisano y llevaba la cara perfectamente afeitada. Tras abandonar el coche de Billy, se había colado en el aparcamiento trasero de un motel y, rebuscando en la basura, había encontrado una cuchilla usada y un botecito de crema corporal de los que había en las habitaciones. Agachado junto al contenedor, los había usado para afeitarse la barba.

Sentía ahora la brisa en la cara, y notaba en el aire un olor a mar y algas. Por primera vez desde hacía años. Le encantaba aquel olor. En la cárcel de Capitola el único aire que se olía era el que decidían mandarte a través del aire acondicionado o el sistema de calefacción, y no olía a nada.

Un coche patrulla pasó de largo.

Aguanta...

Procuró no alterar su paso, no mirar a su alrededor, no desviarse de su camino. Cambiar de comportamiento siempre llamaba la atención. Y eso te pone en desventaja, da a los demás información sobre ti. Pueden deducir por qué has cambiado, y luego usarlo en tu contra.

Eso era lo que había pasado en los juzgados.

Kathryn...

Pell tenía todo el interrogatorio planeado: si podía hacerlo sin despertar sospechas, sonsacaría al agente encargado de interrogarle toda la información que pudiera; averiguaría, por ejemplo, cuántos guardias había en los juzgados y dónde estaban.

Luego, para su asombro, aquella mujer había estado a punto de descubrir su plan.

Ahora pensemos en la cartera. ¿De dónde pudo salir?

Así pues, se había visto obligado a cambiar de planes. Y a toda prisa. Lo había hecho lo mejor que había podido, pero el estruendo de la alarma no dejaba lugar a dudas: Kathryn Dance se le había adelantado. Si hubiera dado la voz de alarma cinco minutos antes, ahora estaría de vuelta en el furgón de la prisión de Capitola. Su plan de fuga habría quedado pulverizado.

Kathryn Dance...

Pasó otro coche patrulla a toda velocidad.

Nadie parecía fijarse en él, y siguió andando. Pero sabía que era hora de largarse de Monterrey. Entró en el centro comercial al aire libre, atestado de gente. Se fijó en las tiendas, en Macy's, en Mervyns, y en las más pequeñas, que vendían bombones, libros (Pell los adoraba, y los devoraba: cuanto más sabías, más control tenías), videojuegos, equipamiento deportivo, ropa barata y bisutería aún más barata. El lugar estaba abarrotado. Era junio; muchos colegios habían cerrado ya.

Una chica en edad de ir a la universidad salió de una tienda con un bolso colgado del hombro. Bajo la chaqueta llevaba una camiseta roja de tirantes, muy ceñida. Una sola mirada, y dentro de sí empezó aquella hinchazón. La burbuja, que se expandía. (Hacía casi un año de la última vez que había sobornado a un guardia para conseguir un vis a vis con la mujer de un recluso al que había amenazado. Un año largo...)

La miraba fijamente, siguiéndola a unos pasos de distancia. Disfrutaba viendo su cabello y sus vaqueros ajustados, intentando olerla, intentando acercarse lo suficiente para rozarse con ella al pasar a su lado, lo cual es una agresión, del mismo modo que lo es que te arrastren a un callejón y te desnuden a punta de navaja.

La violación, Daniel Pell lo sabía, depende del cristal con que se mira.

Ah, pero entonces ella entró en otra tienda y desapareció de su vida.

Yo salgo perdiendo, cariño, pensó.

Pero, claro, tú no.

En el aparcamiento vio un Ford Thunderbird azul verdoso. Dentro distinguía a una mujer. Estaba cepillándose la larga melena rubia.

Ah...

Se acercó. Tenía un bulto en la nariz, era flaca y en cuestión de pecho no era gran cosa. Pero eso no impidió que, dentro de él, el globo creciera, multiplicando su tamaño diez veces, cien. Pronto estallaría.

Miró a su alrededor. No había nadie cerca.

Echó a andar entre las filas de coches, acercándose a ella. Jennie Marston acabó de peinarse. Le encantaba su pelo. Lo tenía brillante y espeso, y cuando giraba la cabeza fluía como el de la modelo de un anuncio de champú a cámara lenta. Devolvió a su posición el espejo retrovisor. Apagó la radio. Se tocó el bulto de la nariz.

¡Para!

Cuando se disponía a agarrar el tirador de la puerta, ahogó un grito. Se estaba abriendo sola.

Se quedó paralizada, mirando al hombre delgado que se inclinaba hacia ella.

Pasaron tres o cuatro segundos sin que ninguno de los dos se moviera. Luego él abrió la puerta.

—Da gusto verte, Jennie Marston —dijo—. Eres aún más guapa de lo que imaginaba.

—¡Daniel! —Embargada por la emoción (miedo, alivio, culpa, un enorme y ardiente sol de sensaciones), a Jennie no se le ocurrió nada más que decir. Salió del coche, jadeante, y se lanzó en brazos de su novio. Temblando, le abrazó tan fuerte que arrancó de su flaco pecho un siseo suave y sostenido.

10

Subieron al Ford y ella apoyó la cabeza en su cuello mientras Daniel observaba atentamente el aparcamiento y la carretera cercana.

Jennie estaba pensando en lo difícil que había sido aquel mes, durante el cual habían forjado su relación a través del correo electrónico y de alguna que otra llamada telefónica, y de la fantasía, claro, sin verse nunca en persona. Aun así, sabía que era mucho mejor que el amor surgiera de ese modo, en la distancia. Era como las mujeres que ocupaban el frente doméstico durante una guerra, como contaba su madre, cuando su padre estaba en Vietnam. Era todo mentira, claro, eso lo había descubierto después, pero la verdad de fondo seguía siendo válida: que el amor era, primero, cuestión de espíritu y, después, de sexo. Lo que sentía por Daniel Pell no se parecía a nada que hubiera experimentado antes.

Estaba eufórica.

Y también asustada..

Sintió que se le saltaban las lágrimas. *No, no, para. No llores. No le gustará que llores. Los hombres se enfadan cuando una llora.*

Pero él preguntó con ternura:

—¿Qué te pasa, preciosa?

—Es que soy tan feliz...

—Vamos, cuéntamelo.

Pues no parecía enfadado. Jennie se lo pensó un momento. Luego dijo:

—Bueno, es que estaba dándole vueltas a la cabeza. Había unas mujeres en el supermercado... Luego puse las noticias y oí... oí que alguien había sufrido graves quemaduras. Un policía. Y también que habían muerto dos personas, apuñaladas.

Daniel le había dicho que sólo quería el cuchillo para amenazar a los guardias. No iba a hacer daño a nadie. Pero sus ojos azules se endurecieron.

—¿Qué? —le espetó.

No, no, ¿qué haces?, se dijo Jennie. *¡Ya le has hecho enfadar! ¿Por qué le has preguntado eso? ¡Ya lo has jodido todo!* Su corazón aleteaba, frenético.

—Ya lo han vuelto a hacer. ¡Siempre lo mismo! Cuando me marché, no había nadie herido. Tuve mucho cuidado. Salí por la puerta de emergencia, como habíamos planeado, y la cerré. —Asintió con la cabeza—. Sí, ya sé... Claro. Había otros presos en una celda, cerca de la mía. Querían que los soltara, pero no podía. Seguro que se amotinaron y, cuando los guardias intentaron pararlos, mataron a dos. Me juego algo a que algunos tenían chairas. ¿Sabes lo que es eso?

—Navajas, ¿no?

—Navajas caseras. Eso fue lo que pasó. Y si se ha quemado alguien, habrá sido porque no ha tenido cuidado. Me fijé, y no había nadie fuera cuando crucé el fuego. Además, ¿cómo iba a atacar a tres personas yo solo? Es ridículo. Pero la policía y la prensa me estarán echando las culpas, como hacen siempre. —Tenía la cara colorada—. Soy el blanco más fácil.

—Igual que lo de esa familia, hace ocho años —contestó ella tímidamente, intentando aplacarle.

Daniel le había contado que su amigo y él habían ido a casa de Croyton, el genio de la informática, para proponerle un negocio. Pero cuando llegaron, su amigo, al parecer, tenía otras ideas: quería robar al matrimonio. A él lo dejó inconsciente de un golpe y empezó a matar a la familia. Cuando volvió en sí, intentó detenerle. Al final, tuvo que matar a su amigo en defensa propia.

—Me echaron la culpa a mí, porque ya se sabe que la gente odia que muera el asesino. Que alguien entre en un colegio, se ponga a disparar a los críos y luego se mate. Queremos al malo vivo. Necesitamos culpar a alguien. Es la naturaleza humana.

Tenía razón, se dijo Jennie. Sintió alivio, pero también temor por haberle hecho enfadar.

—Lo siento, cariño. No debería haberte dicho nada.

Esperaba que él le dijera que cerrara la boca, quizás incluso que saliera del coche y se largara. Pero, para asombro de Jennie, sonrió y acarició su pelo.

—Tú puedes preguntarme lo que quieras.

Ella volvió a abrazarlo. Sintió más lágrimas en sus mejillas y se las limpió con la mano. Se le había corrido el maquillaje. Se apartó, mirándose los dedos. *Vaya. ¡Fíjate!* Quería estar guapa para él.

Volvieron sus miedos, socavándola.

Oye, Jennie, ¿vas a llevar el pelo así? ¿Estás segura? ¿No prefieres llevar flequillo? Te tapparía esa frente tan grande que tienes.

¿Y si no estaba a la altura de sus expectativas?

Daniel Pell tomó su cara entre sus manos fuertes.

—Preciosa, eres la mujer más guapa sobre la faz de la Tierra. Ni siquiera necesitas maquillaje.

Como si le hubiera leído el pensamiento.

Se echó a llorar otra vez.

—Me preocupaba no gustarte.

—¿Que no me gustas? Pero, nena, yo te quiero. ¿Y lo que te dije en el correo electrónico que te envié?

Jennie se acordaba de cada palabra que le había escrito. Le miró a los ojos y apretó sus manos.

—Dios mío, eres tan buena persona... —Pegó sus labios a los de él.

Aunque por lo menos una vez al día soñaba con hacer el amor con él, aquél era su primer beso. Sintió los dientes de Daniel sobre sus labios, sintió su lengua. Estuvieron así, trabados en un violento abrazo, una eternidad, o eso pareció, aunque quizá fuera sólo un segundo. Jennie había perdido la noción del tiempo. Quería sentirle dentro de ella, empujando con fuerza, y quería sentir el pulso de su pecho contra el suyo.

El amor debía empezar por el espíritu, pero el cuerpo tenía que intervenir enseguida. Deslizó la mano por su pierna desnuda y musculosa.

Él soltó una risa.

—¿Sabes qué te digo, preciosa? Que será mejor que nos larguemos de aquí.

—Claro, lo que tú quieras.

—¿Llevas encima el teléfono al que te he llamado? —preguntó él.

Le había dicho que comprara en metálico tres teléfonos de prepago. Jennie le pasó el aparato al que él la había llamado nada más escapar. Daniel lo abrió para sacar la batería y la tarjeta SIM. Fue a tirarlas a una papelera y regresó al coche.

—¿Y los otros?

Ella los sacó. Daniel le pasó uno y se guardó el otro en el bolsillo.

—Deberíamos...

Una sirena sonó muy cerca de allí. Se quedaron paralizados.

Cantos de ángeles, pensó Jennie, y recitó aquel mantra de buena suerte una docena de veces.

Las sirenas se perdieron a lo lejos.

—Vámonos, preciosa.

Ella asintió.

—Podrían volver —dijo, señalando con la cabeza hacia las sirenas.

Daniel sonrió.

—Eso no me preocupa. Sólo quiero estar a solas contigo.

Jennie sintió que un escalofrío de felicidad recorría su espalda. Era casi doloroso.

La sede de la región centro-oeste del CBI, enclavada cerca de la carretera 68 y donde trabajaban decenas de agentes, era un moderno edificio de dos plantas imposible de distinguir de los que lo rodeaban: rectángulos funcionales de piedra y cristal que albergaban bufetes de abogados y consultas médicas, estudios de arquitectura, empresas informáticas y otras cosas por el estilo. Los jardines, meticulosamente cuidados, resultaban aburridos, y los aparcamientos estaban siempre medio vacíos. Gracias a las lluvias recientes, los cerros que caracterizaban la orografía del lugar eran ahora de un verde intenso. A menudo, sin embargo, el paisaje era tan marrón como el de Colorado en plena sequía.

Un avión de United Express se escoró bruscamente, descendiendo, y un instante después se enderezó y desapareció por encima de los árboles, camino del cercano aeropuerto de la península de Monterrey.

Kathryn Dance y Michael O'Neil estaban en la sala de reuniones de la planta baja del CBI, justo debajo del despacho de ella. Miraban juntos un gran mapa en el que estaban indicados los controles de carretera; esta vez, con chinchetas, no con notas adhesivas adornadas con insectos. No había ni rastro del Honda del conductor de la furgoneta, y la red de controles se había extendido hasta un radio de ciento treinta kilómetros.

Kathryn observó la cara cuadrada de O'Neil y advirtió en ella una compleja amalgama de terquedad y preocupación. Conocía bien a su compañero. Habían coincidido por primera vez hacía años, cuando ella se dedicaba a labores de asesoramiento para la selección de jurados, estudiando las actitudes y reacciones de los candidatos y aconsejando a los letrados a cuáles escoger y a cuáles rechazar. La fiscalía federal contrató entonces sus servicios para que ayudara a seleccionar al jurado de un juicio contra una organización mafiosa en el que O'Neil actuaría como testigo principal. (Curiosamente, Dance había conocido a su difunto marido en circunstancias parecidas, cuando era periodista y cubría un juicio en Salinas en el que él era testigo de la acusación.)

Se habían hecho amigos y mantenían desde hacía años una relación estrecha. Cuando ella decidió ingresar en la policía y encontró trabajo en la delegación regional del CBI, se descubrió colaborando a menudo con él. Y si Stan Fishburne, el entonces director de la oficina, era uno de sus mentores, O'Neil era el otro. En seis meses, le enseñó más sobre el arte de la investigación de lo que ella había aprendido en toda su formación reglada. Se complementaban a la perfección. O'Neil, hombre callado y concienzudo, prefería las técnicas policiales tradicionales, como el trabajo forense, las labores de infiltración, la vigilancia y el uso de confidentes; Kathryn, en cambio, se había especializado en la búsqueda de posibles testigos y las técnicas de entrevista e interrogatorio.

Sabía que no habría sido la misma sin la ayuda de O'Neil. Ni sin su humor y su paciencia (aparte de otras virtudes de vital importancia, como cerciorarse de que se tomaba las pastillas contra el mareo antes de salir a navegar con Michael en su barco).

A pesar de que sus capacidades respectivas y su forma de abordar el trabajo diferían, tenían idéntico instinto y estaban siempre en sintonía. A Dance le hizo gracia comprobar que, mientras estaba mirando el mapa, O'Neil también había estado pendiente de ella.

—¿Qué pasa? —preguntó.

—¿Qué quieres decir?

—Hay algo que te inquieta. Y no es sólo que te hayan encargado llevar el timón del caso.

—Sí. —Se quedó pensando un momento. Eso era lo que tenía O'Neil: que a menudo la obligaba a poner en orden sus ideas enmarañadas antes de hablar—. Tengo un mal presentimiento respecto a Pell —explicó—. Me da la impresión de que la muerte de los guardias no le importa lo más mínimo. Ni lo de Juan. Y ese conductor de Worldwide Express... Está muerto, ¿sabes?

—Sí, lo sé. ¿Crees que Pell quiere matar?

—No, no es que quiera o no quiera. Quiere cualquier cosa que sirva a sus intereses, por pequeños que sean. En cierto modo, eso da aún más miedo, y hace más difícil anticiparse a sus movimientos. Pero vamos a confiar en que me equivoque.

—Tú nunca te equivocas, jefa. —TJ entró en la sala llevando un ordenador portátil. Lo dejó sobre la desvencijada mesa de reuniones, debajo de un cartel en el que se leía: «Los más buscados del estado». Bajo el rótulo, como un reflejo de la demografía del estado, se veía a los diez ganadores de ese concurso: hispanos, anglosajones, asiáticos y afroamericanos, en ese orden.

—¿Has encontrado a esa tal McCoy, o a la tía de Pell?

—Todavía no. Tengo a mis chicos trabajando en ello. Pero fijaos en esto. —Ajustó la pantalla del ordenador.

Se congregaron delante de la pantalla, en la que se veía

una imagen en alta resolución de la fotografía tomada por la cámara de Morton Nagle. Agrandada y más nítida, mostraba una figura con cazadora vaquera en la calzada que llevaba a la parte trasera del edificio, donde se había declarado el incendio. También se veía una maleta negra de gran tamaño.

—¿Una mujer? —preguntó O'Neil.

Podían calcular su estatura comparándola con el coche más cercano. Medía más o menos lo que Dance, en torno a un metro sesenta y ocho. Aunque era más delgada, advirtió ésta. La gorra y las gafas de sol ocultaban buena parte de su cabeza y su cara, pero a través de la ventanilla del coche se veían unas caderas sólo ligeramente más anchas que las de un hombre de su estatura.

—Y ahí hay un brillo, ¿lo veis? —TJ tocó la pantalla—. Un pendiente.

Kathryn miró el agujero que el joven agente llevaba en el lóbulo, donde de vez en cuando lucía un pendiente con un diamante o una bolita metálica.

—Estadísticamente hablando —dijo TJ en defensa de su argumentación.

—De acuerdo. Tienes razón.

—Una mujer rubia, de cerca de metro setenta de estatura —resumió O'Neil.

—Y cincuenta kilos de peso, más o menos —añadió Dance. De pronto se le ocurrió una idea. Llamó al despacho que Rey Carraneo ocupaba en el piso de arriba y le pidió que se reuniera con ellos.

Apareció un momento después.

—Agente Dance.

—Vuelve a Salinas. Habla con el encargado de la empresa de mensajería. —Era muy probable que el cómplice de Pell se hubiera pasado recientemente por la franquicia para preguntar por el horario de entrega de Worldwide Express—. A ver si alguien se acuerda de una mujer que encaje con la descripción general de ésta. Si es así, obtén su retrato robot con el EFIS.*

El EFIS era una versión informática del antiguo Identi-Kit que usaban los investigadores de la policía para recrear el rostro de los sospechosos a partir de las declaraciones de los testigos.

—Claro, agente Dance.

TJ pulsó unas teclas y transfirió inalámbricamente el archivo jpg a la impresora a color de su despacho. Carraneo recogería la imagen impresa allí.

Sonó el teléfono de TJ.

—Hola. —Tomó algunas notas durante la breve conversación telefónica, a la que puso fin diciendo—: Te quiero, nena. —Colgó—. La administrativa del registro civil de Sacramento. Britnee. Me encanta ese nombre. Es muy dulce. Demasiado dulce para mí. Eso por no hablar de que lo nuestro no funcionaría.

Kathryn levantó una ceja, un gesto cuya interpretación kinésica venía a decir «ve al grano».

—Le dije que mirara lo de la chica de la Familia, con efe mayúscula, que había desaparecido. Hace cinco años, Samantha McCoy cambió su nombre por el de Sarah Monroe. Así no tendría que tirar las braguitas grabadas con sus iniciales, supongo. Luego, hace tres años, una persona con ese nombre se casó con un tal Ronald Starkey. Así que, al final, acabó cambiando de iniciales. El caso es que viven en San José.

—¿Seguro que es la misma McCoy?

---

* Sistema Electrónico de Identificación Facial en sus siglas en inglés. (N. de la T.)

—La auténtica McCoy, querrás decir. Eso iba a decir. Sí. Tiene el mismo número de la seguridad social. Y tenemos el refrendo de la junta de libertad vigilada.

Dance llamó a información para pedir el número de teléfono y la dirección de Ronald y Sarah Starkey.

—San José —dijo O'Neil—. Eso está bastante cerca.

A diferencia de las otras dos mujeres de la Familia con las que había hablado Kathryn, Samantha podía haber colocado la bomba incendiaria esa mañana y haber regresado a casa una hora y media después.

—¿Trabaja? —preguntó Dance.

—No lo he mirado. Pero puedo hacerlo, si queréis.

—Queremos —contestó O'Neil. TJ no tenía que rendirle cuentas, y en la rígida jerarquía de los cuerpos policiales, el CBI estaba por encima de la Oficina del Sheriff del condado. Pero una petición del ayudante jefe O'Neil era como una orden de Kathryn. O incluso más.

Unos minutos después, TJ regresó para informarles de que, según los datos de la agencia tributaria, Sarah Starkey trabajaba como asalariada para una pequeña editorial educativa de San José.

Dance consiguió el número.

—Veamos si ha ido esta mañana.

—¿Cómo vas a hacerlo? —preguntó O'Neil—. No podemos ponerla sobre aviso.

—Bueno, puedo mentir —dijo ella tranquilamente. Llamó a la editorial desde una línea con el número de identificación bloqueado—. Hola —dijo cuando contestó una mujer—. Llamo de la *boutique* El Camino. Tenemos un pedido para Sarah Starkey, pero el conductor dice que no estaba allí esta mañana. ¿Podría decirme a qué hora llegará?

—¿Quién, Sarah? Perdone, pero tiene que haber algún error. Está aquí desde las ocho y media.

—¿Ah, sí? Bueno, voy a hablar otra vez con el conductor. Quizá sea mejor mandárselo a casa. Si me hace el favor de no decirle nada a la señora Starkey, se lo agradecería. Es una sorpresa. —Dance colgó—. Ha estado allí toda la mañana.

TJ se puso a aplaudir.

—Y el Oscar a la mejor interpretación de un agente de la ley engañando al público es para...

O'Neil frunció el ceño.

—¿No apruebas mis métodos irregulares? —preguntó Kathryn.

—No —contestó el ayudante jefe de la Oficina del Sheriff con su socarronería característica—, es que ahora vas a tener que mandarle algo. Seguro que la recepcionista se va de la lengua. Le dirá que tiene un admirador secreto.

—Lo sé, jefe. Le mandaré un montón de globos de colores. «Enhorabuena: no es usted sospechosa.»

Maryellen Kresbach, la ayudante administrativa de Dance, una mujer baja, seria y eficiente, entró en la sala con café para todos (Dance nunca se lo pedía, pero Maryellen siempre lo preparaba.). Madre de tres hijos, llevaba ruidosos tacones altos y sentía predilección por los peinados vistosos y las uñas pintadas llamativamente.

El equipo le dio las gracias. Kathryn probó el excelente café y lamentó que Maryellen no hubiera llevado también algunas galletas de las que tenía en su mesa. Envidiaba la capacidad de su ayudante para ser al mismo tiempo un ama de casa infalible y la mejor asistente que había tenido nunca.

La agente notó que Maryellen no se marchaba tras hacerles entrega de sus dosis de cafeína.

—No sabía si molestarte, pero ha llamado Brian.

—¿Ah, sí?

—Ha dicho que quizá no hubieras recibido su mensaje del viernes.

—Me lo diste tú.

—Sí, ya lo sé. Pero no se lo he dicho. Y tampoco le he dicho que no te lo hubiera dado. Así que...

Dance sintió los ojos de O'Neil fijos en ella.

—De acuerdo, gracias —dijo.

—¿Quieres su número?

—No, ya lo tengo.

—De acuerdo. —Su ayudante siguió tercamente ante ella y asintió despacio con la cabeza.

Vaya, qué situación tan violenta.

Kathryn no quería hablar de Brian Gunderson.

La salvó el timbre del teléfono de la sala de reuniones.

Contestó, escuchó un momento y dijo:

—Que alguien le acompañe a mi despacho inmediatamente.

11

El hombre, corpulento y vestido con el uniforme del Departamento de Penitenciarías y Reinserción del Estado de California, se sentó frente a la mesa. Era ésta un mueble funcionarial y de batalla sobre el que había diversos bolígrafos desparejados, un flexo, varias menciones de honor y algunas fotografías: de sus dos hijos, de ella con un hombre atractivo y de cabello cano, de sus padres y de sus dos perros, cada uno con un niño. Encima del laminado barato de la mesa descansaban también una docena de expedientes, todos ellos boca abajo.

—Es terrible —dijo Tony Waters, el guardia del Centro Penitenciario de Capitola—. No sabe usted cuánto.

Dance advirtió un rastro de acento del sureste en la voz angustiada del guardia. La península de Monterrey atraía a gentes de todas partes. Ella y Waters estaban solos en ese momento. Michael O'Neil estaba revisando las pruebas forenses recogidas en el lugar de la fuga.

—¿Está usted a cargo del ala en la que estaba internado Pell? —preguntó Kathryn.

—Así es. —Fornido y cargado de espaldas, Waters se echó hacia delante en la silla. Tenía unos cincuenta y cinco años, calculó la agente.

—¿Le dijo algo Pell que pueda darnos alguna pista sobre adónde ha podido dirigirse?

—No, señora. Me he estado estrujando el cerebro desde que se fugó. Fue lo primero que pensé cuando me enteré. Me senté y me puse a pensar en todo lo que me había dicho la semana pasada, y antes. Pero no, nada. Para empezar, Daniel no hablaba mucho. Por lo menos con nosotros, los guardias.

—¿Pasaba tiempo en la biblioteca?

—Muchísimo. Leía todo el tiempo.

—¿Podrán decirme qué leía?

—No, no se registra, y los reclusos no pueden sacar libros.

—¿Qué me dice de sus visitas?

—Este último año no ha ido nadie a verle.

—¿Y llamadas telefónicas? ¿Ésas sí se registran?

—Sí, señora. Pero no se graban. —Se quedó pensando—. No recibía muchas, aparte de las de los periodistas que llamaban para pedirle una entrevista. Pero él nunca les devolvía la llamada. Creo que habló con su tía una o dos veces, quizá. No recuerdo ninguna otra llamada.

—¿Y los ordenadores? ¿El correo electrónico?

—Los presos no tienen. Para nosotros sí hay, claro. Están en una zona especial, un área controlada. Somos muy estrictos en eso. He estado dándole vueltas, ¿sabe?, y si se comunicó con alguien de fuera...

—Cosa que tuvo que hacer —puntualizó Dance.

—Sí. Tuvo que ser a través de algún preso que haya salido en libertad. Quizá convengan que lo comprueben.

—Ya he pensado en ello. He hablado con la directora de la prisión. Me ha dicho que este último mes sólo han salido en libertad dos presos, y que los funcionarios encargados de vigilar su libertad condicional habían contactado con ellos esta misma mañana. Pero puede que hayan llevado algún mensaje a otra persona. Lo estamos comprobando.

Waters había llegado con las manos vacías y Kathryn, que lo había notado, preguntó:

—¿Le dijeron que trajera el contenido de la celda de Pell?

El semblante del guardia se ensombreció. Sacudió la cabeza y bajó la mirada.

—Sí, señora. Pero estaba vacía. No había nada de nada. Llevaba varios días vacía, de hecho. —Levantó los ojos y tensó los labios como si estuviera debatiéndose. Luego bajó de nuevo la mirada y añadió—: No me di cuenta.

—¿De qué?

—Mire, he trabajado en San Quintín, en Soledad y en Lompoc. Y en media docena de cárceles más. Y aprendemos a estar atentos a ciertas cosas. Verá, si se está preparando algo gordo, las celdas de los presos cambian. Desaparecen cosas. A veces es una prueba de que van a intentar fugarse, o de que han hecho algo, o van a hacerlo, y no quieren que nos enteremos. Porque saben que después miraremos la celda con microscopio.

—Y en el caso de Pell no le llamó la atención que lo tirara todo.

—De Capitola no se ha fugado nunca nadie. Es imposible que se fuguen. Y los vigilamos tan de cerca que es casi imposible que un preso se la juegue a otro. Que le mate, quiero decir. —Waters parecía acalorado—. Debería haberme dado cuenta. Si hubiera estado en Lompoc, me habría enterado enseguida de que estaba tramando algo. —Se frotó los ojos—. La he fastidiado.

—Es mucho suponer que un preso vaya a fugarse sólo porque ha recogido su celda —observó Dance, intentando tranquilizarle.

Waters se encogió de hombros y se examinó las uñas. No llevaba joyas, pero ella distinguió la marca de un anillo de boda y pensó que, por una vez, aquello no era indicio de infidelidad, sino imposiciones del oficio. Seguramente, si uno se relacionaba a diario con presos peligrosos, convenía no llevar nada que pudieran robar.

—Da la impresión de que lleva usted mucho tiempo en la profesión.

—Mucho, sí. Empecé a trabajar en prisiones cuando salí del ejército. Y ahí sigo. —Se frotó el pelo cortado a cepillo, sonriendo—. A veces me parece que hace una eternidad. Y a veces me parece que fue ayer. Me quedan dos años para jubilarme. Tiene gracia, pero voy a echarlo de menos. —Parecía haberse relajado al comprender que no iban a reprocharle no haber previsto la fuga.

Dance le preguntó dónde vivía y si tenía familia. Estaba casado y levantó la mano izquierda, riendo: Dance había deducido bien. Su esposa y él tenían dos hijos, y los dos iban a ir a la universidad, añadió con orgullo.

Pero, mientras charlaban, una alarma silenciosa vibraba en la cabeza de Kathryn. Tony Waters estaba mintiendo.

Muchas mentiras pasan desapercibidas sencillamente porque la persona a la que se engaña no espera que le mientan. Dance había hecho ir a Waters con el solo propósito de informarse sobre Pell. No estaba, por tanto, llevando a cabo un interrogatorio. Si Waters hubiera sido un sospechoso, o un testigo hostil, habría buscado signos de estrés al darle él ciertas respuestas y después habría abundado en esos temas hasta que él reconociera que había mentido y, llegado cierto punto, dijera la verdad.

Pero ese proceso sólo funcionaba si se determina la línea base de conducta del sujeto antes de empezar a hacerle preguntas sensibles, cosa que Kathryn, naturalmente, no tenía motivos para hacer, puesto que había dado por sentado que Waters le diría la verdad.

No obstante, aún sin línea base de comparación, un interrogador perspicaz y con conocimientos de kinesia puede detectar a veces un comportamiento falaz. Hay dos pistas que pueden considerarse, hasta cierto punto, pruebas determinantes de que un sujeto está mintiendo: una es una ligera subida del tono de voz, provocada por la respuesta emocional que suele desencadenar el hecho de mentir, y que hace que las cuerdas vocales se tensen; la otra es hacer una pausa antes y después de contestar, debido a la dificultad intelectual que entraña mentir. El que miente tiene que pensar constantemente en lo que tanto él como otras personas han dicho con anterioridad sobre el tema, y fabricar a continuación una respuesta ficticia que sea coherente con esas declaraciones previas y con lo que cree que sabe su interlocutor.

En el transcurso de su conversación con el guardia, Dance había advertido que, en ciertos momentos, su voz subía de tono y que se detenía cuando no había razón para ello. Una vez detectado esto, analizó en retrospectiva algunos otros comportamientos y vio en ellos indicios de que mentía: ofrecía más información de la necesaria, divagaba, hacía gestos que denotaban negación (se tocaba, en particular, la cabeza, la nariz y los ojos) y también rechazo, como cuando se apartaba de ella.

En cuanto hay pruebas de engaño, una entrevista pasa a ser un interrogatorio, y la actitud del agente cambia. Había sido en ese momento cuando Dance había dejado de hacer preguntas en torno a Pell para preguntarle por asuntos sobre los que no tenía por qué mentir: su vida privada, la península, etcétera, etcétera. Su propósito era establecer la línea base de conducta de Waters.

Entre tanto, llevó a cabo su análisis estándar del sujeto, que dividía en cuatro partes, a fin de hacerse una idea de cómo podía plantear tácticamente el interrogatorio.

Primero se preguntó cuál era el papel que había desempeñado en el caso. Concluyó que Tony Waters era, en el mejor de los casos, un testigo reacio a cooperar; y, en el peor, un cómplice de Pell.

En segundo lugar, se preguntó si tenía motivos para mentir. Naturalmente. No quería que le detuvieran, ni perder su empleo por haber ayudado a escapar a Pell, ya fuera a propósito o por pura negligencia. Quizá tuviera también algún interés personal o económico para prestar ayuda al asesino.

En tercer lugar, ¿qué tipo de personalidad era la suya? Los interrogadores necesitan saberlo para amoldar su propia actitud durante el interrogatorio. ¿Deben mostrarse agresivos o conciliadores? Algunos agentes se limitan a determinar si el sujeto es introvertido o extrovertido, lo cual les da una idea bastante acertada de hasta qué punto deben mostrarse autoritarios. Dance, sin embargo, prefería abordar la cuestión desde un punto de vista más global, y procuraba asignar un código de letras extraído del indicador Myers-Briggs de tipos de personalidad, que incluye otras tres cualidades, además de la introversión y la extroversión: racional o emocional, sensorial o intuitivo, calificador o perceptivo.

Kathryn llegó a la conclusión de que Waters era racional, sensorial, calificador y extrovertido, lo que significaba que podía ser más directa con él que con otros sujetos más emocionales e introspectivos y que podía servirse de diversas técnicas de castigo y recompensa para desmontar sus mentiras.

Se preguntó, por último, qué clase de mentiroso era Waters. También entre los embusteros había diversos tipos de personalidad: así, por ejemplo, los manipuladores, o altomaquiavélicos (en honor del implacable tratadista italiano), mienten impunemente, no ven nada de malo en ello y se sirven del engaño como arma para conseguir sus fines tanto en el amor como en los negocios, la política o el delito. Otros tipos son el mentiroso social, que miente para entretener, y los adaptadores, personas inseguras que mienten para causar una impresión positiva.

Dance dedujo que, dada su hoja de servicios como guardia de prisiones y la facilidad con que había intentado tomar las riendas de la conversación y apartarla de la verdad, Waters pertenecía a otra categoría: era un actor, una persona para la que el control es esencial. No mienten con regularidad, sino sólo cuando es necesario y, aunque menos hábiles que los altomaquiavélicos, son buenos mentirosos.

Kathryn se quitó las elegantes gafas de montura roja oscura y, fingiendo que necesitaba limpiarlas, las dejó a un lado y se puso otras más estrechas y con montura metálica negra. Eran sus gafas de depredadora, las que se había puesto para interrogar a Pell. Se levantó, rodeó la mesa y se sentó en la silla, junto a Waters.

Los expertos en interrogatorios llaman «zona proxémica» al espacio inmediato que rodea a un ser humano. Dicha zona varía entre «íntima», de quince a cuarenta y cinco centímetros, y «pública», a partir de tres metros. Dance prefería que el espacio para interrogar a un sujeto se hallara dentro de la zona «personal» intermedia, en torno a los sesenta centímetros.

Waters observó aquel cambio con curiosidad, pero no dijo nada al respecto. Ella tampoco.

—Bueno, Tony, me gustaría que repasáramos otra vez un par de cosas.

—Claro, como quiera. —Apoyó el tobillo en la rodilla de la pierna contraria: un gesto que parecía relajado y que, sin embargo, era una maniobra defensiva evidente.

La agente retomó un asunto que había suscitado significativos indicadores de estrés en Waters.

—Hábleme otra vez de los ordenadores de Capitola.

—¿De los ordenadores?

Responder con una pregunta era un indicador típico de engaño; el sujeto intenta ganar tiempo para deducir adónde quiere ir a parar su interlocutor y pergeñar una respuesta.

—Sí, ¿de qué marca son?

—Bueno, yo no soy muy aficionado a la informática. No lo sé. —Dio unos golpecitos con el pie—. Dell, creo.

—¿De sobremesa o portátiles?

—Tenemos de los dos. Pero la mayoría son de sobremesa. Aunque, de todos modos, no es que haya cientos, ¿sabe? —Dibujó una sonrisa cómplice—. Los presupuestos públicos y esas cosas. —Le contó una anécdota sobre los recortes recientes en el Departamento de Penitenciarías que a Dance le resultó interesante sólo porque era un intento descarado de distraerla.

Trató de reconducir la conversación.

—Ahora, hábleme otra vez del acceso a los ordenadores en la prisión.

—Como le decía, los internos tienen prohibido usarlos.

Técnicamente, era una afirmación veraz. Pero Waters no había dicho que los reclusos no usaran los ordenadores. El engaño incluye respuestas evasivas, además de mentiras directas.

—¿Podrían tener acceso a ellos?

—Qué va.

Que era como decir que una persona estaba más o menos embarazada, o más o menos muerta.

—¿Qué quiere decir exactamente, Tony?

—Debería haber dicho que no, no pueden.

—Pero ha dicho usted que los empleados y los guardias de la prisión sí tienen acceso a ellos.

—Sí.

—Y, dígame, ¿por qué no podría usarlos un recluso?

Waters había dicho en principio que ello se debía a que los ordenadores estaban en un «área de control». Dance recordó un gesto de rechazo y un ligero cambio en el tono de voz cuando el hombre había empleado esa expresión.

El guardia se quedó callado un segundo, y ella dedujo que estaba intentando recordar lo que había dicho.

—Están en una zona de acceso restringido. Sólo se permite entrar a reclusos no violentos. Algunos echan una mano en la oficina, bajo supervisión, claro. En labores administrativas. Pero no pueden usar los ordenadores.

—¿Y Pell no podía entrar?

—Está clasificado como Uno A.

Una respuesta evasiva, notó Dance. Y un gesto de bloqueo al darla: Waters se había rascado el párpado.

—¿Y eso significa que tenía prohibido entrar en cualquier...? ¿Dónde ha dicho?

—En las zonas de acceso restringido. —De pronto recordó lo que había dicho antes—. O zonas de control.

—¿De control o controladas?

Una pausa.

—Zonas de control.

—Sería más lógico que fueran «controladas». ¿Está seguro de que no se llaman así?

Waters comenzaba a alterarse.

—Pues no sé. ¿Qué más da? Usamos los dos nombres.

—¿Y utilizan también ese término para otras zonas? ¿El despacho de la directora y el vestuario de los guardias también son zonas de control?

—Claro... Quiero decir que algunas personas usan ese término más que otras. Yo empecé a usarlo en otra prisión.

—¿En cuál?

Otra pausa.

—Pues no me acuerdo. Mire, lo he dicho como si fuera su nombre oficial o algo así, y no es más que una cosa que decimos nosotros. En la cárcel todo el mundo usa jerga. Un guardia es un «penco» y entre los internos se llaman «colega». No es nada oficial. En el CBI hacen lo mismo, ¿no? Todo el mundo lo hace.

Se trataba de un doble juego: los sujetos que mienten a menudo tratan de establecer cierta camaradería con quienes les interrogan («tú haces lo mismo») y se sirven de abstracciones y generalizaciones («todo el mundo», «en todas partes»).

Dance preguntó con voz firme y pausada:

—¿Alguna vez ha estado Daniel Pell en una habitación con ordenador en la cárcel de Capitola, con autorización o sin ella y en la zona que sea?

—Yo nunca le he visto con un ordenador, se lo juro. Sinceramente.

El estrés que produce mentir empuja a las personas a uno de estos cuatro estados emocionales: se enfadan, se deprimen, niegan en redondo o intentan salir del apuro negociando. Las palabras que acababa de usar Waters («se lo juro» y «sinceramente») eran expresiones que, sumadas a sus ademanes nerviosos, muy distintos de su línea base, hicieron comprender a Kathryn que el guardia había entrado en la fase de negación. Incapaz de aceptar lo que había hecho en la cárcel, intentaba eludir a toda costa su responsabilidad.

Es importante determinar en qué fase se halla el sujeto porque ello permite al interrogador decantarse por una táctica u otra en sus pesquisas. Cuando el sujeto está en fase colérica, por ejemplo, hay que alentarlo para que dé salida a su ira hasta que quede exhausto.

En el caso de la negación, se abordan los hechos sin rodeos.

Y eso estaba haciendo Dance.

—Usted tiene acceso a la sala donde se guardan los ordenadores, ¿verdad?

—Sí, lo tengo, ¿y qué? Todos los guardias lo tienen. Pero, oiga, ¿esto qué es? Yo estoy de su parte.

Una desviación típica de un mentiroso en fase de negación. La agente no hizo caso.

—Y dice que es posible que algunos presos entren en esa sala. ¿Alguna vez ha entrado Pell?

—A los únicos que se permite entrar es a los reclusos no violentos...

—¿Alguna vez ha entrado Pell?

—Le juro por Dios que yo no le he visto nunca.

Kathryn vio adaptadores, gestos destinados a aliviar la tensión: flexión de los dedos, tamborileo con el pie, el hombro apuntando hacia ella (como un jugador de fútbol americano en postura defensiva) y frecuentes miradas hacia la puerta (los mentirosos suelen buscar con la mirada vías por las que escapar al estrés causado por el interrogatorio).

—Debe ser la cuarta vez que no contesta a mi pregunta, Tony. Dígame, ¿ha estado Pell alguna vez en una sala con ordenador en la prisión de Capitola?

El guardia hizo una mueca.

—Lo siento. No quería ponerme, ya sabe, difícil. Es que estaba un poco alterado, supongo. Tenía la sensación de que me estaba acusando de algo. Bueno, yo nunca le vi con un ordenador, de veras. No estaba mintiendo. Estoy muy disgustado por todo este asunto. Ya puede imaginárselo. —Dejó caer los hombros y bajó la cabeza un centímetro.

—Desde luego que sí, Tony.

—Puede que sí haya estado en una sala con ordenador.

Su ataque había hecho que Waters comprendiera que era más penoso soportar el vapuleo de un interrogatorio que confesar que había estado mintiendo. Como si se hubiera pulsado un interruptor, de pronto había pasado a la fase de negociación. Ello significaba que estaba a punto de abandonar la farsa, pero que aún se reservaba parte de la verdad en un intento por escapar del castigo. Dance sabía que debía abandonar el ataque frontal y ofrecerle un modo de salvar la cara.

En un interrogatorio, el enemigo es la mentira, no el mentiroso.

—Entonces —dijo en tono cordial, echándose hacia atrás para abandonar su zona personal—, ¿es posible que Pell tuviera acceso a un ordenador en algún momento?

—Supongo que sí. Pero no lo sé con seguridad. —Bajó la cabeza aún más. Su voz era suave—. Es sólo que... Es duro dedicarse a esto. La gente no entiende lo que es ser un *penco*.

—Estoy segura de que no —contestó Kathryn.

—Tenemos que ser de todo, maestros y policías. Y... —bajó la voz en tono confidencial— los de administración andan siempre vigilándonos, diciéndonos que hagamos esto y aquello, que mantengamos la paz y que les avisemos si está pasando algo.

—Seguramente es como ser padre. Siempre está uno vigilando a sus hijos.

—Sí, exacto. Es como tener hijos. —Sus ojos se dilataron: una muestra de afecto que revelaba sus emociones.

Dance asintió, comprensiva.

—Está claro que se preocupa usted por los reclusos, Tony. Y por hacer bien su trabajo.

Una persona en fase de negociación ansía que la tranquilicen y la perdonen.

—En realidad, no fue nada. Lo que pasó...

—Adelante.

—Tomé una decisión.

—Tiene usted un trabajo duro. Seguro que todos los días tiene que tomar decisiones difíciles.

—¡Ja! Cada hora.

—Entonces, ¿qué tuvo que decidir?

—Está bien, verá, Daniel era distinto.

Kathryn advirtió que le llamaba por su nombre de pila. Pell le había hecho creer que eran amigos y se había aprovechado de su amistad ficticia.

—¿En qué sentido?

—Tenía ese... No sé, ese poder, o lo que fuese, sobre la gente. Los blancos, los negros, los latinos... Va donde quiere y nadie le toca. Yo nunca había visto a nadie como él en prisión. La gente hace lo que le pide, todo lo que quiere. Y le cuenta cosas.

—Así que le proporcionaba información. ¿Es eso?

—Información de la buena. Cosas de las que no podía enterarse nadie de otro modo. Como que había un guardia que vendía metanfetamina. Y que un interno tuvo una sobredosis. No teníamos modo de saber de dónde procedía la droga. Pero Pell me lo dijo.

—Apuesto a que salvó vidas.

—Desde luego que sí, señora. Y pongamos que algún interno iba a cargarse a otro. A pincharle con una chaira o lo que fuera. Daniel me lo decía.

Dance se encogió de hombros.

—Así que hacía usted un poco la vista gorda con él. Le dejaba entrar en la sala.

—Sí. En la sala hay televisión por cable, y a veces quería ver partidos que no le interesaban a nadie. Era sólo eso. No había peligro, ni nada por el estilo. La sala está en una zona de máxima seguridad. Era imposible que escapara. Yo me iba a hacer la ronda y él se quedaba viendo el partido.

—¿Cuántas veces pasó eso?

—Tres o cuatro.

—Así que ¿pudo conectarse a Internet?

—Puede que sí.

—¿Cuándo fue la última vez?

—Ayer.

—Está bien, Tony. Ahora hábleme de las llamadas telefónicas. —Recordaba haber visto un síntoma de estrés cuando Waters le había dicho que Pell no había recibido más llamadas que las de su tía: se había tocado los labios, un gesto de bloqueo. Si un sujeto confiesa una falta, a menudo es fácil hacerle confesar otra.

Waters contestó:

—Ésa era otra cosa que tenía Pell, todo el mundo se lo dirá: estaba obsesionado con el sexo, obsesionado de verdad. Quería hacer llamadas a líneas eróticas y yo dejaba que las hiciera.

Pero Dance notó enseguida una desviación de la línea base y dedujo que Waters sólo estaba confesando una falta menor, lo cual suele significar que el sujeto oculta una mayor.

—¿De veras? —preguntó con aspereza, inclinándose de nuevo hacia él—. ¿Y cómo pagaba? ¿Con tarjeta de crédito? ¿O llamaba a un número novecientos?

Una pausa. La mentira de Waters no había sido premeditada: había olvidado que las líneas eróticas eran de pago.

—No me refería a que llamara a uno de esos números que vienen en la parte de atrás de los periódicos. Imagino que ha sonado así. Daniel llamaba a no sé qué mujer que conocía. Creo que era alguien que le había escrito. Recibía un montón de cartas. —Una débil sonrisa—. De admiradoras. Imagínese. Un hombre como él.

Kathryn se inclinó un poco más.

—Pero cuando usted escuchaba no estaban hablando de sexo, ¿no es cierto?

—No, yo... —Pareció darse cuenta de que no había dicho nada de escuchar. Pero ya era demasiado tarde—. No. Sólo estaban hablando.

—¿Les oía a los dos?

—Sí, estaba en la otra línea.

—¿Cuándo fue eso?

—Hará cosa de un mes, la primera vez. Y después un par de veces más. Ayer. Cuando estaba en la sala.

—¿Se registran todas las llamadas?

—No. Las locales, no.

—Si era una llamada de larga distancia, estará registrada.

Waters fijó los ojos en el suelo, abrumado.

—¿Qué ocurre, Tony?

—Le compré una tarjeta telefónica. Se llama a un número ochocientos y se marca un código, y luego el número que quieres.

Dance las conocía. Eran imposibles de rastrear.

—De verdad, tiene usted que creerme. No lo habría hecho, si no fuera porque me pasaba información... Información de la buena. Salvaba...

—¿De qué hablaban? —preguntó ella en tono cordial. Con un sujeto que confiesa, no hay que ponerse brusco. De pronto se convierte en tu mejor amigo.

—De cosas. Ya sabe. De dinero, recuerdo.

—¿Qué comentaban sobre dinero?

—Pell le preguntó cuánto había reunido y ella le dijo que nueve mil doscientos dólares. Y él dijo: «¿Nada más?»

Un sexo telefónico muy caro, se dijo la agente con sorna.

—Luego ella le preguntó por las horas de visita y él le dijo que no sería buena idea.

Así que Pell no quería que ella fuera a visitarle. No quería que quedara constancia de que habían estado juntos.

—¿Alguna idea de dónde estaba ella?

—Daniel mencionó Bakersfield. Dijo concretamente «a Bakersfield».

Le habría dicho que fuera a casa de su tía a recoger el martillo para dejarlo en el pozo.

—Ah, sí, y otra cosa de la que me acabo de acordar. Ella le habló de cardenales.

—¿De cardenales católicos?

Waters soltó una risa, aunque fuera desesperada.

—No, de pájaros. De los cardenales y los colibríes que había en el jardín. Y de comida mexicana. «La comida mexicana es un lujo», eso fue lo que dijo.

—¿Tenía algún tipo de acento étnico o regional?

—No, que yo notara.

—¿Su voz era grave o aguda?

—Grave, creo. Más bien sexi.

—¿Parecía lista o tonta?

—Caray, no sabría decirle. —Parecía agotado.

—¿Hay algo más que pueda servirnos de ayuda, Tony? Vamos, es necesario que atrapemos a ese tipo.

—Lo siento, no se me ocurre nada más.

Dance le observó un instante y llegó a la conclusión de que, en efecto, no sabía nada más.

—Está bien. Creo que eso es todo, de momento.

Waters se dirigió a la puerta, pero al llegar a ella se detuvo y miró hacia atrás.

—Siento haber estado tan aturdido. Ha sido un día muy duro.

—Ni que lo diga —contestó ella.

El guardia seguía inmóvil en la puerta, como un perro entristecido. Al ver que la agente no iba a ofrecerle el consuelo que buscaba, se marchó arrastrando los pies.

Kathryn llamó a Carraneo, que iba camino de la empresa de mensajería, y le contó lo que había conseguido sonsacarle al guardia: que la cómplice de Pell no parecía tener acento alguno y que tenía la voz grave. Quizá de ese modo el encargado se acordara de ella más claramente.

Después llamó a la directora de Capitola para contarle lo ocurrido. La directora se quedó callada un momento; luego dijo en voz baja:

—Ah.

Dance preguntó si había un técnico informático en la prisión. Lo había, y la directora se comprometió a pedirle que revisara los ordenadores del despacho de administración en busca de correos electrónicos y conexiones a Internet del día anterior. Sería fácil, puesto que el personal no trabajaba los domingos y seguramente Pell era el único que se había conectado. Si se había conectado.

—Lo lamento —dijo ella.

—Sí. Gracias.

La agente se refería no tanto a la fuga de Pell como a otra de sus consecuencias. No conocía a la directora de la prisión, pero suponía que, puesto que dirigía un centro penitenciario de máxima seguridad, tenía talento para el trabajo y se lo tomaba muy a pecho. Era una lástima que su carrera, al igual que la de Tony Waters, estuviera a punto de acabar.

12

Lo había hecho, su preciosa lo había hecho.

Había seguido las instrucciones a la perfección. Había sacado el martillo del garaje de su tía en Bakersfield (¿cómo lo había descubierto Kathryn Dance?); había hecho grabar la cartera con las iniciales de Robert Herron y colocado ambas cosas en el pozo de Salinas; había fabricado la mecha para la bomba incendiaria (decía que era tan fácil como seguir una receta para hacer una tarta); había dejado en su sitio la bolsa con el traje ignífugo y el cuchillo; y había escondido la ropa debajo de un pino.

Pell, sin embargo, no estaba muy seguro de que fuera capaz de mirar a la gente a los ojos y mentir. Por eso no había querido que condujera el coche en el que había escapado de los juzgados. De hecho, se había asegurado de que no estuviera por allí cerca en el momento de la fuga. No quería que la pararan en un control de carretera y que se descubriera todo porque ella se pusiera colorada y empezara a tartamudear.

Ahora, mientras conducía descalza (cosa que a Pell le resultaba chocante), con una sonrisa de felicidad en la cara, Jennie Marston hablaba por los codos con aquella voz suya, tan sensual, y él se preguntaba si se había tragado lo que le había contado, que él no tenía nada que ver con la muerte de aquella gente en los juzgados. Pero si había algo que no dejaba de asombrarle, después de tantos años consiguiendo que los demás hicieran lo que él quería, era la frecuencia con que la gente mandaba la lógica y el instinto de supervivencia al garete y se limitaba a creer lo que quería; es decir, lo que él quería que creyeran.

Eso no significaba, sin embargo, que Jennie fuera a tragarse todo lo que le dijera, y teniendo en cuenta lo que había planeado para los días siguientes, tendría que vigilarla de cerca para comprobar hasta qué punto estaba dispuesta a ayudarle y qué cosas la hacían recular.

Circulaban siguiendo una complicada ruta de carreteras secundarias, evitando las principales, en las que podía haber controles.

—Me alegra que estés aquí —dijo ella, indecisa, al posar la mano sobre su rodilla con ambivalente desesperación.

Pell sabía lo que sentía: se debatía entre el ansia de dar rienda suelta a su amor por él y el miedo a asustarle. Ganaría el arrebato amoroso, como ocurría siempre con mujeres como ella. Daniel Pell conocía muy bien a las Jennie Marston de este mundo, mujeres ansiosas que acudían, jadeantes, al reclamo de los chicos malos. Las conocía desde hacía años, cuando era un delincuente habitual. Si estando en un bar dejabas caer que habías estado en prisión, la mayoría de las mujeres pestañeaban y ya no volvían la vez siguiente que iban al aseo. Pero había algunas que se ponían cachondas cuando les hablabas en voz baja de los delitos que habías cometido y del tiempo que habías pasado en la cárcel. Sonreían de cierta manera, se inclinaban hacia ti y siempre querían saber algo más de tu lado oscuro.

Incluido el asesinato, dependiendo de cómo lo adornaras.

Y Daniel Pell sabía cómo adornar las cosas.

Sí, Jennie, aquella cocinera flacucha, era la típica novia del delincuente aunque no lo pareciera al verla, con el pelo liso y rubio, la cara bonita afeada por una nariz deforme, y aquella pinta de mamá de barrio residencial vestida para asistir a un concierto de Mary Chapin Carpenter.

Difícilmente daba el tipo de las que escribían a los condenados a cadena perpetua en sitios como Capitola.

Estimado Daniel Pell:
Usted no me conoce, pero vi un especial sobre usted en televisión y estoy convencida de que no contaron toda la verdad. Además, he comprado todos los libros que he encontrado sobre usted y los he leído, y es usted un hombre fascinante. Y aunque de verdad hiciera lo que dicen que hizo, estoy segura de que fue debido a circunstancias extremas. Lo vi en sus ojos. Miraba a la cámara, pero era como si me estuviera mirando directamente a mí. Tengo un pasado parecido al suyo, me refiero a su niñez (o a su ¡falta de niñez!) y entiendo muy bien de dónde procede. Lo digo completamente en serio. Si quiere, puede escribirme.
Atentamente,

Jennie Marston

No era la única, claro. Daniel Pell recibía muchas cartas, algunas alabándole por haber matado a un capitalista; otras, condenándole por haber masacrado a una familia; unas cuantas ofreciéndole consejo, y otras pidiéndoselo. Las declaraciones de amor también eran numerosas. La mayoría de las señoras (y de los caballeros) perdían fuelle pasadas unas pocas semanas, a medida que se imponía la razón. Pero Jennie no sólo había persistido, sino que sus cartas se habían ido haciendo cada vez más apasionadas.

Mi queridísimo Daniel:
Hoy iba conduciendo por el desierto, cerca del observatorio de Monte Palomar, donde tienen ese telescopio gi-

gante. El cielo era inmenso, estaba oscureciendo y empe-
zaban a salir las estrellas. No paraba de pensar en ti.
Sobre eso que decías de que nadie te entiende y de que
todo el mundo te culpa de cosas malas que no has hecho,
y de lo duro que debe ser. Ellos no ven tu interior, no ven
la verdad. No como yo. Tú no lo dices porque eres muy
modesto, pero ellos no ven lo perfecto que eres.

Paré el coche, no pude evitarlo, y empecé a tocarme
por todas partes, ya sabes haciendo qué (¡seguro que lo
sabes, pillín!). Hicimos el amor allí, tú y yo, mirando las
estrellas. Digo que lo hicimos porque estabas conmigo en
espíritu. Haría cualquier cosa por ti, Daniel...

Fueron esas cartas (reflejo de su total falta de autocon-
trol y de su extraordinaria credulidad) las que hicieron que
Pell se decantara por ella para escapar.

—Has tenido cuidado en todo, ¿verdad? —preguntó ahora—. ¿No pueden rastrear el coche?

—No. Lo robé de un restaurante. Había un tipo con el
que salí hace un par de años. Bueno, no nos acostábamos, ni
nada —se apresuró a añadir, y Pell dedujo que habían pasado
mucho tiempo jodiendo como conejos, lo cual a él le traía sin
cuidado. Ella prosiguió—: Ese amigo mío trabajaba en el restaurante y, cuando iba por allí, me fijaba en que nadie prestaba atención a la caja donde el aparcacoches guardaba las llaves. Así que el viernes me fui hasta allí en autobús y esperé
al otro lado de la calle. Cogí las llaves cuando los aparcacoches
estaban ocupados. Elegí el Thunderbird porque la pareja que
iba en él acababa de entrar, así que tardaría un buen rato en
salir. En menos de diez minutos estaba en la ciento uno.

—¿Hiciste el viaje de un tirón?

—No, pasé la noche en San Luis Obispo, pero pagué en
metálico, como me dijiste.

—Y quemaste todos los correos electrónicos, ¿verdad? ¿Antes de irte?

—Ajá.

—Bien. ¿Tienes los mapas?

—Sí, claro. —Dio unas palmaditas a su bolso.

Pell echó un vistazo a su cuerpo. La leve prominencia de los pechos, el trasero y las piernas flacas. Su larga melena rubia. Las mujeres te dejaban saber desde el principio qué clase de libertades podías tomarte con ellas, y él sabía que podía tocar a Jennie cuando y donde quisiera. Le puso la mano en la nuca. Qué delgada y frágil. Ella dejó escapar un sonido parecido a un ronroneo.

La hinchazón que sentía dentro siguió aumentando.

El ronroneo también.

Pell esperó todo lo que pudo.

Pero se impuso la burbuja.

—Para ahí, nena. —Señaló una carretera, bajo un grupo de robles. Parecía ser el camino de entrada a una granja abandonada en medio de un campo lleno de hierbajos.

Ella pisó el freno y se apartó de la carretera. Pell miró en derredor. No se veía un alma.

—¿Aquí?

—Este sitio está bien.

Bajó la mano por su cuello y la deslizó por la pechera de su blusa rosa. La blusa parecía nueva. Pell comprendió que se la había comprado especialmente para él.

Le levantó la cara y pegó sus labios a los de ella con suavidad, sin abrir la boca. La besó despacio y luego se apartó para que fuera ella quien le buscara. Cuanto más la provocaba, más frenética se ponía ella.

—Te quiero dentro de mí —susurró Jennie, y estiró el brazo hacia el asiento de atrás. Pell oyó el crujido de una bolsa. En la mano de Jennie apareció un preservativo.

—No tenemos mucho tiempo, nena. Nos están buscando.

Ella captó el mensaje.

Por inocentes que parecieran, las mujeres que se enamoraban de los chicos malos sabían muy bien lo que hacían (y Jennie Marston no parecía en absoluto inocente). Se desabrochó la blusa, se inclinó sobre el asiento del pasajero y comenzó a frotar su sujetador con relleno contra la bragueta de Pell.

—Échate hacia atrás, cariñito. Cierra los ojos.

—No.

Ella titubeó.

—Quiero verte —susurró él. *Nunca les des más poder del necesario.*

Más ronroneos.

Ella le bajó la cremallera y se inclinó.

Unos minutos después, Pell había acabado. Jennie era tan hábil como parecía (no tenía muchos recursos, pero sabía sacar partido a los que tenía), y no estuvo mal, aunque cuando estuvieran a solas en una habitación de hotel, él subiría considerablemente las apuestas. Pero, de momento, tendría que conformarse con aquello. Y en cuanto a ella, Pell sabía que se daba por satisfecha con su orgasmo explosivo y abundante.

Fijó los ojos en ella.

—Eres maravillosa, preciosa. Ha sido muy especial.

Estaba tan borracha de emoción que hasta el diálogo de película porno más trillado le habría sonado como la declaración de amor de una novela trasnochada.

—¡Oh, Daniel!

Él se recostó en el asiento para colocarse la ropa.

Jennie se abotonó la blusa. Pell miró la tela rosa, el encaje, las puntas metálicas del cuello.

Ella se dio cuenta.

—¿Te gusta?

—Es bonita. —Miró por la ventanilla y se quedó contemplando los campos que había alrededor. No le preocupaba la policía, sino ella. Era consciente de que estaba mirándose la blusa.

—Es horriblemente rosa —dijo Jennie en tono vacilante—. Demasiado, a lo mejor. Pero la vi y se me ocurrió comprarla.

—No, está bien. Es interesante.

Mientras se abrochaba los botones, él miró los adornos de perla, el encaje, los puños. Seguramente había tenido que trabajar toda una semana para comprársela.

—Luego me cambio, si quieres.

—No, si a ti te gusta, está bien —contestó él modulando cuidadosamente su voz, como un cantante dando una nota difícil. Miró de nuevo la blusa; después se inclinó hacia delante y besó a Jennie. En la frente, no en la boca, claro. Volvió a contemplar los campos—. Deberíamos volver a la carretera.

—Claro. —Quería que le dijera algo más sobre la blusa. ¿Qué tenía de malo? ¿Acaso odiaba el rosa? ¿Había tenido una novia con una camisa igual? ¿Empequeñecía mucho sus tetas?

Pero él no dijo nada, claro.

Le tocó la pierna, y ella sonrió y puso el coche en marcha. Regresó a la carretera, mirando una última vez la blusa, y Pell comprendió que no volvería a ponérsela. Su objetivo había sido que la tirara; estaba seguro de que lo haría.

Lo más irónico de todo era que la blusa le sentaba estupendamente, y que a él le gustaba bastante.

Pero hacerle aquel reproche sutil y observar su reacción le permitió hacerse una idea precisa de qué podía esperar de ella. De lo fácil de controlar y lo leal que era.

Un buen maestro siempre sabe en qué fase de aprendizaje están sus alumnos.

Sentado en el despacho de Kathryn, Michael O'Neil se balanceaba hacia delante y hacia atrás, con la silla apoyada en las patas traseras y los pies sobre la maltratada mesa de café. Era su modo favorito de sentarse. (Dance achacaba aquella costumbre a su energía nerviosa, y a algunas otras cuestiones que, dada su amistad, prefería no analizar en profundidad.)

O'Neil, TJ Scanlon y Dance tenían la vista clavada en el teléfono de la agente, por cuyo altavoz se oía la voz del técnico informático de la prisión de Capitola.

—Pell se conectó a Internet ayer —explicaba—, pero al parecer no mandó ningún correo. Por lo menos, ayer. Los días anteriores, no sé. Ayer sólo estuvo navegando por la red. Borró las páginas que había visitado, pero olvidó borrar también las peticiones de búsqueda. He encontrado lo que estuvo buscando.

—Continúe.

—Buscó en Google «Alison» y «Nimue». Buscó los dos nombres juntos, como términos restrictivos.

Kathryn pidió que les deletreara los nombres.

—También buscó otra cosa. *Helter Skelter.*

O'Neil y Dance cambiaron una mirada de preocupación. *Helter Skelter* era el título de una canción de los Beatles que obsesionaba a Charles Manson, quien había utilizado esa expresión para referirse a una inminente guerra racial en Estados Unidos. Era también el título de un libro muy premiado acerca del líder sectario, escrito por el hombre que se había encargado de su procesamiento.

—Luego entró en Visual-Earth punto com. Es como Google Earth. Pueden verse fotografías por satélite de prácticamente cualquier punto del globo.

Genial, pensó la agente. Pero no lo era. Resultó que no había forma de saber qué había buscado exactamente.

—Podrían ser las autopistas de California, o París, o Cayo Hueso, o Moscú.

—¿Y qué es «Nimue»?

—Ni idea.

—¿No significa nada en Capitola?

—No.

—¿Hay alguna empleada de la prisión que se llame Alison?

—No —contestó la voz incorpórea del técnico—. Pero iba a decirles que tal vez pueda averiguar en qué páginas entró. Depende de si sólo las borró o las destruyó. Si las destruyó, olvídense. Pero si sólo las mandó a la papelera, quizá pueda encontrarlas flotando por ahí, en el espacio libre del disco duro.

—Le agradeceremos cualquier cosa que pueda hacer —dijo Dance.

—Me pondré enseguida con ello.

Ella le dio las gracias y colgaron.

—TJ, busca «Nimue».

Los dedos del agente volaron sobre el teclado. Un instante después aparecieron los resultados y TJ fue pasándolos con el ratón.

—Hay cientos de miles de coincidencias —dijo pasados unos minutos—. Por lo visto hay un montón de gente que lo usa como nombre clave.

—Alguien a quien Pell conocía a través de Internet —comentó O'Neil—. O un apodo. O el apellido de alguien.

—Y también marcas comerciales —prosiguió TJ sin apartar los ojos de la pantalla—. Cosmética, equipos electrónicos... Mmm..., artículos eróticos... Nunca había visto uno de éstos.

—Concéntrate, TJ —intervino Dance.

—Perdón. —Siguió pasando páginas—. Esto tiene interés. Hay muchas referencias al rey Arturo.

—¿El de Camelot?

—Supongo que sí. —Siguió leyendo—. Nimue era la

Dama del Lago. Un tal mago Merlín se enamoró de ella. Él tenía como cien años y ella dieciséis. Madre mía, esto sí que daría para un programa de televisión. —Leyó un poco más—. Merlín le enseñó el arte de la hechicería. Y ella le entregó al rey Arturo una espada mágica.

—*Excalibur* —dijo O'Neil.

—¿Qué? —preguntó TJ.

—La espada. *Excalibur*. ¿No habías oído nunca esa historia?

—No. No estudié chorradas de ésas en la universidad.

—Me gusta la idea de que sea alguien a quien intentaba encontrar. Coteja «Nimue» con «Pell, Alison, California, Carmel, Croyton». ¿Se os ocurre algo más?

—Las mujeres —sugirió O'Neil—: Rebecca Sheffield, Samantha McCoy y Linda Whitfield.

—Bien.

Tras varios minutos tecleando vertiginosamente, el agente miró a Dance.

—Lo siento, jefa. Nada.

—Comprueba los términos de búsqueda en el VICAP, el NCIC y las demás bases de datos policiales.

—Enseguida.

Kathryn miraba fijamente las palabras que había anotado. ¿Qué significaban? ¿Por qué se había arriesgado Pell a conectarse a Internet para buscarlas?

Helter Skelter, Nimue, Alison...

¿Y qué había buscado en Visual-Earth? ¿Un lugar al que pensaba huir, o en el que planeaba robar?

—¿Qué hay de las pruebas que han recogido en los juzgados? —le preguntó a O'Neil.

El detective consultó sus notas.

—Nada significativo. Estaba casi todo quemado o derretido. La gasolina iba en botellas de leche de plástico, dentro de una maleta barata con ruedas, de las que se venden en miles de sitios: en Wal-Mart, en Target y tiendas así. La bolsa y el traje ignífugos los fabrica Protection Equipment, una empresa de Nueva Jersey. Están disponibles en todo el mundo, pero la mayoría se venden en el sur de California.

—¿Por los incendios forestales?

—No, por las películas. Los utilizan los dobles, los actores especialistas en escenas peligrosas. Se venden en una docena de tiendas. Pero no hay mucho que nos pueda ayudar. No llevaban número de serie y no se han podido extraer huellas de la bolsa, ni del traje. Los aditivos que llevaba la gasolina demuestran que era de BP, pero es imposible determinar la gasolinera exacta. La mecha era casera. Una cuerda empapada en productos químicos de combustión lenta. Ninguno de ellos rastreable.

—TJ, ¿qué se sabe de la tía?

—De momento, nada. Pero espero noticias de un momento a otro.

Sonó el teléfono de Kathryn. Era otra llamada de Capitola. La directora estaba con el preso que decía tener cierta información sobre Daniel Pell. ¿Quería ella hablar con él?

—Claro. —Pulsó la tecla que activaba el altavoz—. Soy la agente Dance. Estoy con el detective O'Neil.

—Hola. Soy Eddie Chang.

—Eddie —añadió la directora de la prisión— está cumpliendo entre cinco y ocho años por atraco a un banco. Está en Capitola porque puede ser un poco... escurridizo.

—¿Conocía bien a Daniel Pell? —preguntó Kathryn.

—No mucho, la verdad. Nadie le conocía. Pero, ya se sabe, como yo no era una amenaza para él, se abría conmigo hasta cierto punto.

—¿Y tiene información sobre él?

—Sí, señora.

—¿Por qué quiere ayudarnos? —preguntó O'Neil.

—Dentro de seis meses podrían concederme la condicional. Me vendrá bien ayudarles. Siempre y cuando le atrapen, claro. Si no, creo que me quedaré aquí hasta que le cojan, ahora que me he chivado.

—¿Hablaba Pell de alguna novia, o de alguien de fuera? —preguntó O'Neil—. ¿De alguna mujer en particular?

—Fanfarroneaba de todas las mujeres con las que había estado. Nos contaba unas historias estupendas. Era como ver una película porno. Madre mía, cómo nos gustaban sus historias.

—¿Recuerda algún nombre? ¿A una tal Alison?

—Nunca mencionaba nombres.

Después de lo que le había contado Tony Waters, Dance sospechaba que Pell se inventaba aquellas historias pornográficas y que las utilizaba como incentivo para conseguir que los internos le hicieran favores.

—Bien, ¿qué quería contarnos? —preguntó.

—Tengo una idea sobre dónde podría ir. —Kathryn y O'Neil se miraron—. Cerca de Acapulco, a Santa Rosario, un pueblecito de las montañas.

—¿Por qué allí?

—Bueno, hará cosa de una semana estábamos sentados charlando y había un tío nuevo, un tal Felipe Rivera, que está cumpliendo cadena perpetua porque se le fue el gatillo cuando estaba robando un coche. Estábamos hablando y Pell se enteró de que era de México. Así que empezó a preguntarle por ese pueblo, Santa Rosario. Rivera no lo conocía, pero Pell estaba deseando que le contara cosas, así que se puso a describirle el pueblo como si quisiera refrescarle la memoria. Tiene fuentes termales, y no está cerca de ninguna carretera principal, pero no muy lejos hay una montaña muy empinada... El caso es que Rivera no se acordaba de nada, y Pell acabó por callarse y cambió de tema. Así que he pensado que quizás esté pensando en ir allí.

—¿Alguna vez había hablado de México con anterioridad? —preguntó Dance.

—Puede ser. Pero no me acuerdo.

—Piense, Eddie. Hace seis meses, pongamos, o un año. ¿Alguna vez habló Pell de algún lugar al que le habría gustado ir?

Otra pausa.

—No. Lo siento. No recuerdo que dijera nunca «tengo que ir a tal o cual sitio porque es cojonudo», ni nada por el estilo.

—¿Y algún sitio por el que mostrara interés? ¿O curiosidad?

—Bueno, un par de veces habló de ese sitio, donde los mormones.

—Salt Lake City.

—No. El estado. Utah. Le gustaba que se pudiera tener un montón de mujeres.

La Familia...

—Decía que en Utah la policía no te da problemas porque los que mandan son los mormones y que no les gusta que el FBI y la policía anden husmeando por ahí. Que en Utah se puede hacer lo que uno quiere.

—¿Cuándo le dijo eso?

—No sé. Hace tiempo. El año pasado. Y luego otra vez, hará cosa de un mes.

Dance miró a O'Neil y éste asintió con un gesto.

—¿Puede esperar un momento? Enseguida vuelvo a llamar.

Chang soltó una carcajada.

—¿Y adónde iba a ir?

Kathryn cortó la conexión y llamó a Linda Whitfield y después a Rebecca Sheffield. Ninguna de las dos tenía constancia de que Pell se hubiera interesado alguna vez por México o Utah.

En cuanto a la atracción que podía ejercer sobre él la poligamia mormona, Linda dijo no recordar que hubiera hablado de ello. Rebecca, por su parte, se echó a reír.

—A Pell le gustaba acostarse con varias mujeres. Que es distinto a estar casado con varias mujeres. Muy, muy distinto.

La agente y O'Neil subieron al despacho de Charles Overby y le informaron de los posibles destinos de Pell, así como de las tres referencias que habían encontrado en la búsqueda de Google y de los resultados de la inspección forense en el lugar de los hechos.

—¿Acapulco?

—No. Estoy segura de que eso era un señuelo. Preguntó por ese pueblo la semana pasada y delante de otros reclusos. Es demasiado evidente. Utah es más probable. Pero tengo que averiguar algo más antes de dar mi opinión al respecto.

—Pues dale prioridad, Kathryn —ordenó Overby—. Acabo de recibir una llamada del *New York Times*. —Sonó su teléfono.

—Sacramento en la dos, Charles —dijo su ayudante.

Overby suspiró y levantó el teléfono.

Dance y O'Neil se marcharon, y nada más salir al pasillo sonó también el teléfono del ayudante jefe.

Mientras caminaban, ella miró varias veces a su compañero. Las muestras de afecto de Michael O'Neil (sus signos de emoción), aunque prácticamente invisibles casi todo el tiempo, eran evidentes para ella. Dedujo que se trataba de Juan Millar. Veía claramente lo disgustado que estaba por su compañero herido. No recordaba la última vez que le había visto tan preocupado.

Colgó y le resumió el estado del detective: seguía igual, pero había vuelto en sí una o dos veces.

—Vete a verle —dijo Kathryn.

—¿Estás segura?

—Yo voy a estar aquí.

De camino a su despacho, se detuvo a servirse un poco más de café de la cafetera que había junto a la mesa de Maryellen Kresbach. Su ayudante no le dio ningún otro recado, aunque tuvo la impresión de que quería hacerlo.

Ha llamado Brian...

Esta vez, cogió una de las galletas de chocolate con las que había estado fantaseando. Se sentó a su mesa y llamó a Chang y a la directora de la prisión.

—Sigamos adelante, Eddie. Quiero que me cuentes más cosas de Pell. Cualquier cosa que recuerdes. Lo que decía, lo que hacía. Cuándo se reía, cuándo se enfadaba...

Un silencio.

—No sé qué decirle, la verdad. —Parecía confuso.

—Bueno, ¿qué te parece si hacemos una cosa? Imagínate que intentas convencerme para que salga con Pell. ¿Qué me dirías sobre él antes de la cita?

—¿Una cita con Daniel Pell? Qué mal rollo, joder.

—Haz lo que puedas, Cupido.

13

De vuelta en su despacho, Kathryn oyó otra vez croar a la rana y contestó a su teléfono móvil.

Era Rey Carraneo, para informarle de que el encargado de la empresa de mensajería de San Benito Way se acordaba de que había entrado una mujer hacía cosa de una semana.

—Pero no mandó nada, agente Dance. Sólo preguntó a qué hora pasaban por allí los distintos servicios de reparto. El encargado le dijo que el que pasaba a hora fija era Worldwide Express. Puntual como un reloj. No le extrañó la pregunta, pero un par de días después la vio fuera, sentada en un banco, al otro lado de la calle. Imaginó que estaba comprobando los horarios de las furgonetas.

Por desgracia, no podía hacer un retrato robot porque la chica también llevaba gorra de béisbol y gafas de sol. El encargado, además, no había visto su coche.

Colgaron, y ella se preguntó de nuevo cuándo aparecería el cadáver del conductor de la furgoneta.

Más violencia, más muerte, otra familia destrozada.

Las consecuencias, como ondas en el agua, pueden extenderse casi hasta el infinito.

Estaba recordando las palabras de Morton Nagle cuando llamó Michael O'Neil. Por pura casualidad, su mensaje tenía que ver con la suerte que había corrido el conductor.

Dance conducía su Taurus.

En el equipo de música, un *gospel* de los Fairfield Four originales le servía para distraerse de la carnicería en que se había convertido la mañana.

Estoy en el refugio...

La música era su salvación. Para ella, el trabajo policial no eran tubos de ensayo y pantallas de ordenador. Eran personas. Su labor le exigía ponerse en el lugar de otros, meterse en su mente, en su corazón y sus emociones y pegarse a ellos a fin de discernir la verdad que conocían y que sin embargo se resistían a compartir. Los interrogatorios solían ser difíciles; a veces incluso dolorosos, y el recuerdo de lo que habían hecho o dicho sus interlocutores (con frecuencia crímenes horrendos) nunca se disipaba por completo.

Cuando el arpa celta de Alan Stivell, las irrefrenables melodías de ska cubano de Natty Bo y Benny Billy, o la guitarra descarnada y vertiginosa de Lightnin' Hopkins se agitaban en sus oídos y sus pensamientos, tendía a no oír el eco espeluznante de sus conversaciones con violadores, asesinos y terroristas.

Se dejó llevar por el rasposo sonido de la música de hacía medio siglo.

Fluye, Jordán, fluye...

Cinco minutos después, paró en una zona de oficinas del norte de Monterrey, cerca de Munras Avenue, y salió del coche. Entró en el aparcamiento subterráneo en el que se encontraba el Honda Civic rojo del conductor de Worldwide Express, con el maletero abierto y la chapa manchada de sangre. O'Neil y un policía local aguardaban junto al coche.

Había otra persona con ellos.

Era Billy Gilmore, el conductor al que Dance creía muerto a manos de Pell. Gilmore, para su asombro, había sido encontrado vivito y coleando.

El joven, muy corpulento, tenía algunos hematomas y un gran vendaje en la frente, tapando la brecha de la que, al parecer, procedía la sangre. Pero las heridas, por lo visto, no se las había hecho Pell, sino él mismo al moverse en el maletero, intentando ponerse cómodo.

—No trataba de escapar. No me atrevía. Pero supongo que alguien me oyó y llamó a la policía. Pell me dijo que tenía que quedarme tres horas ahí dentro. Que, si no, mataría a mi mujer y a mis hijos.

—Su familia está bien —le explicó O'Neil a Kathryn—. Les hemos enviado protección. —Le relató la historia de Billy acerca de cómo había robado Pell la furgoneta y luego el coche. El conductor había confirmado que iba armado.

—¿Cómo iba vestido?

—Con pantalón corto, chubasquero oscuro y gorra de béisbol, creo. No lo sé. Estaba muy asustado.

O'Neil había transmitido aquella información a los controles de carretera y las partidas de búsqueda.

Pell no había dicho nada acerca del lugar al que se dirigía, pero le había dado instrucciones muy precisas para llegar al aparcamiento.

—Sabía perfectamente dónde estaba y que estaría desierto.

Su cómplice también se había encargado de averiguarlo, desde luego. Se había reunido allí con Pell y era probable que hubieran puesto rumbo a Utah.

—¿Recuerda algo más? —preguntó Dance.

Billy le dijo que había vuelto a oír la voz de Pell justo después de que cerrara el maletero.

—¿Había otra persona con él?

—No, estaba solo. Creo que estaba hablando por teléfono. Tenía mi móvil.

—¿El suyo? —preguntó ella, sorprendida. Miró a O'Neil, que acto seguido llamó al departamento de apoyo técnico de la Oficina del Sheriff para pedir que se pusieran en contacto con la empresa de telefonía y dieran comienzo al rastreo del teléfono.

Kathryn preguntó si Billy había oído algo de lo que decía Pell.

—No. Sólo oía murmullos.

Sonó el teléfono de O'Neil y el detective estuvo escuchando unos minutos. Después le dijo a Dance:

—Nada. O lo han destruido, o le han quitado la batería. No encuentran la señal.

La agente recorrió el aparcamiento con la mirada.

—Lo ha tirado en alguna parte. Esperemos que esté cerca. Deberíamos hacer que alguien revise las papeleras... y las alcantarillas de la calle.

—Y también los arbustos —añadió O'Neil, y encargó la tarea a dos de sus ayudantes.

TJ se reunió con ellos.

—Así que estuvo aquí. Dirás que estoy loco, jefa, pero yo no elegiría esta ruta para llegar a Utah.

Se dirigiera o no a Utah, resultaba sorprendente que Pell hubiera ido al centro de Monterrey. La ciudad era pequeña y habría sido fácil verle. Había, además, muchas menos rutas de escape que si se hubiera dirigido al este, al norte o al sur. Un lugar arriesgado para reunirse con su cómplice, y sin embargo un movimiento brillante. Aquél era el último lugar donde esperaban encontrarle.

Una duda inquietaba a Dance.

—Billy, necesito preguntarte una cosa. ¿Por qué sigues vivo?

—Yo... Bueno, le supliqué que no me hiciera daño. Prácticamente me puse de rodillas. Fue muy humillante.

Y también era mentira. Kathryn ni siquiera necesitaba una línea base para ver fluir el estrés por el cuerpo del conductor. Billy desvió la mirada y se sonrojó.

—Necesito saber la verdad. Podría ser importante —insistió.

—De verdad. Me puse a llorar como un bebé. Creo que le di pena.

—A Daniel Pell no le ha dado pena un ser humano en toda su vida —comentó O'Neil.

—Vamos —dijo Dance suavemente.

—Bueno, está bien... —Tragó saliva y se puso muy colorado—. Hicimos un trato. Iba a matarme. Estoy seguro. Le dije que si me encontraban vivo... —Se le saltaron las lágrimas. Era duro contemplar su angustia, pero Kathryn necesitaba entender a Pell y saber por qué seguía vivo Billy cuando otras dos personas habían muerto en parecidas circunstancias.

—Continúa —le animó con suavidad.

—Le dije que, si me dejaba vivir, haría cualquier cosa por él. Me refería a darle dinero o lo que fuese. Pero dijo que quería... Bueno, vio la foto de mi mujer y le gustó. Así que... me pidió que le contara las cosas que hacíamos. Ya sabe, cosas íntimas. —Fijó la mirada en el suelo del garaje—. Quería saber todos los detalles. Y digo todos.

—¿Qué más? —insistió la agente.

—Nada más. Fue muy embarazoso.

—Billy, por favor, cuéntamelo.

Sus ojos se llenaron de lágrimas. Le temblaba el mentón.

—¿Qué?

Respiró hondo.

—Se quedó con mi número de teléfono. Y dijo que me llamaría alguna noche. El mes que viene, a lo mejor, o dentro de seis meses. Que nunca sabría cuándo. Y que cuando llamara, mi mujer y yo tendríamos que meternos en el dormitorio. Y ya sabe... —Se le atascaron las palabras en la garganta—. Que tendría que dejar el teléfono descolgado para que pudiera oírnos. Y que Pam tendría que decir unas cosas que me dijo.

Dance miró a O'Neil, que exhaló suavemente.

—Le atraparemos antes de que eso ocurra.

Billy se limpió la cara.

—Estuve a punto de decirle: «No, cabrón. Mátame si quieres». Pero no pude.

—Ve a ver a tu familia. Y márchate de la ciudad unos días.

—Estuve a punto de decírselo, de verdad.

Un auxiliar médico le condujo a la ambulancia.

—¿A qué demonios nos enfrentamos? —murmuró O'Neil.

Eso mismo estaba pensando Dance.

—Detective, he encontrado un teléfono —anunció un ayudante de la Oficina del Sheriff, acercándose a ellos—. Estaba en una papelera, calle arriba. La batería estaba en otra, en la acera de enfrente.

—Buen trabajo —le dijo O'Neil.

Kathryn le pidió un par de guantes de látex a TJ, se los puso, cogió el teléfono y colocó la batería. Encendió el aparato y miró las llamadas recientes. No se había recibido ninguna, pero se habían hecho cinco desde la hora de la fuga. Dictó los números a O'Neil, que estaba de nuevo al teléfono con la oficina de apoyo técnico. Comenzaron de inmediato la búsqueda.

El primero era un número inexistente. Ni siquiera el prefijo era real, lo que significaba que la llamada que presuntamente había hecho Pell para darle a su cómplice la dirección de Billy no había tenido lugar. Sólo había querido asustarle para que cooperara.

La segunda y la tercera llamadas eran a otro número, que resultó ser un móvil de prepago. Estaba desconectado o, más probablemente, había sido destruido. Era imposible localizar la señal.

Los dos últimos números fueron de más ayuda. Pell había llamado primero a un servicio de información telefónica con prefijo de Utah. El último número (el que posiblemente le habían dado en información) pertenecía a un *camping* de caravanas a las afueras de Salt Lake City.

—Bingo —dijo TJ.

Dance llamó al número y se identificó. Preguntó si habían recibido una llamada hacía unos cuarenta minutos. La empleada le dijo que sí: había llamado un señor de Misuri que iba de viaje hacia el oeste y quería saber cuánto costaba semanalmente aparcar una caravana pequeña en el *camping*.

—¿Alguna otra llamada sobre esa hora?

—Mi madre y dos huéspedes del *camping*, quejándose de no sé qué. Nada más.

—¿Dijo ese señor cuándo llegaría?

—No.

Kathryn le dio las gracias y le dijo que les llamara inmediatamente si aquel hombre volvía a ponerse en contacto con ellos. Explicó a TJ y a O'Neil lo que le había dicho la encargada del *camping* y luego llamó a un amigo suyo, capitán de la jefatura de policía de Salt Lake City, al que le explicó la situación. Su amigo se comprometió a enviar de inmediato un equipo de vigilancia al *camping*.

Dance posó la mirada en el conductor de la furgoneta, que seguía mirando el suelo, abatido. Le dio lástima. El horror que había experimentado ese día (no tanto por el secuestro mismo, sino por el bochorno de su acuerdo con Pell) le acompañaría el resto de sus días.

Pensó de nuevo en Morton Nagle. Billy había escapado con vida, pero era otra víctima de Daniel Pell.

—¿Le digo a Overby lo de Utah? —preguntó TJ—. Querrá que se corra la voz.

Una llamada telefónica interrumpió a Kathryn.

—Espera un momento —le dijo al joven agente. Contestó al teléfono. Era el informático de la cárcel de Capitola. Parecía eufórico cuando le dijo que había logrado encontrar una de las páginas que había visitado Pell, relacionada con la búsqueda de *Helter Skelter*.

—Fue muy ingenioso —comentó—. No creo que tuviera ningún interés en el término mismo. Lo utilizó para encontrar un foro en el que la gente cuelga mensajes sobre crímenes y asesinatos. Se llama *Homicidio*. Hay distintas categorías, según el tipo de crimen. *El efecto Bundy* es sobre asesinos en serie. Ya sabe, por Ted Bundy. La sección *Helter Skelter* está dedicada a asesinos sectarios. He encontrado un mensaje que colgaron el sábado, y creo que iba dirigido a Pell.

—Y no escribió directamente la dirección del foro en la barra de direcciones por si registrábamos el ordenador y encontrábamos la página —dijo Dance.

—Exacto. En vez de eso, utilizó el motor de búsqueda.

—Muy listo. ¿Puede averiguar quién colgó ese mensaje?

—Era anónimo. No hay forma de rastrearlo.

—¿Y qué decía?

Le leyó el breve mensaje, de apenas unos renglones. No había duda de que su destinatario era Pell. Aclaraba detalles de última hora del plan de fuga. El autor del mensaje añadía además otra cosa al final del texto. Dance la escuchó sacudiendo la cabeza. No tenía sentido.

—Perdone, ¿podría repetir eso?

El técnico repitió lo que acababa de leer.

—Está bien —dijo la agente—. Se lo agradezco mucho. Envíeme una copia. —Le dio su dirección de correo electrónico.

—Si puedo hacer algo más, avíseme.

Kathryn cortó la conexión y se quedó callada un momento, intentando comprender el mensaje. O'Neil notó que estaba preocupada, pero no quiso molestarla preguntándole qué le pasaba.

Dance debatió consigo misma y por fin tomó una decisión. Llamó a Charles Overby y le habló del *camping* para caravanas de Utah. La noticia entusiasmó a su jefe. Ya tenía algo concreto que ofrecer a los medios de comunicación.

Luego, pensando en la conversación que había tenido con Eddie Chang sobre su hipotética cita con Pell, llamó a Rey Carraneo y le hizo otro encargo. El joven policía pareció tardar en digerir su petición y luego dijo, indeciso:

—Sí, claro, agente Dance.

Kathryn no podía reprochárselo: era un encargo poco ortodoxo, como mínimo. Aun así, añadió:

—Y ponga toda la carne en el asador.

—¿Eh?

Dedujo que Carraneo no había oído nunca aquella expresión.

—Que actúe con decisión.

14

—Vamos a comer boquerones.

—Vale —contestó Jennie—. ¿Qué es?

—Son los pececitos con que se preparan las anchoas cuando se ponen en salmuera. Los pediremos en sándwich. Yo quiero dos. ¿Tú también?

—Yo sólo uno, cielo.

—Ponles vinagre. Hay en las mesas.

Estaban en Moss Landing, al norte de Monterrey. Por el lado de tierra se alzaban al cielo las dos chimeneas idénticas de la central eléctrica de Duke. Al otro lado de la carretera había una pequeña lengua de tierra, una isla en realidad, a la que sólo se podía acceder a través de un puente. En aquella franja de suelo arenoso, flanqueada por muelles y empresas de reparación naval, se alzaba también el enorme y destartalado local del Jack's Seafood, donde se encontraban Jennie y Pell. El restaurante llevaba setenta y cinco años abierto. John Steinbeck, Joseph Campbell y Henry Miller (además de Flora Woods, la *madame* más famosa de Monterrey) se habían sentado en torno a sus mesas sucias y arañadas, a discutir, a reír y a beber hasta que cerraba el local, y a veces hasta mucho después.

Ahora, el Jack's era una tienda de pescado y marisco y un enorme e inhóspito restaurante, todo en uno. El ambiente era mucho menos bohemio y explosivo que en las décadas de 1950 y 1960, pero en compensación el local había aparecido en el Canal Cocina.

Pell lo recordaba de los tiempos en que vivían no muy lejos de allí, en Seaside. La Familia no salía mucho a comer, pero a veces mandaba a Jimmy o a Linda a comprar sándwiches de boquerones, patatas fritas y ensalada de col. Le encantaba la comida y se alegraba un montón de que el restaurante siguiera abierto.

Tenía unos asuntos que resolver en aquella zona, pero eso tendría que esperar: primero había que buscar información, hacer ciertos preparativos. Además, estaba muerto de hambre y creía que podía arriesgarse a dejarse ver en público. La policía no estaría buscando a una pareja de turistas rebosantes de felicidad, y menos allí; a esas alturas creían que estaba ya a medio camino de Utah, según las noticias que había oído en la radio. Lo había anunciado un tal Charles Overby, un cretino que se daba muchos aires.

El restaurante tenía un patio al aire libre con vistas a la bahía y los barcos pesqueros, pero Pell prefirió quedarse dentro para vigilar la puerta. Con cuidado de no ajustarse la incómoda pistola automática que llevaba en la cinturilla, a la altura de los riñones, se había sentado a una mesa al lado de Jennie, y ella había pegado la rodilla a la suya.

Pell bebió un trago de té con hielo. Miró a la chica y la vio contemplando un expositor giratorio en el que se exhibían grandes tartas.

—¿Quieres postre después de los boquerones?

—No, cielo. No tienen muy buena pinta.

—¿No? —Para él no la tenían. No era muy goloso. Pero eran unos trozos de tarta enormes. En la trena, en Capitola, podía cambiarse un trozo de tarta por un cartón entero de tabaco.

—Son sólo azúcar, harina blanca y aromatizantes. Jarabe de maíz y chocolate barato. Dan el pego y están dulces, pero no saben a nada.

—¿Tú no los harías así, para tus encargos de *catering*?

—No, no, qué va —contestó con viveza, señalando con un gesto el carrusel de dulces—. La gente come mucho de eso porque se quedan con hambre, y quieren más. Yo hago una tarta de chocolate sin nada de harina. Sólo chocolate, azúcar, cacahuetes, vainilla y yemas de huevo. Luego le pongo por encima una capa fina de confitura de frambuesa. Un par de bocados y se te alegra el día.

—Suena muy bien. —Le parecía repulsivo, pero Jennie le estaba hablando de sí misma, y siempre había que animar a la gente a hablar de sí misma. Dejar que se emborracharan, que divagaran. El conocimiento era mejor arma que un cuchillo—. ¿A eso te dedicas sobre todo?, ¿a la repostería?

—Bueno, la repostería es lo que más me gusta, porque tengo más control. Lo hago todo yo misma. En los demás tipos de comidas, hay gente que te prepara parte de los platos.

Control. Qué interesante, se dijo Pell, y archivó aquel dato.

—Y a veces también sirvo. Cuando sirves, te dan propinas.

—Seguro que a ti te dan muchas.

—Sí, puede. Depende.

—¿Y te gusta...? ¿De qué te ríes?

—Es que... No recuerdo la última vez que alguien, un novio, quiero decir, me preguntó si me gustaba mi trabajo. Pero sí, claro, servir es divertido. Y a veces me imagino que no estoy simplemente sirviendo, que es mi fiesta, con mis amigos y mi familia.

Más allá de la ventana, una gaviota hambrienta planeó sobre un pilote, aterrizó torpemente y se puso a buscar migas. Pell había olvidado lo grandes que eran.

Jennie prosiguió:

—Es como cuando hago una tarta. Un pastel de bodas, por ejemplo. A veces pienso que los pequeños placeres son lo único con lo que podemos contar. Preparas la mejor tarta que sabes hacer y la gente la disfruta. Bueno, no es para siempre, claro. Pero ¿hay algo que nos haga felices para siempre?

Tenía razón.

—A partir de ahora sólo comeré tartas que hayas hecho tú.

Jennie soltó una risa.

—Sí, ya, seguro. Pero me alegra que lo digas, cariño. Gracias.

Esas pocas palabras la habían hecho parecer madura. Es decir, dueña de la situación. Pell se puso a la defensiva. Aquello no le gustaba. Cambió de tema.

—Bueno, espero que te gusten los boquerones. A mí me encantan. ¿Quieres otro té con hielo?

—No, ahora no quiero nada más. Sólo que te sientes cerca de mí. Eso es lo que quiero.

—Vamos a echar un vistazo a los mapas.

Ella abrió su bolso y los sacó. Desdobló uno y, al examinarlo, Pell notó cuánto había cambiado el plano de la península esos últimos ocho años. Luego cobró conciencia de una sensación extraña y se detuvo. No sabía a qué atribuir aquella sensación, pero era muy agradable.

Entonces cayó en la cuenta: era libre.

Su confinamiento (ocho años sometido al control de otras personas) había terminado, y ahora podía empezar de cero. Cuando concluyera la misión que le había llevado hasta allí, se marcharía para siempre y fundaría otra Familia. Miró a su alrededor, a los clientes del restaurante, y se fijó en varios de ellos: en la adolescente sentada dos mesas más allá, cuyos padres se encorvaban en silencio sobre sus platos como si mantener una conversación fuera una tortura. Sería fácil persuadir a la chica, un poco gruesa, para que se escapara de casa, cuando estuviera sola en un salón de juegos recreativos o un Starbucks. Tardaría dos días como máximo en convencerla de que podía subirse a su furgoneta sin ningún peligro.

Y en el mostrador había un chico de unos veinte años (se habían negado a servirle una cerveza al responder que había «olvidado» su documentación). Iba tatuado con absurdos dibujitos, de lo que probablemente se arrepentía, y su ropa harapienta y la sopa que estaba tomando dejaban claro que tenía problemas económicos. Recorría velozmente el local con la mirada, fijándose en todas las mujeres de más de dieciséis años. Pell sabía exactamente qué haría falta para reclutarlas en cuestión de horas.

Se fijó también en una madre joven y soltera, a juzgar por su desnudo dedo anular. Estaba arrellanada en una silla, deprimida. Problemas con los hombres, claro. Apenas prestaba atención al bebé sentado en un carrito, a su lado. No le miró ni una vez, y ay si empezaba a llorar. La madre no tardaría en perder la paciencia. Detrás de su postura derrengada y su mirada rencorosa había una historia, aunque a Pell no le importara cuál fuese. Lo único que le importaba era que su vínculo con el bebé era muy frágil. Pell sabía que, si conseguía persuadirla para que se uniera a ellos, no le costaría mucho trabajo separarla del bebé, y él se convertiría en padre instantáneamente.

Se acordó del cuento que le leía su tía Barbara cuando se quedaba con ella en Bakersfield: el Flautista de Hamelín, el hombre que se llevó a los niños de un pueblecito alemán de la Edad Media bailando tras él, porque los vecinos se negaron a pagarle por eliminar una plaga de ratas. El cuento le había causado una honda impresión y aún lo tenía grabado en la memoria. Ya adulto, había leído más cosas sobre aquel incidente. Los hechos eran muy distintos a la historia de los hermanos Grimm y las versiones populares. Seguramente no hubo de por medio ratas, ni deudas impagadas. Sencillamente, desaparecieron unos cuantos niños de Hamelín y nunca más se supo de ellos. La desaparición (y la apatía que supuestamente demostraron los padres al respecto) siguieron siendo un misterio.

Una explicación era que los niños, contagiados de peste o de alguna enfermedad que producía espasmos semejantes a un baile, fueron llevados a morir fuera del pueblo porque los adultos temían el contagio. Otra era que el Flautista había organizado una peregrinación religiosa para niños y que éstos murieron por el camino por causas naturales o al verse atrapados en algún conflicto militar.

Había, sin embargo, otra teoría que a Pell le gustaba más: que los niños abandonaron voluntariamente a sus padres para seguir al Flautista al este de Europa, por entonces tierra de colonización, donde crearon asentamientos propios con él como cabecilla indiscutible. A Pell le entusiasmaba la idea de que alguien tuviera el talento de arrancar a docenas de niños de sus familias (a más de cien, decían algunos) para convertirse en su padre sustituto. El Flautista había nacido con un don (o lo había perfeccionado), pero ¿qué clase de don era aquél?

La camarera que les llevó la comida le sacó de su ensoñación. Pell miró de pasada sus pechos y luego fijó los ojos en la comida.

—Tiene una pinta deliciosa, cariño —comentó Jennie, mirando su plato.

Pell le pasó una botella.

—Ten, el vinagre de malta. Ponle un poco. Sólo unas gotas.

—De acuerdo.

Echó otro vistazo al restaurante: la chica enfurruñada, el chaval nervioso, la madre abstraída… No iría tras ellos ahora, claro, pero le llenaba de euforia ver abrirse ante él tantas oportunidades. Un mes después, más o menos, cuando se hubiera establecido, empezaría a cazar otra vez: en los salones recreativos, en los Starbucks, en los parques, en los patios de los colegios y las universidades, en los McDonald's.

El Flautista de California...

Fijó de nuevo la mirada en su plato y empezó a comer.

Los coches circulaban a toda velocidad por la carretera 1.

Michael O'Neil iba al volante de su coche policial, un Ford sin distintivos, con Dance sentada a su lado. Los seguían TJ, en un Taurus del CBI, y otros dos coches patrulla de la policía de Monterrey. La Patrulla de Caminos también iba a mandar varios vehículos, y la localidad más cercana, Watsonville, había enviado un coche patrulla en dirección sur.

O'Neil iba casi a ciento treinta. Podrían haber ido más deprisa, pero había mucho tráfico. En algunos tramos la carretera nada más tenía dos carriles. Y sólo llevaban las luces puestas, no las sirenas.

Se dirigían al lugar donde creían que Daniel Pell y su rubia acompañante estarían, contra toda probabilidad, comiendo tranquilamente.

Kathryn Dance tenía sus dudas respecto a que Pell se dirigiera a Utah. Su intuición le decía que Utah era posiblemente una pista falsa, como lo era México; sobre todo, después de saber que Rebecca y Linda nunca habían oído a Pell hablar del estado y tras encontrar el teléfono móvil convenientemente abandonado cerca del coche del conductor de la furgoneta. Y lo que era más importante: Pell había dejado vivo al conductor para que informara a la policía del asunto del teléfono y les contara que le había oído hacer una llamada. El juego sexual al que había sometido a Billy no era más que una excusa para dejarle con vida, pero a Dance no dejaba de sorprenderla que un prófugo, por retorcido que fuera, perdiera el tiempo en escenitas porno como aquélla.

Después había tenido noticias del informático de Capitola, que le había leído el mensaje que la cómplice de Pell había colgado en el foro de *Homicidio*, en la sección *Helter Skelter*.

El paquete estará allí en torno a las 9:20.
La furgoneta de reparto de WWE, en San Benito
a las 9:50. Pino con cinta naranja. Nos vemos
enfrente del supermercado del que hablamos.

Ésa era la primera parte del mensaje, una última confirmación del plan de fuga. Pero lo que tanto había sorprendido a la agente era la frase final:

La habitación está lista y estoy mirando esos sitios
en los alrededores de Monterrey que querías.
Tu preciosa.

Lo cual sugería, para asombro de todos, que Pell podía haberse quedado allí cerca.

Kathryn y O'Neil no entendían por qué motivo. Era una locura. Pero Dance decidió que, si se había quedado, convenía que se sintiera lo bastante seguro como para dejarse ver. Por eso había hecho lo que, de otro modo, jamás se le habría ocurrido: había utilizado a Charles Overby. Sabía que, en cuanto le dijera lo de Utah, su jefe se apresuraría a hacer público que la búsqueda se había centrado en las rutas hacia el este. Dance esperaba, con ello, hacer que Pell se sintiera a salvo y se dejara ver.

Pero ¿dónde podía estar?

Esperaba poder hallar la respuesta a esa incógnita en las pistas que había extraído de su conversación con Eddie Chang acerca de qué cosas atraían a Pell, cuáles eran sus intereses y sus impulsos. El sexo ocupaba un lugar dominante, le había dicho Chang, lo que significaba que tal vez Pell se hubiera dirigido a algún salón de masajes, a un burdel o a alguna agencia de contactos. Pero había pocos establecimientos de ese tipo en la península. Además, tenía a su cómplice, y era de suponer que ella estaría satisfaciéndole en ese terreno.

—¿Qué más? —le había preguntado a Chang.

—Bueno, me acuerdo de una cosa. De la comida.

Al parecer, Daniel Pell tenía debilidad por el pescado, y en especial por los boquerones. Varias veces había dicho que en la Costa Central sólo había cuatro o cinco restaurantes en los que supieran hacerlos bien. Y sus opiniones respecto a cómo debían prepararse eran muy rotundas. Dance había anotado los nombres de los restaurantes de los que se acordaba Chang. Tres habían cerrado desde que Pell estaba en prisión, pero dos seguían abiertos: uno en el puerto de Monterrey y otro en Moss Landing.

Ése era el inaudito encargo que Kathryn le había hecho a Rey Carraneo: llamar a los dos restaurantes (y a cualquier otro de la Costa Central con cartas parecidas) y avisar de que quizás apareciera por allí un prófugo acompañado de una mujer delgada y de cabello rubio.

Era una posibilidad remota, y Dance no tenía muchas esperanzas de que su idea diera fruto. Pero Carraneo acababa de recibir una llamada del encargado del Jack's, el restaurante de Moss Landing. Había una pareja en el local que le parecía sospechosa: se habían sentado dentro, donde podían ver la puerta principal, a la que el hombre no quitaba ojo, cuando la mayoría de los clientes preferían sentarse fuera. Él iba afeitado y llevaba gafas de sol y gorra de visera, de modo que era imposible saber si de veras era Pell. En cuanto a la mujer, parecía rubia, pero también llevaba gorra y gafas. Sus edades, sin embargo, coincidían.

La agente había llamado directamente al encargado del restaurante para preguntar si alguien sabía en qué coche había llegado la pareja. El encargado no tenía ni idea, pero el aparcamiento no estaba muy lleno, y uno de los camareros había salido y había ido dictando a Dance en español los números de matrícula de todos los coches aparcados en la pequeña explanada.

Una consulta al Departamento de Vehículos a Motor les bastó para descubrir que uno de ellos, un Ford Thunderbird azul turquesa, había sido robado el viernes anterior, aunque curiosamente no en aquella zona, sino en Los Ángeles.

Tal vez fuera una falsa alarma. Dance decidió, no obstante, acudir de inmediato, aunque sólo fuera para detener a un ladrón de coches. Tras alertar a O'Neil, le había dicho al encargado:

—Llegaremos lo antes posible. Ustedes no hagan nada. Ignórenle y compórtense con naturalidad.

—Con naturalidad —había contestado el encargado con voz trémula—. Sí, ya.

Kathryn Dance esperaba ahora con delectación su siguiente conversación con Pell, cuando volviera a estar en su poder. Estaba ansiosa por preguntarle por qué se había quedado en aquella zona.

Al atravesar Sand City, una zona comercial paralela a la carretera 1, el tráfico se despejó y O'Neil pisó con fuerza el acelerador. Tardarían diez minutos en llegar al restaurante.

15

—¿No es lo mejor que has comido en tu vida?

—Están buenísimos, cielo. Poquerones

—Boquerones —la corrigió Pell. Estaba pensando en pedir otro sándwich.

—Así que ése es mi ex —continuó ella—. No he vuelto a verle, ni a saber de él. Por suerte.

Acababa de hablarle con detalle de su marido: un contable metido a empresario, cobarde y esmirriado, que, por más que costara creerlo, la había mandado dos veces al hospital con lesiones internas y una con el brazo roto. Si Jennie olvidaba planchar las sábanas, le gritaba; si no se quedaba embarazada cuando llevaban un mes intentándolo, le gritaba; y si perdían los Lakers, también le gritaba. Le decía que tenía tetas de chico y que por eso no se empalmaba. Y comentaba delante de sus amigos que estaría «bien» si se operara la nariz.

Un tipo mezquino, pensó Pell, que se dejaba dominar por todo y por todos, salvo por sí mismo.

Escuchó después los episodios siguientes de aquel vodevil: los novios posteriores al divorcio. Se parecían a él, eran chicos malos. Pero descafeinados, concluyó Pell. Uno era un ladrón de tres al cuarto que vivía en Laguna, entre Los Ángeles y San Diego, y se dedicaba a timos de poca monta. Otro vendía drogas. Uno era motero. Y otro sólo un mierda.

Pell había hecho mucha terapia. Era absurdo casi siempre, pero a veces un psiquiatra daba en el clavo, y él tomaba buena nota de sus consejos (no para él, claro, sino porque eran armas muy útiles para usarlas contra otros).

Así pues, ¿por qué tenía Jennie esa inclinación por los chicos malos? Para él era obvio. Eran como su madre. Inconscientemente, la chica seguía entregándose a ellos con la esperanza de que cambiaran y la quisieran, en lugar de ignorarla y utilizarla.

A él le convenía saberlo, claro, pero podría haberle dicho: «Por cierto, encanto, no te molestes: no cambiamos. No cambiamos jamás. Toma nota y tenlo siempre presente».

Pero, naturalmente, se lo calló.

Jennie dejó de comer.

—Cariño...

—¿Mmm?

—¿Puedo hacerte una pregunta?

—Claro, preciosa.

—Nunca me has dicho nada sobre esas..., bueno, ya sabes, sobre esas chicas con las que vivías. Cuando os detuvieron. La Familia.

—Creo que no.

—¿Seguiste en contacto con ellas? ¿Cómo se llamaban?

Pell recitó sus nombres:

—Samantha, Rebecca y Linda. Y también Jimmy, el que intentó matarme.

Jennie parpadeó.

—¿Preferirías que no te preguntara por ellas?

—No, no pasa nada. Puedes preguntarme lo que quieras.

Nunca había que decirle a alguien que no te hablara de tal o cual tema. Por el contrario, había que mantener la sonrisa y tomar nota de cada dato que pudiera conseguirse. Aunque doliera.

—¿Fueron ellas las que te denunciaron?

—No exactamente. Ni siquiera sabían que Jimmy y yo íbamos a ir a casa de los Croyton. Pero cuando me detuvieron, no me respaldaron. Linda quemó ciertas pruebas y mintió a la policía. Pero hasta ella acabó por ceder y se prestó a ayudarles. —Soltó una risa amarga—. Fíjate, con lo que yo hice por ellas. Les di un hogar. A sus padres les importaban una mierda. Yo les di una familia.

—¿Estás enfadado? No quiero que te enfades.

—No. —Pell sonrió—. No pasa nada, preciosa.

—¿Piensas mucho en ellas?

Ah, así que era eso. Él se había esforzado siempre por leer entre líneas, por detectar lo que se ocultaba bajo los comentarios de los demás. Comprendió de pronto que Jennie estaba celosa. Era una emoción mezquina, un sentimiento fácil de sofocar, pero también una de las fuerzas centrales del universo.

—No, qué va. Hace años que no sé nada de ellas. Les escribí una temporada. Linda era la única que contestaba. Pero luego me dijo que su abogado le había dicho que no le convenía, por su libertad condicional, y dejó de escribirme. La verdad es que me sentó muy mal.

—Lo siento, cariño.

—Que yo sepa, podrían estar muertas. O puede que estén felizmente casadas. Al principio me enfadé, pero después comprendí que me había equivocado con ellas. Elegí mal. No como contigo. Tú sí que eres buena, no ellas.

Jennie se llevó la mano de Pell a la boca y besó sus nudillos uno por uno.

Él había vuelto a estudiar el mapa. Le encantaban los mapas. Cuando te extraviabas, estabas indefenso, perdías el control. Recordaba que los mapas (o su falta) habían desempeñado un papel importante en la historia de aquella parte de California, y más concretamente de la bahía de Monterrey, donde se hallaban ahora. Hacía años, cuando vivían en familia, Linda les leía en voz alta después de la cena, sentados todos en corro. Pell, que solía elegir obras de autores californianos y libros ambientados allí, se acordaba de uno en concreto: una historia de Monterrey. Descubierta por los españoles a principios del siglo XVII, la bahía de Monte Rey (así bautizada en honor de un rico patrono de la expedición) fue considerada una auténtica perita en dulce: no sólo era una ensenada perfecta, sino que estaba situada en un punto estratégico y su tierra era muy fértil. El gobernador quiso fundar en ella una colonia importante, pero, desafortunadamente, los exploradores fueron incapaces de volver a encontrarla después de seguir bordeando la costa del Pacífico.

Varias expediciones intentaron localizarla de nuevo, sin éxito, y con el paso de los años la bahía de Monterrey fue adquiriendo proporciones legendarias. Uno de los contingentes más numerosos partió de San Diego y se dirigió hacia el norte por tierra, decidido a encontrar la bahía. Expuestos constantemente al embate de los elementos y al peligro de los osos pardos, los conquistadores recorrieron el estado palmo a palmo, hasta San Francisco, y aun así pasaron por alto la enorme bahía.

Y todo por no tener un buen mapa.

Cuando había logrado tener acceso a Internet en Capitola, le había entusiasmado una web llamada Visual Earth, en la que, con sólo pinchar en un mapa, aparecía una fotografía hecha por satélite del lugar que quisieras ver. Era asombroso. Tenía otras cosas importantes que mirar y no se había entretenido mucho, pero estaba deseando que su vida estuviera más asentada para poder pasar horas y horas explorando aquella página.

Jennie estaba señalando algunos puntos en el mapa y Pell tomaba buena nota de la información, pero, como siempre, se mantenía atento a cuanto le rodeaba.

—Es un buen perro. Sólo hay que adiestrarlo un poco más.

—El viaje es largo, pero si vamos con tiempo será una pasada, ¿sabes?

—Pedí hace diez minutos. ¿Puede preguntar por qué están tardando tanto?

Al oír este último comentario, Pell miró hacia el mostrador.

—Perdone —contestó el hombre de mediana edad que se ocupaba de la caja—. Es que hoy andamos un poco escasos de personal. —El hombre, encargado o propietario, parecía intranquilo y miraba a todos lados, menos a Jennie y a Pell.

La gente lista sabe descubrir por qué cambias, y luego usarlo contra ti.

Cuando él había pedido la comida, había tres o cuatro camareras yendo y viniendo entre la cocina y las mesas. Ahora sólo estaba aquel hombre. Había mandado esconderse a todos sus empleados.

Pell se levantó de un salto, volcando la mesa. Jennie dejó caer su tenedor y se puso en pie.

El encargado los miró, alarmado.

—Hijo de puta —masculló Pell, y se sacó la pistola del cinto.

Jennie chilló.

—No, no... Yo... —El encargado dudó un segundo y luego huyó a la cocina, abandonando a sus clientes, que empezaron a gritar y se arrojaron al suelo.

—¿Qué ocurre, cielo? —preguntó Jennie, asustada.

—Vamos. ¡Al coche! —Agarró el mapa y huyeron.

Fuera, a lo lejos en dirección sur, vio el destello de unas sirenas.

Jennie se quedó paralizada y comenzó a susurrar, muerta de miedo:

—Canciones de ángeles, canciones de ángeles...

—¡Vamos!

Subieron al coche. Pell metió la marcha atrás y el vehículo reculó bruscamente, cambió de marcha y pisó el acelerador. Cruzando el estrecho puente, se dirigió a la carretera 1. Jennie estuvo a punto de resbalar del asiento cuando pisaron el badén del otro lado del puente. Al salir a la carretera, Pell torció hacia el norte, recorrió otros cien metros y luego, de pronto, se detuvo. Por el otro lado se acercaba otro coche de policía.

Miró a su derecha y, pisando a fondo el acelerador, enfiló la verja de la planta energética, una enorme y fea estructura más propia de las refinerías de Gary, Indiana, que de aquellas playas de postal.

Dance y O'Neil estaban a no más de cinco minutos de Moss Landing.

Ella tamborileaba con los dedos sobre la empuñadura de la Glock que descansaba sobre su cadera derecha. Nunca había disparado estando de servicio y no tenía muy buena puntería: carecía de inclinación natural por las armas. Además, habiendo niños en casa le intranquilizaba llevar el arma encima (en su domicilio la guardaba junto a su cama, en una caja fuerte de la que sólo ella sabía la combinación).

Michael O'Neil era, en cambio, un tirador excelente, al igual que TJ. Kathryn se alegraba de tenerlos a su lado.

Pero ¿se produciría un enfrentamiento armado?, se preguntaba. No podía adivinarlo, desde luego. Pero sabía que haría todo lo que fuera necesario para detener al asesino.

El Ford tomó una curva con un chirrido de neumáticos y comenzó a subir una colina.

Al llegar a lo alto, O'Neil masculló:

—Mierda. —Pisó a fondo el pedal del freno—. ¡Agárrate!

Dance sofocó un grito y se agarró al salpicadero mientras derrapaban violentamente. El coche se detuvo atravesado en la cuneta, a apenas un metro y medio de un tráiler parado en medio de la calzada. La carretera estaba completamente taponada hasta Moss Landing. Los carriles en sentido contrario se movían, pero despacio. Kathryn divisó luces intermitentes con destellos unos kilómetros más allá y comprendió que la policía estaba haciendo dar media vuelta a los vehículos.

¿Un control de carretera?

O'Neil llamó a la jefatura del condado de Monterrey con su radio.

—Soy O'Neil.

—Adelante, señor. Cambio.

—Estamos en la uno, en dirección norte, muy cerca de Moss Landing. El tráfico está parado. ¿Qué está pasando?

—Así es. Le informo de que hay... Están evacuando la central eléctrica. Se ha producido un incendio. La cosa es grave. Hay múltiples heridos. Y dos víctimas mortales.

Dios mío, no, pensó Dance, exhalando un suspiro. *Más muertes no.*

—¿Un incendio? —preguntó O'Neil.

—Lo mismo que hizo Pell en los juzgados. —La agente entornó los ojos. Veía una columna de humo negro. Los encargados de protección civil se tomaban muy en serio el riesgo de una conflagración. Unos años antes, se había incendiado un tanque de gasoil abandonado allí. La planta funcionaba ahora con gas y las probabilidades de que se produjera un incendio a gran escala eran mucho menores. Aun así, los equipos de seguridad habrían cortado el tráfico en la carretera 1 en ambos sentidos y habrían empezado a evacuar los alrededores.

O'Neil ordenó con aspereza:

—Dígales a los de la Patrulla de Carreteras o a los bomberos de Monterrey o a quien esté al mando que dejen paso. Tenemos que cruzar. Estamos persiguiendo a ese preso fugado. Cambio.

—Recibido, detective... Espere... —No se oyó nada durante un minuto. Después—: Atención, acabo de hablar con los bomberos de Watsonville. No sé... La planta no está ardiendo. El fuego sólo ha afectado a un coche que hay delante de la verja principal. No sé quién notificó el incidente. No hay heridos, que se sepa. Ha sido una denuncia falsa. Y hemos recibido algunas llamadas del Jack's. El sospechoso huyó a punta de pistola.

—Mierda, se ha olido que íbamos para allá —masculló O'Neil.

Dance agarró el micrófono.

—Recibido. ¿Hay algún policía en el lugar de los hechos?

—Espere... Afirmativo. Un agente de la policía de Watsonville. Los demás son bomberos y personal de emergencias.

Kathryn frunció el ceño y sacudió la cabeza.

—Un agente.

—Dígale que Daniel Pell está allí, en alguna parte. Y que no tendrá reparos en disparar contra civiles y policías.

—Recibido. Enseguida lo notifico.

Dance se preguntó qué tal se las arreglaría el agente. En Moss Landing, los peores delitos que se cometían eran infracciones de tráfico y robos de coches y embarcaciones.

—¿Lo has oído, TJ?

—Joder —se oyó decir por el altavoz. El joven agente pelirrojo no hacía mucho caso de los códigos de radio.

O'Neil dejó de golpe el micrófono en su soporte, exasperado.

El tráfico, pese a su petición, seguía sin moverse.

—Vamos a intentar llegar de todos modos. Me da igual que tenga que ser por la fuerza —dijo Kathryn.

O'Neil asintió con un gesto. Conectó la sirena y empezó a avanzar por la cuneta, que en algunos tramos estaba cubierta de arena y en otros de piedras, y en varios lugares era casi intransitable.

Lentamente, sin embargo, la caravana fue avanzando.

16

Cuando llegaron a Moss Landing, no había ni rastro de Pell y su novia.

Aparcaron y un momento después TJ paró su coche junto al Ford Thunderbird quemado, que todavía humeaba.

—El coche de Pell —señaló Dance—. El que robaron el viernes en Los Ángeles. —Ordenó a TJ buscar al encargado del restaurante.

El policía de Watsonville, O'Neil y otros agentes se desplegaron en busca de testigos. Muchos se habían marchado, posiblemente asustados por las llamaradas del coche y por la estruendosa sirena de la central eléctrica. Quizás incluso hubieran pensado que era un reactor nuclear que se estaba derritiendo.

Kathryn entrevistó a varias personas cerca de la planta eléctrica. Le informaron de que el Ford (que antes del incendio era azul turquesa), en el que iban un hombre delgado y una rubia, había cruzado el puente a toda velocidad desde el restaurante y luego se había detenido bruscamente delante de la central. Sus ocupantes habían salido y un momento después el coche había estallado en llamas.

Una persona informó de que la pareja había cruzado la carretera corriendo, hacia el lado de la costa. Después de eso, sin embargo, nadie parecía saber qué había sido de ellos. Al parecer era el propio Pell quien había llamado a emergencias para informar de que la central estaba en llamas y de que había varios heridos y dos muertos.

Dance miró a su alrededor. Necesitarían otro coche; no podían escapar de allí a pie. Luego, sin embargo, fijó los ojos en la bahía. Con el atasco de tráfico, sería más lógico robar un barco. Reunió a varios agentes de la policía local, cruzaron corriendo la carretera y pasaron quince minutos frenéticos hablando con las personas que encontraron en la zona de la playa para averiguar si Pell se había llevado alguna embarcación. Nadie había visto a la pareja, ni faltaba ningún barco.

Una pérdida de tiempo.

Al regresar a la carretera, Dance se fijó en una tienda que había frente a la central: un cobertizo que vendía recuerdos y chucherías. Tenía un letrero de cerrado en la puerta, pero a Dance le pareció ver la cara de una mujer asomándose.

¿Estaría Pell dentro, con ella?

Kathryn hizo una seña a un ayudante del *sheriff*, le explicó lo que sospechaba y juntos se acercaron a la puerta. La agente llamó. No hubo respuesta.

Llamó otra vez y la puerta se abrió despacio. Una mujer gruesa, con el cabello corto y rizado, miró alarmada sus manos, empuñando las pistolas, y preguntó casi sin aliento:

—¿Sí?

—¿Puede salir, por favor? —preguntó Dance con los ojos fijos en el interior en penumbra.

—Eh, claro.

—¿Hay alguien más ahí dentro?

—No. ¿Qué...?

El ayudante pasó a su lado por la fuerza y encendió la luz. Kathryn le siguió. Un registro somero les bastó para comprobar que el minúsculo local estaba vacío.

Dance regresó junto a la mujer.

—Lamento las molestias.

—No, no pasa nada. Qué miedo he pasado. ¿Adónde han ido?

—Todavía estamos buscando. ¿Ha visto usted lo que ocurrió?

—No. Estaba dentro. Cuando me asomé, había un coche ardiendo. No paraba de pensar en el incendio de ese tanque de gasoil, hace unos años. Ése sí que fue grave. ¿Estuvo usted aquí cuando pasó?

—Sí. Se veía desde Carmel.

—Sabíamos que el tanque estaba vacío. O casi. Pero estábamos muertos de miedo. Y esos cables... La electricidad puede ser muy traicionera.

—Entonces, ¿ya ha cerrado?

—Sí. Hoy iba a marcharme temprano, de todos modos. No sabía cuánto tiempo iba a estar cortada la carretera. Y no van a parar muchos turistas a comprar golosinas habiendo una central eléctrica en llamas al otro lado de la carretera.

—Imagino que no. ¿Le importaría decirme por qué nos ha preguntado dónde habían ido?

—Bueno, un hombre peligroso como ése... Espero que le detengan cuanto antes.

—Pero usted ha hablado en plural. ¿Cómo sabe que había varias personas?

Un silencio.

—Bueno...

Dance sonrió, pero la miró con fijeza.

—Ha dicho que no había visto nada. Que se había asomado al oír la sirena.

—Creo que me lo ha dicho alguien. Fuera.

Creo...

Una expresión típica de autoengaño. Inconscientemente, la mujer sentía que no estaba mintiendo, sino dando una opinión.

—¿Quién se lo dijo? —insistió Kathryn.

—No conocía a la persona que me lo dijo.

—¿Era un hombre o una mujer?

Otra vacilación.

—Una chica, una mujer. De fuera del estado. —Había girado la cabeza y se estaba frotando la nariz: señales de aversión/negación.

—¿Dónde está su coche? —preguntó Dance.

—¿Mi...?

Los ojos desempeñan un papel ambiguo en el análisis del lenguaje no verbal. Hay policías que creen que si un sospechoso mira a su izquierda mientras lo observas, es señal de que está mintiendo. Kathryn sabía que era un cuento viejo entre policías. Desviar la mirada (a diferencia del hecho de apartar la cara o el cuerpo para alejarse del interrogador) no es síntoma automático de engaño: la dirección de la mirada se controla muy fácilmente.

Pero aun así los ojos son muy reveladores.

Mientras hablaba con la mujer, Dance había notado que miraba un lugar concreto del aparcamiento. Cada vez que dirigía la mirada hacia allí, mostraba signos de estrés general: cambiaba de postura o se apretaba las manos. La agente dedujo que Pell le había robado el coche y le había dicho que mataría a su familia si se iba de la lengua. Igual que había hecho con el conductor de la furgoneta.

Kathryn suspiró con fastidio. Si la mujer hubiera sido sincera desde el principio, quizá ya tendrían a Pell.

O si yo no hubiera creído a ciegas que estaba cerrado y hubiera llamado antes a la puerta, se dijo para sus adentros con amargura.

—Yo... —La mujer se echó a llorar.

—Entiendo. Nos aseguraremos de que no le pase nada. ¿Qué coche es?

—Un Ford Focus azul oscuro. Tiene tres años. Lleva en el parachoques una pegatina sobre el calentamiento global. Y tiene una abolladura en...

—¿Hacia dónde fueron?

—Hacia el norte.

Dance anotó la matrícula y llamó a O'Neil, que a su vez envió un mensaje a la central de comunicaciones de la Oficina del Sheriff para que se notificaran los datos del coche a todas las unidades.

Mientras la dependienta llamaba a una amiga con la que iba a quedarse hasta que capturaran a Pell, Kathryn miró fijamente la nube de humo que aún envolvía el Thunderbird. Estaba furiosa. Había extraído una conclusión acertada de los datos que le había proporcionado Eddie Chang y habían dado con un plan sólido para atrapar a Pell. Todo para nada, al final.

TJ se reunió con ella, acompañado del encargado del restaurante, que le relató lo sucedido, omitiendo claramente algunos hechos, como que seguramente había sido su actitud la que había alertado a Pell de la llegada de la policía. Pero Dance, que recordaba lo desconfiado y despierto que era ese asesino, no podía reprochárselo.

El encargado describió a la mujer, que era delgada y guapa, aunque «muy poquita cosa», y se había pasado toda la comida mirando a Pell con adoración. Al principio, había pensado que estaban de luna de miel. Ella no paraba de tocar al hombre. Debía de tener unos veinticinco años. El encargado añadió que habían estado mirando un mapa casi toda la comida.

—¿Un mapa de qué?

—De aquí, del condado de Monterrey.

Michael O'Neil se acercó a ella cerrando su teléfono móvil.

—No hay noticias del Focus —anunció—. Pero con la evacuación se habrá perdido entre el tráfico. Qué demonios, puede que haya torcido hacia el sur y haya pasado delante de nuestras narices.

Dance llamó a Carraneo. El joven parecía cansado. Había tenido un día muy ajetreado, y aún no había acabado.

—Averigua todo lo que puedas sobre el Thunderbird. Y empieza a llamar a moteles y pensiones entre Watsonville y Big Sur, a ver si alguna rubia se ha registrado sola y ha indicado que tenía un Ford Thunderbird en el formulario de registro. O si alguien ha visto el coche. Si lo robaron el viernes, se habrá registrado el viernes, el sábado o el domingo.

—Claro, agente Dance.

O'Neil y ella miraron el horizonte en dirección oeste. El sol, un disco ancho y plano, pendía bajo sobre el mar en calma, sus fieros rayos amortiguados; la niebla no había caído aún, pero el cielo del atardecer estaba brumoso y veteado. La bahía de Monterrey parecía una yerma llanura azul.

—Pell se está arriesgando mucho quedándose por aquí —comentó O'Neil—. Debe de tener algo importante que hacer.

Justo entonces, Kathryn recibió la llamada de alguien que tal vez tuviera alguna idea acerca de lo que se proponía el asesino.

17

En California hay posiblemente diez mil calles con el nombre de «Mission», y James Reynolds, el fiscal jubilado que ocho años antes había conseguido que se condenara a Daniel Pell, vivía en una de las más bonitas.

Tenía un código postal de Carmel, pero su calle no estaba en la parte pintoresca de la ciudad: esa zona de cuento de hadas que los fines de semana inundan los turistas, a los que los vecinos aman y odian al mismo tiempo. Reynolds vivía en el Carmel obrero, aunque no exactamente en un barrio de mala fama. Tenía una preciosa parcela vallada de trescientos metros cuadrados, no muy lejos del Barnyard, el centro comercial con jardines y bancales en el que podían comprarse joyas, piezas de artesanía, ingeniosos utensilios de cocina, regalos y recuerdos del lugar.

Al enfilar el largo camino de entrada a la casa, Dance pensó que la gente que tenía parcelas tan grandes era o bien la élite de los nuevos ricos (neurocirujanos o genios de la informática que habían sobrevivido a las turbulencias de Silicon Valley), o bien vecinos del pueblo de toda la vida. Reynolds, que se había ganado la vida como fiscal, tenía que ser de estos últimos.

El hombre bronceado y con entradas, de unos sesenta y cinco años, salió a recibirla a la puerta y la hizo pasar.

—Mi mujer está trabajando. Haciendo labores de voluntaria, en realidad. Estaba preparando la cena. Pase a la cocina.

Mientras le seguía por el pasillo de la casa bien iluminada, Dance pudo leer la historia de su vida en los muchos marcos que colgaban de la pared. Colegios de la Costa Este, Facultad de Derecho de Stanford, boda y crianza de dos hijos varones y una hija, fiestas de graduación incluidas.

Las fotos más recientes aún no habían sido enmarcadas. Kathryn señaló con la cabeza un montón de ellas, la primera de las cuales era de una joven rubia y muy guapa, ataviada con un recargado vestido blanco y rodeada de damas de honor.

—¿Su hija? Enhorabuena.

—La última en volar del nido. —Levantó el pulgar, mirándola, y sonrió—. ¿Y usted?

—Bueno, las bodas quedan todavía muy lejos. Lo próximo en mi agenda es el instituto.

Se fijó también en varias páginas de periódico enmarcadas: grandes procesos ganados por Reynolds. La agente comprobó, divertida, que también había algunos que había perdido. El hombre la vio mirando una página y se echó a reír.

—Los triunfos son para el ego; los fracasos, para la humildad. Podría ponerme ecuánime y decir que aprendí algo de mis fracasos. Pero la verdad es que a veces los jurados no tienen ni idea.

Dance lo sabía muy bien: había trabajado como asesora en la selección de jurados.

—Como ocurrió en el caso de nuestro amigo Pell. El jurado debió recomendar la pena de muerte. Pero no lo hizo.

—¿Por qué? ¿Por circunstancias atenuantes?

—Sí, si el miedo puede llamarse así. Les daba pánico que la Familia fuera tras ellos buscando venganza.

—Pero no tuvieron problemas para condenarle.

—No, claro. El caso estaba muy bien fundado. Y mi actuación fue muy dura. Insistí en el asunto del Hijo de Manson. En realidad, fui yo quien le llamó así por primera vez.

Puse de manifiesto todos los parecidos: Manson aseguraba tener el poder de controlar a la gente; tenía antecedentes por delitos de poca monta y una secta de mujeres sometidas a su voluntad. Era el responsable del asesinato de una familia rica. Y en casa de Pell se encontraron decenas de libros sobre Manson, subrayados y con anotaciones.

»Pell, de hecho, contribuyó a que le condenaran —añadió con una sonrisa—. Hizo su papel. Se sentaba en la sala del tribunal y miraba fijamente a los miembros del jurado, intentando intimidarlos, asustarlos. Conmigo también lo intentó. Yo me reí de él y dije que no creía que los poderes psíquicos surtieran efecto con los abogados. El jurado también se rió. Y eso rompió el hechizo. —Sacudió la cabeza—. No bastó para que le condenaran a la inyección letal, pero me di por satisfecho con que le condenaran a varias cadenas perpetuas consecutivas.

—¿También procesó a las tres mujeres de la Familia?

—Se declararon culpables y les conseguí una reducción de condena. Eran cosas de poca importancia. No tuvieron nada que ver con lo de los Croyton, de eso no me cabe ninguna duda. Antes de toparse con Pell, tenían, como mucho, algún arresto por beber en público o por posesión de marihuana, creo. Pell les lavó el cerebro. Lo de Jimmy Newberg fue distinto. Tenía antecedentes violentos, cargos por tráfico de drogas con agravantes.

En la espaciosa cocina, decorada por completo en amarillo y beis, Reynolds se puso un delantal. Al parecer, se lo había quitado para ir a abrir la puerta.

—Empecé a cocinar cuando me jubilé. Es un contraste interesante. Los fiscales no le gustan a nadie. Pero mi caldereta de pescado... —Señaló con la cabeza una cazuela grande, de color naranja, llena de un guiso de pescado y marisco—. Eso le gusta a todo el mundo.

Dance frunció el ceño exageradamente y miró a su alrededor.

—Así que esto es una cocina —comentó.

—¡Ah, veo que lo suyo es la comida para llevar! Igual que yo, cuando era soltero y trabajaba.

—Mis pobres hijos... Lo bueno es que están haciendo sus pinitos en la gastronomía. El Día de la Madre me hicieron crepes de fresa.

—Y usted sólo tuvo que limpiar. Tenga, pruebe un poco.

Kathryn no pudo resistirse.

—De acuerdo, sólo para probar.

Reynolds le sirvió un cuenco.

—Hay que acompañarla con vino tinto.

—Eso sí que no. —Probó la caldereta—. ¡Está buenísima!

Reynolds, que había hablado con Sandoval y el *sheriff* de Monterrey, estaba al corriente de los últimos acontecimientos relacionados con la búsqueda, y sabía que Pell se había quedado en la zona. (Dance advirtió que, en lo relativo al CBI, había preferido llamarla a ella y no a Charles Overby.)

—Haré todo lo que esté en mi mano para ayudarla a atrapar a ese canalla —dijo el ex fiscal mientras cortaba meticulosamente un tomate—. Estoy a su disposición. Ya he llamado a la empresa de almacenaje que utiliza el condado para que me traigan todas mis notas sobre el caso. El noventa y nueve por ciento no servirá de nada, seguramente, pero tal vez haya alguna cosa que ayude. Las repasaré hoja por hoja, si hace falta.

La agente se fijó en sus ojos: tenía una mirada decidida y negra como el carbón, muy distinta a la chispa que animaba los ojos de Morton Nagle. Nunca había trabajado en un caso con Reynolds, pero estaba segura de que era un fiscal feroz e irreductible.

—Sería de gran ayuda, James. Se lo agradezco. —Acabó el guiso de pescado, aclaró el cuenco y lo dejó en la pila—. Ni siquiera sabía que vivía por aquí. Tenía entendido que se había retirado a Santa Bárbara.

—Tenemos una casita allí, pero pasamos aquí casi todo el año.

—Cuando me llamó, me puse en contacto con la Oficina del Sheriff. Me gustaría que un ayudante del *sheriff* montara guardia fuera.

Reynolds desdeñó la idea.

—Tengo un buen sistema de alarma. Y es casi imposible encontrarme. Cuando me convertí en fiscal jefe, empecé a recibir amenazas por el juicio contra esa banda de Salinas. Mandé quitar mi número de la guía telefónica y transferí la titularidad de la casa a un fondo fiduciario. Pell no tiene forma de encontrarme. Y tengo permiso de armas, además de un revólver.

Dance no pensaba admitir un no por respuesta.

—Hoy ya ha matado a varias personas.

Reynolds se encogió de hombros.

—Está bien, qué demonios. Acepto una niñera. Mal no puede hacerme. Además, mi hijo pequeño está pasando unos días aquí. ¿Para qué arriesgarse?

Kathryn se sentó en un taburete, apoyando las sandalias marrones de cuña en las barras. Las tiras tenían incrustadas margaritas de colores brillantes. En cuestión de zapatos (una de sus pasiones), hasta Maggie, su hija de diez años, tenía gustos menos atrevidos que ella.

—De momento, ¿podría contarme algo sobre los asesinatos de hace ocho años? Quizás así me haga una idea de qué puede estar tramando.

Reynolds se acomodó en otro taburete y bebió un sorbo de vino antes de proceder a repasar los hechos del caso: Pell y Jimmy Newberg habían entrado por la fuerza en la casa de William Croyton en Carmel y asesinaron a cuchilladas al empresario, a su mujer y a dos de sus tres hijos. Newberg había muerto del mismo modo.

—Mi teoría es que se acobardó cuando llegó el momento de matar a los niños y se peleó con Pell, que le mató.

—¿Pell y Croyton tenían alguna relación?

—No, que se sepa. Pero en aquel momento Silicon Valley estaba en su apogeo y Croyton era un pez gordo. Salía constantemente en la prensa. No sólo diseñaba él mismo la mayor parte de los programas, sino que también era el jefe de ventas. Uno de esos tipos desbordantes. Grandullón, bronceado, extrovertido... Trabajaba mucho y jugaba fuerte. Como víctima, no inspiraba mucha compasión, que digamos. Era un empresario implacable, se rumoreaba que tenía aventuras extramatrimoniales y había descontento entre sus empleados. Pero si el asesinato sólo fuera delito cuando se mata a santos, los fiscales nos quedaríamos sin trabajo.

»Su empresa sufrió varios robos el año anterior a la matanza. Los ladrones se llevaron ordenadores y *software*, pero la policía del condado de Santa Clara no dio con ningún sospechoso. Nada indica que Pell tuviera que ver con eso. Pero yo siempre tuve mis dudas.

—¿Qué fue de la compañía cuando murió él?

—La compró otra corporación, Microsoft, o Apple, o una empresa de videojuegos, no sé.

—¿Y su herencia?

—La mayoría fue a parar al fondo fiduciario de su hija, aunque creo que una parte le correspondió a la hermana de su mujer, la que se hizo cargo de la custodia de la niña. Croyton estaba en el mundillo de la informática desde que era un crío. Tenía ordenadores y programas antiguos por valor de unos diez o veinte millones de dólares que dejó a la Universidad de California en Monterrey. El museo de computación que tienen allí es realmente impresionante. Viene gente de todo el mundo a investigar en los archivos.

—¿Todavía?

—Eso parece. Por lo visto, Croyton era un adelantado a su tiempo.

—Además de rico.

—Riquísimo.

—¿Ése fue el móvil de los asesinatos?

—Bueno, eso nunca lo supimos con certeza. Atendiendo a los hechos, era un robo con fuerza clarísimo. Creo que Pell leyó acerca de Croyton y pensó que podía forrarse y que el asunto sería pan comido.

—Pero leí que su botín había sido muy escaso.

—Un par de miles de dólares. Habría sido un robo de poca monta, de no ser por los cinco cadáveres, claro. Casi seis. Por suerte, esa niñita estaba en la planta de arriba.

—¿Qué fue de ella?

—Pobrecilla. ¿Sabe cómo la llamaban?

—La Muñeca Dormida.

—Sí. No declaró en el juicio. Aunque hubiera visto algo, no la habría hecho subir al estrado estando ese capullo en la sala. De todos modos, tenía pruebas suficientes.

—¿No recordaba nada?

—Nada útil. Esa noche se fue temprano a la cama.

—¿Dónde está ahora?

—Ni idea. La adoptaron sus tíos y se fueron a vivir a otra parte.

—¿Qué alegó Pell en su defensa?

—Que habían ido a casa de Croyton para explicarle una idea que tenían y que a Newberg se le cruzaron los cables y mató a todo el mundo. Dijo que intentó detenerle, que se pelearon y que él, y cito literalmente, «tuvo» que matarle. Pero no había pruebas de que Croyton estuviera esperando una visita de negocios. La familia estaba cenando cuando aparecieron. Además, las pruebas forenses no dejaban lugar a dudas: la hora de las muertes, las huellas dactilares, los restos materiales, las salpicaduras de sangre, todo demostraba que Pell era el asesino.

—Pell tuvo acceso a un ordenador en prisión. Sin supervisión.

—Eso no es bueno.

Ella asintió con un gesto.

—Hemos encontrado algunas de las cosas que buscó. Una era «Alison». ¿Le dice algo?

—Ninguna de las chicas de la Familia se llamaba así. Y no conozco a ninguna otra persona relacionada con él que se llame así.

—Otra palabra que buscó fue «Nimue», un personaje mitológico, de la leyenda del rey Arturo, aunque sospecho que es el nombre o el apodo de alguien con quien Pell quería ponerse en contacto.

—No, nada, lo siento.

—¿Alguna otra idea sobre qué puede traerse entre manos?

Reynolds sacudió la cabeza.

—Lo lamento. Fue un gran caso, para mí y para el condado. Pero la verdad es que no tuvo nada de particular. Pell fue pillado prácticamente con las manos en la masa, las pruebas forenses eran clarísimas y era un reincidente con un historial delictivo que se remontaba a los primeros años de su adolescencia. Porque tanto él como la Familia figuraban en las listas de sospechosos habituales de todas las localidades costeras entre Big Sur y Marin. Muy mal tendría que haberlo hecho para perder el caso.

—Muy bien, James. Será mejor que me vaya —dijo ella—. Le agradezco la ayuda. Si encuentra algo en sus archivos, avíseme.

Reynolds asintió solemnemente. No era ya el jubilado inquieto, ni el amable padre de la novia. Dance veía en sus ojos la fiera determinación que sin duda había caracterizado su forma de abordar los casos en la sala del tribunal.

—Haré todo lo que pueda para ayudar a devolver a ese hijo de perra al lugar que le corresponde. O a la tumba.

Separados por unos cientos de metros, se dirigían a pie hacia un motel de Pacific Grove, un pueblo pintoresco situado justo en el corazón de la península.

Pell caminaba sin prisas y con los ojos muy abiertos, como un turista pasmado que sólo hubiera visto el mar en *Los vigilantes de la playa*.

Llevaban puesta la ropa que habían comprado en la tienda de beneficencia de un barrio pobre de Seaside (donde Pell había disfrutado viendo titubear a Jennie antes de desprenderse de su adorada blusa rosa). Él vestía impermeable gris claro, pantalón de pana, deportivas baratas y una gorra de béisbol vuelta hacia atrás. Llevaba, además, una cámara desechable. De vez en cuando se paraba a fotografiar el atardecer, animado por la teoría de que los asesinos fugados de prisión rara vez se paran a inmortalizar panorámicas marinas, por impresionantes que éstas sean.

Desde Moss Landing, se habían dirigido hacia el este en el Ford Focus robado, eludiendo las carreteras principales y hasta cruzando un campo de coles de Bruselas con olor a flatulencia. Pasado un tiempo, habían vuelto hacia Pacific Grove. Pero en cuanto entraron en una zona más habitada, Pell comprendió que era hora de dejar el coche. La policía se enteraría pronto de lo del Focus. Lo escondió entre la hierba crecida, en medio de un solar con un letrero que decía «En venta. Uso comercial», no muy lejos de la carretera 68.

Decidió que se separaran para ir a pie hasta el motel. A Jennie no le gustó la idea, pero se mantenían en contacto a través de sus móviles de prepago. Ella estuvo llamándole cada cinco minutos, hasta que Pell le dijo que convenía que no lo hiciera porque era posible que la policía estuviera escuchando.

No era cierto, claro, pero estaba harto de su cháchara empalagosa y quería pensar.

Estaba preocupado.

¿Cómo había seguido su rastro la policía hasta el Jack's?

Barajó distintas posibilidades. Tal vez la gorra, las gafas de sol y la cara afeitada no habían bastado para engañar al encargado del restaurante, aunque ¿quién iba a creer que un asesino fugado iba a sentarse a devorar un plato de sabrosos boquerones, como si fuera un dominguero de San Francisco, a veinticinco kilómetros del centro de detención que acababa de redecorar a sangre y fuego?

Otra posibilidad era que hubieran descubierto que el Thunderbird era robado. Pero ¿por qué iba nadie a comprobar la matrícula de un coche robado a seiscientos kilómetros de allí? Y aunque así hubiera sido, ¿para qué llamar a la caballería por un coche robado, a no ser que supieran que tenía alguna relación con él?

Se suponía, además, que la policía creía que iba camino del *camping* de las afueras de Salt Lake City al que había telefoneado.

¿Kathryn?

Tenía la impresión de que la agente Dance no se había tragado lo de Utah, a pesar del truco del teléfono de Billy y de haber dejado al conductor vivo con ese único fin, y se preguntaba si era ella quien había hecho público lo de Utah adrede para hacerle salir a la luz.

Cosa que, de hecho, había logrado, se dijo Pell con enfado.

Presentía que, allá donde fuera, Dance estaría supervisando su busca y captura.

¿Dónde viviría?, se preguntaba. Pensó de nuevo en las conclusiones que había sacado sobre ella durante el interrogatorio (sus hijos, su marido) e intentó recordar cuándo había mostrado alguna reacción, por sutil que fuese, y cuándo no.

¿Hijos? Sí. Marido, probablemente no. Parecía poco probable que estuviera divorciada. Tenía la impresión de que era una mujer leal y con la cabeza bien puesta sobre los hombros.

Se detuvo a hacer una foto al sol que iba hundiéndose en el océano Pacífico. Era una vista impresionante, a decir verdad.

Kathryn era viuda. Una idea interesante. Sintió de nuevo aquella hinchazón dentro de sí.

Pero de algún modo logró sofocarla.

De momento.

Compró un par de cosas en una tienda, una pequeña bodega que eligió porque sabía que su fotografía no aparecería cada cinco minutos en las noticias. No se equivocó: allí el pequeño televisor de la tienda estaba emitiendo una teleserie en español.

Se reunió con Jennie en Asilomar, un hermoso parque natural provisto de una playa en forma de media luna para surfistas empedernidos. Más allá, en dirección a Monterrey, la costa, cada vez más abrupta, estaba plagada de riscos en los que se estrellaba el oleaje.

—¿Todo bien? —preguntó ella con cautela.

—Muy bien, preciosa. Muy bien.

Jennie le llevó por las apacibles calles de Pacific Grove, un antiguo retiro metodista lleno de coloridas villas victorianas y de estilo Tudor.

—Ya estamos aquí —anunció a los cinco minutos, y señaló el motel Sea View.

Era un edificio marrón con ventanucos de cristal emplomado, tejado de tablillas de madera y placas con mariposas encima de las puertas. Si de algo podía presumir el pueblo, aparte de ser la última localidad de California en la que había imperado la ley seca, era de sus mariposas monarca, que se congregaban allí por decenas de miles entre otoño y primavera.

—¿A que es mono?

Pell suponía que sí. Para él, «mono» no significaba nada. Lo que importaba era que la habitación no daba a la carretera y que del aparcamiento trasero salían varios caminos asfaltados que serían perfectos para escapar. Jennie había encontrado exactamente el lugar que debía encontrar.

—Es perfecto, preciosa. Igual que tú.

Otra sonrisa de su cara tersa, aunque desganada: seguía impresionada por lo ocurrido en el restaurante. A Pell no le importó. La burbuja que notaba dentro estaba creciendo otra vez. No sabía si era por Jennie o por Kathryn.

—¿Cuál es la nuestra?

Ella la señaló.

—Vamos, cariño. Tengo una sorpresa para ti.

Mmm. A Pell no le gustaban las sorpresas.

Ella abrió la puerta.

—Tú primero, preciosa —dijo él, señalándola con la cabeza. Echó mano de la pistola que llevaba sujeta en la cinturilla del pantalón y se tensó, listo para empujar a Jennie hacia delante como escudo humano y empezar a disparar en cuanto oyera la voz de un policía.

Pero no era una trampa. La habitación estaba vacía. Pell miró a su alrededor. Era aún más bonita de lo que dejaba adivinar el exterior. Elegante y lujosa. Muebles caros, cortinas, toallas, hasta albornoces. Y también cuadros bonitos. Marinas, pinares y otra vez aquellas dichosas mariposas.

Y velas. A montones. Allá donde pudiera ponerse una vela, había una.

Conque ésa era la sorpresa. Por suerte no estaban encendidas. Era lo que le hacía falta: fugarse para encontrar su escondite ardiendo.

—¿Tienes las llaves?

Jennie se las dio.

A Pell le encantaban las llaves. Ya fueran de un coche, de una habitación de motel, de una caja fuerte o de una casa, quien estaba en poder de las llaves controlaba la situación.

—¿Qué hay ahí? —preguntó ella, mirando la bolsa. Pell sabía que la había mirado con curiosidad un rato antes, cuando se habían reunido en la playa. Pero no le había dicho que había dentro a propósito.

—Sólo unas cosas que necesitamos. Y algo de comida.

Jennie parpadeó, sorprendida.

—¿Has comprado comida?

¿Era la primera vez que un novio le hacía la compra?

—Podría haberlo hecho yo —se apresuró a decir ella. Luego señaló la pequeña cocina y añadió mecánicamente—: Entonces te prepararé algo de comer.

Curiosa reacción. Era lo que le había enseñado a pensar su ex marido, o alguno de aquellos novios que la maltrataban. Tim el motero, quizá.

Cállate y ve a hacerme la cena...

—No pasa nada, preciosa. Ya la hago yo.

—¿Tú?

—Claro. —Conocía a hombres que se empeñaban en que su mujer les diera de comer. Se creían reyes del hogar, con derecho a que les sirvieran. Extraían de ello cierta sensación de poder. Pero no entendían que, cuando dependes de alguien para cualquier cosa, te debilitas. (¿Y cómo podían ser tan tontos, además? ¿No se daban cuenta de lo fácil que era echar matarratas en la sopa?) Pell no era ningún chef, pero años atrás, cuando Linda era la cocinera de la Familia, le gustaba rondar por la cocina, ayudarla y estar atento a todo.

—¡Ah! ¡Y has comprado comida mexicana! —Jennie se echó a reír al sacar la ternera, las tortillas, los tomates, los chiles en lata y las salsas.

—Dijiste que te gustaba. Que te tranquilizaba. Oye, preciosa. —La besó en la cabeza—. Te has portado muy bien en el restaurante.

Ella dejó la compra y bajó la vista.

—Me asusté un poco, ¿sabes? Tenía miedo. No quería gritar.

—No, no, aguantaste muy bien. ¿Sabes por qué lo digo?

—No.

—Es una expresión que antes usaban los marineros. Se lo tatuaban en los dedos para que se viera al cerrar los puños. «Aguanta.» Significa: «No huyas».

Ella se rió.

—Yo no huiría de ti.

Pell pegó los labios a su frente y sintió un olor a sudor y a perfume barato.

Jennie se frotó la nariz.

—Somos un equipo, preciosa. —Al oírle, ella dejó de frotarse la nariz. Pell lo notó.

Entró en el cuarto de baño, orinó largo y tendido y se aseó. Al salir se encontró con otra sorpresa.

Jennie se había desnudado. Llevaba sólo un sujetador y unas bragas y sostenía un mechero con el que iba encendiendo las velas.

Levantó la mirada.

—Dijiste que te gustaba el rojo.

Pell sonrió, acercándose a ella. Pasó la mano por su espalda huesuda.

—¿O prefieres comer?

Él la besó.

—Ya comeremos luego.

—Mmm, cuánto te deseo, cielo —murmuró ella. Había usado aquella frase muy a menudo en el pasado, saltaba a la vista. Pero eso no significaba que en ese instante fuera mentira.

Pell cogió el encendedor.

—Luego ambientaremos esto. —La besó otra vez, apretándole las caderas contra sí.

Jennie sonrió sin reservas y se apretó contra su bragueta.

—Creo que tú también me deseas. —Un ronroneo.

—Sí que te deseo, preciosa.

—Me encanta que me llames así.

—¿Tienes medias? —preguntó él.

Jennie asintió.

—Negras. Voy a ponérmelas.

—No. No las quiero para eso —susurró él.

18

Un recado más antes de poner fin al largo día.

Kathryn Dance se detuvo delante de una casa modesta situada en el inframundo que se extendía entre Carmel y Monterrey.

En los tiempos en que la enorme base militar de Fort Ord era la única fuente de trabajo de la zona, era allí donde vivían (y a menudo también adonde se retiraban después de su jubilación) los oficiales de rango medio. La agente aparcó delante de un bungaló sin pretensiones, cruzó la valla de madera y recorrió el camino de piedra que llevaba a la puerta delantera. Un minuto después salió a recibirla una mujer pecosa y alegre, de cerca de cuarenta años. Dance se identificó.

—He venido a ver a Morton.

—Pase, pase —respondió Joan Nagle con una sonrisa, y al ver que no parecía sorprendida ni preocupada, Kathryn comprendió que su marido le había contado con cierto detalle el papel que había desempeñado en lo sucedido, aunque quizá no del todo.

La agente entró en un pequeño cuarto de estar. Las cajas medio llenas de ropa y, sobre todo, de libros, indicaban que acababan de mudarse. Las paredes estaban cubiertas de esas láminas baratas propias de las casas que se alquilaban por temporadas. El olor a comida la asaltó de nuevo, pero esta vez era un aroma a cebolla y hamburguesas, no a hierbas aromáticas.

Una niña guapa y gordita, con gafas de montura metálica, levantó la vista del cuaderno de dibujo que tenía entre las manos y sonrió. Dance la saludó con la mano. Era más o menos de la edad de Wes. En el sofá, un chico de unos quince años, sumido en el caos de un videojuego, apretaba botones como si la civilización entera dependiera de ello.

Morton Nagle apareció en la puerta, tirándose de los pantalones.

—Caramba, hola, agente Dance.

—Kathryn, por favor.

—Kathryn. Ya ha conocido a mi esposa, Joan. —Una sonrisa—. Y... eh, Eric, deja... ¡Eric! —gritó con desenfado—. Apaga eso.

El chico guardó la partida (Dance sabía que era vital hacerlo), dejó el mando y se levantó de un salto.

—Éste es Eric. Saluda a la agente Dance.

—¿Agente? ¿Como los del FBI?

—Algo así.

—¡Cómo mola!

Kathryn estrechó la mano al adolescente, que miraba fijamente la pistola de su cadera.

La niña, que seguía agarrando su cuaderno, se acercó con timidez.

—Bueno, preséntate —la animó su madre.

—Hola.

—¿Cómo te llamas? —preguntó Dance.

—Sonja.

Sonja tenía un problema de sobrepeso, pensó la agente. Convenía que sus padres intentaran ponerle coto cuanto antes, aunque teniendo en cuenta la constitución de sus padres dudaba de que entendieran los problemas que afrontaba su hija. Sus conocimientos de kinesia le daban numerosas pistas acerca de los problemas psicológicos y emocionales de los demás, pero tenía que recordarse continuamente que lo suyo era la investigación policial, no la terapia.

—He estado pendiente de las noticias —dijo Nagle—. ¿Es verdad que han estado a punto de cogerle?

—Por pocos minutos —contestó ella con una mueca.

—¿Quiere tomar algo? —preguntó Joan.

—No, gracias. Sólo puedo quedarme un momento.

—Venga a mi despacho —dijo Nagle.

Entraron en un cuartito que olía a pis de gato. El mobiliario se reducía a dos sillas y un escritorio. Junto al flexo de la mesa, reparado con cinta adhesiva, se veía un ordenador portátil con las teclas de la A, la H y la N borradas. Había montones de papeles por todas partes, y posiblemente doscientos o trescientos libros en cajas y estanterías, encima del radiador y apilados en el suelo.

—Me gusta estar rodeado de libros. —Señaló con la cabeza hacia el cuarto de estar—. A ellos también. Hasta al obseso de los videojuegos de mi hijo. Elegimos un libro y luego, todas las noches, leo un pasaje en voz alta.

—Qué bonito. —Dance y sus hijos hacían algo parecido, aunque en su caso solía tratarse de música. Wes y Mags devoraban libros, pero preferían leer por su cuenta.

—Pero aun así encontramos tiempo para la auténtica cultura: *Supervivientes* y *24*. —Los ojos de Nagle no dejaban de brillar. Se echó de nuevo a reír al ver la cantidad de material que tenía para ella—. No se preocupe. El suyo es ése, el pequeño. —Señaló una caja con cintas de vídeo y hojas fotocopiadas.

—¿Seguro que no quiere nada? —preguntó Joan desde la puerta.

—No, nada, gracias.

—Puede quedarse a cenar, si quiere.

—No, lo siento.

Joan sonrió y se marchó. Nagle la señaló con la cabeza.

—Es física. —Y no dijo nada más.

Dance le puso al corriente de las novedades del caso y le dijo que estaba segura de que Pell tenía intención de quedarse en aquella zona.

—Eso sería una locura. Aquí le está buscando todo el mundo.

—Pues sí. —Le explicó las cosas que Pell había buscado en el ordenador de Capitola, pero Nagle no pudo ofrecerle ninguna pista acerca de Alison o Nimue. Tampoco sabía qué interés podía tener el asesino en una página dedicada a fotografías por satélite.

Kathryn miró la caja que le había preparado.

—¿Ahí dentro hay alguna biografía? ¿Algo breve?

—¿Breve? No, la verdad. Pero si quiere un resumen, puedo hacérselo, claro. ¿Tres, cuatro páginas?

—Sería estupendo. Yo tardaría siglos en hacer un resumen de todo eso.

—¿De todo eso? —Nagle se rió—. Eso no es nada. Cuando por fin esté listo para escribir el libro, tendré cincuenta veces más notas y documentos. Pero algo podré hacerle, claro.

—Hola —dijo una voz infantil.

Dance sonrió a Sonja, que estaba en la puerta.

La niña miró con envidia su figura y su pelo.

—He visto que mirabas mis dibujos cuando has llegado.

—Cariño, la agente Dance está ocupada.

—No, no pasa nada.

—¿Quieres verlos?

Kathryn se puso de rodillas para mirar el cuaderno. Eran dibujos de mariposas, sorprendentemente bien hechos.

—Son preciosos, Sonja. Podrían estar en una galería de Ocean, en Carmel.

—¿En serio?

—Claro que sí.

La niña pasó una hoja.

—Éste es mi preferido. Es un macaón.

El dibujo era de una mariposa azul oscura, de color iridiscente.

—Está posada en un girasol mexicano. Sacan el néctar de las flores. Cuando estamos en casa, salimos al desierto y dibujo lagartos y cactus.

Dance recordó que el escritor tenía su residencia en Scottsdale.

—Aquí —prosiguió Sonja— salgo con mi mamá al bosque, a hacer fotos. Luego las dibujo.

—Es la James Audubon de las mariposas —comentó su padre.

Joan apareció en la puerta e hizo salir a la niña.

—¿Cree que le servirá de algo? —preguntó Nagle, señalando la caja.

—No lo sé. Pero espero que sí. Necesitamos algo de ayuda.

Se despidió, rechazó otra invitación a cenar y regresó al coche.

Dejó la caja en el asiento, a su lado. Las fotocopias parecían llamarla, y se sintió tentada de encender la luz del coche para echarles un vistazo. Pero eso tendría que esperar. Kathryn Dance era una buena investigadora, del mismo modo que había sido una buena periodista y una buena consultora. Pero también era madre y viuda. Y esa yuxtaposición de papeles le exigía saber cuándo dejar aparcado su trabajo. Era hora de volver a casa.

19

Llamaban a aquello «la Cubierta».

La plataforma de madera gris, de seis metros por nueve, se extendía desde la cocina de la casa hasta el jardín de atrás y estaba llena de sillas de jardín desparejadas, mesas y tumbonas. Sus principales adornos eran unos faroles de color ámbar, un fregadero y una gran nevera, además de bombillitas de Navidad y unas cuantas plantas anémicas en macetas de terracota. Una escalera estrecha llevaba al jardín que, aunque descuidado, estaba lleno de plantas autóctonas: encinillos y arces, *mimulus*, ásteres, altramuces, solanos, tréboles y hierbajos.

Una valla de madera alta separaba el jardín de la casa contigua. De una rama, cerca de las escaleras, colgaban dos pilas para pájaros y un comedero de colibríes. En el suelo, donde Dance, en pijama, los había dejado a las tres de la madrugada, una noche especialmente tormentosa de hacía un mes, había dos carillones de viento.

La casa, de estilo típicamente victoriano (de color verde oscuro y gris, con barandas, contraventanas y molduras descoloridas por la intemperie), estaba en la parte noroeste de Pacific Grove: si uno se atrevía a inclinarse lo suficiente, podía vislumbrar desde allí el océano a un kilómetro de distancia.

Kathryn pasaba mucho tiempo en la Cubierta. A menudo hacía frío o había mucha niebla para desayunar allí a primera hora de la mañana, pero los fines de semana, cuando tenía tiempo libre, después de que el sol disipara la niebla, sus hijos y ella salían a la terraza después de dar un paseo por la playa con los perros y desayunaban bollitos de pan con queso cremoso, café y chocolate caliente. Sobre su suelo de planchas irregulares se habían celebrado cientos de cenas, grandes y pequeñas.

Había sido allí donde Bill, su marido, les dijo a sus padres con firmeza que no iba a casarse con la niña bien de Napa con la que su madre llevaba intentando emparejarle varios años, sino con Kathryn Dance, para colmo de males. Lo cual había exigido de él mucha más valentía que cualquiera de sus actuaciones en el FBI.

Allí era donde habían celebrado su funeral, y era también un punto de reunión para sus amigos de dentro y fuera de la policía. Kathryn disfrutaba de la amistad, pero desde la muerte de Bill prefería pasar su tiempo libre con los niños y, como no quería llevarlos a bares y restaurantes con otros adultos, había integrado a sus amigos en su mundo privado.

En la nevera de la terraza había cerveza y refrescos, y normalmente también una botella o dos de *chardonnay* de la Costa Central, o de *pinot grigio* y *cabernet*. Había también una parrilla oxidada, pero todavía en uso, y un cuarto de baño abajo al que podía accederse desde el jardín de atrás. A menudo, cuando volvía a casa, se encontraba a su madre o a su padre, o algún amigo o compañero del CBI o de la Oficina del Sheriff, tomando un café o una cerveza.

Todos eran bien recibidos, estuviera ella o no en casa, y al margen de que anunciaran su visita o llegaran sin avisar. Kathryn, sin embargo, podía no unirse a ellos aunque estuviera en casa. Había una norma tácita, pero asumida por todos, según la cual los amigos siempre eran bienvenidos en la Cubierta, pero la casa en sí misma les estaba vedada, salvo cuando había una fiesta planeada de antemano. La intimidad, el sueño y las tareas de los niños eran sagrados.

Dance subió la empinada escalera del jardín lateral y salió a la Cubierta acarreando la caja de fotocopias y cintas de vídeo, sobre la cual llevaba en equilibrio el pollo precocinado que había comprado en Albertsons. Los perros, un retriever negro y un pastor alemán negro y marrón, se acercaron a saludarla. Kathryn les acarició las orejas y les lanzó un par de peluches raídos; después se acercó a los dos hombres sentados en sillas de plástico.

—Hola, cariño. —Stuart Dance tenía setenta años, pero aparentaba menos. Era alto y de espaldas anchas, y tenía una densa mata de pelo blanco y crespo. Las muchas horas que había pasado en el mar y la playa habían hecho mella en su piel, en la que se veían las cicatrices que le había dejado el láser y el bisturí del dermatólogo. Técnicamente jubilado, seguía trabajando en el acuario varios días a la semana, y por nada del mundo dejaba de frecuentar los bajíos rocosos de la costa.

Su hija y él se rozaron las mejillas.

—Mmm —dijo Albert Stemple, otro agente de la brigada de Delitos Mayores del CBI. Corpulento y con la cabeza afeitada, Stemple llevaba botas, vaqueros y camiseta negra. Él también tenía cicatrices en la cara, y otras de las que hablaba alguna vez, en sitios que no veían mucho la luz del sol. Pero no era el dermatólogo quien se las había hecho. Estaba bebiendo una cerveza con las piernas estiradas delante de sí. El CBI no era famoso por sus *cowboys*, pero Albert Stemple era el típico Wild Bill Hickock: un vaquero que marcaba sus propias normas. Era el agente con más detenciones a sus espaldas, y también con más quejas oficiales, de lo cual se enorgullecía enormemente.

—Gracias por montar guardia, Al. Y perdona que sea más tarde de lo previsto. —Pensando en las amenazas de Pell durante el interrogatorio, y teniendo en cuenta que seguía rondando por allí, Dance había pedido a Stemple que vigilara la casa hasta que ella volviera. (O'Neil también había arreglado las cosas para que varios agentes de la policía local vigilaran su domicilio mientras el prófugo siguiera suelto.)

Stemple soltó un gruñido.

—No pasa nada. Overby va a invitarme a cenar.

—¿Te lo ha dicho él?

—No, pero va a invitarme. Por aquí todo está tranquilo. He dado una vuelta un par de veces. No he visto nada raro.

—¿Quieres llevarte un refresco para el camino?

—Claro. —Stemple sacó dos cervezas Anchor Steam del frigorífico—. No te preocupes. Pienso acabármelas antes de subirme al coche. Hasta la próxima, Stu. —Cruzó pesadamente la Cubierta, que crujió bajo su peso.

Desapareció, y quince segundos después, al oír que el Crown Victoria arrancaba y se alejaba a toda velocidad, Dance no tuvo ninguna duda de que las cervezas irían, abiertas, entre los fornidos muslos de Stemple.

Kathryn miró por las ventanas empañadas que daban al cuarto de estar. Sus ojos se posaron en un libro que había en la mesa baja. De pronto se acordó de algo.

—Oye, ¿ha llamado Brian?

—¿Tu amigo? ¿El que vino a cenar?

—Sí.

—¿Cómo se apellidaba?

—Gunderson.

—El experto en inversiones.

—Ése. ¿Ha llamado?

—Que yo sepa, no. ¿Quieres que se lo pregunte a los niños?

—No, no importa. Gracias, papá.

—No hay de qué —contestó y, dándose la vuelta, tocó en la ventana—. ¡Adiós!

—¡Espera, abuelo! —Maggie salió a toda prisa, agitando la trenza castaña a su espalda. Llevaba un libro en la mano—. ¡Hola, mamá! —dijo con entusiasmo—. ¿Cuándo has llegado?

—Ahora mismo.

—¡Y no has dicho nada! —exclamó la niña de diez años, subiéndose las gafas por la nariz.

—¿Dónde está tu hermano?

—No lo sé. En su habitación. ¿Cuándo cenamos?

—Dentro de cinco minutos.

—¿Qué hay de cena?

—Ya lo verás.

Maggie levantó el libro para enseñárselo a su abuelo y señaló una pequeña caracola de color gris púrpura.

—Mira, tenías razón. —Maggie no se esforzó por pronunciar el nombre.

—Una *Amphissa columbiana* —dijo Stuart Dance, sacó el bolígrafo y la libreta que siempre llevaba encima y anotó algo. Tres décadas más viejo que su hija y no necesitaba gafas. Claro que Kathryn sabía ya que la mayoría de sus tendencias genéticas procedían de su madre.

—Una caracola arrastrada por la marea, muy rara aquí. Pero Maggie ha encontrado una.

—Estaba justo allí —dijo la niña.

—Bueno, me voy a casa. Me espera la sargento. Está preparando la cena y se exige mi presencia. Buenas noches a todos.

—Adiós, abuelo.

Su padre bajó las escaleras y, como hacía tantas veces, Dance dio gracias a Dios o al destino, o a lo que fuese, por que sus hijos y ella pudieran contar con una figura masculina buena y fiable.

Cuando iba camino de la cocina sonó su teléfono. Rey Carraneo le informó de que el Ford Thunderbird de Moss Landing había sido robado en el aparcamiento de un restaurante de lujo de Sunset Boulevard, en Los Ángeles, el viernes anterior. No había sospechosos. Estaban esperando el informe de la policía de Los Ángeles, pero, como sucedía en la mayoría de los robos de coches, no se habían hecho pesquisas forenses. Tampoco había tenido suerte en su búsqueda del motel, hotel o pensión en el que podía haberse alojado la cómplice de Pell.

—Los hay a montones —confesó.

Bienvenido a la península de Monterrey.

—En alguna parte hay que meter a los turistas, Rey. Sigue en ello. Y saluda a tu mujer de mi parte.

Dance empezó a desenvolver la cena.

Un muchacho delgado, con el cabello rubio, entró tranquilamente en el solario que había junto a la cocina. Iba hablando por teléfono. Aunque sólo tenía doce años, Wes ya era casi tan alto como su madre. Kathryn le miró meneando un dedo y el chico se acercó. Su madre le besó en la frente, y él no dio un respingo, lo cual venía a decir: «Te quiero muchísimo, madre querida».

—Deja el teléfono —le dijo su madre—. Es hora de cenar.

—Tío, tengo que colgar.

—No digas «tío».

—¿Qué hay de cena? —El chico colgó.

—Pollo —contestó Maggie con reticencia.

—A ti te gusta el de Albertsons.

—Pero ¿y la gripe aviar?

Wes sonrió, satisfecho.

—¿Es que no te enteras de nada? Sólo se coge de pollos vivos.

—Ése antes estaba vivo —replicó su hermana.

—Ya, pero no es un pollo asiático —contestó Wes a la defensiva.

—Para que lo sepas, los pollos migran. Y te mueres vomitando.

—¡Mags, que vamos a cenar! —exclamó Dance.

—Pues es la verdad.

—Ah, ¿conque los pollos migran? Sí, claro. Bueno, los de aquí no tienen gripe aviar. Si no, nos habríamos enterado.

Discusiones entre hermanos. Pero Kathryn tenía la impresión de que se trataba de algo más. Wes seguía profundamente afectado por la muerte de su padre. Por eso, era mucho más sensible a la muerte y la violencia que la mayoría de los chicos de su edad. Ella procuraba desviar su atención de esos temas, lo cual era difícil, teniendo en cuenta que se dedicaba a perseguir delincuentes.

—No pasa nada, siempre y cuando el pollo esté cocinado —anunció, aunque no tenía la certeza de que así fuera y se preguntaba si Maggie le llevaría la contraria.

Su hija, sin embargo, estaba absorta en su libro de caracolas.

—Ah, también hay puré de patatas —dijo Wes—. Eres guay, mamá.

Maggie y Wes pusieron la mesa y sacaron la comida mientras Dance se aseaba.

Cuando regresó del cuarto de baño, su hijo miró su traje negro y preguntó:

—¿No vas a cambiarte, mamá?

—Estoy muerta de hambre. No puedo esperar. —No dijo, en cambio, que había preferido dejarse el traje puesto para poder llevar el arma. Normalmente, lo primero que hacía al llegar a casa era ponerse unos vaqueros y una camiseta y guardar la pistola en la caja fuerte, junto a su cama.

Sí, es dura la vida del policía. Los pequeñuelos pasan mucho tiempo solos, ¿verdad? Seguro que les encantaría tener amiguitos con los que jugar...

Wes volvió a mirar su traje como si supiera perfectamente lo que estaba pensando.

Pero enseguida se pusieron a cenar y a hablar de cómo habían pasado el día. Los niños, al menos. Ella, claro, no dijo nada sobre cómo había pasado el suyo. Wes iba a un campamento deportivo en Monterrey, y Maggie a uno musical en Carmel. A los dos parecía estar gustándoles la experiencia. Por suerte ninguno le preguntó por Daniel Pell.

Cuando acabaron de cenar, recogieron la mesa y fregaron los platos entre los tres. Sus hijos siempre hacían parte de las tareas domésticas. Al acabar, Wes y Maggie se fueron al cuarto de estar a leer o a jugar con la consola.

Dance se conectó a Internet para mirar su correo. No había nada sobre el caso, aunque tenía varios mensajes de su otro «trabajo». Su amiga Martine Christensen y ella tenían una página web llamada American Tunes, en honor de la famosa canción que Paul Simon creó en la década de 1970.

A Kathryn no se le daba mal la música, pero su fugaz intento de hacer carrera como cantante y guitarrista la había dejado insatisfecha (lo mismo que a su público, suponía). Después había llegado a la conclusión de que para lo que tenía verdadero talento era para escuchar música y para animar a los demás a escucharla.

Los fines de semana largos, o las pocas veces en que se tomaba vacaciones, se iba en busca de música casera, a menudo acompañada por sus hijos y sus perros. «Folkloristas», llamaban a quienes tenían esa vocación, o «cazadores de canciones». El más famoso era Alan Lomax, que durante las décadas centrales del siglo xx había ido recogiendo música desde Luisiana a los Apalaches para la Biblioteca del Congreso. Pero mientras que Lomax tenía predilección por el *blues* negro y la música montañesa, los intereses de Dance la llevaban por otros derroteros, a lugares que reflejaran la sociología cambiante de

Norteamérica: música con raíces en la cultura hispana, caribeña, canadiense, de Nueva Escocia, de los nativos americanos o de los afroamericanos de entornos urbanos.

Martine y ella ayudaban a los músicos a registrar su material original, colgaban en su página las canciones grabadas y les repartían el dinero que pagaban los oyentes por descargarse su música.

Kathryn sabía que, el día en que ya no estuviera dispuesta a seguir persiguiendo criminales o no se sintiera capaz de ello, la música sería un buen modo de pasar su jubilación.

Sonó su teléfono. Miró el número en la pantalla.

—Vaya, hola.

—Hola —contestó Michael O'Neil—. ¿Qué tal te ha ido con Reynolds?

—No me ha contado nada especialmente útil, pero va a revisar sus archivos sobre el caso Croyton. —Añadió que también se había pasado a recoger el material de Morton Nagle, pero que aún no había tenido oportunidad de mirarlo.

O'Neil le informó de que todavía no habían localizado el Focus robado en Moss Landing y que no habían descubierto ninguna otra cosa de utilidad en el restaurante. Los de criminología habían tomado huellas en el Thunderbird y en los cubiertos: las de Pell y las de otra persona que aparecían en ambos lugares; presumiblemente, de su cómplice. Su cotejo en las bases de datos estatales y federales había revelado que carecía de antecedentes.

—Pero hemos descubierto una cosa que nos tiene un poco preocupados. Peter Bennington...

—Tu técnico de laboratorio.

—Sí. Dice que había ácido en el suelo del coche, en el lado del conductor, la parte que no se quemó. Era reciente. Según Peter, es un ácido corrosivo, muy diluido, pero los bomberos empaparon el coche para enfriarlo, así que es posible que fuera bastante fuerte cuando se marchó Pell.

—Ya sabes lo que me pasa con las pruebas, Michael.

—Está bien, lo que quiero decir es que estaba mezclado con una sustancia que se encuentra en manzanas, uvas y caramelos.

—¿Crees que Pell estaba envenenando algo?

La comida era la razón de ser del centro de California. Había miles de hectáreas de cultivos y huertos, una docena de grandes bodegas y otras industrias alimentarias, todo ello a una distancia de media hora en coche, como máximo.

—Es una posibilidad. O puede que se esté escondiendo en un huerto o un viñedo. Quizá, después del susto que le dimos en Moss Landing, no haya querido alojarse en un motel o una pensión. Piensa en las Praderas... Deberíamos ponernos a buscar.

—¿Tienes a alguien disponible? —preguntó ella.

—Puedo reunir algunos efectivos. Y avisar a la Patrulla de Caminos. No me gusta la idea de tener que apartarlos de la búsqueda en el centro de la ciudad y en la uno, pero creo que no queda otro remedio.

Dance estaba de acuerdo. Explicó a O'Neil lo que le había contado Carraneo sobre el Thunderbird.

—No estamos avanzando precisamente a la velocidad de la luz, ¿no?

—No —contestó ella.

—¿En qué estás tú ahora?

—Estoy haciendo deberes.

—Creía que los niños estaban de vacaciones.

—Deberes míos. Sobre Pell.

—Voy en dirección a tu casa. ¿Quieres que te ayude a afilar los lápices y a limpiar la pizarra?

—De acuerdo, con tal de que traigas una manzana para la maestra.

20

—Hola, Michael —dijo Wes chocándole la mano.

—Hey, hola.

Hablaron del campamento de tenis (O'Neil también jugaba) y de encordar raquetas. A Wes, un chico delgado y musculoso, se le daban bien casi todos los deportes, pero se estaba centrando en el tenis y el fútbol. Quería probar el kárate y el aikido, pero Dance procuraba disuadirle; no quería que practicara artes marciales. Su hijo hervía a veces de rabia por la muerte de su padre, y no quería fomentar su lado belicoso.

O'Neil, por su parte, se había propuesto mantener ocupada la mente de los chicos con entretenimientos saludables y les había introducido en dos aficiones que eran polos opuestos: coleccionar libros y pasar el tiempo en su lugar preferido, la bahía de Monterrey. (Kathryn pensaba a veces que su compañero había nacido en la época equivocada; no le costaba ningún trabajo imaginársele como capitán de un antiguo barco velero, o de un pesquero de la década de 1930.) En ocasiones, cuando hacía una de sus salidas madre-hija con Maggie, Wes pasaba la tarde en el barco de O'Neil, pescando o avistando ballenas. Ella se mareaba si no se tomaba una pastilla, pero su hijo tenía madera de marinero.

Hablaron de salir a pescar dentro de un par semanas y después Wes les dio las buenas noches y se fue a su habitación.

Kathryn sirvió vino. O'Neil, que solía beber vino tinto, prefirió el *cabernet*. Ella tomó un *pinot grigio*. Entraron en el cuarto de estar y se sentaron en el sofá. Por casualidad, él se sentó en el lado que quedaba justo debajo de la foto de boda de Dance. El detective y su marido, Bill Swenson, habían sido buenos amigos y habían trabajado juntos algunas veces. Durante una breve temporada, antes de la muerte de Bill, habían formado parte los tres de las fuerzas de la ley; incluso habían llegado a trabajar juntos en un caso. Bill, en la jurisdicción federal; ella, en la estatal; y O'Neil, en la local.

El detective destapó el recipiente de *sushi* que había llevado, y la caja de plástico emitió un fuerte chasquido al abrirse. Aquel ruido era una moderna campanilla de Pavlov, y los dos perros se levantaron de un salto y se acercaron al trote: *Dylan*, el pastor alemán bautizado así (cómo no) en honor del cantautor, y *Patsy*, la retriever de pelo liso cuyo nombre rendía tributo a Patsy Cline, la cantante de *country* favorita de Dance.

—¿Puedo darles...? —O'Neil levantó un trozo de atún con los palillos.

—No, a no ser que quieras cepillarles los dientes.

—Lo siento, chicos —les dijo el detective a los perros.

Kathryn también rechazó el *sushi* y O'Neil empezó a comer sin molestarse en abrir la salsa de soja, ni el *wasabi*. Parecía muy cansado. Quizá no le quedaran fuerzas para luchar con los recipientes.

—Quería preguntarte una cosa —dijo ella—. ¿Al *sheriff* no le importa que el CBI esté dirigiendo la búsqueda?

O'Neil dejó los palillos y se pasó la mano por el pelo entrecano.

—Bueno, una cosa puedo decirte. Cuando mi padre estuvo en Vietnam, su pelotón tenía que limpiar en algunas ocasiones túneles del Vietcong. A veces encontraban bombas trampa. Y, a veces, enemigos armados. Era el trabajo más peligroso de toda la guerra, y mi padre desarrolló una fobia que luego conservó toda su vida.

—¿Claustrofobia?

—No. Fobia a ofrecerse voluntario. Una vez despejó un túnel, y luego nunca más volvió a levantar la mano. Nadie se explica por qué te has ofrecido para esto.

Dance se echó a reír.

—Estás dando por hecho que me ofrecí voluntaria. —Le habló de la jugada de Overby para hacerse con el control de la operación de busca y captura, relegando a la Patrulla de Caminos y la oficina de O'Neil.

—Ya me parecía. Dicho sea de paso, echamos de menos a Fish tanto como vosotros.

Stanley Fishburne, el ex director del CBI.

—No tanto como nosotros, te lo aseguro —contestó Kathryn rotundamente.

—Bueno, seguramente no. Pero en respuesta a tu pregunta, todo el mundo está encantado de que te hayas hecho cargo tú. Bendita seas.

Ella apartó varios montones de revistas y libros y desplegó ante ellos el material de Morton Nagle. Tal vez aquellas páginas representaran un pequeño porcentaje de los libros, recortes y notas de los que iba a nutrirse el estudio de Nagle, pero aun así su cantidad resultaba apabullante.

Dance encontró un inventario de las pruebas y otros objetos recogidos en la casa de Pell en Seaside tras el asesinato de los Croyton. Había docenas de libros sobre Charles Manson, varias carpetas grandes y una nota del agente a cargo del registro:

Artículo núm. 23. Hallado en la caja en la que estaban guardados los libros de Manson: *Trilby*, novela de George du Maurier. El libro había sido leído numerosas veces. Tenía muchas notas en los márgenes. Nada relevante para el caso.

—¿Te suena? —preguntó Dance.

O'Neil leía mucho y su enorme colección de libros, que llenaba el salón de su casa, abarcaba prácticamente todos los géneros existentes. Pero no había oído hablar de aquella obra.

Kathryn se acercó a su ordenador, se conectó a Internet y la buscó.

—Aquí hay algo interesante. George du Maurier era el abuelo de Daphne du Maurier. —Leyó varios resúmenes y reseñas del libro—. Parece que *Trilby* fue un gran éxito de ventas, el *Código Da Vinci* de su época. ¿Te dice algo «Svengali»?

—Conozco el nombre. Significa «hipnotizador», pero no sé nada más.

—Qué interesante. El libro trata de un músico fracasado, Svengali, que conoce a una joven y bella cantante, Trilby. La chica no tenía mucho éxito. Svengali se enamora de ella, pero ella no quiere saber nada de él. Así que el tipo la hipnotiza. Consigue triunfar como cantante, pero se convierte en su esclava mental. Al final, Svengali muere y, como al parecer Du Maurier no creía que un robot pudiera sobrevivir sin su amo, ella también muere.

—Imagino que no hubo segunda parte. —O'Neil hojeó unas notas—. ¿Nagle tiene alguna idea sobre lo que puede estar tramando Pell?

—No. Va a hacernos un resumen de su biografía. Puede que encontremos algo en ella.

Estuvieron una hora ojeando las fotocopias en busca de referencias a algún lugar o persona de la zona en los que pudiera estar interesado Pell, algún motivo para que se quedara en la península. Tampoco encontraron allí nada en relación con Alison o Nimue, las palabras que el asesino había buscado en Google.

Nada.

Las cintas de vídeo eran en su mayor parte reportajes de televisión sobre Pell, el asesinato de la familia Croyton o el propio Croyton, el ostentoso y arrollador empresario de Silicon Valley.

—Porquería sensacionalista —comentó O'Neil.

—Superficial porquería sensacionalista. —Justamente lo que Morton Nagle reprochaba al tratamiento que la prensa daba a los delitos de sangre y a la guerra.

Había, sin embargo, otras dos cintas con interrogatorios policiales que a Dance le resultaron muy esclarecedoras. Una era de una detención por robo, trece años antes.

—*¿Quién es tu familiar más próximo, Daniel?*

—*Ninguno. No tengo familia.*

—*¿Y tus padres?*

—*Murieron. Hace mucho tiempo. Soy huérfano, como quien dice.*

—*¿Cuándo murieron?*

—*Cuando yo tenía diecisiete años. Pero mi padre se marchó mucho antes.*

—*¿Te llevabas bien con él?*

—*¿Con mi padre? Es una historia dura.*

Pell relataba al agente cómo lo había maltratado su padre, que desde los trece años lo obligaba a pagar alquiler. Le pegaba si no conseguía el dinero, y pegaba también a su madre si le defendía. Por eso, explicaba, había empezado a robar. Al final, su padre les había abandonado. Por pura coincidencia, sus padres habían muerto el mismo año: su madre, de cáncer; su padre, en un accidente de coche, cuando conducía borracho. A los diecisiete años, Pell se quedó solo.

—¿Y tampoco tienes hermanos?

—No, señor. Siempre he pensado que, si hubiera tenido un hermano con el que compartir esa carga, las cosas habrían sido muy distintas. Y tampoco tengo hijos. Es una pena, la verdad. Pero soy joven. Tengo tiempo, ¿no?

—Bueno, si te portas bien, Daniel, no hay razón para que no puedas tener una familia.

—Le agradezco que diga eso, agente. Lo digo en serio. Gracias. ¿Y usted qué, agente? ¿Tiene hijos? Veo que lleva anillo de casado.

La otra cinta era de un pueblecito de Central Valley, en el que, doce años antes, Pell había sido detenido por hurto.

—Oye, Daniel, voy a hacerte unas preguntas. No vayas a mentirnos, ¿eh? Te perjudicaría.

—No, señor sheriff. Estoy aquí para decir la verdad, lo juro por Dios.

—Hazlo y nos llevaremos bien. A ver, ¿qué hacían el televisor y el vídeo de Jake Peabody en la parte de atrás de tu coche?

—Los compré, sheriff. Se lo juro. En la calle, a un chicano. Nos pusimos a rajar y me dijo que necesitaba dinero. Que él y su mujer tenían un chaval enfermo.

—¿Ves lo que está haciendo? —preguntó Dance.

O'Neil negó con la cabeza.

—El primer entrevistador es inteligente. Habla bien, no comete errores gramaticales, ni sintácticos. Pell responde exactamente del mismo modo. El otro... No es tan culto como el primero. Se expresa peor. Pell se da cuenta e imita su tono. «Nos pusimos a rajar» o «él y su mujer». Es un truco que suelen usar los altomaquiavélicos. —Señaló la pantalla con la cabeza—. Pell es quien controla ambos interrogatorios.

—No sé, en cuestión de historias lacrimógenas, yo le pondría un siete raspado —comentó O'Neil—. A mí no me ha dado ninguna lástima.

—Veamos. —Dance buscó los informes procesales que Nagle había adjuntado a las cintas de vídeo—. Lo siento, profesor, pero ellos le pusieron un diez. Redujeron el primer cargo de robo a receptación de bienes robados y se suspendió la pena. Y, en el segundo caso, fue puesto en libertad sin cargos.

—Reconozco mi error.

Pasaron media hora más estudiando el material. No encontraron ninguna cosa de utilidad.

O'Neil miró su reloj.

—Tengo que irme. —Se levantó cansinamente y Kathryn le acompañó fuera. El detective acarició la cabeza a los perros.

—Espero que mañana puedas venir al cumpleaños de mi padre.

—Y yo espero que para entonces esto se haya acabado ya. —Subió a su Volvo y enfiló la calle brumosa.

El teléfono de Dance comenzó a croar.

—¿Diga?

—Hola, jefa.

Kathryn apenas le entendía; de fondo se oía una música atronadora.

—¿No puedes bajar la música?

—Tendría que pedírselo al grupo que está tocando. ¿Se sabe algo de Juan?

—Sigue igual.

—Mañana me pasaré a verle. Escucha...

—Eso intento.

—Ja. Primero, la tía de Pell. Se llama Barbara Pell. Pero está gagá. La policía de Bakersfield dice que tiene Alzheimer o algo parecido. No sabe ni en qué día vive, pero detrás de su casa hay un taller o un garaje, con algunas herramientas y otras cosas que eran de su sobrino. Podría haber entrado cualquiera y haberse llevado el martillo. Los vecinos no vieron nada. Sorpresa, sorpresa, sorpresa.

—¿Eso no lo decía Andy Griffith?

—No, otro personaje de la serie: Gomer Pyle.

—¿La policía de Bakersfield va a vigilar la casa de la tía?

—Afirmativo. Y ahora otra cosa, jefa: la verdad sobre Winston.

—¿Sobre quién?

—Sobre Winston Kellogg, ese tío del FBI. Al que va a traer Overby para que te haga de niñera.

De niñera...

—¿No podrías haber elegido otra expresión?

—Para que te supervise. Para que te meta en vereda. Para que te subyugue.

—TJ...

—Está bien, iré al grano. Tiene cuarenta y cuatro años. Ahora vive en Washington, pero es de la Costa Oeste. Y ex militar; estuvo en el Ejército.

Igual que mi marido, pensó Dance. Por la edad, y porque Bill también había sido militar.

—Fue inspector en el Departamento de Policía de Seattle. Después se pasó al FBI. Pertenece a una brigada que investiga sectas y delitos relacionados. Siguen la pista a los cabecillas, se ocupan de negociar la liberación de rehenes y ponen en contacto a las víctimas con desprogramadores. La brigada se creó después de lo de Waco.

El callejón sin salida al que se llegó en Texas entre la policía y la secta dirigida por David Koresh. El asalto para rescatar a los miembros de la secta acabó en tragedia. El rancho ardió y murieron casi todos sus ocupantes, incluidos varios niños.

—Tiene buena reputación dentro de la agencia. Es muy estirado, pero no se le caen los anillos. Y cito literalmente a mi amigo, aunque no tengo ni idea de qué quiere decir eso. Ah, y otra cosa, jefa. Lo de la búsqueda de Nimue. No hay referencias en ninguna base de datos oficial. Sólo he comprobado unos doscientos apodos de Internet. La mitad han expirado y los que todavía están activos parecen pertenecer a *frikis* de dieciséis años. La mayoría tiene apellidos europeos, y no he encontrado a nadie que pueda tener relación con el caso. Pero he dado con una variación que puede ser interesante.

—¿En serio? ¿Cuál?

—Es un juego de rol en línea. ¿Sabes lo que son?

—Para ordenador, ¿no? ¿Una de esas cajas grandes que tienen cables dentro?

—*Touché*, jefa. Está ambientado en la Edad Media y se matan trols y dragones y se rescatan damiselas. Más o menos lo que hacemos nosotros, pensándolo bien. El caso es que al principio no aparecía porque se escribe de otra manera: N-i-X-m-u-e. El logotipo es la palabra «Nimue» con una gran equis roja en el medio. Es uno de los juegos en línea más de moda ahora mismo. Han ganado cientos de millones en ventas. Ah, ¿qué habrá sido de mi querido comecocos?

—No creo que Pell sea muy aficionado a los juegos de ordenador.

—Pero asesinó a un hombre que creaba *software*.

—Tienes razón. Continúa indagando. Aunque sigo pensando que es el nombre o el apodo de alguien.

—Descuida, jefa. Puedo comprobar las dos cosas, gracias a la cantidad de tiempo libre que me das.

—¿Te está gustando el concierto?

—Otra vez *touché*.

Dance dejó salir a *Dylan* y a *Patsy* para que fueran a hacer sus cosas antes de acostarse e hizo una rápida inspección de la finca. No había ningún coche desconocido aparcado cerca. Hizo entrar a los perros. Normalmente dormían en la cocina, pero esa noche dejó que deambularan por donde quisieran. Ladraban sin parar cuando se acercaba algún intruso. Después conectó la alarma de las ventanas y las puertas.

Entró en el cuarto de Maggie y estuvo escuchándola tocar una breve pieza de Mozart al teclado. Luego le dio un beso de buenas noches y apagó la luz.

Se sentó unos minutos con Wes mientras su hijo le hablaba de un chico nuevo que había en el campamento. Al parecer, se había mudado al pueblo hacía unos meses, con sus padres. Se lo habían pasado bien esa mañana, jugando partidillos amistosos.

—¿Quieres invitarle a que venga mañana con sus padres al cumpleaños del abuelo?

—No, creo que no.

Después de la muerte de su padre, Wes se había vuelto más tímido y solitario.

—¿Seguro?

—A lo mejor más adelante. No sé. Mamá...

—Sí, mi queridísimo hijo.

Un suspiro exasperado.

—¿Sí?

—¿Por qué no te has quitado el arma?

Los niños... Nada se les escapa.

—No me he dado cuenta. Voy a meterla en la caja fuerte ahora mismo.

—¿Puedo leer un rato?

—Claro. Diez minutos. ¿Qué estás leyendo?

—*El Señor de los Anillos.* —Abrió el libro y volvió a cerrarlo—. Mamá...

—¿Sí?

Pero Wes no dijo nada más. Dance creía saber qué le rondaba por la cabeza y estaba dispuesta a hablar de ello, si él quería. Pero confiaba en que no quisiera. Había sido un día muy largo.

—Nada —dijo por fin su hijo en un tono que venía a decir «Hay algo, pero no quiero hablar de ello todavía». Después regresó a la Tierra Media.

—¿Dónde están los *hobbits*? —preguntó Kathryn, señalando el libro.

—En la Comarca. Los jinetes están buscándolos.

—Quince minutos.

—Buenas noches, mamá.

Dance guardó la pistola en la caja fuerte y cambió la combinación a una serie de tres números; de ese modo podría abrirla a oscuras, si era necesario. Lo intentó con los ojos cerrados. No tardó más de dos segundos.

Se duchó, se puso un chándal y se metió bajo el grueso edredón. Los desvelos de aquel día flotaban a su alrededor como el olor a lavanda que despedía un cuenco con hierbas secas que tenía allí cerca.

¿Dónde estás?, le preguntaba para sus adentros a Daniel Pell. *¿Quién es tu cómplice?*

¿Qué estás haciendo en este momento? ¿Duermes? ¿Circulas en coche por las calles buscando algo o alguien? ¿Piensas volver a matar?

¿Cómo puedo descubrir qué tienes en mente?, ¿cómo puedo pegarme a ti?

Mientras se adormecía, recordaba pasajes de la cinta que acababa de escuchar con Michael O'Neil.

«Y tampoco tengo hijos. Es una pena, la verdad. Pero soy joven. Tengo tiempo, ¿no?»

«Bueno, si te portas bien, Daniel, no hay razón para que no puedas tener familia.»

Dance abrió los ojos. Se quedó en la cama unos minutos, mirando el trazado de las sombras sobre el techo. Luego se puso unas zapatillas y se fue al cuarto de estar.

—Volved a dormiros —les dijo a los perros, que sin embargo siguieron observándola, atentos, durante la hora siguiente, mientras rebuscaba de nuevo en la caja que le había preparado Morton Nagle.

MARTES

21

Kathryn Dance y TJ estaban en el despacho de Charles Overby, en cuyas ventanas se estrellaba la lluvia. Los turistas creían
que la península de Monterrey tenía una climatología propen-
sa a los cielos nublados que amenazaban lluvia. En realidad, la
lluvia escaseaba casi siempre y el gris del cielo no era más que
la típica niebla de la Costa Oeste. Ese día, sin embargo, estaba
lloviendo de verdad.

—Necesito una cosa, Charles.

—¿Cuál?

—Que autorices ciertos gastos.

—¿Para qué?

—No hemos hecho ningún progreso. En Capitola no hay
pistas, las pruebas forenses no ofrecen respuestas y Pell ha
desaparecido del mapa. Y lo que es más importante: todavía
no sé por qué se ha quedado en esta zona.

—¿A qué gastos te refieres? —Charles Overby era un
hombre difícil de despistar.

—Quiero a las tres mujeres que formaban parte de la Familia.

—¿Quieres detenerlas? Creía que no tenían cuentas
pendientes.

—No, quiero entrevistarlas. Vivían con él. Tienen que
conocerle muy bien.

«*Bueno, si te portas bien, Daniel, no hay razón para que
no tengas familia...*»

Era ese pasaje del interrogatorio policial el que le había inspirado la idea.

De A a B, y de B a X...

—Queremos celebrar una reunión familiar —dijo alegremente TJ.

Dance sabía que había estado de juerga hasta tarde, pero bajo el pelo rizado y rojo su cara redondeada parecía tan fresca como si acabara de salir de un balneario.

Overby no hizo caso.

—Pero ¿por qué iban a querer ayudarnos? Supongo que Pell les dará lástima, ¿no?

—No. He hablado con dos de ellas, y no le tienen ninguna simpatía. La tercera cambió de nombre para empezar de cero. Así que tampoco parece que se la tenga.

—¿Para qué quieres traerlas aquí? ¿Por qué no las entrevistas donde viven?

—Quiero que estén juntas. Es una técnica *Gestalt*. Los recuerdos de una dispararán los de la otra. Anoche estuve despierta hasta las dos de la mañana, leyendo sobre ellas. Rebecca no estuvo mucho tiempo con la Familia, sólo un par de meses, pero Linda vivió con Pell más de un año, y Samantha dos.

—¿Has hablado ya con ellas? —Era una pregunta taimada, como si Overby sospechara que Dance estaba haciendo trampas.

—No —contestó—. Quería hablar contigo primero.

Su jefe pareció darse por satisfecho al comprobar que no le estaba dando gato por liebre. Aun así, sacudió la cabeza.

—Los billetes de avión, la escolta, el transporte... Imposible. Dudo mucho que Sacramento lo autorice. Se sale demasiado del presupuesto. —Vio un hilillo en el puño de su camisa y tiró de él—. Me temo que tengo que decirte que no. Utah. Estoy seguro de que es ahí adonde se dirige. Después de la espantada de Moss Landing, sería una locura que se quedara por aquí. ¿La policía de Utah ha montado un dispositivo de vigilancia?

—Sí —contestó TJ.

—Utah estaría muy bien. Estupendamente.

Kathryn comprendió lo que quería decir su jefe: si la policía de Utah atrapaba a Pell, el CBI se llevaría todo el mérito, y no se perderían más vidas en California. Y si le dejaba escapar, la culpa sería sólo suya.

—Estoy segura de que lo de Utah es una pista falsa, Charles. Va a dirigirnos hacia allí y luego...

—A no ser —repuso su jefe, triunfante— que sea una doble maniobra. Piénsalo.

—Ya lo he pensado, y no encaja en el perfil de Pell. Me gustaría mucho seguir adelante con mi idea.

—No estoy seguro...

—¿Puedo preguntar cuál es esa idea? —preguntó una voz tras ella.

Al darse la vuelta, Dance vio a un hombre vestido con traje oscuro, camisa azul y corbata a rayas azules y negras. No era guapo en el sentido clásico: tenía un poco de tripa, orejas prominentes y posiblemente papada si bajaba la cabeza. Pero sus ojos castaños tenían una mirada firme y divertida, y un mechón de pelo, también castaño, le caía sobre la frente. Su postura y su apariencia denotaban un carácter campechano y sus labios finos dibujaban una leve sonrisa.

—¿Puedo ayudarle en algo? —preguntó Overby.

El desconocido se acercó y le mostró un carné del FBI. Agente especial Winston Kellogg.

—Ha llegado la niñera —murmuró TJ tapándose la boca con la mano. Dance no le hizo caso.

—Charles Overby. Gracias por su visita, agente Kellogg.

—Llámeme Win, por favor. Pertenezco a la BDCVM.

—¿Eso es...?

—La Brigada de Delitos Coercitivos con Víctimas Múltiples.

—¿Así se llama ahora a las sectas? —preguntó Dance.

—Antes se llamaba Brigada Antisectas, de hecho. Pero no era muy PC.

TJ frunció el ceño.

—¿Muy comunista?

—Muy políticamente correcto.

A ella le hizo gracia aquello y se rió.

—Soy Kathryn Dance.

—TJ Scanlon.

—¿Thomas Jefferson?

TJ le dedicó una sonrisa enigmática. Ni siquiera Dance sabía cuál era su nombre completo. Quizá fuera simplemente TJ.

—Quiero decirles algo desde el principio —anunció Kellogg, dirigiéndose a todos ellos—. Sí, soy de los federales. Pero no quiero herir susceptibilidades. Estoy aquí en calidad de asesor, para explicarles hasta donde me sea posible cómo piensa y actúa Pell. Me contento con estar en segundo plano.

Aunque no fuera cierto al cien por cien, a Kathryn le pareció encomiable que intentara tranquilizarles en ese aspecto. Los cuerpos policiales estaban tan plagados de egos que era poco frecuente oír a un agente de Washington expresarse de esa forma.

—Se lo agradezco —dijo Overby.

Kellogg se volvió hacia el jefe del CBI.

—Tengo que decirle que su actuación de ayer, comprobando los restaurantes, fue admirable. A mí nunca se me habría ocurrido.

Overby titubeó; luego dijo:

—La verdad es que creo que le dije a Amy Grabe que la idea fue de Kathryn.

TJ carraspeó suavemente y Dance no se atrevió a mirarle.

—Bueno, de quien haya sido, fue una idea estupenda. —Se volvió hacia la agente—. ¿Qué estaba proponiendo hace un momento?

Ella se lo repitió.

El agente del FBI asintió con la cabeza.

—Volver a reunir a la Familia. Bien. Muy bien. Ya habrán pasado por un proceso de desprogramación. Aunque no hayan hecho terapia, el paso del tiempo se habrá encargado de borrar cualquier rastro de síndrome de Estocolmo. Dudo mucho que le guarden lealtad a Pell. En mi opinión, deberíamos poner en práctica la propuesta de la agente Dance.

Se hizo un silencio. Kathryn se negó a sacar a Overby del apuro y su jefe dijo por fin.

—Es buena idea. Desde luego que sí. El único problema es el presupuesto. Verá, últimamente hemos tenido que...

—Pagaremos nosotros —contestó Kellogg. Luego se quedó callado y se limitó a mirar fijamente a Overby.

A ella le dieron ganas de reír.

—¿Ustedes?

—Haré que un avión del FBI las traiga hasta aquí, si es necesario. ¿Le parece bien?

Despojado de repente del único argumento que se le ocurría, el director del CBI contestó:

—¿Cómo voy a rechazar un regalo de Navidad del Tío Sam? Gracias, *amigo*.

Kellogg, TJ y Dance estaban en el despacho de esta última cuando entró Michael O'Neil. Michael y Kellogg se presentaron y se estrecharon las manos.

—Los restos materiales encontrados en Moss Landing no han revelado nada más —anunció O'Neil—, pero confiamos en encontrar algo en las Praderas del Cielo y los viñedos. Los del Departamento de Salud Pública también están analizando muestras de cultivos. Por si acaso Pell los ha adulterado con ácido. —Le contó a Kellogg lo de los restos encontrados en el Thunderbird tras la fuga de Pell.

—¿Qué motivo podría tener para hacerlo?

—Podría ser una maniobra de distracción. O quizá sólo quiera hacer daño.

—Las pruebas materiales no son mi fuerte, pero parece una buena pista.

Dance advirtió que el agente del FBI había estado mirando hacia un lado mientras O'Neil le explicaba los detalles, como si estuviera concentrado memorizándolos.

Kellogg añadió:

—Quizá les ayude tener alguna información sobre la mentalidad sectaria. La BDCVM ha preparado un perfil general, y estoy seguro de que en parte podrá aplicarse a Pell. Confío en que les ayude a formular una estrategia.

—Muy bien —dijo O'Neil—. No creo que nos hayamos enfrentado nunca a un tipo como éste.

El escepticismo con que Kathryn había acogido en principio la utilidad de un experto en sectas se había desvanecido al quedar claro que Pell tenía planes que no lograban adivinar. Además, tampoco estaba segura de que se pareciera a los demás criminales con los que se había cruzado.

Kellogg se apoyó en su mesa.

—En primer lugar, como se deduce del nombre de mi unidad, a los miembros de una secta los consideramos víctimas, y lo son, desde luego. Pero hay que recordar que pueden ser tan peligrosos como el líder mismo. Charles Manson ni siquiera estaba presente en la matanza Tate-Labianca.

Fueron los miembros de su grupo los que cometieron los asesinatos.

»En cuanto al cabecilla, suelo referirme a él en masculino, aunque las mujeres pueden ser tan eficaces e implacables como los hombres. Y, a menudo, más astutas. De modo que el perfil elemental es el siguiente: el líder de una secta no rinde cuentas a ninguna autoridad, excepto a la suya propia. Siempre está al mando al cien por cien. Él dicta cómo han de invertir sus subalternos cada minuto de su tiempo. Asigna las tareas y los mantiene ocupados, aunque sea en cosas absurdas. No deben disponer de tiempo libre para pensar por su cuenta.

»El líder de una secta crea su propia moral, definida únicamente por lo que le conviene a él y conviene a la secta para su perpetuación. Las leyes externas son irrelevantes. Hace creer a sus subalternos que hacer lo que les dice, o lo que les sugiere, es lo moralmente correcto. Los líderes sectarios son expertos en hacerse entender de manera sutil, de modo que, aunque sus comentarios queden registrados en una grabación, no les incriminen en nada concreto. Sus seguidores, no obstante, captan el mensaje.

»El líder lleva las situaciones a su extremo y crea conflictos basados en una dinámica de ellos contra nosotros, o blanco o negro. La secta es lo mejor y cualquiera que no pertenezca a ella se equivoca y quiere destruirla.

»No permite disensiones de ningún tipo. Adopta posiciones extremas, grotescas, y espera a que alguno de sus subalternos le cuestione; de ese modo pone a prueba su lealtad. Se espera que sus seguidores se lo den todo: su tiempo, y también su dinero.

Dance le habló de los nueve mil doscientos dólares.

—Al parecer, la chica está financiando la fuga de Pell.

Kellogg asintió con un gesto.

—También se espera de ellos que pongan su cuerpo a disposición del líder. Y a veces que le entreguen a sus hijos. El líder ejerce un control absoluto sobre sus súbditos, que deben renunciar a su pasado. El líder les pone nombres nuevos. A menudo son nombres caprichosos, o reflejan la opinión que tiene de ellos. Tiende a escoger a personas vulnerables para poder jugar con sus inseguridades. Busca individuos solitarios y les hace abandonar a su familia y a sus allegados. Ellos acaban viéndole como una fuente de apoyo y un refugio. Él amenaza con abandonarlos. Ésa es probablemente su arma más poderosa.

»Podría seguir durante horas, pero eso basta para que se hagan una idea somera de la mentalidad de Daniel Pell. —Kellogg levantó las manos. Parecía un profesor—. ¿De qué nos sirve todo esto a nosotros? Por de pronto, nos revela algo acerca de sus puntos débiles. Ser el cabecilla de una secta es muy cansado. Uno tiene que vigilar constantemente a sus seguidores, buscar disensiones y erradicarlas tan pronto las descubre. De modo que, cuando hay influencias externas, cuando están en la calle, por ejemplo, en un lugar público, se muestran especialmente recelosos. En su entorno, en cambio, están más relajados. Y por tanto son menos cuidadosos y más vulnerables.

»Fíjense en lo que ocurrió en ese restaurante. Pell no bajó la guardia porque estaba en un lugar público. Si hubiera estado en su casa, seguramente lo habrían cogido. De todo esto cabe extraer otra conclusión: esa mujer, su cómplice, sin duda cree que Pell está en lo cierto moralmente y que tiene justificación para matar. Lo cual significa dos cosas: que no vamos a obtener ayuda de ella, y que es tan peligrosa como él. Es una víctima, sí, pero eso no quiere decir que no esté dispuesta a matarnos, si tiene la oportunidad. En fin, ésas son algunas ideas generales.

Dance miró a O'Neil. Sabía que su compañero estaba tan impresionado como ella por el conocimiento que Kellogg demostraba de su especialidad. Quizá, por una vez, Charles Overby había tomado la decisión correcta, aunque hubiera sido para cubrirse las espaldas.

Pero, al pensar en lo que Kellogg acababa de decirles sobre Pell y en lo que tenían por delante, se sintió desalentada. Sabía de primera mano lo inteligente que era el asesino y, si el perfil de Kellogg era acertado, aunque fuera sólo en parte, Pell representaba una amenaza particularmente seria.

Kathryn Dance dio las gracias al agente del FBI y la reunión se disolvió: O'Neil se marchó al hospital para ver cómo evolucionaba Juan Millar y TJ fue a buscar un despacho en el que Kellogg pudiera instalarse temporalmente.

La experta en kinesia sacó su móvil y vio el número de Linda Whitfield entre las llamadas perdidas. Pulsó la tecla de rellamada.

—Ah, agente Dance. ¿Se sabe algo nuevo?

—Me temo que no.

—Hemos estado pendientes de la radio. Tengo entendido que ayer estuvieron a punto de atraparle.

—Sí, así es.

Kathryn la oyó mascullar de nuevo y dedujo que estaba rezando.

—¿Señora Whitfield?

—Sigo aquí.

—Voy a pedirle una cosa y me gustaría que se lo pensara antes de contestar.

—Adelante.

—Nos gustaría que viniera aquí, a ayudarnos.

—¿Qué? —susurró Linda.

—Daniel Pell es un misterio para nosotros. Estamos seguros de que se ha quedado en la península, pero no entendemos por qué. Nadie lo conoce mejor que usted, Samantha y Rebecca. Confiamos en que puedan ayudarnos a descubrir sus motivaciones.

—¿Ellas van a ir?

—Usted es la primera a la que llamo.

Un silencio.

—Pero ¿qué puedo hacer yo?

—Quiero que hablen de él, ver si se les ocurre algo que nos dé una idea de cuáles pueden ser sus planes o adónde ha podido ir.

—Pero hace siete u ocho años que no sé nada de él.

—Puede que entonces dijera o hiciera algo que nos dé una pista. Se está arriesgando mucho al quedarse aquí. Estoy segura de que tiene un motivo.

—Bueno...

Dance sabía bien cómo funcionan los procesos defensivos de la psique humana. Se imaginó a su interlocutora buscando frenéticamente excusas para no hacer lo que le pedía, rechazándolas o aferrándose a ellas. No se sorprendió cuando Linda contestó:

—El problema es que estoy ayudando a mi hermano y a su cuñada con sus hijos de acogida. No puedo marcharme sin más.

Kathryn recordó que vivía con el matrimonio. Preguntó si podían arreglárselas sin ella un día o dos.

—No será más que eso.

—No, no creo que puedan.

El verbo «creer» es muy significativo para los expertos en interrogatorios. Es una expresión que denota cerrazón y autoengaño, como «No me acuerdo» o «Probablemente no». En realidad, quiere decir: «Estoy yéndome por la tangente, no diciendo rotundamente que no». Dance entendió que el hermano de Linda y su cuñada podían ocuparse perfectamente de los niños.

—Sé que es mucho pedir, pero necesitamos su ayuda.

Después de una pausa, Whitfield ofreció la segunda excusa:

—Y aunque pudiera escaparme, no tengo dinero para viajar.

—Pondríamos a su disposición un avión privado.

—¿Un avión privado?

—Del FBI.

—Madre mía.

Dance salió al paso de la tercera excusa antes de que Linda la mencionara:

—Y dispondría de fuertes medidas de seguridad. Nadie sabrá que está aquí, y contará con escolta veinticuatro horas al día. Por favor, ¿no puede ayudarnos?

Otro silencio.

—Tengo que preguntar.

—¿A su hermano? ¿A su jefe? Puedo llamarles y...

—No, no, a ellos no. Me refería al Señor.

Ah...

—Bueno, muy bien. —Tras un corto silencio, Kathryn preguntó—: ¿Y podría preguntárselo pronto?

—Yo la llamaré, agente Dance.

Colgaron. Kathryn llamó a Winston Kellogg para informarle de que, en lo relativo a Whitfield, dependían de la intervención divina. A él pareció hacerle gracia.

—Eso sí que es una llamada de larga distancia.

Dance decidió no decirle a Charles Overby que se requería el permiso divino. A fin de cuentas, ¿era tan buena idea todo aquello?

Luego llamó a Mujeres Emprendedoras, en San Diego.

—Hola —dijo al ponerse Rebecca Sheffield—. Soy otra vez Kathryn Dance, de Monterrey. Estaba...

La mujer la interrumpió:

—Llevo veinticuatro horas pendiente de las noticias. ¿Qué ha pasado? ¿Casi le tenían y se les escapó?

—Me temo que sí.

Rebecca soltó un áspero suspiro.

—¿Y por fin se ha enterado?

—¿De qué?

—El incendio en los juzgados, y el fuego en la central eléctrica. Los dos provocados. Una pauta, ¿lo ve? Pell encontró algo que funcionaba. Y volvió a hacerlo.

Eso mismo había pensado Kathryn. Pero no intentó defenderse; se limitó a decir:

—Esta fuga no se parece a ninguna otra que hayamos visto.

—Sí, desde luego.

—Señora Sheffield, hay algo que...

—Espere. Primero quiero decirle una cosa.

—Adelante —respondió Dance, inquieta.

—Perdone, pero no tienen ustedes ni idea de a qué se están enfrentando. Tienen que hacer lo que le digo a la gente en mis seminarios. Son cursos sobre empoderamiento en el mundo de los negocios. Muchas mujeres creen que pueden juntarse con sus amigas a tomar una copa y poner verdes a los idiotas de sus jefes o a sus ex maridos, o a los novios que las tratan a patadas y que con eso basta para estar curadas. Pues las cosas no funcionan así. No puede una andar dando tumbos, no se puede improvisar sobre la marcha.

—Bueno, le agradezco...

—Primero se identifica el problema. Un ejemplo: no se siente usted cómoda saliendo con hombres. Segundo, se identifican los hechos que están en la raíz del problema. Una vez la violó un hombre con el que tenía una cita. Tercero, se estructura una solución. No se lanza una de cabeza a salir con hombres, ignorando sus miedos. Pero tampoco se hace una un ovillo y renuncia a los hombres para siempre. Hay que trazar un plan: se empieza lentamente, se queda con hombres para comer, en lugares públicos, y sólo se sale con los que no son físicamente arrolladores y no invaden tu espacio personal, que no beben, etcétera, etcétera. Se hace usted una idea. Luego, poco a poco, va expandiendo sus horizontes. Y pasados tres meses, seis, o un año, se ha resuelto el problema. Estructurar un plan y ceñirse a él. ¿Comprende lo que le digo?

—Sí, lo comprendo.

Dance pensó dos cosas: primero, que los seminarios de Rebecca Sheffield seguramente se llenaban hasta la bandera. Y segundo, que no le gustaría tener que frecuentar su compañía. Se preguntó si había acabado.

No.

—Muy bien, hoy tengo un seminario que no puedo cancelar, pero si mañana por la mañana aún no han detenido a Pell, me pasaré por allí. Puede que las cosas que recuerdo de hace ocho años les sirvan de ayuda. ¿O va contra las normas?

—No, en absoluto. Es buena idea.

—De acuerdo. Mire, tengo que colgar. ¿Qué iba a preguntarme?

—Nada importante. Confiemos en que se resuelvan las cosas antes, pero, si no, la llamaré para concretar los detalles del viaje.

—Me parece muy bien —contestó enérgicamente Sheffield, y colgó.

22

En el motel Sea View, Daniel Pell apartó la mirada del ordenador de Jennie, con el que se había conectado a Internet, y vio que ella se le acercaba con aire seductor.

Ronroneó y dijo con un susurro:

—Vuelve a la cama, cariño. Fóllame.

Pell cambió de pestaña para que no viera lo que estaba buscando y deslizó el brazo por su estrecha cintura.

Hombres y mujeres ejercían el poder los unos sobre los otros a diario. A los hombres les costaba más al principio. Tenían que abrirse paso entre las defensas que levantaban las mujeres, construir puentes sutiles y descubrir sus gustos, sus manías y sus miedos, que ellas intentaban ocultar. Ponerles la correa podía costarte semanas o meses, pero cuando lo conseguías tú estabas al mando todo el tiempo que se te antojara.

Somos como almas gemelas, ¿sabes...?

Las mujeres, por su parte, tenían tetas y coño, y lo único que tenían que hacer era acercarlos a un hombre (a veces ni siquiera eso) para conseguir que hiciera prácticamente cualquier cosa. Su problema llegaba después. Una vez pasado el sexo, su control se reducía hasta hacerse invisible.

Jennie Marston había estado al mando un par de veces desde la fuga, sin ninguna duda: en el asiento delantero del Thunderbird y luego en la cama, atada con las medias, y otra vez en el suelo (con más calma y mucho mejor), con algunos accesorios por los que Daniel Pell sentía una enorme atracción. (A Jennie, desde luego, no le gustaba especialmente ese tipo de sexo, pero su aceptación reticente resultaba mucho más excitante que si de veras hubiera estado excitada.)

Pero el sortilegio que había tejido se había debilitado ahora. Un buen maestro, sin embargo, nunca permite que su alumno se dé cuenta de que no le presta atención. Pell sonrió y miró su cuerpo como si le costara enormemente resistirse a la tentación. Suspiró.

—Ojalá pudiera, preciosa. Pero me has dejado agotado. Además, necesito que hagas un recado por mí.

—¿Yo?

—Sí. Saben que estoy aquí, así que vas a tener que hacerlo tú sola. —Las noticias informaban de que seguramente se hallaba todavía en aquella zona. Debía tener mucho cuidado.

—Ah, vale. Pero preferiría follarte. —Un mohín. Era, posiblemente, una de esas mujeres que creían que sus pucheros funcionaban con los hombres. No funcionaban, en su caso, y en algún momento se lo demostraría. Pero primero tenía que aprender cosas mucho más importantes.

—Ahora ve a cortarte el pelo —dijo.

—¿El pelo?

—Sí. Y tíñetelo. Te vieron en el restaurante. Compré tinte castaño en la tienda chicana. —Sacó una caja de la bolsa.

—Ah. Pensaba que era para ti.

Sonrió azorada, sujetándose unos mechones de pelo entre los dedos.

Pell sólo quería que se cortara el pelo para que fuera más difícil reconocerla. Comprendió, sin embargo, que había también algo más, otra cuestión en juego. El cabello de Jennie era como su preciada blusa rosa, y ello le intrigó de inmediato. La recordó sentada en el Thunderbird la primera vez que la vio, en el aparcamiento de Whole Foods, cepillándose airosamente.

Ah, la información que desvelamos...

Jennie no quería cortarse el pelo. No quería de verdad. Llevar el pelo largo era importante para ella. Pell dedujo que se lo había dejado crecer en algún momento para defenderse de la imagen negativa que tenía de sí misma. Era una suerte de patético triunfo sobre su pecho plano y su nariz poco agraciada.

Jennie siguió sentada en la cama. Pasado un momento dijo:

—Cielo, voy a cortármelo, claro. Como tú quieras. —Otra pausa—. Pero estaba pensando si no sería mejor que nos fuéramos ya, después de lo que pasó en el restaurante. No podría soportar que te pasara nada. ¿Y si robamos otro coche y nos vamos a Anaheim? Allí viviríamos bien, te lo prometo, cariño. Te haré feliz. Trabajaré por los dos. Tú puedes quedarte en casa hasta que se olviden de ti.

—Eso suena maravilloso, preciosa. Pero no podemos irnos todavía.

—Ah.

Quería una explicación. Pero Pell se limitó a decir:

—Anda, ve a cortártelo. —Y añadió en un susurro—: Déjatelo corto. Muy, muy corto.

Le pasó las tijeras. A Jennie le temblaban las manos cuando las cogió.

—De acuerdo. —Entró en el pequeño cuarto de baño y encendió la luz. Como había trabajado en una peluquería, o simplemente por remolonear, estuvo un rato sujetándose con horquillas los mechones de pelo antes de empezar a cortar. Se miró al espejo fijamente y acarició las tijeras, inquieta. Entornó la puerta.

Pell se situó en un punto de la cama desde el que podía verla con claridad. A pesar de su resistencia de un rato antes, sintió que su cara se sonrojaba y que la burbuja comenzaba a hincharse dentro de él.

Adelante, preciosa, ¡hazlo!

Con las lágrimas corriéndole por las mejillas, Jennie levantó un mechón de pelo y empezó a cortar. Respiraba hondo y luego cortaba. Se enjugaba la cara y cortaba otra vez.

Inclinado hacia delante, Pell la observaba.

Se bajó los pantalones y los calzoncillos. Agarró su miembro con fuerza. Cada vez que un puñado de pelo rubio caía al suelo, se masturbaba.

Jennie avanzaba despacio. Intentaba hacerlo bien. Y tenía que detenerse a menudo para recobrar el aliento y enjugarse las lágrimas.

Pell estaba absolutamente concentrado en ella.

Su respiración se hizo cada vez más rápida. Córtatelo, preciosa. ¡Córtatelo!

Estuvo a punto de acabar una o dos veces, pero consiguió refrenarse justo a tiempo.

A fin de cuentas, era el rey del control.

El Hospital de la Bahía de Monterrey es un sitio precioso, enclavado en un tramo sinuoso de la carretera 68, una ruta polifacética que discurre a lomos de autopistas, vías de servicio y hasta calles de pueblo desde Pacific Grove hasta Salinas, pasando por Monterrey. La 68 es la vena yugular del país de John Steinbeck.

Kathryn Dance conocía bien el hospital. Allí había dado a luz a sus dos hijos; había sostenido la mano de su padre después de una operación a corazón abierto y había permanecido sentada junto a un compañero del CBI que luchaba por sobrevivir a tres balazos en el pecho.

Y allí, en el depósito de cadáveres del Hospital de la Bahía de Monterrey, había identificado el cuerpo sin vida de su marido.

El complejo hospitalario estaba en las inmediaciones de Pacific Grove, entre cerros cubiertos de pinos. Un bosque rodeaba el recinto, cuyos edificios bajos y laberínticos estaban adornados con jardines. Cuando despertaban después de una operación, los pacientes podían descubrir, tras los cristales de las ventanas, colibríes revoloteando o ciervos observándoles con curiosidad.

Pero la sala de la Unidad de Cuidados Intensivos en la que estaba ingresado Juan Millar no tenía vistas al exterior. Tampoco había ningún adorno pensado para tranquilizar al paciente, sólo carteles con números de teléfono, protocolos incomprensibles para los legos y un montón de equipamiento médico. Millar se hallaba en una salita rodeada de paredes de cristal y sellada para reducir al mínimo el riesgo de infección.

Dance se reunió con O'Neil frente a la sala. Sus hombros se rozaron. Ella sintió el impulso de agarrar su brazo, pero no lo hizo.

Se quedó mirando al detective herido, recordando su sonrisa tímida en el despacho de Sandy Sandoval.

A los de criminología les encantan sus juguetes... Lo he oído no sé dónde.

—¿Ha dicho algo desde que estás aquí? —preguntó.

—No. Ha estado todo el tiempo inconsciente.

Mirando los vendajes que cubrían las heridas, Dance pensó que era mejor así. Mucho mejor.

Regresaron a la sala de espera de la Unidad de Cuidados Intensivos, donde se encontraba parte de la familia de Millar: sus padres, una tía y dos tíos, si Kathryn entendió bien las presentaciones. Sus caras reflejaban angustia, y ella les dijo lo mucho que lo sentía.

—Katie...

Al volverse, vio a una mujer rotunda, de cabello corto y gris y grandes gafas. Llevaba una bata de colores de la que colgaba una placa que la identificaba como E. Dance, enfermera, y otra que indicaba que estaba adscrita a la unidad de cardiología.

—Hola, mamá.

O'Neil y Edie Dance se sonrieron.

—¿No hay cambios? —preguntó Kathryn.

—No, la verdad.

—¿Ha dicho algo?

—Nada inteligible. ¿Has visto al doctor Olson, el especialista en quemados?

—No —contestó su hija—. Acabo de llegar. ¿Qué noticias hay?

—Se ha despertado un par de veces más y se ha movido un poco, lo cual nos ha sorprendido. Pero tiene puesto un gotero de morfina, así que está tan sedado que no dijo nada comprensible cuando la enfermera le hizo algunas preguntas. —Sus ojos se deslizaron hacia el paciente de la sala acristalada—. No he visto el diagnóstico oficial, pero debajo de esos vendajes casi no queda piel. Nunca había visto quemaduras como ésas.

—¿Tan grave es?

—Me temo que sí. ¿Cómo va lo de Pell?

—No hay muchas pistas, pero está en esta zona. No sabemos por qué.

—¿Todavía quieres hacer la fiesta de tu padre esta noche? —preguntó Edie.

—Claro. A los niños les hace ilusión. Puede que sólo pueda pasarme un momento, depende, pero aun así quiero hacerla.

—¿Tú vas a ir, Michael?

—Creo que sí. Depende.

—Entiendo. Bueno, espero que se resuelva. —Sonó su buscapersonas. Le echó un vistazo—. Tengo que volver a Cardiología. Si veo al doctor Olson le pediré que se pase por aquí para hablar con vosotros.

Su madre se marchó. Dance miró a O'Neil, que asintió con la cabeza. Éste enseñó su identificación a la enfermera de Cuidados Intensivos, que les ayudó a ponerse batas y mascarillas. Entraron en la sala. Él permaneció de pie; ella, en cambio, acercó una silla y se inclinó hacia delante.

—Juan, soy Kathryn. ¿Puedes oírme? Michael también está aquí.

—Hola, socio.

—¿Juan?

Aunque el ojo derecho, el que estaba destapado, no se abrió, a Dance le pareció que se movía ligeramente.

—¿Puedes oírme?

Otro movimiento.

—Juan —dijo O'Neil en voz baja y reconfortante—, sé que lo estás pasando mal. Vamos a asegurarnos de que recibas el mejor tratamiento del país.

—Queremos atrapar a ese tipo —añadió la agente—. Lo estamos deseando. Está en esta zona. Sigue aquí.

Millar movió la cabeza.

—Necesitamos saber si viste u oíste algo que pueda ayudarnos. No sabemos qué está tramando.

Otro gesto con la cabeza. Fue muy sutil, pero Dance vio que la barbilla vendada del policía se movía ligeramente.

—¿Viste algo? Di que sí con la cabeza, si viste u oíste algo.

Millar no se movió.

—Juan —insistió Kathryn—, ¿tú...?

—¡Eh! —gritó un hombre desde la puerta—. ¿Se puede saber qué cojones están haciendo?

Dance pensó primero que era un médico y que su madre iba a meterse en un lío por dejarla pasar sin supervisión. Pero quien hablaba era un joven hispano, trajeado y de complexión robusta. El hermano de Juan.

—Julio... —dijo O'Neil.

La enfermera llegó corriendo.

—No, no, por favor, ¡cierre la puerta! No puede entrar sin mascarilla...

Julio Millar la rechazó con un ademán y siguió dirigiéndose a la agente:

—¿Le interrogan a pesar del estado en que se encuentra?

—Soy Kathryn Dance, del CBI. Puede que su hermano sepa algo de utilidad sobre el hombre que causó todo esto.

—Joder, pues no va a servirles de mucho si le matan.

—Llamaré a seguridad si no cierra la puerta inmediatamente —le advirtió la enfermera con aspereza.

Julio siguió en sus trece. Kathryn y O'Neil salieron al pasillo y cerraron la puerta de la sala. Se quitaron las batas y las mascarillas.

El hermano se encaró con ella.

—No puedo creerlo. No tienen ningún respeto...

—Julio —dijo el padre de Millar, acercándose a su hijo. Le acompañaba su esposa, una mujer fornida y de cabello negro y despeinado. Él seguía concentrado en Dance.

—Eso es lo único que le importa, ¿verdad? Que les diga lo que sabe, y luego que se muera.

Consciente de que Julio Millar no era dueño de sus actos, Kathryn conservó la calma. No se tomaba su ira como algo personal.

—Estamos deseando atrapar al hombre que le hizo eso.

—¡Hijo, por favor! Nos estás avergonzando. —La madre le tocó el brazo.

—¿Avergonzándoos, yo? —replicó, burlón. Se encaró de nuevo con Dance—. He preguntado por ahí. He hablado con la gente. Sé muy bien lo que pasó. Le mandó usted derecho al fuego.

—¿Disculpe?

—En los juzgados. Le mandó usted abajo, al incendio.

La agente sintió que O'Neil se tensaba y se contenía. Su compañero sabía que ella no permitía que otros dieran la cara en su lugar. Se inclinó hacia Julio.

—Está usted angustiado, todos lo estamos. ¿Por qué no...?

—Lo escogió usted a él. No a Mickey, ni a uno de los del CBI. Era el único policía chicano, y le mandó a él.

—Julio —intervino su padre con severidad—, no digas eso.

—¿Quiere saber algo sobre mi hermano? ¿Eh? ¿Sabe que quiso entrar en el CBI? Pero no le dejaron. Por ser quien era.

Aquello era absurdo. Había un alto porcentaje de hispanos en todos los cuerpos de policía de California, incluido el CBI. La mejor amiga de Dance en la agencia, la agente de Delitos Mayores Connie Ramírez, tenía más condecoraciones que cualquier otro agente en la historia de la delegación centro-oeste.

Pero no eran las cuotas étnicas en los organismos oficiales del estado lo que encolerizaba a Julio Millar, desde luego. Era el miedo a que su hermano muriera. Kathryn conocía bien las manifestaciones de la ira; al igual que el autoengaño y la depresión, era una de las respuestas al estrés que mostraban quienes mentían. Cuando alguien tiene una rabieta, lo mejor es dejar que se desahogue. Los arrebatos de furia sólo pueden sostenerse un rato.

—No era digno de trabajar con usted, pero sí de mandarle a que se quemara.

—Julio, por favor —le imploró su madre.

—No hagas eso, mamá. Cada vez que dices cosas así, estás dejando que se salgan con la suya.

Las lágrimas que corrían por las mejillas empolvadas de la mujer dejaban marcas en el maquillaje.

El joven se volvió hacia Dance.

—Fue al latino al que mandó. Fue al *chulo*.

—¡Ya basta! —gritó su padre, agarrándole del brazo.

Julio se desasió de un tirón.

—Voy a llamar a los periódicos. Voy a llamar a la televisión. Mandarán un reportero y averiguarán lo que ha hecho. Saldrá en todos los noticieros.

—Julio... —comenzó a decir O'Neil.

—Tú cállate, Judas. Trabajabais juntos. Y dejaste que ésta le sacrificara. —Sacó su teléfono móvil— .Voy a llamarles ahora mismo. Os van a hacer la vida imposible.

—¿Puedo hablar con usted un momento, los dos solos? —preguntó Dance.

—Vaya, conque se ha asustado.

La agente se apartó.

Julio se puso frente a ella, listo para la batalla, y se inclinó hasta invadir su zona proxémica, empujando el teléfono como un cuchillo.

A Kathryn no le importó. Sin moverse ni un ápice, le miró a los ojos.

—Siento mucho lo de su hermano y sé lo doloroso que es para usted. Pero no le consiento que me amenace.

Millar soltó una amargada carcajada.

—Es usted igual que...

—Escúcheme —dijo Dance con calma—. No sabemos con certeza qué ocurrió, pero sí sabemos que un preso desarmó a su hermano. Tenía a Pell a punta de pistola y perdió el control del arma y de la situación.

—¿Está diciendo que fue culpa suya? —preguntó Julio, sorprendido.

—Sí, eso es justamente lo que estoy diciendo. No fue culpa mía, ni de Michael, sino de su hermano. Eso no lo convierte en un mal policía, pero cometió un error. Y si convierte usted esto en un asunto público, la prensa lo sacará a relucir.

—¿Me está amenazando?

—Le estoy diciendo que no voy a permitir que ponga en peligro esta investigación.

—No sabe usted lo que hace, señora. —Dio media vuelta y se alejó con paso decidido por el pasillo.

Dance le siguió con la mirada, intentando calmarse. Respiró hondo. Luego se reunió con los demás.

—Lo siento mucho —dijo el señor Millar, que rodeaba los hombros de su esposa con el brazo.

—Está disgustado —contestó la agente.

—No le haga caso, por favor. Dice cosas de las que luego se arrepiente.

Dance no creía que el joven fuera a arrepentirse de una sola de sus palabras. Pero sabía que no iba a llamar a la prensa.

Su madre le dijo a O'Neil:

—Y Juan siempre habla tan bien de ustedes... No les culpa, ni a ustedes, ni a nadie. Sé que no les culpa.

—Julio quiere a su hermano —contestó O'Neil en tono tranquilizador—. Es sólo que está preocupado por él.

Llegó el doctor Olson. El médico, un hombre delgado y tranquilo, informó de la situación de Millar a la familia y los policías. Apenas había novedades. Seguían intentando estabilizar al paciente. En cuanto tuvieran bajo control los peligros derivados del trauma y la septicemia, lo enviarían a un hospital especializado en recuperación de grandes quemados. El médico reconoció que el estado de Millar era muy grave. No podía decirles si iba a sobrevivir, pero estaban haciendo todo lo que podían.

—¿Ha dicho algo de la agresión? —preguntó O'Neil.

El médico posó la mirada en el monitor.

—Ha dicho algunas palabras, pero nada coherente.

Los padres siguieron disculpándose con vehemencia por la conducta de su hijo pequeño. Dance pasó unos minutos tranquilizándolos; luego O'Neil y ella se despidieron y se marcharon.

El detective iba haciendo tintinear las llaves de su coche.

Los expertos en kinesia saben que es imposible ocultar las emociones violentas. «La emoción reprimida —escribió Charles Darwin— aflora casi siempre en forma de gestos.» Normalmente se manifiesta en ademanes de la mano o los dedos, o en el tamborileo con los pies: podemos controlar fácilmente nuestras palabras, nuestras miradas y expresiones faciales, pero el dominio que ejercemos sobre nuestras extremidades es mucho menor.

Michael O'Neil no se daba cuenta de que estaba jugando con las llaves.

—Aquí están los mejores médicos de la zona —comentó Dance—. Y mi madre está pendiente de él. Ya la conoces. Si cree que necesita atenciones especiales, se las arreglará para llevar a esa sala al jefe del departamento.

Una sonrisa estoica. Michael O'Neil las dominaba a la perfección.

—Pueden hacer cosas casi milagrosas —añadió la agente. En realidad, ignoraba por completo qué podían hacer los médicos. O'Neil y ella habían tenido numerosas ocasiones de ofrecerse mutuo consuelo a lo largo de los últimos años, sobre todo profesionalmente, pero a veces también en el terreno de lo personal, como cuando murió el marido de ella o se deterioró el estado mental del padre de él. A ninguno se le daba bien expresar su compasión o su apoyo; los tópicos parecían devaluar su relación. Por lo general, la sola presencia del otro funcionaba mucho mejor.

—Ojalá.

Cuando se acercaban a la salida, Dance recibió una llamada de Winston Kellogg, el agente del FBI, desde su despacho temporal en el CBI. Kathryn se detuvo y O'Neil salió al aparcamiento.

Le contó a Kellogg lo de Millar y él le dijo a ella que, después de entrevistar a los vecinos casa por casa, el FBI de Bakersfield no había localizado a ningún testigo que hubiera visto a alguien entrando en el cobertizo o garaje de la tía de Pell para robar el martillo. En cuanto a la cartera con las iniciales «R. H.» hallada en el pozo, junto al martillo, los de criminalística federales habían sido incapaces de seguir su rastro hasta un comprador reciente.

—Otra cosa, Kathryn: tengo el avión esperando en Oakland, si Linda Whitfield recibe el visto bueno de arriba. ¿Hay alguna novedad? ¿Se sabe algo de esa otra mujer?

—¿De Samantha McCoy?

—Sí. ¿La has llamado?

En ese momento, Dance miró por casualidad hacia el aparcamiento y vio que Michael O'Neil se detenía y que una rubia alta y atractiva se acercaba a él. La mujer le sonrió, lo rodeó con los brazos y lo besó. Él le devolvió el beso.

—Kathryn —dijo Kellogg—, ¿estás ahí?

—¿Qué?

—Samantha McCoy.

—Perdona. —Apartó la mirada de O'Neil y de la rubia—. No. Ahora mismo voy a pasarme por San José. Si se ha tomado tantas molestias para ocultar su identidad, quiero verla en persona. Tengo la impresión de que no bastará con una llamada para convencerla de que nos ayude.

Desconectó y se acercó a O'Neil y a la mujer a la que todavía abrazaba.

—Kathryn...

—¿Cómo estás, Anne? —preguntó a la esposa de O'Neil.

—Bien, gracias.

—¿Y los niños?

—El viernes les dieron las vacaciones, así que están en la gloria. ¿Y Maggie y Wes?

—Ya han empezado sus campamentos.

Anne O'Neil señaló el hospital.

—He venido a ver a Juan. Mike me ha dicho que no está muy bien.

—No. Es bastante grave. Está inconsciente, pero sus padres están allí. Seguro que se alegran de tener compañía.

Anne llevaba una pequeña Leica colgada del hombro. Gracias al fotógrafo paisajista Ansel Adams y al Grupo f64, el norte y el centro de California eran una de las grandes mecas de la fotografía mundial. Anne dirigía en Carmel una galería que vendía fotografías de coleccionista, o sea, fotografías tomadas por fotógrafos que ya no se contaban entre los vivos: Adams, Alfred Stieglitz, Edward Weston, Imogen Cunningham o Henri Cartier-Bresson. Además, trabajaba como colaboradora de varios periódicos, entre ellos importantes rotativos de San José y San Francisco.

—¿Michael te ha dicho lo de la fiesta de esta noche? —preguntó Dance—. Es el cumpleaños de mi padre.

—Sí. Creo que podemos ir. —Anne besó otra vez a su marido y se dirigió hacia el hospital—. Luego nos vemos, cariño.

—Adiós, cielo.

Kathryn se despidió con una inclinación de cabeza, subió a su coche y dejó el bolso en el asiento del copiloto. Se paró en una gasolinera, aprovechó para comprar un café y un bollo y tomó la carretera en dirección norte. Las vistas de la bahía de Monterrey eran espléndidas. Se fijó en que pasaba por el campus de la Universidad de California-Bahía de Monterrey, en el antiguo solar de Fort Ord, seguramente la única universidad del país que lindaba con una zona restringida llena de artefactos explosivos sin detonar. Una enorme pancarta anunciaba lo que parecía una gran conferencia de informática ese fin de semana. Recordó que la universidad había recibido la mayor parte del *hardware* y el *software* de la herencia de William Croyton. Si ocho años después de su muerte los expertos en informática seguían haciendo investigaciones basadas en sus contribuciones, Croyton tenía que haber sido, se dijo, un verdadero genio. Los programas que usaban Wes y Maggie parecían quedar desfasados en un año, o en dos, a lo sumo. ¿De cuántas innovaciones brillantes había privado Daniel Pell al mundo al asesinar a William Croyton?

Hojeó su cuaderno y encontró el número de la empresa en la que trabajaba Samantha McCoy; llamó y pidió que la pasaran con ella, aunque pensaba colgar si la mujer se ponía al teléfono. Pero la recepcionista le dijo que ese día estaba trabajando en casa. Dance colgó y le pidió a TJ que le enviara al móvil por mensaje de texto las indicaciones de Mapquest para llegar al domicilio de McCoy.

Unos minutos después, cuando acababa de poner un CD, sonó el teléfono. Miró su pequeña pantalla. Por puro azar, los Fairfield Four retomaron su *gospel* en el instante en que Kathryn saludaba a Linda Whitfield, que llamaba desde la oficina de su parroquia.

Gracia asombrosa, qué dulce el sonido...

—Agente Dance...

—Llámeme Kathryn, por favor.

... que salvó a un infeliz como yo...

—Sólo quería que supiera que estaré ahí por la mañana para ayudarles, si todavía quiere.

—Sí, me encantaría que viniera. La llamará alguien de mi oficina para concretar los detalles. Muchísimas gracias.

Estaba perdido y me he encontrado...

Un titubeo. Luego Linda dijo en tono formal:

—De nada.

Dos de tres. Dance se preguntó si sería posible el reencuentro después de todo.

23

Sentado delante de la ventana abierta del motel Sea View, Daniel Pell escribía con torpeza en el teclado del ordenador. En San Quintín y en Capitola había conseguido acceder varias veces a un ordenador, pero nunca había tenido tiempo de sentarse y aprender de verdad cómo funcionaban. Llevaba toda la mañana aporreando el portátil de Jennie. Anuncios, noticias, porno... Era alucinante.

Pero aún más tentadora que el sexo era la posibilidad de obtener información, de encontrar cosas sobre los demás. Pell había prescindido del porno y había trabajado con denuedo. Primero leyó todo lo que pudo sobre Jennie (recetas a montones, correos electrónicos, páginas favoritas) para asegurarse de que era realmente quien decía ser. Y lo era. Buscó luego a algunas personas de su pasado (era importante encontrarlas), pero no tuvo mucha suerte. Luego probó a buscar datos en Hacienda, en catastros, en el registro civil. Pero descubrió que para casi todo se necesitaba una tarjeta de crédito. Y las tarjetas de crédito, lo mismo que los teléfonos móviles, dejaban rastros muy visibles.

Después de barajar distintas posibilidades, buscó en los archivos de los periódicos y las cadenas de televisión locales. Ahí tuvo mejor suerte. Anotó un montón de información.

Entre los nombres de su lista estaba el de Kathryn Dance.

Disfrutó rodeándolo con una corona mortuoria garabateada.

No consiguió toda la información que necesitaba, pero era un comienzo.

Siempre atento a su entorno, vio que un Toyota Camry negro entraba en el aparcamiento y se detenía frente a la ventana. Agarró la pistola. Luego sonrió al ver que el coche aparcaba exactamente siete plazas más allá.

Jennie salió del coche.

«Ésa es mi chica.»

Aguanta...

Ella entró.

—Lo has conseguido, preciosa. —Pell miró el Camry—. Tiene buena pinta.

Jennie le dio un beso rápido. Le temblaban las manos. Y no podía controlar su emoción.

—¡Ha sido genial! Lo he conseguido de verdad, cariño. Al principio se asustó y pensé que no iba a hacerlo. No le gustó nada lo de las matrículas, pero hice todo lo que me dijiste y aceptó.

—Muy bien hecho, preciosa.

Jennie había utilizado parte de su dinero (había retirado nueve mil doscientos dólares de su cuenta para pagar la fuga y mantenerse de momento) para comprarle un coche a un individuo que vivía en Marina. Era demasiado arriesgado registrarlo a su nombre, de modo que había persuadido al vendedor para que le dejara su matrícula. Le había dicho que su coche se había averiado en Modesto y que las nuevas matrículas estarían listas en un día o dos. Que las cambiaría y le enviaría las suyas por correo. Lo cual era ilegal, además de una estupidez. Ningún hombre habría hecho una cosa así por otro, ni aunque le pagaran en metálico. Pero Pell había mandado a Jennie: una chica con vaqueros ceñidos, la blusa medio desabrochada y el sujetador rojo bien a la vista. (De haber sido mujer la vendedora, Pell habría vestido a Jennie con ropa de andar por casa, le habría hecho quitarse todo el maquillaje y le habría dado cuatro hijos, un militar muerto por marido y un lacito rosa contra el cáncer de mama. Sabía por experiencia que nunca se es demasiado obvio.)

—Estupendo. Oye, ¿puedes darme las llaves del coche?

Jennie se las pasó.

—Aquí tienes las otras cosas que querías. —Dejó dos bolsas de la compra sobre la cama. Él les echó un vistazo y asintió, satisfecho.

Ella sacó un refresco del minibar.

—Cielo, ¿puedo preguntarte una cosa?

La reticencia natural de Pell a responder preguntas (al menos sinceramente) afloró de nuevo.

—Claro —contestó con una sonrisa—. Lo que quieras.

—Anoche, cuando estabas dormido, dijiste algo. Estabas hablando de Dios.

—De Dios. ¿Y qué dije?

—No sé. Pero dijiste «Dios», eso seguro.

Pell volvió lentamente la cabeza hacia ella. Notó que su corazón se aceleraba. Descubrió que había empezado a mover el pie y se detuvo.

—Estabas asustadísimo. Iba a despertarte, pero no es bueno hacerlo. Lo leí no sé dónde. En el *Reader's Digest*. O en *Health*. No sé. Cuando alguien está teniendo una pesadilla, no hay que despertarle. Y además dijiste: «No, joder».

—¿Dije eso?

Jennie asintió.

—Y es muy raro, porque tú nunca dices palabrotas.

Era cierto. La gente que decía obscenidades tenía mucho menos control que quienes no las decían.

—¿Qué estabas soñando? —preguntó ella.

—No me acuerdo.

—¿Por qué estarías soñando con Dios?

Por un momento, Pell sintió el extraño impulso de hablarle de su padre. Luego pensó: *Pero ¿cómo se te ocurre?*

—Ni idea.

—A mí me atrae la religión —comentó ella, insegura—. Un poco. Cosas más espirituales que Jesucristo, ¿sabes?

—Bueno, respecto a Jesucristo, yo no creo que fuera el hijo de Dios, ni nada por el estilo, pero te diré que lo respeto. Podía conseguir que cualquiera hiciera lo que él quería. Porque incluso ahora mencionas su nombre y, ¡zas!, la gente reacciona a lo bestia. Eso es poder. Pero todas esas religiones, las organizadas, hay que renunciar a demasiadas cosas para pertenecer a ellas. No puede uno pensar como quiere. Te controlan.

Pell miró su blusa, el sujetador. La hinchazón comenzó de nuevo, un frente de altas presiones creciendo dentro de su vientre.

Intentó ignorarlo y volvió a mirar las notas que había tomado mientras miraba el mapa y buscaba en Internet. Estaba claro que Jennie quería preguntarle qué se traía entre manos, pero no se atrevía. Confiaba en que estuviera buscando rutas para salir de la ciudad, carreteras que llevaran, en último término, al condado de Orange.

—Tengo que ocuparme de un par de cosas, nena. Voy a necesitar que me lleves.

—Claro, sólo tienes que decirme cuándo.

Pell, que estaba examinando detenidamente el mapa, levantó los ojos y vio que Jennie se había alejado.

Regresó un momento después llevando unas cuantas cosas que había sacado de la bolsa del armario. Las dejó sobre la cama, delante de él, y se arrodilló en el suelo. Era como un perro llevándole una pelota a su amo, ansioso por jugar.

Él vaciló. Luego se recordó que de vez en cuando, dependiendo de las circunstancias, estaba bien ceder un poco el control.

Alargó el brazo, pero Jennie se tumbó y ella solita se puso boca abajo.

Hay dos rutas para llegar de Monterrey a San José. Se puede tomar la carretera 1, que serpentea por la costa cruzando Santa Cruz, y atajar luego por la vertiginosa 17 y atravesar el pueblo de Los Gatos, donde venden artesanía, incienso y vestidos desteñidos al estilo de Janis Joplin (y, sí, también de Roberto Cavalli y D&G).

O se puede tomar sencillamente el atajo de la 156 hasta la 101 y, si conduces un coche oficial, quemar tanta gasolina como quieras y llegar a la ciudad en una hora.

Kathryn Dance eligió la segunda.

El *gospel* había acabado e iba escuchando música latina: a la cantante mexicana Julieta Venegas. Su apasionado tema *Verdad* resonaba en los altavoces.

El Taurus circulaba casi a ciento cincuenta cuando atravesó Gilroy, la capital mundial del ajo. No muy lejos de allí estaban Castroville (la capital mundial de la alcachofa) y Watsonville, con su piel tendida de campos de bayas y cultivos de setas. Le gustaban aquellos pueblos, y le exasperaban sus detractores, que se reían de la idea de coronar a una reina de la alcachofa o de hacer cola ante los tanques de peces durante la Feria del Calamar de Monterrey. A fin de cuentas, esos urbanitas tan relamidos eran los que pagaban precios obscenos por aceite de oliva y vinagre balsámico de importación para aliñar esas mismas alcachofas y anillas de calamar.

Aquellos pueblos eran bonitos y amables y estaban llenos de historia. Y, además, eran su terreno de juego: quedaban dentro de la sección centro-oeste del CBI.

Vio un letrero que animaba a los turistas a visitar un viñedo en Morgan Hill, y tuvo una idea.

Llamó a Michael O'Neil.

—Hola —contestó él.

—Estaba pensando en el ácido que encontraron en el Thunderbird en Moss Landing. ¿Se sabe algo?

—Los técnicos de Peter siguen investigando, pero todavía no tienen ninguna pista significativa.

—¿Cuántos efectivos tenemos buscando en huertos y viñedos?

—Unos quince de la Patrulla de Caminos, cinco de los nuestros y algunos agentes de Salinas. No han encontrado nada.

—Tengo una idea. ¿Qué ácido es exactamente?

—No cuelgues.

Dividiendo su atención entre la carretera y la libreta apoyada en sus rodillas, Dance anotó los términos incomprensibles que le deletreaba O'Neil.

—Así que no te basta con la kinesia. ¿También tienes que dominar la ciencia forense?

—Una mujer sensata conoce sus limitaciones. Luego te llamo.

Marcó un número de su agenda y oyó sonar un teléfono a tres mil doscientos kilómetros de allí.

Después un chasquido cuando contestaron.

—Amelia Sachs.

—Hola, soy Kathryn.

—¿Cómo te va?

—Bueno, he estado mejor.

—Me lo imagino. Hemos estado pendientes del caso. ¿Cómo está ese agente que se quemó?

Le sorprendió que Lincoln Rhyme, el renombrado científico forense de Nueva York, y Amelia Sachs, su compañera e inspectora de la policía neoyorquina, hubieran seguido la fuga de Pell.

—No muy bien, me temo.

—Lincoln y yo estuvimos hablando de Pell. Él se acordaba del caso, en el noventa y nueve. Cuando asesinó a esa familia. ¿Habéis hecho algún progreso?

—No mucho. Es listo. Demasiado listo.

—Eso se desprende de las noticias. ¿Cómo están los niños?

—Bien. Todavía estamos esperando vuestra visita. Mis padres también. Quieren conoceros.

Sachs se rió.

—Pronto conseguiré que salga de la casa. Me lo he tomado como un reto.

A Lincoln Rhyme no le gustaba viajar, y no por los problemas derivados de su discapacidad (era tetrapléjico). Sencillamente, no le gustaba viajar.

Karthryn había conocido a Rhyme y a Sachs el año anterior cuando, mientras impartía un seminario en Nueva York, le pidieron que les echara una mano con un caso. Desde entonces se mantenían en contacto. Sachs y ella, en particular, se habían hecho muy amigas. Suele suceder entre mujeres que trabajan en el duro mundo policial.

—¿Alguna noticia de nuestro otro amigo? —preguntó Sachs.

Se refería al asesino al que habían perseguido el año anterior en Nueva York. Había conseguido escapar y esfumarse, posiblemente en California. Dance había abierto un expediente del CBI, pero la pista se había enfriado y cabía la posibilidad de que el criminal se hallara ya fuera del país.

—Me temo que no. Nuestra oficina en Los Ángeles sigue tras su pista. Pero te llamaba por otra cosa. ¿Lincoln está disponible?

—Espera un momento. Está aquí al lado.

Se oyó otro chasquido y la voz de Rhyme resonó en el teléfono.

—Kathryn...

Rhyme no era de los que perdían el tiempo charlando, pero estuvo unos minutos conversando con ella, aunque no le preguntara, por supuesto, por su vida privada o sus hijos. Se interesó, en cambio, por los casos en los que estaba trabajando. Era un científico con muy poca paciencia para el «lado humano» de la labor policial, como decía él. Sin embargo, mientras trabajaron juntos el año anterior, había llegado a comprender el valor de la kinesia, si bien se apresuraba a puntualizar que era una disciplina basada en el método científico y no, añadía desdeñosamente, en la intuición visceral.

—Ojalá estuvieras aquí —comentó ahora—. Tengo un testigo de un caso de homicidio múltiple al que nos encantaría que interrogaras. Por mí puedes usar un trozo de manguera de goma dura, si quieres.

Dance se lo imaginaba en su silla de ruedas roja motorizada, mirando la gran pantalla plana conectada a un microscopio o un ordenador. A Rhyme le gustaban tanto las pruebas materiales como a ella los interrogatorios.

—Ojalá pudiera. Pero aquí no doy abasto.

—Eso tengo entendido. ¿Quién está haciendo el trabajo de laboratorio?

—Peter Bennington.

—Ah, claro. Lo conozco. Se formó en Los Ángeles. Asistió a uno de mis seminarios. Un buen hombre.

—Tengo una pregunta sobre el caso Pell.

—Por supuesto. Adelante.

—Tenemos algunas pruebas que quizá nos ayuden a descubrir qué se trae entre manos o dónde se esconde. Puede que esté contaminando alimentos. Pero para comprobarlo hace falta mucha gente. Necesito saber si vale la pena emplear a tantos efectivos en eso. Nos vendría muy bien destinarlos a otras labores.

—¿Qué pruebas son?

—Voy a intentar pronunciarlo lo mejor posible. —Mirando entre la carretera y su libreta, añadió—: Ácido carboxílico, etanol y ácido málico, aminoácidos y glucosa.

—Dame un minuto.

Dance escuchó su conversación con Amelia Sachs, que al parecer se conectó a Internet y accedió a las bases de datos personales de Rhyme. Oía claramente sus palabras; a diferencia de la mayoría de la gente, el criminalista no podía tapar el teléfono con la mano cuando hablaba con otra persona presente en la habitación.

—Está bien, espera un segundo, estoy mirando unas cosas...

—Puedes llamarme luego —dijo Kathryn, que no había llamado esperando una respuesta inmediata.

—No, espera. ¿Dónde se encontró esa sustancia?

—En el suelo del coche de Pell.

—Mmm... En un coche. —Un momento de silencio. Luego Rhyme empezó a mascullar para sí. Por fin preguntó—: ¿Cabe la posibilidad de que Pell acabara de comer en un restaurante? ¿En una marisquería o en un *pub* inglés?

Dance soltó una carcajada.

—En una marisquería, sí. ¿Cómo lo sabes?

—El ácido es vinagre. Vinagre de malta, en concreto, porque los aminoácidos y la glucosa indican la presencia de caramelo colorante. Según mi base de datos, se utiliza frecuentemente en la cocina británica, en la comida de *pub* y en las marisquerías. Thom... ¿Te acuerdas de él? Me ayudó con esa entrada.

—Claro que sí. Salúdalo de mi parte. —El cuidador de Rhyme era también un gran cocinero. El diciembre anterior le había servido la mejor ternera a la borgoñona que había probado nunca.

—Siento que no os conduzca hasta su puerta —dijo el criminalista.

—No, no, no importa, Lincoln. Así puedo retirar a nuestros efectivos de la búsqueda y destinarlos a labores más útiles.

—Llámanos cuando quieras. No me importaría ayudar a echarle el guante a Pell.

Se despidieron.

Kathryn desconectó, llamó a O'Neil y le dijo que era probable que el ácido procediera del restaurante y no sirviera, por tanto, para conducirles hasta Pell ni revelarles qué se proponía. Seguramente era preferible que los agentes se dedicaran a buscar al asesino.

Colgó y siguió circulando en dirección norte por aquella carretera que tan bien conocía y que la llevaba hasta San Francisco, donde la 101, una autopista de ocho carriles, desembocaba en otra gran vía urbana, la avenida Van Ness. Ahora, ciento treinta kilómetros al norte de Monterrey, se desvió al oeste y entró en los suburbios de San José, una ciudad que parecía la antítesis de Los Ángeles en una vieja canción de Burt Bacharach y Hal David. Ahora, sin embargo, San José también había sacado a relucir su ego por obra y gracia de Silicon Valley.

Las indicaciones de Mapquest la condujeron por un laberinto de grandes urbanizaciones, hasta que llegó a una llena de casas casi idénticas. Calculó que, si los árboles plantados simétricamente eran pimpollos cuando se plantaron, el barrio debía de tener unos veinte años. Las viviendas, pese a ser modestas, pequeñas e insulsas, costarían muy por encima del millón de dólares.

Encontró la casa que buscaba, pasó por delante y aparcó al otro lado de la calle, a una manzana de distancia. Regresó a pie. En la entrada para coches había aparcados un *jeep* rojo y un Acura azul oscuro. En el césped descansaba además un gran triciclo de plástico. Vio luces en el interior. Se acercó al porche delantero. Llamó al timbre. Había preparado una excusa por si abrían el marido o los hijos de Samantha McCoy. Era poco probable que la pareja de McCoy desconociera su pasado, pero convenía dar por sentado, en principio, que así era. Dance necesitaba que la mujer cooperara y no quería granjearse su enemistad.

Se abrió la puerta y Kathryn se descubrió mirando a una mujer delgada, con un rostro fino y agradable, parecido al de la actriz Cate Blanchett. Llevaba unas gafas de montura azul modernas y elegantes y tenía el cabello castaño y rizado. Permaneció en la puerta, adelantando la cabeza y agarrando el quicio con su huesuda mano.

—¿Sí?

—¿Señora Starkey?

—Sí. —Su rostro era muy distinto al que mostraban sus fotografías de hacía ocho años. Se había sometido a numerosas operaciones de cirugía estética, pero la agente comprendió al instante, al ver sus ojos, que no había duda respecto a su identidad. No por su apariencia, sino por su destello de horror y, un instante después, de desaliento.

—Soy Kathryn Dance —dijo la agente con voz suave—, del Departamento de Investigación Criminal de California.

La mujer miró tan deprisa su carné, que Dance sujetaba discretamente, sin levantarlo, que no pudo darle tiempo a leer nada.

—¿Quién es, cariño? —preguntó un hombre desde dentro.

Samantha fijó los ojos con firmeza en los de la agente y contestó:

—La vecina del fondo de la calle, la que te dije que había conocido en el supermercado.

Lo cual respondía a la cuestión de hasta qué punto era secreto su pasado. *Tiene temple*, pensó Dance. Los buenos mentirosos siempre tienen preparadas respuestas creíbles y conocen a la persona a la que mienten. Comprendió por la respuesta de Samantha que su marido tenía mala memoria para las cosas que se decían de pasada y que ella tenía pensadas todas las posibles situaciones en las que podía verse abocada a mentir.

Samantha salió, cerró la puerta a su espalda y echaron a andar hacia la calle. Sin el tamiz de la puerta mosquitera, que había suavizado sus rasgos, Kathryn pudo ver lo demacrada que estaba. Tenía los ojos enrojecidos y oscuras ojeras, la piel de la cara seca y los labios agrietados. Una de sus uñas estaba rota. Parecía no haber pegado ojo. Dance comprendió por qué ese día estaba «trabajando en casa».

Samantha lanzó una mirada hacia el domicilio familiar. Luego se volvió hacia ella y susurró con expresión implorante:

—Yo no he tenido nada que ver, se lo juro. Oí que una mujer lo estaba ayudando. Lo vi en las noticias, pero...

—No, no, no he venido por eso. Ya hemos hecho las comprobaciones necesarias. Trabaja usted para una editorial de Figueroa. Y ayer estuvo todo el día en la oficina.

Pareció alarmada.

—¿Les...?

—Nadie lo sabe. Llamé fingiendo que tenía que entregarle un paquete.

—Eso... Toni me dijo que alguien había intentado entregarme algo, que habían preguntado por mí. Era usted. —Se frotó la cara y cruzó los brazos. Gestos de negación. Estaba consumida por el estrés.

—¿Ése era su marido? —preguntó Dance.

Samantha asintió con un gesto.

—¿No lo sabe?

—Ni siquiera lo sospecha.

Increíble, pensó la agente.

—¿Lo sabe alguien?

—Un par de empleados del juzgado donde me cambié el nombre. Y mi supervisor de libertad condicional.

—¿Y sus amigos y su familia?

—Mi madre murió. Y a mi padre le importó un bledo. No querían saber nada de mí antes de que conociera a Pell y, después del asesinato de los Croyton, dejaron de contestar a mis llamadas. En cuanto a mis amigos de aquella época... Con algunos me mantuve en contacto algún tiempo, pero estar relacionada con un individuo como Daniel Pell... Digamos que buscaron excusas para desaparecer de mi vida en cuanto pudieron. A todas las personas con las que me relaciono ahora las conocí después de convertirme en Sarah. —Otra mirada a la casa; después miró de nuevo inquieta a Dance—. ¿Qué quiere? —susurró.

—Estoy segura de que ha visto las noticias. Todavía no hemos encontrado a Pell, pero sigue en la zona de Monterrey. Y no sabemos por qué. Rebecca y Linda van a venir a ayudarnos.

—¿Sí? —Pareció asombrada.

—Y me gustaría que usted también viniera.

—¿Yo? —Le tembló la barbilla—. No, no, no puedo. Ay, por favor... —Comenzó a quebrársele la voz.

Kathryn advirtió que estaba al borde de la histeria y se apresuró a añadir:

—No se preocupe. No voy a destrozar su vida. No voy a decir nada sobre usted. Sólo le estoy pidiendo ayuda. No conseguimos averiguar qué se propone Pell. Quizás usted sepa cosas que...

—Yo no sé nada. De verdad. Daniel Pell no es como un marido, o un hermano, o un amigo. Es un monstruo. Nos utilizó. Eso es todo. Viví con él dos años y aun así no podría decirle qué se le pasa por la cabeza. Tiene que creerme. Le doy mi palabra.

Típicas señales de cerrazón que indicaban, no engaño, pero sí el estrés propio de un pasado al que no podía hacer frente.

—Gozaría de la máxima protección, si es eso lo que...

—No. Lo siento. Ojalá pudiera. Tiene que entenderlo. Me he creado una nueva vida. Pero me ha costado tanto esfuerzo, y es tan frágil...

Un vistazo a su cara (los ojos horrorizados, la barbilla temblorosa) bastó para que Dance comprendiera que no había forma de hacerle cambiar de opinión.

—Entiendo.

—Lo siento, pero no puedo hacerlo.

Dio media vuelta y regresó a la casa. Al llegar a la puerta miró hacia atrás y le dedicó una gran sonrisa.

¿Ha cambiado de idea? La agente se hizo ilusiones momentáneamente.

Luego la mujer la saludó con la mano.

—¡Adiós! —dijo alzando la voz—. Me alegro de volver a verte.

Samantha McCoy y su mentira entraron de nuevo en la casa. La puerta se cerró.

24

—¿Te has enterado? —preguntó Susan Pemberton a César Gutiérrez, sentado frente a ella en el bar del hotel, mientras añadía azúcar a su café con leche. Señaló el televisor en el que un presentador leía las noticias, y en la base de la pantalla aparecía un número de teléfono local.

Teléfono para aportar información sobre el fugitivo.

—¿No debería decir «fugado»? —preguntó Gutiérrez.
Susan pestañeó.
—No lo sé.
—No lo digo porque me lo tome a la ligera —prosiguió el empresario—. Es terrible. Ha matado a dos personas, según he oído. —El apuesto hispano espolvoreó canela en su capuchino, bebió un sorbo y vertió un poco en sus pantalones de vestir—. Vaya, fíjate. Qué torpe soy. —Se rió—. No se me puede llevar a ningún sitio.
Frotó la mancha y sólo consiguió empeorarla.
—Vaya.
Era una reunión de trabajo: Susan, que trabajaba para una empresa organizadora de eventos, iba a preparar una fiesta de aniversario para los padres de César. Pero, como no tenía pareja, la mujer de treinta y nueve años había calibrado automáticamente a Gutiérrez desde un punto de vista personal, y se había fijado en que sólo era unos años mayor que ella y no llevaba anillo de casado.

Habían terminado de hablar de los pormenores de la fiesta: pescado y pollo, bebidas por cuenta del invitado, cóctel al aire libre, quince minutos para intercambiar los nuevos votos nupciales y luego baile con pinchadiscos.

Ahora estaban charlando mientras tomaban un café, antes de que Susan regresara a la oficina para hacer el presupuesto.

—Lo lógico sería que lo hubieran cogido ya. —Gutiérrez miró fuera y arrugó el ceño.

—¿Pasa algo? —preguntó Susan.

—Sé que vas a reírte, pero al llegar he visto parar un coche. Y se ha bajado un tipo que se parecía a Pell. —Señaló el televisor.

—¿A quién? ¿Al asesino?

Gutiérrez asintió con la cabeza.

—Y conducía una mujer.

El presentador acababa de repetir que el cómplice de Pell era una joven.

—¿Hacia dónde fue?

—No presté atención. Creo que hacia el aparcamiento subterráneo, al lado del banco.

Susan miró hacia allí.

Luego el empresario le sonrió.

—Pero es una tontería. No va a venir aquí. —Señaló con la cabeza más allá de donde estaban mirando—. ¿Qué es esa pancarta? La he visto antes.

—Ah, el concierto del viernes. Forma parte de un homenaje a John Steinbeck. ¿Lo has leído?

—Claro —contestó Gutiérrez—. *Al este del Edén, El largo valle.* ¿Has estado alguna vez en King City? Me encanta ese sitio. El abuelo de Steinbeck tenía un rancho allí.

Susan se llevó la mano al pecho, emocionada.

—*Las uvas de la ira...* El mejor libro jamás escrito.

—¿Y dices que el viernes hay un concierto? ¿De qué tipo de música?

—De jazz. Ya sabes, por el Festival de Jazz de Monterrey. Es mi preferida.

—A mí también me encanta —respondió Gutiérrez—. Voy al festival siempre que puedo.

—¿En serio? —Susan refrenó el impulso de tocarle el brazo.

—Puede que coincidamos en el próximo.

—Me preocupa... —dijo ella—. Bueno, es sólo que me gustaría que hubiera más gente que escuchara ese tipo de música. Música de verdad. No creo que a los jóvenes les interese.

—Brindo por eso. —Gutiérrez entrechocó su taza con la de Susan—. Mi ex mujer... Deja que nuestro hijo escuche *rap*. Y algunas de esas letras... Son repugnantes. Y sólo tiene doce años.

—Eso no es música —proclamó Susan, y pensó: *Así que está separado. Qué bien*. Había hecho votos de no salir nunca con ningún hombre de más de cuarenta años que no hubiera estado casado.

Gutiérrez preguntó tras un titubeo:

—¿Crees que irás... al concierto?

—Sí, claro.

—Bueno, no sé cuál es tu situación, pero ya que vas a ir, ¿qué te parece si nos vemos allí?

—Sería estupendo, César.

Verse allí...

En los tiempos que corrían, aquello equivalía a una invitación formal.

Gutiérrez se estiró. Dijo que quería ponerse en camino. Luego añadió que le había encantado conocerla y, sin dudarlo un momento, le dio la santa trinidad de los números de teléfono: el del trabajo, el de casa y el móvil. Cogió su maletín y echaron a andar juntos hacia la puerta. Susan notó, sin embargo, que se detenía un momento y que, a través de las gafas de montura oscura, sus ojos examinaban el vestíbulo. Frunció el ceño de nuevo y se acarició el bigote, inquieto.

—¿Ocurre algo?

—Creo que ese tipo —murmuró él—. El que vi antes. Allí, ¿lo ves? Estaba ahí, en el hotel. Mirando hacia aquí.

El vestíbulo estaba lleno de plantas tropicales. Susan recordaba vagamente que alguien había dado media vuelta y había salido por la puerta.

—¿Daniel Pell?

—No puede ser. Es una tontería... Ya sabes, el poder de la sugestión.

Se acercaron a la puerta y se detuvieron. Gutiérrez miró fuera.

—Se ha ido.

—¿Crees que deberíamos avisar en recepción?

—Voy a llamar a la policía. Seguramente me equivoco, pero ¿qué mal puede hacer? —Sacó su móvil y marcó el número de la policía. Habló un par de minutos y colgó—. Me han dicho que mandarán a alguien a comprobarlo. No parecían muy entusiasmados. Claro que seguramente reciben cientos de llamadas cada hora. Puedo acompañarte al coche, si quieres.

—No me importaría. —No le preocupaba demasiado el preso fugado, pero le apetecía pasar más tiempo con Gutiérrez.

Echaron a andar por Alvarado, la calle principal del centro de la ciudad. Ahora estaba plagado de restaurantes, tiendas para turistas y cafeterías, no como hacía cien años, cuando reinaba en él la ley del Salvaje Oeste y los soldados y obreros de Cannery Row iban allí a beber y a visitar los burdeles, y de vez en cuando se liaban a tiros en plena calle.

Mientras caminaban languideció la conversación. Ambos miraban a su alrededor. Susan se dio cuenta de que las calles estaban extrañamente desiertas. ¿Sería por la fuga? Empezó a inquietarse.

Su coche estaba a una manzana de Alvarado, junto a un solar en obras repleto de pilas de materiales de construcción. Si Pell había ido en esa dirección, se dijo, muy bien podía haberse escondido allí. Aflojó el paso.

—¿Ése es tu coche? —preguntó Gutiérrez.

Ella asintió.

—¿Pasa algo?

Susan hizo una mueca y dejó escapar una risilla avergonzada. Le dijo que le preocupaba que Pell estuviera escondido entre los materiales de construcción.

Él sonrió.

—Aunque estuviera aquí, no atacaría a dos personas. Vamos.

—Espera, César —dijo, y hurgó en su bolso. Luego le pasó un pequeño cilindro rojo—. Ten.

—¿Qué es esto?

—Un aerosol de pimienta. Sólo por si acaso.

—No creo que vaya a pasar nada. Pero ¿cómo funciona? —Se rió—. No quiero rociarme.

—Sólo hay que apuntar y apretar aquí. Está listo para usar.

Siguieron andando hacia el coche y, cuando llegaron, Susan se sentía un poco estúpida. No había ningún asesino psicópata acechando tras los montones de ladrillos. Se preguntó si su nerviosismo le habría hecho perder puntos a ojos de Gutiérrez. No lo creía. Él parecía disfrutar asumiendo el papel de caballero galante.

Ella abrió las puertas del coche.

—Más vale que te devuelva esto —dijo César, tendiéndole el aerosol.

Susan se dispuso a cogerlo.

Pero Gutiérrez se abalanzó hacia ella de repente, la agarró del pelo y tiró de su cabeza hacia atrás con violencia. Le metió la boquilla del aerosol en la boca, que ella había abierto en un grito sofocado.

Y apretó el botón.

El dolor, reflexionó Daniel Pell, *es quizá la forma más rápida de controlar a una persona.*

Disfrazado todavía de empresario hispano (una caracterización que, al parecer, le había dado resultado), llevó el coche de Susan Pemberton hasta un lugar desierto, cerca del mar, al sur de Carmel.

El dolor... Hazles daño, dales un poco de tiempo para recuperarse y amenázalos luego con volver a hacerles daño. Los expertos afirman que la tortura no es eficaz. Pero se equivocan. No es elegante. Ni pulcra. Pero funciona a la perfección.

La descarga del aerosol que había inundado la boca y la nariz de Susan Pemberton sólo había durado un segundo, pero supo por su grito ahogado y por cómo se retorcía que el dolor era casi insoportable. Dejó que se recuperara. Después blandió el aerosol delante de sus ojos llorosos y aterrorizados, e inmediatamente obtuvo de ella lo que quería.

No tenía previsto lo del aerosol, claro. Llevaba cinta adhesiva y un cuchillo en el maletín, pero había decidido cambiar de planes cuando vio, divertido, que ella le pasaba el bote a César Gutiérrez, su álter ego.

Tenía cosas que hacer en público y, dado que su fotografía aparecía cada media hora en la televisión local, había tenido que asumir otra identidad. Después de comprar el Toyota a un vendedor crédulo interesado en su escote, Jennie Marston había comprado tinte para ropa y bronceador instantáneo, que él había mezclado siguiendo una receta para darse un baño que oscurecería su piel. Se tiñó de negro el pelo y las cejas y usó un adhesivo de látex y algunos recortes de pelo para hacerse un bigote que pareciera real. Respecto a sus ojos no podía hacer nada. Si había lentes de contacto que convertían los ojos azules en castaños, no sabía dónde encontrarlas. Pero las gafas (unas gafas de leer baratas, de montura oscura y cristales tintados) disimularían su color.

Unas horas antes había llamado a Brock, la empresa en la que trabajaba Susan Pemberton, y había hablado con ella, que había accedido a reunirse con él para tratar sobre la preparación de una fiesta de aniversario. Se vistió con un traje barato que Jennie había comprado en Mervyns y se encontró con la chica en el Doubletree, donde se puso manos a la obra haciendo lo que mejor se le daba.

Había sido estupendo. Marear a Susan como si fuera un pez había sido un subidón, un lujo aún mejor que ver a Jennie cortarse el pelo o tirar su blusa, o hacer muecas de dolor cuando usaba la percha con su estrecho trasero.

Rememoró ahora sus técnicas: encontrar un temor común (el asesino fugado) y aficiones comunes (John Steinbeck y el jazz, del que sabía muy poco, pero se le daba bien jugar de farol); poner sobre la mesa la carta del sexo (su forma de mirar su dedo anular y su sonrisa estoica cuando él mencionó a su hijo habían bastado para desvelarle por completo la vida amorosa de Susan Pemberton); hacer alguna tontería y reírse de ella (verter la canela); despertar su compasión (la zorra de su ex mujer estaba echando a perder a su hijo); hacerle ver que era un buen tipo (la fiesta para sus queridos padres, su caballerosidad al acompañarla hasta el coche); y disipar sospechas (la falsa llamada a la policía).

Ganarse poco a poco su confianza... y, por tanto, el dominio de la situación.

Qué gozada, practicar de nuevo su arte en el mundo real.

Vio el desvío. Llevaba a una densa arboleda que se extendía hacia el océano. Jennie había pasado el sábado anterior a la fuga haciendo labores de reconocimiento y había descubierto aquel lugar aislado. Siguió por la carretera barrida por la arena, dejó atrás un letrero que advertía de que estaba penetrando en propiedad privada y detuvo el coche de Susan en la arena, al final de la carretera, muy lejos de la autopista. Al salir oyó estrellarse las olas en un viejo pantalán, no muy lejos de allí. El sol, ya bajo, era espectacular.

No tuvo que esperar mucho. Jennie llegó con tiempo. Pell se alegró de ello. La gente que llega pronto, está bajo tu control. Desconfía siempre de quienes te hacen esperar. La chica aparcó, salió del coche y se acercó.

—Espero que no lleves mucho tiempo esperando, cariño. —Cerró ansiosamente la boca alrededor de la suya, sujetando su cara entre las manos. Ávida.

Pell tomó aire.

Ella se rió.

—No me acostumbro a verte así. Sabía que eras tú, claro, pero aun así he tenido que mirar dos veces, ¿sabes? Pero es como yo con mi pelo corto. A mí me crecerá, y tú volverás a ser blanco.

—Ven aquí. —Tomó su mano, se sentó en una duna de arena baja y tiró de ella para que se sentara a su lado.

—¿No nos vamos? —preguntó Jennie.

—Todavía no.

Ella señaló el Lexus con la cabeza.

—¿De quién es ese coche? Pensaba que iba a traerte un amigo.

Él no dijo nada. Miraban hacia el Pacífico, de cara a poniente. El sol era un disco desvaído que se acercaba al horizonte, más refulgente a cada minuto.

Ella estaría pensando: *¿Quiere hablar? ¿Quiere follar? ¿Qué está pasando?*

Pell dejó que creciera su incertidumbre. Ella habría notado que no sonreía.

La angustia subía como la marea alta. Pell sintió la tensión de su mano y su brazo.

Por fin preguntó:

—¿Cuánto me quieres?

Ella no vaciló, aunque Pell advirtió cierta cautela en su respuesta.

—¿Ves ese sol? Pues así de grande es mi amor.

—Desde aquí parece pequeño.

—Tan grande como es el sol en realidad, quiero decir. No, tan grande como el universo —añadió apresuradamente, como si hubiera metido la pata al contestar en clase y quisiera corregirse.

Pell se quedó callado.

—¿Qué ocurre, Daniel?

—Tengo un problema. Y no sé qué hacer.

Ella se puso tensa.

—¿Un problema, cielo?

Así que es «cariño» cuando está contenta, y «cielo» cuando está preocupada. Es bueno saberlo. Pell tomó nota.

—Esa reunión que he tenido... —Le había dicho sólo que iba a encontrarse con una persona para tratar «un asunto».

—Ajá.

—Se torcieron las cosas. Lo tenía todo planeado. Esa mujer tenía que devolverme un montón de dinero que le había prestado. Pero me mintió.

—¿Qué ha pasado?

Pell la miraba directamente a los ojos. De pronto pensó que la única persona que lo había descubierto mintiendo era Kathryn Dance. Pero pensar en ella lo distraía, de modo que la alejó de su mente.

—Resulta que ella también tenía planes. Quería utilizarme. Y a ti también.

—¿A mí? ¿Es que me conoce?

—No sabe tu nombre, pero sabe por las noticias que estamos juntos. Quería que te dejara.

—¿Por qué?

—Para que estuviéramos juntos. Quería que me fuera con ella.

—¿La conocías de antes?

—Sí.

—Ah. —Jennie se quedó callada.

Celos...

—Le dije que no, claro. Ni siquiera me lo pensé.

Un conato de ronroneo. No funcionó.

Cariño...

—Y Susan se enfadó. Dijo que iría a la policía. Que nos denunciaría a los dos. —Su rostro se crispó de dolor—. Intenté convencerla. Pero no quiso escucharme.

—¿Qué ocurrió?

Miró el coche.

—La traje aquí. No me quedó más remedio. Intentaba llamar a la policía.

Jennie levantó la mirada, alarmada, y no vio a nadie en el coche.

—Está en el maletero.

—Dios mío... ¿Está...?

—No —contestó Pell lentamente—, está bien. La he atado. Ése es el problema. No sé qué hacer ahora.

—¿Todavía quiere entregarte?

—¿Te lo puedes creer? —preguntó él con voz ahogada—. Se lo supliqué. Pero está mal de la cabeza. Igual que tu marido, ¿recuerdas? Seguía haciéndote daño, aunque sabía que lo detendrían. Susan es igual. No puede controlarse. —Suspiró, enfadado—. Fui justo con ella. Y me engañó. Se ha gastado todo el dinero. Iba a utilizarlo para devolverte lo tuyo. Por el coche. Y por todo lo que has hecho.

—No te preocupes por el dinero, cielo. Quiero gastármelo contigo.

—No, voy a devolvértelo. —Nunca, jamás, permitas que una mujer descubra que la quieres por su dinero.

La besó con preocupación.

—Pero ¿qué vamos a hacer ahora?

Jennie esquivó sus ojos y se quedó mirando el sol.

—Yo... no lo sé, cielo. No soy... —Su voz se quedó sin fuelle, igual que su mente.

Pell le apretó la pierna.

—No puedo permitir que nos hagan daño. Te quiero tanto...

—Yo también te quiero, Daniel —contestó ella débilmente.

Él se sacó el cuchillo del bolsillo. Le miró con fijeza.

—No quiero. De verdad que no. Ayer resultaron heridas algunas personas por nuestra culpa.

Nuestra, no *mía.*

Jennie captó la diferencia. Pell lo notó por cómo se agarrotaban sus hombros.

—Pero no fue a propósito —continuó—. Fue un accidente. Esto, en cambio... No sé. —Daba vueltas al cuchillo una y otra vez.

Jennie se arrimó a él y miró la hoja, que relumbraba al atardecer. Estaba temblando.

—¿Vas a ayudarme, preciosa? No puedo hacerlo solo.

Ella empezó a llorar.

—No sé, cielo. Creo que no puedo. —Miraba fijamente el maletero del coche.

Pell besó su cabeza.

—No podemos permitir que nos hagan daño. No podría vivir sin ti.

—Yo tampoco. —Respiró hondo. Su barbilla temblaba tanto como sus dedos.

—Ayúdame, por favor —susurró él. Luego se levantó, la ayudó a ponerse en pie y se acercaron al Lexus. Le dio el cuchillo y cerró las manos alrededor de las suyas—. No tengo fuerza suficiente —confesó—. Pero juntos... Juntos podemos hacerlo. —La miró fijamente, los ojos brillantes—. Será como un pacto. Ya sabes, como un pacto entre amantes. Significa que estamos todo lo unidos que pueden estar dos personas. Como hermanos de sangre. Seremos amantes de sangre.

Metió el brazo en el coche y pulsó el botón que abría el maletero. Jennie dejó escapar un grito sofocado al oír aquel sonido.

—Ayúdame, preciosa. Por favor. —La llevó hacia el maletero.

Ella se detuvo.

Le pasó el cuchillo, sollozando.

—Por favor. Lo siento... Lo siento mucho, cielo. No te enfades. No puedo hacerlo. No puedo.

Pell no dijo nada, se limitó a asentir con una inclinación de cabeza. Los ojos angustiados de Jennie, sus lágrimas reflejando el rojo del sol que se derretía.

Una visión embriagadora.

—No te enfades conmigo, Daniel. No podría soportar que te enfadaras.

Pell vaciló tres segundos, el tiempo suficiente para que cuajara su incertidumbre.

—No importa. No estoy enfadado.

—¿Sigo siendo tu preciosa?

Otro silencio.

—Claro que sí. —Le dijo que esperara dentro del coche.

—Yo...

—Ve a esperarme. No pasa nada. —Dijo algo más y Jennie regresó al Toyota. Él se acercó al maletero del Lexus y miró hacia abajo.

Hacia el cuerpo sin vida de Susan Pemberton.

La había matado una hora antes, en el aparcamiento de su edificio. La había asfixiado con cinta adhesiva.

Nunca había tenido intención de que Jennie lo ayudara a matarla. Sabía que recularía. Aquella escena era simplemente una lección más en la educación de su pupila.

Jennie había dado un paso más hacia el lugar donde quería situarla. Ahora, la muerte y la violencia estaban sobre el tapete. Durante cinco o diez segundos, como mínimo, había contemplado la posibilidad de hundir un cuchillo en un cuerpo humano, se había preparado para ver brotar la sangre, para contemplar cómo se desvanecía una vida. Una semana antes, ni siquiera se le habría pasado por la cabeza; a la semana siguiente, contemplaría esa posibilidad más largamente.

Y después quizás accediera a ayudarlo a matar a alguien. Más adelante... Quizá pudiera inducirla a cometer un asesinato por sí sola. Las chicas de la Familia habían hecho por él cosas que no querían hacer. Pero sólo habían sido delitos menores. Nada violento.

Daniel Pell creía, sin embargo, que tenía talento para

convertir a Jennie Marston en una autómata que haría todo lo que le ordenara, incluso matar.

Cerró el maletero. Luego agarró una rama de pino y la usó para borrar las huellas de la arena. Regresó al coche barriendo las huellas tras él. Le dijo a Jennie que siguiera el camino hasta que llegara a la grava, y después borró también las marcas de los neumáticos. Se reunió con ella.

—Yo conduzco —dijo.

—Lo siento, Daniel —respondió Jennie, enjugándose la cara—. Te compensaré.

Le estaba suplicando que la tranquilizara.

Pero el plan de estudios exigía que no diera ninguna respuesta.

25

Era un hombre curioso, pensaba Kathryn Dance.

Morton Nagle se tiró de los pantalones caídos antes de sentarse ante la mesa baja de su despacho y abrir un maletín desvencijado.

Era un poco desastre: el cabello escaso y despeinado, la perilla cortada desigualmente, los puños de la camisa gris deshilachados, el cuerpo esponjoso. Pero parecía sentirse cómodo con su apariencia, pensó la experta en análisis kinésico. Sus ademanes, precisos y económicos, estaban libres de estrés. Sus ojos, con aquel brillo de duende, discriminaban sin cesar, decidiendo al instante lo que era importante y lo que no. Al entrar en el despacho hizo caso omiso de la decoración, se fijó en lo que desvelaba el rostro de Dance (cansancio, seguramente), dedicó al joven Rey Carraneo una mirada cordial pero intrascendente y se concentró de inmediato en Winston Kellogg.

Y al saber que trabajaba para el FBI, sus ojos se achicaron un poco más, como si se preguntara qué estaba haciendo allí un agente federal.

Kellogg no iba vestido de federal, como la víspera: llevaba una americana de cuadros beige, pantalones oscuros y camisa azul de vestir. No se había puesto corbata. Su actitud, sin embargo, cortada por el patrón de la agencia, era tan esquiva como lo era siempre la de un agente federal. Le dijo a Morton Nagle que estaba allí como observador, para «echar una mano».

El escritor soltó una de sus risas, que parecía significar: «Ya conseguiré que hables».

—Rebecca y Linda han accedido a ayudarnos —le informó Kathryn.

Nagle levantó una ceja.

—¿En serio? ¿Y la otra? ¿Samantha?

—No, ella no.

El hombre extrajo tres hojas de papel de su maletín. Las dispuso sobre la mesa.

—Mi miniopus, si es que eso no es un oxímoron. Una breve historia de Daniel Pell.

Kellogg arrimó su silla a la de Dance. A diferencia de O'Neil, no exhalaba ningún olor a loción de afeitar; al menos, la agente no detectó ninguno.

El escritor repitió lo que le había dicho el día anterior: que su libro no versaba sobre el propio Pell, sino sobre sus víctimas.

—Estoy investigando a todas las personas que se vieron afectadas por las muertes de los Croyton. Incluso a sus empleados. La empresa de Croyton la compró al final una gran desarrolladora de *software* y hubo cientos de despidos. Tal vez no hubiera ocurrido si Croyton no hubiera muerto. Y en cuanto al gremio al que pertenecía... También es una víctima. Croyton era uno de los creadores de programas informáticos más innovadores de Silicon Valley en aquel momento. Tenía decenas de *copyrights* sobre programas y *hardwares* muy adelantados a su época. Algunos eran tan avanzados que ni siquiera tenían patentes sobre ninguna aplicación de esa época. Ahora han desaparecido. Puede que algunos de esos programas hubieran revolucionado la medicina, la ciencia o las comunicaciones.

Dance recordó haber pensado lo mismo al pasar por el campus de la Universidad de California, en la que se guardaba gran parte del legado de Croyton.

Nagle señaló con la cabeza lo que había escrito y añadió:

—Es interesante que Pell cambie su autobiografía dependiendo de con quién esté hablando. Pongamos que necesita establecer un vínculo con alguien cuyos padres murieron tempranamente. Pues Pell dice que se quedó huérfano a los diez años. O que quiere aprovecharse de alguien cuyo padre estaba en el ejército. En ese caso, se convierte en hijo de un militar muerto en combate. Oyéndole hablar, se diría que hay unos veinte Pells distintos. En fin, he aquí la verdad: Daniel Pell nació en Bakersfield en octubre de mil novecientos sesenta y tres. El día siete. Pero le dice a todo el mundo que su cumpleaños es el veintidós de noviembre, el día en que Lee Harvey Oswald disparó a Kennedy.

—¿Admira al asesino de un presidente? —preguntó Kellogg.

—No, al parecer considera a Oswald un fracasado. Le parece demasiado simple y maleable. Lo que admira es el hecho de que un solo hombre, con un solo acto, haya causado un efecto de tal calibre. Que haya hecho llorar a tanta gente, que haya cambiado por completo el rumbo de un país... Bueno, del mundo.

»Su padre, Joseph Pell, era vendedor; su madre, recepcionista, cuando conseguía trabajo. Una familia de clase media. La madre, Elizabeth, bebía mucho. Deduzco que era distante, aunque no lo maltrataba, y no estuvo nunca en prisión. Murió de cirrosis cuando Daniel tenía unos quince años. Muerta su mujer, el padre hizo lo que pudo por criar al chico, pero Daniel no soportaba que nadie mandara sobre él. No hacía buenas migas con las figuras autoritarias: maestros, jefes, y sobre todo su padre.

Dance habló de la cinta que había visto con Michael O'Neil, de los comentarios de Pell acerca de que su padre le cobraba alquiler, le pegaba y había abandonado a la familia, y de la posterior muerte de sus padres.

—Todo mentira —afirmó Nagle—. Aunque es indudable que su padre tenía un carácter difícil y que a Pell le costaba tratar con él. Era religioso, mucho, y muy estricto. Se había ordenado sacerdote de no sé qué confesión presbiteriana conservadora de Bakersfield, pero nunca llegó a tener parroquia propia. Trabajó como auxiliar de párroco, pero al final acabaron por despedirlo. La gente se quejaba de que era demasiado intolerante, de que juzgaba con demasiada dureza a los miembros de la congregación. Intentó fundar su propia Iglesia, pero el sínodo presbiteriano ni siquiera quiso hablar con él, así que acabó vendiendo libros religiosos y estampas, cosas así. Cabe suponer, sin embargo, que le amargó la vida a su hijo.

La religión no ocupaba un lugar central en la vida de Kathryn. Wes, Maggie y ella celebraban la Pascua y la Navidad, pero los principales iconos de su fe eran un conejo y un anciano campechano vestido con traje rojo. Dance repartía a sus hijos su ética propia: normas sólidas e incontrovertibles, comunes a la mayoría de las grandes confesiones religiosas. Llevaba, sin embargo, el tiempo suficiente en la policía para saber que la religión era a menudo un ingrediente importante en la gestación de un crimen. Y no sólo en cuestión de actos terroristas premeditados, sino también en incidentes más prosaicos. Michael O'Neil y ella habían pasado casi diez horas juntos en un garaje atestado en la localidad de Marina, cerca de allí, negociando con un sacerdote fundamentalista empeñado en matar a su mujer y a su hija en nombre de Jesucristo porque la chica, adolescente, estaba embarazada. (Salvaron a la familia, pero Kathryn salió de aquel incidente con la inquietante certeza de que la rectitud espiritual podía ser extremadamente peligrosa.)

—El padre de Pell se jubiló —prosiguió Nagle—, se fue a vivir a Phoenix y volvió a casarse. Su segunda esposa murió hace dos años y Joseph el año pasado, de un ataque al corazón. Al parecer, Pell y él no estaban en contacto. No tiene tíos ni maternos ni paternos, y sólo le queda una tía, en Bakersfield.

—¿La que tiene Alzheimer?

—Sí. Eso sí, Pell tiene un hermano.

Así pues, no era hijo único, como aseguraba.

—Es mayor que él. Se trasladó a Londres hace años. Es director de ventas de una empresa de importación-exportación estadounidense. No concede entrevistas. Sólo tengo su nombre. Richard Pell.

—Ordenaré que le localicen —dijo Dance a Kellogg.

—¿Algún primo? —preguntó el agente del FBI.

—La tía no se casó. —Nagle dio unos golpecitos con la mano sobre la biografía que había escrito—. Durante los años finales de su adolescencia, Pell estuvo continuamente entrando y saliendo de reformatorios. Casi siempre por robos, pequeños hurtos y robo de coches. No tiene, en cambio, un historial largo de actos violentos. Sus antecedentes son, al menos al principio, sorprendentemente pacíficos. No hay pruebas de que se metiera nunca en una pelea callejera, ni de agresiones violentas, ni indicios de que haya perdido jamás los nervios. Un policía comentó una vez que daba la impresión de que Pell sólo hacía daño a los demás si le convenía tácticamente, que no disfrutaba de la violencia, pero tampoco la odiaba. Era sólo una herramienta.

Dance pensó en su valoración previa de Pell: un hombre capaz de matar sin emoción alguna siempre que conviniera a sus fines.

—No se le conoce relación con las drogas. Por lo visto nunca las ha consumido. Y tampoco bebe, o no bebía, alcohol.

—¿Qué hay de su educación?

—Eso es interesante. Es muy inteligente. Cuando estaba en el instituto, sobresalía de la media. Sacaba sobresalientes en las asignaturas optativas, pero nunca aparecía cuando se exigía la asistencia a clase. En prisión estudió leyes por su cuenta y él mismo llevó su apelación en el caso Croyton.

Dance recordó su comentario durante la entrevista acerca de la Facultad de Derecho de Hastings.

—Consiguió llevarlo hasta la Corte Suprema de California, que falló en su contra el año pasado. Por lo visto fue un mazazo para él. Estaba seguro de que lo absolverían.

—Bueno, puede que sea listo, pero no tanto como para librarse de la cárcel. —Kellogg señaló un párrafo de la biografía en el que se enumeraban unos setenta y cinco arrestos—. Menudo historial.

—Y es sólo la punta del iceberg. Pell normalmente se las ingeniaba para que los delitos los cometieran otros. Probablemente hay cientos de delitos de los que es responsable y por los que pagó otra persona. Robo de carteras, robos en casas, hurtos en tiendas... De eso vivía. De hacer que los que lo rodeaban se encargaran del trabajo sucio.

—Oliver —dijo Kellogg.

—¿Qué?

—Charles Dickens. *Oliver Twist*. ¿Lo han leído?

—He visto la película —contestó Dance.

—Buena comparación. Fagin, el tipo que dirige la banda de carteristas. Ése era Pell.

—«Por favor, señor, quiero un poco más» —dijo Kellogg imitando el acento londinense. Le salió fatal, Kathryn se echó a reír y él se encogió de hombros.

—Pell se marchó de Bakersfield y se fue a vivir a Los Ángeles, y luego a San Francisco. Allí se relacionó con ciertas personas y lo detuvieron un par de veces, nada serio. Después no se sabe nada de él durante un tiempo, hasta que lo detienen en el norte de California por un caso de homicidio.

—¿Homicidio?

—Sí. La muerte de Charles Pickering, en Redding. Pickering era un empleado público. Fue encontrado muerto a cuchilladas en las colinas de las afueras de la ciudad, aproximadamente una hora después de que lo vieran hablando con alguien que se parecía a Pell. Hubo ensañamiento. Pickering tenía decenas de puñaladas. Una carnicería. Pero Pell tenía una coartada. Se la proporcionó una novia con la que estaba. Y no había pruebas materiales que lo incriminaran. La policía local lo retuvo una semana por vagabundeo, pero al final tuvieron que soltarlo. El caso nunca se resolvió.

»Después reunió a la Familia en Seaside. Pasó un par de años más dedicándose a robos y hurtos en tiendas. Algunos atracos. Uno o dos incendios provocados. Fue sospechoso de dar una paliza a un motero que vivía allí cerca, pero la víctima no lo denunció. El asesinato de los Croyton sucedió un mes después, más o menos. Desde entonces ha estado en prisión. Bueno, hasta ayer.

—¿Qué sabe la niña? —preguntó Dance.

—¿La niña?

—La Muñeca Dormida. Theresa Croyton.

—¿Qué podría decirles ella? Estaba dormida cuando se produjeron los asesinatos. Eso quedó demostrado.

—¿Sí? —preguntó Kellogg—. ¿Quién lo demostró?

—Los investigadores, en su momento, supongo. —Nagle parecía confuso. Al parecer, nunca lo había pensado.

—Ahora tendrá... veamos... diecisiete años —calculó la agente—. Me gustaría hablar con ella. Quizá sepa algo que pueda ayudarnos. Vive con sus tíos, ¿no?

—Sí, ellos la adoptaron.

—¿Podría darme su número?

Nagle titubeó. Recorrió con la mirada la superficie de la mesa. Sus ojos habían perdido su brillo.

—¿Hay algún problema?

—Bueno, le prometí a su tía que no le diría nada a nadie sobre la chica. Intenta proteger a su sobrina a toda costa. Ni siquiera yo la he visto todavía. Al principio, su tía se opuso terminantemente a que hablara con ella. Creo que acabará por acceder, pero si les doy su número dudo mucho que quiera hablar con ustedes, y sospecho que no volveré a saber de ella.

—Díganos solamente dónde vive. Buscaremos su nombre en el servicio de información telefónica. No diremos nada de usted.

Nagle negó con la cabeza.

—Se cambiaron de apellido y se fueron a vivir a otra parte. Temían que alguien de la Familia fuera tras ellos.

—Le dio a Kathryn los nombres de las mujeres de la Familia —señaló Kellogg.

—Figuraban en el listín telefónico y en los registros públicos. Podrían haberlos conseguido por sus propios medios. Theresa y sus tíos han desaparecido del mapa.

—Usted los encontró —apostilló Dance.

—Gracias a fuentes confidenciales, que tendrán aún más interés en permanecer en el anonimato ahora que ha escapado Pell, eso puedo garantizárselo. Pero sé que es importante, así que haremos una cosa: iré a ver en persona a la tía y le diré que quieren hablar con Theresa sobre Pell. No voy a intentar persuadirles. Si dicen que no, se acabó.

Kellogg asintió con el gesto.

—Es lo único que le pedimos. Gracias.

Kathryn echó un vistazo a la biografía.

—Cuanto más sé de él, menos lo entiendo —comentó.

El escritor se echó a reír. Aquella chispa había vuelto a su semblante.

—Ah, ¿conque quiere conocer el porqué de Daniel Pell? —Rebuscó en su maletín, encontró un mazo de papeles y los hojeó hasta encontrar un marcapáginas amarillo—. He aquí una cita de una entrevista con el psicólogo de la prisión. Por una vez fue sincero.

Nagle comenzó a leer:

Pell: Quiere analizarme, ¿verdad? ¿Quiere saber qué impulsa mis actos? Seguro que ya lo sabe, doctor. Lo mismo que a todo el mundo: la familia, claro. Papá me pegaba, papá me ignoraba, mamá no me dio de mamar, el tío Joe hacía sabe Dios qué cosas... Lo innato y lo adquirido, todo puede achacarse a la familia de uno. Pero si piensas demasiado en ella, en cuanto te descuidas tienes a todos tus parientes y ancestros en la habitación y estás paralizado. No, no. El único modo de sobrevivir es dejar que se marchen todos y recordar que eres quien eres y que eso nunca va a cambiar.

Entrevistador: Entonces, ¿quién eres tú, Daniel?

Pell (riendo): ¿Yo? Soy el que tira de los hilos de tu alma y el que te hace hacer cosas de las que jamás te habrías creído capaz. Soy el que toca la flauta y te lleva a lugares a los que temes ir. Y permítame decirle, doctor, que se quedaría asombrado de cuánta gente ansía tener un titiritero, un Flautista de Hamelín. Absolutamente asombrado.

—Tengo que irme a casa —dijo Dance cuando se marchó Nagle. Su madre y los niños la estarían esperando ansiosos en la fiesta de su padre.

Kellogg se apartó el mechón de pelo que, como una coma, le caía sobre la frente. El mechón volvió a caer. Lo intentó de nuevo. Mientras observaba aquel gesto, Kathryn se fijó en algo que no había visto antes: por encima del cuello de su camisa asomaba un vendaje.

—¿Estás herido?

Él se encogió de hombros.

—Recibí un disparo. El otro día, durante una detención, en Chicago.

Dance comprendió por su lenguaje corporal que no quería hablar de ello, y no insistió. Pero luego Kellogg añadió:

—El sospechoso no sobrevivió. —Lo dijo en cierto tono y con cierta mirada. Así era como solía decir Kathryn que era viuda.

—Lo siento. ¿Lo estás llevando bien?

—Sí, bien. —Luego añadió—: Bueno, bien, no. Pero lo estoy sobrellevando. A veces no puede hacerse otra cosa.

—Oye, ¿tienes planes esta noche? —preguntó ella, llevada por un impulso.

—Tengo que informar a mi unidad. Y luego baño en el hotel, un whisky, una hamburguesa y a dormir. Bueno, dos whiskies.

—Una pregunta.

Kellogg levantó una ceja.

—¿Te gustan las tartas?

Él sólo dudó un momento.

—Son uno de mis grupos alimenticios preferidos.

26

—Mira, mamá. ¡Hemos decorado la terraza! ¡La hemos decorado!

Dance besó a su hija.

—Qué bonito, Mags.

Sabía que la niña estaba a punto de estallar de ganas de contárselo.

La Cubierta estaba preciosa. Los niños habían estado atareados toda la tarde preparando la fiesta. Por todas partes había banderines, velas y farolillos chinos. (Habían aprendido de su madre; cuando tenía invitados, Kathryn Dance sabía cómo crear un buen ambiente, aunque no agasajara a sus invitados con comida de *gourmet*.)

—¿Cuándo puede abrir los regalos el abuelo?

Wes y Maggie habían estado ahorrando parte de su paga para comprarle a Stuart Dance equipación de pesca: una red y unas botas de goma altas. Kathryn sabía que a su padre le encantaría cualquier cosa que le compraran sus nietos, pero a aquel regalo seguro que le sacaba partido.

—Los regalos, después de la tarta —anunció Edie Dance—. O sea, después de cenar.

—Hola, mamá.

Dance y su madre no siempre se abrazaban; esa noche, sin embargo, Edie la estrechó con fuerza y aprovechó para susurrarle que quería hablar con ella sobre Juan Millar.

Entraron en el cuarto de estar. La agente comprendió enseguida que su madre estaba preocupada.

—¿Qué ocurre?

—Sigue aguantando. Ha vuelto en sí un par de veces. —Una mirada alrededor, posiblemente para asegurarse de que los niños no estaban por allí—. Sólo han sido unos segundos cada vez. Es imposible que declare, pero...

—¿Qué, mamá?

Edie bajó la voz aún más.

—Yo estaba a su lado. No había nadie más cerca. Miré hacia abajo y tenía los ojos abiertos. El que no tiene vendado, quiero decir. Estaba moviendo los labios. Me incliné y dijo... —Miró de nuevo a su alrededor—. Dijo: «Máteme». Lo dijo dos veces. Luego cerró los ojos.

—¿Tanto le duele?

—No, está tan sedado que no siente nada. Pero puede ver las vendas. Y las máquinas. No es tonto.

—¿Su familia está allí?

—Casi todo el tiempo. Bueno, su hermano, de sol a sol. Nos vigila como un halcón. Está convencido de que no le estamos dando el tratamiento adecuado por ser latino. Y ha hecho más comentarios sobre ti.

Dance hizo una mueca.

—Lo siento, pero he pensado que debías saberlo.

—Gracias por decírmelo.

Estaba muy preocupada. No por Julio Millar, claro. Con él podía arreglárselas. Era la desesperación del joven policía herido lo que la angustiaba.

Máteme...

—¿Ha llamado Betsey? —preguntó.

—Ah, tu hermana no puede venir —dijo su madre con una despreocupación bajo la que se adivinaba su enfado por que su hija pequeña no hubiera querido hacer el trayecto de cuatro horas en coche desde Santa Bárbara para la fiesta de cumpleaños de su padre. Naturalmente, de haber estado en su lugar, Kathryn tampoco habría ido hasta allí sabiendo que Pell andaba suelto. Pero según una importante norma familiar, las faltas hipotéticas no son ofensas y el hecho de que Dance estuviera allí significaba, aunque fuera por omisión, que esta vez era Betsey la que puntuaba en negativo.

Regresaron a la Cubierta y Maggie preguntó:

—Mamá, ¿podemos dejar salir a *Dylan* y a *Patsy*?

—Ya veremos. —Los perros podían ponerse un poco revoltosos en las fiestas. Y tendían a comer más de la cuenta—. ¿Dónde está tu hermano?

—En su habitación.

—¿Qué está haciendo?

—Cosas.

Dance guardó el arma en la caja fuerte: había un ayudante del *sheriff* apostado fuera, vigilando la casa. Se dio una ducha rápida y se cambió.

Se encontró con Wes en el pasillo.

—Nada de camiseta. Es el cumpleaños de tu abuelo.

—Pero si está limpia, mamá.

—Un polo. O tu camisa azul y blanca. —Conocía el contenido de su armario mejor que el propio Wes.

—Vale.

Kathryn lo miró con detenimiento. La actitud de su hijo no tenía nada que ver con el cambio de camisa.

—¿Qué ocurre?

—Nada.

—Vamos, desembucha.

—¿Que desembuche?

—Es de mi época. Dime qué te pasa.

—Nada.

—Ve a cambiarte.

Diez minutos después estaba colocando sobre las mesas los deliciosos aperitivos, por los que daba gracias para sus adentros a las tiendas de comida preparada.

Wes pasó a su lado y agarró un puñado de frutos secos; llevaba puesta su camisa de vestir con los puños abotonados y los faldones remetidos, y dejó a su paso un perfume a loción de afeitar. Tenía buen aspecto. Ser madre era todo un reto, pero había muchas cosas de las que enorgullecerse.

—Mamá... —Lanzó un anacardo al aire y lo cogió con la boca.

—No hagas eso. Puedes atragantarte.

—Mamá...

—¿Qué?

—¿Quién viene esta noche?

Desvió la mirada y volvió el hombro hacia ella. Lo cual significaba que la pregunta ocultaba otra intención. Dance sabía lo que inquietaba a su hijo: lo mismo que la noche anterior. Y ahora había llegado el momento de hablar.

—Sólo nosotros y unas cuantas personas. —El domingo por la tarde habría una fiesta más grande en el club náutico, cerca del acuario de Monterrey, a la que irían muchos de los amigos de Stuart. Pero hoy, el día en que su padre cumplía años, Kathryn sólo había invitado a cenar a unas ocho personas—. Michael y su mujer —prosiguió—, Steve y Martine, los Barber... Y ya está. Ah, y un investigador que nos está ayudando con un caso. Es de Washington.

Su hijo asintió con un gesto.

—¿Eso es todo? ¿Nadie más?

—Eso es todo. —Le lanzó una bolsa de galletas saladas que él agarró con una mano—. Sácalas. Y deja algunas para los invitados.

Wes se alejó, aliviado, para empezar a llenar cuencos.

Lo que preocupaba al chico era la posibilidad de que su

madre hubiera invitado a Brian Gunderson. El hombre del que procedía el libro colocado allí cerca, en lugar bien visible y de cuya llamada a la sede del CBI le había informado Maryellen Kresbach con tanta diligencia.

Ha llamado Brian...

El analista financiero de cuarenta años había sido una cita a ciegas cortesía de Maryellen, que tenía tanta vocación (y tanto talento) para las labores de casamentera como para la repostería, el café y la gestión de la vida profesional de agentes del CBI.

Brian era listo, franco y divertido. En su primera cita, tras escuchar atentamente la explicación de Dance sobre la kinesia, se había quedado inmóvil.

—Para que no puedas descubrir mis intenciones.

Aquella cena había sido bastante agradable. Brian estaba divorciado, no tenía hijos (aunque quería tenerlos) y su negocio de inversión lo mantenía muy ocupado. Entre la agenda de trabajo de uno y otro, era inevitable que la relación avanzara despacio, cosa que a ella le convenía. Había estado mucho tiempo casada y la muerte de su marido todavía era reciente: no tenía ninguna prisa.

Después de meses de cenas, cafés y películas, Brian y ella habían ido a dar una larga caminata por el campo y se habían descubierto en la playa, en Asilomar. Un atardecer dorado, un montón de nutrias marinas jugando junto a la orilla... ¿Cómo resistirse a un beso o dos? No se habían resistido. Dance recordaba que le había gustado. Y que luego se había sentido culpable por que le gustara. Pero se acordaba más de lo primero que de esto último.

De esa parte de la vida se puede prescindir un tiempo, pero no eternamente.

Kathryn no tenía planes concretos de futuro con Brian y se contentaba con tomarse las cosas con calma y ver qué ocurría.

Pero entonces había intervenido Wes. Su hijo nunca se ponía grosero, ni la avergonzaba, pero le dejó claro de mil formas evidentes para una madre que no quería saber nada de Brian. Dance ya no iba a terapia para sobrellevar el duelo, pero de vez en cuando todavía iba a ver a su psicóloga. Ésta le había dicho cómo plantear a sus hijos una posible relación amorosa, y la agente había seguido todos los pasos. Pero Wes le había ganado la partida. Se enfurruñaba y adoptaba una actitud pasivo-agresiva cada vez que salía a relucir el nombre de Brian, o cuando su madre volvía de una cita con él.

Eso era lo que había querido preguntarle la noche anterior, cuando estaba leyendo *El Señor de los Anillos*.

Esa noche, al preguntarle como de pasada quién iba a ir a la fiesta, lo que el chico quería decir en realidad era si iba a ir Brian.

Y su corolario: «¿De veras habéis roto?»

Sí, de veras. (Aunque Dance se preguntaba si Brian estaba de acuerdo. A fin de cuentas, había llamado varias veces desde su ruptura.)

La terapeuta decía que el comportamiento de Wes era normal, y que Kathryn podía solventar el problema con paciencia y decisión. Pero lo más importante era que no se dejara controlar por su hijo. Al final, sin embargo, Dance había llegado a la conclusión de que no tenía ni la paciencia ni el tesón suficientes. Por eso había roto con Brian hacía dos semanas. Había tenido mucho tacto, le había explicado que había pasado muy poco tiempo desde la muerte de su marido y que no estaba preparada. Brian se había disgustado, pero se había tomado bien la noticia. Se habían despedido sin acritud. Y habían dejado la cuestión abierta.

Vamos a darnos un tiempo...

A decir verdad, romper con él había sido un alivio. Los padres siempre tenían que saber en qué batallas emplear sus fuerzas, y ella había decidido que de momento no valía la pena pelearse con su hijo por una aventura. Aun así, le agradaba que Brian siguiera llamándola y había descubierto que lo echaba de menos.

Al sacar el carrito del vino a la Cubierta, se encontró a su padre con Maggie. Stuart Dance sostenía un libro y estaba señalando una fotografía de un pez abisal que resplandecía.

—Oye, Mags, eso tiene que estar buenísimo —dijo Dance.

—Qué asco, mamá.

—Felicidades, papá. —Abrazó a su padre.

—Gracias, cariño.

Kathryn colocó las fuentes, metió cerveza en el frigorífico y entró en la cocina en busca de su móvil. Llamó a TJ y a Carraneo para ver cómo iban las cosas. La búsqueda de Pell no había dado resultado, ni habían dado con la pista del Ford Focus desaparecido; tampoco habían encontrado a nadie con el nombre o el apodo de Nimue o Alison, ni hoteles, moteles o pensiones donde pudieran estar alojándose Pell y su cómplice.

Le dieron tentaciones de llamar a Winston Kellogg, pensando que quizá le diera reparo ir, pero decidió no hacerlo. Kellogg tenía todas las variables; o aparecía, o no.

Ayudó a su madre a sacar más comida y al volver a la terraza saludó a los vecinos, Tom y Sarah Barber, que traían vino, un regalo de cumpleaños y a *Fawlty*, su desgarbado perro mestizo.

—¡Mamá, por favor! —gritó Maggie. Estaba claro lo que quería.

—De acuerdo, de acuerdo. Déjalos salir de la cárcel perruna.

Maggie sacó a *Patsy* y a *Dylan* del dormitorio y los tres perros se internaron al galope en el jardín, atropellándose entre ellos y buscando nuevos olores.

Unos minutos después llegó otra pareja. Steven Cahill era un hombre de cuarenta y tantos años que podría haber sido modelo de Birkenstock con pantalón de pana y el pelo canoso recogido en una coleta. Su mujer, Martine Christensen, tenía muy poco de nórdica, pese a su apellido: era morena, voluptuosa y sensual. Se habría dicho que por sus venas corría sangre española o mexicana, pero sus antepasados vivían en California ya antes de la colonización. Era en parte india ohlone. Los ohlones, una difusa confederación de comunidades tribales dedicadas a la caza y la recolección, vivían entre Big Sur y la bahía de San Francisco, y durante cientos, posiblemente miles de años habían sido los únicos pobladores de aquella región.

Dance la había conocido hacía años en una escuela universitaria de Monterrey, en un concierto heredero del famoso Festival de Folk de Monterrey en el que Bob Dylan hizo su debut en la Costa Oeste en 1965 y que unos años después se transformó en el aún más famoso Festival Pop de Monterrey, donde Jimi Hendrix y Janis Joplin se dieron a conocer al gran público.

El concierto en el que se conocieron Kathryn y Martine había sido menos rompedor que sus predecesores, pero más relevante en el terreno de lo personal. Las dos mujeres habían congeniado de inmediato y habían seguido hablando de música mucho después de que acabara la última actuación. Poco después eran grandes amigas. Había sido Martine quien prácticamente había echado abajo la puerta de Dance en varias ocasiones, tras la muerte de Bill. Y quien había hecho campaña con insistencia para que su amiga no se hundiera en la solitaria reclusión de una viuda, por tentadora que le resultara la idea. Mientras unos la esquivaban y otros (su madre, por ejemplo) la acosaban con una compasión abrumadora, Martine se embarcó en una campaña que podría haber denominado «ignoremos la pena». La engatusaba, bromeaba, discutía y maquinaba. Y Kathryn era consciente de que, a pesar de su reticencia, la táctica de su amiga había funcionado. Martine era quizá la principal responsable de que su vida hubiera vuelto a su cauce.

Los hijos de Steve y Martine, dos niños gemelos un año más pequeños que Maggie, subieron las escaleras detrás de sus padres, uno acarreando la guitarra de su madre y el otro el regalo para Stuart. Después de los saludos, Maggie se los llevó al jardín.

Los adultos fueron acercándose a una mesa endeble iluminada por la luz de las velas.

Hacía mucho tiempo que Dance no veía a Wes tan contento. Su hijo, que era un líder nato, estaba organizando un juego para los niños.

Dance pensó de nuevo en Brian y enseguida ahuyentó aquel recuerdo.

—La fuga... ¿la estás...? —preguntó Martine, y su voz melodiosa se desvaneció al ver que Kathryn comprendía a qué se refería.

—Sí, me estoy encargando del caso.

—Así que te ha tocado la china —comentó su amiga.

—Ya lo creo. Si tengo que irme corriendo antes de la tarta y las velas, es por eso.

—Tiene gracia —dijo Tom Barber, periodista local y escritor independiente—, últimamente nos pasamos la vida pensando en terroristas. Son los nuevos villanos de moda. Y de pronto, sin saber cómo, aparece alguien como Pell. Uno tiende a olvidar que son personas como él las que pueden suponer el mayor peligro para la mayoría de nosotros.

—La gente no sale de casa —añadió su esposa—. En toda la península. Tienen miedo.

—Si estoy aquí —comentó Steven Cahill— es porque sabía que había gente armada.

Dance se echó a reír.

Michael y Anne O'Neil llegaron con sus dos hijos, Amanda y Tyler, de nueve y diez años. Maggie subió corriendo las escaleras y acompañó a los dos pequeños al jardín después de hacer acopio de refrescos y patatas fritas.

Kathryn indicó a sus invitados dónde había vino y cerveza y entró en la cocina a ayudar a su madre. Pero Edie le dijo:

—Tienes otro invitado. —Señaló la puerta de la calle, donde Dance vio a Winston Kellogg.

—Vengo con las manos vacías —confesó él.

—Hay comida de sobra. Puedes llevarte una bolsa a casa, si quieres. ¿Eres alérgico, por cierto?

—Al polen, sí. A los perros, no.

Kellogg había vuelto a cambiarse. La americana era la misma, pero ahora llevaba vaqueros y un polo, náuticos y calcetines amarillos.

El agente advirtió su mirada.

—Sí, lo sé. Es curioso, pero para ser un federal, parezco un papá de clase media.

Dance le hizo pasar a la cocina y le presentó a Edie. Luego salieron a la Cubierta, donde arreciaron las presentaciones. La agente no desveló qué hacía en la ciudad y Kellogg se limitó a decir que había llegado de Washington y que estaba «colaborando con Kathryn en un par de proyectos».

Ella lo llevó después por las escaleras que bajaban al jardín para presentarle a los niños. Notó que Wes y Tyler lo miraban con atención, sin duda buscando armamento, y se dio cuenta de que murmuraban entre sí.

O'Neil se reunió con los dos agentes.

Wes lo saludó con entusiasmo y, lanzándole otra mirada a Kellogg, regresó al juego que al parecer había improvisado sobre la marcha. Estaba explicando las normas. Por lo visto, el juego incluía dragones invisibles y espacios interestelares.

Los perros eran alienígenas. Los gemelos eran reyes de alguna especie y una piña podía ser una esfera mágica o una granada de mano, o quizás ambas cosas.

—¿Le has dicho a Michael lo de Nagle? —preguntó Kellogg.

Dance resumió brevemente lo que habían descubierto acerca del pasado de Pell y añadió que el escritor iba a ir a ver a Theresa Croyton, por si accedía a hablar con ellos.

—¿Crees que Pell se ha quedado por los asesinatos de entonces? —preguntó O'Neil.

—No lo sé —contestó Kathryn—. Pero necesito toda la información que pueda conseguir.

El apacible detective sonrió y dijo dirigiéndose a Kellogg:

—No dejar piedra sin remover. Así defino yo su estilo policial.

—Que aprendí de él —dijo Dance, riendo, y señaló a O'Neil.

—Se me estaba ocurriendo algo —añadió a continuación el policía—. ¿Recordáis ese dinero del que habló Pell por teléfono, desde Capitola?

—Nueve mil doscientos dólares —contestó Kellogg.

A Kathryn le impresionó su memoria.

—Bueno, pues se me ha ocurrido que, ya que sabemos que el Thunderbird lo robaron en Los Ángeles, es lógico pensar que la novia de Pell sea de allí. ¿Y si nos ponemos en contacto con los bancos del condado de Los Ángeles para ver si alguna de sus clientas ha retirado esa suma en el último mes o dos meses, pongamos?

A Dance le gustó la idea, aunque suponía un montón de trabajo.

O'Neil dijo a Kellogg:

—Tendríais que encargaros vosotros: la Tesorería Federal, Hacienda o Seguridad Nacional, supongo.

—Es buena idea. Pero así, a bote pronto, yo diría que tenemos un problema de personal. —Kathryn opinaba lo mismo—. Estamos hablando de millones de clientes. Sé que la delegación de Los Ángeles no puede asumir ese trabajo, y los de Seguridad Nacional se echarían a reír. Además, si esa chica es lista, habrá ido sacando el dinero poco a poco a lo largo del tiempo. O habrá cobrado en efectivo cheques endosados y habrá ido guardando el dinero.

—Sí, claro. Posiblemente. Pero sería estupendo identificar a la chica. Ya sabes: «Un segundo sospechoso...»

—«Multiplica exponencialmente las posibilidades de localizar al sospechoso y efectuar su detención» —añadió Kellogg, completando la cita de un viejo libro de texto policial. Dance y O'Neil lo citaban a menudo.

El agente del FBI le sostuvo la mirada, sonriente.

—Los federales no tenemos tantos recursos como se cree la gente. Estoy seguro de que no podríamos reunir personal suficiente para que hiciera esas llamadas. Sería un trabajo ímprobo.

—Es curioso. Lo lógico sería que fuera muy fácil consultar al menos las bases de datos de los grandes bancos. —Michael O'Neil podía ser muy tenaz.

—¿No se necesitaría una orden judicial? —preguntó la agente.

—Seguramente sí, para que te dieran el nombre del cliente —contestó O'Neil—. Pero si los bancos quisieran cooperar, no tendrían más que cotejar cifras y decirnos si encuentran alguna coincidencia. En media hora podríamos tener la orden judicial para que nos dieran el nombre y el domicilio.

Kellogg bebió un sorbo de su vino.

—La verdad es que hay otro problema. Me preocupa que, si recurrimos a mis superiores o a Seguridad Nacional para algo así, tan inconsistente, **podamos** perder un apoyo que quizá nos haga falta después para algo más sólido.

—Pedro y el lobo, ¿eh? —O'Neil hizo un gesto de asentimiento—. Imagino que a ese nivel hay que ser más diplomático que a éste.

—Pero vamos a pensarlo. Haré algunas llamadas.

O'Neil miró al padre de Kathryn.

—Eh, feliz cumpleaños, jovencito.

Stuart Dance, que lucía una insignia confeccionada a mano por Maggie y Wes en la que se leía «Hoy es mi cumple», les estrechó las manos, rellenó la copa de O'Neil y de su hija y dijo a Kellogg:

—Estáis hablando de trabajo y eso está prohibido. Ven conmigo, deja a estos mocosos y ven a jugar con los adultos.

Kellogg soltó una risa tímida y siguió al padre de Dance a la mesa iluminada por las velas, donde Martine, que había sacado de la funda su vieja guitarra Gibson, estaba organizando un recital a coro. Kathryn y O'Neil se quedaron solos. La agente vio que su hijo miraba hacia allí. Parecía haber estado observando a los mayores. Un instante después, Wes dio media vuelta y regresó a su improvisación sobre *La guerra de las galaxias*.

—Parece de fiar —comentó O'Neil, señalando a Kellogg con la cabeza.

—¿Quién, Winston? Sí.

El detective, como era propio de él, no se había tomado a mal que se desestimara su propuesta. Era la antítesis de la mezquindad.

—¿Le hirieron hace poco? —O'Neil se tocó el cuello.

—¿Cómo lo sabes? Esta noche no se le ve el vendaje.

—Se lo tocaba como se toca una herida.

Dance se rió.

—Un buen análisis kinésico. Sí, fue hace muy poco. Estaba en Chicago. Imagino que el sospechoso disparó primero, y Win se lo cargó. No entró en detalles.

Se quedaron callados mirando el jardín, a los niños, los perros, las luces que brillaban cada vez más a medida que se extendía la oscuridad.

—Lo atraparemos.

—¿Sí? —preguntó ella.

—Sí. Cometerá algún error. Siempre lo cometen.

—No sé. Éste tiene algo distinto. ¿Tú no lo notas?

—No. No es distinto.—Michael O'Neil, la persona más leída que conocía Kathryn, hacía gala de una filosofía vital sorprendentemente sencilla. No creía en el bien ni en el mal, y menos aún en Dios o el diablo. Ésas eran abstracciones que te distraían de tu trabajo, el cual consistía en atrapar a quienes quebrantaban las normas que los humanos creaban para su seguridad y su bienestar.

Ni bien, ni mal. Sólo fuerzas destructivas que había que atajar. Para Michael O'Neil, Daniel Pell era un *tsunami*, un terremoto, un tornado. Estuvo un rato mirando jugar a los niños; luego dijo:

—Imagino que ese tipo con el que salías... ¿Lo habéis dejado?

Ha llamado Brian...

—Así que lo sabías, ¿mmm...? pillada por mi propia ayudante.

—Lo siento. De veras.

—Ya sabes cómo son estas cosas —contestó Dance, y advirtió que acababa de pronunciar una de esas frases que eran como pecios sin sentido dentro de una conversación.

—Claro.

La agente se volvió para ver cómo iba su madre con la cena. Notó que la esposa de O'Neil les estaba mirando. Anne sonrió.

Ella le devolvió la sonrisa.

—Bueno —dijo—, vamos a unirnos al coro.

—¿Tengo que cantar?

—Desde luego que no —se apresuró a contestar ella.

O'Neil tenía una voz de orador maravillosa, grave y con un vibrato natural. Pero ni bajo amenaza de tortura era capaz de dar bien una nota.

Después de media hora de música, risas y chismorreos, Edie Dance, su hija y su nieta sirvieron lomo de ternera marinado con ensalada, espárragos y patatas gratinadas. Kathryn se sentó junto a Winston Kellogg, que parecía encontrarse a sus anchas entre desconocidos. Incluso contó algunos chistes con una cara de póquer que a ella le recordó a su difunto marido, con quien el agente federal tenía en común no sólo la profesión, sino también el carácter afable y tranquilo; al menos, cuando se guardaba la insignia del FBI.

La conversación pasó de la música a la crítica de arte de la mano de Anne O'Neil, y después a la política en Oriente Próximo, Washington y Sacramento, y al relato, mucho más importante, del nacimiento en cautividad de una cría de nutria marina en el acuario, dos días antes.

Fue una reunión amena y relajada: amigos, risas, comida, música y vino.

Kathryn Dance, sin embargo, no pudo relajarse del todo. La idea de que Daniel Pell seguía suelto impregnaba la hermosa velada del mismo modo que la impregnaban los acordes sinuosos de la vieja guitarra de Martine.

MIÉRCOLES

27

Kathryn Dance estaba sentada en una cabaña del Point Lobos Inn. Era la primera vez que visitaba aquel costoso lugar, un hotel exclusivo con cabañas privadas situado junto a una tranquila carretera al sur de Carmel, cerca de la uno, en los límites del bello y escarpado parque natural que le daba nombre. El edificio de estilo Tudor estaba aislado (una larga avenida de entrada lo separaba de la carretera) y el ayudante del *sheriff* que ocupaba el coche patrulla apostado delante de la puerta veía a la perfección a cualquiera que se acercara; de ahí que la agente lo hubiera elegido.

Dance llamó a O'Neil para ver cómo iban las cosas. Su compañero estaba haciendo averiguaciones sobre una denuncia de desaparición presentada en Monterrey. Luego llamó también a TJ y Carraneo. El primero no tenía nada que contarle, y el segundo le dijo que seguía sin tener suerte: aún no había encontrado un motel barato o una pensión donde Pell pudiera estar alojado.

—He probado hasta Gilroy y...

—¿Hoteles baratos?

Una pausa.

—Eso es, agente Dance. Con los caros no me he molestado. He pensado que un preso fugado no tendría dinero suficiente para pagarlos.

Kathryn se acordó de la conversación telefónica que Pell había mantenido en secreto desde Capitola, en la que había hablado de aquellos nueve mil doscientos dólares.

—Seguro que Pell está convencido de que eso es justamente lo que vamos a pensar. Lo que significa... —Dejó que Carraneo completara la frase por su cuenta.

—Que le conviene alojarse en un hotel caro. Está bien. Me pondré con ello. Espere. ¿Dónde está, agente Dance? ¿Cree que Pell...?

—Aquí ya he hecho todas las comprobaciones necesarias —le aseguró ella. Colgó, miró de nuevo su reloj y se preguntó si aquel plan descabellado serviría de algo.

Cinco minutos después llamaron a la puerta. Al abrir, vio a Albert Stemple, el fornido agente del CBI, detrás de una mujer de veintitantos años. Linda Whitfield, una joven robusta, tenía un rostro atractivo, sin una pizca de maquillaje, y el cabello pelirrojo y corto. Sus ropas estaban un poco raídas: pantalones elásticos negros con las rodillas relucientes y jersey rojo deshilachado, cuyo cuello de pico enmarcaba una cruz de peltre. Kathryn no detectó ni rastro de perfume, y Linda tenía las uñas cortas y sin pintar.

Se estrecharon las manos. El apretón de la chica era fuerte.

Stemple levantó las cejas como diciendo «¿Algo más?»

Dance le dio las gracias y el corpulento policía dejó la maleta de Linda en el suelo y se marchó sin prisas. Cuando la agente cerró la puerta, la joven entró en el cuarto de estar de la cabaña de dos dormitorios. Miraba su elegante interior como si no hubiera visto nunca nada parecido.

—Madre mía.

—Estoy preparando café. —Kathryn hizo un gesto hacia la pequeña cocina.

—Té, si hay.

Dance preparó una taza.

—Confío en que no tenga que quedarse mucho tiempo. Ni siquiera una noche, quizá.

—¿Se sabe algo de Daniel?

—Nada nuevo.

Linda miró los dormitorios como si por elegir uno fuera a comprometerse a permanecer allí más tiempo del que quería. Su serenidad se tambaleó y luego se rehízo. Escogió una habitación, llevó dentro su maleta y al regresar un momento después aceptó la taza de té, le añadió leche y se sentó.

—Hacía años que no viajaba en avión —comentó—. Y ese reactor... Ha sido fabuloso. Tan pequeño, y aun así me clavé en el asiento cuando despegamos. Había una agente del FBI a bordo. Fue muy amable.

Los sofás en los que se habían sentado, con una gran mesa baja en medio, eran muy cómodos. Linda paseó de nuevo la mirada por la cabaña.

—Madre mía, qué bonito es esto.

Lo era, sí. Dance se preguntó qué dirían los contables del FBI cuando vieran la factura. La cabaña costaba casi seiscientos dólares por noche.

—Rebecca viene para acá. Pero quizá nosotras podríamos empezar ya.

—¿Y Samantha?

—No ha querido venir.

—Entonces, ¿habló con ella?

—Fui a verla.

—¿Dónde está? No, espere, no puede decírmelo.

Kathryn sonrió.

—Oí que se había hecho la cirugía estética y se había cambiado de nombre y todo.

—Es cierto, sí.

—He comprado el periódico en el aeropuerto para ver qué estaba pasando.

A Dance le extrañaba que no hubiera televisor en la casa del hermano de Linda, donde ella vivía. ¿Era una opción ética o cultural, o más bien económica? Hoy en día, se podía tener televisión por cable por un par de cientos de dólares. Aun así, la agente advirtió que los tacones de los zapatos de la joven estaban tan gastados que prácticamente habían desaparecido.

—Dicen que no hay duda de que mató a esos guardias. —Dejó el té—. Eso me sorprendió. Daniel no era violento. Sólo hacía daño a los demás en defensa propia.

Por eso precisamente había matado a los guardias, desde su punto de vista, claro.

—Pero —continuó Linda— sí que dejó con vida a otro. A ese conductor.

Sólo porque le convenía.

Dance le preguntó por el asesinato del empleado público de Redding.

—¿Charles Pickering? —Linda recorrió con la mirada los electrodomésticos de la cocina mientras pensaba—. Nunca oí que Daniel hablara de él. Pero si la policía le dejó marchar, imagino que fue porque no le mató él.

Un argumento interesante.

—¿Cómo conoció a Pell?

—Fue hace unos diez años. En el parque del Golden Gate, en San Francisco. Yo me había escapado de casa y estaba durmiendo allí. Daniel, Samantha y Jimmy vivían en Seaside con unas cuantas personas más. Viajaban por la costa como gitanos, de acá para allá. Vendían cosas que compraban o que hacían. Sam y Jimmy tenían mucho talento. Hacían marcos para fotos, soportes para discos, perchas para corbatas... Cosas así.

»El caso es que yo me había escapado de casa ese fin de semana, no por nada, lo hacía todo el tiempo, y Daniel me vio cerca del jardín japonés. Se sentó y nos pusimos a hablar. Él tiene ese don. Te escucha. Hace que te sientas como si fueras el centro del universo. Es muy seductor, ¿sabe?

—¿Y ya no volvió a casa?

—No, sí que volví. Siempre quise marcharme para no volver. Mi hermano lo hizo. Se marchó de casa a los dieciocho y no volvió a mirar atrás. Pero yo no era tan valiente. Mis padres... Vivíamos en San Mateo... Eran muy estrictos. Como instructores del ejército. Mi padre era el presidente del Banco de Santa Clara y...

—Espere, ¿ese Whitfield?

—Whitfield el multimillonario. El que financió buena parte de Silicon Valley y sobrevivió al desplome. El que iba a meterse en política... hasta que cierta hija suya apareció en la prensa a lo grande. —Una sonrisa irónica—. ¿No conocía a nadie a quien hubieran desheredado sus padres? Pues ya lo conoce.

»Cuando yo era pequeña eran muy autoritarios. Se empeñaban en controlarlo todo: cómo recogía mi habitación, lo que me ponía, lo que daba en clase y las notas que sacaba... Mi padre me azotó en el culo hasta los catorce años y creo que sólo dejó de hacerlo porque mi madre le dijo que no era buena idea, teniendo yo esa edad... Decían que era porque me querían, porque querían que triunfara y que fuera feliz. Pero no: eran sólo unos obsesos del control. Intentaban convertirme en una muñequita a la que vestir y con la que jugar.

»Así que volví a casa, pero aunque estaba allí no me quitaba de la cabeza a Daniel. Sólo hablamos, no sé, un par de horas. Pero fue maravilloso. Me trató como si fuera una persona de verdad. Me dijo que confiara en mi criterio. Que era lista, y guapa. —Una mueca—. No era ninguna de esas cosas, claro, pero lo decía él y me lo creía.

»Una mañana, mi madre vino a mi habitación y me dijo que me levantara y me vistiera. Íbamos a ir a visitar a mi tía o a no sé quién. Y se suponía que tenía que ponerme falda. Pero yo quería ponerme vaqueros. No era ninguna celebración: sólo íbamos a comer. Pero ella se puso hecha una fiera y empezó a gritar. "Ninguna hija mía...", ya se hace usted una idea. En fin, que agarré mi mochila y me marché. Me daba miedo no poder encontrar a Daniel, pero recordaba que me había dicho que esa semana estaría en Santa Cruz, en un mercadillo que había en el paseo marítimo.

En el paseo marítimo de Santa Cruz, junto a la playa, había un famoso parque de atracciones lleno de gente joven a todas horas. Dance se dijo que era un buen territorio de caza para Pell si andaba en busca de víctimas.

—Daniel iba mucho por allí. Allí fue donde conoció a Jimmy, y luego a Rebecca. Así que hice autostop en la uno, y allí estaba él. Pareció alegrarse de verme, cosa que no puede decirse de mis padres. —Se rió—. Le pregunté si sabía de algún sitio donde pudiera quedarme. Estaba nerviosa. En realidad, era una indirecta. Pero él me dijo: «Claro que sí: con nosotros».

—¿En Seaside?

—Ajá. Teníamos un bungaló pequeño allí. Era bonito.

—¿Samantha, Jimmy, Pell y usted?

Sus ademanes evidenciaban que el recuerdo la hacía disfrutar: la posición relajada de los hombros, las arrugas junto a los ojos y los movimientos de las manos, gestos ilustradores que recalcaban el contenido de su discurso y delataban la intensidad de sus emociones respecto a lo que estaba diciendo.

Cogió de nuevo su té y bebió un sorbo.

—Todo lo que dijeron los periódicos, todo eso de la secta, de las drogas y las orgías, era mentira. En realidad, era todo muy casero y muy acogedor. Quiero decir que no había drogas en absoluto, ni siquiera alcohol. Un poco de vino en la cena, a veces. Era muy agradable. Me encantaba estar con gente que te veía tal y como eras, que no intentaba cambiarte, que te respetaba. Yo me encargaba de la casa. Supongo que podría decirse que era una especie de madre. Era tan agradable estar al mando para variar, y que no te gritaran por tener tu propia opinión...

—¿Y los delitos?

Linda se puso tensa.

—Bueno, también estaba eso. Hubo algunos. No tantos como dice la gente. Hurtos pequeños en tiendas, cosas así. Y a mí nunca me gustó. Nunca.

Dance detectó algunos gestos de negación, pero tenía la impresión de que Linda no estaba mintiendo; su estrés kinésico obedecía al hecho de estar quitando importancia a la gravedad de los delitos. La agente sabía que la Familia había hecho cosas mucho peores que hurtar en tiendas. Había sido acusada de robo con allanamiento de morada, de hurto mayor, de robo de carteras y bolsos mediante el procedimiento del tirón, estos últimos delitos contra las personas y, por tanto, pertenecientes al código penal y mucho más graves que los delitos contra la propiedad.

—Pero no nos quedaba otro remedio. Para estar en la Familia, había que participar.

—¿Cómo era vivir con Daniel?

—Pues no estaba tan mal como podría pensarse. Uno sólo tenía que hacer lo que él quería.

—¿Y si no?

—Daniel nunca nos hizo daño físicamente. La mayoría de las veces sólo se... retraía.

La agente recordó el perfil del líder sectario trazado por Kellogg.

Amenaza con separarse de ellos, y ésa es su arma más poderosa.

—Te dejaba de lado. Y tú te asustabas. Nunca sabías si era el fin, si iban a expulsarte. Una señora de la parroquia me habló de uno de esos programas de telerrealidad. *Gran hermano* o *Supervivientes.*

Dance asintió con una inclinación de cabeza.

—Me contó lo populares que eran. Creo que por eso está tan obsesionada con ellos la gente. Porque hay algo aterrador en la idea de que te echen a patadas de tu familia. —Se encogió de hombros y jugueteó con la cruz que llevaba sobre el pecho.

—A usted la condenaron a más tiempo que a las demás. Por destruir pruebas. ¿Qué pasó?

Los labios de Linda se tensaron.

—Fue una idiotez. Me entró el pánico. Lo único que sabía era que Daniel me había llamado y me había dicho que Jimmy estaba muerto y que las cosas se habían torcido en esa casa en la que tenían una reunión. Que lo recogiéramos todo y estuviéramos listos para marcharnos, que la policía podía ir a buscarlo en cualquier momento. Él tenía en su cuarto un montón de libros sobre Charles Manson, y también recortes y otras cosas. Quemé algunos antes de que llegara la policía. Pensé que, si se enteraban de que tenía esa obsesión con Manson, eso le perjudicaría.

Y así había sido, pensó Dance al recordar cómo había utilizado el fiscal el asunto de Manson para propiciar la condena de Pell.

Linda contó algunas cosas más acerca de su vida reciente, respondiendo a preguntas de la agente. Mientras estaba en prisión se consagró a la religión y después de su puesta en libertad se trasladó a Portland, donde encontró trabajo en una iglesia protestante local de la que su hermano era diácono; por eso se unió a ella.

Salía con un «buen chico cristiano» de Portland y era, en efecto, la niñera de los hijos de acogida de su hermano y su cuñada. Ella también quería ser madre de acogida (no podía tener hijos propios por motivos de salud), pero era difícil, habiendo estado en prisión.

—No tengo muchas cosas materiales —añadió a modo

de conclusión—, pero me gusta mi vida. Es una vida rica, en el buen sentido de la palabra.

Les interrumpió una llamada a la puerta. Dance deslizó la mano hacia su pesada pistola.

—Soy TJ, jefa. He olvidado la contraseña secreta.

La agente abrió la puerta y el joven agente entró acompañado de otra mujer. De unos treinta y cinco años, alta y delgada, llevaba colgada del hombro una mochila de piel.

Kathryn Dance se irguió para saludar a la segunda integrante de la Familia.

28

Unos años mayor que su compañera, Rebecca Sheffield era una mujer muy guapa y de complexión atlética a la que el pelo muy corto y prematuramente canoso, las joyas metálicas y la ausencia de maquillaje daban, en opinión de Dance, un aspecto demasiado austero. Vestía pantalones vaqueros, camiseta de seda blanca y, sobre ella, chaqueta de ante marrón.

Apretó con firmeza la mano de Kathryn, pero inmediatamente fijó su atención en Linda, que se había levantado y la miraba con una sonrisa fija.

—Vaya, mira quién está aquí. —Se acercó a abrazarla.

—Después de tantos años. —A Linda se le quebró la voz—. Madre mía, creo que voy a llorar. —Y así fue, en efecto.

Dejaron de abrazarse, pero Rebecca siguió sujetando sus manos con fuerza.

—Qué alegría verte, Linda.

—Ay, Rebecca. He rezado mucho por ti.

—¿Ahora andas metida en eso? Antes no distinguías una cruz de una estrella de David. Bueno, gracias por tus oraciones. Aunque no sé si habrán servido de algo.

—No, no, estás haciendo cosas buenísimas. ¡De verdad! En la oficina de la parroquia hay un ordenador. He visto tu página web. Mujeres que montan su propio negocio. Es estupendo. Estoy segura de que hace muchísimo bien.

Rebecca pareció sorprendida de que Linda le hubiera seguido la pista.

Dance le indicó la habitación que quedaba libre y Rebecca llevó a ella su mochila y entró en el aseo.

—Si me necesitas, jefa, dame una voz. —TJ se marchó y Kathryn cerró la puerta con llave.

Linda recogió su taza de té y se puso a juguetear con ella sin llegar a beber. *Cuánto le gustan a la gente los objetos en situaciones de estrés,* se dijo la agente. Había interrogado a sospechosos que manoseaban bolígrafos, ceniceros, envoltorios de comida y hasta sus propios zapatos para aliviar su nerviosismo.

Cuando regresó Rebecca, le preguntó si quería un café.

—Sí, claro.

Dance sirvió el café y les ofreció leche y azúcar.

—El hotel no tiene restaurante, pero hay servicio de habitaciones. Pidan lo que les apetezca.

Rebecca bebió unos sorbos de café. Luego dijo:

—La verdad es que tienes muy buen aspecto, Linda.

Su compañera se sonrojó.

—Bueno, no sé. No estoy tan en forma como me gustaría. Tú estás guapísima. Y tan delgada... Me encanta tu pelo.

Rebecca se rió.

—No hay nada como pasar un par de años en prisión para que te salgan canas... Oye, no llevas anillo. ¿No te has casado?

—No.

—Yo tampoco.

—Será una broma. Si ibas a casarte con un escultor italiano que estaba buenísimo... Estaba convencida de que te habías casado.

—No es fácil encontrar a tu media naranja cuando se enteran de que fuiste novia de Daniel Pell. Leí algo sobre tu padre en *Business Week*. Que su banco iba a expandirse o algo así.

—¿Ah, sí? Ni idea.

—¿Seguís sin hablaros?

Linda asintió con un gesto.

—Mi hermano tampoco habla con mis padres. Somos dos pobres ratas de iglesia. Pero estamos mejor así, te lo aseguro. ¿Tú sigues pintando?

—Un poco. Pero no en plan profesional.

—¿No? ¿En serio? —Linda se volvió hacia Dance con un brillo en la mirada—. ¡Rebecca era buenísima! Debería ver su trabajo. Es la mejor, en serio.

—Ahora ya sólo dibujo por diversión.

Pasaron unos minutos charlando y poniéndose al día. A Kathryn le sorprendía que, pese a que ambas vivían en la Costa Oeste, no hubieran mantenido contacto desde el juicio.

Rebecca la miró.

—¿Samantha, o como se llame ahora, va a sumarse a la reunión?

—No, sólo están ustedes dos.

—Sam fue siempre la tímida.

—«Ratón», ¿te acuerdas? —dijo Linda.

—Sí. Así era como la llamaba Pell: su ratón.

Volvieron a llenar sus tazas y la agente se puso manos a la obra, formulando a Rebecca las mismas preguntas básicas que le había hecho a Linda.

—Yo fui la última a la que el señor Pell llevó a su redil —contó con amargura la delgada mujer—. Fue en... ¿Cuándo? —Lanzó una mirada a Linda, que dijo:

—En enero. Sólo cuatro meses antes de que pasara lo de los Croyton.

Lo de los Croyton, no «el asesinato».

—¿Cómo se conocieron usted y Pell? —preguntó Dance.

—En aquella época yo andaba vagabundeando por la Costa Oeste, me ganaba la vida haciendo retratos en la calle, en ferias o en la playa, ya sabe. Había montado mi caballete y Pell se paró. Quería que le hiciera un retrato.

Linda esbozó una sonrisa coqueta.

—Creo recordar que no dibujaste mucho. Acabasteis los dos en la parte de atrás de la furgoneta. Y tardasteis un montón en salir.

Rebecca sonrió avergonzada.

—Bueno, sí, claro, Daniel tenía también esa faceta... En cualquier caso, también pasamos mucho tiempo hablando. Y me preguntó si me apetecía quedarme con ellos en Seaside. Al principio no estaba segura. Porque todos conocíamos la fama que tenía Pell, lo de los robos en tiendas y esas cosas. Pero me dije: «Qué demonios, soy una bohemia, una rebelde, una artista». Y lo era. La cosa salió bien. Estaba rodeada de buena gente, con Linda y Sam. No tenía que trabajar de nueve a cinco y podía pintar tanto como quisiera. ¿Qué más se puede pedir? Al final resultó, claro, que también me había asociado con Bonnie y Clyde, una banda de ladrones. Y eso no estuvo tan bien.

Dance advirtió que el plácido semblante de Linda se ensombrecía al oír aquel comentario.

Tras salir de prisión, explicó Rebecca, se involucró en el movimiento feminista.

—Pensé que, después de haberme humillado ante Pell, de haberlo tratado como al gallito del corral, había hecho retroceder varios años la causa feminista, y me apetecía compensarles.

Finalmente, tras mucha terapia, creó un servicio de consultoría para ayudar a otras mujeres a abrir y financiar pequeñas empresas. A eso se dedicaba desde entonces. Debía de ganarse bien la vida, pensó Kathryn, a juzgar por sus joyas, su ropa y sus zapatos italianos, que, si no calculaba mal (y ella sabía mucho de calzado), costaban lo mismo que sus dos mejores pares juntos.

Llamaron de nuevo a la puerta. Había llegado Winston Kellogg. Dance se alegró de verlo. La noche anterior había disfrutado de su compañía. El agente era sorprendentemente sociable para ser un federal tan bregado. Ella había asistido a numerosas veladas con compañeros de su marido y la mayoría de los federales le habían parecido taciturnos y reconcentrados, reacios a hablar. Win Kellogg, en cambio, había sido el último en marcharse de la fiesta, junto con sus padres.

El agente federal saludó a las dos mujeres y les mostró su identificación, como exigía el protocolo. Después se sirvió un café. Hasta ese momento, Dance había estado preguntando acerca de sus invitadas, pero con Kellogg presente era hora de ir al grano.

—Muy bien, ésta es la situación: es probable que Pell siga en esta zona. No sabemos dónde, ni por qué. No tiene sentido. La mayoría de los fugados se marchan tan lejos como pueden del lugar de la fuga.

Les refirió con detalle cómo había tenido lugar la evasión del juzgado y lo sucedido hasta la fecha. Linda y Rebecca escucharon con interés (y con espanto y repulsión) los pormenores de la huida.

—Primero, permítanme preguntarles por su cómplice.

—¿Esa mujer sobre la que leí? —preguntó Linda—. ¿Quién es?

—No lo sabemos. Al parecer es rubia y joven. De unos veinticinco años, aproximadamente.

—Así que tiene una nueva novia —comentó Rebecca—. Así es nuestro Daniel. Nunca le falta una.

—Ignoramos cuál es su relación exacta —precisó Kellogg—. Es probable que la mujer fuera una de sus admiradoras. Por lo visto hay un montón de mujeres dispuestas a arrojarse a los pies de un presidiario, incluso del peor de ellos.

Rebecca se rió y miró a Linda.

—¿A ti te llegaban cartas de amor cuando estabas en la trena? A mí no.

Linda esbozó una sonrisa educada.

—Cabe la posibilidad —añadió Dance— de que no sea una desconocida. Tenía que ser muy joven cuando se reunió la Familia, pero me preguntaba si puede que sea alguien a quien conozcan.

Linda arrugó el entrecejo.

—Si ahora tiene unos veinticinco años, en aquella época tenía que ser una adolescente. No recuerdo a nadie de esa edad.

—Cuando yo estaba en la Familia —agregó Rebecca—, sólo estábamos los cinco.

Kathryn hizo una anotación.

—Ahora me gustaría que habláramos de cómo era su vida en aquella época. Lo que decía y hacía Pell, lo que le interesaba, qué planes tenía. Confío en que recuerden algo que pueda darnos una pista sobre lo que se trae entre manos.

Rebecca la miró con fijeza.

—Paso uno, definir el problema. Paso dos, conocer los hechos.

Linda y Kellogg parecieron desconcertados. Dance sabía a qué se refería, desde luego. (Y se alegró de que no pareciera estar de humor para soltar otro discurso como el de la víspera.)

—Digan lo que se les ocurra. Si tienen una idea, aunque les parezca descabellada, adelante, cuéntennosla. Cualquier cosa nos vendrá bien.

—Por mí, bien —contestó Linda.

—Dispare —añadió Rebecca.

La agente preguntó cómo se organizaba la convivencia dentro de la Familia.

—Era una especie de comuna —respondió Rebecca—, lo cual a mí me resultaba muy extraño, porque me había criado en un barrio bien, ya saben, muy de teleserie.

Un cuadro del partido comunista no habría estado de acuerdo, sin embargo; tal y como la describían, su organización difería de una comuna. La norma parecía ser: «De cada uno, lo que Daniel Pell exigía de él; y para cada uno, lo que decidía Daniel Pell».

Aun así, la Familia funcionaba bastante bien, al menos en cuestiones prácticas. Linda se encargaba de que la casa funcionara como la seda y los otros contribuían a su mantenimiento. Comían bien y mantenían el bungaló limpio y en buen estado. Samantha y Jimmy Newberg se daban maña con las herramientas y las labores de bricolaje. Por razones obvias (guardaban la mercancía robada en un dormitorio), Pell no quería que el dueño de la casa se encargara de pintar o arreglar los electrodomésticos rotos, de modo que tenían que ser totalmente autosuficientes.

—Ése era uno de los preceptos de Daniel —comentó Linda—. *Confianza en uno mismo*, el ensayo de Ralph Waldo Emerson. Lo leí en voz alta un montón de veces. A Daniel le encantaba.

Rebecca sonreía.

—¿Te acuerdas de cuando leíamos por las noches?

Linda explicó que Pell era un apasionado de los libros.

—Le encantaban. Cuando tiramos la tele, montó un numerito. Casi todas las noches yo leía algo en voz alta, con los demás sentados en corro en el suelo. Eran noches muy bonitas.

—¿Había algún vecino u otros amigos en Seaside con los que Pell tuviera especial relación?

—No teníamos amigos —contestó Rebecca—. Ése no era su estilo.

—Pero a veces llegaba alguien a quien acababa de conocer y se quedaba una temporada y luego se marchaba. Daniel siempre estaba recogiendo gente.

—Piltrafas como nosotros.

Linda se tensó ligeramente. Luego observó:

—Bueno, personas que lo estaban pasando mal, diría yo. Daniel era generoso. Les daba comida, y a veces dinero.

Dale comida al hambriento y hará lo que quieras, pensó Dance, recordando lo que les había contado Kellogg sobre los líderes sectarios y sus seguidores.

Siguieron hablando del pasado, pero la conversación no hizo aflorar ningún recuerdo respecto a quiénes podían ser esos invitados. Kathryn pasó a otro asunto.

—Últimamente buscó algunas cosas en Internet. Una de ellas era «Nimue». Tengo la impresión de que puede ser un nombre. Un apodo, o un alias, quizá.

—No. Yo nunca lo había oído. ¿Qué significa?

—Es un personaje de la leyenda del Rey Arturo.

Rebecca miró a su compañera más joven.

—Oye, ¿no nos leíste alguna de esas historias?

Pero Linda no se las había leído. Tampoco sabían quién podía ser Alison.

—Háblenme de cómo era un día típico en la Familia —dijo Dance a continuación.

Rebecca pareció no saber qué decir.

—Nos levantábamos, desayunábamos... No sé.

Linda se encogió de hombros.

—Éramos simplemente una familia —contestó—. Hablábamos de lo que hablan las familias. Del tiempo, de nuestros planes, de los viajes que íbamos a hacer. De problemas de dinero. De dónde iba a trabajar cada uno. Yo a veces me quedaba en la cocina después del desayuno, a fregar los platos, y me echaba a llorar de lo feliz que era. Por fin tenía una familia de verdad.

Rebecca estuvo de acuerdo en que su vida no era muy distinta a la de la media, aunque estaba claro que no era tan sentimental al respecto como su compañera.

Siguieron divagando sin revelar nada útil. Una norma bien conocida tanto de las entrevistas como de los interrogatorios es que las abstracciones tienden a ocultar los recuerdos, mientras que los datos concretos los desencadenan.

—Hagan una cosa —propuso Dance—: escojan un día en particular y háblenme de él. Un día que recuerden las dos.

Pero a ninguna se le ocurrió uno que destacar.

Kathryn sugirió entonces:

—Piensen en una fiesta. En Acción de Gracias, en Navidad...

—¿Qué le parece Pascua? —preguntó Linda.

—Mi primera fiesta allí. Y la única. Claro. Eso fue divertido.

Linda contó que preparó una cena especial con la comida que «consiguieron» Sam, Jimmy y Rebecca. La agente pescó al vuelo el eufemismo; quería decir que la habían robado.

—Hice pavo —añadió la joven—. Estuve todo el día ahumándolo en el jardín. Madre mía, qué bien nos lo pasamos.

—Así que allí estaban —insistió Dance—, ustedes dos y Samantha. Ella era la más callada, según dicen.

—El Ratón.

—Y el joven que estaba con Pell en casa de los Croyton —intervino Kellogg—. Jimmy Newberg. Háblennos de él.

—De acuerdo —contestó Rebecca—. Era gracioso como un cachorrillo. Él también se había escapado de casa. Era del norte, creo.

—Y muy guapo. Pero no estaba muy bien de aquí. —Linda se tocó la cabeza.

Su compañera se echó a reír.

—Había sido muy porrero.

—En cambio, con las manos era un genio. Carpintería, electrodomésticos, todo... Sabía mucho de ordenadores, hasta escribía programas. Nos hablaba de ellos, pero no entendíamos nada. Quería montar no sé qué página web, ¿te acuerdas? Y eso fue mucho antes de que todo el mundo tuviera una. La verdad es que creo que era muy creativo. Me dio mucha pena. A Daniel no le caía del todo bien. Perdía la paciencia con él. Creo que quería expulsarlo.

—Además, Daniel era muy de mujeres. No se sentía a gusto teniendo otros hombres alrededor.

Dance volvió a dirigir la conversación hacia la fiesta.

—Fue un día muy bonito —prosiguió Linda—. Había salido el sol y hacía calor. Pusimos música. Jimmy había montado un equipo buenísimo.

—¿Bendijeron la mesa?

—No.

—¿A pesar de que era Pascua?

—Lo sugerí —dijo Rebecca—, pero Pell dijo que no.

—Es verdad —añadió Linda—. Se enfadó.

Por su padre, supuso Kathryn.

—Estuvimos jugando en el jardín. A lanzarnos el disco de *frisbee*, y al bádminton. Luego serví la cena.

—Yo había birlado un buen *cabernet* —contó Rebecca— y las chicas y Jimmy tomamos vino. Pell no bebía. Me puse como una cuba. Y Sam también.

—Y comimos un montón. —Linda se llevó las manos al vientre.

Dance siguió indagando. Era consciente de que Winston Kellogg se había descolgado de la conversación. Era un experto en sectas, pero prefería delegar en ella el interrogatorio. La agente se lo agradeció.

—Después de la cena —siguió contando Linda— nos quedamos fuera, hablando. Sam y yo nos pusimos a cantar. Jimmy estaba trasteando con su ordenador. Y Daniel se puso a leer algo.

Los recuerdos surgían ahora de corrido, como una reacción en cadena.

—Una fiesta en familia, hablando y bebiendo.

—Sí.

—¿Recuerdan de qué hablaron?

—Uf, de cosas, ya sabe... —Linda se quedó callada. Luego dijo—: Espere. Eso me recuerda algo que quizá les interese. —Ladeó la cabeza ligeramente: un gesto de reconocimiento, aunque por lo difuso de su mirada, posada en un jarrón cercano lleno de amarilis artificiales, daba la impresión de que la idea no se había formado aún por completo. Dance no dijo nada; a menudo, los recuerdos vagos se borran si se pregunta directamente por ellos—. No fue en Pascua —continuó la joven—. Fue en otra cena. Pero me he acordado de ello al hablar de ese día de Pascua. Daniel y yo estábamos en la cocina. Él me estaba viendo cocinar. Y se oyó un ruido muy fuerte en la casa de al lado. Los vecinos se estaban peleando. Daniel me dijo que estaba deseando largarse de Seaside. A la cima de su montaña.

—¿La cima de su montaña?

—Sí.

—¿Su montaña? —insistió Kellogg.

—Eso fue lo que dijo.

—¿Tenía alguna finca en propiedad?

—Nunca nos contó nada concreto. Puede que dijera que era «suya» porque deseaba que algún día lo fuera.

Rebecca no sabía nada al respecto.

—Lo recuerdo claramente —agregó Linda—. Quería alejarse de todo el mundo. Que estuviéramos sólo nosotros, la Familia. Sin nadie más alrededor. Creo que no dijo nada sobre eso ni antes ni después.

—Pero ¿no era Utah? Ambas dijeron que nunca había hablado de ir allí.

—Así es —contestó Rebecca—. Pero espere. ¿Sabe?, pensando en eso... No sé si servirá de algo, pero yo también recuerdo una cosa. Algo muy parecido. Una noche estábamos en la cama y Daniel dijo: «Necesito dar un gran golpe. Reunir dinero suficiente para alejarme de todo el mundo». De eso me acuerdo. Dijo: «Un gran golpe».

—¿A qué se refería? ¿A un robo para comprar una finca?

—Puede ser.

—¿Linda?

La joven contestó que no lo sabía y pareció preocupada por que Pell no le hubiera hecho partícipe de todo.

Dance formuló la pregunta obvia:

—¿Es posible que ese gran golpe fuera el asalto a la casa de los Croyton?

—No lo sé —contestó Rebecca—. A nosotras no nos dijo adónde iban esa noche Jimmy y él.

Kathryn se dijo que tal vez, a fin de cuentas, Pell hubiera sustraído algo de gran valor de casa de los Croyton. Quizá lo hubiera escondido al verse acosado por la policía. Pensó en el coche en el que Pell había llegado hasta la casa. ¿Había sido registrado exhaustivamente? ¿Dónde estaba? Tal vez destruido; tal vez en poder de otra persona. Tomó nota de que debía intentar localizarlo. Y consultar el registro de la propiedad, por si Pell era dueño de algún bien inmueble.

La cima de la montaña... ¿Era eso acaso lo que había buscado en Visual-Earth al conectarse a Internet en Capitola? Alrededor de la península, a menos de una hora en coche, había decenas de picos montañosos.

Quedaban numerosos interrogantes, pero Dance se daba por satisfecha con los progresos que habían hecho. Por fin tenía la impresión de empezar a vislumbrar lo que ocultaba la mente de Daniel Pell. Se disponía a formular otra pregunta cuando sonó su teléfono.

—Disculpen.

—Kathryn, soy yo.

Se pegó el teléfono al oído.

—¿Qué ocurre, TJ? —Y se preparó para lo que iba a oír. No la había llamado «jefa» y eso sólo podía significar una cosa: que estaba a punto de darle malas noticias.

29

Kathryn Dance y Winston Kellogg caminaban por una carretera cubierta por una fina capa de arena húmeda, hacia donde les esperaban TJ y Michael O'Neil, parados junto al maletero abierto de un Lexus último modelo. Había otra persona con ellos, un representante de la oficina del forense, que en el condado de Monterrey está adscrita a la Oficina del Sheriff.

—Kathryn —dijo a modo de saludo el hombre gordo y con entradas.

Dance le presentó a Kellogg y se asomó al maletero. La víctima, una mujer, yacía de lado. Tenía las piernas dobladas y le habían atado las manos con la misma cinta aislante que había servido para amordazarla. Toda su cara era de un color rojo intenso. Los vasos sanguíneos estaban rotos.

—Susan Pemberton —les informó O'Neil—. Vivía en Monterrey. Treinta y nueve años, soltera.

—¿La causa probable de la muerte es la asfixia?

—También presenta dilatación capilar e inflamación y distensión de membranas —respondió el colaborador del forense—. ¿Ese residuo de ahí? Estoy seguro de que es *Oleoresina capsicum*.

—La roció con aerosol de pimienta y luego la amordazó.

El forense asintió con un gesto.

—Qué horror —masculló O'Neil.

Agonizar sola, entre dolores, con un maletero como ignominioso ataúd. Un arrebato de furia se apoderó de Dance.

O'Neil le explicó que la desaparición que había estado investigando era la de Susan.

—¿Estamos seguros de que ha sido Pell?

—Ha sido él —contestó el colaborador del forense—. Las huellas coinciden.

—Ya he ordenado que se cotejen las huellas de todos los homicidios que ocurran en esta zona —dijo O'Neil.

—¿Alguna idea del móvil?

—Quizá. La víctima trabajaba para una empresa que organizaba eventos. Al parecer, Pell la utilizó para entrar y para que le dijera dónde estaban todos los archivos. Lo robó todo. Los técnicos ya han estado en la oficina. Nada concluyente de momento, excepto sus huellas.

—¿Alguna idea de por qué? —preguntó Kellogg.

—Ninguna.

—¿Cómo la encontró?

—Su jefa dice que ayer se marchó de la oficina a eso de las cinco para ir a tomar una copa con un posible cliente.

—¿Crees que era Pell?

O'Neil se encogió de hombros.

—Ni idea. Su jefa no sabía quién era. Puede que Pell los viera y los siguiera.

—¿Tiene familia?

—Aquí, parece que no —contestó el colaborador del forense—. Sus padres están en Denver. Les llamaré cuando llegue al despacho.

—¿Hora aproximada de la muerte?

—Anoche, entre las siete y las nueve. Después de la autopsia podré deciros algo más.

Pell había dejado pocas pruebas, salvo un par de pisadas difusas en la arena que parecían llevar hacia la playa y que luego se perdían entre la hierba rala y descolorida de las dunas. No se veía ninguna otra huella, ni marcas de neumáticos.

¿Qué había en los archivos que había robado? ¿Qué les estaba ocultando Pell?

Kellogg se paseaba intentando hacerse una composición de lugar, como si contemplara la escena del crimen a la luz de sus conocimientos sobre la mentalidad sectaria.

Dance contó a O'Neil lo que había recordado Rebecca: que Pell estaba tramando dar un gran golpe, posiblemente para poder comprarse una guarida en alguna parte.

—«La cima de la montaña», dijo Linda. Y puede que ese gran golpe fuera el robo en casa de los Croyton. —Añadió que quizá Pell hubiera escondido alguna pertenencia del empresario informático en el coche en el que se dio a la fuga—. Quizá por eso miró en Visual-Earth. Para echarle un vistazo al sitio.

—Una teoría interesante —comentó O'Neil.

Kathryn y él solían intercambiar ideas cuando trabajaban juntos en un caso. De vez en cuando daban con alguna hipótesis absolutamente rocambolesca sobre los crímenes que estaban investigando. Y a veces eran esas hipótesis las que acertaban de lleno.

La agente pidió a TJ que comprobara qué había sido del vehículo que conducía Pell la noche del asesinato de la familia Croyton y si había un inventario de su contenido.

—Y comprueba si Pell tiene alguna propiedad inmobiliaria en algún lugar del estado.

—Vale, jefa.

Dance miró a su alrededor.

—¿Por qué abandonaría aquí el coche? Podría haberlo llevado al monte, más al este, y habríamos tardado días en encontrarlo. Aquí es mucho más visible.

Michael O'Neil señaló el estrecho pantalán que se adentraba en el mar.

—Dejó inservible el Thunderbird y ya habrá abandonado el Ford Focus. Puede que escapara en barco.

—¿En barco? —preguntó la mujer.

—Sus huellas se dirigen hacia allí. Ninguna vuelve hacia la carretera.

Kellogg asintió con la cabeza, pero muy despacio, como si dijera «creo que no».

—El mar está un poco revuelto para atracar un barco ahí, ¿no crees?

—No, si uno sabe lo que hace.

—¿Tú podrías?

—¿Yo? Claro. Depende del viento.

Se hizo un silencio mientras Winston Kellogg contemplaba el lugar de los hechos. La lluvia comenzaba a arreciar, pero él no parecía notarlo.

—En mi opinión, echó a andar hacia allí por la razón que fuese, quizá para despistarnos. Pero luego dio media vuelta, regresó a la carretera por las dunas y se reunió con su cómplice más o menos por aquí.

Expresiones como «en mi opinión» o «tengo la impresión de que...» son lo que Dance llamaba anestésicos verbales. Su fin es suavizar el escozor que puede causar una respuesta crítica o una opinión contraria. Kellogg, el recién llegado, se resistía a polemizar con O'Neil, pero estaba convencido, evidentemente, de que éste se equivocaba respecto a lo del barco.

—¿En qué te basas? —preguntó Kathryn.

—En ese viejo molino.

En el desvío en el que la carretera de la playa se desgajaba de la carretera principal, había una gasolinera abandonada sobre la cual se erguía un molino decorativo de dos plantas.

—¿Cuánto tiempo lleva ahí?

—Cuarenta o cincuenta años, diría yo. Los surtidores sólo tienen dos ventanitas para el precio, como si en sus tiempos creyeran que la gasolina jamás pasaría de los noventa y nueve centavos.

—Pell conoce la zona —prosiguió Kellogg—. Y es probable que su cómplice no sea de aquí. Él escogió este lugar porque está desierto, pero también porque no tiene pérdida. «Tuerce a la derecha en el molino.»

El semblante de O'Neil permaneció impasible.

—Podría ser. Pero, naturalmente, si ésa fuera la única razón, cabría preguntarse por qué no escogió un lugar más próximo a la ciudad. Así sería más fácil dar indicaciones a su cómplice, y hay un montón de lugares abandonados que servirían para ese propósito. Además, el Lexus era robado y llevaba un cadáver en el maletero. Está claro que le convenía deshacerse de él lo antes posible.

—Puede ser, tiene sentido —reconoció Kellogg, y volvió a mirar a su alrededor, entornando los ojos en medio de la bruma—. Pero yo me inclino por otra cosa. Creo que se sintió atraído por este sitio no por el embarcadero, sino porque está desierto y es una playa. Pell no es un asesino ritual, pero la mayoría de los líderes sectarios tienen inclinaciones místicas, y el agua suele figurar entre sus debilidades. Yo diría que aquí tuvo lugar una especie de ceremonia. Puede que estuviera involucrada la mujer que va con él. Sexo después del asesinato, quizá. O puede que otra cosa.

—¿Qué?

—No lo sé. Creo que ella vino a su encuentro aquí. Para lo que fuese que planeaba Pell.

—Pero no hay rastros de otro coche —repuso O'Neil—, ni pruebas de que diera media vuelta y regresara a pie a la carretera. Lo lógico sería que hubiera alguna huella.

—Puede que las borrara —contestó Kellogg, y señaló una parte de la carretera cubierta de arena—. Esas marcas no parecen naturales. Puede que barriera sus huellas con una brocha, o una rama. O incluso con una escoba. Yo revisaría toda esa zona.

—Creo que conviene comprobar las denuncias de embarcaciones robadas. Y que los técnicos forenses inspeccionen el pantalán inmediatamente.

La volea prosiguió:

—Con este viento y esta lluvia... —añadió el agente del FBI—. Opino que la carretera debería ser lo primero.

—¿Sabes, Win?, creo que vamos a decantarnos por el embarcadero.

Kellogg inclinó la cabeza como diciendo: «El equipo forense es tuyo. Yo me retiro».

—Está bien. Si no te importa, voy a ver si encuentro algo en la carretera.

—Claro. Adelante.

Sin mirar a Kathryn (no tenía deseo alguno de poner a prueba su lealtad), el agente federal regresó a la zona de las marcas sospechosas.

Dance dio media vuelta y echó a andar por una zona limpia, de regreso a su coche. Se alegraba de dejar atrás la escena del crimen. Las pruebas forenses no eran su fuerte.

Ni lo eran los topetazos que se daban dos carneros, a cual más testarudo.

El rostro de la aflicción.

Kathryn Dance lo conocía bien. De sus tiempos de periodista, cuando entrevistaba a supervivientes de crímenes y accidentes. Y de su época como consultora judicial, cuando contemplaba las caras de testigos y de víctimas en el acto de narrar injusticias y traumas personales.

Y de su propia vida, también. De cuando, viuda ya, se miraba al espejo, cara a cara con una Kathryn muy distinta, el lápiz de labios en suspenso un instante antes de apartarse del rostro convertido en una máscara.

¿Para qué molestarse? ¿Para qué?

Ahora, sentada en el despacho de Susan Pemberton, veía aquella misma expresión en el rostro de Eve Brock, la jefa de la mujer asesinada.

—No me parece real.

No, nunca lo parece.

Había dejado de llorar, aunque sólo temporalmente, pensó Dance. Brock, una mujer recia de mediana edad, se dominaba con mano firme. Se inclinaba hacia delante, con las piernas metidas bajo la silla, los hombros rígidos, los dientes apretados. La manifestación kinésica del dolor coincidía con la expresión de su cara.

—No entiendo lo del ordenador y los archivos. ¿Para qué los quería?

—Supongo que había algo que quería ocultar. Puede que hace años estuviera en algún evento y que no quiera que nadie se entere.

Lo primero que había preguntado la agente era si la empresa ya funcionaba antes de que Pell fuera a prisión. Y así era, en efecto.

Eve Brock empezó a llorar de nuevo.

—Hay una cosa que quiero saber. ¿La...?

Dance captó la inquietud de la mujer y respondió a la pregunta inconclusa:

—No hubo agresión sexual.

Le preguntó por el cliente al que Susan iba a ver, pero Brock desconocía los detalles.

—¿Me disculpa un momento? —Eve Brock estaba a punto de rendirse a las lágrimas.

—Desde luego.

Se dirigió al aseo de señoras.

Dance miró las paredes del despacho de Susan Pemberton, llenas de fotos de eventos pasados: bodas, ceremonias judías, fiestas de aniversario, excursiones y galas para empresas locales, bancos y asociaciones, campañas de recogida de fondos para partidos políticos y celebraciones en institutos y universidades. La empresa trabajaba también con diversas funerarias, ocupándose de la recepción posterior al sepelio.

Kathryn vio con sorpresa el nombre de la casa de pompas fúnebres que se había hecho cargo del entierro de su marido.

Eve Brock regresó con la cara colorada y los ojos hinchados.

—Disculpe.

—No tiene importancia. Entonces, ¿quedó con ese cliente después del trabajo?

—Sí.

—¿Es probable que fueran a tomar una copa o un café a alguna parte?

—Sí, es probable.

—¿Por aquí cerca?

—Normalmente, sí. A Alvarado. —La calle principal del centro de Monterrey—. O quizás al centro comercial Del Monte, en el puerto.

—¿Tenía predilección por algún bar en concreto?

—No. Iban donde quisiera ir el cliente.

—Perdone. —Dance sacó su teléfono y llamó a Rey Carraneo.

—Agente Dance —respondió éste.

—¿Dónde estás?

—Cerca de Marina, comprobando todavía las denuncias de barcos robados, como me ordenó el detective O'Neil. Nada, todavía. Y tampoco ha habido suerte con los moteles.

—Está bien. Sigue en ello. —Colgó y llamó a TJ—. ¿Dónde estás tú?

—El énfasis me dice que soy plato de segunda mesa.

—¿Y cuál es la respuesta?

—En Monterrey, cerca del centro.

—Bien. —Le dio la dirección de la empresa de Eve Brock y le dijo que se reuniera con ella en la calle diez minutos después. Le daría una fotografía de Susan Pemberton para que recorriera los bares y restaurantes a los que podía llegarse a pie desde allí, así como los del centro comercial y los del puerto pesquero. Y también los de Cannery Row.

—Se nota que me quieres, jefa. Bares y restaurantes. Mi especialidad.

Le pidió también que hablara con la compañía telefónica y se informara sobre las llamadas que había recibido Susan. No creía que el cliente fuera Pell; era muy osado, pero no se habría atrevido a presentarse en el centro de Monterrey a plena luz del día. El cliente, sin embargo, podía tener información valiosa respecto adónde iba Susan después de su cita, por ejemplo.

Dance pidió a Eve los números de teléfono de Susan y se los recitó a TJ.

Después de colgar, preguntó:

—¿Qué había en los archivos robados?

—Todo tipo de cosas relativas a la empresa. Clientes, hoteles, proveedores, iglesias, pastelerías, servicios de *catering*, restaurantes, licorerías, floristas, fotógrafos, departamentos de relaciones públicas de empresas que nos contrataban... De todo. —La respuesta pareció dejarla agotada.

¿Qué era lo que preocupaba a Pell hasta el punto de haberse molestado en hacer desaparecer los archivos?

—¿Trabajaron alguna vez para William Croyton o su empresa?

—¿Para...? Ah, el hombre al que asesinó, esa familia. No, nunca.

—¿Para alguna filial de su empresa, quizá, o para alguno de sus proveedores?

—Supongo que es posible. Trabajamos para muchas empresas.

—¿Tienen copias de seguridad del material robado?

—Hay algunas archivadas en papel. Declaraciones de impuestos, cheques cancelados, cosas así. Y seguramente también copias de las facturas. Pero con muchas otras cosas no me molesto. No se me había pasado por la cabeza que pudieran robarme algo así. Las copias las tendrá mi contable, en San José.

—¿Puede conseguirnos todas las que sea posible?

—Hay tantas... —Su mente parecía bloqueada.

—Con un límite de ocho años atrás, hasta mayo de 1999.

La mente de Dance hizo entonces otra de sus deducciones imprevistas. ¿Podía Pell estar interesado en algún evento que Brock fuera a organizar en un futuro?

—También de todos sus trabajos a corto plazo.

—Claro, haré lo que pueda.

Parecía abrumada por la tragedia, paralizada.

Pensando en *La muñeca dormida*, el libro de Morton Nagle, Kathryn se dio cuenta de que tenía ante sí a otra víctima de Daniel Pell.

Veo el crimen violento como una piedra que cae a un estanque. Sus consecuencias son como ondas: pueden extenderse casi hasta el infinito.

La agente pidió una fotografía de Susan para dársela a TJ y bajó a la calle a reunirse con él. Sonó su teléfono.

En la pantalla aparecía el número del móvil de O'Neil.

—Hola —dijo, contenta de ver que era él.

—Tengo que decirte una cosa.

—Adelante.

Su compañero habló con calma y Kathryn recibió la noticia sin un solo gesto que revelara emoción.

—Iré en cuanto pueda.

—En realidad es una bendición —dijo entre lágrimas la madre de Juan Millar.

De pie en el pasillo del hospital de Monterrey, junto a un Michael O'Neil muy serio, Dance veía a la mujer haciendo lo posible por tranquilizarlos y desviar, al mismo tiempo, sus muestras de compasión.

Llegó Winston Kellogg y se acercó a la familia, les dio el pésame y estrechó la mano de O'Neil apoyando su otra mano en el antebrazo del detective, un gesto que, entre hombres de negocios, políticos y deudos de un fallecido, denotaba sinceridad.

—Lo siento muchísimo.

Estaban en la unidad de quemados de la UCI. A través de la cristalera veían la enrevesada cama y los accesorios de nave espacial que la rodeaban: cables, válvulas, medidores, instrumental vario. Y, en medio, un bulto inmóvil tapado con una sábana verde.

Una sábana del mismo color había cubierto el cadáver de su marido. Kathryn recordaba que, al verla, había pensando frenética: «Pero ¿dónde ha ido la vida? ¿Dónde ha ido?» De ese instante databa su aversión por ese tono de verde en particular.

Miraba fijamente el cadáver y oía en su cabeza las palabras que le había susurrado su madre.

Dijo «máteme». Lo dijo dos veces. Luego cerró los ojos...

Dentro de la sala, el padre de Millar hacía preguntas al médico cuyas respuestas probablemente no entendía. Aun así, era lo que exigía de él el papel de padre que había sobrevivido a su hijo. Y exigiría mucho más durante los días siguientes.

Kellogg también dio el pésame a la madre, que se puso a parlotear y repitió que era preferible que su hijo hubiera muerto, qué duda había: los años de tratamientos, los sucesivos injertos...

—Absolutamente de acuerdo —contestó Kellogg, sirviéndose de una muletilla propia de Charles Overby.

Edie Dance, que ese día, de improviso, había tenido que trabajar de tarde, apareció por el pasillo. Parecía apenada, pero decidida. Su hija conocía bien aquel semblante, que, unas veces fingido y otras sincero, le había prestado grandes servicios en el pasado. Hoy era, sin duda, reflejo fiel de sus sentimientos.

Edie se fue derecha a la madre de Millar. La agarró del brazo y, consciente de que estaba al borde de la histeria, comenzó a hablarle, interesándose por su estado, pero sobre todo por el de su marido y sus otros hijos con el único propósito de desviar su atención de aquella tragedia inasumible. Edie Dance era una maestra en el arte de la compasión. Por eso era una enfermera tan querida.

Rosa Millar comenzó a calmarse y luego se puso a llorar, y Kathryn advirtió que el horror que un momento antes la había hecho tambalearse se disolvía hasta convertirse en una pena más llevadera. Su marido se reunió con ellas y Edie dejó a Rosa en sus manos como una trapecista que, colgada de su trapecio, dejara a un acróbata en manos de otro.

—Señora Millar —dijo Dance—, me gustaría que...

De pronto se vio lanzada hacia un lado, gritó y, en lugar de bajar las manos para coger su arma, las levantó para no golpearse la cabeza con uno de los carros colocados allí cerca.

¿Cómo ha conseguido Daniel Pell entrar en el hospital?, fue lo primero que pensó.

—¡No! —gritó O'Neil.

O quizá fuera Kellogg. Seguramente los dos. Kathryn cayó de rodillas y se asió al carro, tirando al suelo rollos de tubo amarillo y vasos de plástico.

El médico también se acercó de un salto, pero fue Winston Kellogg quien agarró a Julio Millar y dobló hacia atrás el brazo del joven furioso, empujándole hacia abajo con facilidad y retorciéndole la muñeca. Fue una maniobra rápida, ejecutada sin aparente esfuerzo.

—¡Hijo! ¡No! —gritó el padre, y la madre se echó a llorar con más fuerza.

O'Neil ayudó a su compañera a levantarse. La agente no se había hecho nada, pero dio por hecho que al día siguiente tendría moratones.

Julio intentó desasirse, pero por lo visto Kellogg era mucho más fuerte de lo que parecía, porque se limitó a subirle el brazo ligeramente.

—Tranquilo, no te hagas daño. Tranquilo.

—¡Puta! ¡Jodida puta! ¡Lo has matado tú! ¡Has matado a mi hermano!

—Escucha, Julio —dijo O'Neil—. Tus padres ya están bastante apenados. No empeores las cosas.

—¿Empeorarlas? ¡Es imposible empeorarlas! —Intentó patalear.

Kellogg lo apartó y le levantó la muñeca. El joven hizo una mueca de dolor y dejó escapar un gemido.

—Relájate. No te dolerá si te relajas. —El agente del FBI miró a los padres, cuyos ojos reflejaban impotencia—. Lo lamento.

—Julio —dijo el padre—, has hecho daño a esta señora. Es policía. ¡Irás a la cárcel!

—¡Es ella la que debería ir a la cárcel! ¡Ella es la asesina!

—¡No! —gritó el señor Millar—. ¡Basta ya! Tu madre, piensa en tu madre. ¡Para de una vez!

O'Neil había sacado discretamente sus esposas, pero vacilaba. Miró a Kellogg. Estaban indecisos. Julio parecía estar calmándose.

—Vale, vale, suélteme.

—Tendremos que esposarte si no te controlas —le advirtió O'Neil—. ¿Entendido?

—Sí, sí, entendido.

Kellogg lo soltó y lo ayudó a incorporarse.

Miraron todos a Kathryn. Pero ella no iba a llevar el asunto a los juzgados.

—No pasa nada. No hay problema.

Julio la miró a los ojos.

—Claro que hay problema. Hay un problema, y grande. —Se marchó hecho una furia.

—Cuánto lo siento —comentó llorando Rosa Millar.

Dance intentó tranquilizarla.

—¿Su hijo vive con ustedes?

—No, en un apartamento, cerca de casa.

—Que esta noche se quede con ustedes. Dígale que necesita su ayuda. Para el entierro, para ocuparse de los asuntos de Juan, para lo que se le ocurra. Está tan apenado como todos los demás, pero no sabe qué hacer con su pena.

La madre se había acercado a la camilla en la que yacía su hijo. Masculló algo. Edie Dance la siguió y le susurró al oído, tocándole el brazo. Un gesto íntimo entre dos mujeres que un par de días antes eran perfectas desconocidas.

Pasado un momento, Edie regresó con su hija.

—¿Quieres que los niños duerman esta noche en mi casa?

—Gracias. Seguramente es lo mejor.

Kathryn se despidió de los Millar.

—¿Hay algo que podamos hacer? Lo que sea.

—No, no —contestó el padre, como si la pregunta lo dejara perplejo. Luego añadió—: ¿Qué más se puede hacer?

30

La localidad de Vallejo Springs, en Napa, California, es conocida por varios motivos: por ser la sede de un museo en el que se exhiben numerosas obras de Eadweard Muybridge, el fotógrafo del siglo XIX al que se atribuye la invención de la fotografía en movimiento (y que tras reconocer ante el juez que había asesinado al amante de su esposa, salió impune del crimen, suceso éste mucho más interesante que su producción artística); y por sus viñedos, que producen una variedad de uva merlot, una de las tres más famosas de las que se emplean para elaborar vino tinto. Pese a la mala fama que cosechó gracias a una película reciente, la merlot no es la más deleznable de las uvas. Prueba de ello es el Pétrus, un borgoña de la región de Pomerol hecho casi íntegramente de merlot y quizás el caldo más caro del mundo.

Si Morton Nagle estaba cruzando los límites de Vallejo Springs era, sin embargo, por la tercera atracción de la localidad, una atracción que muy pocos conocían: era allí donde vivía Theresa Croyton, la Muñeca Dormida, acompañada de sus tíos.

Nagle había hecho los deberes. Tras un mes siguiendo pistas retorcidas, dio con un periodista de Sonoma que le proporcionó el nombre de un abogado que se había encargado de ciertos asuntos legales en nombre de la tía. El abogado se resistió a darle información, pero le dijo, en cambio, que la señora en cuestión era una mujer autoritaria e insoportable, además de una tacaña. Al parecer, le había pedido explicaciones por una factura. Finalmente, tras convencerse de que era escritor, le reveló en qué pueblo vivía la familia y le proporcionó su nuevo apellido, a condición de que Nagle le garantizara que su nombre no saldría a relucir.

La expresión «fuente confidencial» es, en realidad, simplemente un sinónimo de «cobardía».

Nagle había visitado varias veces Vallejo Springs para reunirse con la tía de la Muñeca Dormida. Tenía la esperanza de conseguir una entrevista con la chica (el tío, al parecer, no figuraba en la ecuación). Ella era reacia, pero Nagle creía que, con el tiempo, acabaría por acceder.

Ahora, de vuelta en el pueblo pintoresco, aparcó cerca de la espaciosa casa, confiando en que se presentara la ocasión de hablar a solas con la tía. Podía llamar por teléfono, claro. Pero en su opinión el teléfono, como el correo electrónico, era un modo ineficaz de comunicarse. Por teléfono, la persona con la que hablas es tu igual. Uno tiene mucho menos control y mucho menos poder de persuasión que si está allí en persona.

Y, además, el otro puede colgar.

Debía tener cuidado. Había notado que la policía pasaba con frecuencia por delante de la casa. Ese dato no significaba nada por sí solo (Vallejo Springs era un pueblo acaudalado, con un cuerpo de policía amplio y bien equipado), pero Nagle también había notado que los coches patrulla parecían aminorar la marcha al pasar frente a la casa de Tod y Mary Bolling, como se llamaba ahora la familia.

Reparó asimismo en que había muchos más coches patrullando que la semana anterior, lo cual vino a confirmar lo que ya sospechaba: que Theresa era la niña mimada del pueblo. La policía se había puesto en estado de máxima alerta para asegurarse de que no le ocurría nada. Por eso, si se pasaba de la raya, lo acompañarían hasta los límites del pueblo y lo arrojarían al polvo, igual que a un pistolero indeseable en un mal *western*.

Se recostó en el asiento y, sin quitar ojo a la puerta, se puso a pensar en cómo daría comienzo a su libro.

Carmel by the Sea es un pueblecito lleno de contradicciones: meca turística y joya de la corona de la Costa Central, esconde bajo su primorosa apariencia el mundo secreto y despiadado de los ricachones de Hollywood, San Francisco, Silicon Valley.

Mmm... Habrá que pulirlo.

Nagle se echó a reír.

Entonces vio salir un todoterreno Escalade blanco de la finca de los Bolling. Mary, la tía de Theresa, iba sentada al volante, sola. Bien. Si iba con Theresa, Nagle no conseguiría acercarse a ella.

Puso en marcha su coche, un Buick que valía lo que la transmisión del todoterreno, y la siguió. La señora Bolling se detuvo en una estación de servicio y llenó el depósito con gasoil de primera calidad. Charló con la mujer del surtidor de al lado. Parecía agobiada. No se había cepillado el pelo gris y tenía aspecto de cansada. Nagle veía sus ojeras desde el borde del aparcamiento.

Al salir de la gasolinera, Mary Bolling atravesó el bonito centro del pueblo, tan típicamente californiano: una calle adornada con plantas, flores y estrafalarias esculturas, y flanqueada por cafeterías, discretos restaurantes, un vivero, una librería independiente, un centro de yoga y pilates y pequeñas tiendas que vendían vino, artesanía de vidrio, regalos y ropa de estilo náutico.

Unos centenares de metros calle adelante se hallaba el centro comercial en el que compraban los vecinos del pueblo, flanqueado por un supermercado y una farmacia. Mary

Bolling dejó el coche en el aparcamiento y entró en el supermercado. Nagle aparcó cerca del todoterreno y se desperezó. Hacía veinte años que no fumaba, pero se moría de ganas de fumarse un cigarrillo.

Prosiguió aquel interminable debate consigo mismo.

De momento, no había cometido ninguna trasgresión. No había quebrantado ninguna norma.

No había hecho daño moral alguno, aún podía irse a casa.

Pero ¿debía hacerlo?

No estaba seguro.

Morton Nagle creía tener un propósito en la vida, y era denunciar el mal. Una misión importante por la que sentía auténtica pasión. Un noble empeño.

Pero su objetivo no era combatir el mal, sino desvelarlo y dejar que la gente juzgara por sí misma. Porque cuando uno se extralimitaba, cuando su fin dejaba de ser el esclarecimiento de los hechos y pasaba a ser la búsqueda de justicia, corría riesgos. A diferencia de la policía, él no podía recurrir a la Constitución para que le dijera qué era lo que podía o no podía hacer, lo que significaba que había espacio para el abuso. Al pedirle a Theresa Croyton que les ayudara a encontrar a un asesino, estaría exponiéndoles a ella y a su familia (y a sí mismo y a la suya) a peligros muy concretos. Estaba claro que a Daniel Pell le importaba muy poco que sus víctimas fueran menores.

Era mucho mejor escribir sobre las personas y sus conflictos que emitir juicios acerca de esos mismos conflictos. Que sus lectores decidieran lo que estaba bien y lo que estaba mal y actuaran en consecuencia. Aunque, por otro lado, ¿debía quedarse de brazos cruzados y dejar que Pell siguiera matando, pudiendo hacer algo por remediarlo?

La hora de aquel escurridizo debate tocó a su fin, sin embargo. Mary Bolling acababa de salir del supermercado empujando un carro lleno de compra.

¿Sí o no?

Morton Nagle dudó sólo unos segundos; luego abrió la puerta, salió y, tirándose de los pantalones, echó a andar.

—Disculpe. Hola, señora Bolling. Soy yo.

La señora Bolling se detuvo, parpadeó y le miró fijamente.

—¿Qué hace usted aquí?

—Yo...

—No he accedido a que hable con Theresa.

—Lo sé, lo sé. No es eso...

—¿Cómo se atreve a presentarse aquí por las buenas? ¡Nos está acosando!

Tenía el teléfono móvil en la mano.

Nagle sintió un ansia repentina de convencerla.

—Por favor —dijo—, esto es distinto. He venido por hacerle un favor a otra persona. Más adelante podemos hablar del libro.

—¿Un favor?

—He venido desde Monterrey para hacerle una pregunta. Quería verla en persona.

—¿De qué está hablando?

—Sabe usted lo de Daniel Pell.

—Claro que lo sé —contestó Mary Bolling como si Nagle fuera el tonto del pueblo.

—Hay una investigadora de la policía que desea hablar con su sobrina. Cree que quizá Theresa pueda ayudarla a encontrar a Pell.

—¿Qué?

—No se preocupe. No hay ningún riesgo. Es...

—¿Ningún riesgo? ¿Es que se ha vuelto loco? ¡Ese hombre podría haberlo seguido hasta aquí!

—No. Está en Monterrey, en alguna parte.

—¿Les ha dicho usted dónde vivimos?

—¡No! Esa investigadora de la policía se reunirá con su sobrina donde ustedes quieran. Aquí, o en cualquier otra parte. Sólo quiere hablar con Theresa...

—Theresa no va a hablar con nadie. Ni va a ver a nadie. —Mary Bolling se inclinó hacia delante—. Si no se marcha inmediatamente, aténgase a las consecuencias.

—Señora Bolling, Daniel Pell ha matado a...

—He visto las putas noticias. Dígale a esa policía, sea quien sea, que Theresa no puede decirle absolutamente nada. Y olvídese de hablar con ella para su dichoso libro.

—No, espere, por favor...

Mary Bolling dio media vuelta y regresó corriendo al Escalade. Su carro de la compra, abandonado, se deslizó en dirección contraria por la suave pendiente. Nagle logró agarrarlo, casi sin aliento, justo antes de que chocara con un Mini Cooper, mientras el todoterreno salía derrapando del aparcamiento.

Hacía no mucho tiempo, un agente del CBI ya jubilado había llamado a aquello «el Ala de las Chicas».

Se refería a esa parte de las oficinas de Monterrey que, por pura casualidad, albergaba los despachos de dos investigadoras (Dance y Connie Ramírez), además de los de Maryellen Kresbach y Grace Yuan, la severa jefa de administración.

El inventor de tan desafortunada expresión era un agente cincuentón, uno de esos muebles que pueblan las oficinas de todo el mundo, que se despiertan cada mañana contando los días que les quedan para la jubilación, y que no han hecho otra cosa desde que tenían veinte años. Años atrás, mientras formaba parte de la Patrulla de Caminos, había detenido a unos cuantos delincuentes, pero trasladarlo al CBI había sido un error. No estaba a la altura de los retos que planteaba aquel trabajo.

Y al parecer carecía, además, de instinto de conservación.

«Y ésta es el Ala de las Chicas», había dicho en voz alta, para que todo el mundo le oyera, un día a la hora de comer, mientras enseñaba las oficinas a una joven a la que intentaba impresionar.

Dance y Connie Ramírez habían intercambiado una mirada.

Esa misma tarde salieron a comprar medias y, al día siguiente, cuando el pobre agente llegó a la oficina, encontró su despacho lleno de medias de encaje, rejilla y licra, colgadas como si fueran telarañas. Entre la decoración había también diversos artículos de higiene íntima. El agente fue corriendo a quejarse a Stan Fishburne, el entonces jefe del CBI, quien, bendito sea, apenas logró contener la risa durante las pesquisas.

«¿Cómo que sólo dijiste el Ala de las Chicas, Barton? ¿De verdad dijiste eso? ¿Es que estás loco?»

Barton amenazó con quejarse a Sacramento, pero no duró lo suficiente en el CBI para cumplir su amenaza. Irónicamente, tras su partida, las ocupantes de esa parte de la oficina adoptaron de inmediato el apelativo, y ahora todo el mundo en el CBI conocía aquel pasillo como «el Ala de las Chicas».

Era por aquel mismo pasillo sin adornos por el que avanzaba ahora Kathryn Dance.

—Hola, Maryellen.

—Ah, Kathryn, cuánto siento lo de Juan. Vamos a hacer una donación entre todos. ¿Sabes a qué les gustaría a sus padres que la dediquemos?

—Michael está hablando con ellos ahora mismo.

—Ha llamado tu madre. Luego se pasará por aquí con los niños, si te parece bien.

Dance procuraba ver a sus hijos siempre que podía, incluso en horario de trabajo, si tenía que dedicar mucho tiempo a un caso y salía tarde del trabajo.

—Muy bien. ¿Cómo va lo de Davey?

—Ya está arreglado —contestó con firmeza su ayudante. Hablaban de su hijo, un chico de la edad de Wes que tenía problemas en el colegio debido a sus rencillas con una especie de banda preadolescente. Kathryn comprendió por la mirada de alegre malicia con que Maryellen le dio la noticia que se habían tomado medidas extremas para que los culpables fueran trasladados de centro o neutralizados del modo que fuese.

Maryellen Kresbach habría sido, en opinión de Dance, una policía magnífica.

Al entrar en su despacho dejó la chaqueta en la silla, colgó la molesta pistola a un lado y se sentó. Echó un vistazo a su correo electrónico. Sólo había un mensaje de importancia para el caso Pell. Richard Pell, el hermano del asesino, contestaba desde Londres.

Agente Dance:
La embajada estadounidense me ha hecho llegar su correo. Sí, me he enterado de la fuga; la noticia ha llegado hasta aquí. Hace doce años que no mantengo contacto alguno con mi hermano, desde que fue a visitarnos a mi esposa y a mí a Bakersfield, estando de visita la hermana de mi mujer, que había llegado de Nueva York y en aquel momento tenía veintitrés años. Un sábado nos llamó la policía para decirnos que la habían arrestado en una joyería del centro por hurto.
Mi cuñada era una estudiante modélica y estaba muy volcada en su parroquia. Hasta ese momento, jamás se había metido en un lío.
Al parecer, estuvo «charlando» con mi hermano y él la convenció de que robara «un par de cosas». Registré su habitación y encontré artículos por un valor aproxima-

do de diez mil dólares. Mi cuñada recibió la libertad con-
dicional y mi esposa estuvo a punto de dejarme a raíz de
dicho asunto.

Desde entonces no he vuelto a querer saber nada de Da-
niel. Después de los asesinatos de Carmel, en el 99, de-
cidí trasladarme con mi familia a Europa.

Le garantizo que, si tengo noticias suyas, se lo haré sa-
ber, aunque lo considero improbable. El mejor modo de
describir nuestra relación actual es éste: me he puesto
en contacto con la Policía Metropolitana de Londres y
en estos momentos hay un agente de policía vigilando
mi casa.

Adiós a aquella pista.

Sonó su móvil. Era Morton Nagle.

—¿Ha asesinado a otra persona? —preguntó, alarmado—. Acabo de ver las noticias.

—Me temo que así es. —Le explicó los detalles—. Y Juan
Millar, el policía herido en el incendio, también ha muerto.

—Lo siento mucho. ¿Hay alguna otra novedad?

—No, ninguna. —Dance le contó que había hablado con
Rebecca y Linda, y que éstas les habían proporcionado algunos datos que quizá resultaran útiles, pero ninguna pista que
pudiera conducir directamente a Pell. Nagle, por su parte, no
había encontrado ninguna referencia a un «gran golpe» o a
la cima de una montaña en el transcurso de su investigación.

Tenía novedades respecto a sus gestiones, pero ninguna
positiva: había hablado con la tía de Theresa Croyton, y ésta
se negaba a dejarles ver a la chica o hablar con ella, tanto a él
como a la policía.

—Me ha amenazado —añadió, preocupado, y Kathryn
pensó que en ese instante sus ojos carecerían de todo brillo.

—¿Dónde está?

Nagle no dijo nada.

—No va a decírmelo, ¿verdad? —preguntó Dance.

—Me temo que no puedo.

Ella miró el identificador de llamadas, pero Nagle estaba llamando desde su móvil, no desde un hotel o un teléfono público.

—¿Cree que la tía puede cambiar de idea?

—Lo dudo mucho. Debería haberla visto. Dejó abandonada una compra de unos cien dólares y salió corriendo.

La agente estaba decepcionada. Daniel Pell era un misterio y ella se había obsesionado con saber cuanto pudiera de él. El año anterior, en Nueva York, cuando ayudaba a Lincoln Rhyme, había advertido la fascinación obsesiva del criminalista con cada detalle de las pruebas materiales. Ella era exactamente igual, sólo que con el lado humano del crimen.

Pero había obsesiones como verificar dos veces cada pormenor de la coartada de un sospechoso y obsesiones como no pisar las grietas de la acera cuando se volvía a pie a casa. Había que saber cuáles eran vitales y cuáles no.

Decidió que tendrían que dejar correr la pista de la Muñeca Dormida.

—Le agradezco su ayuda.

—Lo he intentado, de verdad.

Tras colgar, Kathryn habló de nuevo con Rey Carraneo. Las pesquisas en los moteles habían sido infructuosas hasta el momento. Tampoco nadie había denunciado el robo de una embarcación en los puertos deportivos de la zona.

Cuando colgó, llamó TJ. Había tenido noticias del Departamento de Vehículos a Motor. El coche que conducía Pell el día del asesinato de la familia Croyton llevaba años dado de baja, lo que significaba que seguramente había acabado en un desguace. Si Pell había robado algo de valor en casa de los Croyton la noche de la matanza, lo más probable era que se hubiera perdido o hubiera acabado fundido para siempre. También había echado un vistazo al inventario posterior a la incautación del coche. La lista era corta y nada sugería que alguna de aquellas cosas procediera del domicilio del empresario.

Dance le contó lo de Juan Millar y el joven agente respondió con un completo silencio, señal de que estaba profundamente impresionado.

Un momento después volvió a sonar el teléfono. Era Michael O'Neil.

—Hola, soy yo —dijo, como hacía siempre. Su voz sonaba cargada de cansancio. La muerte de Millar le pesaba como una losa—. Lo que hubiera en el pantalán cerca del que encontramos el cadáver de Susan Pemberton, si es que había algo, ha desaparecido. Acabo de hablar con Rey. Dice que de momento no se ha denunciado el robo de ninguna embarcación. Puede que me equivocara. ¿Tu amigo encontró algo por el lado de la carretera?

Dance advirtió el tono con que había pronunciado la palabra «amigo».

—No ha llamado —replicó—. Supongo que no habrá encontrado la agenda de Pell, ni una llave de hotel.

—Es imposible rastrear el origen de la cinta aislante, y el aerosol de pimienta se vende en diez mil tiendas, además se puede comprar contra reembolso.

Ella le informó de que el intento de Nagle de contactar con Theresa Croyton había fracasado.

—¿No quiere cooperar?

—No quiere su tía. Y primero hay que contar con ella. De todos modos, no sé si serviría de algo.

—A mí me gustaba la idea —repuso O'Neil—. Es el único nexo entre Pell y esa noche.

—Tendremos que esforzarnos más y seguir sin ella —contestó Dance—. ¿Cómo estás?

—Bien.

Estoico...

Unos minutos después de que colgaran llegó Winston Kellogg.

—¿Hubo suerte en el lugar del crimen? —preguntó Kathryn.

—No. Estuvimos una hora buscando. Pero no había huellas de neumáticos, ni ningún resto material. Puede que Michael tenga razón. Quizá Pell se marchara en barco desde ese pantalán.

La agente se rió para sus adentros. Los dos machos dominantes acababan de reconocer, cada uno por su lado, que tal vez el otro tuviera razón, aunque dudaba de que estuvieran dispuestos a admitirlo delante del otro.

Le informó de las novedades respecto a los archivos robados en la oficina de Susan Pemberton y del fracaso de Nagle para fijar una entrevista con Theresa Croyton. TJ, añadió, estaba buscando al cliente con el que había quedado Susan justo antes de que la asesinara Pell.

Kathryn miró su reloj.

—Tengo una reunión importante. ¿Quieres venir?

—¿Es para hablar de Pell?

—No. Es para merendar.

31

Mientras caminaban por los pasillos de la sede central del CBI, Dance preguntó a Kellogg dónde vivía.

—En el Distrito. En Washington D. C., quiero decir. O en ese lugar al que en los programas de los domingos por la mañana los expertos llaman «el cinturón del poder». Me crié en el noroeste, en Seattle, pero la verdad es que no me importó mudarme al este. No me gusta mucho la lluvia.

La conversación derivó hacia cuestiones personales y Kellogg le contó que estaba divorciado y no había tenido hijos, a pesar de que procedía de una familia numerosa. Sus padres vivían aún, en la Costa Este.

—Tengo cuatro hermanos. Yo soy el pequeño. Creo que mis padres se quedaron sin nombres y tiraron de artículos de consumo. Así que me llamo Winston, como el tabaco. Lo cual es un error, cuando te apellidas como una marca de cereales. Si mis padres hubieran tenido mala idea, me habrían puesto de segundo nombre una marca de coches.

Kathryn rió.

—Yo estoy convencida de que en primero de instituto nadie me invitó a ir al baile de fin de curso porque no les apetecía danzar con una chica apellidada Dance.*

---

* Juego de palabras intraducible. Dance, el apellido de Kathryn, significa «danza» o «bailar». (N. de la T.)

Kellogg había estudiado psicología en la Universidad de Washington y luego ingresó en el ejército.

—¿En la CID?* —La agente estaba pensando en el último destino de su marido en el ejército como agente de la División de Investigación Criminal.

—No. En planificación táctica. Ya sabes, papeles, papeles y más papeles. Bueno, ordenadores, ordenadores y más ordenadores. Estaba inquieto. Necesitaba acción, así que me marché y entré en la policía de Seattle. Ascendí a detective y me especialicé en perfiles psicológicos y negociación. Pero empezó a interesarme la mentalidad sectaria. Así que pensé en especializarme en ella. Sé que parece una obviedad, pero no me gustaba la idea de que unos cuantos abusones se cebaran con gente vulnerable.

A Dance no le parecía una obviedad.

Siguieron por los pasillos.

—¿Y tú? ¿Cómo te metiste en esto? —preguntó Kellogg.

Kathryn le ofreció una versión reducida de la historia: había trabajado varios años como cronista judicial; de hecho, conoció a su marido mientras cubría un juicio (él le concedió una entrevista en exclusiva a cambio de una cita). Cuando se cansó del oficio de periodista, regresó a la universidad, donde estudió psicología y ciencias de la comunicación, lo que le permitió perfeccionar su don natural de observación y su capacidad para intuir lo que pensaban y sentían los demás. Se dedicó después al asesoramiento para la elección de jurados, pero la insidiosa insatisfacción que le dejaba aquel oficio y el convencimiento de que sus capacidades serían más útiles en la policía acabaron por conducirla al CBI.

---

* Criminal Investigation Division. *(N. de la T.)*

—¿Y tu marido era un federal, como yo?

—¿Has estado documentándote? —William Swenson, su difunto marido, había sido agente especial del FBI; un agente eficaz, pero igual que decenas de miles de policías federales. No había razón para que un especialista como Kellogg hubiera oído hablar de él, a no ser que se hubiera tomado la molestia de hacer averiguaciones.

Kellogg sonrió, avergonzado.

—Me gusta saber adónde voy cuando me encargan una misión. Y con quién voy a encontrarme. Espero que no te ofendas.

—En absoluto. Cuando entrevisto a un sujeto, procuro informarme de todo lo relativo a su «terrario». —No le dijo, sin embargo, que le había pedido a TJ que se informara sobre él a través de su amigo en la delegación del FBI en Chico.

Pasó un momento; luego Kellogg preguntó:

—¿Puedo preguntarte qué le pasó a tu marido? ¿Fue en acto de servicio?

El vuelco que sentía en el estómago cada vez que le hacían esa pregunta había ido remitiendo con el paso de los años.

—Fue un accidente de tráfico.

—Lo siento.

—Gracias. Bueno, bienvenido a *Chez* CBI. —Le indicó que pasara al comedor.

Se sirvieron un café y se sentaron a una de las mesas baratas de la sala.

Sonó el teléfono de Dance. Era TJ.

—Malas noticias. Mis días de ir de bar en bar han acabado. Y eso que acababan de empezar. He averiguado dónde estuvo Susan Pemberton antes de que la mataran.

—¿Y?

—Estuvo con un tipo latino, en el bar del Doubletree. Una reunión de trabajo sobre no sé qué evento que él quería que

349

organizara, o eso opina el camarero. Se marcharon a eso de las seis y media.

—¿Tienes el recibo de la tarjeta de crédito?

—Sí, pero pagó ella. Gastos de empresa. Oye, jefa, creo que deberíamos adoptar esa medida.

—¿Alguna cosa más sobre él?

—Cero. Pero la foto de la chica va a salir en las noticias, así que es posible que la vea y que venga a vernos.

—¿Y el registro de llamadas de los teléfonos de Susan?

—Ayer recibió unas cuarenta. Las comprobaré cuando esté en la oficina. Ah, y en cuanto a los datos catastrales... No, Pell no tiene ninguna propiedad a su nombre, ni en la cima de una montaña ni en ninguna otra parte del estado. También he mirado en Utah. Y allí tampoco hay nada.

—Bien. Eso no se me había ocurrido.

—Ni en Oregón, ni en Nevada, ni en Arizona. Y no es que estuviera haciendo méritos. Sólo intentaba prolongar al máximo mis días de vino y rosas.

Después de que colgaran, Dance informó a Kellogg y éste hizo una mueca de fastidio.

—Conque hay un testigo, ¿eh? Seguro que, cuando vea la foto de la víctima en la tele, pensará que éste es un momento ideal para tomarse unas vacaciones en Alaska.

—Y no se lo reprocho.

El agente del FBI sonrió y miró por encima del hombro de Kathryn. Ella miró hacia atrás. Su madre y sus hijos acababan de entrar en el comedor.

—Hola, cariño —le dijo a Maggie, y luego abrazó a su hijo. Llegaría un día, no muy lejano, en que los abrazos en público quedarían vedados, y estaba haciendo acopio de ellos para cuando llegara la sequía. Hoy, Wes lo soportó bastante bien.

Edie Dance y su hija se miraron; ambas estaban pensando en la muerte de Juan Millar, pero ninguna se refirió expresamente a la tragedia. Edie y Kellogg se saludaron y cambiaron una mirada parecida.

—Mamá, ¡Carly movió la papelera del señor Bledsoe! —le contó Maggie, emocionada—. Y cada vez que tiraba algo, ¡se caía al suelo!

—¿Conseguisteis contener la risa?

—Un rato sí. Pero luego Brendon empezó a reírse, y ya no pudimos parar.

—Di hola al agente Kellogg.

Maggie saludó al agente federal. Wes, en cambio, se limitó a inclinar la cabeza. Luego desvió la mirada. Kathryn advirtió de inmediato su hostilidad.

—¿Os apetece un chocolate caliente, chicos? —preguntó.

—¡Bien! —gritó Maggie. Wes dijo que él también quería uno.

La agente se palpó los bolsillos de la chaqueta. El café era gratis, pero para cualquier otra cosa hacía falta dinero, y se había dejado el monedero en el bolso, en el despacho. Edie tampoco tenía cambio.

—Yo invito —dijo Kellogg, hurgándose en el bolsillo.

—Mamá, yo prefiero café —se apresuró a decir Wes. Había probado un sorbo de café una o dos veces en su vida, y no le había gustado nada.

—Yo también quiero café —añadió Maggie.

—Café, no. O chocolate caliente o un refresco. —Dance dedujo que su hijo no quería nada que hubiera pagado el agente del FBI. ¿Qué le pasaba? Se acordó entonces de cómo había observado a Kellogg la noche anterior, en la Cubierta. Entonces había pensado que tenía curiosidad por saber dónde llevaba el arma; de pronto entendía, en cambio, que estaba calibrando al hombre al que su madre había llevado a la fiesta del abuelo. ¿Era a sus ojos Winston Kellogg un nuevo Brian?

—Vale —dijo su hija—, chocolate.

—Da igual —masculló Wes—, no quiero nada.

—Vamos, será un préstamo que le hago a vuestra madre —dijo Kellogg ofreciéndoles las monedas.

Los niños las cogieron; Wes, a regañadientes y sólo después de que su hermana cogiera la suya.

—Gracias —dijo.

—Muchísimas gracias —añadió Maggie.

Edie sirvió café. Se sentaron a la endeble mesa. Kellogg volvió a dar las gracias a la madre de Dance por la cena de la víspera y le preguntó por Stuart. Después se volvió hacia los niños y les preguntó si les gustaba pescar.

Maggie dijo que un poco. En realidad no le gustaba.

A Wes, en cambio, le encantaba, pero respondió:

—Qué va. Es un aburrimiento.

Kathryn sabía que sólo se lo había preguntado por romper el hielo, acordándose, seguramente, de que en la fiesta había hablado con su padre de la pesca en la bahía de Monterrey. Notó varias reacciones de estrés y dedujo que Kellogg se estaba esforzando por causarles buena impresión.

Wes se quedó callado bebiendo su chocolate mientras Maggie les contaba entusiasmada lo que había pasado esa mañana en su campamento de música, incluido el relato detallado de la broma de la papelera.

La agente se dio cuenta de que estaba enfadada porque el problema de Wes había vuelto a asomar la cabeza. Y sin motivo alguno. Porque ni siquiera estaba saliendo con Kellogg.

Conocía, sin embargo, los trucos que usaban todos los padres, y unos minutos después consiguió que Wes les contara con entusiasmo su partido de tenis de esa mañana. Kellogg cambió de postura un par de veces, y Dance comprendió por sus gestos que él también era aficionado al tenis y quería participar en la conversación, pero había notado la hosquedad de Wes y se limitaba a sonreír y a escuchar sin decir nada.

Pasado un rato, Kathryn les dijo que tenía que volver al trabajo y que los acompañaría hasta la puerta. Kellogg le informó de que iba a hablar con su delegación en San Francisco.

—Me alegro de haberos visto —dijo, y saludó con la mano.

Edie y Maggie le dijeron adiós. Wes hizo lo mismo, pero un momento después y sólo (dedujo su madre) por no ser menos que su hermana.

El agente echó a andar por el pasillo, hacia su despacho temporal.

—¿Vas a venir a cenar a casa de la abuela? —preguntó Maggie.

—Voy a intentarlo, Mags. —Nunca prometas nada, si cabe la posibilidad de que no lo cumplas.

—Pero si no puede —intervino Edie—, ¿qué os apetece cenar?

—Pizza —contestó Maggie enseguida—. Con pan de ajo. Y de postre galletitas de chocolate con menta.

—Y yo quiero un par de Ferragamos —comentó Dance.

—¿Qué es eso?

—Unos zapatos. Pero no siempre se consigue todo lo que se quiere.

Su madre puso otra propuesta sobre la mesa.

—¿Qué os parece una buena ensalada con gambas a la plancha?

—Vale.

—Qué rico —dijo Wes. Los niños eran infinitamente amables con sus abuelos.

—Aunque creo que lo del pan de ajo podrá arreglarse —añadió Edie, arrancándole por fin una sonrisa.

Frente a las oficinas del CBI, un empleado administrativo se disponía a ir a entregar unos documentos a la Oficina del Sheriff de Monterrey en Salinas cuando se fijó en un coche negro que estaba entrando en el aparcamiento. La conductora, una joven que llevaba gafas de sol pese a que había niebla, observó atentamente la explanada. «Está inquieta por algo», pensó el administrativo. Pero, naturalmente, eso era normal allí: la gente iba a sus oficinas voluntariamente, como sospechosos, o de mala gana y protestando, a declarar como testigos. La mujer se miró en el espejo, sacó una gorra y bajó del coche. Pero en lugar de dirigirse hacia la puerta se acercó a él.

—Disculpe.

—¿Sí, señora?

—¿Esto es el Departamento de Investigación Criminal de California?

Si había mirado el edificio, tenía que haber visto el enorme letrero en el que figuraba el nombre de la institución por la que acababa de preguntarle. Pero, como era un buen funcionario público, el administrativo contestó:

—Sí, exacto. ¿Puedo servirla en algo?

—¿Es aquí donde trabaja la agente Dance?

—Kathryn Dance. Sí.

—¿Está ahora?

—Pues no lo sé... —El empleado miró hacia el otro lado del aparcamiento y de pronto se echó a reír—. Vaya, fíjese, es ésa, aquélla de allí, la joven. —Vio a Dance con su madre y sus dos hijos, a los que había visto un par de veces.

—Vale, gracias, agente.

El administrativo no la sacó de su error. Le gustaba que lo confundieran con un auténtico agente de la ley. Subió a su coche y arrancó. Al mirar por el retrovisor, vio a la mujer parada en el mismo sitio donde la había dejado. Parecía preocupada.

Podría haberle dicho que no tenía por qué estarlo. Kathryn Dance era, en su opinión, una de las personas más amables de todo el CBI.

La agente cerró la puerta del Prius híbrido de su madre. El coche salió del aparcamiento con un suave zumbido y Dance les dijo adiós con la mano. Vio alejarse el utilitario plateado por la sinuosa calle que llevaba a la carretera 68. Estaba angustiada. Seguía oyendo dentro de su cabeza lo que había dicho Juan Millar.

Máteme...

Pobre hombre.

Al margen de los ataques de su hermano, se sentía culpable por haberlo elegido para ir a comprobar qué estaba pasando en los calabozos del juzgado. Juan era la alternativa más lógica, pero Dance se preguntaba si, debido a su juventud, no habría sido menos cauto que un agente con más experiencia. Era imposible imaginar que Michael O'Neil, el grandullón de Albert Stemple, o ella misma, se hubieran dejado desarmar por Pell.

Mientras regresaba al edificio recordó los primeros instantes del incendio y la fuga. Habían tenido que actuar rápidamente. Pero ¿debería haber esperado, haber pensado mejor su estrategia?

Dudas propias del oficio de policía.

Al acercarse a la entrada principal se puso a canturrear la canción de Julieta Venegas. Sus notas giraban como un torbellino embriagador alrededor de sus ideas, haciéndola olvidarse de las terribles heridas y las terribles palabras de Juan Millar y de la muerte de Susan Pemberton... y de los ojos de su hijo, que habían pasado de alegres a pétreos nada más verla con Winston Kellogg.

¿Qué podía hacerse al respecto?

Siguió cruzando el aparcamiento desierto en dirección a la puerta del CBI, contenta de que hubiera dejado de llover.

Casi había llegado a la escalinata cuando oyó pasos en el asfalto y, al volverse rápidamente, vio que una mujer se le había acercado sin que la oyera hasta ese instante. Estaba a unos dos metros de distancia e iba derecha hacia ella.

Kathryn se paró en seco.

La mujer también. Cambió de postura.

—Agente Dance, yo...

Se quedaron calladas un momento.

Luego Samantha McCoy dijo:

—He cambiado de idea. Quiero ayudar.

32

—Desde que vino a verme, no he podido dormir. Y cuando me enteré de que había asesinado a otra persona, a esa mujer, comprendí que tenía que venir.

Samantha estaba con Dance y Kellogg en el despacho de la agente. Se sentaba muy erguida, agarrada a los brazos de la silla, y miraba alternativamente a los dos policías, sin detenerse nunca más de un segundo en cada uno.

—¿Están seguros de que fue Daniel quien la asesinó?

—Sí —contestó Kellogg.

—¿Por qué lo hizo?

—No lo sabemos. Aún estamos investigando. Se llamaba Susan Pemberton. Trabajaba para Eve Brock. ¿Le dicen algo esos nombres?

—No.

—Es una empresa que se dedica a organizar eventos. Pell se llevó todos sus archivos. Suponemos que los destruyó porque contenían algo que quería ocultar. O puede que esté interesado en alguno de los eventos que va a organizar próximamente la empresa. ¿Se le ocurre qué podría ser?

—No, lo siento.

—Quiero que se reúna con Linda y Rebecca lo antes posible —le dijo Dance.

—¿Están las dos aquí?

—Así es.

Samantha asintió lentamente.

—Yo tengo que ocuparme de un par de asuntos —comentó Kellogg—. Luego me reuniré con ustedes.

Kathryn informó a Maryellen Kresbach de dónde iba a estar y Samantha y ella abandonaron las oficinas del CBI. La agente le hizo aparcar su coche en el garaje del edificio para que nadie lo viera. Después subieron ambas a su Ford.

Samantha se puso el cinturón de seguridad y se quedó mirando fijamente hacia delante. De pronto balbuceó:

—Una cosa. Mi marido, su familia, mis amigos... Siguen sin saber nada.

—¿Qué le dijo a su marido para justificar su ausencia?

—Que iba a asistir a un evento editorial. Prefiero que Linda y Rebecca no se enteren de cómo me llamo ahora, ni de que tengo familia.

—Por mí no hay problema. No les he contado nada que no supieran ya. Bueno, ¿está lista?

Una sonrisa trémula.

—No. No estoy lista en absoluto. Pero vamos.

Cuando llegaron al hotel, Kathryn habló un momento con el ayudante del *sheriff* que montaba guardia fuera y supo por él que no había habido ningún movimiento sospechoso en los alrededores de la cabaña. Dance le indicó a Samantha que saliera del coche. Ella vaciló un momento y, al descender del vehículo, entornó los ojos y miró atentamente a su alrededor. Era lógico que estuviera alerta, dadas las circunstancias, pero la agente intuyó que su actitud obedecía a otra cosa.

Samantha esbozó una sonrisa.

—Los olores, el ruido del mar... No había vuelto a la península desde el juicio. Mi marido no para de decirme que vengamos algún fin de semana, pero siempre me invento alguna excusa. Que tengo alergia, que me mareo en el coche, o que tengo que corregir un manuscrito urgentemente. —Su sonrisa se desdibujó. Miró hacia la cabaña—. Es bonita.

—Sólo tiene dos habitaciones. No la esperábamos.

—Puedo dormir en el sofá, si hay uno. No quiero molestar a nadie.

Samantha, la discreta, la tímida, recordó Dance.

El Ratón.

—Confío en que sólo sea una noche. —Kathryn Dance dio un paso adelante y llamó a la puerta del pasado.

El Toyota olía a humo de tabaco, y Daniel Pell odiaba aquel olor.

Él nunca fumaba, aunque en San Quintín y Capitola hubiera traficado con cigarrillos como un *broker* en la Bolsa. A los chicos de la Familia les dejaba fumar (las adicciones de los demás pueden ser ventajosas, claro está), pero el olor siempre le había repugnado. Le recordaba a su infancia, a su padre sentado en su butacón, leyendo la Biblia y tomando notas para sermones que nadie oiría jamás mientras fumaba un pitillo detrás de otro. Su madre también andaba por allí, pero ella sólo fumaba y bebía, no hacía otra cosa. Su hermano, en cambio, no fumaba ni probaba el alcohol, pero se dedicaba a sacarle de sus escondites, del armario, de la casa del árbol, del cuarto de baño del sótano. *No voy a hacer yo solo todo el trabajo.*

Pero al final nunca hacía nada: se limitaba a dar a Daniel el cubo de la fregona, la escobilla o el trapo del baño y se iba por ahí con sus amigos. De vez en cuando volvía a casa y le pegaba si no estaba todo impecable.

La limpieza, hijo, va pareja a la santidad. Ésa es la verdad. Ahora, limpia los ceniceros. Quiero que brillen.

Así pues, Jennie y él iban con las ventanillas bajadas, y el olor a pinos y el aire fresco y salobre entraban al coche en remolinos.

Jennie no decía nada; iba frotándose la nariz como si intentara borrar el bulto de su puente a fuerza de restregarlo. Estaba contenta; no ronroneaba, pero se había calmado. El distanciamiento de Daniel la noche anterior, después de que se negara a ayudarlo a «matar» a Susan Pemberton en la playa, había surtido efecto. Al regresar al Sea View, Jennie había hecho lo único que sabía para intentar ganarse de nuevo su afecto, y había pasado dos horas agotadoras demostrando a lo que estaba dispuesta. Él se había mostrado remiso y enfurruñado al principio, y ella había puesto aún más empeño. Hasta estaba empezando a disfrutar del dolor. A Daniel le había recordado la vez en que la Familia se paró en el monasterio de Carmel, hacía años, y supo que los monjes gozaban fustigándose en nombre de Dios hasta hacerse sangre.

Pero eso le recordó también a su padre, a aquel hombre gordinflón que lo miraba inexpresivamente por encima de la Biblia, entre la nube de humo de sus cigarrillos Camel.

Pell ahuyentó aquel recuerdo.

Esa noche, después del sexo, se había puesto cariñoso con ella. Pero luego había salido, fingiendo que tenía que hacer una llamada.

Sólo para tenerla en ascuas.

Al volver, Jennie no le había preguntado por la llamada y él había seguido hojeando el material que había sacado de la oficina de Susan Pemberton. Después había vuelto a conectarse a Internet.

Esa mañana le había dicho a Jennie que tenía que ir a ver a alguien. Había dejado que ella asimilara la noticia, había visto crecer sus inseguridades (toques en el bulto de la nariz, media docena de «cielos»); después, por fin, había dicho:

—Me gustaría que me acompañaras.

—¿En serio? —Un perrillo sediento bebiendo agua.

—Sí. Pero no sé. Puede que sea demasiado duro para ti.

—No, quiero ir. Por favor.

—Ya veremos.

Jennie lo había arrastrado de vuelta a la cama y allí había proseguido su tira y afloja. Él se dejó llevar temporalmente a su terreno. Ahora, sin embargo, mientras avanzaban por la carretera, su cuerpo no le interesaba lo más mínimo. Volvía a estar al mando.

—¿Entiendes lo que pasó ayer, en la playa? Estaba de un humor raro. Me pongo así cuando está en peligro algo que para mí es un tesoro. —Era una especie de disculpa (¿y quién podía resistirse a ella?). Pero también un recordatorio de que podía volver a ocurrir.

—Ésa es una de las cosas que más me gustan de ti, cariño.

Ya no lo llamaba «cielo». Bien.

Cuando tenía la Familia y vivían todos recogidos y a gusto en Seaside, usaba un montón de técnicas para controlar a las chicas y a Jimmy. Les proponía objetivos comunes, dispensaba recompensas equitativamente, repartía las tareas reservándose siempre el motivo para hacerlas y los mantenía en suspenso hasta que les angustiaba la incertidumbre.

Y lo más importante para cimentar la lealtad y evitar el desacuerdo: creaba un enemigo común.

—Tenemos otro problema, preciosa —le dijo a Jennie.

—Ah. ¿A eso vamos ahora? —Se frotó la nariz. Era un barómetro maravilloso.

—Sí.

—Ya te dije que no me importa el dinero, cielo. No tienes que devolvérmelo.

—Esto no tiene nada que ver con el dinero. Es más importante. Mucho más. No voy a pedirte que hagas lo que yo hice ayer. No voy a pedirte que hagas daño a nadie. Pero necesito un poco de ayuda. Y espero que tú me ayudes —añadió, jugando cuidadosamente con el énfasis.

Ella estaría pensando en la falsa llamada de esa noche. ¿Con quién habría hablado Daniel? ¿Con otra persona que podía echarle un cable?

—Claro, haré todo lo que pueda.

Pasaron junto a una morena muy guapa, aún adolescente. Pell se fijó enseguida en su postura y su expresión (el andar decidido, la cara enfadada y abatida, el cabello revuelto). Daba la impresión de haber huido tras una discusión, con su novio, quizás, o con sus padres. Parecía tan maravillosamente vulnerable... Un solo día de esfuerzo y Daniel Pell le marcaría el camino a seguir.

El Flautista de Hamelín...

Pero aquél no era el momento, claro, así que la dejó marchar con la frustración de un cazador que no puede parar en la cuneta para abatir a un ciervo magnífico en un campo cercano. De todos modos, no le preocupaba; habría muchas otras jóvenes como aquélla a lo largo de su vida.

Además, cuando notaba la pistola y el cuchillo que llevaba en el cinto, sabía que no tardaría mucho en satisfacer su sed de sangre.

33

—Bienvenida otra vez —dijo Rebecca Sheffield a Dance al abrir la puerta de la cabaña del Point Lobos Inn—. Hemos estado chismorreando y gastándonos su dinero en el servicio de habitaciones. —Señaló una botella de *cabernet* Jordan de la que sólo estaba bebiendo ella.

Miró a Samantha, pero no la reconoció.

—Hola —saludó, pensando probablemente que era otra policía involucrada en el caso.

Entraron en la cabaña. Kathryn cerró y echó la llave.

Samantha las miró a ambas. Parecía haberse quedado sin habla y la agente temió por un momento que diera media vuelta y huyera.

Rebecca la miró de nuevo y pestañeó.

—Espera. Dios mío, pero si...

Linda arrugó el entrecejo, desconcertada.

—¿No la reconoces? —preguntó Rebecca.

—¿Qué...? Espera. ¿Eres tú, Sam?

—Hola. —La esbelta joven parecía angustiada. No lograba sostener la mirada más de un par de segundos.

—Tu cara —observó Linda—. Madre mía, qué cambiada estás.

Samantha se sonrojó, encogiéndose de hombros.

—Estás más guapa. Y por fin tienes un poco de carne en los huesos. Antes era un espárrago. —Rebecca se acercó y la abrazó con firmeza. Luego, apoyando las manos sobre sus hombros, se echó hacia atrás—. Un trabajo estupendo. ¿Qué te has hecho?

—Implantes, en la mandíbula y los pómulos. Y también labios y ojos. Y la nariz, claro. Y luego... —Miró su pecho redondeado y esbozó una tenue sonrisa—. Pero eso quería hacerlo hacía años.

—No puedo creerlo —dijo Linda, llorando, y también la abrazó.

—¿Cómo te llamas ahora?

—Prefiero no decíroslo —contestó sin mirarlas—. Y escuchadme las dos, por favor. No podéis hablarle a nadie de mí. Si cogen a Daniel y queréis hablar con la prensa, por favor, no me mencionéis.

—Por mí no hay problema.

—¿Tu marido no lo sabe? —preguntó Linda, lanzando una mirada a su anillo de compromiso y su alianza de boda.

Samantha negó con la cabeza.

—¿Y cómo te las apañas? —preguntó Rebecca.

Samantha tragó saliva.

—Pues mintiendo.

Dance sabía que las parejas casadas se mentían entre sí con cierta frecuencia, aunque menos a menudo que los novios que aún no se habían casado. Pero casi siempre eran mentiras triviales. Muy rara vez entrañaban un engaño del calibre del de Samantha.

—Tiene que ser un fastidio —comentó Rebecca—. Debes de tener muy buena memoria.

—No me queda más remedio —repuso Samantha.

Kathryn reconoció diversos indicios kinésicos: encogimiento, crispación, cruce y flexión de diversas partes del cuerpo, muestras de rechazo... Samantha era un volcán lleno de estrés.

—Pero sabrá que estuviste en prisión, ¿no? —preguntó Rebecca.

—Sí.

—Entonces, ¿cómo...?

—Le dije que había sido por un desfalco. Que ayudé a mi jefe a malversar unos bonos porque su mujer necesitaba una operación.

—¿Y se lo creyó?

Samantha miró a Rebecca con timidez.

—Es un buen hombre. Pero me dejaría si supiera la verdad. Que estuve en una secta...

—No era una secta —se apresuró a decir Linda.

—Fuera lo que fuese, Daniel Pell estaba detrás. Ésa es razón suficiente para que me deje. Y no se lo reprocharía.

—¿Y tus padres? —preguntó Rebecca—. ¿Tampoco saben nada?

—Mi madre murió y mi padre tiene tan poco interés en mi vida como siempre. O sea, ninguno. Pero, si me perdonáis, la verdad es que preferiría no hablar de estas cosas.

—Claro, Sam —dijo Rebecca.

La agente regresó a los pormenores del caso. Expuso primero los detalles del asesinato de Susan Pemberton y el robo de los archivos de su empresa.

—¿Están seguros de que fue él? —preguntó Linda.

—Sí. Las huellas son suyas.

Linda cerró los ojos y murmuró una oración. El rostro de Rebecca se crispó, lleno de ira.

Ninguna de ellas había oído hablar de Pemberton, ni de su empresa. Tampoco recordaban ningún evento organizado al que Pell hubiera podido ir.

—No llevábamos una vida muy de traje y corbata —comentó Rebecca.

Dance preguntó a Samantha por la cómplice de Pell, pero, al igual que sus compañeras, la joven ignoraba quién podía ser aquella mujer. Tampoco recordaba haber oído hablar de

Charles Pickering, de Redding. Kathryn les contó que había recibido un correo electrónico de Richard Pell y preguntó si alguna vez habían tenido contacto con él.

—¿Con quién? —preguntó Rebecca.

La agente se lo explicó.

—¿Su hermano mayor? —la interrumpió Linda—. No, Scotty era más pequeño. Y murió un año antes de que yo conociera a Daniel.

—¿Daniel tenía un hermano? —preguntó Rebecca—. Pero si era hijo único.

Dance les contó lo de los hurtos que había cometido Pell con la cuñada de su hermano.

Linda sacudió la cabeza.

—No, no. Está usted equivocada. Su hermano se llamaba Scott y era discapacitado psíquico. Por eso, entre otras cosas, conectamos tan bien. Mi primo tiene parálisis cerebral.

—Y a mí me dijo que era hijo único, como yo —repuso Rebecca, y se echó a reír—. Mentía para suscitar nuestra compasión. ¿A ti qué te dijo, Sam?

Samantha pareció reacia a contestar. Luego dijo:

—Que Richard era mayor. Y que no se llevaban nada bien. Richard era un matón. Su madre se pasaba el día borracha, así que nunca limpiaba, y su padre se empeñaba en que lo hicieran ellos. Pero Richard obligaba a Daniel a hacer todo el trabajo. Y si no lo hacía, le pegaba.

—¿A ti te dijo la verdad? —preguntó Linda, crispada.

—Bueno, sólo lo mencionó.

—El Ratón se anota un tanto. —Rebecca se echó de nuevo a reír.

—A mí me dijo que no quería que nadie de la Familia se enterara de lo de su hermano —comentó Linda—. Que sólo confiaba en mí.

—También se suponía que yo no debía decirle a nadie que era hijo único —dijo Rebecca.

Linda parecía alterada.

—Todos contamos mentiras a veces. Seguro que ese incidente con la sobrina... Eso que le contaba su hermano en el correo... Seguro que no pasó, o que no fue para tanto y que su hermano lo puso como excusa para cortar con Daniel.

Saltaba a la vista que Rebecca no estaba de acuerdo.

Dance dedujo que, en opinión de Pell, Linda y Rebecca suponían una amenaza mayor que Samantha. Linda era la madre de la familia y tendría cierta autoridad. Rebecca, por su parte, era descarada y extrovertida. Samantha, en cambio... A ella Pell podía controlarla mucho mejor, y sabía, por tanto, que podía confiarle la verdad. O al menos parte de la verdad.

Kathryn se alegró de que hubiera decidido ayudarles. Advirtió que miraba la cafetera.

—¿Quiere uno?

—Estoy un poco cansada. No he dormido mucho últimamente.

—Bienvenida al club —comentó Rebecca.

Samantha hizo amago de levantarse, pero la agente le indicó que se quedara sentada.

—¿Leche o azúcar?

—No, no se moleste. De verdad.

Kathryn notó que Linda y Rebecca cambiaban una leve sonrisa al comprobar que Samantha seguía siendo igual de tímida.

El Ratón...

—Leche, gracias.

Dance siguió con las preguntas:

—Linda nos ha dicho que Pell quizá quisiera mudarse al campo, a la cima de una montaña. ¿Tiene usted idea de a qué podía referirse?

—Bueno, Daniel me dijo muchas veces que quería irse al campo. Que la Familia se mudara allí. Era muy importante para él alejarse de todo el mundo. No le gustaba tener vecinos, ni le gustaban las autoridades. Quería tener espacio para más gente. Quería aumentar la Familia.

—¿Ah, sí? —preguntó Rebecca.

Linda no dijo nada.

—¿Alguna vez habló de Utah?

—No.

—¿En qué lugar podía estar pensando?

—No me lo dijo. Pero parecía haberlo pensado muy seriamente.

Al recordar que quizá Pell hubiera escapado en barco del lugar donde había asesinado a Susan Pemberton, Dance tuvo una idea.

—¿Alguna vez habló de una isla? —preguntó.

Samantha se rió.

—¿Una isla? No, imposible.

—¿Por qué?

—Porque le aterra el agua. Daniel no se sube a nada que flote.

Linda parpadeó.

—No lo sabía.

Rebecca tampoco. Una sonrisa irónica.

—Pero es lógico. Sus miedos sólo los compartía con su Ratón.

—Decía que el mar era un mundo ajeno. Que las personas no tenían nada que hacer en él. Que no debía uno aventurarse en un lugar que es incapaz de controlar. Pensaba lo mismo de volar. No se fiaba de los pilotos, ni de los aviones.

—Pensábamos que quizás hubiera escapado en barco del lugar del crimen.

—Imposible.

—¿Está segura?

—Sí.

Dance se disculpó un momento, llamó a Rey Carraneo y le dijo que abandonara la búsqueda de embarcaciones robadas. Al colgar, pensó que la hipótesis de O'Neil era equivocada y que Kellogg, en cambio, tenía razón.

—Ahora me gustaría que pensáramos en sus motivos para quedarse aquí. ¿Qué me dicen del dinero? —Mencionó el comentario de Rebecca acerca de un gran golpe: un robo o un atraco de importancia—. Se me ha ocurrido que quizás esté aquí porque escondió dinero o algo de valor en alguna parte. O porque tiene un asunto pendiente. Quizás algo relacionado con el asesinato de la familia Croyton.

—¿Dinero? —Samantha hizo un gesto negativo con la cabeza—. No, no creo que sea eso.

—Sé que lo dijo —añadió Rebecca con firmeza.

—No me refería a que no lo hubiera dicho —se apresuró a matizar el Ratón—. Quería decir solamente que quizá no se refería a «grande» en el que sentido que le damos nosotros. No le gustaba cometer delitos demasiado visibles. Entrábamos en casas...

—Bueno, casi en ninguna —puntualizó Linda.

Rebecca suspiró.

—Pues sí, Linda, en muchas. Y antes de que llegara yo habíais estado muy ocupados.

—Qué exageración.

Samantha no dijo nada en apoyo de una o la otra. Parecía nerviosa, como si temiera que volvieran a pedir su opinión para romper el empate. Continuó:

—Decía que, si alguien hacía algo demasiado ilegal, la prensa se hacía eco y la policía se lanzaba a por ti a lo bestia. Por eso evitábamos los bancos y las oficinas de cambio. Demasiada seguridad, demasiados riesgos. —Se encogió de hombros—. El caso es que todos esos robos... Nunca se trató de dinero, en realidad.

—¿No? —preguntó Dance.

—No. Podríamos haber ganado lo mismo en un trabajo normal. Pero eso a Daniel no le interesaba. Lo que le gustaba era conseguir que la gente hiciera cosas que no quería hacer. Eso era lo que de verdad le satisfacía.

—Lo dices como si no hiciéramos otra cosa —comentó Linda.

—No lo decía en ese sentido...

—No éramos una panda de ladrones.

Rebecca ignoró a Linda.

—Opino que estaba muy interesado en ganar dinero.

Samantha sonrió, indecisa.

—Bueno, es sólo que yo tenía la sensación de que se trataba más de manipular a la gente. Daniel no necesitaba mucho dinero. No lo quería.

—De algún modo tendría que pagar su cima de la montaña —señaló Rebecca.

—Tienes razón, supongo. Puede que me equivoque.

Dance tenía la impresión de que se trataba de una clave importante para entender a Pell, de modo que les preguntó por sus actividades delictivas con la esperanza de desencadenar algún recuerdo concreto.

—A Daniel se le daba bien —contestó Samantha—. A pesar de que sabía que lo que hacíamos estaba mal, yo no podía evitar admirarlo. Conocía los mejores sitios para ir a robar carteras o para entrar en casas. Cómo funcionaba la seguridad en las grandes superficies, qué etiquetas tenían alarmas y cuáles no, qué clase de dependientes aceptaban devoluciones sin tique de compra.

—Todo el mundo habla como si fuera un criminal terrible —comentó Linda—. Pero en realidad para él era todo un juego. Era como si nos disfrazáramos. ¿Os acordáis? Pelucas, ropa distinta, gafas falsas... Era todo una diversión inofensiva.

La agente se inclinaba a creer, como Samantha, que si Pell mandaba a la Familia a robar era más por una cuestión de poder que de dinero.

—Pero ¿qué hay de la relación con Charles Manson?

—Ah —dijo Samantha—, no había ninguna relación con Manson.

Kathryn se sorprendió.

—Pero la prensa coincidía en que la había.

—Bueno, ya conoce a la prensa.

Samantha seguía resistiéndose a mostrarse en desacuerdo, pero saltaba a la vista que estaba convencida de lo que acababa de afirmar.

—Daniel opinaba que Manson era un ejemplo de lo que no debía hacerse.

Linda sacudió la cabeza.

—No, no. Tenía un montón de libros y de artículos sobre él.

Dance recordó que Linda había sido sentenciada a más tiempo de prisión por destruir parte del material sobre Manson la noche del asesinato de los Croyton. Parecía preocuparle que su heroicidad careciera de pronto de sentido.

—Sólo se parecían en que Daniel vivía con varias mujeres y nos hacía cometer delitos en su provecho. Daniel decía que Manson no era dueño de sí mismo. Afirmaba que era Jesucristo, se tatuó una esvástica en la frente, creía tener poderes paranormales y despotricaba hablando de política y cuestiones raciales.

»Era otro ejemplo de falta de control sobre las propias emociones. Igual que los tatuajes, los *piercings* o los cortes de pelo raros, que dan información a la gente sobre ti. Y la información es poder. No. Daniel pensaba que Manson lo había hecho todo mal. Su héroe era Hitler...

—¿Hitler? —preguntó Kathryn.

—Sí. Aunque le reprochaba «lo de los judíos», porque era una debilidad. Decía que si Hitler hubiera podido aguantarse y convivir con los judíos, o incluso incluirlos en el gobierno, habría sido el hombre más poderoso de la historia. Pero no pudo dominarse, de modo que mereció perder la guerra. También admiraba a Rasputín.

—¿El monje ruso?

—Sí. Logró introducirse en el hogar de Nicolás y Alejandra. A Pell le gustaba cómo se servía del sexo para controlar a la gente. —Aquello hizo reír a Rebecca y sonrojarse a Linda—. Y Svengali, también.

—¿El de *Trilby*, el libro? —preguntó Dance.

—Ah, ¿ya lo sabía? —preguntó Samantha—. Le encantaba esa historia. Linda nos la leyó muchísimas veces.

—Y francamente —comentó Rebecca—, era muy mala. Era prosa tan antigua... Un dramón, ya sabe.

La agente miró su cuaderno y preguntó a la recién llegada por las palabras clave que Pell había buscado en prisión.

—¿Nimue? —repitió Samantha—. No. Pero una vez tuvo una novia llamada Alison.

—¿Qué? —preguntó Linda.

—La conoció cuando estaba en San Francisco. Antes de conocernos a nosotras. Ella también estaba en un grupo, una especie de Familia.

—¿De qué estás hablando? —insistió Linda.

Samantha asintió con un gesto. La miró, inquieta.

—Pero el grupo no era de Daniel. Él andaba vagabundeando por allí y conoció a Alison y también a otras personas de esa secta, o lo que fuese. Daniel no formaba parte de ella, él no aceptaba órdenes de nadie, pero estaba fascinado y solía verse con ellos. Aprendió mucho de cómo controlar a la gente. Pero empezaron a sospechar de él porque no quería unirse al grupo. Así que Alison y él se marcharon. Estuvieron un tiempo recorriendo el estado, haciendo autostop. Luego a él lo detuvo la policía o estuvo en prisión por algún asunto y ella regresó a San Francisco. Daniel intentó localizarla cuando estaba con nosotras. Por eso a veces iba a la zona de la bahía. Pero no sé qué interés puede tener ahora en localizarla.

—¿Cómo se apellidaba?

—No lo sé.

Dance se preguntó en voz alta si Pell podía estar buscando a Alison (o a alguien llamado Nimue) para vengarse.

—A fin de cuentas, debía de tener una razón muy poderosa para arriesgarse a conectarse a Internet en Capitola, si lo que quería era encontrar a una persona determinada.

—Bueno —contestó Samantha—, Daniel no creía en absoluto en la venganza.

—No sé, Sam —repuso Rebecca—. ¿Qué me dices de ese motero? ¿Ese bestia que vivía calle arriba? Daniel estuvo a punto de matarlo.

La agente recordaba que Nagle les había hablado de un vecino de Seaside al que había agredido Pell.

—En primer lugar —puntualizó Linda—, no fue él. Fue otra persona.

—No, nada de eso. Daniel molió a palos a ese tipo. Le dejó medio muerto.

—Pero la policía le soltó.

Curiosa prueba de inocencia, pensó Kathryn.

—Sólo porque el motero no lo denunció, no tuvo huevos. —Rebecca miró a Samantha—. ¿No fue él?

Ella desvió la mirada y se encogió de hombros.

—Creo que sí. Bueno, sí, Daniel le dio una paliza.

Linda no parecía convencida.

—Pero no fue una venganza. Verá, ese motero se creía una especie de padrino de barrio. Intentó chantajear a Daniel, amenazó con ir a la policía para denunciar una cosa que era mentira. Daniel fue a verlo e intentó engatusarlo. Pero el motero se rió de él y le dijo que le daba un día para conseguir el dinero. Y de repente había una ambulancia delante de la casa del motero. Tenía los tobillos y las muñecas rotas. Pero no fue por venganza. Fue porque era inmune a Daniel. Si eres inmune, Daniel no puede controlarte y eso te convierte en una amenaza para él. Y Daniel lo decía todo el tiempo: «Las amenazas hay que eliminarlas».

—Control —comentó Dance—. Ésa es la clave de Daniel Pell, ¿no?

Al parecer, ésa era una premisa de su pasado en la que las tres integrantes de la Familia estaban de acuerdo.

34

Desde el coche patrulla, el ayudante del *sheriff* vigilaba atentamente su territorio: el campo, los árboles, los jardines, la carretera...

Las guardias eran posiblemente la parte más aburrida del oficio de policía. Les seguían a corta distancia las labores de vigilancia, pero al menos en esos casos uno sabía que el sujeto en cuestión era posiblemente un mal tipo, de modo que siempre cabía la posibilidad de que hubiera que sacar el arma y encararse con él.

Hacer algo, por lo menos.

Pero hacer de niñera a testigos y buena gente (sobre todo cuando los malos ni siquiera sabían dónde estaban los buenos) era aburridísimo.

Acababa uno con dolor de espalda y los pies entumecidos, y tenía que dosificar la ingesta de café y los descansos para ir al baño y....

—Vaya por Dios —masculló el ayudante. Ojalá no hubiera pensado eso. Ahora se daba cuenta de que tenía que ir a hacer pis.

¿Podía arriesgarse a hacerlo entre los matorrales? No era buena idea, teniendo en cuenta lo bonito que era aquel sitio. Tendría que buscar un baño. Primero haría una ronda rápida, para asegurarse de que estaba todo en orden, y luego llamaría a la puerta.

Salió del coche y echó a andar calle abajo, mirando entre los árboles y los arbustos. No vio nada raro. Lo normal allí:

una limusina circulaba lentamente, conducida por un chófer con gorra, como los de las películas. Y al otro lado de la calle, un ama de casa hacía colocar tiestos con flores a su jardinero bajo el buzón antes de plantarlas en la tierra. El pobre hombre parecía enfadado por su indecisión.

La mujer levantó la vista y, al verlo, lo saludó con una inclinación de cabeza.

El ayudante respondió con el mismo gesto y fantaseó fugazmente con la posibilidad de que ella se acercara y le dijera lo mucho que le gustaban los hombres de uniforme. Había oído contar anécdotas acerca de policías que paraban a un coche y mujeres que «pagaban la multa» detrás de unos árboles, cerca de la carretera, o en la parte de atrás de un coche patrulla (en algunas versiones figuraba también el asiento de una Harley Davidson). Pero eran siempre historias de segunda o tercera mano. A sus amigos no les había pasado nunca, y él sospechaba, además, que si alguien le propusiera un revolcón (aunque fuera aquella mujer desesperada) ni siquiera se empalmaría.

Lo cual le hizo pensar de nuevo en sus partes bajas y le recordó lo mucho que necesitaba aliviarse.

Vio entonces que la señora le hacía señas mientras se acercaba. Se detuvo.

—¿Va todo bien, agente?

—Sí, señora. —Siempre reservado.

—¿Está aquí por ese coche? —preguntó ella.

—¿Qué coche?

Ella hizo un gesto.

—El de ahí arriba. Lo vi aparcar hace unos diez minutos, pero el conductor paró entre unos árboles. Me extrañó un poco que aparcara así. Últimamente ha habido algunos robos en casas de por aquí, ¿sabe?

Alarmado, el ayudante dirigió la vista hacia el lugar al

que señalaba la mujer. Vio entre los matorrales un destello de chapa o cristal. Sólo podía haber un motivo para dejar un coche tan lejos de la carretera, y era ocultarlo.

Pell, pensó.

Echó mano de su pistola y dio un paso calle arriba.

Sssssshhh.

Miró hacia atrás al oír aquel extraño sonido, pero en ese instante la pala, empuñada por el jardinero, golpeó su hombro y su cuello emitiendo un ruido sordo.

Un gruñido. El ayudante cayó de rodillas, los ojos llenos de una luz amarilla y mate. Delante de él estallaban negros fogonazos.

—No, por favor —suplicó.

Pero la respuesta fue otro golpe de la pala, esta vez más certero.

Vestido con su indumentaria de jardinero manchada de tierra, Daniel Pell arrastró al policía entre los matorrales, donde no pudieran verlo. No estaba muerto, sólo mareado y dolorido.

Le quitó rápidamente el uniforme, se lo puso y se enrolló las perneras, demasiado largas. Amordazó al policía con cinta aislante y le puso sus propias esposas. Se guardó en el bolsillo su pistola y sus cargadores de repuesto y colocó en su funda la Glock que había llevado consigo; estaba acostumbrado a ella, y la había disparado las veces suficientes para sentirse cómodo con el juego del gatillo.

Al mirar atrás vio que Jennie sacaba las flores del trozo de tierra que rodeaba el buzón de la casa vecina y las metía en una bolsa. Había estado bien en el papel de ama de casa. Había distraído al policía a la perfección y apenas había dado un respingo cuando atizó al pobre diablo con la pala.

La lección del «asesinato» de Susan Pemberton había dado resultado: Jennie estaba ahora más cerca del negro núcleo de su ser. Pero ahora tendrían que tener cuidado. Matar al ayudante del *sheriff* sería pasarse de la raya. Aun así, Jennie se estaba portando bien. Pell estaba eufórico. Nada le hacía más feliz que transformar a una persona en un ser de su propia creación.

—Trae el coche, preciosa. —Le pasó la ropa de jardinero.

Ella dibujó una amplia sonrisa.

—Lo tendré listo. —Dio media vuelta y enfiló la calle a toda prisa, con la ropa, la bolsa y la pala. Miró hacia atrás y murmuró—: Te quiero.

Pell observó satisfecho su paso decidido.

Luego se volvió y echó a andar tranquilamente por el camino que llevaba a la casa del hombre que había cometido un pecado imperdonable contra él, un pecado que sería su sentencia de muerte: el ex fiscal James Reynolds.

Pell miró por una rendija de la cortina de una de las ventanas delanteras. Vio a Reynolds hablando por un teléfono inalámbrico, con una botella de vino en la mano, pasando de una habitación a otra. Una mujer (su esposa, dedujo) entró en lo que parecía ser la cocina. Iba riéndose.

Él pensaba que hoy en día, con los ordenadores, Internet y Google, sería fácil localizar prácticamente a cualquiera. Había descubierto cierta información sobre Kathryn Dance que podía serle útil. Pero James Reynolds era invisible. No aparecía en ningún listín telefónico, ni en registros tributarios, ni figuraba en ninguno de los antiguos directorios del estado y el condado, ni en la nómina del colegio de abogados.

Suponía que habría acabado por encontrar al fiscal a través de algún registro público, pero no podía ponerse a rebuscar en los archivos del mismo edificio administrativo del que acababa de escapar. Además, tenía muy poco tiempo. Tenía que zanjar sus asuntos en Monterrey y largarse de allí.

Después de dar muchas vueltas al tema, había consultado los archivos en línea de los periódicos locales. En el *Peninsula Times* encontró un breve artículo acerca de la boda de la hija del fiscal. Llamó al establecimiento donde se había celebrado el enlace, el hotel balneario Del Monte, y averiguó el nombre de la empresa organizadora de la boda. Un café con Susan Pemberton, un poco de aerosol de pimienta y ya eran suyos los archivos que contenían el nombre y la dirección de la persona que había pagado el banquete: James Reynolds.

Y ahora estaba allí.

En el interior de la casa seguía habiendo movimiento.

Al parecer también había en el domicilio un hombre de veintitantos años. Un hijo, quizá. El hermano de la novia. Tendría que matarlos a todos, claro, y a cualquiera que hubiera dentro de la casa. Le traía sin cuidado hacerles daño, pero no podía dejar a nadie con vida. Sus muertes eran una cuestión puramente práctica; de ese modo, Jennie y él dispondrían de más tiempo para escapar. A punta de pistola los obligaría a entrar en un espacio cerrado (un cuarto de baño o una salita de estar) y luego utilizaría el cuchillo para que no se oyeran disparos. Con un poco de suerte, podría acabar su otra misión y marcharse de la península antes de que se descubrieran los cadáveres.

Vio que el fiscal colgaba el teléfono y empezaba a volverse. Agachó la cabeza, comprobó su pistola y pulsó el timbre. Se oyeron ruidos dentro. Una sombra cubrió la mirilla. Pell se mantuvo donde pudiera verse su uniforme, pero bajó la mirada tranquilamente.

—¿Sí? ¿Quién es?

—Señor Reynolds, soy el agente Ramos.

—¿Quién?

—El ayudante del *sheriff*, he venido a sustituir a mi compañero. Me gustaría hablar con usted.

—Un segundo, tengo una cosa en el fuego.

Pell empuñó su pistola y tuvo la sensación de que una enorme irritación empezaba a aliviarse. De pronto se sentía sexualmente excitado. Estaba deseando volver con Jennie al Sea View. Quizá ni siquiera llegaran al motel. Lo harían en el asiento de atrás.

Se colocó bajo la sombra de un árbol grande y enmarañado, junto a la puerta, y se deleitó sintiendo el peso de la pistola en la mano. Pasó un minuto. Luego otro. Llamó otra vez.

—¿Señor Reynolds?

—¡No te muevas, Pell! —gritó alguien. La voz procedía del exterior, de detrás de él—. ¡Tira el arma! —Era James Reynolds—. ¡Voy armado!

¡No! ¿Qué había pasado? Pell tembló de rabia. Estaba tan furioso que estuvo a punto de vomitar.

—Escúchame, Pell. Si mueves un solo dedo, te pego un tiro. Coge el arma con la mano izquierda, por el cañón, y déjala en el suelo. ¡Vamos!

—¿Qué? Pero ¿qué dice, señor?

¡No, no! ¡Lo había planeado todo a la perfección! La rabia apenas lo dejaba respirar. Miró un momento a su espalda. Allí estaba Reynolds, sujetando un gran revólver con las dos manos. Sabía lo que hacía y parecía en perfecta calma.

—Espere, espere, fiscal Reynolds. Me llamo Héctor Ramos, soy el...

Oyó un chasquido; Reynolds acababa de amartillar su arma.

—¡De acuerdo! No sé de qué va todo esto, pero de acuerdo. Santo Dios. —Cogió el cañón de la pistola con la mano izquierda y se agachó para dejarla en el suelo del porche.

En ese instante, con un chirrido, el Toyota negro apareció en el camino de entrada y se detuvo de golpe, haciendo sonar el claxon.

Pell se arrojó al suelo de bruces, recogió la pistola y comenzó a disparar hacia Reynolds. El fiscal se agachó, asustado, y efectuó varios disparos, pero falló. Pell oyó a los lejos el estrépito de las sirenas. Dudó un instante, dividido entre el impulso de huir y el ansia de aniquilar a aquel hombre. Finalmente, venció el afán de supervivencia, y corrió por el camino hacia Jennie, que le había abierto la puerta del copiloto.

Se arrojó dentro del coche y, mientras arrancaban a toda velocidad Pell se dio la triste satisfacción de acribillar la casa hasta quedarse sin balas, con la esperanza de asestar al menos un disparo mortal.

35

Dance, Kellogg y James Reynolds estaban en el césped delantero de la casa, entre impecables jardines, alumbrados por el pulso intermitente de las luces de colores de las sirenas.

Lo que más le preocupaba, explicó el fiscal, era que sus disparos o los de Pell hubieran podido herir a alguien. Había disparado en defensa propia, llevado por el pánico (todavía estaba temblando) y antes incluso de que el coche se alejara derrapando había empezado a preocuparle que alguna bala hubiera alcanzado a uno de sus vecinos. Había salido corriendo a la calle para mirar la matrícula, pero el coche ya había desaparecido, y el fiscal corrió a las casas cercanas. Pero no había nadie herido por una bala perdida. El ayudante, al que habían dejado entre los matorrales, frente a la casa, tenía varios hematomas de consideración y muchas agujetas, además de una conmoción cerebral, pero nada más, según habían informado los servicios médicos.

En el momento en que sonó el timbre y el «agente Ramos» le hizo saber que estaba al otro lado de la puerta, Reynolds estaba hablando con Kathryn Dance, que había llamado urgentemente para avisarle de que Pell, posiblemente caracterizado como un hispano, sabía dónde vivía y estaba planeando matarlo. El fiscal sacó su arma y envió a su mujer y a su hijo al sótano para que llamaran a emergencias. Acto seguido salió a hurtadillas por una puerta lateral y sorprendió a Pell por la espalda. Estuvo a punto de tirar a matar. Si el asesino se había salvado, era únicamente por la intervención de la chica.

El fiscal se ausentó ahora para ver cómo estaba su esposa y regresó enseguida.

—¿Pell se ha arriesgado hasta este punto sólo por venganza? Me cuesta creerlo.

—No, James, no lo ha hecho por venganza.

Sin mencionar ningún nombre (los periodistas empezaban a hacer acto de aparición), Dance le explicó lo que le había contado Samantha McCoy respecto a la personalidad de Pell y le habló del incidente de Seaside, cuando el motero se rió de él.

—Usted hizo lo mismo en el juzgado. Cuando Pell intentó controlarle, ¿se acuerda? Eso significaba que era inmune a él. Y, para colmo, consiguió controlarlo. Lo convirtió en Manson, en otra persona, en alguien por el que Pell no sentía ningún respeto. Se convirtió en su marioneta. Y eso no podía permitirlo. Usted era un peligro demasiado grande para él.

—¿Y eso no es venganza?

—No. Se trata, más bien, de sus planes futuros —repuso Kathryn—. Pell sabía que no se acobardaría y que le conocía bien, que tenía información sobre él. Puede incluso que le preocupara algo que hubiera en el sumario del caso. Sabía, además, que no descansaría hasta que estuviera de nuevo en prisión, aunque esté jubilado.

Recordó la mirada resuelta del fiscal cuando había ido a verlo.

Si hay algo que pueda hacer...

—Sabía que no le daría miedo ayudarnos a seguirle la pista. Eso le convertía en una amenaza. Y, como él mismo decía, las amenazas hay que erradicarlas.

—¿Qué planes futuros son esos de los que habla? ¿Qué se propone Pell?

—Ésa es la gran pregunta. No lo sabemos.

—Pero ¿cómo demonios se las arregló para llamar dos minutos antes de que se presentara aquí?

Dance se encogió de hombros.

—Por Susan Pemberton.

—¿La mujer a la que mató ayer?

—Trabajaba para Eve Brock.

Los ojos del fiscal brillaron al reconocer aquel nombre.

—La empresa que se encargó de organizar la boda de Julia... ¿Me encontró a través de ella? Qué astuto.

—Al principio pensé que se había servido de Susan para entrar en el despacho y destruir alguna prueba. O para conseguir información acerca de algún evento que fuera a celebrarse dentro de poco. No paraba de recordar su despacho, todas aquellas fotografías en las paredes... Entonces me acordé de que había visto las fotos de la boda de su hija en su cuarto de estar. Y me pareció que todo encajaba. Llamé a Eve Brock y me dijo que sí, que usted había sido cliente suyo.

—¿Cómo sabía que iba disfrazado de hispano?

Kathryn le explicó que Susan había sido vista en compañía de un hombre delgado y de aspecto hispano poco antes de ser asesinada. Linda les había hablado de cómo se servía Pell de los disfraces.

—Me parecía un poco descabellado que se hubiera caracterizado como un latino, pero al parecer no lo era. —Señaló los orificios de bala que había en la fachada de la casa del fiscal.

Cuando acabaron de interrogar a los vecinos, TJ y Rey Carraneo fueron a informarle de que nadie había visto el coche en el que había huido el asesino.

Michael O'Neil también se sumó a ellos. Había estado con los técnicos forenses, inspeccionando la calle y el jardín delantero.

Saludó educadamente a Kellogg con una inclinación de cabeza, como si sus últimas desavenencias hubieran quedado en el olvido. La inspección ocular, les dijo, no había revelado gran cosa. Habían encontrado casquillos de una pistola de nueve milímetros, algunas huellas de neumáticos inservibles (las cubiertas estaban tan desgastadas que los técnicos no podían identificar la marca) y «como un millón de restos materiales que no nos conducirán a ninguna parte». Dijo esto último con la amarga exageración de la que hacía gala cuando estaba frustrado.

El guardia, añadió, sólo había acertado a darles una descripción vaga e inconexa de su agresor y de la chica que iba con él, pero no había añadido nada que no supieran ya.

Reynolds llamó a su hija, puesto que Pell sabía ya su nombre y el de su marido, y le dijo que se marchara de la ciudad hasta que detuvieran al asesino. Su esposa y su otro hijo se reunirían con ellos, pero el fiscal se negaba a marcharse. Iba a quedarse allí (aunque en un hotel, bajo vigilancia policial), hasta que tuviera ocasión de revisar el sumario del caso Croyton, que tardaría poco en llegar del archivo judicial del condado. Estaba más decidido que nunca a ayudarles a capturar a Pell.

Los policías se marcharon en su mayoría (dos se quedaron para custodiar a Reynolds y a su familia, y dos para mantener a raya a los periodistas) y poco después Kellogg, Dance y O'Neil estaban solos en medio del césped fragante.

—Yo voy a volver a Point Lobos —anunció Kathryn, y añadió dirigiéndose a Kellogg—: ¿Quieres que te deje en la oficina de paso para que recojas tu coche?

—Voy contigo al hotel —respondió Kellogg—, si no te importa.

—Claro que no. ¿Y tú, Michael? ¿Quieres venir con nosotros? —Sabía que su compañero seguía abatido por la muerte de Millar.

El ayudante jefe los miró a ambos. Estaban el uno al lado del otro, como una pareja delante de su chalé, despidiéndose de los invitados tras una cena.

—Creo que paso —dijo—. Voy a hablar con la prensa y luego iré a ver a la familia de Juan. —Exhaló un suspiro, lanzando un chorro de aliento al aire fresco de la noche—. Ha sido un día muy largo.

Morton Nagle estaba exhausto.

Y llevaba en la oronda barriga casi una botella entera del suave merlot de Vallejo Springs. No pensaba volver a casa esa noche, circulando entre la maraña del tráfico de la conurbación de Contra Costa o por las carreteras igualmente agotadoras de los alrededores de San José. Había encontrado un motel no muy lejos de los viñedos por los que había pasado el día deambulando, deprimido, y había reservado una habitación. Se lavó la cara y las manos, pidió un sándwich al servicio de habitaciones y descorchó el vino.

Mientras esperaba a que llegara la comida, llamó a su mujer y habló con ella y con los niños; luego llamó a Kathryn Dance.

La agente le contó que Pell había intentado matar al fiscal del caso Croyton.

—¿A Reynolds? ¡No me diga!

—Están todos bien —dijo Dance—. Pero Pell consiguió escapar.

—¿Cree que quizás era eso lo que se proponía? ¿Que por eso se ha quedado en la zona?

Kathryn contestó que no. En su opinión, Pell pretendía matar a Reynolds como preludio a su verdadero plan, porque tenía miedo al fiscal. Pero en cuanto a cuál podía ser ese plan, seguían sin saberlo. La agente parecía cansada y desanimada.

Al parecer, él también.

—¿Se encuentra bien, Morton? —preguntó Kathryn.

—Sólo me estaba preguntando cuánto me dolerá la cabeza mañana por la mañana.

El servicio de habitaciones llamó a la puerta. Nagle se despidió de la agente y colgó el teléfono.

Comió sin apetito mientras iba pasando canales, sin ver prácticamente nada de lo que aparecía en la pantalla.

Luego se tumbó en la cama y se quitó los zapatos a puntapiés. Mientras bebía el vino en un vaso de plástico, pensó en una foto en color de Daniel Pell que había aparecido en la revista *Time* hacía años. El asesino tenía la cabeza un poco girada, pero sus ojos, de un azul sobrenatural, miraban fijamente a la cámara. Parecían seguirte allá donde estuvieras, y no conseguías sacudirte la impresión de que, aunque cerraras la revista, aquel hombre seguiría escudriñando tu alma.

Estaba enfadado por haber fracasado en su intento de convencer a la tía, y que el viaje hasta allí hubiera sido una pérdida de tiempo.

Pero se dijo que, al menos, no había faltado a la ética periodística y había preservado sus fuentes y protegido a la chica. Había hecho uso de todas sus dotes de persuasión con la tía, pero no había sobrepasado ningún límite moral, ni había revelado a Kathryn Dance el nuevo nombre de Theresa Croyton, ni su paradero.

No, se dijo Nagle. Había actuado con acierto en una situación comprometida.

Descubrió que se sentía mejor; empezaba a estar mareado. Al día siguiente volvería a casa, con su mujer y los niños. Pondría todo su empeño en el libro. Había tenido noticias de Rebecca Sheffield, que le había dicho que estaba dispuesta a seguir adelante (había estado anotando sus recuerdos sobre la vida en la Familia) y que quería sentarse a hablar con él en cuanto volviese. Además, estaba segura de poder convencer a Linda Whitfield de que se dejara entrevistar. Y no faltaban víctimas de Daniel Pell sobre las que escribir, desde luego.

Finalmente, borracho y más o menos satisfecho, Morton Nagle se quedó dormido.

36

Estaban sentadas alrededor del televisor, inclinadas hacia delante, viendo las noticias como tres hermanas que acabaran de reencontrarse. Y eso eran en cierto modo, pensó Samantha McCoy.

—¿No es increíble? —preguntó Rebecca en voz baja, enfadada.

Linda, que estaba limpiando junto con Sam los restos de la cena que les había llevado el servicio de habitaciones, sacudió la cabeza con desaliento.

James Reynolds, el fiscal, había sido objeto de un intento de asesinato por parte de Daniel Pell.

La noticia había puesto muy nerviosa a Sam. Se acordaba bien de Reynolds. Severo, pero razonable, el fiscal había llegado a un acuerdo con su abogado defensor que éste consideró bastante justo. Sam había pensado en su momento que el fiscal era, de hecho, muy indulgente. No había pruebas materiales que las relacionaran con la matanza de la familia Croyton. Ella se había quedado perpleja y horrorizada, lo mismo que las demás, al conocer la noticia. Pero aun así el historial de delitos menores de la Familia era muy extenso. De haber querido, James Reynolds podría haberlas llevado a juicio, y no había duda de que un jurado las habría condenado a penas mucho más duras.

Reynolds, sin embargo, se había compadecido de lo que habían pasado, sabedor de que habían caído bajo el hechizo de

Daniel Pell. «Síndrome de Estocolmo», lo llamaba él, y Sam había buscado aquella expresión. Era el vínculo emocional que desarrolla la víctima respecto a su secuestrador. Sam había aceptado de buena gana la indulgencia de Reynolds, pero no iba a desentenderse de sus propios actos escudándose en una explicación psicológica. Todos los días se sentía culpable por haber robado y haber permitido que Pell controlara su vida. Ella no había sido secuestrada; había convivido voluntariamente con la Familia.

En la tele apareció una imagen: un retrato hecho a mano de Pell con la piel más oscura, bigote y cabello negro, gafas y un vago aspecto de hispano. Su disfraz.

—Qué cosa tan extraña —comentó Rebecca.

Se sobresaltaron al oír que llamaban a la puerta. La voz de Kathryn Dance anunció su llegada. Linda se levantó para abrirle la puerta.

A Samantha le caía bien Dance, una policía de sonrisa generosa, que llevaba un iPod en lugar de pistola y margaritas de colores grabadas en las tiras de las sandalias. Le habría gustado tener un par de sandalias como aquéllas. Rara vez se compraba nada frívolo o divertido. A veces, mirando escaparates, pensaba: «Qué bonito, me gustaría tenerlo». Pero enseguida oía el eco de su mala conciencia y se decía: «No, no me lo merezco».

Winston Kellogg también sonreía, pero su sonrisa era distinta de la de Dance. Parecía ser su insignia, algo que mostrar, como si dijera: «En realidad no soy lo que piensas. Soy agente federal, pero también soy humano». Era atractivo. No era guapo, al menos en el sentido clásico del término. Tenía un poco de papada y algo de barriga. Pero su actitud, su voz y sus ojos hacían de él un hombre sexi.

Dance lanzó una mirada al televisor.

—¿Se han enterado? —preguntó.

—Cuánto me alegro de que esté bien —respondió Linda—. ¿Su familia también estaba en la casa?

—Están todos bien.

—En las noticias han dicho que había un policía herido —dijo Rebecca.

—Nada grave —contestó Kellogg, y procedió a explicarles cómo habían planeado Pell y su cómplice el asesinato de Reynolds, y cómo habían matado a Susan Pemberton la víspera con el único propósito de averiguar dónde vivía el ex fiscal.

Sam pensó en lo que tanto la había impresionado años atrás: la personalidad obsesiva e irrefrenable de Daniel Pell.

—Bueno, quería darles las gracias —dijo Dance—. La información que nos dieron salvó la vida del fiscal.

—¿Nosotras? —preguntó Linda.

—Sí. —Explicó cómo las observaciones que habían hecho esa tarde (y más concretamente sus comentarios sobre la reacción de Pell ante las burlas y su gusto por los disfraces) la habían llevado a deducir qué podía estar tramando el asesino.

Rebecca sacudía la cabeza. Su boca, siempre tan expresiva, se veía tensa.

—Pero se les ha vuelto a escapar, si no me equivoco —dijo.

Sam sintió vergüenza al oír su corrosivo comentario. Nunca dejaba de asombrarla que algunas personas no vacilaran en criticar o insultar a los demás incluso cuando hacerlo carecía de objeto.

—En efecto —contestó Dance, mirando a los ojos a la más alta de las tres—. No llegamos a tiempo.

—El presentador ha dicho que Reynolds intentó capturarlo —dijo Rebecca.

Fue Kellogg quien contestó:

—Así es.

—De modo que quizá la culpa de que Pell haya escapado la tenga él.

Dance le sostuvo la mirada sin esfuerzo. Cuánto envidiaba Sam aquella capacidad. Su marido le decía a menudo: «Oye, ¿qué pasa? Mírame». Parecía que la única persona a la que se atrevía a mirar a los ojos era a su hijo de dieciocho meses.

—Posiblemente —contestó Kathryn—. Pero Pell estaba en la puerta de su casa con una pistola. Reynolds no tuvo elección.

Rebecca se encogió de hombros.

—Aun así. Ustedes son muchos y él sólo uno.

—Vamos —intervino Linda—. Están haciendo todo lo que pueden. Ya conoces a Daniel. Piensa en todo. Es imposible llevarle la delantera.

—No, tiene usted razón, Rebecca —señaló el agente del FBI—. Tenemos que ponernos las pilas. Estamos a la defensiva. Pero lo atraparemos, les doy mi palabra.

Samantha advirtió que Kellogg miraba a Kathryn Dance y pensó: «Vaya, está prendado de ella», una expresión típica de los viejos libros que había leído por centenares durante los veranos de su infancia. Y en cuanto a Dance... Mmm, podría ser. Sam no estaba segura. Pero no malgastó mucho tiempo pensando en la vida amorosa de dos personas a las que había conocido la víspera. Formaban parte de un mundo que quería dejar atrás lo antes posible.

Rebecca reculó.

—Bueno, si esta vez han estado a punto de atraparlo, quizá la próxima lleguen cinco minutos antes.

Dance asintió con una inclinación de cabeza.

—Gracias. Por eso, y por todo. Les estamos muy agradecidos. Ahora, un par de cosas. Sólo para que estén más tranquilas, he ordenado que haya otro ayudante del *sheriff* montando guardia fuera. Nada indica que Pell sepa que están aquí, pero me ha parecido que no estaba de más.

—Eso no se lo discuto —dijo Rebecca.

La agente miró el reloj. Eran las diez y cuarto.

—Si les parece, lo dejamos por esta noche. Si se les ocurre alguna otra cosa sobre Pell o el caso y quieren contárnoslo, puedo estar aquí en veinte minutos. Si no, nos veremos por la mañana. Imagino que estarán agotadas.

—Es lo que tienen los reencuentros —comentó Samantha.

Aparcaron detrás del Sea View y Jennie apagó el motor del Toyota. Daniel Pell no salió. Estaba aturdido y todo le parecía irreal: el aura fantasmal de las luces entre la niebla, el sonido como retardado de las olas amontonándose en la playa de Asilomar.

Un mundo paralelo, salido de una de esas películas absurdas de las que los reclusos de Capitola se pasaban meses hablando después de haberlas visto.

Y todo por el extraño incidente en casa del fiscal.

—¿Estás bien, cielo?

No dijo nada.

—No me gusta que estés triste. —Jennie apoyó una mano en su muslo—. Lamento que te hayan salido mal las cosas.

Pell estaba pensando en aquella vez durante el juicio, hacía ocho años, en que fijó sus ojos azules, azules como el hielo, en el fiscal James Reynolds con intención de intimidarlo, de hacerle perder la concentración. Pero Reynolds se limitó a mirarlo y a sonreír, burlón. Luego se volvió hacia los miembros del jurado con un guiño y soltó una broma hiriente.

Y ellos también se rieron.

En ese instante vio tirados por tierra todos sus esfuerzos. El hechizo se había roto. Estaba convencido de que podía conseguir la absolución, de que podía convencer al jurado de que el asesino era Jimmy Newberg, de que él también era una víctima, de que había actuado en defensa propia.

Reynolds, riéndose como si él, Daniel Pell, fuera una especie de mocoso haciendo muecas a los adultos.

Reynolds, llamándole el Hijo de Manson...

¡Controlándome!

Ése era su pecado imperdonable. No enjuiciarle (no, eso lo había hecho mucha gente), sino controlarle. Manejarle como a un títere digno de risa.

Poco después de eso, el portavoz del jurado leyó el veredicto y él vio desvanecerse su preciosa montaña, su libertad, su independencia, su Familia... Lo perdió todo. Su vida entera destruida por una risa.

Y ahora Reynolds (una amenaza para él tan seria como Kathryn Dance) desaparecería sin dejar rastro, sería mucho más difícil encontrarlo.

Se estremeció de rabia.

—¿Estás bien, cielo?

Sintiéndose aún como si estuviera en otra dimensión, Pell le contó la historia de Reynolds en la sala del tribunal y el peligro que representaba para él. Una historia que nadie conocía.

Y, curiosamente, a Jennie no le chocó.

—Es terrible. Mi madre también lo hacía, se reía de mí delante de los demás. Y me pegaba. Pero creo que era peor que se riera. Mucho peor.

Su compasión conmovió a Pell.

—Oye, preciosa... Esta noche sí que has aguantado.

Jennie sonrió y cerró los puños como si le enseñara las letras tatuadas: A-G-U-A-N-T-A.

—Estoy orgulloso de ti. Ven, vamos dentro.

Pero ella no se movió. Su sonrisa se había borrado.

—Estaba pensando en una cosa.

—¿En qué?

—¿Cómo se dio cuenta?

—¿Quién?

—Ese hombre, Reynolds.

—Me vio, supongo. Me reconoció.

—No, yo creo que no. Tengo la impresión de que las sirenas empezaron a sonar antes de que llamaras a la puerta.

—¿Sí?

—Creo que sí.

Kathryn... Ojos tan verdes como azules son los míos, uñas cortas y rosas, una goma roja en la trenza, una perla en el dedo y una concha pulida en la garganta. Agujeros en los lóbulos, pero no pendientes. Podía imaginársela perfectamente. Casi podía sentir su cuerpo junto a él. El globo que tenía dentro empezó a hincharse.

—Bueno, está esa policía. Es un problema.

—Háblame de ella.

Pell besó a Jennie, deslizó la mano por su espalda huesuda, más allá del broche del sujetador, y siguió hacia abajo, hasta meterla bajo la cinturilla del pantalón y tocar el encaje de las bragas.

—Aquí no. Vamos dentro. Dentro te hablaré de ella.

37

—Estoy harta —Linda Whitfield señaló el televisor, que emitía noticias sobre Pell en un bucle interminable.

Samantha le dio la razón.

Linda entró en la cocina y preparó café descafeinado y té; luego llevó las tazas, leche y azúcar, y unas galletas. Rebecca aceptó el café, pero lo dejó sobre la mesa y siguió bebiendo despacio su vino.

—Fue bonito lo que dijiste en la cena —comentó Sam.

Linda había bendecido la mesa y, aunque sus palabras parecían improvisadas, habían sido elocuentes. Samantha no era religiosa, pero se había sentido conmovida por la oración, que Linda había dedicado a las almas de las personas asesinadas por Pell y a sus familias, a dar gracias por la oportunidad de reencontrarse con sus hermanas y a pedir que aquella triste situación se resolviera pacíficamente. Hasta Rebecca (la magnolia de acero entre ellas) parecía haberse emocionado.

De pequeña, Sam había deseado a menudo que sus padres la llevaran a la iglesia. Muchas de sus amigas iban con sus familias, y le parecía que aquello era algo que unos padres y su hija podían hacer juntos. Claro que también habría sido feliz si la hubieran llevado al supermercado o a dar una vuelta en coche hasta el aeropuerto para ver aterrizar y despegar los aviones mientras comían bocadillos de salchicha comprados en la furgoneta aparcada junto a la valla, como hacían sus vecinos, Ellie y Tim Schwimmer, con sus padres.

Me encantaría ir contigo, Samantha, pero ya sabes lo importante que es la reunión. No se trata sólo de Walnut Creek. El asunto podría afectar a toda la Contra Costa. Tú también puedes hacer un sacrificio. El mundo no gira a tu alrededor, cariño.

Pero ya bastaba de pensar en eso, se dijo Sam.

Durante la cena, la conversación había sido superficial: habían hablado de política, del tiempo, de lo que opinaban de Kathryn Dance. Ahora Rebecca, que había bebido bastante vino, intentaba sonsacar un poco a Linda, averiguar qué le había pasado en prisión para que se volviera tan religiosa, pero ella parecía haber notado, lo mismo que Sam, que sus preguntas tenían algo de desafiante, y contestaba con evasivas. Rebecca, que siempre había sido la más independiente de las tres, seguía siendo la más descarada.

Linda les habló, en cambio, de su día a día. Llevaba el centro parroquial del barrio —un comedor de beneficencia, por lo que había podido deducir Sam— y ayudaba a su hermano y a su cuñada con sus hijos de acogida. Estaba claro por la conversación —por no hablar de su ropa gastada— que no le sobraba el dinero. Aun así, afirmaba tener una «vida rica» en el sentido espiritual de la palabra, expresión ésta que había repetido varias veces.

—¿No hablas para nada con tus padres? —preguntó Sam.

—No —contestó Linda con voz queda—. Mi hermano sí, a veces, pero yo no.

Sam no supo si hablaba con melancolía o con desafío. (Recordaba que el padre de Linda se había presentado a unas elecciones con posterioridad a la detención de su hija y que había perdido, después de que su rival pusiera en circulación rumores que daban a entender que, si su hija Lyman Whitfield conseguía desestabilizar a su familia, difícilmente podía ser un buen político.)

Linda añadió que estaba saliendo con un hombre de la parroquia al que calificó de «bueno».

—Trabaja en Macy's.* —No entró en detalles y Samantha se preguntó si de veras salía con él o si sólo eran amigos.

Rebecca fue mucho más explícita respecto a su vida. Su empresa marchaba bien, tenía una plantilla de cuatro empleadas a jornada completa y vivía en un piso con vistas al mar. En cuanto a su vida amorosa, les describió a su novio actual, un paisajista que, aunque casi quince años mayor que ella, era guapo y estaba forrado. Ella siempre había querido casarse, pero mientras les hablaba de su futuro juntos, Sam dedujo que había ciertos obstáculos en el camino y llegó a la conclusión de que el divorcio de su actual pareja no era definitivo (en caso de que hubiera llegado a iniciarse el trámite). Rebecca les habló también de otros novios que había tenido.

Lo cual puso a Sam un poco celosa. Al salir de prisión había cambiado de identidad y se había trasladado a San Francisco, confiando en perderse en el anonimato de la gran ciudad. Había evitado relacionarse con otras personas por miedo a cometer algún desliz que revelara su verdadera identidad, o a que alguien pudiera reconocerla a pesar de la cirugía.

Finalmente, sin embargo, la soledad empezó a pesarle y se aventuró a salir. El tercer hombre con el que se citó, Ron Starkey, era licenciado en ingeniería eléctrica por Stanford, amable, tímido y un poco inseguro: el típico empollón. No mostró especial interés por su pasado; de hecho, parecía indiferente a todo, salvo a los sistemas electrónicos aplicados a la aeronáutica, el cine, los restaurantes y, ahora, su hijo.

---

* Grandes almacenes. *(N. de la T.)*

Una personalidad por la que pocas mujeres se habrían decantado y que Samantha, en cambio, decidió que era la más adecuada para ella.

Se casaron seis meses después y Peter nació cuando llevaban un año casados. Sam estaba contenta. Ron era un buen padre, un hombre de fiar. Sólo lamentaba no haberlo conocido unos años más tarde, cuando hubiera disfrutado un poco más de la vida y acumulado algo más de experiencia. Tenía la sensación de que conocer a Daniel Pell había abierto un enorme agujero en su vida, un agujero que jamás podría llenar.

Tanto Linda como Rebecca intentaron persuadirla para que les hablara de sí misma. Ella se mostró reacia. No quería que nadie, y mucho menos aquellas mujeres, tuviera alguna pista sobre su vida como Sarak Starkey. Si se corría la voz, Ron la abandonaría. Estaba segura. Había roto con ella unos meses cuando le «confesó» entre lágrimas su desfalco ficticio. Si llegaba a descubrir que tenía alguna relación con Daniel Pell y que llevaba años mitiéndole, se marcharía sin más y se llevaría a su hijo, lo sabía.

Linda volvió a ofrecerle el plato de galletas.

—No, no —contestó Samantha—. Estoy llena. Hacía un mes que no cenaba tanto.

Linda se sentó allí cerca y comió media galleta.

—Oye, Sam, antes de que llegaras estábamos contándole a Kathryn lo de la cena de Pascua. La última que pasamos juntas. ¿Te acuerdas?

—¿Que si me acuerdo? Fue fantástico.

Lo recordaba, en efecto, como un día maravilloso. Se habían sentado fuera, alrededor de una mesa que ella y Jimmy Newberg hicieron con tablones recogidos aquí y allá. Comida a montones y el complicado equipo estéreo de Jimmy, al que le salían cables por todas partes, emitiendo una música estupenda. Tiñeron huevos de Pascua y el olor a vinagre caliente cundió por toda la casa. Sam tiñó todos los suyos de azul. Como los ojos de Daniel.

Después de aquello, la Familia no sobrevivió mucho tiempo; seis semanas más tarde, los Croyton y Jimmy habían muerto y los demás estaban en prisión.

Pero aquél fue un buen día.

—Ese pavo —comentó Sam, sacudiendo la cabeza al recordarlo—. Lo ahumaste tú, ¿no?

Linda hizo un gesto de asentimiento.

—Unas ocho horas. En ese ahumador que me hizo Daniel.

—¿En ese qué? —preguntó Rebecca.

—En el ahumador del patio. El que hizo él.

—Ya me acuerdo. Pero no lo hizo él.

Linda se rió.

—Sí que lo hizo. Le dije que siempre había querido tener uno. Mis padres tenían uno y mi padre ahumaba jamones, pollos y patos. Yo quería ayudar, pero nunca me dejaban. Así que Daniel me hizo ése.

Rebeca parecía desconcertada.

—No, no. Se lo dio una vecina, ¿cómo se llamaba?

Linda arrugó el ceño.

—¿Qué vecina? Te equivocas. Pidió prestadas las herramientas y lo hizo con un barril de aceite viejo. Me dio una sorpresa.

—Espera... Rachel, eso era. Sí, así se llamaba. ¿Os acordáis de ella? No era muy agraciada: el pelo rojo chillón y las raíces blancas. —Rebecca parecía perpleja—. Tenéis que acordaros de ella.

—Me acuerdo de Rachel —respondió Linda, crispada—. Pero ¿qué tiene ella que ver con todo esto?

Rachel, fumadora de porros empedernida, había causado serias desavenencias en el seno de la familia porque Pell pasaba mucho tiempo en su casa, haciendo... en fin, lo que más le gustaba hacer a Daniel Pell. A Sam la traía sin cuidado: a ella cualquier cosa que le evitara las guarradas de Pell en la cama le parecía bien. Linda, en cambio, estaba celosa. Las últimas Navidades que pasaron juntos, Rachel se pasó por la casa con alguna excusa cuando Daniel no estaba. Linda la echó de allí. Pell se enteró y prometió no volver a verla.

—El ahumador se lo dio ella —insistió Rebecca, que había llegado a la casa después del rifirrafe navideño y no sabía nada de sus celos.

—No, qué va. Lo hizo para mi cumpleaños.

Presintiendo el desastre, Sam se apresuró a decir:

—Bueno, da igual, el caso es que el pavo que hiciste estaba riquísimo. Creo que nos dio para comer sándwiches dos semanas.

Las otras dos no le hicieron caso. Rebecca bebió otro sorbo de vino.

—Linda, te lo regaló en tu cumpleaños porque esa mañana estuvo en casa de Rachel y ella se lo dio. Se lo hizo no sé qué surfista, pero ella no cocinaba.

—¿Estuvo con ella? —murmuró Linda—. ¿En mi cumpleaños?

Pell le había dicho a Linda que no había vuelto a ver a Rachel desde su encontronazo en Navidades. Y su cumpleaños era en abril.

—Sí. Y como tres veces por semana, más o menos. ¿Quieres decir que no lo sabías?

—Eso no importa —dijo Sam—. Fue hace mucho...

—Cállate —le espetó Linda. Se volvió hacia Rebecca—. Te equivocas.

Rebecca se echó a reír.

—¿Qué pasa? ¿Es que te sorprende que Daniel te mintiera? A ti te dijo que tenía un hermano retrasado y a mí que no tenía hermanos. Consultemos a la autoridad. Sam, ¿Daniel veía a Rachel esa primavera?

—No lo sé.

—Respuesta equivocada. Sí, claro que lo sabes —proclamó Rebecca.

—Vamos, por favor —dijo Sam—, ¿qué más da eso?

—Vamos a jugar a quién conoce mejor a Daniel. ¿A ti te dijo algo al respecto? Porque a su Ratón se lo contaba todo.

—No hace falta que...

—¡Contesta!

—No tengo ni idea. Vamos, Rebecca. Déjalo ya.

—¿Te lo dijo?

Sí, de hecho se lo dijo. Pero Sam contestó:

—No me acuerdo.

—Tonterías.

—¿Por qué iba a mentirme? —rezongó Linda.

—Porque tú le dijiste que mami y papi no te dejaban jugar con la barbacoa. Y él se valió de eso. Lo utilizó. Y no es que te comprara un ahumador. ¡Dijo que lo había hecho él mismo! ¡Joder, menudo santo!

—Eres tú la que está mintiendo.

—¿Por qué?

—Porque Daniel nunca hizo nada para ti.

—Venga, por favor. ¿Es que estamos otra vez en el instituto? —Rebecca la miró de arriba abajo—. Ah, ya entiendo. ¡Tenías celos de mí! Por eso estabas tan cabreada entonces. Y por eso estás tan cabreada ahora.

Aquello también era cierto, se dijo Sam. Después de que Rebecca se sumara a la Familia, Daniel pasaba menos tiempo con ellas. Ella podía sobrellevarlo: cualquier cosa, con tal de que él estuviera contento y no quisiera echarla a patadas de la Familia. Pero Linda, en su papel de madre, se tomó muy mal que Rebecca pareciera haberla suplantado.

Ella lo negó:

—Eso no es verdad. ¿Cómo iba a tener celos viviendo en esa situación? ¿Un hombre y tres mujeres viviendo juntos?

—¿Que cómo? Pues porque somos humanos, por eso. Joder, si tenías celos hasta de Rachel.

—Eso era distinto. Era una zorra. No era una de nosotras, no formaba parte de la Familia.

—Mirad, no estamos aquí para hablar de nosotras —terció Sam—, sino para ayudar a la policía.

Rebecca soltó un bufido.

—¿Cómo que no estamos aquí para hablar de nosotras la primera vez que nos vemos después de ocho años? ¿Qué pensabas? ¿Que íbamos a presentarnos aquí, a escribir una lista con las diez cosas principales que recordamos de Daniel Pell y a marcharnos a casa? Claro que se trata de nosotras. Tanto como de él.

También enfadada, Linda lanzó una mirada a Sam.

—Y tú no tienes que defenderme. —Señaló desdeñosamente a Rebecca con la cabeza—. No lo merece. No estuvo allí desde el principio, como nosotras. No participó y luego vino a hacerse la dueña. —Volviéndose hacia Rebecca, añadió—: Yo estuve con él más de un año. ¿Y tú? Tú un par de meses.

—Fue Daniel quien me lo pidió. Yo no forcé mi entrada.

—Nos iba de maravilla y entonces apareciste tú.

—¿Que os iba de maravilla? —Rebecca dejó su copa de vino y se echó hacia delante—. ¿Tú te estás oyendo?

—Rebecca, por favor —dijo Sam. Le latía con fuerza el corazón. Pensó que iba a echarse a llorar al mirar a las dos mujeres con la cara sofocada, mirándose de frente desde sendos extremos de la mesa baja de troncos barnizados y amarillentos—. Ya vale.

Su esbelta compañera no le prestó atención.

—Linda, te he estado escuchando desde que he llegado. Has estado defendiéndole, diciendo que no era tan malo, que no robábamos tanto... Que puede que Daniel no matara a tal o cual... Pues todo eso son gilipolleces. Espabila de una vez. Sí, la Familia era un horror, un horror total.

—¡No digas eso! ¡No es cierto!

—Claro que es cierto, joder. Y Daniel Pell es un monstruo. Piénsalo. Piensa en lo que nos hizo... —Sus ojos brillaban, le temblaba la mandíbula—. En cuanto te vio, se dio cuenta de que tus padres no te daban ni una pizca de libertad. ¿Y qué hizo? Decirte que eras una persona estupenda e independiente y que te estaban ahogando. Y ponerte al mando de la casa. Te hizo mamá. Te dio un poder que no habías tenido nunca antes. Así te enganchó.

Linda tenía lágrimas en los ojos.

—No fue así.

—Tienes razón. Fue peor. Porque mira lo que pasó luego. Se deshizo la Familia, fuimos a la cárcel y ¿dónde acabaste tú? Justo donde habías empezado. Otra vez con una figura masculina dominante, sólo que ahora tu papá es Dios. Y si creías que no podías decirle que no a tu verdadero padre, imagínate al nuevo.

—No digas eso —comenzó a decir Sam—, es...

Rebecca se volvió hacia ella.

—Y tú. Igual que siempre. Linda y yo nos peleamos y tú juegas a ser Pequeña Miss Naciones Unidas, que nadie se lleve un disgusto, que nadie remueva las cosas. ¿Por qué? ¿Es porque te importamos, querida? ¿O es porque te aterra que nos autodestruyamos y que te quedes aún más sola de lo que ya estás?

—No hay por qué ponerse así —masculló Sam.

—Desde luego que sí. Echemos un vistazo a tu historia, Ratón. Tus padres no sabían ni que existías. «Vete a hacer lo que quieras, Sammy. Papá y mamá están muy ocupados con

Greenpeace o con la Organización Nacional para las Mujeres, o haciendo marchas en pro de la cura contra el cáncer como para arroparte por las noches.» ¿Y qué hizo Daniel por ti? De pronto se convirtió en el padre atento y amoroso que nunca tuviste. Cuidaba de ti, te decía lo que tenías que hacer, cuándo lavarte los dientes, cuándo dar una mano de pintura a la cocina, cuándo ponerte a cuatro patas en la cama... Y tú pensaste que eso significaba que te quería. ¿Y sabes qué? Que tú también te enganchaste. ¿Y ahora? Ahora estás otra vez en las mismas, igual que Linda. Antes no existías para tus padres y ahora no existes para nadie. Porque tú no eres Samantha McCoy. Te has convertido en otra persona.

—¡Basta! —Sam lloraba ahora con fuerza. Aquellas palabras amargas, nacidas de una amarga verdad, se le clavaron en lo más hondo. También ella podía decir cosas (podía hablar del egoísmo de Rebecca, de su franqueza rayana en la crueldad), pero se contuvo. Le resultaba imposible ponerse desagradable, aunque fuera en defensa propia.

Ratón...

Linda, en cambio, no era tan reacia a luchar.

—¿Y qué te da a ti derecho a hablar? No eras más que una golfa que se las daba de artista bohemia. —Su voz temblaba de ira, las lágrimas corrían por su cara—. Sam y yo teníamos problemas, claro que sí, pero cuidábamos la una de la otra. Tú no eras más que una puta. Y aquí estás, juzgándonos. ¡No eras mejor que nosotras!

Rebecca se echó hacia atrás, la cara inmóvil. Sam casi vio cómo se disipaba su ira. Bajando la mirada hacia la mesa, Rebecca dijo en voz baja:

—Tienes razón, Linda. Tienes toda la razón. No soy mejor en absoluto. Yo también caí. Conmigo hizo lo mismo.

—¿Contigo? —replicó Linda—. ¡Tú no estabas nada unida a Daniel! Tú sólo estabas allí para follar.

—Exacto —dijo con una sonrisa triste, una de las más tristes que Samantha McCoy había visto nunca.

—¿Qué quieres decir, Rebecca? —preguntó.

Más vino.

—¿Cómo creéis que me engatusó a mí? —Otro sorbo de vino—. Nunca os dije que, cuando conocí a Daniel, hacía tres años que no me acostaba con nadie.

—¿Tú?

—Tiene gracia, ¿eh? Yo, tan sexi, la *femme fatale* de la Costa Central... La verdad era muy distinta. ¿Qué hizo Daniel por mí? Hizo que me sintiera a gusto con mi cuerpo. Me enseñó que el sexo era bueno. Que no era sucio. —Dejó la copa—. Que no era eso que pasaba cuando mi padre volvía a casa del trabajo.

—Ah —musitó Sam.

Linda no dijo nada.

Rebecca apuró la copa de vino.

—Dos o tres veces por semana. En los últimos años de colegio y en el instituto. ¿Queréis saber cuál fue mi regalo de graduación?

—Rebecca... Lo siento muchísimo —dijo Sam—. Nunca dijiste nada.

—Has hablado del día que nos conocimos, en la furgoneta —añadió dirigiéndose a Linda, cuyo semblante seguía impasible—. Sí, estuvimos tres horas allí metidos. Vosotras pensasteis que estábamos follando. Pero lo único que hicimos fue hablar. Daniel estuvo tranquilizándome, porque yo estaba aterrada. Como me había pasado muchas otras veces: estaba con un hombre al que deseaba y que me deseaba, y aun así no podía. No podía dejar que me tocara. Un envoltorio provocativo sin nada de pasión dentro. Pero Daniel... Daniel sabía exactamente qué decir para que me sintiera a gusto.

»Y ahora fijaos: tengo treinta y tres años y este año he salido con cuatro hombres distintos. Y, ¿sabéis?, ni siquiera me acuerdo de cómo se llamaba el segundo. Todos, además, tenían por lo menos quince años más que yo... No, no soy mejor que vosotras, chicas. Y todo lo que os he dicho, vale el doble para mí. Pero, vamos, Linda, fíjate en cómo es y en lo que nos hizo. Daniel Pell es lo peor que se pueda imaginar. Sí que fue para tanto... Perdona, estoy borracha y todo esto ha sacado a flote más mierda de la que estoy preparada para soportar.

Linda guardó silencio. Sam veía en su cara cómo se debatía. Pasado un momento dijo:

—Lamento tu desgracia. Rezaré por ti. Ahora disculpadme, por favor. Me voy a la cama.

Cogiendo su biblia, se fue a su habitación.

—No ha ido muy bien —comentó Rebecca—. Perdona, Ratón. —Se inclinó hacia atrás, cerró los ojos y suspiró—. Tiene gracia, intentar escapar del pasado. Es como un perro atado. Por más que quiera correr, no puede escapar.

38

Dance y Kellogg estaban en el despacho de ella en la sede del CBI, donde habían informado a Overby (que se había quedado trabajando hasta tarde, para variar) acerca de lo sucedido en casa de los Reynolds y habían sabido por TJ y Carraneo que no había novedades. Eran más de las once de la noche.

Kathryn puso su ordenador en reposo.

—Muy bien, ya está —anunció—. Yo lo dejo por hoy.

—Lo mismo digo.

Mientras recorrían el pasillo en penumbra, Kellogg comentó:

—Estaba pensando que de verdad son una familia.

—¿Allí, en la cabaña?

—Sí. Las tres. No son parientes. Ni siquiera se caen especialmente bien. Pero son una familia.

Lo dijo en un tono que daba a entender que definía ese término desde la perspectiva de quien carecía de tal. La relación entre las tres mujeres, que ella había observado clínicamente y encontrado reveladora, incluso divertida, había conmovido en cierto modo a Kellogg. Dance no lo conocía lo suficiente para deducir por qué, ni para preguntárselo. Notó que había alzado ligeramente los hombros y que frotaba entre sí dos uñas de la mano izquierda, lo cual era síntoma de estrés general.

—¿Vas a recoger a los niños? —preguntó.

—No, esta noche se quedan con sus abuelos.

—Son estupendos, en serio.

—¿Nunca pensaste en tener hijos?

—La verdad es que no. —Su voz se apagó—. Trabajábamos los dos. Yo salía mucho de viaje. Ya sabes, las parejas de profesionales.

En los interrogatorios y en el análisis kinésico, el contenido de lo que se dice suele ser secundario al tono (la «cualidad verbal») en el que se emiten las palabras. Kathryn había oído a muchas personas decirle que no tenían hijos, y la resonancia de sus palabras desvelaba siempre si se trataba de un hecho intrascendente, de una elección con la que se sentían a gusto o de un pesar constante.

En la afirmación de Kellogg, advirtió algo significativo. Notó más síntomas de estrés, pequeños arrebatos gestuales. Quizá su mujer o él tenían un problema físico. O quizás había supuesto un conflicto grave entre ellos; incluso el motivo de su ruptura.

—Wes no se fía mucho de mí.

—Bueno, es sólo que le inquieta que mamá conozca a otros hombres.

—Algún día tendrá que acostumbrarse, ¿no?

—Claro. Pero de momento...

—Entiendo —dijo Kellogg—. Aunque parece bastante cómodo cuando estás con Michael.

—Bueno, eso es distinto. Michael es un amigo. Y está casado. No es ninguna amenaza. —Consciente de lo que acababa de decir, se apresuró a añadir—: Es sólo que tú eres el forastero. No te conoce.

Hubo una ligera vacilación antes de que Kellogg contestara:

—Claro, es lógico.

Dance le miró, intentando adivinar a qué obedecía aquella pausa. Su rostro no dejaba traslucir nada.

—No te lo tomes como algo personal.

Otro silencio.

—Puede que sea un cumplido.

Su rostro también permaneció impasible después de aquel sondeo exploratorio.

Salieron a la calle. Corría un aire tan frío que en cualquier otra región habría señalado la inminencia del otoño. A Kathryn le temblaban los dedos del frío, pero le gustaba aquella sensación. Era, se dijo, como el hielo entumeciendo una herida.

La niebla se fundía en llovizna.

—Te llevo al tuyo —dijo. El coche de Kellogg estaba detrás del edificio.

Subieron al suyo y ella condujo hasta su coche de alquiler. Estuvieron un minuto sin moverse. Ella puso punto muerto. Luego cerró los ojos, se estiró y apoyó la cabeza en el asiento. Se sentía bien.

Abrió los ojos y lo vio volverse hacia ella y, dejando una mano sobre el salpicadero, tocar el hombro más próximo a él con firmeza, pero con cierta vacilación. Estaba esperando una señal. Ella no le dio ninguna, pero le miró a los ojos y guardó silencio. Cosas ambas que eran señales en sí mismas, desde luego.

Él, en cualquier caso, no dudó más: se inclinó y la besó, apuntando directamente a los labios. Dance notó un sabor a menta. Kellogg se había metido discretamente en la boca un caramelo o una pastillita cuando ella no miraba. Qué listo, pensó, riendo para sus adentros. Ella había hecho lo mismo con Brian aquel día en la playa, delante de su público de nutrias y focas. Kellogg se batió ligeramente en retirada, reagrupó fuerzas y esperó los informes de inteligencia respecto a la primera escaramuza.

Ello dio a Kathryn un instante para pensar cómo iba a manejar la situación.

Tomó una decisión y, cuando él volvió a inclinarse hacia ella, salió a su encuentro, la boca ya abierta. Lo besó con vehemencia. Deslizó los brazos hasta sus hombros, que eran tan musculosos como le habían parecido. Su barba, que empezaba a asomar, le raspó la mejilla.

Él deslizó la mano hasta su nuca y la atrajo con fuerza hacia sí. Dance sintió que algo se desperezaba dentro de ella, que el ritmo de su corazón se aceleraba. Atenta al vendaje, pegó la nariz y los labios contra su piel, por debajo de la oreja, el lugar donde solía apoyar la cara cuando hacía el amor con su marido. Le gustaba aquella tersa extensión de piel, el olor a espuma de afeitar y jabón, el pulso de la sangre.

Entonces la mano de Kellogg se apartó de su cuello y buscó su barbilla, atrayendo de nuevo su cara hacia él. Se besaban ahora con toda la boca, y la respiración de ambos se había agitado. Los dedos de Kellogg se desplazaron indecisos hacia su hombro, encontraron la tira de raso y, sirviéndose de ella como de un mapa de carreteras, comenzaron a descender por encima de su blusa. Despacio, listos para desviarse al menor indicio de resistencia.

Ella respondió besándole con más fiereza. Tenía el brazo cerca del regazo de Kellogg y sentía su erección rozando su codo. Él se apartó, quizá para no parecer demasiado ávido, demasiado lanzado, demasiado crío.

Pero Kathryn Dance tiró de él al reclinarse: en términos kinésicos, una posición complaciente y sumisa. Una o dos veces pensó en su marido, pero observó su imagen como desde muy lejos. En aquel momento estaba con Winston Kellogg por completo.

Luego la mano de él alcanzó la pequeña arandela metálica que servía de transición entre el tirante y la blanca copa del Victoria's Secret.

Y se detuvo.

Retiró la mano, a pesar de que Kathryn seguía notando junto a su codo, sin merma alguna, la prueba de que la deseaba. Los besos se hicieron menos frecuentes, como un tiovivo que perdiera velocidad tras cortarse la corriente.

A ella, sin embargo, le pareció lo más adecuado. Habían llegado al culmen que podían alcanzar dadas las circunstancias, entre las que se incluían la búsqueda de un asesino, el escaso tiempo que hacía que se conocían y el horror de las muertes sucedidas hacía poco.

—Creo... —susurró él.

—No, no pasa nada.

—Yo...

Dance sonrió y acalló sus palabras besándole suavemente.

Él se recostó en el asiento y apretó su mano. Ella se acurrucó contra él y sintió cómo iba frenándose su corazón a medida que encontraba dentro de ella un curioso equilibrio: un perfecto contrapeso entre reticencia y alivio. La lluvia acribillaba el parabrisas. Dance se dijo que siempre había preferido hacer el amor los días de lluvia.

—Pero una cosa... —dijo él.

Ella le miró.

—El caso no durará eternamente —prosiguió Kellogg.

Dios le oyera...

—Si te apeteciera salir después... ¿Qué te parece?

—«Después» me suena de maravilla. De veras.

Media hora después estaba aparcando frente a su casa.

Siguió la rutina reglamentaria: un vistazo de seguridad, una copa de pinot grigio, dos lonchas de fiambre sobrantes de la noche anterior y un puñado de frutos secos que saboreó con los mensajes del contestador como banda sonora.

Después, dar de comer a los perros, dejarlos salir al jardín y guardar su Glock: cuando los niños no estaban en casa, dejaba abierta la caja fuerte, pero seguía guardando dentro la pistola, puesto que su mano, siguiendo lo que tenía grabado en la memoria, se dirigiría automáticamente allí por más profundo que fuera el sueño del que despertara. Conectó las alarmas.

Abrió la ventana hasta donde permitía el seguro (unos quince centímetros) para dejar entrar el aire fresco y fragante de la noche. Se duchó, se puso una camiseta y unos pantalones cortos limpios y se dejó caer en la cama, defendiéndose del loco mundo con un edredón de una pulgada de grosor.

Pensaba: *Jo, chica, enrollarse en un coche... con el asiento delantero corrido, expresamente para recostarse con el hombre de turno.* Recordó el sabor a menta, recordó sus manos, su mata de pelo, la ausencia de loción de afeitar.

Oyó también la voz de su hijo y vio sus ojos esa tarde. Desconfiados, celosos. Pensó en lo que Linda había comentado horas antes.

Hay algo aterrador en la idea de que te echen a patadas de tu familia...

Ése era, en último término, el temor de Wes. Una preocupación irracional, claro está, pero eso poco importaba. Para él era real.

Esta vez tendría más cuidado. Mantendría separados a Wes y a Kellogg, no mencionaría la palabra «cita», vendería la idea de que, al igual que él, tenía amigas y amigos. *Tus hijos son como sospechosos en un interrogatorio: no conviene mentirles, pero tampoco hace falta decírselo todo.*

Un montón de trabajo, un montón de juegos malabares.

Tiempo y esfuerzo...

¿O era mejor olvidarse de Kellogg y esperar un año o dos para salir con alguien?, se preguntaba mientras sus pensamientos se arremolinaban. Tener trece o catorce años era muy distinto a tener doce. Para entonces Wes estaría mejor.

Ella, sin embargo, no quería. No podía olvidarse del recuerdo complejo de su sabor y su contacto. Pensó también en la inseguridad del agente federal respecto a los niños, en el estrés que evidenciaba. Se preguntaba si era porque le ponían nervioso los niños y estaba trabando relación con una mujer que tenía dos. ¿Cómo lo afrontaría Kellogg? Quizá...

Pero para el carro, no te precipites.

Os habéis enrollado. Habéis disfrutado. No prepares ya el banquete de bodas.

Estuvo largo rato tumbada en la cama, escuchando los sonidos de la naturaleza. Allí nunca estaban muy lejos: el ruido gutural de las aves marinas, los pájaros temperamentales y el manto apaciguador del oleaje. La soledad atacaba a menudo su vida como una serpiente, repentinamente, y era en momentos como aquél (en la cama, ya tarde, oyendo la banda sonora de la noche) cuando más vulnerable era a ella. ¡Qué agradable era sentir el muslo de tu amante junto al tuyo, oír el adagio de una respiración poco profunda, despertar al amanecer oyendo los golpes y los susurros de alguien que se levantaba: ruidos por lo demás insignificantes y que sin embargo componían el latido tranquilizador de una vida juntos.

Suponía que el anhelo de aquellas cosas nimias revelaba debilidad, era señal de dependencia. Pero ¿qué había de malo en eso? *Dios mío, mira a estas frágiles criaturas. Tenemos que depender de alguien. Así pues, ¿por qué no colmar esa dependencia con alguien de cuya compañía disfrutamos, contra cuyo cuerpo podemos apretarnos satisfechos de madrugada, con alguien que nos hace reír? ¿Por qué no aferrarse y hacerse ilusiones?*

Ah, Bill... Pensó en su difunto marido. *Bill...*

Los recuerdos del pasado tiraban de ella.

Pero también los del presente, con fuerza casi idéntica.

Después. ¿Qué te parece?

JUEVES

39

En su jardín otra vez.

Su Comarca, su Narnia, su Hogwarts, su Jardín Secreto.

Sentada en la amplia mecedora de teca gris de Smith and Hawkins, Theresa Croyton Bolling, de diecisiete años de edad, leía el delgado volumen que sostenía en la mano, pasando las páginas parsimoniosamente. Hacía un día magnífico. El aire olía tan dulce como la sección de perfumería de los grandes almacenes Macy's, y allí cerca las colinas de Napa, tan apacibles como siempre, se veían cubiertas de una alfombra de trébol y hierba, de viñas verdes, pinos y nudosos cipreses.

Theresa pensaba en términos líricos a causa de lo que estaba leyendo: poesía bellamente forjada, honda, llena de sentimiento... y totalmente aburrida.

Suspiró en voz alta, lamentando que su tía no estuviera por allí para oírla. Dejó caer el libro y miró de nuevo el jardín, el lugar en el que parecía pasar la mitad de su vida. Su verde prisión, lo llamaba a veces.

Otras, en cambio, le encantaba. Era precioso, el escenario ideal para leer o para practicar con la guitarra (Theresa quería ser pediatra, escritora especializada en viajes o, puesta a elegir, Sharon Isbin, la famosa guitarrista clásica).

Estaba allí y no en clase porque sus tíos y ella iban a hacer un viaje imprevisto.

Vamos, Tare, seguro que lo pasaremos bien. Roger tiene que hacer unas cosas en Manhattan, una conferencia, una investigación o no sé qué. No estaba prestando atención, y él no paraba de hablar. *Ya conoces a tu tío. Pero ¿verdad que es fantástico escaparse sólo por capricho? Una aventura.*

Por eso su tía la había sacado de clase el lunes a las diez de la mañana. Sólo que no se habían marchado aún, lo cual era un poco raro. Su tía decía que habían surgido ciertas «dificultades logistas, tú ya me entiendes».

Theresa, que era la octava de su curso de 257 alumnos en el instituto de Vallejo Springs, había dicho:

—Sí, claro. «Logísticas», quieres decir.

Lo que no entendía era por qué, si todavía no estaban en un puto avión camino de Nueva York, por qué no podía seguir asistiendo a la escuela hasta que se resolvieran las «dificultades».

—Además —había agregado su tía—, esta semana toca estudio. Así que ponte a estudiar.

Lo que significaba no que estudiara, sino ni hablar de televisión.

Ni de salir con Sunny, Travis o Kaitlin.

Ni de ir a la gran gala benéfica en pro de la alfabetización que se celebraba en Tiburon y que patrocinaba la empresa de su tío (hasta se había comprado un vestido nuevo).

Por supuesto, todo era mentira. No había tal viaje a Nueva York, ni tampoco dificultades *logistas* o logísticas. Se trataba sólo de una excusa para mantenerla en la prisión verde.

Pero ¿a qué venían tantas mentiras?

A que el hombre que había asesinado a sus padres y a sus hermanos había escapado de prisión. Cosa que, al parecer, su tía creía poder ocultarle.

Venga, por favor... La noticia era lo primero que se veía en la página de Yahoo. Y en California no se hablaba de otra cosa en Facebook y MySpace. (Su tía se las había ingeniado de algún modo para desactivar el *router* inalámbrico de la casa, pero Theresa había vuelto a conectarse aprovechando que un vecino no tenía protegida su línea de acceso a Internet.)

Arrojó el libro sobre los listones de madera de la mecedora y estuvo balanceándose un rato mientras se quitaba la goma del cabello castaño con mechas rojizas y volvía a hacerse la coleta.

Le estaba muy agradecida a su tía por lo que había hecho por ella todos esos años, y la apreciaba mucho, de veras que sí. Después de aquellos días espantosos en Carmel, ocho años antes, su tía se había hecho cargo de ella, de aquella niña a la que todo el mundo llamaba la Muñeca Dormida. Theresa se descubrió de pronto adoptada, con un nuevo domicilio y una nueva identidad (Theresa Bolling: podría ser peor) y obligada a sentarse en los sillones de decenas de psicólogos, todos ellos inteligentes, compasivos y dispuestos a trazar «rutas hacia el bienestar psíquico mediante la exploración del proceso de duelo, haciendo especial hincapié en el valor de la transferencia de figuras paternales como parte del tratamiento».

Algunos terapeutas la ayudaron; otros, no. Pero el factor más importante (el tiempo) obró su magia con paciencia y Theresa dejó de ser la Muñeca Dormida, la superviviente de una tragedia de infancia, y se convirtió en otra cosa. Era alumna, amiga, novia ocasional, ayudante de veterinaria, corredora pasable de cincuenta y cien metros lisos y guitarrista capaz de tocar «The Entertainer» de Scott Joplin y de llevar el acorde sin un solo chirrido de las cuerdas.

Había, sin embargo, una pega. El asesino estaba suelto, sí. Pero el verdadero problema no era ése. No, era cómo lo estaba afrontando su tía. Era como dar marcha atrás al reloj,

421

retrotraerse en el tiempo seis, siete, ocho años (Dios mío). Theresa se sentía como si fuera otra vez la Muñeca Dormida, como si todo lo que había conseguido se hubiera borrado de golpe.

Cariño, cariño, despierta. No te asustes. Soy policía. ¿Ves esta placa? ¿Por qué no coges tu ropa, entras en el cuarto de baño y te cambias?

Su tía estaba de pronto aterrorizada, paranoica, los nervios a flor de piel. Era como en esa serie de la HBO que había visto en casa de Bradley, el año anterior. Esa sobre una prisión. Cuando pasaba algo malo, los guardias la sellaban por completo.

Theresa, la Muñeca Dormida, estaba recluida. Encerrada allí, en Hogwarts, en la Tierra Media... En Oz.

La verde prisión.

Muy bonito, reflexionó con amargura. *Daniel Pell fuera de la cárcel y yo dentro.*

Volvió a coger el libro de poesía, pensando en el examen de lengua. Leyó dos versos más.

Qué aburrimieeeento.

Vio entonces, a través de la alambrada del fondo de la finca, que un coche pasaba despacio y parecía frenar bruscamente mientras el conductor miraba por entre los arbustos. Un momento de duda y el vehículo siguió adelante.

Theresa apoyó los pies en el suelo y dejó de balancearse en la mecedora.

Aquel coche podía ser de cualquiera. De un vecino, o de algún chico que no había ido a clase. No estaba preocupada. No mucho, al menos. Claro que por culpa del apagón mediático de su tía no tenía ni idea de si habían detenido a Daniel Pell o si el asesino había sido visto camino de Napa. Pero eso era un disparate. Gracias a su tía estaba prácticamente en el programa de protección de testigos. Así que ¿cómo iba a encontrarla?

Aun así, iría a echar un vistazo al ordenador, a ver qué estaba pasando.

Sintió un ligero nudo en el estómago.

Se levantó y se encaminó a la casa.

Vale, vamos a husmear un poco.

Miró hacia atrás, hacia el hueco entre los arbustos, al fondo de la finca. No se veía ningún coche. Ni nada.

Pero al volverse hacia la casa se paró en seco.

El hombre había escalado la alta valla, a unos seis metros de distancia, y se interponía entre la casa y ella. Respiraba con dificultad por el esfuerzo, había caído de rodillas junto a dos frondosas azaleas. Levantó la vista. Su mano sangraba. Se había cortado con las puntas de la alambrada de metro ochenta de alto.

Era él. ¡Era Daniel Pell!

Theresa ahogó un grito.

Estaba allí. Había venido a acabar de una vez por todas con la familia Croyton.

Se incorporó rígidamente, con una sonrisa en la cara, y comenzó a avanzar hacia ella.

Theresa Croyton empezó a gritar.

—No, no pasa nada —susurró el hombre mientras se acercaba sonriendo—. No voy a hacerte daño. Shhhh.

Theresa se puso tensa. Se dijo que debía huir. *¡Ahora, vamos!*

Pero sus piernas no se movían; el miedo la paralizaba. Además, no había adónde ir. El intruso se interponía entre la casa y ella, y la chica sabía que no podría saltar la valla. Pensó en alejarse corriendo de la casa y adentrarse en el jardín, pero él podría agarrarla y arrastrarla a los arbustos, donde...

No, era demasiado horrible.

Theresa sacudió la cabeza despacio, sofocando un gemido. Sentía en la boca el sabor del miedo. Notaba refluir sus fuerzas. Buscó un arma con la mirada. Nada: sólo un ladrillo, un comedero de pájaros, los *Poemas escogidos* de Emily Dickinson.

Miró a Pell.

—Usted mató a mis padres. Usted... ¡No me haga daño!

El hombre arrugó el ceño.

—Dios mío, no —dijo con los ojos como platos—. No, sólo quiero hablar contigo. No soy Daniel Pell. Te lo juro. Mira. —Arrojó algo hacia ella, a unos tres metros de distancia—. Míralo bien. Por detrás. Dale la vuelta.

Theresa miró hacia la casa. Para una vez que necesitaba a su tía, no daba señales de vida.

—Vamos —dijo el hombre.

La chica se acercó y él siguió retirándose para dejarle sitio.

Theresa se acercó un poco más y miró hacia abajo. Era un libro. *Un extraño en la noche*, de Morton Nagle.

—Soy yo. Míralo.

Theresa no quería recogerlo. Le dio la vuelta con el pie. En la contraportada había una fotografía del hombre que tenía delante de cuando era más joven.

¿Sería verdad?

Theresa reparó de pronto en que sólo había visto un par de fotografías de Daniel Pell, tomadas hacía ocho años. Había tenido que echar un vistazo a escondidas a algunos artículos de Internet; su tía le decía que psicológicamente retrocedería varios años si leía algo sobre los asesinatos. Pero al ver la fotografía del joven escritor, le quedó claro que aquel intruso no era el hombre enjuto y temible al que recordaba.

Theresa se enjugó la cara. La ira estalló dentro de ella como un globo.

—¿Qué está haciendo aquí? ¡Me ha asustado, joder!

El hombre se acomodó los pantalones como si pensara acercarse. Pero evidentemente decidió no hacerlo.

—No tenía otro modo de hablar contigo. Ayer vi a tu tía cuando estaba haciendo la compra: Quería que te preguntara una cosa.

Theresa miró la alambrada.

—La policía viene para acá, ya lo sé —prosiguió Nagle—. He visto la alarma en la valla. Estarán aquí dentro de tres o cuatro minutos y me detendrán. No importa. Tengo que decirte una cosa. El hombre que mató a tus padres ha escapado de la cárcel.

—Ya lo sé.

—¿Sí? Tu tía...

—¡Déjeme en paz!

—Hay una policía en Monterrey que está intentanto atraparlo, pero necesita ayuda. Tu tía se negó a decírtelo y, si tuvieras once o doce años, yo nunca haría esto. Pero ya tienes edad suficiente para decidir. Esa policía quiere hablar contigo.

—¿Una policía?

—Llámala, por favor. Está en Monterrey. Puedes... ¡Oh, Dios!

El disparo retumbó detrás de Theresa con asombroso estruendo, mucho más fuerte que en las películas. Sacudió las ventanas y los pájaros levantaron violentamente el vuelo hacia el cielo despejado.

La chica se encogió, y mientras caía de rodillas vio que Morton Nagle se tambaleaba hacia atrás y se desplomaba sobre la hierba mojada agitando los brazos.

Miró hacia la terraza de la parte trasera de la casa, los ojos dilatados por el espanto.

Qué extraño. Ni siquiera sabía que su tía tuviera un arma. Y mucho menos que supiera usarla.

El minucioso recorrido de TJ Scanlon por el vecindario de James Reynolds no había dado ningún fruto: ni un testigo útil, ni una sola prueba.

—Ni vehículos, ni nada. —Estaba llamando desde una calle cercana a la casa del fiscal.

En su despacho, Dance se desperezó y sus pies desnudos juguetearon con uno de los tres pares de zapatos que había bajo la mesa. Ardía en deseos de saber qué vehículo estaba usando Pell, aunque no tuvieran el número de matrícula; Reynolds sólo les había dicho que era un sedán oscuro, y el policía al que habían golpeado con la pala no recordaba haber visto nada. El equipo de inspección forense de la Oficina del Sheriff de Monterrey no había encontrado ningún rastro material, ni ninguna otra prueba de la que fuera posible extraer una pista respecto al tipo de coche que conducía.

Kathryn dio las gracias a TJ, colgó y fue a reunirse con O'Neil y Kellogg en la sala de juntas del CBI, donde Charles Overby se presentaría en cualquier momento pidiendo más pasto para la prensa y para el informe que diariamente tenía que darles a Amy Grabe, del FBI, y al jefe del CBI en Sacramento, los cuales estaban extremadamente preocupados por que Daniel Pell siguiera libre. Por desgracia, sin embargo, esa mañana su informe versaría principalmente sobre los planes para el entierro de Juan Millar.

Dance cruzó una mirada con Kellogg y ambos miraron para otro lado. No había tenido ocasión de hablar con el agente del FBI sobre lo sucedido la noche anterior en su coche.

Luego pensó: *¿De qué hay que hablar?*

Después. ¿Qué te parece?

Fue entonces cuando el joven Rey Carraneo, con los ojos muy abiertos, asomó su cabeza perfectamente redonda a la sala de reuniones y dijo casi sin aliento:

—Agente Dance, lamento interrumpir.

—¿Qué hay, Rey?

—Creo... —Su voz se apagó. Había ido corriendo. Tenía la cara morena salpicada de sudor.

—¿Qué? ¿Qué ocurre?

El delgadísimo agente contestó:

—Verá, agente Dance, creo que lo he encontrado.

—¿A quién?

—A Pell.

40

El joven agente explicó que había telefoneado al Sea View, un motel de lujo en Pacific Grove, a pocos kilómetros de donde vivía Kathryn, y se había enterado de que ese sábado se había registrado una huésped. Tenía unos veinticinco años y era rubia, atractiva y de complexión delgada. El martes por la noche, el recepcionista la había visto entrar en su habitación con un latino.

—Pero el factor decisivo es el coche —añadió Carraneo—. En el registro anotó un Mazda. Con matrícula falsa, ya lo he comprobado. Pero el gerente está seguro de que vio un Thunderbird azul turquesa un día o dos. Y ya no está.

—¿Están en el motel ahora mismo?

—Eso cree. Las cortinas están echadas, pero ha visto movimiento y luces dentro.

—¿Cómo se llama ella?

—Carrie Madison. Pero no figuran los datos de su tarjeta bancaria. Pagó en efectivo y enseñó una acreditación del ejército, pero estaba arañada y metida en una funda de plástico. Puede que fuera falsa.

Dance se apoyó en el borde de la mesa con la vista fija en el mapa.

—¿Está muy lleno el hotel?

—No hay plazas libres.

Ella hizo una mueca. Un lugar lleno de personas inocentes.

—Hay que planificar la detención —dijo Kellogg, y añadió mirando a Michael—: ¿El equipo táctico está en alerta?

O'Neil estaba observando la cara preocupada de Kathryn, y Kellogg tuvo que repetir la pregunta.

—Nuestros equipos pueden estar allí en veinte minutos —respondió el detective. Parecía reticente.

Dance también.

—No estoy segura.

—¿De qué? —preguntó el agente del FBI.

—Sabemos que está armado y que utilizará a civiles como blanco. Y conozco el motel. Las habitaciones dan a un aparcamiento y un patio. Apenas hay dónde cubrirse. Podría vernos llegar. Si intentamos desalojar las habitaciones de al lado y las de enfrente, nos verá. Y si no, habrá heridos. Esas paredes no pararán una bala del veintidós.

—¿Qué se te ocurre? —preguntó Kellogg.

—Mantenerlo vigilado. Que un equipo rodee el edificio y lo vigile constantemente. Y cuando se marche, detenerlo en la calle.

O'Neil asintió.

—Yo también voto por eso.

—¿Por qué votas? —preguntó Charles Overby al reunirse con ellos.

Dance le explicó la situación.

—¿Lo hemos encontrado? ¡Estupendo! —Se volvió entonces hacia Kellogg—. ¿Y los equipos tácticos del FBI?

—No pueden llegar a tiempo. Habrá que recurrir a las fuerzas de intervención rápida del condado.

—¿Los has llamado, Michael?

—Todavía no. Kathryn y yo no estamos convencidos de que sea lo mejor.

—¿Qué? —preguntó Overby, crispado.

Ella le explicó los riesgos. El jefe del CBI los entendió, pero sacudió la cabeza.

—Más vale pájaro en mano...

Kellogg también insistió.

—La verdad es que no creo que podamos arriesgarnos a esperar. Ya se nos ha escapado dos veces.

—Si se da cuenta de que vamos por él, y lo único que tiene que hacer es mirar por la ventana, se atrincherará. Y si hay una puerta que dé a la habitación contigua...

—La hay —dijo Carraneo—. Lo he preguntado.

Dance inclinó la cabeza, complacida por su iniciativa. Luego agregó:

—Entonces puede que tome rehenes. Yo digo que apostemos a un equipo en el tejado, frente a la habitación, y quizás a alguien con uniforme de limpiador. Y que nos sentemos a vigilar. Cuando se vaya, lo seguimos. Y en cuanto llegue a un cruce desierto, le cortamos el paso y lo atrapamos en el fuego cruzado. Se rendirá.

O morirá en el tiroteo. En cualquier caso...

—Es demasiado escurridizo para eso —arguyó Kellogg—. Si lo sorprendemos en el motel y nos movemos deprisa, tendrá que darse por vencido.

Nuestra primera pelea, pensó Kathryn con sorna.

—¿Y volver a Capitola? No creo. Se resistirá. Con uñas y dientes. Me induce a pensarlo todo lo que me han dicho las chicas sobre él. Pell no soporta que lo controlen, ni estar encerrado.

—Yo también conozco el motel —dijo Michael O'Neil—. Podría encastillarse con toda facilidad. Y no creo que con Pell vaya a tener éxito ninguna negociación.

Dance se hallaba en una situación extraña. Tenía la fuerte corazonada de que precipitarse era un error. Pero tratándose de Daniel Pell temía confiar en su instinto.

—Tengo una idea —dijo Overby—. ¿Qué hay de las mujeres de la Familia si acaba atrincherándose en el motel? ¿Estarían dispuestas a hablar con él para disuadirlo?

—¿Y por qué iba a escucharlas Pell? —respondió Kathryn—. Hace ocho años no tenían ninguna influencia sobre él. Está claro que no van a tenerla ahora.

—Aun así, son lo más parecido a una familia que tiene Pell. —Overby se acercó al teléfono de la agente—. Voy a llamarlas.

Lo último que quería Dance era que su jefe las asustara.

—No, yo me encargo.

Llamó, habló con Samantha y le explicó la situación. Ella le suplicó que no la involucrara; el riesgo de que su nombre apareciera en la prensa era demasiado grande. Rebecca y Linda, en cambio, dijeron estar dispuestas a hacer lo que pudieran si Pell llegaba a atrincherarse en el motel.

La agente colgó y explicó a sus compañeros lo que le habían dicho las mujeres.

—Bueno —comentó Overby—, ahí tienes tu plan de emergencia. Estupendo.

Kathryn no estaba convencida de que Pell fuera a dejarse persuadir si alguien le rogaba que se rindiera, incluso si quienes se lo rogaban eran antiguos miembros de su familia suplente.

—Sigo decantándome por la vigilancia. En algún momento tendrá que salir.

—Estoy de acuerdo —dijo O'Neil con firmeza.

Kellogg miró distraídamente un mapa colgado en la pared; luego se volvió hacia Dance.

—Si de veras te opones, por mí no hay problema. Es decisión tuya. Pero recuerda lo que os dije sobre el perfil del líder sectario. Cuando salga a la calle, estará alerta, esperará que pase algo. Tendrá prevista cualquier posible contingencia. En el motel no estará tan preparado. En su castillo se relajará. Todos los líderes de sectas lo hacen.

—En Waco no dio buenos resultados —señaló O'Neil.

—Lo de Waco era un callejón sin salida. Koresh y su gente sabían que la policía estaba allí. Pell no sabrá que vamos por él.

Eso era cierto, se dijo Dance.

—Es la especialidad de Winston, Kathryn —dijo Overby—. Por eso está aquí. Creo de verdad que debemos intervenir.

Era posible que su jefe creyera sinceramente que era lo mejor, aunque difícilmente podía refutar la opinión del experto al que él mismo había reclutado.

Para repartir culpas...

La agente se quedó mirando el mapa de Monterrey.

—¿Kathryn? —preguntó Overby con impaciencia.

Ella sopesó la idea.

—Está bien. Entremos.

O'Neil se envaró.

—Podemos permitirnos esperar un tiempo.

Dance dudó de nuevo y lanzó una mirada a Kellogg, que también escrutaba el mapa con aire confiado.

—No, creo que debemos intervenir enseguida —dijo.

—Bien —contestó Overby—. Lo mejor es tomar la iniciativa.

Tomar la iniciativa, se dijo Kathryn con amargura. Una buena expresión para una rueda de prensa. Confiaba en que pudieran anunciar a los medios de comunicación su éxito en la detención de Daniel Pell, y no más muertes.

—¿Michael? —inquirió Overby—. ¿Quieres avisar a tu gente?

O'Neil vaciló; luego llamó a su oficina y preguntó por el comandante de las fuerzas de intervención rápida de la Oficina del Sheriff.

Tumbado en la cama a la luz suave de la mañana, Daniel Pell pensaba que ahora debían tener especial cuidado. La policía ya sabía qué aspecto tenía caracterizado de hispano. Podía desteñirse el pelo, pero eso también se lo esperarían.

De todos modos, no podía marcharse aún. Tenía una misión más que cumplir en la península, su único motivo para quedarse allí.

Hizo café y cuando regresó a la cama llevando dos tazas encontró a Jennie mirándole. Igual que la noche anterior, su expresión había cambiado. Parecía más madura que cuando se conocieron.

—¿Qué pasa, preciosa?

—¿Puedo preguntarte una cosa?

—Claro.

—No vas a venir conmigo a Anaheim, a mi casa, ¿verdad?

Sus palabras fueron un mazazo. Titubeó y, sin saber qué decir, preguntó:

—¿Por qué crees eso?

—Lo siento, nada más.

Pell dejó el café sobre la mesa. Hizo amago de mentir: la mentira le era tan natural... Y podría haberse salido con la suya. Pero dijo:

—Tengo otros planes para nosotros, preciosa. Todavía no te los he contado.

—Ya lo sabía.

Pell se sorprendió.

—¿Sí?

—Lo he sabido desde el principio. Bueno, no lo sabía exactamente. Pero tenía esa impresión.

—Cuando resolvamos un par de cosas aquí, nos iremos a otra parte.

—¿Adónde?

—A un sitio que tengo. Lejos de todo. No hay ni un alma alrededor. Es maravilloso, una preciosidad. Allí no nos molestarán. Está en una montaña. ¿Te gustan las montañas?

—Claro, supongo que sí.

Eso estaba bien. Porque Daniel Pell era dueño de una.

Por lo que a él respectaba, su tía de Bakersfield era la única persona decente de su familia. La tía Barbara consideraba un loco a su hermano, el padre de Pell, aquel pastor fracasado y fumador empedernido obsesionado con hacer exactamente lo que le decía la Biblia, atemorizado por Dios e incapacitado por el miedo para tomar decisiones por sí solo, como si con ello pudiera ofender al Señor. Por eso intentaba distraer a sus sobrinos lo mejor que podía. Richard no quería nada con ella. Daniel y ella, en cambio, pasaban mucho tiempo juntos. La tía Barbara no lo acosaba, no le daba órdenes. Lo dejaba ir y venir a su antojo, se gastaba el dinero en él, le preguntaba a qué había dedicado el día cuando Daniel iba a visitarla. Lo llevaba a sitios. Pell recordaba que lo llevaba en coche a merendar al monte, al zoo, o al cine, donde se sentaba entre el olor a palomitas y su denso perfume, hipnotizado por el aplomo infalible de los villanos y los héroes de Hollywood en la gran pantalla.

Su relación con la tía Barbara le había servido de inspiración para crear la Familia.

Su tía le hacía partícipe, además, de sus opiniones. Entre ellas, su convicción de que habría una brutal guerra racial en el país en algún momento (ella se inclinaba por el cambio de milenio: en eso había fallado), de ahí que hubiera comprado ochenta hectáreas de bosque en el norte de California, la cima de una montaña cerca de Shasta. Daniel Pell nunca había sido racista, pero tampoco era idiota, y cuando su tía se ponía a despotricar acerca de la inminencia de la Gran Guerra entre Negros y Blancos, la secundaba al cien por cien.

Ella había legado las tierras a su sobrino para que él y otras «personas decentes, buenas y biempensantes» (a las que definía como «caucásicas») pudieran refugiarse en ellas cuando empezara el tiroteo.

Pell, que entonces era muy joven, no había pensado mucho en aquel sitio. Pero más tarde cuando visitó el lugar comprendió al instante que era perfecto para él. Le encantaron las vistas y el aire que se respiraba, pero sobre todo le entusiasmó la idea de que estuviera tan aislado; allí estaría a salvo de las autoridades y de vecinos indeseables. (Incluso había algunas cuevas de gran tamaño. A menudo fantaseaba con las cosas que podían pasar en ellas, mientras dentro de él iba hinchándose aquel globo.) Él mismo hizo algunas labores de tala y construyó un cobertizo.

Sabía que algún día aquél sería su reino, el destino final al que el Flautista de Hamelín conduciría a sus niños para fundar una nueva Familia.

Tenía que asegurarse, no obstante, de que la finca seguía siendo invisible, no para las minorías iracundas, sino para las fuerzas de la ley y el orden, dados sus antecedentes y su proclividad delictiva. Compró libros escritos por miembros de la extrema derecha antigubernamental que enseñaban cómo enmascarar el nombre del propietario, lo cual resultaba sorprendentemente fácil con tal de que se pagaran los gravámenes fiscales (un fideicomiso y una cuenta de ahorros eran lo único que hacía falta). Un arreglo que se «perpetuaba automáticamente», expresión ésta que Pell adoraba. Nada de dependencias de ninguna clase.

Su cima de montaña.

Su plan sólo había encontrado un obstáculo. Después de subir allí con Alison, una chica a la que había conocido en San Francisco, se topó con Charles Pickering, un tipo que trabajaba en la oficina de tasación del condado. Había oído rumores de que alguien estaba subiendo allí materiales de construcción. ¿Significaba eso que iba a hacer mejoras que podían traducirse en un aumento de los impuestos? Eso en sí mismo no habría sido un problema; podría haber ingresado más dinero en la cuenta del fideicomiso. Pero dio la casualidad de que Pickering tenía familia en el condado de Marin y reconoció a Pell por un artículo que había leído en un periódico local acerca de su detención por un allanamiento de morada.

Más tarde, ese mismo día, Pickering lo localizó cerca de sus tierras.

—Oiga, yo le conozco —dijo el tasador.

Ésas fueron sus últimas palabras. Pell sacó la navaja y Pickering estuvo muerto treinta segundos después de caer al suelo convertido en un guiñapo sanguinolento.

Nada pondría en peligro su enclave.

Esa vez se había librado, aunque la policía lo retuvo unos días, el tiempo justo para que Alison llegara a la conclusión de que lo suyo se había acabado y regresara al sur. (Pell no había dejado de buscarla desde entonces. Tenía que morir, claro, puesto que sabía dónde estaban sus dominios.)

La cima de la montaña había sido lo que lo había mantenido en pie después de su ingreso en San Quintín y más tarde en Capitola. Soñaba con ella constantemente. Era lo que lo había impulsado a estudiar las leyes de apelación y a presentar un recurso bien fundado en el caso del asesinato de los Croyton. Estaba convencido de que ganaría, de que conseguiría reducir sustancialmente las condenas, y reducirlas al tiempo que ya llevaba cumplido.

Pero el año anterior su apelación había sido rechazada.

Y él había tenido que empezar a pensar en escapar.

Ahora era libre y, cuando acabara lo que tenía que hacer en Monterrey, se iría a su montaña lo antes posible. Cuando el domingo aquel idiota del guardia de la prisión le dejó entrar en el despacho, había logrado echar un vistazo al lugar a través de Visual-Earth. No estaba del todo seguro de las coordenadas de sus tierras, pero se había acercado bastante. Y había visto entusiasmado que la zona parecía igual de desierta que siempre: no había edificaciones en kilómetros a la redonda y las cuevas escapaban al ojo escrutador del satélite.

Ahora, tumbado en el motel Sea View, habló a Jennie de aquel lugar. En términos generales, naturalmente. Habría sido impropio de su carácter contar demasiado. No le dijo, por ejemplo, que ella no sería la única que viviría allí. Y tampoco podía decirle, desde luego, lo que imaginaba para todos los que vivieran allí, en lo alto de la montaña. Era muy consciente de los errores que había cometido en Seaside hacía diez años. Había sido demasiado indulgente, demasiado lento a la hora de usar la violencia.

Esta vez, eliminaría cualquier posible amenaza.

Jennie, no obstante, se contentó (incluso se entusiasmó) con lo poco que le contó.

—Lo digo en serio. Iré donde tú vayas, cariño. —Le quitó la taza de café de las manos y la dejó a un lado. Se tumbó de espaldas—. Hazme el amor, Daniel, por favor.

«Hacer el amor», observó él. *No «follar»*.

Señal de que su alumna se había graduado y pasado a otro nivel. Aquello, más que su cuerpo, hizo hincharse la burbuja dentro de él.

Apartó de su frente un mechón de pelo teñido y la besó. Sus manos emprendieron aquella exploración ya familiar y siempre nueva, sin embargo.

Un sonido estridente la interrumpió. Pell hizo una mueca y levantó el teléfono, escuchó lo que decía su interlocutor y luego tapó el micrófono con la mano.

—Es del servicio de limpieza. Han visto el cartel de «No molestar» y quieren saber cuándo pueden hacer la habitación.

Jennie le dedicó una sonrisa coqueta.

—Dile que necesitamos por lo menos una hora.

—Voy a decirle que dos. Sólo por si acaso.

41

La zona de preparación del asalto se hallaba en un cruce pasada la curva del motel Sea View.

Dance seguía sin estar segura de que una intervención táctica fuera lo más acertado, pero una vez tomada la decisión entraban en vigor ciertas normas. Y una de ellas era que ella debía permanecer en segundo plano. Aquélla no era su especialidad y había poco que pudiera hacer, al margen de hacer de espectadora.

Albert Stemple y TJ serían los encargados de representar al CBI en los equipos de asalto, compuestos principalmente por ayudantes de la Oficina del Sheriff del condado de Monterrey pertenecientes a las fuerzas de intervención rápida y por varios agentes de la Patrulla de Caminos: ocho hombres y dos mujeres que se habían reunido junto a una camioneta corriente que contenía armas y munición suficientes para sofocar un motín de proporciones modestas.

Pell seguía dentro de la habitación que había alquilado la mujer, las luces estaban apagadas, pero un agente de vigilancia había colocado un micrófono en la pared, por la parte de atrás, y afirmaba que se oían ruidos procedentes del interior. No estaba seguro, pero parecía que estaban manteniendo relaciones sexuales.

Una buena noticia, pensó Kathryn. Un sospechoso desnudo es un sospechoso vulnerable.

Habló por teléfono con el gerente del motel y le preguntó por las habitaciones contiguas a la de Pell. La de la izquierda estaba vacía; los huéspedes acababan de salir con aparejos de pesca, lo que significaba que tardarían en volver. Por desgracia, sin embargo, la familia que ocupaba la del otro lado parecía seguir en la habitación.

Dance pensó primero en llamarles para decirles que se tumbaran en el suelo, al fondo de la habitación. Pero no lo harían, por supuesto. Huirían, abrirían la puerta de golpe y los padres harían salir a los niños a toda prisa. Y Pell se daría cuenta de lo que estaba pasando. Tenía la intuición de un gato.

Al imaginarse a aquella familia, a los huéspedes de las otras habitaciones y al personal de limpieza Kathryn se dijo de pronto: *No pienses en eso. Haz lo que te dicta tu instinto. Eres tú quien manda.* A Overby no le gustaría (eso sería una batalla), pero con él podía arreglárselas. Y O'Neil y la Oficina del Sheriff la respaldarían.

Pero en ese momento no podía fiarse de su instinto. Ella no conocía a personas como Pell; Winston Kellogg, en cambio, sí.

Éste llegó casualmente en ese instante, se acercó a los agentes del equipo táctico, se presentó y les estrechó la mano. Había vuelto a cambiarse de ropa, pero su nueva indumentaria tenía muy poco de club de campo. Llevaba vaqueros negros, camisa negra y un grueso chaleco antibalas que dejaba al descubierto el vendaje de su cuello.

Dance se acordó de lo que había dicho TJ.

Es muy estirado, pero no se le caen los anillos.

Con aquel atuendo y su mirada alerta le recordaba aun más a su difunto marido. Bill pasaba gran parte de su tiempo haciendo investigaciones de rutina, pero de vez en cuando se vestía para una operación táctica. Kathryn lo había visto una o dos veces así vestido, sosteniendo con aplomo una ametralladora.

Vio a Kellogg introducir el cargador en una pistola automática plateada de buen tamaño.

—Eso sí que es un arma de destrucción masiva —comentó TJ—. Schweizerische Industrie Gesellschaft.

—¿Qué? —preguntó con impaciencia.

—S-I-G, de SIG-Sauer. Es la nueva P-doscientos veinte. Del cuarenta y cinco.

—¿Es del calibre cuarenta y cinco?

—Sí —contestó TJ—. Por lo visto el FBI ha hecho suyo el lema «asegurémonos de que no vuelven a levantarse jamás de los jamases». Una filosofía a la que no me opongo necesariamente.

Dance y todos los demás agentes del CBI llevaban sólo Glocks de nueve milímetros. Les preocupaba que un calibre mayor aumentara los daños colaterales.

Winston Kellogg se puso una cazadora que proclamaba su pertenencia al FBI y se reunió con ella y O'Neil, que ese día llevaba puesto su uniforme caqui de ayudante jefe del *sheriff* y un chaleco antibalas.

Kathryn les informó acerca de las habitaciones contiguas a la de Pell. Kellogg dijo que haría que alguien entrara en la habitación de al lado en el mismo instante en que echaran abajo la puerta de Pell para asegurarse de que la familia se tumbaba en el suelo y se ponía a cubierto.

No era gran cosa, pero era algo.

Rey Carraneo llamó por radio. Ocupaba un puesto de vigilancia en un extremo del aparcamiento, oculto detrás de un contenedor. La explanada estaba desierta de momento, aunque había algunos coches, y los encargados de la limpieza seguían ocupándose de sus quehaceres, como había ordenado Kellogg. Otros agentes los pondrían a cubierto en el último momento, cuando los equipos tácticos intervinieran.

Cinco minutos después, los agentes habían acabado de pertrecharse y de comprobar sus armas. Se habían agrupado en un pequeño patio, cerca del despacho principal. Miraron a O'Neil y Dance, pero fue Kellogg quien habló primero.

—Quiero una entrada arrolladora, un equipo por la puerta y el segundo de refuerzo justo detrás. —Levantó un esquema de la habitación que había dibujado el gerente—. El primer equipo cubre la cama. El segundo, los armarios y el cuarto de baño. Necesito un par de granadas de aturdimiento.

Se refería a las granadas de mano que, por su estruendo y su fogonazo de luz, se usaban para desorientar a los sospechosos sin causarles lesiones graves. Los agentes de la Oficina del Sheriff le pasaron varias. Kellogg se las guardó en el bolsillo. Dijo:

—Yo entro con el primer equipo. En cabeza.

Dance deseó que no lo hiciera; en el equipo de intervención rápida de la Oficina del Sheriff había agentes mucho más jóvenes, la mayoría ex militares con experiencia en combate.

El agente del FBI añadió:

—Esa mujer estará con él, y puede que parezca una rehén, pero es tan peligrosa como él. Recordad que es quien prendió fuego a los juzgados y la responsable de que Juan Millar esté muerto.

Todos ellos asintieron.

—Ahora vamos a rodear el lateral del edificio y a movernos deprisa por la parte frontal. Los que tengan que pasar por delante de su ventana, al suelo, boca abajo. Que nadie se agache. Pegaos a la pared todo lo que podáis. Dad por sentado que estará mirando. Quiero que agentes con chalecos antibalas se encarguen de llevar al personal de limpieza detrás de los coches. Luego entramos. Y no deis por sentado que sólo hay dos personas ahí dentro.

Sus palabras hicieron recordar a Dance su conversación con Rebecca Sheffield.

Estructurar la solución...

—¿Te parece bien? —le preguntó Kellogg.

Pero no era eso lo que le estaba preguntando, en realidad. Su pregunta era más concreta: «¿Estoy al mando?»

Kellogg era lo bastante generoso como para darle una última oportunidad de anular la operación. Kathryn dudó sólo un momento; luego dijo:

—Está bien. Adelante. —Hizo amago de decir algo a O'Neil, pero no se le ocurrió un modo de trasladar sus pensamientos. En cualquier caso, no estaba segura de qué era lo que pensaba. El detective no la miró. Se limitó a sacar su Glock y a alejarse junto con TJ y Stemple, acompañando a uno de los equipos de refuerzo.

—A sus puestos —ordenó Kellogg dirigiéndose a los agentes tácticos.

Dance se reunió con Carraneo junto al contenedor y se puso sus auriculares y su micrófono de seguimiento.

Unos minutos después su radio emitió un chisporroteo. Era Winston Kellogg.

—Cuento cinco y empezamos.

Los jefes de los distintos equipos contestaron afirmativamente.

—Adelante. Uno..., dos...

La agente se enjugó la palma de la mano en los pantalones y agarró con fuerza la empuñadura de su arma.

—Tres..., cuatro..., cinco, ¡vamos!

Los hombres y mujeres doblaron deprisa la esquina. Dance dividía su atención entre Kellogg y O'Neil.

Por favor, pensó. *No más muertes...*

¿Lo habían organizado bien?

¿Habían interpretado bien las pautas?

Kellogg llegó primero a la puerta e hizo un gesto con la cabeza al agente de la Oficina del Sheriff que portaba el ariete. El hombretón lanzó el pesado tubo contra la bonita puerta, que se abrió con violencia. Kellogg arrojó dentro una granada. Dos agentes irrumpieron en la habitación contigua a la de Pell mientras otros llevaban a las encargadas de la limpieza detrás de los coches aparcados. Cuando la primera granada detonó con una impresionante explosión, los equipos de Kellogg y O'Neil entraron sin perder un instante.

Después, silencio.

Ni disparos, ni gritos.

Por fin Kathryn oyó la voz de Kellogg entre un chisporroteo eléctrico, pero sólo entendió el final:

—... a él.

—Repite —le dijo Dance con urgencia—. Repite, Win. ¿Lo tenéis?

Otro chasquido.

—Negativo. Se ha ido.

Su Daniel era brillante, su Daniel lo sabía todo.

Mientras se alejaban del hotel en coche, circulando deprisa pero sin sobrepasar el límite de velocidad, Jennie Marston miró atrás.

No se veían aún coches patrulla, ni luces, ni sirenas.

Cantos de ángeles, canturreó para sus adentros. *Cantos de ángeles, protegednos.*

Su Daniel era un genio.

Veinte minutos antes, cuando estaban empezando a hacer el amor, se había quedado quieto de pronto y se había incorporado en la cama.

—¿Qué pasa, cielo? —había preguntado ella alarmada.

—El servicio de limpieza. ¿Alguna vez han llamado para preguntar si podían hacer la habitación?

—Creo que no.

—¿Y por qué han llamado hoy? Y es temprano. No llamarían hasta más tarde. Alguien quería saber si estábamos aquí. ¡La policía! Vístete. ¡Vamos!

—¿Quieres...?

—¡Vístete!

Ella había saltado de la cama.

—Coge lo que puedas. Trae tu ordenador y no dejes nada personal.

Daniel encendió el televisor y sintonizó un canal donde pasaban una película porno. Se había asomado fuera y luego se había acercado a la puerta de la habitación de al lado, había levantado la pistola y propinado una patada a la puerta, sorprendiendo a los dos chicos que había dentro.

Al principio, Jennie pensó que iba a matarlos, pero él se limitó a decirles que se levantaran y se dieran la vuelta, les ató las manos con sedal y les metió un trapo en la boca. Sacó sus carteras y les echó un vistazo.

—Tengo vuestros nombres y vuestra dirección. Quedaos aquí y estaos quietos. Si decís algo a alguien, mato a vuestras familias. ¿Entendido?

Asintieron y Daniel cerró la puerta y la atrancó con una silla.

Vació el contenido de la nevera y de las cajas de aparejos de los pescadores y metió dentro sus bolsas. Se pusieron sus impermeables amarillos y unas gorras de béisbol y salieron cargados con las cañas y los aparejos.

—No mires alrededor. Camina derecha a nuestro coche. Pero despacio.

Cruzaron el aparcamiento. Pasaron unos minutos cargando el coche, intentando aparentar naturalidad. Luego montaron y se alejaron. Jennie luchaba por calmarse. Estaba tan nerviosa que tenía ganas de llorar.

Pero también tenía que reconocer que estaba excitada. Había sido un subidón total. Nunca se había sentido tan viva como al alejarse del motel. Pensó en su marido, en sus amigos, en su madre... Nada de cuanto había vivido con ellos se acercaba a lo que había sentido en ese momento.

Se cruzaron con cuatro coches de la policía que se dirigían a toda velocidad hacia el motel. Sin las sirenas puestas.

Cantos de ángeles...

Su plegaria funcionaba. Estaban ya a unos cuantos kilómetros del motel y nadie les seguía.

Daniel se rió por fin y exhaló un largo suspiro.

—¿Qué te ha parecido eso, preciosa?

—¡Lo hemos conseguido, cariño! —Gritó y sacudió la cabeza violentamente, como si estuviera en un concierto de rock. Apretó los labios contra el cuello de Daniel y lo mordió, juguetona.

Poco después entraron en el aparcamiento del Butterfly Inn, un pequeño motel de mala muerte en Lighthouse, la avenida comercial de Monterrey.

—Coge una habitación —le dijo Daniel—. Vamos a acabar aquí pronto, pero puede que tengamos que quedarnos hasta mañana. Cógela para una semana, de todos modos. Será menos sospechoso. Otra vez en la parte de atrás. Esa cabaña de allí, quizá. Usa un nombre distinto. Dile al recepcionista que te has dejado la documentación en la maleta y que luego se la traerás.

Jennie se registró en el motel y volvió al coche. Llevaron dentro la nevera y las cajas.

Pell se tumbó en la cama, los brazos detrás del cuello. Jennie se acurrucó a su lado.

—Vamos a tener que ocultarnos aquí. Hay un supermercado calle arriba. Ve a comprar un poco de comida, ¿quieres, preciosa?

—¿Y más tinte para el pelo?

Él sonrió.

—No es mala idea.

—¿Puedo teñírmelo de rojo?

—Puedes teñírtelo de verde, si quieres. Yo te quiero de todos modos.

Dios, era perfecto...

Oyó el chasquido del televisor al encenderse cuando salió poniéndose la gorra. Unos días antes jamás habría pensado que pudiera parecerle bien que Daniel hiciera daño a otras personas, que fuera a abandonar su casa de Anaheim, no volver a ver los colibríes, los cardenales, los gorriones de su jardín.

Ahora le parecía perfectamente natural. Maravilloso, de hecho.

Por ti cualquier cosa, Daniel. Cualquier cosa.

42

—¿Y cómo ha sabido que estabais allí? —preguntó Overby, en el despacho de Dance.

Estaba nervioso. No sólo había maniobrado para que el CBI se encargara de la busca y captura de Pell, sino que había apoyado la operación táctica que había acabado en fracaso. Estaba, además, paranoico. Kathryn lo notaba por su lenguaje corporal y por sus expresiones verbales: empleaba la segunda persona del plural; mientras que O'Neil o ella habrían empleado la primera.

Repartiendo las culpas...

—Tuvo que notar algo raro en el hotel, quizá que el personal se comportaba de manera distinta —contestó Kellogg—. Como en el restaurante de Moss Landing. Tiene el instinto de un gato.

Eso mismo había pensado Dance poco antes.

—Pensaba que tu gente lo había oído dentro, Michael.

—En la tele pasaban una película porno —intervino la agente.

—Disponía de cine porno con pago por visión. Eso fue lo que oyeron nuestros equipos de vigilancia.

El análisis de la operación era desalentador, por no decir humillante. Resultaba que el gerente había visto salir a Pell y a la chica sin saberlo: simulando ser los dos huéspedes de la habitación contigua, se habían marchado como si fueran a pescar salmones y calamares a la bahía de Monterrey. Los pescadores, que se hallaban en realidad atados y amordazados en su habitación, se mostraban remisos a hablar, pero Dance había logrado sonsacarles que Pell se había quedado con sus señas y había amenazado con asesinar a sus familias si pedían ayuda.

Las pautas, las dichosas pautas.

Winston Kellogg estaba disgustado, pero no parecía dispuesto a pedir disculpas. Su plan podría haber funcionado si no hubiera intervenido el destino, y a Kathryn le parecía bien que no se lamentara, ni mostrara acritud por el resultado; estaba centrado en los pasos que habría que dar a continuación.

La ayudante de Overby se reunió con ellos. Informó a su jefe de que tenía una llamada de Sacramento y de que Amy Grabe, la jefa de la delegación del FBI en San Francisco, estaba esperando en la línea dos. No parecía muy contenta.

Overby rezongó, enfadado. Luego dio media vuelta y siguió a su ayudante a su despacho.

Carraneo llamó para informar de que las entrevistas que estaba haciendo junto con varios agentes más no habían dado fruto de momento. Una señora de la limpieza creía haber visto un coche oscuro dirigiéndose hacia la parte de atrás del aparcamiento antes del asalto policial. Pero no disponían del número de matrícula. Nadie había visto nada más.

Un sedán de color oscuro. La misma descripción inútil que habían obtenido en casa de James Reynolds.

Llegó un ayudante del *sheriff* de Monterrey con un paquete de gran tamaño que entregó a O'Neil.

—Los resultados de la inspección forense, señor.

El detective sacó las fotografías y el listado de las pruebas materiales. Las huellas digitales revelaban que los dos ocupantes de la habitación eran, en efecto, Pell y su cómplice. Prendas de vestir, envoltorios de comida, periódicos, artículos de higiene personal, algunos cosméticos. También alfileres, algo que parecía ser un látigo hecho con una percha de ropa, salpicado de sangre, unas medias que estaban atadas a los postes de la cama, varias docenas de preservativos usados y sin usar y un tubo grande de lubricante.

—Típico del líder de una secta —comentó Kellogg—. Jim Jones, el de Guyana, mantenía relaciones sexuales tres o cuatro veces al día.

—¿Y eso por qué? —preguntó Dance.

—Porque pueden. Pueden hacer prácticamente lo que quieran.

Sonó el teléfono de O'Neil y cogió la llamada. Escuchó unos segundos.

—Bien. Escaneadlo y enviádselo a la agente Dance. ¿Tenéis su correo electrónico? Gracias.

Miró a Kathryn.

—El equipo de inspección ha encontrado un correo en el bolsillo de unos vaqueros de la chica.

Unos minutos después Dance abrió el mensaje en su ordenador e imprimió el pdf adjunto.

De: CentralAdmin2235@prisióncapitola.com
Para: JMSUNGIRL@Euroserve.co.uk
Re:

Jennie, preciosa mía:

He conseguido que me dejen entrar en la oficina para escribirte esto. Tenía que hacerlo. Quiero decirte una cosa. Me he despertado pensando en ti: en nuestros planes de ir a la playa, y al desierto, y ver los fuegos artificiales en tu jardín todas las noches. Estaba pensando que eres lista, preciosa y romántica. ¿Qué más se puede pedir? Nos hemos

andado mucho por las ramas para no decirlo, pero
ahora me apetece. Te quiero. No tengo ninguna
duda, no te pareces a nadie que haya conocido.
Así que ya lo sabes. Ahora tengo que dejarte. Espero
que estas líneas no te molesten, ni te «asusten».

Hasta pronto,

Daniel

De modo que, efectivamente, Pell había enviado correos electrónicos desde Capitola, aunque —descubrió Kathryn— con anterioridad al domingo. Posiblemente por eso no los había encontrado el técnico.

Dance se fijó también en que la chica se llamaba Jennie. Y en que su apellido o su segundo nombre empezaba por eme.

JMSUNGIRL.

—Nuestro departamento técnico se ha puesto en contacto con el servidor —agregó O'Neil—. Los servidores extranjeros no son muy dados a cooperar, pero habrá que cruzar los dedos.

La agente seguía mirando el correo.

—Fijaos en lo que dice: la playa, el desierto y fuegos artificiales todas las noches. Todo ello cerca de su casa. Eso debería darnos algunas pistas.

—El coche fue robado en Los Ángeles —comentó Kellogg—. Playa y desierto: la chica es de algún punto del sur de California. Pero ¿fuegos artificiales todas las noches?

—Anaheim —repuso Kathryn.

O'Neil, el otro padre presente en la habitación, asintió con un gesto.

—Disneyland —señaló.

Dance le miró a los ojos.

—La idea que tuviste —dijo—. Los bancos y los nueve mil doscientos dólares. Puede que en todo el condado de Los Ángeles fuera demasiado. Pero ¿Anaheim? Es mucho más pequeño. Y ahora tenemos su nombre de pila. Y posiblemente una inicial. ¿Puede ocuparse tu gente, Win?

—Claro, el número de bancos es mucho más manejable —contestó de buena gana. Levantó el teléfono y trasladó la petición a su sucursal en Los Ángeles.

Kathryn telefoneó a las mujeres alojadas en el Point Lobos Inn. Les contó lo sucedido en el motel.

—¿Ha vuelto a escaparse? —preguntó Samantha.

—Me temo que sí. —Le dio detalles sobre el correo, incluido el alias de la chica, pero no recordaban a nadie con ese nombre o esas iniciales.

—También hemos encontrado pruebas de prácticas sadomasoquistas. —Describió los accesorios sexuales—. ¿Podría ser idea de Pell, o más bien de la mujer? Si fuera idea de ella, podría ayudarnos a estrechar el campo de búsqueda. Una profesional, o una dominatriz, tal vez.

Samantha se quedó callada un momento. Luego contestó:

—Eh... es posible que haya sido idea de Daniel. Él era un poco así. —Parecía avergonzada.

Dance le dio las gracias.

—Sé que está deseando marcharse. Le prometo que no la retendré mucho más tiempo.

Unos minutos después, Winston Kellogg recibió una llamada. Sus ojos brillaron, llenos de sorpresa. Levantó la mirada.

—La han identificado. La semana pasada, una mujer llamada Jennie Marston retiró nueve mil doscientos dólares, prácticamente todo lo que tenía en su cuenta de ahorros, en la oficina de Pacific Trust de Anaheim. En metálico.

Vamos a pedir una orden judicial y nuestros agentes y los de la Oficina del Sheriff del condado de Orange van a registrar su casa. Llamarán para informarnos de lo que encuentren.

A veces sí había un respiro.

O'Neil cogió el teléfono y cinco minutos después Dance tenía en su ordenador un archivo jpg con la fotografía del permiso de conducir de una joven. Kathryn pidió a TJ que fuera a su despacho.

—¿Qué hay?

Ella señaló el monitor con una inclinación de cabeza.

—Procésala con el EFIS. Ponla morena, pelirroja, con el pelo largo, con el pelo corto. Llévala al Sea View. Quiero asegurarme de que es ella. Si lo es, quiero que envíes una copia a todas las cadenas de televisión y todos los periódicos de la zona.

—Eso está hecho, jefa. —Sin tomar asiento, TJ se puso a escribir en el teclado de Dance; luego salió a toda prisa, como si intentara llegar a su despacho antes que la fotografía.

Charles Overby se acercó a la puerta.

—Esa llamada de Sacramento es...

—Espera, Charles. —Kathryn le puso al corriente de lo que acababa de ocurrir y su humor cambió inmediatamente.

—Vaya, una pista. Bien. Por fin. De todos modos, ha surgido otro asunto. Sacramento ha recibido una llamada de la Oficina del Sheriff del condado de Napa.

—¿De Napa?

—Han detenido a un tal Morton Nagle.

Dance asintió lentamente con la cabeza. No le había contado a Overby que había recabado la ayuda del escritor para encontrar a la Muñeca Dormida.

—He hablado con el *sheriff*. Y no está muy contento.

—¿Qué ha hecho Nagle? —preguntó Kellogg, y miró a Kathryn levantando una ceja.

—La hija de los Croyton vive por allí con sus tíos. Por lo visto quería convencerla para que accediera a que tú la entrevistaras.

—Así es.

—Ah. No sabía nada... —Overby dejó un momento en suspenso la frase—. Su tía se negó y esta mañana Nagle se coló en su casa para intentar convencer a la chica en persona.

Adiós al periodismo objetivo e impersonal.

—La tía le pegó un tiro.

—¿Qué?

—Falló, pero el *sheriff* cree que si no hubieran aparecido sus ayudantes se lo habría cargado al segundo intento. Y a nadie parecía disgustarle mucho esa posibilidad. Creen que tenemos algo que ver en eso. Es un follón de cuidado.

—Yo me encargo —le dijo Dance.

—No tenemos nada que ver, ¿verdad? Le he dicho que no.

—Yo me encargo.

Overby se quedó pensando; luego le dio el número del *sheriff* y regresó a su despacho. Kathryn llamó al representante de la ley y se identificó. Le explicó la situación.

—Bueno, agente Dance —refunfuñó el *sheriff*—, me hago cargo del problema, de lo de Pell y todo eso. Aquí también han llegado las noticias, se lo aseguro. Pero no podemos soltar a Nagle sin más. Los tíos de Theresa han presentado una denuncia. Y debo decir que por aquí todos estamos especialmente pendientes de esa chica porque sabemos por lo que ha pasado. El juez ha fijado una fianza de cien mil dólares y a ninguna agencia de fiadores le interesa hacerse cargo de ella.

—¿Puedo hablar con el fiscal?

—Está en un juicio, no saldrá en todo el día.

Morton Nagle tendría que pasar una temporadita en la

cárcel. Kathryn lo sentía por él y agradecía que hubiera cambiado de opinión. Pero no podía hacer nada.

—Me gustaría hablar con la tía de la chica, o con el tío.

—No veo de qué iba a servir.

—Es importante.

Un silencio.

—Bueno, verá, agente Dance, no creo que les apetezca. De hecho, puedo garantizárselo.

—¿Me haría el favor de darme su número? —A menudo las preguntas directas son las más eficaces.

Pero también lo son las respuestas directas.

—No. Adiós, agente Dance.

43

Kathryn estaba en su despacho a solas con O'Neil.

Había sabido por el Departamento del Sheriff del condado de Orange que el padre de Jennie Marston había muerto y que su madre tenía un historial de delitos menores, abuso de drogas y desequilibrios emocionales. No se tenía noticia de su paradero; tenía algunos familiares en la Costa Este, pero hacía años que ninguno de ellos sabía nada de la joven.

Supo que Jennie había asistido durante un año a una escuela para adultos, donde había estudiado hostelería, y que luego lo dejó, al parecer para casarse. Había trabajado un año en una peluquería y luego en el sector hostelero. Empleada por diversas empresas de *catering* y pastelerías del condado de Orange, era una trabajadora callada, que siempre llegaba a su hora, hacía bien su trabajo y luego se iba. Llevaba una vida solitaria, y los ayudantes del *sheriff* no habían dado con ningún allegado o amigo íntimo. Su ex marido hacía años que no hablaba con ella, pero, según decía, se merecía todo lo que le pasara.

Como era de esperar, los archivos policiales pusieron al descubierto un historial de relaciones de pareja conflictivas. El personal hospitalario había avisado a la policía al menos en media docena de ocasiones por posibles malos tratos infligidos por su ex marido y otras cuatro parejas de Jennie, como mínimo. Los servicios sociales habían abierto varios expedientes, pero Jennie nunca había presentado una denuncia, ni había pedido, claro está, una orden de alejamiento.

El tipo de mujer idóneo para caer presa de alguien como Daniel Pell.

Dance se lo comentó a O'Neil. El detective hizo un gesto afirmativo con la cabeza. Estaba mirando por la ventana del despacho los dos pinos que se habían ido entrelazando con el paso de los años hasta crear un nudo semejante a una articulación a la altura de la vista. Kathryn contemplaba a menudo aquella rareza cuando los datos de un caso se resistían a ensamblarse y formar alguna idea útil.

—Bueno, ¿qué estás pensando? —preguntó.

—¿Quieres saberlo?

—Te he preguntado, ¿no? —contestó en tono de buen humor.

O'Neil no le correspondió.

—Tenías razón —dijo, irritado—. Y él estaba equivocado.

—¿Kellogg? ¿En el motel?

—Deberíamos haber seguido tu plan inicial. Montar un perímetro de vigilancia en cuanto nos enteramos de lo del motel y no perder media hora organizando el asalto. Por eso se enteró. Alguien le dio una pista.

El instinto de un gato...

Dance odiaba tener que defenderse, sobre todo ante alguien tan cercano.

—En su momento pareció lo más lógico. Estaban pasando muchas cosas y todo muy deprisa.

—No, no era lo más lógico. Y tú lo sabías. Por eso dudaste. Ni siquiera al final estabas segura.

—¿Quién está seguro en situaciones así?

—Muy bien, tenías la corazonada de que te estabas equivocando y tus corazonadas suelen dar en el clavo.

—Fue simple mala suerte. Si hubiéramos intervenido antes, seguramente lo habríamos cogido. —Lamentaba decir aquello, temía que O'Neil se tomara sus palabras como una crítica a la Oficina del Sheriff de Monterrey.

—Y habría muerto gente. Tenemos mucha suerte de que no haya habido heridos. El plan de Kellogg tenía todos los visos de acabar en un tiroteo. Es una suerte que Pell no estuviera. Podría haber sido una matanza. —Cruzó los brazos: un gesto defensivo, lo cual resultaba irónico teniendo en cuenta que aún llevaba puesto el chaleco antibalas—. Estás cediendo el mando de la operación. De tu operación.

—¿A Winston?

—Sí, exactamente. Es un asesor. Y parece que quien lleva el caso es él.

—El especialista es él, Michael, no yo. Ni tú.

—¿Sí? Lo siento, habla de mentalidades sectarias, habla de perfiles psicológicos, pero no veo que se esté acercando a Pell. Eres tú quien lo ha hecho.

—Fíjate en sus credenciales, en su historial. Es un experto.

—De acuerdo, tiene conocimientos. Y son útiles. Pero hace una hora no bastó con un experto para atrapar a Pell. —Bajó la voz—. Mira, en el hotel, Overby respaldó a Winston. Evidentemente. Fue él quien quiso meterle en esto. Tú tenías la presión del FBI y la de tu jefe. Pero no es la primera vez que tú y yo soportamos esa presión. Podríamos haberles obligado a ceder.

—¿Qué quieres decir exactamente? ¿Que estoy delegando en él por alguna razón?

O'Neil desvió la mirada. Un gesto de rechazo. Las personas sienten estrés no únicamente cuando mienten; a veces también lo sienten cuando dicen la verdad.

—Lo que digo es que le estás dando demasiado control sobre la operación. Y, francamente, sobre ti misma.

—¿Porque me recuerda a mi marido? —preguntó con voz dura como pedernal—. ¿Es eso lo que estás diciendo?

—No lo sé. Dímelo tú. ¿Te recuerda a Bill?

—Esto es absurdo.

—Tú lo has sacado a relucir.

—Bueno, todo lo que no sea de índole profesional no es asunto tuyo.

—Muy bien —contestó O'Neil—. Me ceñiré a asuntos estrictamente profesionales. Winston metió la pata. Y tú le diste la razón a sabiendas de que se equivocaba.

—¿A sabiendas? —replicó ella—. Las probabilidades eran de un cincuenta y cinco a un cuarenta y cinco por ciento a favor del asalto al motel. Al principio tenía una opinión. Y la cambié. Cualquier buen policía puede dejarse influir.

—Por la razón. Por el análisis lógico.

—¿Qué me dices de tu criterio? ¿Hasta qué punto eres objetivo?

—¿Yo? ¿Por qué no voy a serlo?

—Por Juan.

Una tenue reacción de asentimiento en los ojos de O'Neil. Dance había dado en el clavo y supuso que el detective se sentía en cierta medida responsable de la muerte del joven agente; que pensaba, quizá, que no había entrenado a Millar lo suficiente.

Sus protegidos...

Kathryn se arrepintió de lo que había dicho.

O'Neil y ella se habían peleado otras veces; es imposible ser amigos y trabajar juntos sin que haya roces. Pero nunca tan acerados. ¿Y por qué se extralimitaba él y se metía en su vida privada? Era la primera vez.

Sus respuestas kinésicas podían interpretarse casi como celos.

Guardaron silencio. El detective levantó las manos y se encogió de hombros. Un gesto emblema, que podía traducirse como: «Yo ya he dicho lo que tenía que decir». La tensión que reinaba en el despacho era tan prieta como el nudo de los pinos entrelazados: un entramado de fibras finísimas, duro como el acero.

Retomaron la conversación hablando de los pasos que debían dar a continuación: pedir más datos sobre Jennie Marston al condado de Orange, hacer entrevistas en busca de testigos y seguir el hilo de las pruebas halladas en el motel. Mandaron a Carraneo al aeropuerto, a la estación de autobuses y a las oficinas de alquiler de coches, provisto con la fotografía de la mujer. Barajaron algunas otras ideas, pero la temperatura en el despacho había bajado notablemente, de verano a otoño, y cuando entró Winston Kellogg, O'Neil se retiró explicando que tenía que ir a ver cómo iban las cosas en su oficina y a informar al *sheriff*. Dijo un adiós de pasada, sin dirigirse a ninguno de los dos.

Morton Nagle lanzó una mirada al guardia que esperaba fuera del calabozo del Centro de Detención del condado de Napa. Aún le dolía el corte que se había hecho en la mano al saltar la valla de alambre de los Bolling.

El guardia, un hispano grandullón, le miró con frialdad.

Por lo visto, Nagle había cometido el mayor delito que podía cometerse en Vallejo Springs: no el allanamiento de morada y la agresión (¿de dónde diablos se habían sacado eso?), que eran simples tecnicismos, sino el delito mucho más grave de haber molestado a la hija predilecta de la ciudad.

—Tengo derecho a hacer una llamada telefónica.

No hubo respuesta.

Quería tranquilizar a su esposa, decirle que estaba bien. Pero sobre todo quería que avisara a Kathryn Dance de dónde estaba Theresa. Había cambiado de idea y renunciado a su libro, al igual que a su ética periodística. Maldita sea, iba a hacer todo lo que estuviera en su poder para asegurarse de que atraparan a Daniel Pell y lo mandaran de nuevo a Capitola.

No esclareciendo el mal, sino atacándolo en persona. Como un tiburón.

Pero al parecer iban a mantenerlo incomunicado todo el tiempo que pudieran.

—Me gustaría de verdad hacer una llamada.

El guardia le miró como si le hubieran sorprendido vendiendo *crack* a críos al salir de la parroquia tras la escuela dominical y no dijo nada.

Nagle se levantó y comenzó a pasearse de un lado a otro. El guardia le miró como diciendo: «Siéntate». Nagle se sentó.

Diez larguísimos minutos después oyó abrirse una puerta y pasos que se acercaban.

—Nagle.

Miró a otro guardia. Más corpulento que el primero.

—Levántate. —El guardia pulsó un botón y la puerta se abrió—. Enséñame las manos.

Sonaba ridículo, como si le ofreciera un caramelo a un niño. Nagle levantó las manos y vio cerrarse las esposas alrededor de sus muñecas.

—Por aquí.

El guardia le agarró del brazo. Sus fuertes dedos oprimieron su bíceps. Nagle notó un olor a ajo y a humo de tabaco. Estuvo a punto de apartarse, pero no le pareció buena idea. Caminaron así, entre el tintineo de las cadenas, por es-

pacio de quince metros, a lo largo de un corredor mal ilumi-
nado. Siguieron hasta la sala de entrevistas A.

El guardia abrió la puerta y le indicó que entrara.

Nagle se detuvo.

Sentada a la mesa, Theresa Croyton, la Muñeca Dormida, levantó la vista y fijó en él sus ojos oscuros. El guardia le
dio un empujón y Nagle se sentó frente a ella.

—Hola otra vez —dijo.

La chica miró sus brazos, su cara y sus manos como si
buscara indicios de maltrato. O como si confiara en encon-
trarlos, quizá.

Nagle sabía que sólo tenía diecisiete años, pero en ella no
parecía haber nada de joven, salvo la blanca delicadeza de su
piel. No había muerto en la matanza de Daniel Pell. Pero su
infancia sí.

El guardia retrocedió, sin alejarse mucho. Nagle sentía
cómo su corpachón absorbía los sonidos.

—Puede dejarnos solos —dijo Theresa.

—Tengo que estar aquí, señorita. Son las normas. —Tenía una sonrisa cambiante. Educada con ella, hostil con
Nagle.

Theresa titubeó; luego se concentró en el escritor.

—Dígame lo que iba a decirme en el jardín. Lo de Daniel
Pell.

—Se ha quedado en la zona de Monterrey por algún motivo. La policía no entiende por qué.

—¿Y ha intentado matar al fiscal que le mandó a la cárcel?

—James Reynolds, sí, así es.

—¿Reynolds está bien?

—Sí. Le salvó la policía de la que te hablé.

—¿Quién es usted exactamente? —preguntó ella. Preguntas directas, carentes de emoción.

—¿Tu tía no te ha dicho nada?

—No.

—Hace ya un mes que estoy en conversaciones con ella sobre un libro que quiero escribir. Acerca de ti.

—¿De mí? ¿Y por qué quiere escribirlo? Yo no soy interesante.

—Bueno, yo creo que sí. Quiero contar la historia de alguien que ha sufrido una tragedia. Cómo sufre. Cómo era antes y cómo es después. Cómo cambia su vida. Y cómo podrían haber sido las cosas si no se hubiera producido el crimen.

—No, mi tía no me ha dicho nada de eso.

—¿Sabe que estás aquí?

—Sí, se lo he dicho. Me ha traído ella. No quiere que me saque el carné de conducir. —Miró al guardia y luego a Nagle—. Ellos, la policía de aquí, tampoco querían que hablara con usted. Pero no han podido hacer nada para impedirlo.

—¿Por qué has venido a verme, Theresa? —preguntó.

—Esa policía de la que me habló...

Nagle estaba perplejo.

—¿Quieres decir que te parece bien que venga a verte?

—No —contestó la chica con rotundidad, sacudiendo la cabeza.

Nagle no podía reprochárselo.

—Entiendo. Pero...

—Quiero ir a verla yo.

El escritor no estaba seguro de haber oído bien.

—¿Que quieres qué?

—Quiero ir a Monterrey. Conocerla en persona.

—Bueno, no hace falta que hagas eso.

Ella asintió con firmeza.

—Pues sí, hace falta.

—¿Por qué?

—Porque sí.

Nagle pensó que era una respuesta tan buena como cualquiera.

—Voy a decirle a mi tía que me lleve a verla ahora mismo.

—¿Y querrá?

—Si no, iré en autobús. O haciendo autostop. Usted puede venir con nosotras.

—Bueno, hay un problema —repuso Nagle.

La chica arrugó el entrecejo.

Él se echó a reír.

—Estoy en la cárcel.

Ella miró al guardia con sorpresa.

—¿No se lo han dicho?

El guardia meneó la cabeza.

—He pagado su fianza —añadió Theresa.

—¿Tú?

—Mi padre tenía dinero a montones. —Soltó una risa débil, pero sincera y de corazón—. Soy rica.

44

Pasos que se acercaban.

Daniel Pell empuñó la pistola al instante.

En aquel hotel barato que olía a insecticida y ambientador, miró por la ventana y al ver que era Jennie volvió a guardarse la pistola en la cinturilla. Apagó el televisor y abrió la puerta. Ella entró cargada con una pesada bolsa de la compra. Pell se la quitó de las manos y la dejó sobre la mesilla de noche, junto al despertador, que marcaba las doce en punto.

—¿Qué tal ha ido, preciosa? ¿Has visto algún policía?

—Ni uno. —Se quitó la gorra y se frotó el cuero cabelludo.

Pell la besó en la cabeza. Sintió el olor de su sudor y el aroma acre del tinte. Otra mirada por la ventana. Pasado un momento, tomó una decisión.

—Vamos a salir un rato, preciosa.

—¿Sí? Creía que no te parecía buena idea.

—Bueno, conozco este sitio. No pasará nada.

Ella lo besó.

—Como si tuviéramos una cita.

—Como si tuviéramos una cita.

Se pusieron las gorras y se acercaron a la puerta. Jennie, que ya no sonreía, sé detuvo y le miró.

—¿Estás bien, cielo?

Cielo.

—Claro que sí, preciosa. Es sólo el susto que nos hemos llevado en el motel. Pero ahora va todo bien. No podría ir mejor.

Circularon por una ruta intrincada de calles hasta llegar a una playa en la carretera de Big Sur, pasado Carmel. Las pasarelas de madera colgaban entre las rocas y las dunas estaban cercadas por una fina malla de alambre para proteger el frágil ecosistema. Nutrias y focas se cernían entre el turbulento oleaje y, en el reflujo, las charcas que dejaba la marea lucían universos enteros en sus prismas de agua salada.

Era una de las franjas de playa más hermosas de la Costa Central.

Y una de las más peligrosas. Todos los años morían allí tres o cuatro personas: se aventuraban entre las rocas escarpadas para hacer fotos, y una ola los barría de golpe y los arrojaba al agua a siete grados de temperatura. Por lo general, las víctimas morían gritando, aplastadas contra las rocas o ahogadas, enredadas en el dédalo de los lechos de algas.

Normalmente, el lugar estaba lleno de gente, pero ese día había mucha niebla, viento y lluvia, y la zona estaba desierta. Daniel Pell y su novia caminaron desde el coche hasta la orilla. A quince metros de allí estalló una ola gris.

—Es precioso. Pero hace frío. Rodéame con tu brazo.

Pell hizo lo que le pedía. La sintió temblar.

—Esto es increíble. Las playas que hay cerca de mi casa... Son todas llanas. Sólo arena y olas, nada más. A no ser que bajes a La Jolla. Y ni siquiera se parece a esto. Esto es muy espiritual. ¡Eh! ¡Míralas! —Parecía una colegiala. Estaba mirando las nutrias. Una muy grande sostenía en equilibrio una piedra sobre su pecho y golpeaba algo contra ella.

—¿Qué hace?

—Está rompiendo una concha. Un abulón o una almeja.

—¿Cómo han aprendido a hacer eso?

—Tenían hambre, imagino.

—El sitio al que vamos, tu montaña... ¿Es tan bonito como esto?

—Yo creo que más. Y hay mucha menos gente. No nos interesan los turistas, ¿verdad?

—No. —Se llevó la mano a la nariz. ¿Presentía que algo iba mal? Masculló algo, pero sus palabras se perdieron en el viento, que no cejaba.

—¿Qué has dicho?

—Eh, he dicho «Cantos de ángeles».

—No paras de decir eso, preciosa. ¿Qué significa?

Jennie sonrió.

—Es como una oración, o como un mantra. Lo digo una y otra vez para sentirme mejor.

—¿Y «cantos de ángeles» es tu mantra?

Ella rió.

—De pequeña, cuando detenían a mi madre...

—¿Por qué?

—Bueno, no me daría tiempo a contártelo todo.

Pell miró otra vez a su alrededor. La zona estaba desierta.

—Conque sí, ¿eh?

—Cualquier cosa que se te ocurra, seguro que mi madre lo hacía. Robos, amenazas, acoso... Y también agresiones. Atacó a mi padre. Y a varios novios que querían dejarla. De ésos hubo muchos. Cuando había una pelea y venía la policía a nuestra casa, o adonde estuviéramos, muchas veces tenían prisa y ponían la sirena. Cada vez que oía las sirenas, yo pensaba: «Menos mal, van a llevársela una temporada». Era como si los ángeles vinieran a salvarme. Llegué a pensar así en las sirenas. Como en cantos de ángeles.

—Cantos de ángeles. Me gusta. —Pell asintió con un gesto.

De pronto dio la vuelta a Jennie y la besó en la boca. Se inclinó hacia atrás y la miró a la cara.

La misma cara que había visto en la pantalla del televisor del hotel media hora antes, mientras ella estaba fuera comprando.

Hay novedades en el caso de la fuga de Daniel Pell. Su cómplice ha sido identificada como Jennie Ann Marston, de veinticinco años, con domicilio en Anaheim, California. Mide aproximadamente un metro sesenta y cinco y pesa unos cincuenta kilos. Pueden ver la fotografía de su permiso de conducir en la esquina superior izquierda de sus pantallas; las de abajo a la derecha muestran el aspecto que podría tener en estos momentos, tras cortarse y teñirse el cabello. Si la ven, no intenten detenerla. Llamen al servicio de emergencias o al teléfono de colaboración ciudadana que aparece en el extremo inferior de sus pantallas.

Estaba muy seria en la fotografía, como si temiera que su nariz torcida destacara más en la imagen que sus ojos, sus orejas o sus labios.

Al parecer, Jennie había dejado algo en la habitación del motel, a fin de cuentas.

Pell la hizo volverse para mirar el mar embravecido. Se quedó tras ella.

—Cantos de ángeles —susurró Jennie.

Él la abrazó con fuerza un momento; luego la besó en la mejilla.

—Mira eso —dijo, señalando hacia la playa.

—¿Qué?

—Esa roca de ahí, en la arena.

Se agachó y desenterró una piedra lisa de unos cuatro kilos de peso. Era de un gris luminiscente.

—¿A qué te recuerda, preciosa?

—Pues, si la sujetas así, es como un gato, ¿no crees? Un gato durmiendo acurrucado. Como mi *Jasmine*.

—¿Tenías una gata? —Pell sopesó la piedra.

—Sí, de pequeña. Mi madre la quería mucho. A *Jasmine* nunca le hacía daño. A mí sí, y a un montón de gente. Pero a *Jasmine* nunca. ¿A que es raro?

—Es justamente lo que estaba pensando, preciosa. Que es igual que un gato.

Dance llamó primero a O'Neil para darle la noticia.

No cogió el teléfono, así que dejó un mensaje sobre Theresa. Era impropio de él no contestar, pero Kathryn sabía que no pretendía evitarla. Incluso su estallido (bueno, su estallido no, en realidad), incluso sus críticas de ese día surgían de su deseo como policía de llevar el caso de la manera más eficaz.

La agente se preguntaba, como hacía de vez en cuando, cómo sería vivir con aquel policía, marinero y coleccionista de libros. Solía concluir que bueno y malo, ambas cosas en grandes cantidades, y desechó aquella idea al mismo tiempo que colgaba el teléfono.

Encontró a Kellogg en la sala de reuniones.

—Tenemos a Theresa Croyton —dijo—. Nagle acaba de llamar desde Napa. Atención: Theresa ha pagado la fianza.

—¿Qué te parece? Conque en Napa, ¿eh? Allí fue donde se mudaron. ¿Vas a ir a hablar con ella?

—No, viene ella aquí. Con su tía.

—¿Aquí? ¿Con Pell todavía suelto?

—Quiere venir. Ha insistido, de hecho. Es la condición que ha puesto.

—Tiene agallas.

—Yo diría que sí.

Dance llamó al fornido Albert Stemple para pedirle que se hiciera cargo de escoltar a Theresa cuando llegaran.

Al levantar la vista encontró a Kellogg observando las fotografías que había sobre su mesa: las de sus hijos. Tenía la cara paralizada. Kathryn se preguntó de nuevo si le preocupaba, o le conmovía en cierto modo que fuera madre. Era un interrogante abierto entre ellos, se dijo, y se preguntó si había también otros. O, mejor dicho, cuáles serían.

El gran viaje del corazón, siempre tan complicado.

—Theresa tardará un buen rato en llegar —dijo—. Me gustaría volver al hotel para ver a nuestras invitadas.

—Eso te lo dejo a ti. Creo que una figura masculina sólo sirve de distracción.

Dance estaba de acuerdo. El sexo de cada uno de los participantes en un interrogatorio determina cómo aborda éste el interrogador, y ella a menudo ajustaba su comportamiento según la escala andrógina, dependiendo del sujeto. Dado que Daniel Pell había tenido un influjo tan poderoso en la vida de aquellas mujeres, la presencia de un hombre podía alterar la dinámica del interrogatorio en un sentido u otro. Kellogg se había quedado en segundo plano en su visita anterior y había dejado que fuera ella quien dirigiera las preguntas, pero sería preferible que no estuviera allí. La agente se lo dijo y le agradeció su comprensión.

Hizo amago de levantarse, pero él la sorprendió diciendo:

—Espera, por favor.

Volvió a sentarse. Él se rió suavemente y la miró a los ojos.

—No he sido del todo sincero contigo, Kathryn. Y no tendría importancia, si no fuera por lo de anoche.

¿Qué era?, se preguntó ella. *¿Una ex que no es exactamente una ex? ¿O una novia muy presente?*

—Es sobre los hijos.

Dance dejó de pensar que se trataba de ella y se inclinó hacia delante para prestarle toda su atención.

—Lo cierto es que mi mujer y yo tuvimos una hija.

El tiempo verbal hizo que a Kathryn se le encogiera el estómago.

—Murió en un accidente de coche a los dieciséis años.

—Ay, Win...

Él señaló la fotografía de ella y su marido.

—Hay cierto paralelismo. Un accidente de coche... El caso es que me porté como un mierda. No fui capaz de manejar la situación. Intenté apoyar a Jill, pero no pude, no como debería haberlo hecho. Ya sabes lo que es ser policía. El trabajo puede llenar tu vida hasta donde tú quieras. Y yo dejé que la llenara demasiado. Nos divorciamos y fueron unos años muy malos. Para los dos. Después hemos hecho las paces y ahora somos amigos, más o menos. Ella ha vuelto a casarse.

»Pero tengo que decirte que, respecto a los niños, me cuesta mucho comportarme con naturalidad con ellos. He desterrado eso de mi vida. Tú eres la primera mujer con hijos a la que me acerco. Lo único que digo es que, si parezco un poco envarado, no es por ti, ni por Wes o Maggie, que son maravillosos. Es algo que estoy intentando superar yendo a terapia. Así que, ya ves. —Levantó las manos, un gesto emblema que suele significar: «Ya he dicho lo que quería decir. Quiéreme u ódiame, pero ahí está...»

—Lo siento muchísimo, Win. —Tomó su mano y la apretó. Él devolvió el apretón—. Me alegro de que me lo hayas dicho. Sé que ha sido difícil. Y algo había notado, aunque no estaba segura de qué.

—Ojo de águila.

Ella se rió.

—Una vez oí a Wes decirle a un amigo que es un asco que tu madre sea poli.

—Sobre todo si es un detector de mentiras andante. —Kellogg también sonrió.

—Yo también tengo conflictos, por lo de Bill.

Y por Wes, añadió para sus adentros, pero no dijo nada.

—Nos tomaremos las cosas con calma.

—Me parece buena idea —contestó ella.

Kellogg acercó la mano a su brazo y lo apretó: un gesto sencillo, apropiado e íntimo.

—Ahora tengo que volver a la reunión con las chicas.

Le acompañó a su despacho temporal y luego se fue en su coche al Point Lobos Inn.

En cuanto entró se dio cuenta de que el ambiente había cambiado. Los gestos eran completamente distintos a los de la víspera. Las mujeres parecían nerviosas e impacientes. Vio posturas y expresiones faciales que denotaban tensión, alerta y franca hostilidad. Las entrevistas y los interrogatorios eran procesos largos, y no era extraño que a un día fructífero siguiera otro que acababa siendo una completa pérdida de tiempo. Dance se desanimó y calculó que tardaría horas, días incluso, en reconducirlas a un estado mental que les permitiera ofrecerle de nuevo información útil.

Aun así, lo intentó. Les habló de lo que habían averiguado sobre Jennie Marston y preguntó si alguna la conocía. La respuesta fue negativa. Kathryn intentó entonces retomar la conversación del día anterior, pero sólo obtuvo comentarios y recuerdos superficiales.

Linda parecía estar hablando por todas cuando dijo:

—No sé qué más puedo añadir. Me gustaría irme a casa.

Dance creía que su ayuda ya se había demostrado valiosísima: habían salvado la vida a Reynolds y a su familia, les habían ofrecido numerosos datos sobre el modo de proceder de Pell y, lo que era más importante, sobre su objetivo de retirarse a la «cima de una montaña» en alguna parte. Aun así, ella quería que se quedaran hasta que hubiera entrevistado a Theresa Croyton, con la esperanza de que algo de lo que dijera la chica pudiera catapultar sus recuerdos. No quería decirles que Theresa estaba a punto de llegar (el riesgo de que se corriera la voz era demasiado grande), pero a petición suya accedieron a esperar unas horas.

Cuando se marchaba, Rebecca la acompañó fuera. Se detuvieron bajo un toldo; estaba cayendo una suave llovizna. La agente levantó una ceja. Estaba tensa; se preguntaba si aquella mujer iba a soltarle otro sermón sobre la incompetencia de la policía.

Pero el mensaje era otro.

—Puede que sea evidente, pero he pensado que debía decirle una cosa. Sam no calcula lo peligroso que es Pell y Linda cree que es un incomprendido, un producto de su infancia digno de lástima.

—Continúe.

—Lo que le dijimos ayer sobre él, todo ese rollo psicológico. Bueno, es cierto. Pero he hecho mucha terapia y sé que es muy fácil centrarse en la jerga y en la teoría y olvidarse de la persona que hay tras ellas. Ha conseguido impedir que Pell haga lo que desea un par de veces, y ha estado a punto de atraparlo. ¿Sabe él cómo se llama?

Dance asintió con un gesto.

—Pero ¿cree que perdería el tiempo viniendo por mí?

—¿Es inmune a él? —preguntó Rebecca ladeando una ceja.

Y eso bastó para contestar a la pregunta. Sí, era inmune a su control. Y, por lo tanto, un peligro.

Hay que eliminar las amenazas...

—Tengo la impresión de que está preocupado. Es usted un verdadero peligro para él y quiere detenerla. Y hace daño a la gente a través de sus seres queridos.

—Pautas —comentó Kathryn.

Rebecca inclinó la cabeza en un gesto afirmativo.

—Imagino que tiene familia en esta zona.

—Mis hijos y mis padres.

—¿Los niños están con su marido?

—Soy viuda.

—Ah, perdone.

—Pero ahora mismo no están en casa. Y hay un ayudante del *sheriff* escoltándolos.

—Bien, pero cúbrase las espaldas.

—Gracias. —Dance lanzó una mirada a la cabaña—. ¿Pasó algo anoche? ¿Entre ustedes?

Rebecca se echó a reír.

—Creo que el pasado se nos ha ido un poco de las manos. Estuvimos aireando trapos sucios. Debimos hacerlo hace años. Pero no estoy segura de que todas pensemos lo mismo.

Rebecca volvió dentro y cerró la puerta con llave. Kathryn miró por una rendija de la cortina. Vio a Linda leyendo la Biblia, a Samantha mirando su móvil, pensando sin duda en alguna mentira que contarle a su marido acerca de su presunto viaje laboral. Rebecca se sentó y comenzó a cubrir su cuaderno de dibujo con trazos amplios y furiosos.

El legado de Daniel Pell y su Familia.

45

Hacía media hora que se había marchado Kathryn Dance cuando uno de los ayudantes del *sheriff* llamó a la cabaña para asegurarse de que estaban bien.

—Va todo perfectamente —contestó Sam. De no ser por las tensiones que enrarecían el ambiente en la suite.

El ayudante del *sheriff* le pidió que se asegurara de que habían cerrado puertas y ventanas. Sam lo comprobó y confirmó que todo estaba bien seguro.

Estaban encerradas a cal y canto. Sintió un arrebato de rabia al pensar que Daniel Pell las tenía atrapadas otra vez, encerradas en aquella cabaña semejante a una cajita.

—Me voy a volver loca —proclamó Rebecca—. Necesito salir.

Linda levantó la mirada.

—No creo que debas.

Sam notó que la página por la que estaba abierta su gastada Biblia tenía muchas notas manuscritas. Se preguntó qué pasajes en particular le resultaban tan consoladores. Y lamentó no poder recurrir a algo tan sencillo para encontrar paz de espíritu.

Rebecca se encogió de hombros.

—Sólo voy a dar un paseo. —Señaló hacia el Parque Natural de Point Lobos.

—En serio, creo que no deberías hacerlo. —La voz de Linda sonaba crispada.

—Tendré cuidado. Me pondré mis botas de agua y miraré a los dos lados. —Su broma cayó en saco roto.

—Es una idiotez, pero haz lo que quieras.

—Mira —dijo Rebecca—, siento lo de anoche. Bebí demasiado.

—Muy bien —contestó Linda distraídamente, y siguió leyendo su Biblia.

—Vas a mojarte —dijo Sam.

—Me meteré en alguno de los refugios. Quiero dibujar un poco. —Recogió su cuaderno y sus lápices, se puso la chaqueta de cuero y salió subiéndose la capucha.

Sam vio que miraba hacia atrás y que su cara dejaba entrever que se arrepentía de las violentas palabras que les había dirigido la noche anterior.

—Cierra con llave.

Sam se acercó a la puerta, puso la cadena y dio dos vueltas a la llave. Vio a Rebecca alejarse por el sendero. Deseaba que no hubiera salido.

Pero no porque estuviera preocupada por su seguridad, sino por un motivo muy distinto.

Ahora estaba a solas con Linda.

Ya no había excusas.

¿Sí o no? Retomó el debate íntimo que había iniciado unos días antes, después de que Kathryn Dance la invitara a ir a Monterrey para ayudarles.

Vuelve, Rebecca, pensó.

No, no vuelvas.

—Creo que no debería haber salido —masculló Linda.

—¿No deberíamos avisar a los guardias?

—¿Para qué? Ya es mayorcita. —Hizo una mueca—. Ella misma lo dice.

Sam contestó:

—Esas cosas que le pasaron con su padre... Es terrible. No tenía ni idea.

Linda siguió leyendo. Luego levantó la vista.

—Quieren matarlo, ¿sabes?

—¿Qué?

—A Daniel. No van a darle una oportunidad.

Sam no respondió. Seguía confiando en que Rebecca volviera, y en lo contrario.

—Puede salvarse —prosiguió Linda con voz acerada—. Aún tiene remedio. Pero quieren cargárselo a tiros en cuanto lo vean. Librarse de él.

Por supuesto que sí, pensó Sam. En cuanto a la cuestión de su posible redención, a su juicio era irredimible.

—Esa Rebecca... No ha cambiado nada —refunfuñó Linda.

—¿Qué estás leyendo? —preguntó Sam.

—Si te digo el capítulo y el versículo, ¿lo sabrás? —respondió Linda.

—No.

—Entonces... —continuó leyendo; después apartó de nuevo la mirada del libro sagrado—. Se equivoca. Rebecca se equivoca en lo que dijo. No era ese... nido de autoengaño.

Sam se quedó callada. *Está bien,* se dijo. *Adelante. Es el momento.*

—Sé que se equivoca en una cosa.

—¿En qué?

Sam exhaló largamente.

—En que no fui un ratón todo el tiempo.

—Ah, eso. No te lo tomes en serio. Yo nunca he dicho que lo fueras.

—Le planté cara una vez. Le dije que no. —Soltó una risa—. Debería hacer imprimir una camiseta: «Le dije que no a Daniel Pell».

Linda apretó los labios. Su intento de bromear cayó a plomo entre ellas.

Sam se acercó al televisor y lo apagó. Se sentó en el sillón, echándose hacia delante.

La voz de Linda sonó cargada de recelo cuando dijo:

—Quieres llegar a alguna parte. Lo noto. Pero no me apetece que vuelvan a vapulearme.

—Es a mí a quien voy a vapulear, no a ti.

—¿Qué?

Respiró hondo un par de veces.

—Esa vez, cuando planté cara a Daniel...

—Sam...

—¿Sabes por qué he venido?

Una mueca.

—Para ayudar a atrapar al malvado fugitivo. Para salvar vidas. Porque te sentías culpable. Porque te apetecía hacer una excursión al campo. No tengo ni idea, Sam. ¿Por qué has venido?

—He venido porque Kathryn me dijo que ibas a estar aquí, y quería verte.

—Has tenido ocho años. ¿Por qué querías verme ahora?

—He pensado más de una vez en buscarte. Una vez estuve a punto. Pero no pude. Necesitaba una excusa, una motivación.

—¿Necesitabas que Daniel escapara de la cárcel para motivarte? ¿De qué va todo esto? —Linda dejó la Biblia sobre la mesa, abierta.

Samantha seguía mirando las notas escritas a lápiz en los márgenes. Eran tupidas como un enjambre de abejas.

—¿Te acuerdas de aquella vez que estuviste en el hospital?

—Claro. —Con voz suave. Miraba fijamente a Sam. Desconfiada.

La primavera anterior al asesinato de los Croyton, Pell le había dicho a Sam que decía en serio lo de retirarse al monte. Pero primero quería aumentar la Familia.

—Quiero un hijo —había anunciado con la crudeza de

un rey medieval empeñado en tener un heredero. Un mes después Linda estaba embarazada.

Y un mes después de eso abortó. Como no tenían seguro, tuvieron que acudir a un ambulatorio del barrio, frecuentado por inmigrantes ilegales y jornaleros. La infección subsiguiente derivó en una histerectomía. Linda estaba destrozada; siempre había querido tener hijos. Le había dicho muchas veces a Sam que estaba hecha para ser madre y que, consciente de lo mal que la habían criado sus padres, sabría cómo cumplir ese papel a la perfección.

—¿A qué viene eso ahora?

Sam cogió una taza llena de té tibio.

—A que no eras tú quien tenía que quedarse embarazada. Se suponía que tenía que ser yo.

—¿Tú?

Sam asintió.

—Acudió a mí primero.

—¿Sí?

Sam notó en los ojos el picor de las lágrimas.

—Pero no tuve valor. No podía tener un hijo suyo. Si lo tenía, me controlaría el resto de mi vida. —No tenía sentido callarse nada, se dijo. Miró la mesa y añadió—: Así que mentí. Le dije que no estabas segura de querer seguir en la Familia. Que desde que estaba Rebecca estabas pensando en marcharte.

—¿Qué?

—Lo sé. —Se enjugó la cara—. Lo siento. Le dije que si te dejaba embarazada te demostraría lo mucho que deseaba que te quedaras.

Linda parpadeó. Miró a su alrededor, recogió el libro sagrado y comenzó a frotar su portada.

Sam prosiguió:

—Y ahora no puedes tener hijos. Yo te los quité. Tuve que elegir entre tú y yo, y opté por mí.

Linda se quedó mirando una mala fotografía colocada en un marco bonito.

—¿Por qué me lo cuentas ahora?

—Por mala conciencia, supongo. Por vergüenza.

—Entonces esta confesión también es por ti, ¿no?

—No, es por nosotras. Por todas nosotras...

—¿Por nosotras?

—De acuerdo, Rebecca es una zorra. —Aquella palabra sonaba extraña viniendo de ella. No recordaba la última vez que la había pronunciado—. No piensa las cosas antes de decirlas. Pero tenía razón, Linda. Ninguna de las tres lleva una vida normal. Rebecca debería tener una galería, haberse casado con un pintor atractivo y estar por ahí recorriendo el mundo. Y en vez de eso va saltando de hombre en hombre, siempre mayores que ella. Ahora sabemos por qué. Y tú deberías tener una vida de verdad, estar casada, haber adoptado niños, un montón de ellos, y mimarlos como una loca. No pasarte la vida en comedores de caridad y ocupándote de niños a los que cuidas dos meses y no vuelves a ver más. Y quizás hasta podrías llamar de vez en cuando a tus padres... No, Linda, la vida que llevas no es rica. Y eres infeliz. Tú sabes que lo eres. Te estás escondiendo detrás de eso. —Señaló la Biblia con la cabeza—. ¿Y yo? —Se rió—. Yo me escondo aún más que tú.

Se levantó y fue a sentarse junto a Linda, que se inclinó para apartarse.

—La fuga, que Daniel volviera a aparecer de esta manera... Es una oportunidad para que arreglemos las cosas. Fíjate, aquí nos tienes. Las tres en una habitación, juntas otra vez. Podemos ayudarnos mutuamente.

—¿Y qué hay del presente?

Sam se enjugó la cara.

—¿Del presente?

—¿Tienes hijos? No nos has dicho nada de tu misteriosa vida.

Ella asintió.

—Tengo un hijo.

—¿Cómo se llama?

—¿Mi...?

—¿Cómo se llama?

Sam titubeó.

—Peter.

—¿Es buen chico?

—Linda...

—Te he preguntado si es un buen chico.

—Linda, tú crees que aquello, lo de la Familia, no fue tan malo. Y tienes razón. Pero no por Daniel. Por nosotras. Nosotras llenamos todas esas lagunas de nuestras vidas de las que hablaba Rebecca. ¡Nos ayudábamos las unas a las otras! Y luego todo se estropeó y volvimos a estar donde habíamos empezado. Pero podemos volver a ayudarnos. Como verdaderas hermanas. —Se inclinó hacia ella y agarró la Biblia—. Tú crees en esto, ¿verdad? Crees que las cosas suceden por un motivo. Pues yo creo que estábamos destinadas a volver a encontrarnos. Para darnos la oportunidad de arreglar nuestras vidas.

—A mi vida no le pasa absolutamente nada —contestó Linda con firmeza, apartando la Biblia de los dedos temblorosos de Sam—. Ocúpate de la tuya todo lo que quieras.

Daniel Pell aparcó el Camry en un descampado desierto de la carretera uno, cerca del parque natural de la playa del río Carmel, junto a un cartel que avisaba de los peligros de la marejada en aquella zona. Estaba solo en el coche.

Sintió un soplo del perfume de Jennie.

Se guardó la pistola en un bolsillo del impermeable y salió del coche.

Ese perfume otra vez.

Al ver que tenía sangre de Jennie Marston en el borde de las uñas, se escupió en los dedos y se los limpió, pero no consiguió quitar del todo la mancha encarnada.

Recorrió con la mirada los prados, las arboledas de cipreses, pinos y robles y las escarpadas formaciones de granito y carmelo, una roca sedimentaria autóctona. En el océano gris nadaban y jugaban leones marinos, focas y nutrias. Media docena de pelícanos sobrevolaban en formación perfecta su turbulenta superficie, y dos gaviotas se disputaban implacables un jirón de comida que las olas habían arrojado a la playa.

Pell avanzó cabizbajo hacia el sur, por entre la densa arboleda. Había un sendero allí cerca, pero no se atrevió a tomarlo, a pesar de que el parque parecía desierto. No podía arriesgarse a que lo vieran dirigirse a su destino: el hotel Point Lobos Inn.

Había cesado la lluvia, pero el cielo seguía muy nublado y parecía probable que volviera a llover. El aire frío estaba cargado de olor a pinos y eucaliptos. Tardó diez minutos en llegar a la docena de cabañas del hotel. Agachado, dio un rodeo hasta la parte de atrás y siguió adelante, deteniéndose de vez en cuando para orientarse y localizar a la policía. Se quedó inmóvil, con el arma en la mano, cuando vio que un ayudante del *sheriff* se acercaba, echaba un vistazo a la zona y regresaba luego a la parte delantera de la cabaña.

Tranquilo, se dijo. *No es momento para descuidos. Tómate tu tiempo.*

Caminó cinco minutos por el bosque fragante y neblinoso. A unos cien metros de distancia, oculto desde las cabañas y a ojos del ayudante del representante de la ley, había un pequeño claro y, en él, un refugio. Había alguien sentado a una mesa de picnic, bajo él.

A Pell le dio un extraño vuelco el corazón.

La mujer estaba contemplando el océano. Sostenía un cuaderno y estaba dibujando. Fuera lo que fuese lo que pintaba, Pell sabía que sería bueno. Rebecca Sheffield tenía talento. Recordaba cómo se conocieron un día fresco y despejado, junto a la playa. Ella levantó la vista, achicando los ojos, desde la sillita en la que estaba sentada delante de su caballete, cerca de donde la Familia había montado un puesto en el mercadillo.

—*Oye, ¿te apetece que te haga un retrato?*

—*Sí, me gustaría. ¿Cuánto cuesta?*

—*Seguro que puedes permitírtelo. Siéntate.*

Pell miró a su alrededor una vez más y al no ver a nadie se dirigió a la mujer, que, completamente concentrada en el paisaje y el movimiento de su lápiz, no parecía haber notado su presencia.

Acortó rápidamente la distancia, hasta que estuvo justo tras ella. Entonces se detuvo.

—Hola —susurró.

Ella sofocó un grito de sorpresa, dejó caer el cuaderno y se levantó, girándose bruscamente.

—Dios mío. —Un momento de silencio.

Después, al acercarse a él, su rostro se distendió en una sonrisa. El viento los sacudía con fuerza y estuvo a punto de llevarse sus palabras.

—Joder, cuánto te he echado de menos.

—Ven aquí, preciosa —dijo Pell, y la atrajo hacia sí.

46

Se habían adentrado en la arboleda para que nadie pudiera verlos desde el motel.

—Saben lo de Jennie —dijo Rebecca.

—Lo sé. Lo vi en la tele. —Hizo una mueca—. Se dejó algo en la habitación. Dieron con su pista.

—¿Y?

Se encogió de hombros.

—No va a ser un problema. —Se miró la sangre de las uñas. Besó otra vez a Rebecca, no podía evitar recordar que era la más ardiente de las chicas de la Familia. Dentro de él comenzó a hincharse la burbuja. Susurró—: No sé qué habría pasado si no hubieras llamado, preciosa.

Había dejado un mensaje en el contestador de casa de Rebecca, dándole el nombre del Sea View Motel. La llamada que había recibido en el motel, supuestamente del servicio de limpieza, era en realidad de ella para avisarle, en un murmullo frenético, que la policía iba de camino hacia allí: Dance había preguntado si las otras y ella estarían dispuestas a echar una mano, en caso de que Pell tomara rehenes. No quería que Jennie se enterara aún de lo de Rebecca; por eso se había sacado de la manga lo del servicio de limpieza.

—Ha sido una suerte —dijo ella, apartando la capa de neblina que cubría su cara.

Pell pensó que estaba bastante guapa. Jennie no se portaba mal en la cama, pero era menos estimulante. Rebecca, en cambio, podía mantenerte en marcha toda la noche. Jennie necesitaba el sexo como refuerzo. Rebecca lo necesitaba, sencillamente. Sintió que algo se retorcía dentro de sí, que la burbuja se expandía.

—¿Qué tal están aguantando mis chicas la presión?

—No paran de discutir y me están volviendo loca, joder. Es como si no hubiera pasado ni un solo día. Igual que hace ocho años. Sólo que ahora Linda no suelta la Biblia y Sam ya no es Sam. Se cambió el nombre. Y, además, tiene tetas.

—¿Y de verdad están ayudando a la policía?

—Ya lo creo. He hecho todo lo que he podido por despistarles. Pero no se me podía notar mucho.

—¿Y no sospechan nada de ti?

—No.

Pell volvió a besarla.

—Eres la mejor, nena. Si estoy libre, es sólo por ti.

Jennie Marston había sido solamente un peón; era Rebecca quien había planeado toda la fuga. Después de que rechazaran su recurso de apelación, Pell había empezado a pensar en fugarse. En Capitola se las arregló para que lo dejaran hablar por teléfono sin supervisión y habló con Rebecca. Ella llevaba algún tiempo pensando en cómo sacarlo de allí. Pero la oportunidad no se había presentado hasta hacía poco, cuando Rebecca le dijo que se le había ocurrido una idea.

Tras leer algo sobre el asesinato sin resolver de Robert Herron, había decidido convertir a Pell en el principal sospechoso del caso para que fuera trasladado a una cárcel con escasas medidas de seguridad en el momento de la imputación y el juicio. Había encontrado un martillo viejo, que tenía de los tiempos de la Familia en Seaside, y lo había metido a escondidas en el garaje de su tía en Bakersfield.

Pell había buscado entre las cartas de sus admiradores un candidato que estuviera dispuesto a ayudarles. Se había decantado por Jennie Marston, una chica del sur de California que sufría el síndrome del culto al malo. Parecía maravillosamente desesperada y vulnerable. Como él tenía acceso limitado a los ordenadores, Rebecca había abierto una dirección de correo electrónico imposible de rastrear y se había hecho pasar por Pell para ganarse el corazón de Jennie y poner en marcha su plan. Si la habían elegido era, entre otros motivos, porque vivía sólo a una hora de Rebecca, que de ese modo podía vigilarla y averiguar pormenores de su vida con los que fingir que Pell y ella compartían una especie de vínculo espiritual.

Te pareces tanto a mí, cariño, es como si fuéramos dos caras de la misma moneda...

Su amor por los colibríes y los cardenales, por el color verde, por la comida mexicana, tan reconfortante... En este mundo mezquino, no hace falta gran cosa para hacer de alguien como Jennie Marston tu alma gemela.

Por último, haciéndose pasar por Pell, Rebecca la había convencido de que era inocente del asesinato de los Croyton y de que lo ayudara a fugarse. La idea de las bombas de gasolina se le había ocurrido a Rebecca, después de vigilar los juzgados de Salinas y enterarse de los horarios de entregas de la empresa de mensajería. Procedió entonces a mandar las instrucciones a Jennie: robar el martillo, fabricar la cartera falsa y colocar ambas cosas en Salinas. Después le explicó cómo fabricar la bomba incendiaria y dónde comprar la bolsa y el traje ignífugos. Se mantuvo en contacto con Jennie vía correo electrónico y, cuando todo parecía estar en orden, colgó el mensaje en el foro de *Homicidio* avisando de que estaba todo listo.

—Cuando he llamado, era Sam, ¿no? —preguntó Pell ahora.

Era él quien, media hora antes, había llamado simulando ser el guardia. Había quedado con Rebecca en que pediría a quien contestara, si no era ella, que comprobara que las ventanas estaban bien cerradas. Ello querría decir que llegaría pronto y que ella tenía que salir e ir a esperarlo al refugio.

—No se dio cuenta. La pobre sigue siendo un ratoncillo. No se entera de nada.

—Quiero salir de aquí cuanto antes, preciosa. ¿Cuánto queda?

—No falta mucho ya.

—Tengo su dirección —dijo Pell—. La de Kathryn.

—Ah, una cosa que conviene que sepas. Sus hijos no están en casa. No me ha dicho dónde están, pero he encontrado un Stuart Dance en la guía. Seguramente su padre, o su hermano. Imagino que están allí. Y hay un policía escoltándolos. No tiene marido.

—Es viuda, ¿verdad?

—¿Cómo lo sabes?

—Lo sé. ¿Qué edad tienen los críos?

—No lo sé. ¿Importa?

—No.

Rebecca se echó hacia atrás y le miró con detenimiento.

—Para ser un extranjero indocumentado estás guapísimo. En serio.

La rodeó con los brazos. La cercanía de su cuerpo, bañado en un aire que olía a pinos y a densa vegetación marítima, avivó su ya potente excitación. Deslizó la mano hasta sus riñones. Aumentó la presión. La besó con ansia, introduciéndole la lengua en la boca.

—Daniel... Ahora no. Tengo que volver.

Pero Pell apenas la oía. La condujo hacia el interior del bosque, puso las manos sobre sus hombros y empujó hacia abajo. Ella levantó un dedo. Luego dejó su cuaderno sobre el suelo húmedo, la tapa de cartón hacia abajo. Se arrodilló sobre él.

—Les extrañaría que tuviera las rodillas mojadas.

Comenzó a bajarle la cremallera de los pantalones.

Así era Rebecca, se dijo Pell. *Siempre pensando.*

Michael O'Neil llamó por fin.

Dance se alegró de oír su voz, a pesar de que habló en un tono puramente profesional y ella comprendió que no quería hablar de su discusión. Notaba que seguía enfadado. Lo cual era raro en él. Le molestaba, pero dadas las novedades que él le contó, no había tiempo para detenerse a pensar en sus rencillas.

—Me han llamado de la Patrulla de Caminos —dijo O'Neil—. Unos excursionistas han encontrado un bolso y algunos efectos personales en una playa, a medio camino de Big Sur. Son de Jennie Marston. El cuerpo no ha aparecido aún, pero había un montón de sangre en la arena. Y sangre, pelos y restos de piel en una piedra que ha encontrado el equipo de inspección forense. La piedra tiene las huellas de Pell. Hay dos lanchas de la Guardia Costera buscando. El bolso no contenía nada útil. La documentación y unas tarjetas de crédito. Si era ahí donde guardaba lo que quedara de los nueve mil doscientos dólares, Pell se lo ha quedado.

La ha matado...

La agente cerró los ojos. Pell había sabido al ver la fotografía de la chica en televisión que la habían identificado. Que Jennie Marston se había convertido en un estorbo para él.

Un segundo sospechoso multiplica exponencialmente las posibilidades de localización y arresto...

—Lo siento —dijo O'Neil. Sabía lo que estaba pensando Kathryn: que nunca habría imaginado que publicar la fotografía de la mujer fuera a dar como resultado su asesinato.

Creía que sería un modo más de ayudar a encontrar a ese canalla.

—Fue lo más acertado. Teníamos que hacerlo —dijo el detective.

«*Teníamos*», observó Dance. *No «teníais», como habría dicho Overby.*

—¿Cuándo ha sido?

—El equipo forense calcula que hará una hora. Estamos mirando por la uno y las carreteras que la cruzan, pero no hay testigos.

—Gracias, Michael.

No dijo nada más. Esperó a que él agregara algo, que hiciera algún comentario sobre su discusión anterior, alguna cosa sobre Kellogg. No importaba lo que fuera, sólo unas palabras que le dieran la oportunidad de sacar el tema a relucir. Pero O'Neil se limitó a decir:

—Estoy preparando la ceremonia en recuerdo de Juan. Te avisaré cuando sepa los detalles.

—Gracias.

—Adiós.

Clic.

Dance llamó a Kellogg y a Overby para darles la noticia. Su jefe dudaba de si era buena o mala. Otra persona había muerto estando él al mando, pero al menos era del otro bando. En general, suponía, la prensa y la opinión pública recibiría la noticia como un tanto a favor de los buenos.

—¿No crees, Kathryn?

Pero la agente no tuvo ocasión de formular una respuesta. Justo en ese momento la llamaron de recepción por el intercomunicador para anunciarle que había llegado Theresa Croyton, la Muñeca Dormida.

La chica no era como esperaba Kathryn Dance.

Vestida con un chándal amplio, Theresa Croyton era alta y delgada y tenía una larga melena castaña que le llegaba hasta la mitad de la espalda. Su cabello tenía una pátina rojiza. Llevaba cuatro bolitas metálicas en la oreja izquierda, cinco en la otra, y la mayoría de los dedos ceñidos con anillos de plata. Su cara, desprovista de maquillaje, era fina, bonita y pálida.

Morton Nagle la hizo pasar al despacho junto a su tía, una mujer recia, de cabello corto y gris. Mary Bolling se mostraba seria y cautelosa: saltaba a la vista que aquél era el último lugar del mundo donde deseaba estar. Se estrecharon las manos, cambiaron un saludo. La chica parecía espontánea y simpática, aunque un poco nerviosa; su tía, en cambio, estaba rígida.

Nagle querría quedarse, claro: hablar con la Muñeca Dormida era ya su objetivo antes de que Pell se fugara de la cárcel. Pero al parecer habían llegado a algún tipo de acuerdo, y el escritor se mantendría en segundo plano, de momento. Así que dijo que estaría en casa, por si lo necesitaban.

Dance le dio las gracias de todo corazón.

—Adiós, señor Nagle —dijo Theresa.

Él inclinó la cabeza para despedirse de ambas: de la adolescente y de la mujer que había disparado contra él, y que de buena gana, de haber tenido la ocasión, habría vuelto a hacerlo. Soltó una de sus risas, se tiró de los pantalones holgados y se marchó.

—Gracias por venir. ¿Te llaman «Theresa»?

—«Tare», casi siempre.

La agente se dirigió a su tía:

—¿Le importa que hable con su sobrina a solas?

—Por mí no hay problema —contestó la chica.

Su tía titubeó.

—No hay problema —repitió Theresa con más firmeza. Un conato de exasperación. Los jóvenes, como los músicos con sus instrumentos, pueden extraer de sus voces una infinita variedad de sonidos.

Kathryn había reservado una habitación en un motel cercano a la sede del CBI, sirviéndose de uno de los nombres ficticios que usaba a veces para los testigos.

TJ acompañó a la tía al despacho de Albert Stemple, que la acompañaría al motel y esperaría con ella.

Cuando estuvieron solas, Dance rodeó la mesa y cerró la puerta del despacho. Ignoraba si la chica tenía recuerdos escondidos que pudieran serles útiles, datos que pudieran conducirles hasta Pell. Pero iba a intentar averiguarlo. Sería difícil, en cualquier caso. A pesar del fuerte carácter de la joven y del arrojo que había demostrado al presentarse allí, haría lo que cualquier chica de diecisiete años: levantar barreras subconscientes para defenderse de recuerdos angustiosos.

Kathryn no obtendría nada de ella hasta que bajara esas barreras. La agente no practicaba la hipnosis clásica en sus interrogatorios y entrevistas. Sabía, no obstante, que cuando un sujeto estaba relajado y no prestaba atención a estímulos externos podía recordar acontecimientos que de otro modo no aflorarían. Condujo a Theresa al cómodo sofá y apagó la fuerte luz del techo, dejando encendido únicamente el flexo amarillo de su mesa.

—¿Estás cómoda?

—Sí, claro. —Seguía con las manos entrelazadas con fuerza y los hombros erguidos y sonreía a Dance con los labios tensos. Estrés, observó la agente—. Ese hombre, el señor Nagle, me ha dicho que quería preguntarme por lo que ocurrió la noche en que fueron asesinados mis padres y mis dos hermanos.

—Así es. Sé que en ese momento estabas dormida, pero...

—¿Qué?

—Sé que estabas dormida cuando se cometieron los asesinatos.

—¿Quién le ha dicho eso?

—Bueno, las noticias de prensa, la policía...

—No, no. Estaba despierta.

Kathryn pestañeó, sorprendida.

—¿Estabas despierta?

La chica puso aún mayor cara de sorpresa.

—Pues sí. Creía que por eso quería verme.

47

—Adelante, Tare.

Dance sintió que su corazón latía velozmente. ¿Sería aquélla la antesala de una pista pasada olvidada que podía desvelarles las intenciones de Daniel Pell en Monterrey?

La chica se tiró del lóbulo de la oreja en la que llevaba cinco pendientes y levantó ligeramente la puntera del pie, señal de que estaba curvando los dedos.

Estrés...

—Estuve un rato dormida, sí. No me encontraba bien. Pero luego me desperté. Tuve un sueño. No recuerdo qué era, pero creo que me dio miedo. Me desperté con un ruido, como un gemido. ¿Sabe lo que le digo?

—Claro.

—O un grito. Sólo que... —Su voz se apagó. Estaba otra vez apretándose la oreja.

—¿Sólo que no estás segura de que fueras tú quien hacía ese ruido? ¿Pudo ser otra persona?

La chica tragó saliva. Estaba pensando que tal vez ese ruido procedía de algún miembro agonizante de su familia.

—Sí.

—¿Recuerdas a qué hora fue? —Dance recordaba que, según las estimaciones del forense, las muertes se habían producido entre las seis y media y las ocho de la tarde.

Pero Theresa no se acordaba con seguridad. Suponía que debían de ser cerca de las siete.

—¿Te quedaste en la cama?

—Ajá.

—¿Oíste algo después de eso?

—Sí, voces. No las oía muy bien. Estaba aturdida, ¿sabe?, pero tengo claro que las oí.

—¿De quienes?

—No lo sé, voces de hombres. Pero no eran mi padre, ni mi hermano. De eso me acuerdo.

—Tare, ¿le contaste esto a alguien en aquel momento?

La chica asintió con la cabeza.

—Sí. Pero no le interesó a nadie.

¿Cómo era posible que Reynolds lo hubiera pasado por alto?

—Bueno, cuéntamelo a mí. ¿Qué oíste?

—Sólo fueron un par de cosas. Primero oí que alguien hablaba de dinero. Cuatrocientos dólares. Lo recuerdo exactamente.

Pell llevaba encima más de cuatrocientos dólares cuando fue detenido. Tal vez Newberg y él estaban registrando la cartera de Croyton y comentando cuánto dinero había dentro. ¿O había dicho en realidad «cuatrocientos mil»?

—¿Qué más?

—Bueno, luego alguien, otro hombre, dijo algo sobre Canadá. Y otro hizo una pregunta. Sobre Québec.

—¿Y cuál era la pregunta?

—Sólo quería saber qué era Québec.

¿Alguien que no sabía lo que era Québec? Dance se preguntó si sería Newberg: las mujeres le habían dicho que, aunque era un genio de la carpintería, la electrónica y los ordenadores, estaba bastante tocado en otros sentidos gracias a las drogas.

Así pues había un vínculo con Canadá. ¿Era allí donde

quería escapar Pell? Esa frontera era mucho más fácil de atravesar que la del sur. Y además había montañas a montones.

Kathryn sonrió y se inclinó hacia delante.

—Continúa, Tare. Lo estás haciendo muy bien.

—Después —prosiguió Theresa— uno se puso a hablar de coches de segunda mano. Era otro hombre. Tenía la voz grave y hablaba muy deprisa.

Los establecimientos de venta de coches de segunda mano eran lugares muy propicios para el blanqueo de dinero. O quizás estuvieran hablando de conseguir un coche para huir. Y no estaban sólo Pell y Newberg. Había alguien más allí. Una tercera persona.

—¿Tu padre tenía negocios en Canadá?

—No lo sé. Viajaba mucho. Pero creo que nunca habló de Canadá. Nunca he entendido por qué la policía no me preguntó más en aquel momento. Pero como Pell estaba en la cárcel, no importaba. En cambio, ahora que está libre... Desde que el señor Nagle me dijo que necesitaba usted ayuda para encontrar a ese asesino, no he parado de pensar en lo que oí, intentando entenderlo. Quizás usted lo descubra.

—Ojalá pueda. ¿Algo más?

—No, creo que fue entonces más o menos cuando volví a quedarme dormida. Lo siguiente de lo que me acuerdo es... —Tragó saliva—. De esa mujer con uniforme. Una policía. Hizo que me vistiera y... y ya está.

Cuatrocientos dólares, se dijo Dance. Coches de segunda mano y una provincia del Canadá francés.

Y un tercer hombre.

¿Pensaba dirigirse Pell hacia el norte ahora? Como mínimo, tendría que llamar a Inmigración y a Seguridad Nacional para que vigilaran los pasos de la frontera del norte.

La agente lo intentó de nuevo, llevó a la chica de la mano por lo sucedido esa noche espantosa. Pero sus esfuerzos fueron inútiles. Theresa no sabía nada más.

Cuatrocientos dólares. Canadá. ¿Qué es Québec? Coches de segunda mano. ¿Se hallaba allí la clave de la conspiración de Daniel Pell?

Kathryn se hizo entonces una reflexión que, curiosamente, concernía a su propia familia: a sí misma, a Wes y a Maggie. Se le ocurrió una idea. Repasó mentalmente los datos de la matanza. Imposible. La teoría, sin embargo, le parecía cada vez más probable, por más que le desagradara la conclusión.

—Tare —dijo a regañadientes—, ¿dices que eso fue alrededor de las siete?

—Sí, puede ser.

—¿Dónde cenaba tu familia?

—¿Que dónde? En el cuarto de estar, casi siempre. Estaba prohibido cenar en el comedor. Era para las comidas, ya sabe, más formales.

—¿Veíais la tele mientras cenabais?

—Sí, un montón. Mis hermanos y yo, por lo menos.

—¿Y el cuarto de estar estaba cerca de tu habitación?

—Nada más bajar las escaleras. ¿Cómo lo sabe?

—¿Alguna vez veíais programas de concursos?

La chica arrugó el ceño.

—Sí.

—Tare, me estaba preguntando si las voces que oíste no podían ser de uno de esos programas de preguntas y respuestas. Quizás alguien escogió una pregunta de geografía por cuatrocientos dólares. Y la respuesta era «la provincia francófona de Canadá». La pregunta sería «¿Qué es Québec?».

Theresa se quedó callada, con los ojos fijos.

—No —dijo con firmeza, meneando la cabeza—. No, no fue eso. Estoy segura.

—Y la voz que hablaba de un concesionario de coches... ¿No podía ser un anuncio? Alguien que hablaba rápido y con voz grave. Como hacen en los anuncios de coches.

La chica se sonrojó, consternada primero y luego furiosa.

—¡No!

—Pero ¿podría ser? —preguntó Dance suavemente.

Theresa cerró los ojos.

—No —susurró. Y luego añadió—: No lo sé.

Por eso Reynolds no había tirado del hilo. Él también había comprendido que estaba hablando de un programa de televisión.

Theresa echó los hombros hacia delante, los dejó caer como si se desplomaran sobre sí mismos. Fue un movimiento muy sutil, pero Kathryn observó claramente aquella señal kinésica de dolor y derrota. La chica estaba convencida de recordar algo que podía ayudar a encontrar al hombre que había asesinado a su familia. De pronto se daba cuenta de que su temerario viaje hasta allí, su forma de desafiar a su tía, todos sus esfuerzos no habían servido para nada. Estaba abatida.

—Lo siento. —Sus ojos se llenaron de lágrimas.

Kathryn Dance sonrió.

—No te preocupes, Tare. No tiene importancia. —Le dio un pañuelo de papel.

—¿Que no tiene importancia? ¡Es horrible! Tenía tantas ganas de ayudar...

Otra sonrisa.

—Bueno, Tare, esto sólo es el precalentamiento, créeme.

Dance solía contar en sus seminarios la anécdota del urbanita que llegó a un pueblecito y pidió indicaciones a un granjero. El forastero miró al perro sentado a los pies del granjero y preguntó:

—¿Muerde su perro?

El granjero contestó que no y, cuando el forastero se agachó para hacerle una caricia, el perro le mordió. El hombre se apartó de un salto y exclamó enfadado:

—¡Me dijo que no mordía!

—El mío, no —contestó el granjero—. Pero es que éste no es mío.

El arte de entrevistar no consiste únicamente en analizar las respuestas, los gestos y actitudes del interlocutor, sino también en formular las preguntas correctas.

La policía y la prensa ya se habían encargado de documentar los hechos relativos a la matanza de los Croyton y a los momentos posteriores al asesinato. Así pues, Kathryn Dance decidió preguntar acerca del único lapso de tiempo por el que al parecer nadie se había interesado: las horas que precedieron a los asesinatos.

—Tare, quiero saber qué pasó antes.

—¿Antes?

—Claro. Empecemos por lo que pasó ese día por la mañana.

Theresa arrugó el entrecejo.

—Eh, no me acuerdo de gran cosa. Lo que pasó por la noche como que borró todo lo demás.

—Inténtalo. Haz un esfuerzo por recordar. Era mayo. Tú ibas todavía al colegio, ¿verdad?

—Sí.

—¿Qué día de la semana era?

—Eh... Era viernes.

—Eso lo has recordado enseguida.

—Bueno, porque muchos viernes mi padre nos llevaba a pasear a mis hermanos y a mí. Ese día íbamos a ir a la feria de Santa Cruz. Sólo que todo se estropeó porque me puse enferma. —Theresa hizo un esfuerzo por recordar, frotándose los ojos—. Íbamos a ir mis hermanos, Brenda y Steve, y yo, y mi madre iba a quedarse en casa porque el sábado tenía una gala benéfica o no sé qué y tenía cosas que hacer.

—Pero ¿cambiaron los planes?

—Sí. Ya íbamos para allá, pero... —Bajó la mirada—. Me puse mala. En el coche. Así que dimos la vuelta y volvimos a casa.

—¿Qué te pasó? ¿Un resfriado?

—Una gastroenteritis. —Theresa hizo una mueca y se tocó el vientre.

—Vaya, son odiosas.

—Sí, un asco.

—¿Y a qué hora volvisteis a casa, más o menos?

—A las cinco y media, quizá.

—Y te fuiste derecha a la cama.

—Sí, eso es. —Miró el árbol retorcido a través de la ventana.

—Y luego te despertaste oyendo ese programa de televisión.

La chica dio vueltas con un dedo a un mechón de su cabello castaño rojizo.

—Québec. —Hizo una mueca risueña.

Kathryn se detuvo entonces. Se daba cuenta de que debía tomar una decisión importante.

Porque no cabía duda de que Theresa estaba mintiendo.

Cuando habían estado charlando y cuando, más tarde, habían hablado de lo que había oído en el cuarto de la tele, su conducta kinésica había sido franca y relajada, aunque mostraba signos evidentes de estrés general: cualquiera que hablaba con una agente de policía como parte de una investigación experimentaba estrés, aunque fuera una víctima inocente.

Pero al empezar a hablar de la excursión al paseo marítimo de Santa Cruz había comenzado a titubear, a taparse partes de la cara y la oreja (gestos de negación) y a mirar por la ventana, otra señal evidente de rechazo. Aunque intentaba parecer tranquila y relajada, dejaba traslucir el estrés que experimentaba meneando el pie. Dance observó los signos recurrentes del estrés y el engaño y llegó a la conclusión de que la chica se hallaba en la fase de negación.

Todo lo que le estaba contando Theresa coincidía, en principio, con datos que Kathryn podía verificar. Pero el engaño no sólo se compone de mentiras descaradas, sino también de maniobras de evasión y omisiones. Había cosas que la joven se estaba callando.

—Tare, en el viaje pasó algo preocupante, ¿verdad?

—¿Preocupante? No. De verdad. Se lo juro.

Una jugada triple: dos expresiones que indicaban autoengaño, y una pregunta en contestación a otra. La chica parecía acalorada de pronto y su pie volvía a oscilar arriba y abajo: un cúmulo evidente de respuestas al estrés.

—Anda, cuéntamelo. No pasa nada. No tienes nada de qué preocuparte. Cuéntamelo.

—Bueno, ya sabe. Mis padres y mis hermanos... fueron asesinados. ¿A quién no le alteraría algo así? —Hablaba ahora con un asomo de enfado.

Dance asintió, comprensiva.

—Me refería a lo que ocurrió antes de eso. Salisteis de Carmel, ibais hacia Santa Cruz. Tú no te encontrabas bien. Volvisteis a casa. Aparte de estar enferma, ¿pasó algo en el trayecto que te molestara?

—No sé. No me acuerdo.

Esa frase, viniendo de una persona en fase de negación, significa: «Me acuerdo perfectamente, pero no quiero pensar en ello. Es un recuerdo demasiado doloroso».

—Ibais en el coche y...

—Yo... —comenzó Theresa, pero se quedó callada. Bajó la cabeza, la apoyó en las manos y se echó a llorar. Un torrente de lágrimas con banda sonora: la de sus sollozos ahogados.

—Tare.—La agente se levantó y le pasó un paquete de pañuelos de papel mientras la chica lloraba a lágrima viva, aunque en voz baja, sollozando como si tuviera hipo—. No pasa nada —dijo la agente en tono compasivo, agarrándola del brazo—. Pasara lo que pasase, ya no importa. No te preocupes.

—Yo...

La chica estaba paralizada. Dance notaba que estaba intentando tomar una decisión. ¿Por qué se decantaría?, se preguntaba. O lo soltaba todo o se cerraba en banda, en cuyo caso la entrevista se habría acabado.

Por fin dijo:

—Ay, quería decírselo a alguien. Pero no podía. Ni a los psicólogos, ni a mis amigas, ni a mi tía... —Más sollozos. El pecho hundido, la barbilla gacha, las manos en el regazo cuando no secando su cara. Síntomas kinésicos de manual que indicaban que Theresa Croyton había entrado en la fase de aceptación de la respuesta emocional. La terrible carga que había soportado todo ese tiempo iba por fin a salir a la luz. Estaba a punto de confesar.

—Es culpa mía. ¡Es culpa mía que estén muertos!

Apretó la cabeza contra el respaldo del sofá. Tenía la cara colorada, los tendones tiesos, la parte delantera de la sudadera manchada de lágrimas.

—Brenda y Steve, papá y mamá... ¡Todo por mi culpa!

—¿Porque te pusiste enferma?

—¡No! ¡Porque fingí estar enferma!

—Cuéntamelo.

—No quería ir a la feria. No soportaba ir, ¡lo odiaba! Y sólo se me ocurrió fingir que estaba enferma. Me acordé de esas modelos que se meten los dedos en la garganta para vomitar y no engordar. Y lo hice cuando íbamos en el coche, sin que nadie me viera. Vomité en el asiento de atrás y dije que tenía la gripe. Fue un asco y todos se enfadaron, pero mi padre dio media vuelta y volvimos a casa.

Así que era eso. La pobre chica estaba convencida de que era culpa suya que su familia hubiera sido asesinada porque había mentido. Llevaba ocho años viviendo con aquella espantosa carga.

Una verdad había salido a la luz. Pero quedaba al menos otra por desenterrar. Y Kathryn Dance quería que también aflorara.

—Cuéntame, Tare. ¿Por qué no querías ir al paseo marítimo?

—Porque no. No era nada divertido.

Confesar una mentira no conlleva automáticamente la confesión de otras. La chica había vuelto a caer en la fase de negación.

—¿Por qué? A mí puedes decírmelo. Vamos.

—No lo sé. Pero no me lo pasaba bien.

—¿Por qué no?

—Pues porque mi padre estaba siempre ocupado. Así que nos daba dinero, nos decía que luego nos recogía y se iba a llamar por teléfono y esas cosas. Era muy aburrido.

Movía de nuevo el pie y apretaba los pendientes de su oreja derecha compulsivamente: primero el de arriba, luego el de abajo; después, el del centro. El estrés la estaba consumiendo por dentro.

Pero no eran únicamente los indicios kinésicos los que hacían intuir a Dance que Theresa estaba mintiendo. Los niños, incluso los adolescentes de diecisiete años y que van al instituto, suelen ser difíciles de analizar desde un punto de vista kinésico. La mayoría de los entrevistadores practican un análisis basado en el contenido y juzgan su sinceridad o su falta de ella por lo que dicen, no por cómo lo dicen.

Lo que le estaba contando Theresa no tenía sentido: no cuadraba ni con la historia que le estaba contando, ni con el conocimiento que Kathryn tenía de los niños en general y del lugar en cuestión. A Wes y a Maggie, por ejemplo, les encantaba el paseo marítimo de Santa Cruz, y no habrían desaprovechado la oportunidad de pasar unas horas en él sin supervisión y con el bolsillo lleno. Había cientos de cosas que podían hacer: atracciones, comida, música, juegos.

Dance advirtió además otra contradicción: ¿por qué no había dicho simplemente que quería quedarse en casa con su madre antes de marcharse ese viernes y había dejado que sus hermanos y su padre se fueran sin ella? Era como si tampoco quisiera que ellos fueran a Santa Cruz.

La agente sopesó aquella idea un momento.

De A a B...

—Tare, has dicho que tu padre trabajaba y que llamaba por teléfono cuando ibas con tus hermanos a las atracciones.

Ella bajó la mirada.

—Sí, supongo.

—¿Adónde iba a hacer esas llamadas?

—No lo sé. Tenía un móvil. En aquella época no había mucha gente que tuviera móvil. Pero él sí.

—¿Alguna vez se encontró con alguien allí?

—No lo sé. Puede.

—Tare, ¿quiénes eran esas otras personas? Ésas con las que estaba.

Se encogió de hombros.

—¿Eran mujeres?

—No.

—¿Estás segura?

Theresa se quedó callada. Miraba a todas partes, menos a Dance. Por fin dijo:

—Puede ser. Sí, algunas.

—¿Y crees que eran amigas suyas?

Un gesto de asentimiento. Lágrimas otra vez.

—Además... —comenzó a decir entre dientes.

—¿Qué, Tare?

—Decía que, cuando llegáramos a casa, si mi madre preguntaba, teníamos que decirle que había estado con nosotros. —Tenía la cara colorada.

Kathryn recordó que Reynolds le había insinuado que Croyton era un mujeriego.

Una risa amarga se escapó de los labios trémulos de Theresa.

—Yo lo vi. Brenda y yo teníamos que quedarnos en el paseo marítimo, pero fuimos a una heladería que hay cruzando la calle. Y lo vi. Una mujer se montó en su coche y él la besó. Y no fue la única. Otro día lo vi con otra, entrando en su apartamento o en su casa, junto a la playa. Por eso yo no quería que fuera. Quería que mi padre volviera a casa y que estuviera con mamá y con nosotros. Que no estuviera con nadie más. —Se secó la cara—. Así que mentí —afirmó con sencillez—. Fingí que estaba enferma.

De modo que Croyton se encontraba con sus amantes en Santa Cruz, llevaba consigo a sus hijos para disipar las sospechas de su esposa y los abandonaba allí hasta que su amante y él habían acabado.

—Y mataron a mi familia. Fue culpa mía.

Dance se inclinó hacia delante y dijo en voz baja, compasivamente:

—No, Tare. No es culpa tuya, nada de eso. Estamos casi seguros de que Daniel Pell tenía planeado matar a tu padre. No fue una casualidad. Si hubiera ido esa noche y no hubierais estado en casa, se habría marchado y habría vuelto cuando estuviera tu padre.

Ella guardó silencio.

—¿Sí?

Kathryn no estaba segura en absoluto. Pero no podía permitir que la chica siguiera llevando sobre sus hombros el peso terrible de su culpa.

—Sí.

Aquel precario consuelo consiguió tranquilizarla.

—Qué absurdo. —Parecía avergonzada—. Es todo tan absurdo... Quería venir a ayudarla a atraparlo. Y lo único que he hecho ha sido comportarme como un bebé.

—Bueno, lo estamos haciendo bastante bien —contestó Dance con una certeza que era el reflejo de ciertas interesantes ideas que acababa de tener.

—¿Sí?

—Sí. De hecho, se me acaban de ocurrir más preguntas. Espero que estés lista para contestarlas. —Justo en ese momento, su estómago emitió un gruñido peculiar y muy oportuno. Se rieron las dos, y la agente añadió—: Siempre y cuando podamos tomar un par de Frapuccinos y una a dos galletas en un futuro cercano.

Theresa se enjugó los ojos.

—Sí, a mí también me vendrían bien.

Kathryn llamó a Rey Carraneo y le encargó la misión de

ir a comprar un tentempié al Starbucks. Luego llamó a TJ para decirle que se quedara en la oficina: creía que iba a haber un cambio de planes.

De A a B, y de B a X...

48

Con el coche aparcado en la carretera que conducía a la Point Lobos Inn, fuera de la vista de los guardias, Daniel Pell miraba fijamente por entre los cipreses.

—Vamos —masculló.

Y entonces, apenas unos segundos después, allí estaba ella: Rebecca, corría entre los matorrales con su mochila. Subió al coche y lo besó enérgicamente.

Luego se arrellanó en el asiento.

—Vaya mierda de tiempo —comentó, sonrió y volvió a besarlo—. Siento llegar tarde.

—¿No te ha visto nadie?

Rió.

—Me escapé por la ventana. Creen que me he ido a la cama temprano.

Pell puso el coche en marcha y enfilaron la carretera.

Era su última noche en la península de Monterrey y, en cierto modo, su última noche en la Tierra. Más tarde robarían otro coche (un todoterreno o una camioneta) y pondrían rumbo al norte, siguiendo el curso serpenteante de las carreteras del norte de California, cada vez más estrechas y escarpadas, hasta que llegaran a sus tierras en la montaña. Sería el rey de la montaña, el monarca de una nueva Familia. No rendiría cuentas a nadie, nadie se entrometería en su vida. Nadie podría desafiarlo. Una o dos docenas de jóvenes serían arrastrados al lugar por la seducción del Flautista de Hamelín.

El paraíso...

Pero primero su misión allí. Tenía que asegurarse de que su futuro estaba garantizado.

Le pasó a la chica el mapa del condado de Monterrey. Ella desdobló un trozo de papel y leyó la calle y el número mientras estudiaba el mapa.

—No está muy lejos. No creo que tardemos más de quince minutos.

Edie Dance miró por la ventana de la fachada de su casa y observó el coche de policía.

No había duda de que la hacía sentirse mejor, con un asesino suelto en aquella zona, y agradecía que Katie estuviera velando por ellos.

Pero quien ocupaba sus pensamientos no era Daniel Pell, sino Juan Millar.

Estaba cansada, sus viejos huesos se estaban portando mal, y se alegraba de haber decidido no hacer horas extras (siempre las había para cualquier enfermera que quisiera hacerlas). La muerte y los impuestos no eran las únicas dos certezas de esta vida; había una tercera: la necesidad de cuidados médicos, y Edie seguiría trabajando tanto tiempo como deseara, y allí donde deseara. No lograba entender que su marido prefiriera la vida marina a la humana. Las personas eran tan fascinantes... Ayudarlas, reconfortarlas, quitarles el dolor...

Máteme...

Stuart volvería pronto con los niños. Edie quería mucho a sus nietos, claro, pero además disfrutaba sinceramente de su compañía. Sabía lo afortunada que era por que Katie viviera cerca; muchas amigas suyas tenían a sus nietos a cientos, incluso a miles de kilómetros de distancia.

Sí, se alegraba de que Wes y Mags se quedaran con ellos, pero estaría mucho más tranquila cuando volvieran a detener a aquel hombre horrible y lo encarcelaran de nuevo. Siempre le había molestado mucho que Katie formara parte del CBI; a Stu, en cambio, parecía satisfacerle, lo cual la irritaba aún más. Ella, que había trabajado toda su vida, jamás sugeriría a una mujer que abandonara su profesión, pero, Dios mío, ¿andar por ahí llevando pistola y dedicarse a detener a asesinos y a traficantes de drogas?

Jamás lo diría, pero en su fuero interno deseaba que su hija conociera a otro hombre, volviera a casarse y dejara la policía. Le había ido muy bien como asesora en la elección de jurados. ¿Por qué no retomarlo? Y Martine Christensen y ella tenían una página web maravillosa que hasta generaba algún dinero. Si se dedicaban a ella a tiempo completo, podían tener mucho éxito.

Edie había querido mucho a su yerno. Bill Swenson era un hombre entrañable, divertido, un padre fantástico. Y el accidente que le había costado la vida había sido una verdadera tragedia. Pero de eso hacía ya varios años. Era hora de que su hija pasara página.

Lástima que Michael O'Neil no estuviera libre; Katie y él eran tal para cual (no entendía qué demonios hacía con aquella diva de Anne, que parecía tratar a sus hijos como si fueran adornos de Navidad y que se preocupaba más por su galería que por su casa).

Claro que Winston Kellogg, el agente del FBI que había ido a la fiesta de Stu, también parecía bastante agradable. Le recordaba a Bill. Y luego estaba Brian Gunderson, con el que Katie había salido últimamente.

Nunca había dudado de la sensatez de su hija a la hora de escoger pareja, pero Katie tenía el mismo problema que ella con su *swing* cuando jugaba al golf: no perseveraba. Y Edie conocía la raíz del problema. Katie le había hablado de Wes, de su oposición a que tuviera pareja. Ella llevaba mucho tiempo dedicada a la enfermería, tanto con niños como con adultos. Había visto lo controladores, lo astutos y manipuladores que pueden ser los hijos, aunque fuera inconscientemente. Su hija tenía que abordar la cuestión. Pero no lo haría, era así de sencillo. Prefería eludir el problema.

El papel de Edie no era, en todo caso, hablar con el chico directamente. Los abuelos disfrutaban de la compañía de los niños sin restricciones, pero a cambio debían renunciar en gran medida al derecho de intervención paternal. Le había dicho a Katie lo que opinaba y su hija había estado de acuerdo con ella, pero al parecer no le había hecho ningún caso. Había roto con Brian y...

La mujer ladeó la cabeza.

Oyó un ruido fuera, en la parte trasera de la casa.

Miró por la ventana delantera para ver si había llegado Stu. No, en el garaje sólo estaba su Prius. Vio que el policía seguía allí.

Luego volvió a oír aquel ruido. Un entrechocar de piedras.

Edie y Stu vivían en la larga colina que bajaba desde el centro de Carmel a la playa. Su patio trasero consistía en una serie de bancales escalonados, cercados con muros de piedra. A veces, cuando se recorría a pie el corto sendero que llevaba al patio trasero de los vecinos, la gravilla que se soltaba se deslizaba por los muros. A eso sonaba aquel ruido.

Se acercó a la terraza trasera, abrió la puerta y salió. No vio a nadie, ni oyó nada. Seguramente habría sido un gato, o un perro. Se suponía que no debían andar sueltos: en Carmel había una normativa muy estricta en cuestión de animales domésticos. Pero el pueblo también era amante de los animales (la actriz Doris Day tenía allí un hotel maravilloso en el que eran bienvenidas las mascotas) y por el vecindario vagaban varios gatos y perros.

Cerró la puerta y, al oír el coche de Stu en el camino de entrada, se olvidó del ruido y se acercó al frigorífico en busca de la merienda de sus nietos.

La entrevista con la Muñeca Dormida había arrojado como resultado una conclusión sorprendente.

De vuelta en su despacho, Dance llamó para preguntar cómo estaban la chica y su tía, ambas encerradas a salvo en el motel y protegidas por un agente del CBI de ciento treinta kilos de peso, sólido como un monolito y provisto de dos potentes armas de fuego. Estaban bien, le informó Albert Stemple, y añadió:

—La chica es simpática. Me cae bien. Pero a la tía puedes quedártela.

Kathryn repasó las notas que había tomado durante la entrevista. Luego volvió a leerlas. Finalmente, llamó a TJ.

—Tu genio te aguarda, jefa.

—Tráeme lo que tenemos hasta ahora sobre Pell.

—¿Todo?, ¿signifique eso lo que signifique?

—Todo.

Estaba revisando las notas de James Reynolds sobre el asesinato de los Croyton cuando, tres o cuatro minutos después, TJ llegó casi sin aliento. Quizá su voz había sonado más perentoria de lo que creía.

Recogió las carpetas y las extendió hasta que cubrieron toda su mesa con una capa de dos centímetros de grosor. En poco tiempo habían acumulado una cantidad de material asombrosa. Comenzó a pasar las páginas.

—¿La chica ha sido de ayuda?

—Sí —contestó distraídamente, con los ojos fijos en una hoja de papel.

TJ hizo otro comentario, pero ella no le estaba prestando atención. Seguía hojeando informes y páginas de notas escritas a mano, y consultando la cronología de Reynolds y el resto de sus trascripciones. Luego volvía a la hoja de papel que sostenía en la mano.

Por fin dijo:

—Tengo una duda informática. Tú sabes mucho de esas cosas. Ve a comprobar esto. —Rodeó con un círculo unas palabras de la hoja.

TJ echó una ojeada.

—¿Qué pasa con esto?

—Me huele a chamusquina.

—Ése no es un término informático con el que esté muy familiarizado. Pero estoy en el caso, jefa. Y nosotros nunca dormimos.

—Tenemos un problema.

Dance se dirigía a Charles Overby, Winston Kellogg y TJ. Estaban en el despacho de Overby, que jugueteaba con una pelota de golf de bronce montada sobre un soporte de madera, como la palanca de marchas de un deportivo. Kathryn deseó que Michael O'Neil estuviera allí.

Entonces soltó la bomba.

—Rebecca Sheffield está colaborando con Pell.

—¿Qué? —balbució Overby.

—Y eso no es todo. Creo que ha estado detrás de la fuga desde el principio.

Su jefe sacudió la cabeza. Su teoría le preocupaba. Sin duda se estaba preguntando si había autorizado algo que no debía.

Winston Kellogg, en cambio, la animó.

—Qué interesante. Continúa.

—Theresa Croyton me contó un par de cosas que me hicieron sospechar. Así que he estado revisando las pruebas que tenemos hasta el momento. ¿Recordáis ese correo que encontramos en el Sea View? Supuestamente Pell se lo mandó a Jennie desde la cárcel. Pero fijaos. —Les mostró una hoja impresa—. En la dirección del correo pone «prisión de Capitola». Pero la extensión es punto com. Si fuera de verdad una dirección del Departamento de Prisiones, pondría «punto. ca.gov».

Kellogg hizo una mueca.

—Claro, hombre. No me había dado cuenta.

—Le he pedido a TJ que compruebe la dirección.

—Es un proveedor de servicios de Denver —explicó el joven agente—. Puedes crear tu propio dominio, siempre y cuando el nombre no esté cogido. Es una cuenta anónima. Pero vamos a pedir una orden judicial para mirar sus archivos.

—¿Anónima? Entonces, ¿por qué crees que era Rebecca? —preguntó Overby.

—Fijaos en el texto del correo. Esta expresión, «¿Qué más se puede pedir?», no es tan común. Me recuerda a un verso de una vieja canción de Gershwin.

—¿Y por qué es tan importante?

—Porque Rebecca utilizó esa misma expresión la primera vez que nos vimos.

—Aun así... —dijo Overby.

Dance continuó. No estaba de humor para pegas.

—Fijémonos ahora en los hechos. Jennie robó el Thunderbird en un restaurante de Los Ángeles el viernes y el sábado se registró en el Sea View. Los registros de su teléfono y de su tarjeta de crédito demuestran que estuvo toda la semana pasada en el condado de Orange. Pero la mujer que vigiló la oficina de la empresa de mensajería que hay cerca de los juzgados estuvo allí el miércoles. Hemos enviado por fax una orden judicial a las empresas de las tarjetas de crédito de Rebecca. Volvió de San Diego a Monterrey el martes y regresó el jueves. Alquiló un coche aquí.

—De acuerdo —concedió Overby.

—Bien, imagino que, cuando estaba en Capitola, Pell no hablaba con Jennie, sino con Rebecca. Debió de darle su nombre, su dirección y su correo electrónico. A partir de ese momento se encargó ella. Eligieron a Jennie porque vivía cerca de Rebecca, o al menos lo bastante cerca como para que pudiera vigilarla.

Kellogg añadió:

—Entonces sabe dónde está Pell y qué está haciendo aquí.

—Tiene que saberlo.

—Vamos a por ella —dijo Overby—. Podrás obrar tu magia, Kathryn.

—Quiero que la detengamos, pero antes de interrogarla necesito más información. Quiero hablar con Nagle.

—¿El escritor?

Ella asintió con un gesto. Luego dijo mirando a Kellogg:

—¿Puedes traer a Rebecca?

—Claro, si me consigues refuerzos.

Overby dijo que llamaría a la Oficina del Sheriff para pedir que otro agente se encontrara con Kellogg a la entrada del Point Lobos Inn. Dance se llevó una sorpresa cuando su jefe comentó algo que a ella no se le había ocurrido: no tenían motivos para creer que Rebecca fuera armada, pero puesto que había llegado de San Diego en coche y no había pasado por ningún aeropuerto, podía llevar un arma encima.

—Bien, Charles —dijo, y luego inclinó la cabeza mirando a TJ—. Vamos a ver a Nagle.

Dance y el joven agente iban de camino cuando sonó su teléfono.

—Kathryn, ha desaparecido —dijo Winston Kellogg en tono extrañamente apremiante.

—¿Rebecca?

—Sí.

—¿Las otras están bien?

—Sí. Linda dice que Rebecca no se encontraba bien y que fue a echarse. No quería que la molestaran. Hemos encontrado abierta la ventana de su cuarto, pero su coche sigue en el CBI.

—Entonces, ¿Pell fue a recogerla?

—Supongo.

—¿Hace cuánto tiempo?

—Se fue a la cama hace una hora. No saben cuándo se escabulló.

Si hubieran querido hacer daño a las otras, podría haberlo hecho Rebecca sola, o haber hecho entrar a Pell por la ventana. Kathryn llegó a la conclusión de que no estaban en peligro inmediato, sobre todo teniendo en cuenta que estaban escoltadas.

—¿Dónde estás? —preguntó a Kellogg.

—Volviendo al CBI. Creo que Pell y Rebecca intentan huir. Voy a hablar con Michael para pedirle que vuelvan a montar los controles de carreteras.

Cuando colgaron, Dance llamó a Morton Nagle.

—¿Diga? —contestó el escritor.

—Soy Kathryn. Escuche, Rebecca está con Pell.

—¿Qué? ¿La ha secuestrado?

—Son cómplices. Ella estaba detrás de la fuga.

—¡No!

—Puede que estén intentando salir de la ciudad, pero cabe la posibilidad de que usted esté en peligro.

—¿Yo?

—Cierre bien las puertas. No deje entrar a nadie. Vamos para allá. Dentro de cinco minutos estoy ahí.

Tardaron casi diez, a pesar de que TJ conducía con agresividad (con «energía», decía él); las carreteras estaban atestadas de turistas que habían empezado temprano el fin de semana. Se detuvieron dando un frenazo delante de la casa y se acercaron a la puerta. Dance llamó. El escritor contestó un momento después. Los miró de arriba abajo y luego escudriñó la calle. Los agentes entraron.

Nagle cerró la puerta. Bajó los hombros.

—Lo siento. —Le tembló la voz—. Me dijo que si decía algo por teléfono, mataría a mi familia. Lo siento muchísimo.

Daniel Pell, de pie detrás de la puerta, apoyó el cañón de la pistola en la nuca de Kathryn.

49

—Vaya, si es mi amiga. La horma de mi zapato. Con ese nombre tan gracioso. Kathryn Dance...

—Cuando llamó —prosiguió Nagle—, su nombre apareció en la pantalla del teléfono. Me obligó a decirle quién era. Tuve que fingir que no pasaba nada. No quería, pero mis hijos... Yo...

—No importa... —le interrumpió ella.

—Shhh, señor escritor y señora interrogadora. Shhh.

Dance vio a la familia de Nagle tumbada boca abajo en el suelo, en el dormitorio de la izquierda, con las manos sobre la cabeza. Su esposa, Joan, y los niños: Eric, el adolescente, y la pequeña y regordeta Sonja. Rebecca estaba sentada en la cama, a su lado, empuñando un cuchillo. Miró a Dance sin asomo de emoción.

Kathryn comprendió que, si no los habían matado aún, era porque Pell los estaba utilizando para controlar a Nagle.

Pautas...

—Ven aquí, nena, échame una mano.

Rebecca se levantó de la cama y fue a reunirse con ellos.

—Quítales las armas y los teléfonos.

Pell sostuvo la pistola contra al oído de la agente mientras Rebecca le quitaba el arma. Luego ordenó a Dance que se pusiera las esposas.

Ella obedeció.

—Más fuerte. —Él apretó las abrazaderas y la agente hizo una mueca de dolor.

Hicieron lo mismo con TJ y les obligaron a sentarse en el sofá.

—Cuidado —masculló el policía.

—Escúchame —dijo Pell a Kathryn—. ¿Me estás escuchando?

—Sí.

—¿Va a venir alguien más?

—No he llamado a nadie.

—Eso no es lo que te he preguntado. Tú, que eres un as del interrogatorio, deberías saberlo. —La calma personificada.

—Que yo sepa, no. He venido a hacerle unas preguntas a Morton.

Pell dejó sus móviles sobre la mesa baja.

—Si llama alguien, decidles que va todo bien. Que estaréis de vuelta en el cuartel dentro de una hora, más o menos. Pero ahora no podéis hablar. ¿Está claro? Si habláis, cojo a uno de esos niños y...

—Está claro —respondió Dance.

—A partir de ahora, no quiero oír ni una palabra más. Tenemos...

—Esto es un error —afirmó TJ.

No, no, pensó Kathryn. *¡Deja que te controle! Con Daniel Pell no puedes ponerte desafiante.*

Pell se acercó y, casi con indolencia, arrimó la pistola a la garganta de TJ.

—¿Qué te he dicho?

La petulancia del joven agente se esfumó de repente.

—Que no diga ni una palabra.

—Pero has dicho algo. ¿Por qué lo has hecho? Qué tontería, qué tontería.

Va a matarle, pensó Dance. *No, por favor.*

—Escúcheme, Pell...

—Tú también estás hablando —dijo el asesino, y volteó el arma hacia ella.

—Lo siento —murmuró TJ.

—Has vuelto a hablar. —El asesino se volvió hacia Kathryn—. Tengo un par de preguntas para tu amiguito y para ti. Pero eso será dentro de un minuto. Estaos quietos ahí, disfrutad de esta escena de felicidad doméstica. —Luego añadió dirigiéndose a Nagle—: Continúa.

El escritor retomó la tarea que, por lo visto, había interrumpido la llegada de Dance y TJ: parecía estar quemando todas sus notas y la documentación que había reunido.

Pell contemplaba la hoguera.

—Y si te dejas algo y lo encuentro —comentó distraídamente—, le corto los dedos a tu mujer. Y luego empiezo con tus hijos. Y deja de llorar. Es indigno. Contrólate un poco.

Pasaron diez minutos de angustioso silencio mientras Nagle buscaba sus notas y las arrojaba al fuego.

La agente sabía que en cuanto acabara y Pell averiguara por TJ y por ella lo que quería saber, los mataría.

La mujer de Nagle sollozaba.

—Déjenos tranquilos, por favor —dijo—. Cualquier cosa... Haré lo que sea... Por favor...

Dance lanzó una mirada al dormitorio, donde la mujer yacía junto a Sonja y Eric. La pequeña lloraba patéticamente.

—A callar, señora.

Kathryn miró su reloj, tapado en parte por las esposas. Pensó en lo que estarían haciendo sus hijos. Pero era una idea demasiado dolorosa, y se obligó a concentrarse en lo que estaba sucediendo en la habitación.

¿Podía hacer algo?

¿Negociar con él? Pero para negociar se necesita algo de valor que la otra persona ambicione.

¿Resistirse? Pero para eso hacían falta armas.

—¿Por qué hace esto? —gimió Nagle mientras se prendían las últimas hojas.

—Silencio.

Pell se levantó y removió el fuego con un atizador para que las hojas siguieran ardiendo. Se sacudió las manos. Levantó los dedos tiznados.

—Me siento como en casa. Seguramente me han tomado las huellas dactilares cincuenta veces en mi vida. Siempre sé cuándo el funcionario es un novato. Les tiemblan las manos cuando te sujetan los dedos. Bueno, entonces... —Se volvió hacia Kathryn—. Deduzco por tu llamada de antes que has descubierto lo de Rebecca. De eso quería hablarte. ¿Qué sabes de nosotros? ¿Y quién más lo sabe? Tenemos que hacer planes y necesitamos saber qué debemos hacer a continuación. Y para que lo sepas, agente Dance: no eres la única que puede distinguir a un mentiroso a cincuenta metros. Yo también tengo ese don. En ti y en mí es innato.

Daba igual si Dance mentía o no. Iban a morir todos.

—Ah, y te advierto que Rebecca también me ha buscado otra dirección. La de un tal Stuart Dance.

Aquella noticia fue como una bofetada para la agente. Luchó por controlar sus náuseas. Una oleada de agua hirviendo envolvió su cara y su pecho.

—Hijo de perra —masculló TJ, furioso.

—Si me dices la verdad, a tus hijos y a tus papás no les pasará nada. Tenía razón sobre tus hijos, ¿verdad? Cuando nos vimos por primera vez. Y no tienes marido. Pobrecilla, Rebecca me ha dicho que eres viuda. Lo siento muchísimo. En todo caso, apuesto a que los pequeñuelos están con sus abuelos.

En ese momento Kathryn Dance tomó una decisión.

Era una apuesta arriesgada, y en otras circunstancias habría sido una decisión difícil, cuando no imposible. Ahora, en cambio, no tenía elección, aunque probablemente, de un modo u otro, las consecuencias serían trágicas.

No tenía armas, excepto la palabra y su intuición. *De A a B, y de B a X...*

Tendría que arreglárselas con eso.

Cambió de postura para mirar de frente a Pell.

—¿No siente curiosidad por saber por qué estamos aquí?

—Eso es una pregunta. Y yo no quería preguntas. Quería respuestas.

Asegúrate de que él siga al mando. Es su seña de identidad.

—Por favor, déjeme continuar. Estoy contestando a su pregunta. Permítame, por favor.

Pell la miró arrugando el ceño, pero no puso objeciones.

—Piénselo. ¿Por qué hemos venido con tanta prisa?

Normalmente habría establecido una relación de familiaridad con su interlocutor, llamándole por su nombre de pila. Pero Pell podría haberlo interpretado como un intento de dominarlo, y necesitaba saber que era él quien estaba al mando.

Hizo una mueca de impaciencia.

—Ve al grano.

Rebecca frunció el ceño.

—Sólo intenta ganar tiempo. Vámonos, cariño.

—Porque tenía que avisar a Morton... —añadió Dance.

Rebecca susurró:

—Vamos a acabar aquí de una vez y a marcharnos. Dios, estamos perdiendo...

—Calla, preciosa. —Pell fijó sus brillantes ojos azules en la agente y la observó detenidamente, como había hecho en Salinas durante su entrevista, el lunes anterior. Parecía que habían pasado años—. Sí, querías advertirle sobre mí. ¿Y qué?

—No. Quería advertirle sobre Rebecca.

—¿De qué estás hablando?

Kathryn le sostuvo la mirada al contestar:

—Quería advertirle que Rebecca iba a utilizarle a usted para matarle. Igual que le utilizó en casa de William Croyton hace ocho años.

50

Kathryn vio un destello en los ojos de Daniel Pell.

Había tocado una fibra sensible, había hecho mella en el dios del control.

Te utilizó...

—Eso son chorradas —replicó Rebecca.

—Probablemente —dijo Pell.

Dance advirtió que su respuesta denotaba duda, no certeza. Se inclinó hacia delante: solemos pensar que quienes están físicamente más cerca de nosotros son más sinceros que quienes tienden a apartarse. Y decidió tutearle.

—Te tendió una trampa, Daniel. ¿Y quieres saber por qué? Para matar a la esposa de William Croyton.

Pell sacudió la cabeza, pero estaba atento a cada palabra.

—Rebecca era la amante de Croyton. Y cuando su mujer se negó a darle el divorcio, decidió utilizaros a Jimmy Newberg y a ti para librarse de ella.

Rebecca rió con aspereza.

—Daniel, ¿te acuerdas de la Muñeca Dormida? —le preguntó Dance—. ¿De Theresa Croyton?

Tuteándole estaba consiguiendo reforzar su vínculo contra un enemigo común, un truco habitual entre los interrogadores.

Él no dijo nada. Miró a Rebecca y luego otra vez a Kathryn, que añadió:

—Acabo de hablar con ella.

Rebecca se sobresaltó.

—¿Qué?

—Hemos tenido una larga conversación. Y ha sido muy reveladora.

La joven intentó reponerse.

—No ha hablado con ella, Daniel. Está mintiendo para salvar el pellejo.

Pero la agente preguntó:

—¿La tele del salón estaba emitiendo un programa concurso de preguntas y respuestas la noche en que Newberg y tú entrasteis en casa de los Croyton? Eso dice Theresa. ¿Quién iba a saberlo, si no?

¿Qué es Québec?

El asesino pestañeó. Dance advirtió que había captado por completo su atención.

—Theresa me ha contado que su padre tenía aventuras extramatrimoniales. Dejaba a los niños en el paseo marítimo de Santa Cruz y se encontraba allí con sus amantes. Una noche vio a Rebecca dibujando y ligó con ella. Se hicieron amantes. Ella quería que se divorciara, pero Croyton no podía o no quería, por su mujer. Así que Rebecca decidió matarla.

—Vamos, esto es ridículo —dijo la joven, enfurecida—. Ella qué sabe.

Pero Kathryn se dio cuenta que estaba fingiendo. Se había acalorado y sus manos y pies reflejaban signos sutiles pero evidentes de tensión nerviosa. No había duda de que ella iba por el buen camino.

Miró fijamente a los ojos a Pell.

—El paseo marítimo... Rebecca tenía que haber oído hablar de ti, ¿verdad, Daniel? Era allí donde la Familia iba a vender cosas en los mercadillos y a robar y cometer pequeños hurtos en las tiendas. Lo de aquella secta de delincuentes causó bastante revuelo. Gitanos, os llamaban. Salió en las noticias. Y Rebecca necesitaba un cabeza de turco, un asesino. Linda me ha dicho que os conocisteis en el paseo marítimo. ¿Creías que la sedujiste tú? Pues no: fue al revés.

—¡Cállate! —ordenó Rebecca sin perder los nervios—. Está mintiendo, Dan...

—¡Silencio! —le espetó Pell.

—¿Cuándo se unió Rebecca al clan? No mucho antes del asesinato de los Croyton. ¿Un par de meses antes, quizá? —insistió Kathryn, implacable—. Te engatusó para entrar en la Familia. ¿No te pareció un poco repentino? ¿No te preguntaste por qué? Ella no era como los otros. Linda, Samantha y Jimmy eran unos críos. Hacían todo lo que querías. Pero Rebecca era distinta. Independiente, agresiva.

Se acordó de lo que había comentado Winston Kellogg sobre los líderes de sectas. Que las mujeres podían ser igual de eficaces y crueles que los hombres. Y a menudo más astutas.

—En cuanto entró a formar parte de la Familia, se dio cuenta de que también podía utilizar a Jimmy Newberg. Le dijo que Croyton guardaba algo de valor en casa y él se encargó de sugerirte que entrarais a robarlo. ¿Tengo razón?

Vio que, en efecto, la tenía.

—Pero Rebecca había hecho otros planes con Jimmy. Una vez que estuvierais en casa de Croyton, él tenía que matar a la señora Croyton y luego a ti. Muerto tú, Rebecca y él estarían al mando. Naturalmente, ella tenía previsto entregar a Jimmy a la policía después de los asesinatos. O incluso liquidarle ella misma, quizá. William Croyton pasaría por un periodo de luto conveniente y luego se casaría con ella.

—No, cariño, eso es...

Pell saltó de pronto y la agarró del pelo corto, tirando de ella.

—¡Cállate! ¡Déjala hablar!

Rebecca se deslizó hasta el suelo, gimiendo, encogida.

Aprovechando aquel momento de distracción, Dance miró a TJ. Él asintió despacio con la cabeza. Ella continuó diciendo:

—Rebecca pensaba que en casa de Croyton sólo estaría su mujer, pero estaba la familia al completo porque esa tarde Theresa dijo que estaba enferma. Fuera lo que fuese lo que pasó esa noche, y eso sólo lo sabes tú, Daniel, el caso es que todos acabaron muertos.

»Y cuando llamaste a las chicas para decirles lo que había pasado, Rebecca hizo lo único que podía hacer para salvarse: te denunció a la policía. Fue ella quien hizo la llamada que llevó a tu detención.

—Eso es mentira —dijo Rebecca—. ¡He sido yo quien le ha sacado de la cárcel!

Kathryn rió con frialdad.

—Porque necesitaba utilizarte otra vez, Daniel —afirmó dirigiéndose a Pell—. Para matar a Morton. Él la llamó hace un par de meses para hablarle de *La muñeca dormida*, un libro en el que pensaba hablar acerca de la vida que llevaban los Croyton antes de los asesinatos y de lo que había sido de Theresa después de la muerte de su familia. Morton iba a enterarse por fuerza de los líos de faldas de Croyton. Sólo era cuestión de tiempo que alguien juntara las piezas del rompecabezas y descubriera que era ella quien estaba detrás del plan para matar a la señora Croyton.

»Así que a Rebecca se le ocurrió sacarte de Capitola. —Arrugó el ceño y miró a Pell—. Lo que no sé es qué te dijo, Daniel, para convencerte de que mataras a Morton. —Miró con rabia a Rebecca, aparentemente indignada por lo que le había hecho a su buen amigo Daniel Pell—. ¿Qué mentiras le contaste?

—Lo que me dijiste —le gritó Pell a Rebecca—, ¿es cierto o no? —Pero antes de que ella pudiera contestar, él agarró a Nagle. El escritor se encogió, asustado—. ¡Ese libro que estás escribiendo...! ¿Qué ibas a decir sobre mí?

—No era sobre usted. Era sobre Theresa y los Croyton, y sobre las chicas de la Familia. Eso es todo. Era sobre sus víctimas, no sobre usted.

Pell le empujó violentamente hacia el suelo.

—¡No, no! ¡Ibas a escribir sobre mis tierras!

—¿Sobre sus tierras?

—¡Sí!

—No sé a qué se refiere.

—A mis tierras, a mi montaña. ¡Averiguaste dónde estaba y pensabas hablar de ella en tu libro!

Ah. Dance comprendió por fin. La preciada montaña de Pell. Rebecca le había convencido de que el único modo de mantener en secreto dónde estaba su refugio en las montañas era eliminar a Morton Nagle y destruir sus notas.

—Yo no sé nada de eso, se lo juro.

Pell le miró fijamente. Kathryn dedujo que le creía.

—Daniel, sabes lo que iba a pasar en cuanto mataras a Morton y a su familia, ¿verdad? Rebecca iba a matarte a ti y a decir que te la llevaste de la cabaña por la fuerza. —La agente soltó una risa amarga—. ¡Ah, Daniel, cómo te ha utilizado! La Flautista de Hamelín, la que movía los hilos, ha sido ella desde el principio.

Pell parpadeó al oírla utilizar aquella metáfora. De pronto se irguió y, volcando una mesa, se abalanzó hacia Rebecca con la pistola levantada.

Ella se encogió un momento. Luego, sin embargo, saltó hacia él blandiendo el cuchillo frenéticamente. Consiguió asestarle una puñalada en el brazo al tiempo que agarraba la pistola. El arma se disparó y la bala arrancó un trozo de ladrillo rosa de la chimenea.

Dance y TJ se levantaron al instante.

El joven agente propinó una fuerte patada en las costillas a Rebecca y sujetó la mano de Pell. Forcejearon por controlar el arma y cayeron al suelo.

—¡Llame a emergencias! —le gritó Kathryn a Nagle.

El escritor buscó atropelladamente un teléfono. Ella inició el gesto de coger las pistolas que había sobre la mesa mientras se decía: *Vigila tus espaldas, apunta, dispara a ráfagas, cuenta las balas, al llegar a doce saca el cargador y vuelve a cargar. Vigila tus espaldas...*

La mujer de Nagle gritaba, su hija gimoteaba.

—¡Kathryn! —gritó TJ casi sin aliento.

Dance vio que Pell la apuntaba con la pistola.

Vio que disparaba.

La bala pasó rozándola.

TJ era joven y fuerte, pero seguía esposado y Pell estaba desesperado y cargado de adrenalina. Con la mano libre, comenzó a golpear al agente en la cabeza y el cuello. Por fin logró desasirse sin soltar la pistola mientras TJ rodaba frenéticamente intentando refugiarse bajo una mesa.

Dance se abalanzó hacia las armas, a pesar de que sabía que no lograría cogerlas a tiempo. TJ era hombre muerto.

Oyó entonces una enorme explosión.

Y luego otra.

Cayó de rodillas y miró hacia atrás.

Morton Nagle se había apoderado de una de las pistolas y estaba disparando a Pell, pero no estaba acostumbrado a manejar un arma: tiraba bruscamente del gatillo y las balas se desviaban. Aun así mantuvo el tipo y siguió disparando.

—¡Hijo de puta!

Pell se agachó y levantó las manos, encogido, en un vano intento de protegerse. Dudó un momento. Después disparó una sola vez a Rebecca en el vientre, abrió la puerta con violencia y corrió fuera.

Kathryn le quitó la pistola a Nagle, cogió la de TJ y se la puso en las manos al joven agente, todavía esposado.

Llegaron a la puerta entreabierta en el instante en que una bala se incrustaba en el quicio, cubriéndolos de astillas. Se retiraron, agachados. Dance sacó la llave de las esposas de su chaqueta y las abrió. TJ hizo lo mismo.

Se asomaron con cautela a la calle desierta. Un momento después oyeron el chirrido de un coche al acelerar.

—¡Ocúpese de Rebecca! —le gritó la agente a Nagle—. La necesitamos viva.

Corrió a su coche y cogió la radio del salpicadero. Le temblaban tanto las manos que la dejó caer. Respiró hondo, logró controlar sus temblores y llamó a la Oficina del Sheriff de Monterrey.

51

Un hombre furioso es un hombre fuera de sí.

Daniel Pell, sin embargo, no lograba sofocar su ira mientras se alejaba de Monterrey a toda velocidad, reviviendo lo ocurrido. La voz de Kathryn Dance, el rostro de Rebecca.

Rememoraba los acontecimientos de ocho años antes.

Jimmy Newberg, aquel maldito obseso de los ordenadores, aquel colgado, le había dicho que tenía información privilegiada sobre William Croyton gracias a un programador al que habían despedido de su empresa seis meses antes. Que había conseguido averiguar el código de la alarma de la casa de Croyton y que tenía una llave de la puerta trasera (En cambio, ahora sabía de dónde los había sacado: de Rebecca, claro). Que Croyton era un excéntrico y que guardaba grandes sumas de dinero en casa.

Él jamás habría robado un banco o una oficina de cambio, no se atrevía con un golpe de ese calibre. Pero necesitaba dinero para aumentar la Familia y trasladarse a su montaña. Y robar en casa de Croyton era una oportunidad que sólo se presentaba una vez en la vida. No habría nadie en la casa, le había dicho Jimmy, de modo que nadie saldría herido. Ellos se embolsarían cien mil dólares y Croyton se limitaría a hacer una llamada a la policía y a su aseguradora, y asunto terminado.

Justo lo que había imaginado Kathryn Dance.

Jimmy y él se habían colado por la parte trasera de la propiedad. Él había visto luces encendidas, pero el joven le había dicho que se encendían con un temporizador, por seguridad. Habían entrado por una puerta de servicio lateral.

Sin embargo, enseguida se dio cuenta de que algo iba mal. La alarma estaba apagada. Cuando se giró para decirle a Jimmy que tenía que haber alguien en casa, su compañero ya había irrumpido en la cocina.

Se había ido derecho hacia la mujer de mediana edad que estaba cocinando de espaldas a ellos. *¡No!*, recordaba haber pensado Pell, perplejo. ¿Qué iba a hacer Jimmy?

Matarla.Usando un trozo de papel de cocina, el joven se había sacado del bolsillo un cuchillo de carne (un cuchillo de la casa de la Familia, con sus huellas, comprendió Pell) y, agarrando a la mujer por la boca, le había asestado una profunda puñalada. La víctima se había desplomado.

—¿Qué cojones estás haciendo? —había susurrado él, furioso.

Newberg se había vuelto y había dudado un momento, pero su rostro reflejaba claramente lo que se proponía. Al abalanzarse hacia él, Pell ya se estaba apartando. Había logrado por poco esquivar la violenta puñalada y, agarrando una sartén, la había estrellado contra la cabeza de Newberg, que había caído al suelo; luego le había rematado con un cuchillo de carnicero que cogió de la encimera.

Un momento después había entrado en la cocina William Croyton, alertado por el estrépito. Sus dos hijos mayores, que iban tras él, habían empezado a gritar al ver el cuerpo de su madre. Pell había sacado la pistola y les había obligado a entrar, histéricos, en la despensa. Después, cuando consiguió que Croyton se calmara un poco, le había preguntado por el dinero. El empresario le había dicho que estaba en el escritorio del despacho de la planta baja.

Pell se encontró mirando a la familia aterrorizada y llorosa como si mirara hierbajos de un jardín, cuervos o insectos. No tenía intención de matar a nadie esa noche, pero no podía hacer otra cosa si quería seguir siendo dueño de su vida. En dos minutos estuvieron todos muertos.

Después de limpiar todas las huellas que había podido, había recogido el cuchillo de Jimmy y su documentación, había corrido al despacho y allí había descubierto con perplejidad que, en efecto, había dinero en la mesa, pero sólo cuatrocientos dólares. Tras registrar rápidamente la habitación de matrimonio del piso de abajo, no había encontrado más que calderilla y algo de bisutería. No había llegado a subir a la planta de arriba, donde la pequeña de la familia dormía en su cama. (Ahora se alegraba de que hubiera estado allí arriba; de haberla matado, jamás habría descubierto la traición de Rebecca.)

Y sí: acompañado por la banda sonora de un famoso programa concurso de preguntas y respuestas, había vuelto corriendo a la cocina, donde se había guardado la cartera del empresario muerto y el anillo de diamantes de su esposa.

Al salir, se había ido derecho a su coche. Y menos de dos kilómetros después le había parado la policía. *Rebecca...*

Recordaba ahora el día en que la vio por primera vez cerca del paseo marítimo de Santa Cruz, aquel encuentro «accidental» que al parecer había orquestado ella misma.

Recordó lo mucho que le gustaba el paseo marítimo con sus atracciones de feria. Los parques de atracciones le fascinaban: en ellos los seres humanos cedían por completo el control de sí mismos, se arriesgaban a resultar heridos en la montaña rusa o en las caídas en picado, o se convertían voluntariamente en obtusas ratas de laboratorio en atracciones como el famoso carrusel Looff, dando vueltas y más vueltas.

Recordó a Rebecca hacía nueve años, cerca de aquel mismo tiovivo, haciéndole señas de que se acercara.

—Oye, ¿te apetece que te haga un retrato?

—Sí, me gustaría. ¿Cuánto cuesta?

—Seguro que puedes permitírtelo. Siéntate.

Cinco minutos después, cuando sólo le había dado tiempo a esbozar los rasgos elementales de su cara, Rebecca había bajado la mano con la que sostenía el carboncillo, le había mirado y había preguntado con aire desafiante si había algún sitio donde pudieran estar a solas. Habían ido a la furgoneta. Linda Whitfield los había mirado con expresión solemne, llena de celos. Pell apenas se había fijado en ella.

Y unos minutos después, tras besarse frenéticamente, mientras la acariciaba por todas partes, ella se había retirado.

—Espera...

¿Y ahora qué?, se había preguntado Pell. *¿Gonorrea, sida?*

—Yo... —había comenzado a decir ella, jadeante—. Tengo que decirte una cosa. —Se detuvo, y bajó la mirada.

—Adelante.

—Puede que no te guste y, si no te gusta, no pasa nada, lo dejamos y te llevas tu retrato gratis. Pero aunque hace sólo un rato que nos conocemos, siento una conexión especial contigo y quería decirte que...

—Dime.

—Que la verdad es que no disfruto del sexo... a no ser que me hagas daño. Que me hagas daño de verdad. A muchos hombres no les gusta. Y no pasa nada...

Pell había respondido tumbándola boca abajo, sobre el vientre pequeño y tenso.

Y se había quitado el cinturón.

Ahora soltó una risa amarga. Había sido todo un engaño. Diez minutos en la playa y cinco en la furgoneta, y Rebecca se las había arreglado para disparar su fantasía y manejarla a su antojo.

Svengali y Trilby...

Siguió conduciendo hasta que empezó a dolerle el corte del brazo que Rebecca le había hecho en casa de Nagle. Paró, se abrió la camisa y echó un vistazo. Nada grave. La hemorragia estaba remitiendo. Pero dolía, joder.

Y aun así no podía compararse con cómo le dolía la puñalada de su traición.

Se había detenido en el límite de la parte más tranquila del pueblo. Si seguía adelante, tendría que atravesar zonas densamente pobladas, en las que la policía le buscaría por todas partes.

Dio media vuelta y siguió circulando por las calles hasta que encontró un Infiniti con un solo ocupante parado delante de un semáforo. No había otros coches alrededor. Aminoró la velocidad, pero no pisó el freno hasta que estuvo encima del coche de lujo. Los parachoques se tocaron con un golpe sordo. El Infiniti se desplazó un trecho. El conductor miró con enfado por el retrovisor y salió del vehículo.

Pell también salió, meneando la cabeza. Se quedó parado, observó los daños.

—¿Es que no iba mirando? —El conductor del Infiniti era un hispano de mediana edad—. Compré el coche el mes pasado. —Apartó la mirada de los vehículos y frunció el ceño al ver la sangre del brazo de Pell—. ¿Está herido? —Siguió la mancha de sangre hasta su mano, y entonces vio la pistola.

Pero ya fue demasiado tarde.

52

Lo primero que había hecho Kathryn Dance en casa de Nagle, mientras TJ daba parte de la fuga, había sido telefonear al ayudante del *sheriff* encargado de custodiar la casa de sus padres para pedirle que acompañara a su familia al cuartel general del CBI. Dudaba de que, tal y como estaban las cosas, Pell perdiera el tiempo cumpliendo sus amenazas, pero no pensaba correr ningún riesgo.

Preguntó al escritor y a su esposa si Pell había dicho algo respecto a dónde tenía intención de huir y respecto a su montaña, en concreto. Nagle había sido sincero con Pell: jamás había oído hablar de su refugio en el monte. Ni él, ni su mujer, ni los niños pudieron añadir nada más. Rebecca estaba malherida e inconsciente. O'Neil había dispuesto que un ayudante del *sheriff* fuera con ella en la ambulancia, con orden de avisarle en cuanto la mujer estuviera en condiciones de hablar.

Dance fue a reunirse con Kellogg y O'Neil, que estaban allí cerca, debatiendo la situación, cabizbajos. Ni su actitud ni sus gestos evidenciaban su mutua desconfianza mientras coordinaban controles de carretera y planificaban con rapidez y eficacia la busca y captura de Pell.

O'Neil habló un momento por teléfono y frunció el ceño.

—Claro, de acuerdo. Llama a Watsonville. Yo me encargo. —Al colgar anunció—: Tenemos una pista. El robo de un coche en Marina. Un Infiniti negro, robado por un hombre cuya descripción coincide con la de Pell y que iba sangrando. Tenía una pistola. El testigo dice que oyó un disparo y que cuando miró Pell estaba cerrando el maletero —añadió con acritud.

Dance cerró los ojos y suspiró, disgustada. Otra muerte.

—Es imposible que vaya a quedarse en la península —afirmó O'Neil—. Ha robado el coche en Marina, de modo que se dirige hacia el norte. Seguramente va camino de la ciento uno. —Subió a su coche—. Voy a ordenar que monten un puesto de control en Gilroy. Y otro en Watsonville, por si se queda en la uno.

Kathryn le vio alejarse.

—Vamos para allá —dijo Kellogg, volviéndose hacia su coche.

Mientras le seguía, Dance oyó sonar su teléfono. Cogió la llamada. Era James Reynolds. Después de que la agente le pusiera al corriente de lo ocurrido, el ex fiscal le contó que había estado revisando sus archivos sobre la matanza de los Croyton. No había encontrado nada especialmente útil respecto a cuál podía ser el destino de Pell, pero había descubierto algo curioso. ¿Tenía un minuto?

—Ya lo creo —contestó Dance, e hizo señas a Kellogg de que esperara.

Sam y Linda estaban viendo las noticias, acurrucadas la una junto a la otra: Daniel Pell había intentado asesinar a Nagle, el escritor. Rebecca, a la que se calificaba de cómplice del asesino, había resultado herida de gravedad. Y Pell había vuelto a escaparse. Iba en un coche robado, posiblemente en dirección al norte. El dueño del coche también se contaba entre sus víctimas.

—Dios mío —musitó Linda.

—Rebecca estaba con él desde el principio. —Sam miraba fijamente la pantalla del televisor, el rostro paralizado por el espanto—. Pero ¿quién le ha disparado? ¿La policía? ¿O Daniel?

Linda cerró los ojos un momento. Sam no sabía si estaba rezando o sólo se sentía agotada por el calvario de aquellos últimos días. Cada cual con su cruz, pensó sin poder remediarlo. Pero no se lo dijo a su devota amiga. En el televisor, otra presentadora dedicó unos minutos a hablar de la mujer herida, Rebecca Sheffield, fundadora de la empresa Mujeres Emprendedoras de San Diego e integrante de la Familia ocho años atrás. Mencionó que había nacido en el sur de California. Que su padre había muerto cuando ella tenía seis años y que la había criado su madre, que nunca volvió a casarse.

—A los seis años —masculló Linda en voz baja.

Sam pestañeó.

—Estaba mintiendo. Todo lo que nos contó sobre su padre es mentira. Dios mío, cómo nos ha engañado.

Linda sacudió la cabeza.

—No puedo más. Me marcho.

—Espera, Linda.

—No quiero hablar de nada más, Sam. Estoy harta.

—Déjame decirte una cosa.

—Ya has dicho suficiente.

—Creo que no me has escuchado de verdad.

—Ni te escucharía si volvieras a decirlo. —Se dirigió al cuarto de baño.

Sonó el teléfono y Sam se sobresaltó. Era Kathryn Dance.

—Acabamos de enterarnos... —comenzó a decir.

Pero la agente la interrumpió:

—Escúcheme, Sam. No creo que Pell esté yendo hacia el norte. Creo que va a ir a por ustedes.

—¿Qué?

—Acabo de hablar con James Reynolds. Ha estado revisando sus archivos del caso Croyton y ha encontrado una referencia a Alison. Por lo visto, Pell le agredió cuando le estaba interrogando después del asesinato. Reynolds le estaba preguntando por lo sucedido en Redding, el asesinato de Charles Pickering, y en el momento de la agresión acababa de mencionar a Alison, esa novia suya de la que me habló. Pell se volvió loco y atacó al fiscal, o lo intentó, como me atacó a mí en Salinas cuando empecé a acercarme a algo importante.

»Reynolds opina que Pell mató a Pickering porque sabía dónde estaba su montaña. Y que por eso estaba intentando encontrar a Alison. Porque ella también sabe dónde está.

—Pero ¿por qué iba a venir a por nosotras?

—Porque les habló de Alison. Puede que usted no la relacione con su montaña, puede que ni siquiera se acuerde. Pero ese sitio es tan importante para él que está dispuesto a matar a cualquiera que pueda poner en peligro su reino. Y eso la incluye a usted. Y a Linda.

—¡Linda, ven aquí!

Su compañera apareció en la puerta, ceñuda.

—Acabo de llamar por radio a los agentes que hay fuera del hotel —continuó Dance—. Van a llevarlas al cuartel general del CBI. El agente Kellogg y yo vamos para allá. Esperaremos en la cabaña por si aparece Pell.

—Kathryn cree que Daniel viene para acá —le dijo Sam a Linda casi sin aliento.

—¡No!

Las cortinas estaban corridas, pero aun así miraron instintivamente hacia las ventanas. Sam miró luego hacia el cuarto de Rebecca. ¿Había cerrado bien la ventana después de descubrir que se había marchado? Sí, recordaba haberlo hecho.

Tocaron a la puerta.

—Señoras, soy el ayudante Larkin.

Sam miró a Linda. Estaban paralizadas. Linda se acercó lentamente a la puerta y miró por la mirilla. Asintió con la cabeza y abrió. Entró el ayudante del *sheriff*.

—Me han pedido que las escolte al CBI. Déjenlo todo y acompáñenme.

El otro ayudante estaba fuera, vigilando el aparcamiento.

—Es el ayudante del *sheriff*, Kathryn —dijo Sam al teléfono—. Nos vamos ya.

Colgaron.

Samantha cogió su bolso.

—Vamos. —Le temblaba la voz.

Con la pistola en la mano, el ayudante les indicó que salieran. Un instante después una bala se incrustó en su cabeza, y se desplomó.

Se oyó un segundo disparo. El otro policía se llevó la mano al pecho y, soltando un grito, cayó al suelo. La tercera bala le dio de lleno. El primer agente intentó arrastrarse hacia su coche, pero quedó tendido, inmóvil, sobre la acera.

—No, no —gimió Linda.

Oyeron pasos sobre el pavimento. Daniel Pell venía corriendo hacia la cabaña.

Sam se quedó paralizada.

Luego, de pronto, saltó hacia delante y cerró la puerta. Consiguió poner la cadena y apartarse justo antes de que otra bala atravesara la madera. Se lanzó hacia el teléfono.

Daniel Pell asestó dos fuertes patadas a la puerta. Con la segunda consiguió reventar la cerradura. La cadena, sin embargo, aguantó. La puerta sólo se abrió un par de centímetros.

—¡La habitación de Rebecca! —gritó Sam.

Corrió hacia Linda y la agarró del brazo, pero su compañera parecía estar clavada al suelo, junto a la puerta.

Sam supuso que estaba paralizada por el pánico.

Pero su expresión no era de miedo.

Se apartó de ella.

—Daniel —dijo.

—¿Qué haces? —gritó Sam—. ¡Vamos!

Pell dio otra patada a la puerta, pero la cadena siguió aguantando. Sam consiguió arrastrar a Linda uno o dos pasos hacia la habitación de Rebecca, pero su compañera volvió a desasirse.

—¡Daniel! —repitió—. ¡Escúchame, por favor! No es demasiado tarde. Puedes entregarte. Te conseguiremos un abogado. Me aseguraré de que...

Pell disparó.

Levantó el arma, apuntó por el hueco de la puerta y le disparó en el abdomen con la misma naturalidad que si matara una mosca. Intentó herirla otra vez, pero Sam tiró de Linda y logró meterla en el cuarto de Rebecca. Pell siguió dando golpes. La puerta cedió por fin, se estrelló contra la pared e hizo añicos un cuadro con un paisaje marítimo.

Sam cerró la puerta con llave.

—Tenemos que salir enseguida —susurró con vehemencia—. No podemos quedarnos aquí.

Pell intentó girar el pomo. Dio una patada a la puerta. Pero ésta se abría hacia fuera y aguantó sus golpes.

Sintiendo un horrendo cosquilleo en la espalda, segura de que en cualquier momento Pell dispararía a través de la puerta y la heriría por azar, Sam ayudó a Linda a encaramarse al poyete de la ventana, la empujó, saltó tras ella y cayó a la tierra húmeda y olorosa. Linda gemía de dolor sujetándose el costado.

Sam la ayudó a levantarse y, agarrándola con fuerza del brazo, la condujo a toda prisa hacia el Parque Natural de Point Lobos.

—Me ha disparado —gemía Linda, perpleja todavía—. Me duele. Mira... Espera. ¿Adónde vamos?

Sam no le hacía caso. Sólo pensaba en alejarse cuanto antes de la cabaña. En cuanto a su destino, ignoraba cuál podía ser. Delante de ella sólo veía hectáreas y hectáreas de bosque, ásperas formaciones rocosas y, en el fin del mundo, el océano gris y turbulento.

53

—No —gimió Kathryn Dance—. No...

Win Kellogg frenó en seco junto a los dos ayudantes heridos, tendidos sobre la acera, delante de la cabaña.

—¡Ve a ver cómo están! —ordenó al tiempo que sacaba su móvil para pedir refuerzos.

Con la pistola en la mano sudorosa, Dance se arrodilló junto a uno de los ayudantes y comprobó que estaba muerto. Su sangre formaba un enorme charco, ligeramente más oscuro que el asfalto que había sido su lecho de muerte. El otro ayudante también estaba muerto. Kathryn levantó la mirada.

—Están muertos —vocalizó sin emitir sonido.

Kellogg cerró su teléfono y se reunió con ella.

No se habían entrenado juntos, pero se acercaron a la cabaña como compañeros veteranos, cerciorándose de que no eran un blanco fácil y vigilando la puerta entreabierta y las ventanas.

—Voy a entrar —dijo Kellogg.

La agente asintió.

—Voy contigo.

—Cúbreme solamente. No pierdas de vista las puertas de dentro. Vigílalas. Vigílalas constantemente. Llevará la pistola por delante. Atenta, si ves metal. Y si hay algún cadáver, ignóralo hasta que nos aseguremos de que no hay peligro. —Tocó su brazo—. Es importante. ¿De acuerdo? No hagas caso, aunque estén pidiendo ayuda a gritos. No podremos hacer nada por ellas si estamos heridos. O muertos.

—De acuerdo.

—¿Lista?

Kathryn no estaba lista en absoluto, pero asintió con un gesto. Kellogg le apretó el hombro. Luego respiró hondo varias veces y empujó la puerta. Llevaba la pistola en alto y la movía hacia delante y hacia atrás para cubrir todo el interior de la cabaña.

Detrás de él, Dance recordó que debía apuntar a las puertas y levantar el cañón del arma cuando su compañero pasaba ante ella.

Atenta, atenta, atenta...

De vez en cuanto miraba hacia atrás, hacia la puerta abierta, pensando que Pell podía haber dado la vuelta y estar esperándoles.

Luego Kellogg dijo:

—¡Despejado!

Afortunadamente, dentro no había ningún cadáver. Kellogg, sin embargo, le indicó varias manchas de sangre fresca en el alféizar de la ventana de la habitación que había ocupado Rebecca. Estaba abierta, y Kathryn vio también manchas en la alfombra.

Al asomarse vio más sangre y pisadas en la tierra. Informó a Kellogg y añadió:

—Creo que hay que asumir que han escapado y que Pell va tras ellas.

—Iré yo —respondió el agente del FBI—. ¿Por qué no esperas aquí a que lleguen los refuerzos?

—No —contestó ella automáticamente. No había nada que debatir—. Esta reunión fue idea mía. Y no voy a permitir que esas mujeres mueran. Se lo debo.

Él titubeó.

—Está bien.

Corrieron a la puerta trasera. Dance respiró hondo antes de abrirla bruscamente. Con Kellogg a su lado, corrió afuera esperando sentir en cualquier momento el estampido de un disparo y el golpe entumecedor de una bala.

Me ha herido.

Mi Daniel me ha herido.

¿Por qué?

Le dolía el corazón casi tanto como el costado. Había perdonado a Daniel por el pasado. Estaba dispuesta a perdonarle por el presente.

Y aun así me ha disparado.

Quería tumbarse. *Que Jesucristo los arrope, que Jesucristo los salve.* Se lo dijo a Sam en un susurro. O quizá no. Tal vez sólo lo imaginó.

Samantha no decía nada. Seguía corriendo y obligándola a avanzar agónicamente por los retorcidos senderos del agreste y hermoso parque.

Paul, Harry, Lisa... Por su cabeza desfilaban los nombres de los niños de acogida.

No, eso fue el año pasado. Ahora ya no estaban. Ahora tenía otros.

¿Cómo se llamaban?

¿Por qué no tengo familia?

Porque Dios Nuestro Señor tiene otros planes para mí, por eso.

Porque Samantha me traicionó.

Sus pensamientos se arremolinaban, enloquecidos, como se arremolinaba el agua sobre las rocas erizadas.

—Me duele.

—No te pares —susurró Sam—. Kathryn y ese agente del FBI llegarán en cualquier momento.

—Me ha disparado. Daniel me ha disparado.

Se le nubló la vista. Iba a desmayarse. *¿Qué hará el Ratón entonces? ¿Echarse al hombro mis setenta y cuatro kilos de peso?*

No, me traicionará como hizo en el pasado.

Samantha, mi Judas.

Oía el fragor de las olas y el siseo del viento entre los pinos esquivos y los cipreses, pero oía también a Daniel Pell tras ellas. El chasquido de una rama, un murmullo de hojas. Siguieron adelante frenéticamente, hasta que su pie se enganchó en la raíz de un roble rastrero y cayó al suelo con violencia. Sintió una punzada de dolor. Gritó.

—¡Shhhhh!

—Me duele.

La voz de Sam, trémula por el miedo.

—¡Vamos, levántate, Linda! ¡Por favor!

Más pasos. Daniel se estaba acercando.

De pronto, sin embargo, pensó que tal vez aquellos ruidos los hacía la policía. Kathryn y ese agente del FBI, tan mono. Hizo una mueca de dolor al volverse para mirar.

Pero no, no era la policía. A quince metros de allí vio a Daniel Pell. Las había encontrado. Daniel aflojó un momento el paso, recobró el aliento y siguió avanzando.

Linda se volvió hacia Samantha.

Pero ésta ya no estaba allí.

La había dejado abandonada a su suerte, como hace ocho años.

Abandonada a esas noches terribles en el cuarto de Daniel Pell.

Abandonada entonces, abandonada ahora.

54

—Mi preciosa, mi Linda.

Se acercaba despacio.

Linda hizo una mueca de dolor.

—Escúchame, Daniel. No es demasiado tarde. Dios te perdonará. Entrégate.

Se rió como si fuera una especie de broma.

—Dios —repitió—. Dios me perdonará... Rebecca me dijo que te habías vuelto religiosa.

—Vas a matarme.

—¿Dónde está Sam?

—¡Por favor! No tienes por qué hacerlo. Puedes cambiar.

—¿Cambiar? Vamos, Linda, la gente no cambia. Nunca, nunca, nunca. Tú sigues igual que la primera vez que te vi debajo de aquel árbol en el parque del Golden Gate, torpona y con los ojos colorados. Una cría huida de casa.

Linda sintió que su visión se volvía arena negra y luces amarillas. El dolor refluyó; estuvo a punto de desmayarse. Cuando emergió de nuevo, Daniel se inclinaba hacia ella con un cuchillo.

—Lo siento, nena. Tengo que hacerlo así. —Una disculpa absurda, pero sincera—. Pero será rápido. Sé lo que hago. Casi no te darás cuenta.

—Padre nuestro...

Le ladeó la cabeza para dejar al descubierto su cuello. Ella intentó resistirse, pero no pudo. La niebla se había disipado por completo y, cuando Pell arrimó el cuchillo a su garganta, el sol poniente arrancó a la hoja un resplandor rojizo.

—... que estás en los cielos, santificado sea...

Y entonces se derrumbó un árbol.

O una avalancha de rocas cayó sobre el camino.

O una bandada de gaviotas se arrojó sobre Pell, chillando de rabia.

Daniel Pell soltó un gruñido y se estrelló contra el suelo pedregoso.

Samantha McCoy se apartó de un salto del asesino, se puso en pie y comenzó a golpearle frenéticamente en la cabeza y los brazos con una gruesa rama. Pell pareció atónito al ver que quien le atacaba era su Ratoncito, la mujer que corría a hacer todo lo que le mandaba, que nunca le decía que no.

Excepto una vez...

Le lanzó una cuchillada, pero ella fue más rápida. Pell agarró la pistola, que había caído al sendero, pero la gruesa rama caía una y otra vez sobre él, rebotaba en su cráneo, desgarraba su oreja. Gimió, dolorido.

—Maldita sea.

Luchó por levantarse mientras lanzaba puñetazos. La golpeó con fuerza en la rodilla y ella cayó bruscamente al suelo.

Pell se abalanzó hacia la pistola, la agarró. Retrocedió arrastrándose, se levantó de nuevo y movió el cañón de la pistola hacia ella. Pero Samantha rodó, se puso en pie, aguantó el tipo y descargó otro golpe con la rama asida con las dos manos. Le acertó en el hombro. Él retrocedió, dando un respingo.

Al ver pelear a Sam, Linda recordó una frase del pasado. Una frase que solía decir Daniel cuando se enorgullecía de alguno de ellos. *Aguantaste bien, preciosa.*

Aguanta...

Samantha se abalanzó de nuevo hacia él blandiendo la rama.

Pero él estaba bien plantado en el suelo. Logró coger la rama con la mano izquierda. Se miraron un momento, a un metro de distancia, conectados por el garrote de madera como por un cable electrificado. Daniel Pell esbozó una sonrisa triste y levantó la pistola.

—No —gimió Linda.

Samantha también sonrió. Luego empujó la rama hacia él con todas sus fuerzas y la soltó. Pell dio un paso atrás y perdió pie. Estaba al borde de un barranco, seis metros por encima de otro sendero.

Gritó, cayó hacia atrás y rodó por la escarpada ladera de roca.

Linda no supo al principio si había muerto o no. Después supuso que sí. Samantha miró hacia abajo, torció el gesto y la ayudó a levantarse.

—Tenemos que irnos. ¡Deprisa! —Y la condujo hacia el interior del denso bosque.

Agotada y dolorida, Samantha McCoy luchaba por mantener en pie a Linda.

Estaba muy pálida, pero casi no sangraba. Tenía que dolerle mucho la herida, pero al menos podía caminar.

Un susurro.

—¿Qué?

—Creía que me habías dejado.

—Ni hablar. Pero Daniel iba armado. Tenía que engañarle.

—Va a matarnos. —Linda todavía parecía asombrada.

—No, nada de eso. No hables. Tenemos que escondernos.

—No puedo seguir.

—Allí abajo, en la playa, cerca de la orilla, hay cuevas. Podemos escondernos en una hasta que llegue la policía. Kathryn viene para acá. Vendrán a buscarnos.

—No, no puedo. Está muy lejos.

—No tanto. Podemos llegar.

Siguieron otros quince metros. Luego Sam la sintió tambalearse.

—No, no... No puedo. Lo siento.

Sam hizo acopio de fuerzas y consiguió que avanzara otro trecho. Luego, sin embargo, se desplomó. En el peor sitio posible, un claro visible desde cien metros a la redonda. Sam temía que Pell apareciera en cualquier momento. Podía matarlas a tiros con toda facilidad.

Cerca de allí, entre las rocas, había una hondonada poco profunda que les serviría de escondite.

De la boca de Linda escapaban susurros.

—¿Qué? —preguntó Sam.

Se inclinó hacia ella. Linda estaba hablando con Dios, no con ella.

—Vamos, tenemos que irnos.

—No, no, sigue tú. Por favor. De verdad... No hace falta que me compenses por lo que pasó. Acabas de salvarme la vida. Estamos en paz. Te perdono por lo que pasó en Seaside. Yo...

—¡Ahora no, Linda! —replicó Sam.

La mujer herida intentó levantarse, pero cayó al suelo.

—No puedo.

—Tienes que poder.

—Jesucristo cuidará de mí. Sigue tú.

—¡Vamos!

Linda cerró los ojos y empezó a murmurar una plegaria.

—¡No vas a morir aquí! ¡Levántate!

Respiró hondo, asintió con un gesto y, con ayuda de Sam, logró levantarse. Tambaleándose, se apartaron del camino y avanzaron a trompicones entre matorrales y raíces, camino de la hondonada.

Se hallaban en un promontorio a unos quince metros sobre el mar. El fragor de las olas era allí casi constante: no un latido, sino un motor a reacción. Ensordecedor.

La luz del atardecer les daba de lleno, bañándolas en un naranja cegador. Sam entornó los ojos y distinguió la hondonada muy cerca de allí. Se tumbarían en ella, se taparían con hojas y ramas.

—Lo estás haciendo muy bien. Un par de metros más.

Cinco o seis, en realidad.

Pero luego acortaron la distancia hasta tres.

Y por fin llegaron a su refugio. Era más profundo de lo que le había parecido a Sam. Sería un escondrijo perfecto.

Comenzó a bajar a Linda.

De pronto oyó chasquidos entre la maleza. Una figura surgió de entre los árboles y enfiló hacia ellas.

—¡No! —gritó Sam. Dejó caer a Linda y agarró una piedra, un arma patética.

Después sofocó un gemido y soltó una risa cargada de histerismo.

—¿Dónde está? —susurró Kathryn Dance, agazapada.

Con el corazón acelerado, Sam vocalizó sin emitir sonido:

—No lo sé. —Luego lo repitió en voz más alta—. Lo hemos visto a unos quince metros, por allí. Está herido. Pero le he visto caminar.

—¿Va armado?

Un gesto afirmativo.

—Con una pistola. Y un cuchillo.

Dance recorrió la zona con la mirada, achicando los ojos contra el resplandor del sol. Valoró el estado de Linda.

—Vamos a meterla ahí abajo —dijo señalando la hondonada—. Manténgala boca arriba y haga presión sobre la herida con algo.

Juntas bajaron a la mujer herida hasta el fondo de la hondonada.

—Por favor, quédese con nosotras —susurró Sam.

—Descuide —contestó Kathryn—. No voy a ir a ninguna parte.

55

Winston Kellogg estaba en alguna parte, hacia el sur.

Al alejarse del hotel, habían perdido la pista de las huellas y la sangre cerca de una bifurcación de senderos. Dance había ido por la derecha, sin mediar palabra, y él por la izquierda.

Ella había avanzado entre la maleza sin hacer ruido, evitando la senda, hasta que vio movimiento junto al borde de un barranco. Al identificar a las mujeres, se había acercado a ellas rápidamente.

Ahora llamó a Kellogg desde su móvil.

—Win, tengo a Linda y a Sam.

—¿Dónde estáis?

—A unos cien metros de donde nos separamos. He avanzado hacia el oeste. Estamos casi junto al barranco. Cerca de nosotras hay una peña redondeada de unos cinco metros de alto.

—¿Saben dónde está Pell?

—Estaba aquí cerca. Por debajo de nosotras y a nuestra izquierda, a unos cincuenta metros. Y todavía va armado. Lleva pistola y un cuchillo.

Luego bajó la mirada y se tensó de pronto: había visto a un hombre sobre la arena.

—¿Dónde estás, Win? ¿En la playa?

—No. Voy por un camino. La playa queda por debajo, a unos sesenta o setenta metros de donde estoy.

—¡Pues está aquí! ¿Ves un islote lleno de focas y gaviotas?

—Lo veo.

—La playa de enfrente.

—No la veo desde aquí, pero voy para allá.

—No, Win. No tienes dónde refugiarte. Necesitamos refuerzos. Espera.

—No hay tiempo. Ya se nos ha escapado demasiadas veces. No voy a permitir que pase otra vez lo mismo.

La actitud del pistolero...

Dance no la soportaba. De pronto deseaba fervientemente que no le ocurriera nada a Winston Kellogg.

Después. ¿Qué te parece?

—Ten... ten cuidado. Le he perdido de vista. Estaba en la playa, pero ahora debe de estar en las rocas. Ahí tiene que haber sitios perfectos desde los que disparar. Puede cubrir todos los flancos.

Se puso en pie y escrutó la playa haciéndose visera con la mano. *¿Dónde está?*

Lo descubrió un segundo después.

Una bala se incrustó en las rocas, no muy lejos de allí, acompañada por el estampido del arma de Pell.

Samantha gritó y Dance se arrojó al fondo de la hondonada, arañándose la piel. Estaba furiosa por haberse dejado ver.

—¡Kathryn! —dijo Kellogg por la radio—. ¿Estás disparando?

—No, era Pell.

—¿Estáis bien?

—Sí.

—¿De dónde venía el disparo?

—No he podido verlo. Tiene que estar en las rocas, cerca de la playa.

—Manteneos agachadas. Ahora sabe dónde estáis.

—¿Conoce Pell el parque? —preguntó Dance a Samantha.

—Pasábamos mucho tiempo aquí. Lo conoce bastante bien, creo.

—Win, Pell conoce Point Lobos. Podría tenderte una trampa. Por favor, ¿por qué no esperas?

—Un momento. —Su voz sonaba como un susurro rasposo—. Creo que estoy viendo algo. Luego te llamo.

—¡Espera, Win! ¿Estás ahí?

Cambió de posición: se alejó un trecho, hasta un lugar donde Pell no esperaría que estuviera, y se asomó rápidamente entre dos peñascos. No distinguió nada. Vio entonces a Winston Kellogg avanzando hacia la playa. Parecía tan frágil recortado contra las grandes rocas, los árboles retorcidos y el inmenso océano...

Por favor... Kathryn le suplicó en silencio que se detuviera, que esperara.

Pero él, naturalmente, siguió adelante. Su súplica tácita, se dijo ella, era tan inútil como lo habría sido la de Kellogg si ella hubiera estado en su lugar.

Daniel Pell sabía que había más polis de camino, pero no tenía miedo. Conocía aquella zona como la palma de su mano. Había robado a muchos turistas en Point Lobos. Algunos eran tan idiotas que hasta le facilitaban la tarea: dejaban sus cosas en los coches y en los merenderos, convencidos de que a nadie se le ocurriría robar al prójimo en un entorno tan idílico.

Había pasado mucho tiempo allí con la Familia, relajándose. Solían acampar en el parque cuando volvían de Big Sur y no les apetecía hacer de un tirón el viaje hasta Seaside. Conocía rutas para llegar a la carretera, o a las casas que había por los alrededores. Rutas invisibles. Robaría otro coche, se dirigiría hacia el este por las carreteras comarcales de Central Valley, atravesaría Hollister y pondría rumbo al norte.

A la cima de su montaña.

Pero primero tenía que vérselas con sus perseguidores. Calculaba que sólo eran dos o tres. No los había visto con claridad. Debían de haber pasado por la cabaña, haber visto a los policías muertos y haber salido en su persecución sin esperar refuerzos. Y al parecer sólo uno de ellos estaba cerca.

Cerró los ojos un momento, intentando mantener a raya el dolor. Se apretó la herida de la cuchillada, que se había abierto cuando había caído por las rocas. La oreja le dolía más. Le palpitaba aún, después de los golpes de Sam.

Ratón...

¡Maldita sea!

Apoyó la cabeza y el hombro contra una roca fría y húmeda. El dolor pareció remitir.

Se preguntaba si Kathryn Dance estaría entre sus perseguidores. Si así era, sospechaba que no se había presentado en la cabaña por simple casualidad. Tenía que haber adivinado que no había robado el Infiniti con intención de dirigirse hacia el norte, sino para ir hasta allí.

Bien, de un modo u otro, no seguiría siendo una amenaza por mucho tiempo.

Pero ¿cómo afrontar la situación inmediata?

El policía que le seguía iba acercándose. Sólo había dos caminos para llegar hasta donde estaba. Quien fuera a por él tendría que descender por una ladera rocosa de más de cinco metros de alto, completamente expuesta, o tomar el sendero y seguir una curva cerrada desde la playa, convirtiéndose así en un blanco perfecto.

Pell sabía que sólo un agente de las fuerzas especiales intentaría descender por la pared rocosa y que seguramente su perseguidor no iba pertrechado con equipo de escalada: tendría que acercarse desde la playa.

Se agazapó detrás de un grupo de rocas desde donde no podrían verle ni desde arriba ni desde la playa, apoyó el arma sobre un pedrusco y esperó a que el policía se acercara.

No tiraría a matar. Sólo quería herirle. En la rodilla, quizá. Luego, cuando hubiera caído, usaría el cuchillo para dejarle ciego. Dejaría la radio cerca para que pidiera ayuda a gritos, atravesado por el dolor, y sus gritos servirían para distraer a sus compañeros. Mientras tanto, él se adentraría en la zona desierta del parque.

Oyó que alguien se acercaba. El policía intentaba no hacer ruido, pero él tenía el oído de un animal salvaje. Empuñó la pistola.

La emoción se disipó de pronto. En ese momento, Rebecca, Jennie, y hasta aquella odiosa Kathryn Dance estaban muy, muy lejos de sus pensamientos.

Era perfectamente dueño de sí mismo.

En otro lugar, entre los riscos, oculta por el denso pinar, Dance se asomó rápidamente.

Winston Kellogg estaba en la playa, cerca de donde tenía que estar Daniel Pell cuando había disparado. Se movía despacio, mirando a su alrededor, la pistola sujeta con las dos manos. Levantó la vista hacia un barranco y pareció pensarse si debía trepar por él. Pero las paredes eran demasiado escarpadas y sus zapatos de calle le servirían de poco para trepar por las rocas resbaladizas. No había duda, además, de que sería un blanco fácil cuando descendiera por el otro lado.

Al mirar hacia el sendero que tenía delante, pareció ver

marcas en la arena, en el lugar aproximado en el que Kathryn había visto a Pell. Se agachó y se acercó a ellas. Se detuvo junto a un saliente.

—¿Qué está pasando? —preguntó Samantha.

Dance negó con la cabeza. Miró a Linda. Estaba casi inconsciente y más pálida que antes. Había perdido mucha sangre. Iba a necesitar un tratamiento urgente.

La agente llamó a la central de la Oficina del Sheriff para preguntar por la situación de los efectivos.

—El equipo táctico llegará dentro de cinco minutos. Las lanchas, dentro de quince.

Suspiró. ¿Por qué demonios tardaba tanto la caballería? Informó de su posición aproximada y explicó cómo debía acercarse el personal médico para no ponerse en la línea de fuego. Al asomarse de nuevo, vio a Winston Kellogg rodeando la roca, que refulgía con un brillo cárdeno a la luz del sol. Iba derecho hacia el lugar en el que Pell había desaparecido minutos antes.

Pasó un minuto eterno. Dos.

¿Dónde estaba? ¿Qué...?

Se oyó entonces el estruendo de una explosión.

¿Qué diablos era eso?

Después, una serie de disparos desde detrás del saliente de roca, un silencio, y varias detonaciones más.

—¿Qué pasa? —preguntó Samantha.

—No lo sé. —Dance sacó la radio—. Win. ¡Win! ¿Estás ahí? Cambio.

Pero sólo se oían el fragor de las olas y los agudos chillidos de las gaviotas que escapaban, asustadas.

56

Kathryn Dance caminaba deprisa por la playa. El agua salada había estropeado sus Aldo, uno de sus pares de zapatos preferidos.

Pero no le importaba.

Tras ella, en el risco, el personal médico había iniciado el traslado de Linda a la ambulancia aparcada en el Point Lobos Inn. Samantha había acompañado a la herida. Dance saludó con la cabeza a dos agentes de la Oficina del Sheriff que estaban tendiendo cinta amarilla de roca en roca, a pesar de que el único intruso que podía alterar el lugar de los hechos era la marea alta. Pasó bajo la cinta de plástico, dobló el recodo y siguió hacia el escenario de la muerte.

Se detuvo un momento. Luego se fue derecha hacia Winston Kellogg y le abrazó. Parecía trémulo y miraba con fijeza el suelo a sus pies, donde yacía el cuerpo sin vida de Daniel Pell.

Estaba boca arriba, las rodillas levantadas y cubiertas de arena, los brazos extendidos a los lados. Su pistola estaba allí cerca, donde había caído tras resbalar de su mano. Sus ojos entreabiertos ya no eran de un azul intenso. La muerte los había empañado.

Kathryn se dio cuenta de que seguía con la mano apoyada sobre la espalda de Kellogg. La bajó y se apartó de él.

—¿Qué ha pasado? —preguntó.

—Estuve a punto de tropezarme con él. Estaba escondido ahí. —Señaló un grupo de rocas—. Pero lo vi justo a tiempo. Me escondí. Me quedaba una granada de aturdimiento, del asalto al motel. Se la lancé y se desorientó. Empezó a disparar, pero tuve suerte. Tenía el sol a mi espalda. Se deslumbró, supongo. Disparé y... —Se encogió de hombros.

—¿Estás bien?

—Claro. Tengo algunos arañazos, de las rocas. No estoy acostumbrado a escalar.

Sonó el teléfono de Dance. Miró el visor y contestó. Era TJ.

—Linda se pondrá bien. Ha perdido un poco de sangre, pero la bala no ha tocado nada importante. Ah, y Samantha tampoco tiene nada grave.

—¿Samantha? —La agente no se había percatado de que estuviera herida—. ¿Qué le pasa?

—Tiene cortes y hematomas, nada más. Hizo un poco de boxeo con el difunto, antes de su fallecimiento, claro. Está un poco magullada, pero se pondrá bien.

¿Había luchado con Pell?

Ratón...

Llegó el equipo de criminalística de la Oficina del Sheriff de Monterrey y dio comienzo la inspección del lugar de los hechos. Dance se fijó en que faltaba Michael O'Neil.

—Oiga, enhorabuena —le dijo uno de los técnicos a Kellogg, señalando con la cabeza el cadáver.

El agente del FBI sonrió ambiguamente.

Los expertos en kinesia saben que una sonrisa es el signo más equívoco que genera el rostro humano. El ceño fruncido, una expresión de perplejidad o una mirada amorosa sólo pueden interpretarse de una manera. Una sonrisa, en cambio, puede comunicar odio, indiferencia, regocijo o ternura.

Kathryn no estaba segura de qué significaba exactamente la de su compañero, pero notó que un instante después, mientras Kellogg contemplaba al hombre al que acababa de matar, aquella mueca se desvanecía como si nunca hubiera existido.

Kathryn Dance y Samantha McCoy se pasaron por el Hospital de la Bahía de Monterrey para ver a Linda Whitfield, que estaba consciente y se encontraba bien. Tendría que pasar la noche en el hospital, pero los médicos creían que podría irse al día siguiente.

Rey Carraneo llevó a Samantha a otra cabaña en el Point Lobos Inn, donde ella había decidido pasar la noche en lugar de regresar a casa. La agente le propuso que cenaran juntas, pero ella rehusó la invitación alegando que quería pasar «un rato tranquila».

¿Y quién podía reprochárselo?

Al salir del hospital, Dance regresó al CBI, donde se encontró a Theresa y a su tía junto a su coche. Parecían estar esperándola para despedirse. La cara de la chica se iluminó al verla. Se saludaron cariñosamente.

—Ya nos hemos enterado —dijo la señora Bolling sin sonreír—. ¿Está muerto? —Parecía sentir la necesidad de que se lo confirmaran una y otra vez.

—Así es.

Les contó por extenso lo sucedido en Point Lobos. La señora Bolling parecía tener prisa por irse, pero Theresa quería saber qué había pasado exactamente. Kathryn no omitió ningún detalle.

La joven hizo un gesto de asentimiento con la cabeza y encajó la noticia sin rastro alguno de emoción.

—No sabes lo agradecidos que te estamos —comentó la agente—. Lo que has hecho ha salvado vidas.

Nadie mencionó lo ocurrido la noche en que murió su familia. La presunta enfermedad de Theresa. Dance supuso que seguiría siendo un secreto entre ellas dos. Pero ¿por qué no? Confesarse con una sola persona era a menudo tan catártico como hacerlo ante el mundo entero.

—¿Volvéis esta noche?

—Sí —contestó la chica, mirando a su tía—. Pero primero vamos a hacer una parada.

Irán a cenar en una marisquería, o de compras a esas tiendas tan monas que hay en Los Gatos, pensó Dance.

—Quiero ver la casa. Mi antigua casa.

El lugar donde habían muerto sus padres y sus hermanos.

—Hemos quedado con el señor Nagle. Ha hablado con la familia que vive allí ahora y han accedido a dejar que vea la casa.

—¿Te lo propuso él? —La agente estaba dispuesta a interceder por la chica. Sabía que Nagle recularía de inmediato si ella intervenía.

—No, fue idea mía —respondió Theresa—. Quiero hacerlo, ¿sabes? Y el señor Nagle va a ir a Napa a entrevistarme para ese libro suyo, *La muñeca dormida*. Se titula así. Me parece raro que vayan a escribir un libro sobre mí.

Mary Bolling no dijo nada, pero Kathryn comprendió al instante por su gestualidad (por sus hombros ligeramente levantados y por el desplazamiento de su mandíbula) que no era partidaria de que visitaran la casa y que había discutido con su sobrina al respecto.

A menudo tenemos tendencia a buscar cambios radicales en los protagonistas de un suceso decisivo, como el reencuentro de la Familia o el viaje de Theresa para ayudar a atrapar al asesino de la suya. Pero esos cambios se dan muy rara vez, y Dance no creía que aquel caso fuera a ser una excepción. Se hallaba ante las mismas personas de antes: una mujer de mediana edad, inflexible y ansiosa por proteger a su sobrina, pero pese a todo dispuesta a asumir la difícil tarea de madre sustituta, y una adolescente típicamente desafiante que, llevada por un impulso, había hecho un alarde de valentía. Tía y sobrina habían discutido sobre cómo pasar el resto de la tarde y en este caso había vencido la joven, aunque indudablemente no sin concesiones.

Tal vez, sin embargo, el mero hecho de que la discusión se hubiera planteado y resuelto significaba ya un paso adelante. Así era como cambiaba la gente, supuso Kathryn: paso a paso.

Abrazó a Theresa, estrechó la mano de su tía y les deseó buen viaje.

Cinco minutos después estaba de nuevo en el Ala de las Chicas de la sede central del CBI, aceptando la taza de café que le ofrecía Maryellen Kresbach. Y hoy también una galleta de avena.

Al entrar en su despacho se quitó los zapatos con la punta del pie y hurgó en su armario en busca de un par nuevo: unas sandalias de Joan & David. Luego se desperezó y tomó asiento y, mientras se bebía el café bien cargado, registró su mesa en busca de lo que quedaba de un paquete de M&Ms que había guardado allí un par de días antes. Se los comió rápidamente, volvió a desperezarse y disfrutó mirando las fotos de sus hijos.

Y también las de su marido.

¡Cuánto le habría gustado meterse en la cama con él esa noche y hablarle del caso Pell!

¡Ah, Bill!

Sonó su teléfono.

Cuando miró el visor, su estómago dio un leve vuelco.

—Hola —le dijo a Michael O'Neil.

—Hola. Acabo de enterarme. ¿Estás bien? Me han dicho que ha habido tiros.

—Uno me pasó cerca. Eso es todo.

—¿Cómo está Linda?

Dance le contó los detalles.

—¿Y Rebecca?

—En la UCI. Se recuperará, pero tardará en salir de allí.

Él, a su vez, le habló del falso coche robado: el método de distracción preferido de Pell. El conductor del Infiniti no había muerto. Pell le había obligado a llamar para informar del robo del vehículo y de su propio asesinato. Luego se había ido a casa, había metido el coche en el garaje y se había quedado sentado a oscuras hasta que se enteró por las noticias de la muerte de Pell.

O'Neil añadió que iba a mandarle los informes de la inspección forense en el Butterfly Inn, donde se habían alojado Jennie y Pell tras escapar del Sea View, y del hotel de Point Lobos.

Kathryn se alegraba de oír su voz, pero percibía algo extraño. Su voz seguía teniendo un tono expeditivo. No estaba enfadado, pero tampoco se alegraba francamente de hablar con ella. Dance seguía creyendo que sus comentarios acerca de Winston Kellogg estaban fuera de lugar, y aunque no quería que se disculpase, deseaba que las aguas volvieran a su cauce.

—¿Estás bien? —preguntó. Con algunas personas, convenía forzar las cosas.

—Sí, estoy bien —contestó O'Neil.

Aquel dichoso adverbio que podía significar cualquier cosa: desde «estupendamente» a «te detesto».

Le propuso que se pasara por Cubierta esa noche.

—No puedo, lo siento. Anne y yo tenemos planes.

Ah. Planes.

Otra de esas palabras.

—Será mejor que cuelgue. Sólo quería contarte lo del dueño del Infiniti.

—Claro. Cuídate.

Clic.

Dance hizo una mueca sin destinatario y volvió a enfrascarse en la lectura de un informe.

Diez minutos después, Winston Kellogg se asomó a su despacho. Kathryn le indicó una silla y el agente se dejó caer en ella. No se había cambiado. Seguía teniendo la ropa embadurnada de barro y arena. Vio los zapatos de ella junto a la puerta, manchados de salitre, y señaló los suyos. Luego se echó a reír, indicando la docena de pares que había en su armario.

—Seguramente no tienes ninguno que me sirva.

—Lo siento —contestó ella, muy seria—. Son todos del número treinta y ocho.

—Lástima, esos de color verde lima me gustan.

Hablaron de los atestados que debían cumplimentar y de la junta supervisora que, por haber habido intercambio de disparos, tendría que emitir un dictamen sobre lo sucedido. La agente, que se preguntaba cuánto tiempo se quedaría Kellogg, calculó que, la invitara o no a salir, tendría que quedarse cuatro o cinco días más, el plazo que tardaba la junta supervisora en reunirse, oír las declaraciones y redactar su informe.

Después. ¿Qué te parece?

Kellogg se desperezó, como había hecho ella unos minutos antes. Su expresión emitía una señal muy tenue: estaba preocupado. Sería por el tiroteo, claro. Dance nunca había disparado contra un sospechoso, ni había matado a nadie. Había ayudado a atrapar a criminales peligrosos, algunos de los cuales habían muerto en la operación. Otros habían ido a parar al corredor de la muerte. Pero eso era muy distinto a apuntar a un hombre con una pistola y acabar con su vida.

Y Kellogg lo había hecho dos veces en relativamente poco tiempo.

—Bueno, ¿qué planes tienes ahora? —preguntó ella.

—Voy a dar un seminario en Washington sobre fundamentalismo religioso. Tiene mucho que ver con la mentalidad sectaria. Luego me tomaré unas vacaciones. Si nada lo impide, claro. —Se recostó y cerró los ojos.

Kathryn pensó que con aquella ropa informal y manchada, el pelo revuelto y un asomo de barba estaba realmente atractivo.

Kellogg abrió los ojos y se echó a reír.

—Perdona —dijo—. Es de mala educación dormirse en el despacho de un colega. —Su sonrisa era genuina: lo que le había preocupado poco antes parecía haberse esfumado—. Ah, una cosa. Esta noche tengo papeleo, pero ¿mañana puedo tomarte la palabra e invitarte a cenar? Ya es después, ¿recuerdas?

Dance titubeó. Pensaba: *Tú conoces la técnica del contrainterrogatorio: anticiparse a todas las preguntas que va a hacer el interrogador y tener preparada una respuesta.* Pero aunque un momento antes había estado pensando en esa misma cuestión, la pregunta la pilló por sorpresa.

Y bien, ¿cuál es la respuesta?, se dijo.

—¿Mañana? —repitió él con una timidez algo chocante. A fin de cuentas, acababa de liquidar a uno de los peores criminales de la historia del condado de Monterrey.

Estás intentando ganar tiempo, se dijo Kathryn. Paseó la mirada por las fotos de sus hijos, sus perros, su difunto marido. Pensó en Wes.

—¿Sabes? —dijo—, mañana sería estupendo.

57

—Se acabó —le dijo en voz baja a su madre.

—Ya me he enterado. Nos lo dijo Michael en el CBI.

Estaban en casa de sus padres en Carmel tras regresar del cuartel general, donde habían buscado refugio.

—¿Se ha enterado toda la banda?

O sea, sus hijos.

—Lo he adornado un poco. Les he dicho: «Esta noche mamá va a llegar a una hora decente porque, por cierto, ese caso absurdo en el que estaba trabajando se ha terminado, han detenido al malo, no sé los detalles». Algo así. Mags no me ha hecho ni caso. Está ensayando una canción nueva para el campamento de música. Wes se fue derecho a la tele, pero conseguí que tu padre se lo llevara fuera a jugar al pimpón. Parece que se le ha olvidado por completo. Pero la palabra clave es «parece».

Dance les había dicho a sus padres que quería reducir al mínimo la exposición de sus hijos a noticias relacionadas con la muerte y la violencia, especialmente si tenían que ver con su trabajo.

—Estaré atenta. Y gracias. —Abrió una cerveza Anchor Steam, la repartió en dos vasos y le dio uno a su madre.

Edie bebió un sorbo.

—¿A qué hora capturasteis a Pell? —preguntó con el ceño fruncido.

Kathryn le dio la hora aproximada.

—¿Por qué lo preguntas?

Su madre consultó su reloj.

—Me pareció oír a alguien en la parte trasera de la casa, a eso de las cuatro o las cuatro y media. Al principio no le di importancia, pero luego empecé a preguntarme si Pell habría descubierto donde vivíamos. Si querría vengarse. Me asusté un poco, aunque teníamos el coche de policía delante de la puerta.

Pell no habría dudado en hacerles daño (entraba en sus planes, de hecho), pero la hora no coincidía. En ese momento estaba ya en casa de Morton Nagle, o de camino.

—Seguramente no era él.

—Habrá sido un gato. O el perro de los Perkins. Tienen que acostumbrarse a tenerlo dentro. Hablaré con ellos.

Dance estaba segura de que así sería.

Reunió a los niños y los condujo al coche, donde esperaban los perros. Dio un abrazo a su padre y quedaron en que iría a recogerles el domingo por la noche para la fiesta de cumpleaños que iban a celebrar en el club náutico. Ella sería la encargada de conducir para que sus padres pudieran divertirse y beber todo el champán y el *pinot noir* que quisieran. Pensó en invitar a Winston Kellogg, pero decidió esperar a ver qué tal iba la cita del «después».

Pensó en la cena y se dio cuenta de que no tenía ni pizca de ganas de cocinar.

—Chicos, ¿qué os parece si vamos a Bayside a comer unas tortitas?

—¡Yupi! —exclamó Maggie, y empezó a debatir en voz alta qué tipo de sirope quería con las tortitas.

Wes también estaba contento, pero se mostraba más cohibido.

Cuando llegaron a la cafetería y se sentaron a una mesa, Kathryn le recordó que esa semana le tocaba a él elegir su aventura del domingo por la tarde, antes de la fiesta de cumpleaños.

—Bueno, ¿cuál es el plan? ¿Vamos al cine? ¿Al campo?

—Todavía no lo sé. —Wes estuvo un rato examinando el menú.

Maggie quería pedir algo para los perros. Dance les explicó que las tortitas no eran para celebrar su reencuentro con los perros; sencillamente, no le apetecía cocinar.

Cuando llegaron los grandes platos con las tortitas humeantes, Wes preguntó:

—¿Te has enterado de lo del festival? ¿El de los barcos?

—¿Qué barcos?

—Nos lo ha contado el abuelo. Hay un desfile de barcos en la bahía y un concierto. En Cannery Row.

Kathryn recordaba algo acerca del festival en honor de John Steinbeck.

—¿Es el domingo? ¿Eso es lo que te apetece que hagamos?

—Es mañana por la noche —contestó Wes—. Estaría bien. ¿Podemos ir?

Dance se rió para sus adentros. Era imposible que su hijo supiera que al día siguiente había quedado para cenar con Kellogg. ¿O no? Ella tenía intuición para todo lo relativo a sus hijos. ¿Por qué no iba a ser también al revés?

Puso sirope a las tortitas y se permitió un toque de mantequilla. Intentaba ganar tiempo.

—¿Mañana? Deja que me lo piense.

Al ver la cara seria de Wes, pensó de inmediato en llamar a Kellogg para posponer o incluso cancelar la cita.

A veces es simplemente lo más sencillo...

Impidió que Maggie ahogara sus tortitas en una espantosa mezcla de siropes de fresa y arándano, se volvió hacia Wes y dijo impulsivamente:

—Ah, sí, cariño, no puedo. Tengo planes.

—Ah.

—Pero seguro que al abuelo le apetece ir con vosotros.

—¿Qué vas a hacer? ¿Has quedado con Connie o con Martine? A lo mejor también les apetece venir. Podríamos ir todos juntos. Y que traigan a los gemelos.

—¡Sí, mamá! ¡Los gemelos! —exclamó Maggie.

Dance oía las palabras de su terapeuta.

Kathryn, no puedes dar importancia al contenido de lo que dice. Los padres tienden a sentir que las objeciones que ponen sus hijos a sus posibles padrastros o incluso a las relaciones pasajeras de sus padres son válidas. Y no es bueno pensar así. Tu hijo está enfadado porque lo considera una tradición a la memoria de su padre. No tiene nada que ver con cómo sea tu pareja.

Tomó una decisión.

—No, voy a cenar con el hombre con el que he estado trabajando en la investigación.

—El agente Kellogg —repuso su hijo.

—Sí. Tiene que volver pronto a Washington y quiero darle las gracias por lo mucho que nos ha ayudado.

Se sintió un poco mal por sugerir innecesariamente que Kellogg no suponía un peligro a largo plazo, dado que vivía tan lejos. (Aunque imaginaba que, teniendo en cuenta su susceptibilidad, a Wes no le costaría llegar a la conclusión de que estaba ya pensando en desarraigarlos y apartarlos de sus amigos y su familia para instalarse en la capital federal.)

—Vale —dijo el chico mientras cortaba las tortitas. Comió un par de pedazos, pensativo.

Para Kathryn, su apetito era una especie de barómetro anímico.

—¿Qué pasa, hijo mío?

—Nada.

—Al abuelo le encantará ir a ver los barcos con vosotros.

—Claro.

Luego hizo otra pregunta impulsiva.

—¿Es que no te gusta Winston?

—No está mal.

—A mí puedes decírmelo. —Su apetito también empezaba a flaquear.

—No sé... No es como Michael.

—No, claro que no. Pero hay poca gente como Michael. —*El querido amigo que ahora no me devuelve las llamadas*—. Pero eso no significa que no pueda cenar con él, ¿no?

—Supongo que no.

Siguieron comiendo unos minutos. Luego Wes balbució:

—A Maggie tampoco le gusta.

—¡Yo no he dicho eso! No digas cosas que no he dicho.

—Sí que lo has dicho. Dijiste que tiene barriga.

—No es verdad.

Dance comprendió por su sonrojo que era cierto.

Sonrió, dejó su tenedor.

—Bueno, escuchad los dos. Que yo vaya a cenar con alguien, o incluso al cine, no va a cambiar las cosas entre nosotros. Nuestra casa, los perros, nuestras vidas... Nada de eso va a cambiar. Os lo prometo. ¿De acuerdo?

—De acuerdo —respondió Wes con cierta hosquedad, aunque no parecía del todo insincero.

Maggie, en cambio, estaba preocupada.

—¿No vas a volver a casarte?

—¿A qué viene eso, Mags?

—Sólo era una pregunta.

—No me imagino casándome otra vez.

—Eso no es un no —masculló su hijo.

Dance se rió al oír aquella respuesta, digna de un interrogador.

—Bueno, pues es mi respuesta. Ni siquiera puedo imaginármelo.

—Yo quiero ser la madrina —añadió Maggie.

—La dama de honor —puntualizó Kathryn.

—No, he visto un programa en la tele. Y ahora lo hacen distinto.

—Lo hacen de manera distinta —volvió a corregirla su madre—. Pero no nos distraigamos. Tenemos que acabar con las tortitas y el té con hielo. Y hay que hacer planes para el domingo. Tendrás que pensar un poco.

—Lo haré. —Wes parecía más tranquilo.

Kathryn siguió comiendo, eufórica por su victoria: había sido sincera con su hijo y había obtenido su consentimiento para la cita con Kellogg. Curiosamente, aquel pequeño paso consiguió borrar en gran medida el horror de lo sucedido horas antes.

Llevada por un impulso, cedió a los ruegos de Maggie y pidió una tortita sin sirope y una salchicha para cada perro. Su hija les sirvió la comida en la parte trasera del Pathfinder. *Dylan*, el pastor alemán, devoró la suya en dos bocados; *Patsy*, mucho más cuidadosa, se comió la salchicha remilgadamente, llevó la tortita a un hueco entre los asientos traseros imposible de alcanzar y la dejó allí para otro día.

Ya en casa, Dance pasó un par de horas haciendo tareas domésticas y contestando llamadas telefónicas, entre ellas una de Morton Nagle, que quería agradecerle de nuevo lo que había hecho por su familia. Winston Kellogg no llamó, lo cual estaba bien: significaba que la cita seguía en pie.

Michael O'Neil tampoco llamó, lo cual no estaba tan bien.

Rebecca Sheffield se hallaba estable tras ser sometida a una complicada operación. Pasaría seis o siete días en el hospital, custodiada por la policía. Iba a necesitar más operaciones.

Kathryn estuvo un rato hablando con Martine Christensen sobre American Tunes, su página web. Luego, cuando por fin estuvo libre, llegó la hora del postre: palomitas, como era lógico después de una cena dulce. Buscó la cinta de *Wallace y Gromit*, la puso y en el último momento logró salvar las palomitas de su aniquilación en el microondas, antes de que la bolsa se incendiara, como le había pasado la semana anterior.

Estaba poniéndolas en una fuente cuando volvió a sonar su teléfono.

—Mamá —dijo Wes con impaciencia—, estoy muerto de hambre.

A Dance le encantó su tono. Significaba que ya no estaba de mal humor.

—Es TJ —anunció mientras abría su móvil.

—Dale recuerdos —contestó su hijo antes de meterse un puñado de palomitas en la boca.

—Recuerdos de Wes.

—Igualmente. Ah, y dile que he llegado al nivel ocho Zerg.

—¿Eso es bueno?

—No sabes cuánto.

Kathryn transmitió el mensaje y a su hijo le brillaron los ojos.

—¿Al ocho? ¡Venga ya!

—Está impresionado. Bueno, ¿qué pasa?

—¿A quién hay que mandarle todo esto?

—¿Qué es todo esto?

—Las pruebas, los informes, los correos... Toda la pesca, ¿recuerdas?

Para el informe final, quería decir. Iba a ser larguísimo, teniendo en cuenta la acumulación de delitos y el papeleo interdepartamental. Ella había llevado el caso y el CBI tenía jurisdicción en primera instancia.

—A mí. Bueno, debería decir a nosotros.

—Me gustaba más la primera respuesta, jefa. Ah, por cierto, ¿te acuerdas de «Nimue»?

La palabra misteriosa...

—¿Qué pasa con ella?

—Acabo de encontrar otra referencia. ¿Quieres que tire del hilo?

—Será lo mejor. No quiero dejar ningún cabo suelto. Por así decirlo.

—¿Te importa que sea mañana? No es que esta noche tenga una cita, pero puede que Lucrecia sea la mujer de mis sueños...

—¿Vas a salir con una chica que se llama Lucrecia? Tendrás que andarte con ojo. ¿Sabes qué? Trámelo todo. Y eso de Nimue también. Voy a ponerme con ello.

—Eres la mejor, jefa. Estás invitada a la boda.

VIERNES

58

Vestida con traje negro y jersey burdeos, Kathryn Dance estaba sentada en la terraza del restaurante Bay View, cerca de Fisherman's Wharf, en Monterrey.

El lugar hacía honor a su nombre:* normalmente ofrecía una estampa de postal de la línea costera hasta Santa Cruz. Una estampa invisible, sin embargo, en ese momento. La mañana era un ejemplo perfecto de lo plomizo que podía ser el mes de junio en la península. El muelle estaba envuelto en una niebla semejante al humo de una fogata mojada y la temperatura era de trece grados.

La noche anterior, Dance se había sentido eufórica. Habían logrado detener a Daniel Pell, Linda Whitfield iba a recuperarse de sus heridas; Nagle y su familia habían sobrevivido, y Winston Kellogg y ella habían hecho planes para «después».

Hoy, en cambio, las cosas eran distintas. Sobre ella pesaba una especie de penumbra que no lograba sacudirse de encima, y no por el mal tiempo. Había muchas cosas que contribuían a que se encontrara en aquel estado de ánimo; una de las principales, los preparativos para los funerales y el acto de homenaje a Juan Millar, a los guardias muertos en el juzgado y a los ayudantes del *sheriff* fallecidos la víspera en el hotel de Point Lobos.

---

* Bay View: «Vista a la bahía». *(N. de la T.)*

Kathryn bebió un sorbo de café. Parpadeó, sorprendida, cuando un colibrí apareció de repente y hundió el pico en el comedero que colgaba a un lado del restaurante, cerca de una mata de gardenias. Llegó otro colibrí y ahuyentó al primero. Eran criaturas muy hermosas, auténticas joyas, pero podían ser tan feroces como perros de vertedero.

Luego oyó decir:

—Hola.

Winston Kellogg apareció por detrás de ella, pasó los brazos alrededor de sus hombros y la besó en la mejilla. Ni muy cerca de la boca, ni muy lejos. Ella sonrió y le dio un abrazo.

Él se sentó.

Dance hizo una seña a la camarera, que volvió a llenarle la taza y sirvió otra a Kellogg.

—He estado informándome un poco sobre esta zona —comentó él—. Se me ha ocurrido que esta noche podíamos ir a Big Sur. A un sitio llamado Ventana.

—Es precioso. Hace años que no voy. El restaurante es una maravilla. Pero el trayecto es un poco largo.

—Por mí no hay problema. Es por la uno, ¿no?

Tendrían que pasar por Point Lobos. Kathryn recordó los disparos, la sangre, a Daniel Pell tendido boca arriba, los ojos azules y mates mirando, ciegos, un cielo azul oscuro.

—Gracias por levantarte tan temprano —dijo.

—Desayuno y cena contigo. El placer es mío.

Ella le lanzó otra sonrisa.

—El caso es que TJ ha encontrado por fin la respuesta a «Nimue», creo.

Kellogg asintió con un gesto.

—Lo que estaba buscando Pell en Capitola.

—Al principio pensé que era un mote, y luego que tenía

que ver con un juego de ordenador muy famoso: *Nimue*, con una equis.

El agente sacudió la cabeza.

—Por lo visto tiene muchos seguidores. Debería haber consultado con los expertos, o sea, con mis hijos. El caso es que estaba barajando la idea de que Pell y Jimmy fueran a casa de Croyton a robar algún programa valioso y me acordé de que Reynolds me había dicho que Croyton legó todas sus investigaciones informáticas y su *software* a la Universidad de California en Monterrey. Se me ocurrió que tal vez hubiera algo en los archivos de la universidad que Pell pensaba robar. Pero no. Resulta que Nimue es otra cosa.

—¿Qué?

—No lo sabemos exactamente. Por eso necesito tu ayuda. TJ encontró una carpeta en el ordenador de Jennie Marston. Se llamaba... —Buscó una hojita de papel y leyó—: Cito: «Nimue. Suicidio ritual en Los Ángeles».

—¿Qué había dentro?

—Ése es el problema. TJ ha intentado abrir el archivo, pero está protegido con una contraseña. Tendremos que mandarlo al cuartel general del CBI en Sacramento para que lo descodifiquen, pero, francamente, eso llevará semanas. Puede que no sea importante, pero quiero averiguar de qué se trata. He pensado que tal vez tú conozcas a alguien del FBI que pueda descifrarlo antes.

Kellogg le dijo que conocía a un genio de la informática en la delegación del FBI en San José, en el corazón de Silicon Valley.

—Si alguien puede descifrarlo, son esos chicos. Se lo llevaré hoy mismo.

Dance le dio las gracias y le pasó el portátil Dell dentro de una bolsa de plástico y con una tarjeta de cadena de custodia. Kellogg firmó la tarjeta y dejó la bolsa a su lado.

Kathryn hizo otra seña a la camarera. Esa mañana sólo se sentía capaz de comer una tostada, pero Kellogg pidió un desayuno completo.

—Ahora háblame de Big Sur —dijo—. Dicen que es muy bonito.

—Espectacular —contestó ella—. Uno de los sitios más románticos que verás jamás.

Estaba en su despacho cuando, a las cinco y media, Winston Kellogg fue a recogerla para su cita, vestido de manera informal, pero elegante. Dance y él iban casi conjuntados: chaqueta marrón, camisa clara y vaqueros. Los de él, azules; los de ella, negros. Ventana era un hotel de lujo con restaurante y bodega, pero a fin de cuentas estaban en California: allí, el traje y la corbata sólo eran preceptivos en San Francisco, Los Ángeles y Sacramento.

Y en los funerales, claro, pensó Kathryn sin poder evitarlo.

—Primero vamos a quitarnos de encima el trabajo. —Kellogg abrió su maletín y le pasó la bolsa de plástico que contenía el ordenador hallado en el Butterfly Inn.

—Ah, ¿ya lo tienes? —preguntó ella—. El misterio de Nimue está a punto de resolverse.

Kellogg hizo una mueca.

—Lo siento, me temo que no.

—¿Nada? —preguntó ella.

—El informático de la oficina dice que el archivo era un galimatías escrito así a propósito, o que llevaba dentro una bomba borradora.

—¿Una qué?

—Una especie de bomba trampa digital. Cuando TJ intentó abrirlo, se hizo papilla. Eso dijo el informático, por lo menos.

—Papilla.

—Sólo hay caracteres escritos al azar.

—¿No hay modo de reconstruirlo?

—No. Y te aseguro que son los mejores en su campo.

—Supongo que no importa mucho —comentó Dance, encogiéndose de hombros—. No era más que un cabo suelto.

Kellogg sonrió.

—Lo mismo me pasa a mí. Odio que queden jirones. Así los llamo yo.

—Jirones. Me gusta.

—Bueno, ¿nos vamos?

—Espera un segundo. —Se levantó y se acercó a la puerta.

Albert Stemple y TJ estaban en el pasillo.

Kathryn los miró, suspiró e hizo un gesto afirmativo con la cabeza.

El corpulento agente de cabeza afeitada entró en el despacho seguido por TJ. Sacaron sus armas (Dance no tuvo valor para sacar la suya). Unos segundos después, Winston Kellogg estaba desarmado y esposado.

—¿Qué coño estáis haciendo? —preguntó, enfurecido.

Dance fue la encargada de responder, y le sorprendió lo serena que sonó su voz cuando dijo:

—Winston Kellogg, queda detenido por el asesinato de Daniel Pell.

59

Estaban en la sala tres, una de las salas de interrogatorio de las oficinas del CBI en Monterrey, la preferida de Dance. Era un poco más grande que la otra (que era la uno; no había sala dos) y el falso espejo estaba un poco más lustroso. Tenía, además, una pequeña ventana y, si se corrían las cortinas, se veía un árbol fuera. A veces, durante sus interrogatorios, Kathryn utilizaba aquel panorama para distraer o animar a sus interlocutores. Ese día las cortinas estaban echadas.

Dance estaba a solas con Kellogg. Detrás del espejo reluciente, la cámara de vídeo estaba montada y en funcionamiento. TJ y Charles Overby estaban allí, invisibles, aunque el espejo sugería, naturalmente, la presencia de observadores.

Winston Kellogg había renunciado a la asistencia de un abogado y estaba dispuesto a hablar, cosa que hacía con voz extrañamente serena. Una voz, se dijo la agente con desasosiego, que recordaba mucho a la de Daniel Pell el día del interrogatorio.

—Kathryn, vamos a dar un poco marcha atrás, ¿de acuerdo? ¿Te parece bien? No sé qué crees que está pasando, pero éste no es modo de manejar la situación. Créeme.

El subtexto de aquellas palabras era arrogancia. Su corolario, traición. Dance intentó sacudirse la tristeza mientras contestaba con sencillez:

—Vamos a empezar.

Se puso las gafas de montura negra, sus gafas de depredadora.

—Puede que te hayan informado mal. ¿Por qué no me dices cuál crees que es el problema y vemos qué está pasando de verdad?

Como si estuviera hablando con una niña.

La agente le miró atentamente. *Es un interrogatorio como otro cualquiera*, se decía. Pero no lo era. Tenía delante de sí a un hombre por el que había sentido un interés erótico y que le había mentido. La había utilizado, como había utilizado a Daniel Pell y a... En fin, a todo el mundo.

Se obligó a hacer a un lado sus emociones, por difícil que fuera, y a concentrarse en la tarea que tenía ante sí. Se había propuesto hacer perder su aplomo a Kellogg. Nada podría detenerla.

Porque ahora ya le conocía bien, y la estrategia de análisis se desplegaba rápidamente dentro de su cabeza.

Primero, ¿cómo se denominaría a Kellogg en un contexto penal? Como sospechoso de homicidio.

Segundo, ¿tenía motivos para mentir? Sí.

Tercero, ¿qué tipo de personalidad era el suyo? Extrovertido, racional, calificador. Así pues, podía ser tan dura con él como hiciera falta.

Cuarto, ¿qué clase de mentiroso era? Un altomaquiavélico. Era inteligente, tenía buena memoria, manejaba con soltura las técnicas de engaño y estaba dispuesto a utilizar todos esos recursos para inventar mentiras que le beneficiaran. Dejaría de mentir si le descubrían, y usaría otras armas, culparía a otros, proferiría amenazas o se pondría violento. La humillaría y se mostraría condescendiente, intentando alterarla y aprovecharse de sus reacciones espontáneas, como un reflejo inverso de su misión como interrogadora. Intentaría sonsacarle información para utilizarla más tarde contra ella.

Con los altomaquiavélicos había que tener mucho cuidado.

El siguiente paso en su análisis sería determinar en qué estado de respuesta al estrés se situaba Kellogg cuando mentía (ira, negación, depresión o negociación) e indagar en sus mentiras, cuando reconociera alguna.

Pero ahí estaba el problema. Dance era una de las mejores expertas en kinesia del país, y sin embargo no había visto las mentiras que Kellogg le había servido en bandeja, teniéndolas delante de sus narices. En general, no tendía a la mentira directa, sino a la evasiva. Y la forma de engaño más difícil de detectar era la ocultación de datos. Aun así, ella era lo bastante hábil como para percibir esas maniobras de evasión. Y lo que era más importante, pensó, Kellogg era uno de esos raros individuos prácticamente inmunes al análisis kinésico y al polígrafo: sujetos excluidos, como los enfermos mentales y los asesinos en serie.

Una categoría en la que también tenían cabida los fanáticos.

Y eso precisamente creía Kathryn que era Winston Kellogg. No el líder de una secta, sino alguien igual de fanatizado y peligroso: un hombre convencido de su superioridad moral.

Aun así, tenía que conseguir que se desmoronara. Necesitaba llegar al fondo de aquel asunto y para ello debía identificar síntomas de estrés. De ese modo sabría dónde indagar.

Así pues, tomó la ofensiva. Rápidamente, con contundencia.

Sacó del bolso una grabadora digital y la colocó sobre la mesa, entre los dos. La puso en marcha.

Se oyó el pitido de una línea telefónica. Y luego:

—*Recursos Tecnológicos, le atiende Rick Adams.*

—*Soy Kellogg, de la central. MVCC.*

—*Muy bien, agente Kellogg, ¿en qué puedo ayudarle?*

—*Estoy en esta zona y tengo un problema con mi orde-nador. Tengo un archivo protegido y el tipo que me lo ha mandado no se acuerda de la contraseña. El sistema opera-tivo es Windows XP.*

—*Claro, eso es pan comido. Puedo ocuparme yo mismo.*

—*Prefiero no recurrir al departamento para un asunto personal. En la central se están poniendo muy serios con esas cosas.*

—*Bueno, en Cupertino hay un sitio al que solemos en-viar material. Pero no son baratos.*

—*¿Son rápidos?*

—*¿Para eso? Sí, claro.*

—*Estupendo. Deme su número.*

Dance apagó la grabadora.

—Me mentiste. Dijiste que el archivo lo habían descifra-do los técnicos del FBI. Pero no fue así. Winston, Pell no es-cribió nada sobre Nimue, ni sobre ningún suicidio. Ese archi-vo lo creé yo anoche.

Kellogg se limitó a mirarla fijamente.

—Nimue era un señuelo —prosiguió ella—. En el or-denador de Jennie no había nada hasta que yo lo puse allí. TJ encontró una referencia a Nimue, pero era un artículo de prensa sobre una mujer llamada Alison Sharpe, una en-trevista en un diario local de Montana. «Mi mes con Daniel Pell», o algo por el estilo. Se conocieron en San Francisco hará doce años, cuando ella vivía con un grupo parecido a la Familia y se hacía llamar Nimue. El cabecilla del grupo bautizaba a sus seguidores con nombres de personajes ar-túricos. Pell y ella estuvieron recorriendo el estado, hacien-do autostop, pero ella le dejó cuando le detuvieron en Redding por ese caso de asesinato. Es probable que Pell no supiera cómo se apellidaba. Por eso, cuando quiso encontrarla, la buscó por los dos únicos nombres por los que la conocía, Alison y Nimue. Quería matarla porque ella sabía dónde estaba su montaña.

—Así que creaste ese archivo falso y me pediste que te ayudara a descifrarlo. ¿Y se puede saber cuál es el motivo de tanta farsa, Kathryn?

—Te lo diré. El lenguaje corporal no es privativo de los vivos, ¿sabes? También pueden deducirse muchas cosas de la postura de un cadáver. Anoche TJ me trajo toda la documentación del caso para redactar el informe final. Estaba mirando las fotografías del lugar donde murió Pell, en Point Lobos, y había algo que no encajaba. Pell no estaba escondido detrás de las rocas. Estaba al descubierto, tendido de espaldas. Tenía las piernas flexionadas y las rodillas mojadas y manchadas de arena. Las dos rodillas, no sólo una. Eso me llamó la atención. La gente se agacha para luchar, o mantiene al menos un pie plantado en el suelo. Vi exactamente esa misma postura en el cadáver de un hombre asesinado por la mafia. Le obligaron a ponerse de rodillas para que les suplicara y luego le dispararon. ¿Qué sentido tenía que Pell saliera de su escondite y se arrodillara para dispararte?

—No sé de qué me estás hablando. —Ni un asomo de emoción.

—El forense sostiene en su informe que, dado el ángulo descendente de las balas al atravesar el cuerpo de Pell, tenías que estar completamente erguido cuando le disparaste, no agachado. Si hubiera sido de verdad un tiroteo, te habrías colocado en postura defensiva, agachándote. Me acordé, además, de la secuencia sonora. Oí el estallido de la granada de aturdimiento y luego los disparos después de una pausa. No, creo que viste dónde estaba Pell, que lanzaste la granada, que te acercaste rápidamente y que lo desarmaste.

Y que luego hiciste que se arrodillara y le tiraste las esposas al suelo para que se las pusiera. Y que le disparaste cuando se disponía a cogerlas.

—Eso es ridículo.

Dance continuó hablando, impasible:

—¿Y la granada de aturdimiento? Se suponía que tenías que devolver toda la munición después del asalto al motel. Es el protocolo habitual. ¿Por qué te la quedaste? Porque esperabas una oportunidad de acercarte a Pell y matarle. Comprobé, además, la hora exacta a la que llamaste pidiendo refuerzos. No avisaste desde el hotel, sólo lo fingiste. Llamaste después, para tener ocasión de quedarte a solas con Pell. —Levantó una mano para acallar otra protesta—. Fuera o no ridícula mi teoría, la muerte de Pell planteaba interrogantes. Así que pensé que debía hacer averiguaciones. Quería saber más sobre ti. Conseguí tu expediente gracias a un amigo de mi marido que trabaja en la central de Washington. Y descubrí algunos datos interesantes. Como que habías estado involucrado en la muerte a tiros de varios presuntos líderes de sectas en el transcurso de operaciones policiales cuyo fin era su detención. O que otros dos presuntos líderes sectarios se suicidaron en circunstancias sospechosas mientras tú actuabas como asesor para las autoridades locales que estaban investigando a sus grupos.

»El suicidio de Los Ángeles era el más preocupante. Una mujer que dirigía una secta se quitó la vida arrojándose desde la ventana de un sexto piso dos días después de que tú llegaras para prestar apoyo al Departamento de Policía de Los Ángeles. Lo curioso del caso es que nadie la había oído nunca hablar de suicidio. No dejó ninguna nota y, sí, la estaban investigando, pero sólo por fraude fiscal. Extraña razón para matarse.

»Así que tenía que ponerte a prueba, Winston. Por eso escribí el documento de ese archivo.

Era un falso correo electrónico que daba a entender que una chica llamada Nimue, integrante de la secta de la presunta suicida de Los Ángeles, tenía información acerca de la sospechosa muerte de su líder.

—Conseguí una orden judicial para pinchar tu teléfono, le puse al archivo una sencilla contraseña de Windows y te di el ordenador para ver qué hacías. Si me hubieras dicho que habías leído el archivo y lo que contenía, habría dado carpetazo al asunto y en este momento tú y yo iríamos camino de Big Sur.

»Pero no. Llamaste al técnico, hiciste que esa empresa privada descifrara la contraseña y leíste el archivo. No había ninguna bomba de borrado. Ninguna papilla. Lo destruiste tú. Tenías que destruirlo, claro. Temías que llegáramos a la conclusión de que desde hace seis años te dedicas a viajar por todo el país asesinando a gente como Daniel Pell.

Kellogg soltó una risotada. Una leve desviación kinésica: el tono había cambiado. Un sujeto excluido, sí, pero que aun así acusaba el estrés. Dance había dado en el clavo.

—Por favor, Kathryn... ¿Por qué diablos iba a hacer eso?

—Por tu hija —respondió ella no sin cierta compasión.

El hecho de que no respondiera, sino que se limitara a sostenerle la mirada como si sufriera un intenso dolor era una señal, aunque débil, de que Dance se estaba acercando a la verdad.

—Cuesta mucho engañarme, Winston. Y tú lo has hecho muy, muy bien. En todo este tiempo sólo he notado una desviación respecto a tu línea base de conducta, y ha sido en lo tocante a los hijos y la familia. Pero no le di mucha importancia. Al principio supuse que era por la atracción que había entre nosotros, y porque no te sentías cómodo con los niños y te costaba hacerte a la idea de que pudieran formar parte de tu vida algún día.

»Luego creo que te diste cuenta de que tenía curiosidad, o de que empezaba a sospechar algo, y me confesaste que habías mentido, que habías tenido una hija. Por eso me hablaste de su muerte. Es un truco muy común, claro: confesar una mentira para tapar otra relacionada con ella. ¿Y cuál era esa mentira? Tu hija murió, en efecto, en un accidente de tráfico. Pero no fue exactamente como me lo contaste. Al parecer hiciste desaparecer el atestado policial, porque en Seattle nadie ha podido encontrarlo, pero TJ y yo hicimos algunas llamadas y conseguimos montar el rompecabezas.

»Tu hija huyó de casa a los dieciséis años porque tu mujer y tú os estabais divorciando. Acabó con un grupo de Seattle muy semejante a la Familia. Estuvo con ellos unos seis meses. Luego ella y otros tres miembros de la secta hicieron un pacto y se suicidaron porque su gurú les dijo que se marcharan. Que no habían sido suficientemente leales. Se arrojaron con el coche al estuario de Puget.

Hay algo aterrador en la idea de que te echen a patadas de tu familia...

—Después ingresaste en la MVCC y consagraste tu vida a detener a gente como ésa. Sólo que a veces la ley era un estorbo y tenías que tomar cartas en el asunto. He llamado a un amigo de la policía de Chicago. Estuviste allí la semana pasada, asesorándoles como experto en sectas. Según su informe, alegaste que el sospechoso te disparó y que tuviste que «neutralizar la amenaza». No creo que el sospechoso llegara a disparar. Creo que le mataste y que esa herida te la hiciste tú mismo. —Se tocó el cuello para indicar el vendaje de Kellogg—. Lo cual convierte esa muerte en un asesinato, como en el caso de Pell.

Dance sentía ira. Una ira súbita, como un fogonazo de sol caliente mientras pasaba una nube. *Contrólate*, se dijo. *Aprende de Daniel Pell.*

Aprende de Winston Kellogg.

—La familia del fallecido presentó una denuncia. Alegaron que su muerte había sido un montaje. El fallecido tenía un largo historial delictivo, sí. Igual que Pell. Pero jamás tocaba un arma. No quería que pudieran acusarle de asalto con arma letal.

—Tocó una el tiempo suficiente para dispararme.

Un movimiento muy ligero del pie. Era casi imperceptible, pero denotaba estrés. De modo que Kellogg no era del todo inmune a su interrogatorio.

Su respuesta era falsa.

—Sabremos más cuando hayamos revisado los expedientes. También me he puesto en contacto con otras jurisdicciones, Winston. Al parecer, insistías en prestar tu ayuda a las autoridades locales cada vez que había un delito relacionado con una secta en cualquier parte del país.

Charles Overby había dado a entender que había sido idea suya traer a un agente federal especializado en sectas. La noche anterior, sin embargo, Dance había empezado a sospechar que seguramente no era así como habían sucedido las cosas y había preguntado a su jefe sin rodeos cómo había llegado el agente del FBI a ocuparse del caso Pell. Overby intentó salirse por la tangente, pero por fin reconoció que Kellogg le había dicho a Amy Grabe, de la delegación del FBI en San Francisco, que iba a venir a la península a prestar su ayuda como asesor en la busca y captura de Pell. La cuestión no admitía discusión. Kellogg había llegado en cuanto estuvo resuelto el papeleo en Chicago.

—Estuve recordando el caso. Michael O'Neil se enfadó por que quisieras asaltar el Sea View en lugar de montar un dispositivo de vigilancia. Y a mí me extrañó que quisieras ser el primero en entrar en la habitación. La respuesta es que de ese modo podrías disparar a Pell sin estorbos. Ayer, en la playa de Point Lobos, le hiciste arrodillarse. Y luego le mataste.

—¿Ésa es la única prueba que tienes de que le maté? ¿Su postura? Vamos, Kathryn...

—El equipo de inspección forense de la Oficina del Sheriff de Monterrey ha encontrado el casquillo de la bala que me disparaste en las rocas.

Kellogg guardó silencio.

—No tiraste a dar, claro, eso lo sé. Sólo querías que me quedara donde estaba, con Samantha y Linda, para que no me entrometiera y te impidiera matar a Pell.

—Fue un disparo accidental —contestó él con naturalidad—. Un descuido. Debería habértelo dicho, pero me daba vergüenza. Menudo profesional estoy hecho.

Mentira...

Bajo la mirada de Dance, sus hombros se hundieron ligeramente. Sus labios se tensaron. Ella sabía que no habría confesión (ni siquiera lo pretendía), pero aun así Kellogg había entrado en otra fase de respuesta al estrés. Al parecer, no era por completo un autómata carente de emociones. Kathryn había golpeado duro, y había hecho daño.

—No hablo de mi pasado ni de lo que pasó con mi hija. Quizá debería haberte contado algo más, pero me he fijado en que tú tampoco hablas mucho de tu marido. —Se quedó callado un momento—. Mira a nuestro alrededor, Kathryn. Echa un vistazo al mundo. Estamos tan desestructurados, tan hechos añicos... La familia es una especie en peligro de extinción y sin embargo anhelamos sentirnos arropados por ella. Lo ansiamos con todas nuestras fuerzas. ¿Y qué ocurre? Que aparece gente como Daniel Pell. Gente que se aprovecha de las personas necesitadas de atención, de los más vulnerables.

Las mujeres de la Familia de Pell, Samantha y Linda... Eran buenas chicas, nunca habían hecho nada grave, pero se dejaron seducir por un asesino. ¿Por qué? Porque él les ofreció lo único que no tenían: una familia.

»Era sólo cuestión de tiempo que ellas, o Jennie Marston, u otra persona que hubiera caído bajo su hechizo, empezara a matar. O a secuestrar niños y abusar de ellos. Pell tenía seguidores incluso en prisión. ¿Cuántos de ellos habrán seguido sus pasos después de ser puestos en libertad? Hay que parar los pies a esa gente. Yo soy agresivo al respecto. Consigo resultados. Pero no me paso de la raya.

—De la raya que tú marcas, Winston. Pero no es tu criterio el que tienes que aplicar. No es así como funciona el sistema. Daniel Pell tampoco pensaba que estuviera haciendo nada malo.

Él la obsequió con una sonrisa y se encogió de hombros, un gesto emblemático que Dance interpretó como: «Tú lo ves a tu modo y yo al mío. Nunca llegaremos a un acuerdo».

Para ella, era como decir: «Soy culpable».

Luego la sonrisa de Kellogg se disipó igual que la víspera, en la playa.

—Una cosa. Lo nuestro... Eso era real. Pienses lo que pienses sobre mí, era verdad.

Kathryn Dance se acordó del comentario melancólico acerca de la Familia que Kellogg había hecho mientras iban por el pasillo del CBI, un comentario que dejaba entrever sus vacíos vitales: su soledad, su dedicación al trabajo como sustituto de un matrimonio fracasado, la muerte espantosa, inexpresable, de su hija. No le cabía ninguna duda de que, pese a haberla engañado respecto a su misión, aquel hombre solitario había intentado sinceramente trabar un vínculo con ella.

Y como experta en kinesia se daba cuenta de que su comentario («Eso era real») era absolutamente sincero. Pero también era irrelevante para el interrogatorio y no valía la pena malgastar saliva respondiendo.

Entonces una ligera uve se formó entre las cejas de Kellogg y su falsa sonrisa hizo de nuevo acto de aparición.

—En serio, Kathryn. Esto no es buena idea. Llevar un caso así será una pesadilla. Para el CBI y también para ti, en concreto.

—¿Para mí?

Kellogg frunció los labios un momento.

—Creo recordar que surgieron ciertas dudas respecto a tu actuación en el interrogatorio, en los juzgados de Salinas. Puede que dijeras o hicieras algo que ayudara a Pell a escapar. Desconozco los detalles. Quizá no fue nada. Pero oí decir que Amy Grabe había tomado nota de ello. —Se encogió de hombros, levantando las manos. Las esposas tintinearon.

El comentario que había hecho Overby para cubrirse las espaldas delante del FBI volvía para atormentarla como un espectro. Aquella amenaza velada la encolerizó, pero no dio muestras de ello. Su forma de encogerse de hombros resultó aún más desdeñosa que la de Kellogg.

—Si surge ese tema, supongo que habrá que revisar los hechos.

—Supongo que sí. Sólo espero que no afecte a tu carrera a largo plazo.

Dance se quitó las gafas y se inclinó hacia él para situarse en una zona proxémica más personal.

—Winston, tengo curiosidad. Dime, ¿qué te dijo Daniel antes de que le mataras? Había soltado la pistola, se había puesto de rodillas y se disponía a recoger las esposas. Entonces levantó la vista. Y se dio cuenta, ¿verdad? No era tonto. Supo que iba a morir. ¿Dijo algo?

Kellogg hizo un gesto de reconocimiento involuntario, pero no contestó.

La pregunta había sido una salida de tono, naturalmente, y Kathryn sabía que marcaba el final del interrogatorio. Pero poco importaba ya. Tenía sus respuestas, había conseguido la verdad, o al menos una aproximación. Lo que, según la esquiva ciencia del análisis kinésico y el interrogatorio, solía ser suficiente.

60

Dance y TJ estaban en el despacho de Charles Overby. Sentado detrás de su mesa, el director del CBI asentía con la cabeza mientras miraba una foto en la que aparecía junto a su hijo pescando un salmón. O quizás estuviera mirando el reloj de la mesa. La agente no estaba segura. Eran las ocho y media de la noche. El director llevaba dos días seguidos saliendo tarde. Todo un récord.

—Vi todo el interrogatorio. Conseguiste algunas cosas interesantes. Indiscutiblemente. Pero Kellogg es muy resbaladizo. En realidad no reconoció nada. No fue una confesión, que digamos.

—Es un altomaquiavélico con personalidad antisocial, Charles. No es de los que confiesan. Le estuve sondeando para ver cómo se defendía y cómo estructuraba sus respuestas. Destruyó archivos informáticos al darse cuenta de que podían implicarlo en ese suicidio sospechoso de Los Ángeles. Hizo uso de munición sin autorización. Y se le disparó la pistola accidentalmente, apuntando hacia mí. Un jurado primero se partiría de risa y luego le declararía culpable. El interrogatorio fue un desastre para él.

—¿En serio? Parecía estar muy seguro de sí mismo.

—Sí, y como acusado hará un papel excelente en el juicio si es que sube al estrado. Pero tácticamente su caso tiene todas las de perder.

—¿Estaba deteniendo a un asesino armado y tú alegas que su móvil es que su hija murió por culpa de una secta? Eso no es nada concluyente.

—Los móviles no me preocupan especialmente. Si un hombre mata a su mujer, al jurado no le interesa si fue porque le sirvió un filete quemado o porque quería cobrar el dinero de su seguro. Un asesinato es un asesinato. Parecerá todo mucho más serio cuando demostremos la vinculación de Kellogg con los demás homicidios.

Le habló de ellos: de la muerte sospechosa sucedida en Chicago la semana anterior, y de otras acaecidas en Fort Worth y Nueva York; del suicidio de Los Ángeles y de otro ocurrido en Oregón; y de un caso especialmente preocupante, en Florida, donde unos meses antes Kellogg había colaborado con las autoridades locales del condado de Dade en la investigación de un secuestro. Un latino de Miami tenía una comuna a las afueras de la ciudad. Contaba con seguidores entregados, algunos de ellos acérrimos. Kellogg le había pegado un tiro durante una redada, al parecer cuando el líder del grupo intentaba apoderarse de un arma. Más tarde se supo, sin embargo, que la comuna también gestionaba un comedor benéfico y mantenía un grupo de estudios bíblicos muy respetado, y que estaba recaudando fondos para crear en el barrio una guardería para hijos de madres solteras trabajadoras. Los cargos de secuestro, promovidos por la esposa del fallecido, habían resultado infundados.

La prensa local seguía investigando las circunstancias de su muerte.

—Es interesante, pero no estoy seguro de que nada de eso vaya a ser admisible —comentó su jefe—. ¿Qué hay de las pruebas materiales encontradas en la playa?

Dance lamentó que Michael O'Neil no estuviera allí para exponer los pormenores técnicos del caso. (¿Por qué no le devolvía las llamadas?)

—Encontraron la bala que Kellogg le disparó a Kathryn —respondió TJ—. Es de su SIG, no hay duda.

—Un disparo accidental —rezongó Overby—. Relájate, Kathryn. Alguien tiene que hacer de abogado del diablo.

—Los casquillos del arma de Pell encontrados en la playa estaban más cerca del lugar que ocupaba Kellogg que del suyo. Es probable que fuera el federal quien disparó para que pareciera un caso de defensa propia. Ah, y el laboratorio ha encontrado arena en las esposas de Kellogg. Eso significa que...

—Sugiere que —puntualizó Overby.

—Sugiere que Kellogg desarmó a Pell, le hizo salir al descubierto, arrojó las esposas al suelo y le mató cuando iba a recogerlas.

—Mira, Charles —dijo Dance—, no digo que vaya a ser pan comido, pero Sandoval puede ganar el caso. Yo puedo declarar que Pell estaba indefenso cuando murió. La postura del cuerpo lo deja claro.

Overby paseó la mirada por su mesa y fue a posarla en otra fotografía de pesca.

—¿Y el motivo?

¿Es que no había oído lo que le había dicho? Seguramente no.

—Su hija, claro. Está matando a todo aquel que tenga relación con...

El director del CBI levantó la vista. Tenía una mirada aguda e inquisitiva.

—No, el motivo de Kellogg para matar a Pell, no. El nuestro. Para llevar adelante el caso.

Ah. Ya. Se refería, naturalmente, a las razones de Kathryn. ¿Era acaso una revancha por que Kellogg la hubiera traicionado?

—Saldrá a relucir, ¿sabes? Y habrá que tener preparada una respuesta.

Ese día su jefe estaba en vena.

Pero ella también.

—El motivo es que Winston Kellogg cometió un asesinato dentro de nuestra jurisdicción.

Sonó el teléfono del despacho. Overby se quedó mirándolo mientras sonaba tres veces; luego contestó.

—Es un buen motivo —comentó TJ en voz baja—, comparado con que te sirvan un filete asqueroso.

Overby colgó y se quedó mirando la fotografía del salmón.

—Tenemos visita. —Se enderezó la corbata—. Ha llegado el FBI.

—Charles, Kathryn.

Amy Grabe cogió la taza de café que le ofrecía la ayudante de Overby y se sentó. Saludó a TJ con una inclinación de cabeza.

Dance eligió una silla de respaldo recto cerca de la agente especial al mando de la delegación del FBI en San Francisco, una mujer atractiva pero con cara de pocos amigos. No optó por el sofá, cómodo pero más bajo, situado justo enfrente de Grabe: sentarse por debajo de otra persona, aunque sea sólo un par de centímetros, le sitúa a uno psicológicamente en desventaja. Procedió a informar a la agente de los últimos detalles del caso relativos a Kellogg y a Nimue.

Grabe conocía la historia, pero no toda. Permaneció inmóvil mientras escuchaba con el ceño fruncido, no como Overby, que no paraba de moverse. La mano derecha de Grabe descansaba sobre la manga opuesta de su elegante traje burdeos.

Kathryn expuso sus argumentos:

—Es un agente en servicio activo y está matando gente, Amy. Nos mintió. Montó un asalto cuando no había necesidad de hacerlo. Por su culpa pudo resultar herida cerca de una docena de personas. Algunas pudieron haber muerto.

El bolígrafo de Overby rebotaba como la baqueta de un tambor y los gestos de TJ parecían decir: «Esto es un momento incómodo».

Debajo de sus cejas perfectas, los ojos de Grabe escudriñaban a todos los presentes.

—Es todo muy complicado y muy difícil —dijo—. Eso lo entiendo. Pero fuera lo que fuese lo que pasó, he recibido una llamada. Quieren que Kellogg sea puesto en libertad.

—¿Una llamada de la central?

Grabe asintió.

—Y de más arriba. Kellogg es una estrella. Tiene una hoja de servicios impresionante. Ha salvado a cientos de personas de esas sectas. Y va a hacerse cargo de casos de fundamentalismo. De fundamentalismo terrorista, quiero decir. Pero, por si os sirve de consuelo, he hablado con ellos y van a abrir una investigación interna. Revisarán los casos de muerte para ver si se excedió en el uso de la fuerza.

—La pistola más potente del mundo —canturreó TJ, y se quedó callado al ver la mirada fulminante de su superior.

—¿Que van a revisarlos? —preguntó Dance, incrédula—. Estamos hablando de muertes sospechosas, de falsos suicidios, Amy. Venga, por favor. Es una venganza, lisa y llanamente. Dios mío, incluso en el caso de Pell. Y quién sabe qué más habrá hecho Kellogg...

—Kathryn —dijo su jefe en tono de advertencia.

—El hecho es —respondió la representante del FBI— que es un agente federal que investiga delitos cuyos responsables son particularmente hábiles y peligrosos. En algunos casos se han resistido y han muerto. Esas cosas pasan continuamente.

—Pell no se estaba resistiendo. De eso puedo dar fe delante de un tribunal como testigo experta. Fue asesinado.

Overby se había puesto a golpear su inmaculado cartapacio con un bolígrafo. Era un manojo de nervios.

—Kellogg ha detenido a un montón de sujetos peligrosos. Porque a algunos los ha detenido, ¿sabes? Los que han muerto son solamente unos pocos.

—Está bien, Amy, podríamos seguir así horas y horas. Mi intención no es otra que plantearle a Sandy Sandoval un solo caso de homicidio, le guste o no a Washington.

—Federalismo en marcha —comentó TJ.

Tap, tap, seguía rebotando el bolígrafo. Overby carraspeó.

—Ni siquiera es un caso seguro —añadió Grabe. Al parecer había leído todos los pormenores durante el trayecto hasta la península.

—No tiene por qué ser un juego de niños. Pero Sandy puede ganarlo.

Grabe dejó su café. Volvió su plácido rostro hacia Overby y clavó los ojos en él.

—Charles, me han pedido que no sigas adelante.

Kathryn no iba a permitir que echaran tierra sobre el caso. Y sí, en parte era porque el hombre que la había invitado a salir, el hombre que había conquistado un pedazo de su corazón, la había traicionado.

Después... ¿Qué te parece?

Overby siguió observando las fotografías y los recuerdos desplegados encima de su mesa.

—Es una situación difícil. ¿Sabéis eso que decía Oliver Wendell Holmes? Decía que los casos difíciles hacen malas leyes. O puede que fuera que los casos más duros hacen malas leyes. No me acuerdo.

¿A qué viene eso?, se preguntó Dance.

—Kathryn —dijo Grabe en tono suave—, Daniel Pell era un hombre peligroso. Mató a varios policías, a personas que tú conocías, y mató a inocentes. Has hecho un gran trabajo en circunstancias imposibles. Paraste los pies a un criminal de la peor especie. Y Kellogg contribuyó a ello. Es un gran tanto para todo el mundo.

—Totalmente de acuerdo —intervino Overby. Dejó sobre la mesa el utensilio de escritura saltarín—. ¿Sabes a qué me recuerda esto, Amy? A cuando Jack Ruby mató al asesino de Kennedy. ¿Os acordáis? No creo que a nadie le molestara lo que hizo Ruby, cargarse a Oswald.

A Dance le rechinaron los dientes. Comenzó a frotar el índice y el pulgar. Su jefe estaba a punto de venderla otra vez, como había hecho al «tranquilizar» a Grabe respecto al papel que había desempeñado ella en la fuga de Pell. Al negarse a pasar el caso a Sandy Sandoval, Overby no sólo estaba cubriéndose las espaldas: era tan culpable de asesinato como el propio Kellogg. La agente se echó hacia atrás y deprimió los hombros ligeramente. Veía la mueca de TJ con el rabillo del ojo.

—Exacto —repuso Grabe—. Así que...

Overby levantó una mano.

—Pero ese caso tuvo una cosa curiosa.

—¿Qué caso? —preguntó la agente del FBI.

—El de Ruby. En Texas le detuvieron por asesinato. ¿Y sabes qué? Que Jack Ruby fue procesado y condenado a prisión. —Se encogió de hombros—. Me veo en la obligación de negarme, Amy. Voy a trasladar el caso Kellogg a la oficina del fiscal del condado de Monterrey. Por un delito de homicidio en primer grado, como mínimo. Ah, y el agravante de haber atacado a una agente del CBI. A fin de cuentas, Kellogg disparó a Kathryn.

A Dance le dio un vuelco el corazón. ¿Había oído bien? TJ la miró levantando una ceja.

Overby también la estaba mirando.

—Y creo que deberíamos acusarle además de mal uso de recursos policiales y públicos y de mentir a un agente de la ley en el curso de una investigación. ¿Qué te parece, Kathryn?

A la agente no se le había ocurrido.

—Excelente.

Grabe se frotó la mejilla con una de sus cortas uñas pintadas de rosa.

—¿De veras crees que es buena idea, Charles?

—Sí. Absolutamente.

SÁBADO

61

En un hotel barato de los alrededores de la avenida Del Monte, no muy lejos de la carretera uno, una mujer yacía en la cama con los ojos llenos de lágrimas. Miraba fijamente el techo mientras escuchaba el siseo del tráfico.

Deseaba dejar de llorar.

Pero no podía.

Porque él había muerto.

Su Daniel se había ido para siempre.

Jennie Marston se tocó la cabeza por debajo del vendaje. Le picaba horriblemente. Seguía reviviendo las últimas horas que habían pasado juntos, el jueves. Se veía de pie en la playa, al sur de Carmel, mientras él sostenía en la mano aquella piedra que se parecía a *Jasmine*, la gata a la que su madre nunca hacía daño.

Y recordaba a su Daniel, agarrando la piedra y volteándola una y otra vez.

—Eso es justamente lo que estaba pensando, preciosa. Que parece un gato. —Después, sujetándola con fuerza, había susurrado—: He estado viendo las noticias.

—Ah, ¿en el motel?

—Sí. Preciosa, la policía te ha identificado.

—¿Me ha...?

—Saben tu nombre. Saben quién eres.

—¿Sí? —había murmurado, horrorizada.

—Sí.

—Ay, no... Daniel, cariño, lo siento... —Había empezado a temblar.

—Te dejaste algo en la habitación, ¿verdad?

Entonces se acordó. El correo electrónico. Estaba en sus vaqueros.

—Era el primero en el que me decías que me querías —había dicho con voz débil—. No podía tirarlo. Me dijiste que lo hiciera, pero no pude. Lo siento muchísimo. Yo...

—No pasa nada, preciosa. Pero ahora tenemos que hablar.

—Claro, cariño —había contestado, resignada a lo peor. Se acarició el bulto de la nariz. De nada le iba a servir recitar «cantos de ángeles, cantos de ángeles».

Daniel iba a abandonarla. Iba a obligarla a marcharse.

Pero las cosas no eran tan fáciles. Al parecer, una de las mujeres de la Familia era su cómplice. Rebecca. Iban a montar otra Familia y a irse a su montaña, a vivir solos.

—Tú no ibas a participar, preciosa, pero cuando empecé a conocerte cambié de idea. Comprendí que no podía vivir sin ti. Hablaré con Rebecca. Habrá que dejar pasar un tiempo. Tiene un carácter complicado. Pero al final hará lo que le diga. Os haréis amigas.

—No sé.

—Tú y yo formaremos un equipo, preciosa. Con Rebecca nunca he tenido esa conexión. Con ella era otra cosa.

Si quería decir que sólo era sexo, a Jennie no le importaba. De eso no tenía celos, al menos no muchos. De lo que tenía celos era de que quisiera a otra, de que compartiera con ella risas y anécdotas, de que otra fuera su «preciosa».

—Ahora debemos tener cuidado —había continuado él—. La policía te conoce y puede encontrarte fácilmente. Así que tienes que desaparecer.

—¿Desaparecer?

—Una temporada. Un mes o dos. A mí tampoco me apetece. Voy a echarte de menos.

Jennie sabía que era cierto.

—No te preocupes. Todo saldrá bien. No voy a dejarte sola.

—¿De verdad?

—Vamos a fingir que te he matado. La policía dejará de buscarte. Voy a tener que hacerte algún corte. Mancharemos de sangre la piedra y tu bolso. Pensarán que te he golpeado con la piedra y que te he arrojado al mar. Va a dolerte.

—Si así podemos estar juntos... —Aunque había pensado: ¡*Mi pelo otra vez no!* ¿Qué aspecto tendría ahora?

—Preferiría cortarme yo, preciosa. Pero no queda otro remedio.

—No importa.

—Ven aquí. Siéntate. Agárrate a mi pierna. Apriétamela con fuerza. Así te dolerá menos.

El dolor había sido horrible. Pero Jennie se había mordido la manga y había apretado con fuerza la pierna de Daniel, y así había logrado no gritar cuando la cortó con el cuchillo y brotó la sangre.

El bolso manchado de sangre, la figura de *Jasmine* ensangrentada...

Habían vuelto en coche al lugar donde aún estaba escondido el Ford Focus azul robado en Moss Landing, y él le había dado las llaves. Después de decirse adiós, ella había alquilado una habitación en aquel hotel barato. Pero nada más entrar en la habitación y encender la tele, mientras tumbada en la cama se abrazaba la cabeza dolorida, había visto en las noticias que Daniel había sido abatido a tiros en Point Lobos.

Había llorado contra la almohada y golpeado el colchón con sus manos huesudas, y finalmente se había dormido sollozando, sumida en un sueño angustioso. Al despertar se había quedado tendida en la cama, moviendo los ojos de un lado a otro, la vista fija en el techo. Interminablemente. Un mirar compulsivo.

Aquello le recordaba a cuando estaba casada, a las horas infinitas que pasaba tumbada en el dormitorio con la cabeza echada hacia atrás, esperando a que parara de sangrarle la nariz y se disipara el dolor.

Y en la habitación de Tim.

Y en muchas otras.

Tumbada de espaldas, esperando, esperando, esperando...

Sabía que tenía que levantarse y ponerse en marcha. La policía la estaría buscando. Había visto en la tele su foto del permiso de conducir, seria y con la nariz enorme. Le ardía la cara de vergüenza cada vez que se acordaba.

Así que levanta el culo...

Pese a todo, durante esas pocas horas, mientras estaba tumbada en la cama barata y hundida, bajo cuya escuálida colcha sobresalían los muelles del colchón, había sentido algo curioso.

Un cambio, como la primera helada del otoño. Se había preguntado qué era aquella sensación. Y luego se había dado cuenta.

Era ira.

Una emoción rara en ella. Se le daba bien sentirse mal, asustarse, escabullirse, esperar a que se disipara el dolor.

O esperar a que diera comienzo.

De pronto, en cambio, estaba rabiosa. Le temblaban las manos y respiraba agitadamente. Más tarde, a pesar de que la furia persistía, se había descubierto completamente en calma. Era igual que hacer caramelo: se cocía el azúcar mucho tiempo, hasta que alcanzaba el punto de ebullición y empezaba a borbotear y se volvía peligroso (se te pegaba a la piel como pegamento caliente). Y entonces se vertía sobre una pieza de mármol y al enfriarse se convertía en una lámina quebradiza.

Eso era lo que sentía. Una rabia fría dentro del corazón. Una rabia dura.

Apretando los dientes, con el corazón acelerado, entró en el cuarto de baño y se dio una ducha. Se sentó a la mesa endeble, delante de un espejo, y se maquilló. Invirtió en ello casi media hora; después se miró en el espejo. Y le gustó lo que vio.

Cantos de ángeles...

Pensó otra vez en el jueves anterior, mientras estaban junto al Ford Focus: ella, llorando; Daniel, abrazándola.

—Voy a echarte muchísimo de menos, cariño —había dicho ella.

Entonces él había bajado la voz.

—Bueno, preciosa, ahora tengo que ocuparme de un asunto, asegurarme de que nuestra montaña está a salvo. Pero hay una cosa que tienes que hacer.

—¿Cuál, Daniel?

—¿Te acuerdas de esa noche en la playa, cuando necesité que me ayudaras con la mujer del maletero?

Ella hizo un gesto afirmativo con la cabeza.

—¿Quieres... quieres que te ayude otra vez a hacer algo así?

Sus ojos azules se habían clavado en los suyos.

—No quiero que me ayudes. Necesito que lo hagas tú sola.

—¿Yo?

Él se había inclinado sin desviar la mirada.

—Sí. Si no lo haces, nunca tendremos paz, nunca estaremos juntos.

Ella había asentido lentamente. Después Daniel le había dado la pistola que le había quitado al policía en casa de James Reynolds. Le había enseñado cómo usarla. A Jennie le había sorprendido lo fácil que era.

Ahora, mientras sentía resquebrajarse la ira dentro de sí como caramelo duro, se acercó a la cama del hotel barato y vació la bolsita de la compra que había estaba usando como bolso: la pistola, la mitad del dinero que le quedaba, algunos efectos personales y la otra cosa que le había dado Daniel, una hojita de papel. Desdobló la nota y se quedó mirando lo que estaba escrito en ella: los nombres de Kathryn Dance y Stuart y Edie Dance y un par de direcciones.

Oía aún la voz de su amante al meter la pistola en la bolsa y dársela:

—Ten paciencia, preciosa. Tómate tu tiempo. ¿Qué es lo más importante que te he enseñado?

—A tener siempre el control —había recitado ella.

—Aprobada con sobresaliente, preciosa.

Y entonces le había dado el que resultó ser su último beso.

62

Dance salió del cuartel general y se dirigió al Point Lobos Inn para encargarse de que pasaran la factura del hotel al CBI, en lugar de cargarla a la tarjeta de crédito de Winston Kellogg.

A Charles Overby no le hacía ninguna gracia aquel dispendio, claro está, pero no podía permitir que Kellogg corriera con los gastos, aliviando así el presupuesto del mismo cuerpo policial que había ordenado su arresto; había en ello un conflicto de intereses intrínseco. Así pues, había ordenado que el CBI abonara el coste del hotel. Aquel rasgo de generosidad que había tenido al apoyar el encausamiento de Kellogg no se hacía extensivo a otros aspectos de su personalidad. Había puesto el grito en el cielo por la factura. (*¿Cabernet Jordan? ¿Quién se ha bebido el Jordan? ¿Y dos botellas, además?*)

Kathryn no le había dicho que era ella quien le había ofrecido a Samantha McCoy que se quedara un par de días más.

Mientras conducía iba escuchando a Altan, un grupo de música celta. La canción era «Green Grow the Rushes O», una melodía lúgubre que parecía idónea para la ocasión, dado que iba camino de un lugar en el que habían muerto varias personas.

Estaba pensando en su excursión al sur de California el siguiente fin de semana, con los niños y los perros. Iba a grabar a un grupo de músicos mexicanos cerca de Ojai. Eran seguidores de su página web y habían enviado a Martine algunos temas suyos en mp3. Dance quería grabarlos en vivo. Sus ritmos eran fascinantes. Tenía muchas ganas de hacer la excursión.

Había vuelto el mal tiempo y en aquella zona las carreteras no estaban atestadas de tráfico. En todo el camino sólo vio un coche detrás del suyo, un sedán azul que la seguía a cosa de un kilómetro de distancia.

Tomó un desvió y se dirigió al Point Lobos Inn. Miró su teléfono. Vio con preocupación que seguía sin tener mensajes de O'Neil. Podía llamarlo poniendo un caso como pretexto y él le devolvería la llamada inmediatamente. Pero no podía hacer eso. Además, seguramente era preferible mantener un poco las distancias. La línea era muy fina cuando se era amiga de un hombre casado.

Enfiló el camino de entrada al hotel, detuvo el coche y se quedó escuchando el final de la melancólica canción. Se acordó del funeral de su marido. Era lógico que, teniendo su casa, a su esposa y a sus dos hijos en Pacific Grove, Bill tuviera allí su sepultura. Su madre, sin embargo, se había empeñado en que fuera enterrado en San Francisco, una ciudad de la que había huido a los dieciocho años y a la que sólo había vuelto ocasionalmente, en vacaciones. La señora Swenson, no obstante, se había mostrado intratable a la hora de discutir el lugar del descanso eterno de su hijo.

Dance había acabado por imponer su criterio, aunque se sintiera mal al ver llorar a su suegra, que la había hecho pagar por su victoria de mil pequeñas maneras durante el año siguiente. Bill descansaba ahora en una colina desde la que se divisaban multitud de árboles, una franja del océano Pacífico y una esquina del hoyo nueve de Pebble Beach: una tumba por la que miles de golfistas habrían pagado una fortuna.

Dance recordó que, aunque ni su marido ni ella jugaban al golf, tenían pensado aprender en algún momento.

—Cuando nos jubilemos, quizá —decía él.

—Jubilarse. ¿Qué es eso?

La agente aparcó, entró en la oficina del Point Lobos Inn y comenzó a ocuparse del papeleo.

—Ya hemos recibido varias llamadas —comentó el recepcionista—. Periodistas que querían sacar fotos de la cabaña. También hay uno que está pensando en hacer visitas guiadas por la zona donde mataron a Pell. Qué asco.

Sí, en efecto. Morton Nagle lo habría desaprobado; quizás el promotor de aquella iniciativa tan falta de tacto acabara apareciendo en *La muñeca dormida*, en una nota a pie de página.

Mientras regresaba a su coche vio que había una mujer allí cerca, mirando hacia el mar, entre la neblina, la chaqueta ondeando al viento. Cuando pasó de largo, la mujer apartó la vista del paisaje y echó a andar tras ella a su mismo paso.

Dance notó también que había un coche azul aparcado allí cerca. El coche le resultaba familiar. ¿Era el mismo que había visto detrás del suyo durante el trayecto? Advirtió entonces que era un Ford Focus, y recordó que el vehículo robado en Moss Landing no había aparecido aún. También era azul. ¿Había otros cabos sueltos que...?

La mujer se acercó a ella rápidamente y la llamó, alzando su voz áspera por encima del viento:

—¿Es usted Kathryn Dance?

La agente se detuvo, sorprendida, y se volvió.

—Sí. ¿Nos conocemos?

La desconocida siguió avanzando hasta que estuvo a unos pasos de ella.

Entonces se quitó las gafas de sol, dejando al descubierto una cara que Kathryn conocía aunque no lograra situarla.

—No nos hemos visto nunca, pero en cierto modo nos conocemos. Soy la novia de Daniel Pell.

Dance sofocó una exclamación de sorpresa.

—¿Usted es...?

—Jennie Marston.

La agente bajó la mano hacia su pistola.

Pero antes de que tocara la empuñadura, Jennie añadió:

—Quiero entregarme. —Y le tendió las muñecas como para que le pusiera las esposas.

Un gesto muy considerado que Kathryn no había visto nunca, en todos sus años de carrera policial.

—Se suponía que tenía que matarla.

La noticia no la alarmó tanto como cabría esperar; a fin de cuentas, Pell estaba muerto y Jennie esposada, y tras registrarla a ella y registrar su coche no había encontrado ningún arma.

—Me dio una pistola, pero está en el motel. De verdad, yo nunca le haría daño.

Era cierto: no parecía capaz.

—Daniel decía que ningún policía se había metido nunca en su mente como usted. Le tenía miedo.

Las amenazas hay que eliminarlas...

—Entonces, ¿simuló su muerte?

—Me hizo unos cuantos cortes. —Jennie le enseñó un vendaje en la parte de atrás de la cabeza—. Un poco de piel y de pelo, y sangre. La cabeza sangra un montón. Luego me dio su dirección y la de sus padres. Tenía que matarla. Daniel sabía que usted no le dejaría escapar.

—¿Le dijo usted que sí?

—En realidad no le dije nada, ni en un sentido ni en otro. —Sacudió la cabeza—. Era tan difícil decirle que no... Dio por sentado que lo haría, sin más. Porque siempre había hecho lo que él quería. Quería que la matara, y que luego me fuera a vivir con Rebecca y con él al monte, no sé dónde. Íbamos a fundar una nueva Familia.

—¿Usted sabía lo de Rebecca?

—Me lo dijo él. —Y añadió con un hilo de voz—: ¿Fue ella quien me escribió los correos electrónicos, haciéndose pasar por él?

—Sí.

Jennie apretó los labios con fuerza.

—No se parecían, él no hablaba así. Tenía la impresión de que los había escrito otra persona. Pero no quise preguntar. A veces una no quiere saber la verdad.

Amén, pensó Kathryn Dance.

—¿Cómo ha llegado aquí? ¿Me ha seguido?

—Sí. Quería hablar con usted en persona. Pensé que, si me entregaba sin más, me llevarían directamente a la cárcel. Pero quería preguntarle... ¿Estaba usted allí cuando le dispararon? ¿Dijo algo?

—No, lo siento.

—Ah. Era una duda que tenía. —Tensó los labios, un indicio kinésico de mala conciencia. Luego le lanzó una mirada—. No era mi intención asustarla.

—Me han dado sustos peores últimamente —repuso la agente—. Pero ¿por qué no ha huido? Quizá dentro de un par de semanas, al ver que el mar no devolvía su cuerpo, habríamos empezado a dudar. Pero para cuando hubiéramos empezado a buscarla ya podría haber estado en México o en Canadá.

—Supongo que he escapado a su hechizo, simplemente. Pensaba que con Daniel las cosas serían distintas. Primero nos conocimos bien, ya sabe, no sólo sexualmente, y entre nosotros surgió un vínculo de verdad. O eso pensaba yo.

Pero luego me di cuenta de que todo era mentira. Seguramente Rebecca le contó un montón de cosas sobre mí para que picara el anzuelo, ya sabe. Igual que mi marido y que mis novios, que ligaron conmigo en un bar o en el trabajo. Daniel hizo lo mismo, sólo que fue mucho más listo.

»Toda mi vida he pensado que necesitaba un hombre. Me figuraba que era una especie de linterna y que los hombres eran las pilas. No podía brillar si no tenía uno. Pero luego, después de que mataran a Daniel, estaba en la habitación del motel y de repente me sentí distinta. Me enfadé. Fue muy extraño. Estaba tan enfadada que notaba en la boca el sabor de la rabia. Eso no me había pasado nunca. Así que comprendí que tenía que hacer algo al respecto. Pero no lamentarme por Daniel, ni salir en busca de otro hombre, que era lo que hacía antes. No, quería hacer algo por mí. ¿Y qué fue lo mejor que se me ocurrió? Entregarme. —Soltó una risa—. Parece una tontería, pero he sido yo quien lo ha decidido. Nadie más que yo.

—En mi opinión ha hecho usted bien.

—Ya veremos. En fin, supongo que eso es todo.

Pues sí, pensó Dance.

Acompañó a Jennie hasta el Taurus. Mientras iban hacia Salinas, fue haciendo recuento de los cargos. Incendio provocado, asesinato con premeditación, conspiración, colaboración con un fugitivo y varios delitos más.

Con todo, Jennie se había entregado voluntariamente y parecía muy arrepentida. Kathryn la interrogaría más adelante si ella accedía, y si era tan sincera como parecía, intentaría interceder por ella ante Sandoval.

Al llegar a los calabozos de los juzgados, cumplimentó los trámites para entregarla a la maquinaria judicial.

—¿Quiere que llame a alguien? —preguntó.

Jennie estuvo a punto de decir algo, pero se detuvo y soltó una risa suave.

—No. Creo que es mejor, ya sabe, empezar de cero. Estoy bien así.

—Le conseguirán un abogado, y quizá después podamos pasar un rato más hablando.

—Claro.

Se la llevaron por el mismo pasillo por el que había escapado su amante casi una semana antes.

63

Quizá fuera una tarde de sábado espectacularmente soleada cincuenta o cien metros más arriba, pero allá abajo la densa niebla había descolorido los jardines del Hospital de la Bahía de Monterrey hasta dejarlos de un color ceniciento.

La niebla llevaba consigo un olor a pinos, a eucaliptos y flores. A gardenias, pensó Kathryn Dance, aunque no estaba segura. Le gustaban las plantas, pero, como en el caso de la comida, prefería comprárselas en todo su esplendor a un profesional, en lugar de arriesgarse a ensayar su habilidad con ellas y hacer un estropicio.

Parada junto a un lecho de flores, observaba cómo Linda Whitfield salía del hospital en una silla de ruedas empujada por su hermano. Roger era un hombre delgado, de aspecto austero y edad indefinida: podía tener treinta y cinco años, o cincuenta y cinco. Encajaba a la perfección en la idea que Kathryn se había hecho de él antes de conocerle: era taciturno y conservador, llevaba vaqueros con la raya marcada, camisa de vestir almidonada y bien planchada y corbata a rayas, sostenida por un alfiler adornado con una cruz. La había saludado con un firme apretón de manos, sin siquiera esbozar una sonrisa.

—Voy por la camioneta. Disculpe, por favor.

—¿Está lista para el viaje? —preguntó Dance a Linda después de que se marchara.

—Ya veremos. Tenemos unos conocidos en Mendocino que

antes iban a nuestra iglesia. Roger les ha llamado. Puede que paremos allí a pasar la noche.

Tenía los ojos desenfocados y había estado riéndose atolondradamente, sin ningún motivo. El calmante que se estaba tomando tenía que ser buenísimo, dedujo la agente.

—Yo optaría por parar. Tómeselo con calma. Deje que la mimen.

—Que me mimen. —Linda se rió—. ¿Cómo está Rebecca? No he preguntado por ella.

—Sigue en Cuidados Intensivos. —Señaló hacia el hospital con una inclinación de cabeza—. Seguramente no muy lejos de donde estaba usted.

—¿Va a recuperarse?

—Creen que sí.

—Rezaré por ella. —Otra risa. A Kathryn le recordó la de Morton Nagle.

Se agachó junto a la silla de ruedas.

—No sabe cuánto le agradezco lo que ha hecho. Sé que ha sido duro. Y lamento muchísimo que esté herida. Pero no podríamos haber parado a Pell sin ustedes.

—Dios hace Su obra, la vida continúa. Todo es para bien.

Dance no la seguía. Sus conclusiones erróneas le recordaron las de Overby.

Linda pestañeó.

—¿Dónde van a enterrar a Daniel?

—Llamamos a su tía, a Bakersfield, pero ni siquiera se acuerda de su propio nombre. Y su hermano... ¿Richard? No quiere saber nada. Le enterrarán aquí después de la autopsia. En el condado de Monterrey, cuando el fallecido es un indigente, el cadáver se incinera. Hay un cementerio público.

—¿Está consagrado?

—No lo sé. Imagino que sí.

—Si no, ¿podría buscarle un sitio? ¿Un lugar de descanso como es debido? Yo correré con los gastos.

¿Por el hombre que había intentado matarla?

—Me aseguraré de ello.

—Gracias.

Un Acura azul oscuro apareció de pronto por la calle de entrada al hospital y se detuvo bruscamente a su lado. Su llegada fue tan abrupta que Dance se agachó, alarmada, y echó mano de la pistola, pero se relajó inmediatamente al ver que era Samantha McCoy quien salía del coche y se acercaba a ellas.

—¿Cómo estás? —preguntó a la paciente.

—Me han dado calmantes, pero creo que mañana estaré bastante dolorida. Bueno, mañana y un mes entero, seguramente.

—Ibas a marcharte sin despedirte.

—Madre mía, ¿por qué piensas eso? Iba a llamarte.

Kathryn advirtió con total claridad que estaba mintiendo. Y seguramente Samantha también.

—Tienes buen aspecto.

Linda respondió con otra risa floja.

Silencio. Un profundo silencio. La niebla se tragaba cualquier sonido ambiente.

Samantha miraba a su ex compañera con los brazos en jarras.

—Han sido unos días muy extraños, ¿verdad?

Linda respondió con una risa al mismo tiempo embotada y cautelosa.

—Quiero llamarte, Linda. Podríamos vernos.

—¿Para qué? ¿Para que me psicoanalices? ¿Para salvarme de las garras de la Iglesia? —Sus palabras rezumaban amargura.

—Sólo quiero verte. No tiene que ser para nada más.

—Sam —respondió Linda con cierto esfuerzo—, tú y yo éramos muy distintas hace ocho o nueve años. Y ahora lo somos todavía más. No tenemos nada en común.

—¿Nada en común? Bueno, eso no es verdad. Pasamos por un infierno juntas.

—Sí. Y Dios nos ayudó a salir adelante y luego nos mandó por caminos distintos.

Samantha se agachó y la agarró con cuidado del brazo, atenta a la herida. Acababa de invadir su zona proxémica personal.

—Escúchame. ¿Me estás escuchando?

—¿Qué? —preguntó Linda con impaciencia.

—Hubo una vez un hombre...

—¿Qué hombre?

—Escucha. Ese hombre estaba en su casa y hubo una inundación espantosa. La crecida del río inundó la planta baja de su casa y una barca fue a rescatarle, pero él dijo: «No, seguid, Dios me salvará». Corrió a la planta de arriba, pero el agua llegó hasta allí también. Pasó otra barca de rescate, pero el hombre dijo: «No, seguid, Dios me salvará». El río siguió creciendo y el hombre se subió al tejado. Pasó un helicóptero, pero él dijo: «No, seguid, Dios me salvará». Y el helicóptero se marchó.

—¿De qué estás hablando? —preguntó Linda con voz pastosa.

Sam continuó, impertérrita:

—Luego el agua barrió el tejado y el hombre se ahogó. Cuando llegó al cielo y vio a Dios, le preguntó: «¿Por qué no me has salvado?» Y Dios sacudió la cabeza y le dijo: «Es muy extraño, no entiendo qué ha pasado. Te mandé dos barcas y un helicóptero».

Dance se echó a reír. Linda pestañeó, y a la agente le pareció que quería sonreír y que sin embargo se reprimía.

—Vamos, Linda. Tú y yo somos ese helicóptero la una para la otra.

La otra mujer no dijo nada.

Sam le puso una tarjeta en la mano.

—Aquí está mi número.

Linda se quedó callada un momento mientras miraba la tarjeta.

—¿Sarah Starkey? ¿Ése es tu nombre?

Samantha sonrió.

—Ahora ya no puedo cambiármelo. Pero voy a contárselo a mi marido. Todo. Viene para acá con nuestro hijo. Vamos a pasar unos días en esta zona. Eso espero. Aunque puede que cuando se lo cuente se meta en el coche y vuelva a casa.

Linda no respondió. Tocó el borde de la tarjeta con el pulgar, la guardó en su bolso y levantó la mirada cuando una vieja camioneta gris metalizada enfiló la calle. La camioneta se detuvo y Roger Whitfield salió de ella.

Samantha se presentó usando su verdadero nombre. Roger la saludó con una ceja levantada y otro ceremonioso apretón de manos. Luego Dance y él ayudaron a Linda a subir a la camioneta y la agente cerró la puerta.

Samantha se encaramó al estribo.

—Acuérdate, Linda: helicópteros.

—Adiós, Sam —contestó ella—. Rezaré por ti.

Sin decir nada más ni hacer ningún otro gesto, los Whitfield se alejaron. Samantha y Kathryn los vieron bajar por la carretera sinuosa. Sus faros, órbitas brillantes en medio de la niebla, fueron haciéndose más y más débiles. Cuando por fin desaparecieron, la agente preguntó:

—¿Cuándo llega su marido?

—Salió de San José hace una hora. Muy pronto, imagino. —Sam señaló con la cabeza hacia el lugar por donde se había marchado la camioneta—. ¿Cree que me llamará?

Ni toda la habilidad de Kathryn Dance como investigadora, ni todo su talento para la interpretación del lenguaje corporal podían contestar a esa pregunta. Sólo pudo responder:

—No ha tirado su tarjeta, ¿no?

—Todavía no —repuso Samantha, y le dedicó una sonrisa tenue antes de alejarse hacia su coche.

El cielo de la tarde estaba despejado, la niebla se habría entretenido en otra parte.

Kathryn estaba sola en la Cubierta, aunque *Patsy* y *Dylan* andaban por allí, recorriendo el jardín entretenidos en intrigas caninas. Había dado por terminados los preparativos para la gran fiesta de cumpleaños que celebrarían la noche siguiente en honor de su padre y estaba tomando una cerveza alemana mientras escuchaba el programa de radio de Garrison Keillor, del que era fan desde hacía años. Cuando apagó la radio al acabar el programa, oyó a lo lejos, como una banda sonora, las escalas de Maggie y el bajo suave del estéreo de Wes.

Mientras escuchaba la música de su hijo (Coldplay, le parecía que era), reflexionó un momento. Luego, llevada por un impulso, sacó su móvil Samsung, buscó un número en la agenda y marcó.

—Vaya, hola —contestó Brian Gunderson.

La identificación de llamadas había creado una nueva forma de responder al teléfono, se dijo Dance. Brian había tenido tres largos segundos para establecer un plan de conversación hecho a la medida de su interlocutora.

—Hola —respondió ella—. Perdona que no te haya contestado hasta ahora. Sé que me has llamado un par de veces.

Brian soltó una risa y Kathryn se acordó de los ratos que habían pasado juntos, de las cenas, de los paseos por la playa. Tenía una risa bonita. Y besaba bien.

—Yo diría que si alguien tiene una buena excusa, ésa eres tú. He visto las noticias. ¿Quién es ese tal Overby?

—Mi jefe.

—Ah, ¿ese chiflado del que me hablaste?

—Sí. —Dance se preguntó hasta qué punto había sido indiscreta.

—He visto una rueda de prensa en la que te mencionaba. Decía que habías actuado como su ayudante en la captura de Pell.

Ella se rió. Si TJ había visto aquella rueda de presa, sólo era cuestión de tiempo que recibiera un mensaje a nombre de «la ayudante Dance».

—Así que le atrapaste.

—Así es.

Y más que eso.

—¿Qué tal te va? —preguntó ella.

—Bien. He estado un par de días en San Francisco, sacando dinero a gente que a su vez se lo saca a otra. Yo me gané el sueldo y todos quedamos contentos. —Añadió que había tenido un pinchazo en la 101 en el viaje de regreso a casa. Un cuarteto de cantantes a capela que volvía de un concierto había parado para ayudarle, y sus integrantes habían dirigido el tráfico y le habían cambiado la rueda.

—¿Cantaron mientras la cambiaban?

—No, por desgracia. Pero voy a ir a una actuación suya en Burlingame.

¿Era aquello una invitación?, se preguntó Dance.

—¿Qué tal los niños? —preguntó Brian.

—Bien. Como niños. —Hizo una pausa. Se preguntaba si debía invitarle a tomar una copa primero, o a cenar directamente. Decidió que no corría ningún riesgo invitándole a cenar, puesto que ya tenían una historia a sus espaldas.

—Bueno, gracias por llamar —dijo Brian.

—De nada.

—De todos modos ya da igual.

¿Da igual?

—Por lo que te llamé. Esta semana voy a bajar a La Jolla con una amiga.

Una amiga. Qué palabra tan maravillosamente ambigua.

—Qué bien. ¿Vais a bucear? Dijiste que te apetecía, si no recuerdo mal.

En La Jolla había una enorme reserva natural marina. Brian y ella habían hablado de ir.

—Sí. Lo tenemos planeado. Sólo te llamé para ver si podía pasarme a recoger ese libro que te presté, el de las rutas de senderismo por los alrededores de San Diego.

—Ah, lo siento.

—No pasa nada. Me he comprado otro. Quédatelo. Seguro que algún día irás por allí.

Dance se rió al estilo de Morton Nagle.

—Claro.

—Lo demás, ¿todo bien?

—Muy bien, sí.

—Te llamo a la vuelta.

Kathryn Dance, especialista en kinesia e interrogadora experta, sabía que la gente mentía a menudo con la convicción (con la esperanza, incluso) de que su interlocutor captara el engaño. Normalmente, en contextos como aquél.

—Sería estupendo, Brian.

Sospechaba que no volverían a cruzar una sola palabra.

Cerró el teléfono y entró en su dormitorio. Tuvo que apartar un montón de zapatos para encontrar su vieja guitarra Martin 00-18 con la tapa de color caramelo fabricada en madera de abeto envejecida y los lados y la parte de atrás de caoba.

La llevó a la Cubierta, se sentó y, con los dedos entumecidos por el frío (y por la falta de práctica) la afinó y empezó a tocar. Primero, algunas escalas y arpegios; luego, «Tomorrow is a long time», el tema de Bob Dylan.

Sus pensamientos discurrían sin rumbo fijo, de Brian Gunderson al asiento delantero del Taurus del CBI y Winston Kellogg.

Notaba un sabor a menta, olía a piel y a loción de afeitar.

Mientras tocaba, advirtió movimiento dentro de la casa. Vio que su hijo se acercaba con decisión a la nevera y se llevaba una galleta y un vaso de leche a su cuarto. La incursión duró treinta segundos en total.

Se descubrió pensando que desde el principio había afrontado la actitud de Wes como una aberración, como un defecto a corregir.

Los padres tienden a sentir que las objeciones que sus hijos ponen a sus posibles padrastros o incluso a las relaciones pasajeras de sus padres son válidas. Pero es un error pensar así.

Ahora ya no estaba tan segura. Quizás a veces los hijos ponían reparos con toda razón. Quizá debíamos escucharlos con tanta atención y con la mente tan abierta como si entrevistásemos a un testigo en el curso de una investigación criminal. Quizás había dado muchas cosas por sentadas respecto a su hijo. Wes era su hijo, claro, no su pareja, pero aun así debía poder opinar. *Heme aquí, se dijo, una experta en kinesia, en establecer líneas base y buscar desviaciones como síntomas de que algo no va bien.*

Con Winston Kellogg, ¿me estaba desviando de mi línea base?

Tal vez la reacción de su hijo fuera un indicio de que así había sido.

Era una idea que debía tener en cuenta.

Estaba tocando un tema de Paul Simon, tarareando la melodía, no muy segura de la letra, cuando oyó el chirrido de la verja de abajo.

Dejó de tocar cuando, al mirar, vio a Michael O'Neil subiendo las escaleras. Llevaba el jersey gris y marrón que ella le había comprado un par de años antes, cuando fue a esquiar a Colorado.

—Hola —dijo el detective—. ¿Molesto?

—Tú nunca molestas.

—Anne tiene una inauguración dentro de una hora, pero se me ha ocurrido pasarme por aquí antes, para saludar.

—Me alegro de que hayas venido.

O'Neil sacó una cerveza de la nevera y, al ver que Dance asentía, sacó otra para ella. Se sentó a su lado. Las Beck se abrieron con un fuerte chasquido. Dieron ambos un largo trago.

Ella se puso a tocar una trascripción para guitarra de una vieja melodía celta de Turlough O'Carolan, el arpista irlandés ciego y vagabundo.

O'Neil no dijo nada, se limitó a beber de su cerveza y a menear la cabeza al ritmo de la música. Tenía los ojos, notó Kathryn, vueltos hacia el océano, a pesar de que no podía verlo: los frondosos pinos lo ocultaban a la vista. Recordó que una vez, después de ver la vieja película con Spencer Tracy acerca del obsesivo pescador de Hemingway, Wes había llamado a O'Neil «el Viejo del Mar». La ocurrencia les había hecho reír a ambos.

Cuando acabó de tocar, el detective comentó:

—Hay un problema con el asunto de Juan. ¿Te has enterado?

—¿De Juan Millar? No, ¿cuál?

—Ha llegado el informe de la autopsia. La División Forense ha encontrado causas secundarias de la muerte que califica de sospechosas. La Oficina del Sheriff ha abierto una investigación.

—¿De qué se trata?

—Juan no murió como consecuencia del *shock* ni de una infección, como suele ocurrir con los grandes quemados. Lo que le mató fue una mezcla de morfina y difenhidramina, un anhistamínico. El gotero de la morfina estaba más abierto de lo que debía y ningún médico le había prescrito anhistamínicos. Es peligroso mezclarlos con morfina.

—¿Fue intencional?

—Es lo más probable. Sólo quería ponerte sobre aviso.

Kathryn oyó a su madre susurrándole lo que había dicho Millar.

Máteme...

—¿Pudo hacerlo él mismo?

—No. Eso se ha descartado.

Dance se preguntó quién podía estar detrás de aquella muerte, en caso de que hubiera sido un suicidio asistido. Los homicidios por compasión eran de los más difíciles de investigar, y de los más conmovedores.

Sacudió la cabeza.

—Y después de todo lo que ha pasado su familia. Avísame si podemos hacer algo.

Se quedaron callados un momento. La agente sintió un olor a humo de leña... y otra ráfaga de la loción de afeitar de O'Neil. Le gustaba aquella mezcla. Empezó de nuevo a tocar. La versión a punteo que Elizabeth Cotten hizo de «Freight train», una de las melodías más pegadizas de todos los tiempos. Aquella música circularía por su cabeza durante días.

—Me he enterado de lo de Winston Kellogg —dijo O'Neil—. Jamás lo habría pensado.

Las noticias volaban.

—Sí.

—TJ me lo contó todo con pelos y señales. —Sacudió la cabeza e hizo una seña a *Dylan* y a *Patsy*. Los perros se acercaron brincando. O'Neil sacó unas galletas para perros de un frasco que había junto a una botella de dudoso tequila. Cogieron las golosinas y se alejaron a la carrera—. Parece que va a ser un caso difícil —comentó el detective—. Imagino que habrá presiones desde Washington para echar tierra sobre el asunto.

—Ya lo creo. Y de muy arriba.

—Si te interesa, quizá convendría hacer algunas llamadas.

—¿A Chicago, a Miami y Los Ángeles?

O'Neil pestañeó. Luego se echó a reír.

—Tú también lo has estado pensando, ¿eh? ¿Cuál es el más sólido de los tres?

—Yo me decantaría por el suicidio sospechoso de Los Ángeles —respondió Dance—. Está en este mismo estado, así que el CBI tiene jurisdicción, y Kellogg no puede alegar que el cabecilla de la secta murió durante una redada. Además, es el expediente que destruyó. ¿Por qué iba a destruirlo si no fuera culpable?

Había decidido que, si Kellogg salía impune del asesinato de Pell, y era posible que así fuese, no dejaría correr el asunto. Seguiría intentando que otras instancias lo procesaran.

Y al parecer no iba a tener que hacerlo sola.

—Muy bien —dijo O'Neil—. Podemos reunirnos mañana para echar un vistazo a las pruebas.

Kathryn asintió con un gesto.

El detective apuró su cerveza y fue a buscar otra.

—Supongo que Overby no estará dispuesto a sufragarnos un viaje a Los Ángeles.

—Lo creas o no, puede que sí.

—¿En serio?

—Si volamos en turista.

—Y de pie —añadió O'Neil.

Se rieron.

—¿Alguna petición? —Dance dio unas palmadas a su vieja Martin, que resonó tan vigorosamente como un tambor.

—No. —O'Neil se echó hacia atrás y estiró las piernas, deslizando por el suelo los zapatos arañados—. Lo que te apetezca.

Kathryn Dance se quedó pensando un momento y luego empezó a tocar.

Nota del autor

El CBI, la Oficina de Investigación de California, existe, en efecto, como parte de la Oficina del Fiscal General del estado de California. Confío en que los hombres y mujeres de ese honorable cuerpo policial me perdonen por haberme tomado la libertad de reorganizarlo un tanto y de crear una delegación en la pintoresca península de Monterrey. También he trasteado un poco con la excelente Oficina del Sheriff del condado de Monterrey.

Confió igualmente en que los vecinos de Capitola, en los alrededores de Santa Cruz, me perdonen por haberles adjudicado una superprisión ficticia.

Los lectores interesados en el tema de la kinesia y las técnicas de interrogatorio que deseen leer algo más sobre esas disciplinas quizá disfruten de algunos libros que a mí me han resultado extremadamente útiles y que ocupan un lugar destacado tanto en las estanterías de Kathryn Dance como en las mías propias: *Principles of Kinesic Interview and Interrogation* y *The Truth about Lying*, de Stan B. Walters; *Detecting Lies and Deceit*, de Aldert Vrij; *The Language of Confession, Interrogation and Deception*, de Roger W. Shuy; *Practical Aspects of Interview and Interrogation*, de David E. Zulawski y Douglas E. Wicklander; *What the Face Reveals*, editado por Paul Ekman y Erika Rosenberg; *A primera vista: un método práctico para «leer» a la gente*, de Jo-Ellan Dimitrius y Mark Mazzarella; o *Introduction to Kinesics: An Annota-*

tion System for Analysis of Body Motion and Gestures, de R. L. Birdwhitsell (el bailarín convertido en antropólogo al que se atribuye el haber acuñado el término «kinesia»).

Y gracias, como siempre, a Madelyn, Julie, Jane, Will y Tina.

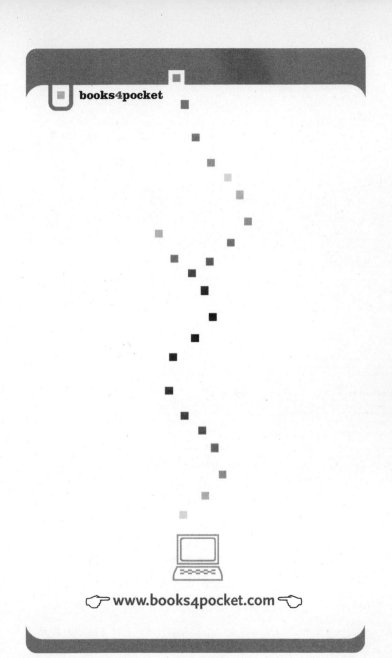

books4pocket

www.books4pocket.com

11/16 ① 5/16